SCIENCE FICTION

Herausgegeben
von Wolfgang Jeschke

Von Michael Bishop erschienen in der Reihe
HEYNE SCIENCE FICTION & FANTASY:

Die seltsamen Bäume von Ectaban · 06/3610
Gestohlene Gesichter · 06/3654
Nur die Zeit zum Feind · 06/4095

DER ATLANTA-ZYKLUS:

Die Cygnus-Delegation · 06/3743
Flammenaugen · 06/3844
Die Jahre in den Katakomben · 06/3893

MICHAEL BISHOP

TRANSFIGURATIONEN

Science Fiction Roman

Deutsche Erstveröffentlichung

WILHELM HEYNE VERLAG
MÜNCHEN

HEYNE SCIENCE FICTION & FANTASY
Band 06/4331

Titel der amerikanischen Originalausgabe
TRANSFIGURATIONS
Deutsche Übersetzung von Walter Brumm
Das Umschlagbild schuf Klaus Holitzka
Die Illustrationen im Text zeichnete
Klaus D. Schiemann

Redaktion: Wolfgang Jeschke

Printed in Germany 1986
Umschlaggestaltung: Atelier Ingrid Schütz, München
Satz: Schaber, Wels
Druck und Bindung: Elsnerdruck, Berlin

ISBN 3-453-31324-0

Inhalt

PROLOG

Vor mehr als sechs Jahren verschwand Egan Chaney in den schweigenden, dampfenden Tiefen der kalyptranischen Wildnis auf dem Planeten BoskVeld. »Suchen Sie mich nicht«, schrieb er, ehe er uns verließ; »ich werde nicht zulassen, daß Sie mich zurückbringen.« Trotz allem, was viele in der Zeitspanne zwischen seinem Verschwinden und meiner baldigen Abreise zur Erde meinten glauben zu müssen, unternahmen wir verschiedene Versuche, nach Chaneys Verbleib zu forschen und ihn aus der Wildnis zu retten.

Keiner dieser Versuche war erfolgreich, und das letzte derartige Unternehmen vor Elegy Cathers Ankunft fand vor etwa einem Jahr statt: eine privat finanzierte und ausgerüstete Expedition unter der Leitung des bhutanischen Forschers Tulku Sankosch, dem der wagemutige Abstieg in den Hauptkrater von Nix Olympia auf dem Mars zu Ruhm verholfen hatte. Es gelang Sankosch, einen aufsehenerregenden holographischen Film über die Geburt von Asadi-Zwillingen in einem Baumnest zu drehen, doch fand er weder Chaney noch eine Spur von der großen, im Urwald verborgenen Pagode, die Chaney in seinen Arbeitsberichten und Bandaufzeichnungen so eingehend beschrieben hatte.

Am Abend vor Eintreffen der Raumfähre, die Elegy Cather von der Umlaufbahn der Lichtsonde zur Oberfläche herabbringen sollte, machte ich einen langen Spaziergang um die Siedlung Frasierville. Im Gehen führte ich ein einseitiges Gespräch mit Chaneys Geist. *Egan,* dachte ich, *es kann nicht sein, daß Sie noch leben.*

Das hatte ich schon vor sechs Jahren gedacht, nur Wochen nachdem er uns verlassen hatte, aber ich hatte immer geglaubt, daß wir eines Tages auf seine phosphoreszierenden Gebeine stoßen und damit meine Annahme zur Tatsache erheben würden. Daraus war nichts geworden. Chaney entzog sich weiter unseren Bemühungen, ihn zu finden, und es gab Nächte, in denen fast unhörbare Triller aus dem Urwald mich an sein trauriges und wortkarges Auflachen gemahnten.

Ist es möglich, daß Sie noch dort draußen sind? fragte ich seinen Geist.

Das Basislager, von dem aus Chaney und wir anderen gearbeitet hatten, hieß jetzt Frasierville, und Lampen auf hohen Masten aus Vanadiumstahl beleuchteten eine zu schnell gewachsene, daher häßliche und einförmige Siedlung anstelle des einstigen Basislagers aus Fertigteilbaracken und Lagerschuppen im Grenzgebiet zwischen dem Regenwald und der Verlassenheit des Veldts. Die Sanitätsbaracke, in der Chaney sich erholt hatte, nachdem Eisen und ich dem Notruf seiner Leuchtraketen gefolgt waren, hatte sich zu einem Krankenhaus gemausert, wenn auch nur zu einem kleinen. Mit Brettern verschalte Holzhäuser aus einheimischen Material hatten unsere vorgefertigten Baracken verdrängt, und ein gutes Dutzend unserer wissenschaftlichen Führungskräfte hatte die Familien nachkommen lassen, daß sie die mühseligen Freuden des Pioniers und den Schmerz nächtlichen Heimwehs mit ihnen teilten. Ich war eine Ausnahme, weil ich keine Familie zu importieren hatte und allein in einer der vernachlässigten Baracken aus den Tagen des Basislagers hauste.

Als ich an diesem Abend spazierenging, hörte ich einen Säugling schreien.

Stellen Sie sich das vor, sagte ich zum Geist meines alten Freundes: *BoskVeld bleibt uns ein Geheimnis, aber wir bringen Familien mit Kindern her. Eine übereifrige Kolonialbehörde hat die Einwanderung von fünftausend Familien im kommenden Fiskaljahr gebilligt, und eine computergesteuerte Siedlungspolitik wird bald über das Schicksal der Grasländer, Steppen und Savannen bestimmen, die dieser Welt die Hälfte ihres Namens gegeben haben. Solche Veränderungen in nur sechs Jahren! Ein Säugling!*

Freuen Sie sich, daß Sie tot und in Sicherheit sind, Egan?

Chaney war das zweifelhafte Vergnügen erspart geblieben, zum Frühstück Getreideflocken aus Hybridsorten zu essen, die für BoskVelds Bodenverhältnisse und Klimabedingungen gezüchtet worden waren. Der Geschmackssinn mochte sich vergewaltigt fühlen, aber der Stolz redete uns Vollkommenheit ein. Unsere Agrogenetiker nannten das neue Korn Whilais, und ich stellte mir Kinder vor, die an Feldrainen neben den binsenähnlichen Halmen dahinrannten und Brotrinden knabberten, die aus dem groben, rosafarbenen Mehl gebacken waren.

Das Thema Kinder drängte sich immer wieder in mein Bewußtsein. Vielleicht lag es daran, daß Egan Chaneys Tochter am kommenden Morgen zum ersten Mal in ihrem Leben den Fuß auf BoskVelds Boden setzen sollte, und daß ich mich verpflichtet fühlte, für ihre Ankunft Vorbereitungen zu treffen. Vor sieben Jahren hatte ich keine Ahnung gehabt, daß Chaney Ehemann und Vater war, hatte ihn für einen Junggesellen wie mich selbst gehalten. Morgen früh aber sollte ich einer jungen Frau gegenübertreten, deren Existenz sein Verschweigen beschämte und die dort Erfolg suchte, wo Chaneys entschlossenste Kollegen, nicht zu reden vom berühmten Tulku Sankosch, nur Enttäuschungen und Niederlagen gefunden hatten.

Ich blickte auf und suchte in der Klöppelarbeit des Sternhimmels, der Chaney so sehr an »das Funkeln taubenetzter Spinnweben im Licht der Morgensonne« erinnert hatte, den wandernden Lichtpunkt der weltumkreisenden Sonde. Einmal glaubte ich ihn zu sehen, doch war es schwierig, Gewißheit zu erlangen.

Zur Entschädigung trafen Kaspar, Melchior und Baltasar, das Trio der Monde, deren berauschendes Lichtbouquet ihn während seiner Feldarbeit unter den Asadi in so grausamer Weise trunken gemacht hatte, für kurze Zeit in einem glitzernden Himmelsbogen zusammen. Im Gedenken an Chaney versuchte ich mein Heimweh nach der Erde in eine trunkene Gefühlsaufwallung zu steigern, brachte aber nur eine Empfindung unruhiger Erwartung zustande.

Vor sechs Jahren stellte ich aus Egan Chaneys Notizen, Briefen und Tonaufzeichnungen eine unorthodoxe Monographie über die hominiden Asadi zusammen.

Im Laufe mehrere Wochen, wie es die Priorität der Sendezeiten der Radiostation unseres Basislagers erlaubte, gab ich das Manuskript nach und nach durch. In der Heimat wurden die Teile gesammelt, gegengelesen und von der Publikationsabteilung der Nationaluniversität von Kenia in Nairobi veröffentlicht, derselben Universität, an der ich mein Studium in Paläoanthropologie und Ökologie absolviert hatte. Die Monographie erschien unter dem Titel *Tod und Bestimmung unter den Asadi** und erreichte innerhalb eines Jahres neun Auflagen. Dies läßt erkennen, welch hohes Maß an öffentlicher Aufmerksamkeit die Arbeit der dritten Deneb-Expedition hier auf BoskVeld gefunden hatte. Nebenbei erfuhr ich dadurch von dem Umstand, daß Chaney mit einer Frau verheiratet gewesen war, die noch lebte. Von da an wurden die aus dem Verkauf der Monographie erzielten Einnahmen zwischen der Forschungsstiftung der Nationaluniversität und den überlebenden Angehörigen aus Chaneys bis dahin unbekannter aber gleichwohl rechtmäßiger Ehe aufgeteilt. Diese Regelung gilt bis auf den heutigen Tag.

Weil die Monographie mittlerweile in annähernd einhundert zusätzlichen Auflagen in sechzehn Sprachen erschienen ist, haben die Asadi von BoskVeld es zu einem außergewöhnlich hohen Bekanntheitsgrad gebracht, und obgleich die Monographie sich ausschließlich mit Chaneys Feldarbeit in den Regenwäldern beschäftigt, hat sie der ganzen Welt zu einem romantischen Fluidum verholfen.

Auf BoskVeld eintreffende Kolonisten fragten als erstes nach den Asadi, obwohl ihre Aufgabe vor allem anderen in der Besiedlung und Urbarmachung der Veldts lag. Sie kamen vom Egan Chaney-Flugplatz (so hatten wir den Lan-

---

* Sie wurde abgedruckt im »Science Fiction Story Reader 11«, hrsg. von Wolfgang Jeschke (HEYNE-BUCH Nr. 06/3627).

deplatz schließlich getauft) nach Frasierville, verbrachten eine oder zwei Wochen als Zuhörer von Einführungsvorträgen und Kurzlehrgängen, wurden für die vor ihnen liegenden harten Zeiten ausgerüstet und anschließend mit Lastwagenkolonnen zu den ihnen von der Kolonialverwaltung zugewiesenen Territorien geschafft. Bei allen großen Erwartungen nutzten nur wenige dieser abenteuerlustigen Menschen die Gelegenheit zu einem Abstecher in den Regenwald, und jene, die es taten, blieben auf den ausgetretenen Pfaden, als hätten sie ihre romantischen Vorstellungen bereits revidiert und begriffen, daß der wahre Sinn ihres Lebens anderswo lag – mochten die Legende von Egan Chaney und das Geheimnis der Asadi auch nicht wenig zu ihrem Entschluß, nach BoskVeld zu kommen, beigetragen haben.

Wie sich auf genaueres Befragen herausstellte, waren die Leute geneigt, in *Tod und Bestimmung unter den Asadi* eine geschickt und überzeugend aufgemachte Erfindung zu sehen.

Schreibtischsachverständige taten die Monographie als ein Machwerk meiner Phantasie ab, was sie indessen nicht daran hinderte, sich im gleichen Atemzug zu entrüsten, ich hätte aus eigennützigen Motiven die private und wissenschaftliche Hinterlassenschaft eines toten Kollegen ausgeplündert.

Tatsächlich schien das Aufsehen, welches Chaneys Monographie und meine Mitarbeit daran erregte, seine Überzeugung zu bestätigen, daß geistige Pygmäen allenthalben gediehen und sich fröhlich mehrten. Seit mehr als fünf Jahren hatten sie die untauglichen Blasrohre ihrer geistigen Fähigkeiten gegen mich gebraucht. Weil ich nicht von Bosk-Veld zurückkehrte, ihnen die Stirn zu bieten, vermuteten viele von ihnen, daß sie mich tödlich getroffen hätten. Was konnten diesem Thomas Benedict der Reichtum und die Berühmtheit nützen, so mochten sie sich fragen, die er aus Egan Chaneys Leiden für sich destilliert hat? Und da sie nicht begreifen konnten, daß Reichtümer und Ruhm mir nichts bedeuteten, folgerten sie aus meinem Verhalten, daß ich mich fürchtete heimzukommen und mich ihnen zu stellen.

Die Wahrheit war, daß es nur eins gab, was ich fürchtete, und das war etwas, dem ich zugleich mit hoffnungsvoller Erwartung entgegensah: die Ankunft von Chaneys Tochter, einer zweiundzwanzigjährigen jungen Frau, die ihre Botschaften mit Elegy Cather unterzeichnete. Meine Befürchtungen leiteten sich von dem Umstand her, daß sie selbst den die Gutgläubigkeit am meisten strapazierenden Teilen der väterlichen Aufzeichnungen offenbar uneingeschränktes Vertrauen schenkte.

Selbst ich ging nicht so weit. Ich wußte, daß Chaney subjektiv alles erfahren hatte, was in unserer Monographie geschildert ist – je mehr Zeit ich jedoch in der Wildnis mit der Suche nach vorzeigbaren Beweisen verbrachte, desto schwerer fiel es mir, die objektive Realität etwa der großen Pagode anzuerkennen, die angeblich eine besondere Rolle im Asadi-Ritual von Tod und Bestimmung spielte. Die aus einem harten Kunststoff gefertigten *Augenbücher* – spektrale Farbenspiele zeigende Kassetten –, die Chaney aus der Wildnis mitgebracht hatte, waren tatsächlich ein greifbarer Beweis, daß er dort etwas gefunden hatte, was auf fortgeschrittene Technologie hindeutete, aber nicht notwendigerweise ein hoch aufragendes Gebäude, das sich unseren gründlichen Nachforschungen auf geheimnisvolle Weise entzogen hatte. Ich mußte glauben, daß Chaney seine imaginäre Pagode auf den Ruinen eines wirklichen Bauwerks errichtet hatte, von dem er in einer früheren Beschreibung Oliver Oliphant Frasiers gelesen hatte.

Elegy Cather war anderer Meinung. Annähernd acht Monate zuvor hatte ich mein Fach im Senderaum der Station geöffnet und diese unerwartete Nachricht darin gefunden:

Lieber Dr. Benedict,
die Einnahmen aus der amerikanischen Ausgabe vom Buch

meines Vaters über die Asadi haben mir das Studium am Goodall-Fossey College für Primatenethologie hier in Ostafrika ermöglicht. Ich habe Feldarbeit mit Schimpansen und Pavianen im Schutzgebiet am Gombe-Fluß in Tansania geleistet. Sie müssen wissen, wie unendlich ich Ihnen dafür dankbar bin, daß Sie dies möglich gemacht haben. Durch die Bearbeitung und Herausgabe der Aufzeichnungen meines Vaters haben Sie mir sowohl die finanzielle Möglichkeit als auch den Anreiz gegeben, das Studium der Primatenethologie aufzunehmen und weiterzuführen.

Wäre nicht meine anfängliche Furcht gewesen, daß ich hier scheitern könnte, hätte ich mich schon eher bei Ihnen bedankt.

Vielleicht habe ich diese Hürde jetzt überwunden. Die Nyerere-Stiftung in Dar es Salaam hat mir die Mittel zum Studium der Asadi von BoskVeld zur Verfügung gestellt, und die Behörden haben meinen Antrag auf Erteilung eines Einreisevisums genehmigt. Wenn alles planmäßig verläuft, werde ich noch vor Jahresende an Bord der Lichtsonde Wasserläufer IX *eintreffen.*

Sie sollten wissen, Dr. Benedict, daß es meine Absicht ist, nicht nur die Asadi zu studieren, sondern auch Feststellung über den Verbleib meines Vaters zu treffen. Ferner möchte ich die Verläßlichkeit seiner letzten Aufzeichnungen bekräftigen, selbst derjenigen, die heute manchen unglaubwürdig erscheinen. Wie wenig ich mich darin irre machen lasse, mögen Sie daraus ersehen, daß ich die Unterstützung beantragte, sobald ich vom Mißerfolg der Sankosch-Expedition erfuhr, die aufgebrochen war, meinen Vater oder diese geheimnisvolle Pagode zu finden.

Obgleich Skeptiker diese Pagode mit dem Yeti verglichen haben, glaube ich an ihre Existenz und denke, wir werden ihre Realität zu unserer eigenen und anderer Leute Zufriedenheit nachweisen können. (Ich sage »wir«, Dr. Benedict, weil ich Hoffnungen habe, Ihre Unterstützung für mein Vorhaben zu gewinnen.) Es ist lediglich ein neuer Ansatz vonnöten – einer, der Sankosch unbekannt war und auf den auch bei Ihnen in Frasierville noch niemand gekommen sein dürfte. Die mir hier im Gombe-Reservat verbleibende Zeit werde ich für die nötigen Vorbereitungen nutzen.

Heinrich Schliemann nahm Homer beim Wort, und so gelang es ihm, die Ruinen Trojas zu entdecken und auszugraben. Die Ilias *war Schliemanns Anleitung.*

Ich glaube an die buchstäbliche Wahrheit der letzten Tonbandaufzeichnungen meines Vaters, die Sie in seiner Ethnographie als »Chaneys Monolog« veröffentlicht haben. Ich behaupte auch die Richtigkeit seiner vorausgegangenen Aufzeichnungen über die Feldarbeiten. Warum sollte ich es nicht tun? Schliemann war Homer nicht durch Bande des Blutes verbunden, und doch führte sein Glaube an die Geschichtlichkeit des alten Epos ihn zu großartigen Entdeckungen. Ich wäre eine Verräterin an meinem Erbe, wenn ich den Worten meines Vaters nicht mindestens so viel Glaubwürdigkeit beimessen würde, wie Schliemann es im Falle der Ilias *tat.*

Ich freue mich darauf, Sie kennenzulernen.

Freundliche Grüße,
Elegy Cather

Nach dieser ersten Botschaft übermittelte mir Elegy Cather noch vier oder fünf zusätzliche Funkmeldungen, von denen freilich keine im einzelnen erläuterte, auf welche Weise sie Erfolg zu haben hoffte, wo intelligente, erfahrene und hartnäckige Entdeckernaturen nichts als Urwalddikkicht, Insektenstiche und schweißtreibende Strapazen angetroffen hatten.

Dies erklärt die gemischten Gefühle, mit denen ich unserem Zusammentreffen entgegensehe. Wie lang wird Elegy Cather zu der Erkenntnis brauchen, daß sie sich vergeblich bemüht hat, und ihre jugendlichen Hoffnungen begraben, wo meine grauen und abgezehrten schon lange ruhen?

Und ich? Mein Name ist Thomas Douglas Benedict, aber meine Freunde nennen mich Ben. Ich kam als Assistent für Paläoxenologie mit der dritten Deneb-Expedition nach

BoskVeld, im Anschluß an Oliver Oliphant Frasiers Entdekkungen nahe der Großen kalyptrischen See und nach dem Scheitern der zweiten Expedition. Längere Zeit hindurch war ich jedoch nicht viel mehr als ein besserer Laufbursche für jene, die es im akademischen Leben bereits zu Rang und Namen gebracht hatten.

Diesen Zustand empfand ich als quälend, denn ich war bereits Ende Dreißig, aber ich wußte nicht, wie ich ihm abhelfen sollte. Wahrscheinlich hing es damit zusammen, daß meine marktgängigste Fähigkeit nicht meine Universitätsausbildung war, sondern vielmehr meine Erfahrung als Pilot der Libelle, eines weit verbreiteten Allzweckhubschraubers. Ich hatte den Umgang mit dem Gerät in den letzten Jahren des Afrikanischen Krieges gelernt, der das Ende der Menschheit in ungefähr der gleichen Gegend zu besiegeln drohte, wo sie ihren Anfang genommen hatte.

In einem Alter, da die meisten Erwachsenen verantwortliche Positionen erreichen oder zumindest die Aufstiegsgewinne ihrer Jugendjahre sichern, hatte ich gerade mein Studium in Nairobi mit einer mittelmäßigen Dissertation abgeschlossen. Eigentlich hätte ich es in meinem Alter weiter gebracht haben müssen. Es ist unmöglich, die Feindseligkeiten im südlichen Afrika als Vorwand zu benutzen, denn ich hatte ein Jahrzehnt meines Lebens vertrödelt, ehe ich mit einem Kontingent eilig herbeigerufener ausländischer Söldner in Luanda aus dem Flugzeug kletterte, und nach Kriegsende nahm ich mir erst einmal Zeit, mich zu »erholen«. Als ich endlich nach Nairobi kam und meinen Status als Veteran des panafrikanischen Krieges nutzte, um einen Studienplatz zu bekommen, ließ ich mir mit dem Studium sehr viel Zeit, und erst meine spätere Bekanntschaft mit einer älteren Wissenschaftlerin, die am Tyamo-See in Äthiopien mehrere vielversprechende Fossilienfundstätten von Protohominiden entdeckt hatte, lenkte mein Interesse und meine Aufmerksamkeit auf die Paläoanthropologie.

Von da an machte ich Fortschritte, wenn auch keine außerordentlichen. Ich kam gerade gut genug voran, um mich meiner Leistungen nicht in Grund und Boden schämen zu müssen, als ich, den frischen Doktortitel in der Tasche, den Mut oder die Unverschämtheit aufbrachte, mich um die Stelle eines wissenschaftlichen Assistenten bei der dritten Deneb-Expedition zu bewerben, die damals gerade in Dar es Salaam zusammengestellt wurde.

Zu meiner Überraschung wurde ich angenommen. Diesen Erfolg verdankte ich meinem langjährigen Aufenthalt in Afrika, einem übermäßig großzügigen Empfehlungsschreiben eines Professors an der Nationaluniversität von Kenia, der Moses Eisen einmal in London kennengelernt hatte, und schließlich der persönlichen Fürsprache der Frau, die meinem Studium eine neue Richtung gegeben hatte. Sie suchte mir zuliebe das Hauptquartier auf und schilderte Eisens Personalchef meine Vorzüge. Erst viel später wurde mir klar, daß sie es getan hatte, weil sie mir wirklich zugetan war und meine eher indifferente Haltung im persönlichen Umgang mit ihr nicht nur nach einer mahnenden Großzügigkeit von ihrer Seite verlangte, sondern nach einer wirklichen Anstrengung, mich aus ihrem Umkreis zu entfernen. Zwei Fliegen mit einer Klappe. So kam ich nach BoskVeld.

Sobald wir unser Basislager errichtet hatten, machte ich mir Hoffnungen auf eine Gelegenheit, mehrere Statuenbruchstücke untersuchen und datieren zu dürfen, die Oliver Oliphant Frasier in den Ruinen eines präasadischen Tempels an den Küsten der kalyptranischen See entdeckt hatte. Aber meine unmittelbare Vorgesetzte, eine Frau namens Chiyoko Yoshiba, nahm mir diese Arbeit kraft ihrer größeren Erfahrung ab. Ich hätte ihr bei der Untersuchung und Bewertung dieser Fundstücke helfen können, fühlte mich aber zurückgesetzt und wollte ihr nicht den Handlanger machen. Mit meinen neununddreißig Jahren benahm ich mich, als wäre ich allwissend; und ich stieß Yoshiba mit meiner plumpen Überheblichkeit und meinen intellektuellen Scherzen vor den Kopf. Weiteren Grund zum Verdruß gaben ihr meine nicht genehmigten Ausflüge mit der Libelle, die ihrer Abteilung zur Verfügung stand. Oft flog ich über das Veldt oder den Urwald, nur um vom Basislager und anderen Menschen wegzukommen, die ihr Leben besser einteilen und beherrschen konnten als ich es vermochte, gewöhnlich mit der eitlen Hoffnung, das Gefühl innerer Einsamkeit zu überwinden, indem ich mich selbst besser kennenlernte. Rückblickend kann ich verstehen, daß Yoshiba mich nicht mochte. Aber nach Chaneys Verschwinden legten wir unsere Differenzen bei und kamen späterhin recht gut miteinander aus.

Yoshiba entdeckte bald, daß alle Gegenstände der Asadi, die sie aus der Ruinenstätte barg, sich einer einwandfreien Datierung entzogen. Die Anwendung der C14-Methode, Kalium-Argon-Vergleiche, stratigraphische Bestimmungen, Messungen der Strahlungskurve, die Kernspaltungsspurenmethode und Messungen der Thermolumineszenz erwiesen sich alle als gleichermaßen nutzlos, weil sie widersprüchliche Ergebnisse lieferten. Es war unmöglich festzustellen, wie lange es her war, daß die Vorfahren der Asadi – wir hatten angefangen, sie die ›Ursadi‹ zu nennen, um sie von ihren lebenden, aber verschlossenen evolutionären Nachkommen zu unterscheiden – ihre Tempel errichtet hatten, und was ihren raschen und geheimnisvollen Niedergang bewirkt hatte. Ich war Yoshiba und den anderen zwei Paläoxenologen keine große Hilfe, denn meine eigenen Theorien über die prähistorische Zeit der Asadi waren so offensichtlich entweder zynische oder scherzhafte Konstruktionen, daß man sie nicht ernst nehmen konnte und ihnen die Absicht anmerkte, Heiterkeit zu erzeugen, statt einen Beitrag zu leisten. Hinzu kam, daß ich häufig abwesend war, wenn die anderen ein zusätzliches Paar Hände oder eine andersartige Perspektive hätten gebrauchen können. Das Ergebnis war, daß Yoshiba, um mich loszuwerden, zu Moses Eisen ging und um meine Versetzung bat.

Da es unmöglich war, mich heimzuschicken, versetzte Eisen mich in Egan Chaneys Abteilung für Kultur-Xenologie. Wie sich zeigte, bestand die ganze Abteilung nur aus ihm, und Chaney machte mich zu seinem Piloten. Ich hätte über die Versetzung nicht glücklicher sein können.

Chaney hatte seine Ausbildung zum Kultur-Xenologen in Afrika erhalten, bevor die Feindseligkeiten ausgebrochen waren und die meisten wissenschaftlichen Projekte auf dem Kontinent für mehr als ein Jahrzehnt unterbrochen hatten. Meiner eigenbrötlerischen Wesensart kam entgegen, daß er kaum Freunde und anscheinend keine familiären Bindungen hatte. Ich sah in ihm einen Bruder. Das war eine Selbsttäuschung, die ich erst mehrere Monate nach seinem Verschwinden durchschaute, als ich die Monographie zusammenstellte und kommentierte, die Chaney, mich und BoskVeld berühmt machen sollte.

Obwohl er umfangreiche schriftliche Aufzeichnungen führte und zusätzlich mit einem Tonbandgerät arbeitete, um das Material in seinen Journalen zu ergänzen, war Chaney ein wortkarger Mensch, der selten redete, nur um etwas zu sagen. Ich war darin anders. Als ich zu ihm in die Wohnbaracke im Basislager zog, ließ ich mir nicht nehmen, ihm in aller Ausführlichkeit meine Lebensgeschichte zu erzählen. Ich berichtete von meinen Jugendjahren in den ländlichen Dakota-Territorien der Amerikanischen Union, und Chaney hörte mir zu. Ich erzählte ihm von den Frauen, die mich geliebt oder vorgegeben hatten, es zu tun, und von denen ich mich aus diesem oder jenen Grund unweigerlich hatte trennen müssen, und Chaney hörte geduldig zu. Ich redete von meinem Wunsch, einen populär gehaltenen Tatsachenbericht über alle drei BoskVeld-Expeditionen zu schreiben, über die Erfolge und Mißerfolge, die Hoffnungen und Enttäuschungen, die Mühseligkeiten und Entbehrungen und so weiter ad nauseam, und Chaney hörte höflich zu. Er hörte all diesen oft weitschweifigen Ausführungen mit gleichbleibender Aufmerksamkeit zu, und erst nach seinem Verschwinden wurde mir klar, daß ich absolut nichts von ihm wußte.

Das einzige, was ich in jenen Tagen von unserem Verhältnis zueinander begriff, war, daß wir beide, Egan Chaney und Thomas Benedict, vom Kurs abgekommen waren und richtungslos auf hoher See trieben. Das machte uns zu Brüdern; und was hatte es da schon zu bedeuten, wenn er den Mund hielt, während ich redete?

Nach meinem Abendspaziergang vor Elegy Cathers Ankunft kehrte ich in mein Quartier zurück und nahm ein schmales Buch vom Regal …

TOD UND BESTIMMUNG UNTER DEN ASADI

Verschiedene Bemerkungen zu einer verfehlten Ethnographie der Asadi von BoskVeld, dem vierten Planeten des Systems Deneb, aus den privaten und wissenschaftlichen Aufzeichnungen, Korrespondenzen, Berichten, Tonaufzeichnungen und Skizzen des Kultur-Xenologen

Egan Chaney

zusammengestellt

von seinem Freund und Mitarbeiter

Thomas Benedict

Presse- und Informationsamt
der Nationaluniversität von Kenia, Nairobi

Erster Teil

PRÄLIMINARIEN: TRÄUMEREI UND AUFBRUCH

Aus den privaten Aufzeichnungen des Egan Chaney: Es gibt keine Pygmäen mehr. Geistige Pygmäen vielleicht, nicht aber jene kleinwüchsigen, flinken, mit Hohlkreuz behafteten, dunkelhäutigen Menschen von durchweg zugänglicher Wesensart, die in den längst zugrunde gerichteten Regenwäldern am Ituri lebten; ein Volk übrigens, das ich nicht mit Rührseligkeit umgeben möchte (wenngleich sich bisweilen etwas von der Art einschleichen mag). Es gibt keine Pygmäen mehr; sie sind seit Jahrzehnten ausgestorben und waren schon lange vorher zum Untergang verurteilt.

Aber am Abend vor dem Abend, als Benedict im harten Licht dreier Monde mit mir in die rauschenden Blattwedel der synästhetischen Wildnis* eintauchte, wurden sie mir wieder lebendig. Den letzten Abend im Basislager verbrachte ich mit der neuerlichen Lektüre von Turnbulls Standardwerk *Wayward servants. The two worlds of the african pygmies* und fühlte mich unversehens wieder unter die Leute am Ituri versetzt. Ich unterzog mich dem schmerzhaften Beschneidungsritual des *Nkumbi.* Ich sprang unter den Bauch eines Elefanten und stieß dem gewaltigen Geschöpf meinen Speer in den Leib, und ich nahm mit den klugen alten Bambuti am *Molimo*-Fest teil.

Alles in allem wird wohl eine Anwandlung von Rührseligkeit der Anlaß zu meiner Lektüre gewesen sein, stellte Turnbulls Werk doch die erste und lebendigste Ethnographie dar, mit der ich als angehender Student in Berührung gekommen war; und selbst an diesem letzten Abend im Basislager auf dem als fremd und feindselig empfundenen

* Dies war die von Chaney bevorzugte Bezeichnung für den Regenwald, welchen wir anderen die kalyptranische Wildnis nannten. – *T. B.*

BoskVeld verfehlte das Buch nicht seine zauberische Wirkung auf mich und erfüllte mein Bewußtsein wie die geheimen Zaubersprüche des *Molimo* oder die herben Melodien der drei Monde dieser Welt.

Eine Anwandlung von Rührseligkeit.

Welchen Nutzen die Lektüre mir unter den Bewohnern der synästhetischen Wildnis bringen sollte, wußte ich nicht zu sagen. Wahrscheinlich keinen. Aber der Entschluß stand fest, und so verlor ich mich am Vorabend meiner Abreise und dem Eintauchen in eine andere Welt in den Wäldern einer anderen Zeit, wissend, daß ich in den nächsten Monaten der wachsame Gefangene der Hominiden sein würde, die Gegenstand meiner Untersuchung waren. Auf Erden haben wir die meisten »primitiven« Völker ausgerottet, doch auf dieser widersprüchlichen Welt gab es noch Arbeit für mich.

Und als Benedict den Hubschrauber unter den drei altgoldenen Monden wendete und wie eine knisternde Libelle zum Basislager zurückflog, wurde mir bewußt, daß es für mich nur noch diese Arbeit gab. Aber der Urwald war düster, fremdartig und von alptraumhafter Wirklichkeit; und ich konnte nur noch denken: *Es gibt keine Pygmäen mehr, es gibt keine Pygmäen mehr, es gibt keine ...*

METHODEN: EIN GESPRÄCH

Aus dem Arbeitsjournal des Egan Chaney: Ich bin nicht der erste Erdenmensch, der unter die Asadi ging, aber als erster werde ich längere Zeit unter ihnen leben. Der Entdecker der Asadi war Oliver Oliphant Frasier, der Mann, der diesen Hominiden den Namen gab – vielleicht in einer Analogie zu dem Wort Aschanti, das ein noch existierendes afrikanisches Volk bezeichnet, eher aber nach dem alten arabischen Wort Asad, das Löwe bedeutet.

Frasier hatte berichtet, die Asadi von BoskVeld besäßen keine Sprache im menschlichen Sinne, doch hätten sie in früherer Zeit eine »geschriebene Sprache« gehabt. Ich war von Anfang an überzeugt, daß er diese Begriffe eher sorglos gebrauchte, und nahm mir vor, der Ungereimtheit von Schrift ohne Sprache auf den Grund zu gehen. Außerdem hatte Frasier die Meinung vertreten, ein furchtloser Ethnograph habe gute Aussicht, mittels einer ungewöhnlichen List – die er in diesem Zusammenhang skizzierte – bei den Asadi Aufnahme zu finden. Zur Beschreibung dieser List gebe ich an dieser Stelle ein Gespräch wieder, daß ich mit meinem Piloten und Forschungsassistenten Thomas Benedict geführt habe. Tatsächlich mag das Gespräch im einzelnen anders verlaufen sein; ich muß mich hier auf eine sinngemäße Darstellung beschränken. Benedict wird Verständnis dafür zeigen.

BENEDICT: Hören Sie, Chaney, was wollen Sie anfangen, nachdem ich Sie mutterseelenallein in der Wildnis abgesetzt habe? Ich hoffe, Sie werden den Armen die übliche anthropologische Methode ersparen; ich meine, mit allerlei Hokuspokus in den Weiler der Asadi zu stolzieren und zu verkünden, Sie seien der große weiße Gott, von dem ihre Legenden berichten.

CHANEY: Das nicht, nein. Tatsächlich werde ich erst morgen früh auf die Asadi-Lichtung gehen.

BENEDICT: Warum, in Gottes Namen, muß ich Sie dann mitten in dieser verwünschten Nacht in die Wildnis fliegen?

CHANEY: Um einem liebenswerten Sonderling gefällig zu sein. Nein, nein, Ben, regen Sie sich nicht auf. Die Sache ist ganz einfach. Frasier sagte, daß der Versammlungsplatz der Asadi bei Nacht völlig verlassen sei; zwischen Dunkelwerden und Sonnenaufgang sei dort keine Seele anzutreffen. Die Mitglieder der Gemeinschaft kehrten erst bei hellem Tageslicht zurück.

BENEDICT: Aber warum dann bei Nacht landen?

CHANEY: Damit die Libelle ungesehen bleiben und ihr Fluggeräusch bis zum Morgen in Vergessenheit geraten kann. Und um mir die Möglichkeit zu geben, mit den ersten

Ankömmlingen den Versammlungsplatz zu erreichen. Geradeso als ob ich hingehörte.

BENEDICT: Sieh einer an. Da werden Sie freilich sehr unauffällig sein. Man wird Sie auf der Stelle in die Dorfgemeinschaft aufnehmen. Zwar gehen die Asadi nackt, haben Augen wie das trübe Glas im Boden alter Flaschen und prunken mit mächtigen Mähnen aus grauem und braunem Pelz, aber das hat nichts zu sagen. Vortrefflich!

CHANEY: Nein, Ben, ich rechne nicht damit, daß man mich sogleich aufnehmen wird.

BENEDICT: Aber etwas später?

CHANEY: Ja, so stelle ich es mir vor.

BENEDICT: Wie wollen Sie dieses Wunder bewirken?

CHANEY: Nun, Frasier nannte es »Akzeptanz durch soziale Unsichtbarkeit«. Auch dieses Prinzip ist einfach: ich muß die Verhaltensweise eines asadischen Parias annehmen. Diese Taktik verschafft mir eine Art von Aufnahme, weil der asadische Brauch verlangt, daß die Anwesenheit eines Parias vollständig unbeachtet bleibt; er ist ausgestoßen nicht im physischen, sondern in einem psychologischen Sinne. Infolgedessen wird meine Anwesenheit auf dem Versammlungsplatz negativer Natur sein, ein Eingeständnis, das ich bereitwillig mache; aber die negative Existenz wird mir mehr Freiheit der Bewegung und der Beobachtung geben, als wenn ich ein Asadi von Ansehen wäre.

BENEDICT: Das ist leicht gesagt, Chaney, aber wie wollen Sie es anstellen? Wie wird man zum Paria, und was wird dabei aus der entscheidenden Rolle des Anthropologen als eines Sammlers volkskundlichen Materials: all der Lieder, der religiösen Bräuche und Geisterbeschwörungen? Wird Ihre »Unsichtbarkeit« Sie nicht um notwendige und wertvolle Kontakte mit jenen Asadi bringen, die Ihnen am meisten verraten könnten?

CHANEY: Ich will Ihre zweite Frage zuerst beantworten. Frasier stellte fest, daß die Asadi sich nicht durch Sprache verständigen. Das beschränkt meine Tätigkeit auf die Beobachtung. Um Lieder oder Beschwörungsformeln brauchen Sie sich nicht zu sorgen. Die religiösen Vorstellungen werden ich aus dem ableiten müssen, was ich sehe. Und was ihre Verständigungsmethoden betrifft, so bin ich, selbst wenn ich entdecken sollte, von welcher Art sie sind, möglicherweise rein physisch nicht in der Lage, von ihnen Gebrauch zu machen. Die Asadi sind keine Menschen, Ben.

BENEDICT: In der Tat. Wenn ich Ihnen zuhöre, erscheint mir die Sprachlosigkeit oft als ein genetisch wünschenswerter Zustand. Aber genug davon. Was werden Sie tun, um sich zum Paria zu machen?

CHANEY: Wir wissen noch nicht viel über die Verstöße, welche solch harte Bestrafung rechtfertigen. Immerhin ist bekannt, wie die Asadi den Ausgestoßenen von den anderen Mitgliedern der Gemeinschaft unterscheiden.

BENEDICT: Wie?

CHANEY: Sie scheren dem Übeltäter die Mähne. Weil alle erwachsenen Asadi beiderlei Geschlechts diese Mähne haben, ist es eine zuverlässige Methode zur Kennzeichnung eines Parias.

BENEDICT: Demnach sind Sie bereits einer.

CHANEY: Ich hoffe es. Ich darf nur nicht vergessen, mich regelmäßig zu rasieren. Frasier glaubte, seine Haarlosigkeit – er war fast kahlköpfig – habe ihm die wenigen Erkenntnisse über Leben und Wesensart der Asadi, die wir heute besitzen, erst ermöglicht. Aber er hielt sich in einer Zeit sonderbarer Inaktivität unter ihnen auf und mußte sich mit dem Studium der Fundstücke einer älteren einheimischen Kultur zufriedengeben, den Überresten eines Tempels oder einer Pagode zwischen Urwald und Meer. Übrigens soll es Frasier an der für erfolgreiche Feldarbeit nötigen Geduld gefehlt haben.

BENEDICT: Warten Sie! Könnte ein Asadi seine Mähne nicht durch ein Mißgeschick einbüßen? In diesem Fall wäre er ohne eigenes Verschulden ein Ausgestoßener, nicht wahr? Ein unechter Paria.

CHANEY: Das ist wenig wahrscheinlich. Frasier berichtete, die Asadi hätten keine natürlichen Feinde; damit nicht genug, erscheine die synästhetische Wildnis beinahe frei von anderen Lebensformen, läßt man Pflanzen, Insekten und verschiedene mikroskopische Formen außer Betracht. Jedenfalls scheint der Verlust der Mähne, ganz gleich wodurch, Grund genug zu sein, um von den Artgenossen geächtet zu werden. Das ist das einzige Vergehen, das Frasier als auslösenden Faktor bestimmen konnte. Welches die anderen sind, wenn es andere gibt, können wir nicht wissen.

BENEDICT: Wovon leben die armen Teufel, wenn es im Urwald keine Beutetiere gibt?

CHANEY: Auch das ist uns nicht bekannt.

BENEDICT: Na, und wovon wollen Sie leben? Selbst Malinowski ließ sich dann und wann herbei, etwas zu essen.

CHANEY: Dafür brauche ich Sie, Ben. Ich werde ausreichend Proviant für eine Woche mitnehmen, aber in den folgenden Monaten werden Sie dort, wo Sie mich absetzen, einmal wöchentlich Proviant und Material abwerfen. Ich habe die Stelle bereits ausgewählt und kenne ihre Entfernung und Marschrichtung von der Asadi-Lichtung. Das wird nicht billig sein, aber die Leute im Basislager, allen voran Eisen, sind von der Notwendigkeit meiner Arbeit überzeugt. Sie werden die Abwürfe nicht rechtfertigen müssen.

BENEDICT: Aber warum so oft? Warum einmal wöchentlich?

CHANEY: Das ist Eisens Idee, nicht die meinige. Da ich ihm erklärt hatte, daß ich für die Dauer meines Aufenthalts unter den Asadi jeden Kontakt mit unseren Leuten ablehnen müsse, entschied er, daß der wöchentliche Abwurf die beste Möglichkeit sei, sich von Zeit zu Zeit meines Wohlbefindens zu versichern.

BENEDICT: Nehmen Sie eine Waffe mit?

CHANEY: Nein, keine Waffen. Außer Lebensmitteln werde ich nur mein Arbeitsjournal, mein Tagebuch für private Aufzeichnungen, ein Tonbandgerät, Lesestoff, eine Reiseapotheke und vielleicht irgend etwas gegen die unvermeidlichen depressiven Phasen mitnehmen.

BENEDICT: Was halten Sie von einem Funkgerät? Für den Fall, daß Sie rasch Hilfe brauchen?

CHANEY: Nein. Ich könnte krank werden, aber sollte es mir wirklich schlecht gehen, habe ich noch die Leuchtraketen. Außerdem Placenol, Lorqual und Whisky. Aber ich muß auf völliger Trennung von den Angelegenheiten des Basislagers bestehen, bis mein Aufenthalt unter den Asadi beendet sein wird.

BENEDICT: Warum nehmen Sie das auf sich? Ich frage nicht, warum Eisen beschlossen hat, daß wir die Asadi so gründlich studieren sollten. Aber warum bürden Sie sich diese mühevolle und riskante Feldarbeit allein auf? Es gibt andere im Basislager, die an Ihrer Stelle gegangen oder bereit gewesen wären, Sie turnusmäßig abzulösen.

CHANEY: Weil es, Ben, keine Pygmäen mehr gibt ...

Es mag sein, daß ich Benedict in dieser Darstellung unseres Gesprächs neugieriger habe erscheinen lassen als er ist. So viele wohlunterrichtete Fragen! In Wahrheit ist Ben erstaunlich redselig, sobald es um ihn selbst und seine Vergangenheit geht, ohne dabei sonderlich informativ zu sein. Darin ähnelt er mir, fürchte ich ... Aber wenn Sie diese Notizen zur Ethnographie lesen, Ben, dann denken Sie daran, daß ich Sie ein paar treffende Bemerkungen unbeantwortet haben anbringen lassen. Kann eine Lehrer-Schüler-Beziehung tiefer gehen? Als ein Mann, dessen Lebenswerk die Berücksichtigung einer Vielzahl von Perspektiven erforderlich macht, glaube ich, Ihnen gegenüber fair gewesen zu sein. Vergeben Sie mir diese Abschweifung.

KONTAKT UND AUFNAHME

Aus den privaten Aufzeichnungen des Egan Chaney: Ich legte mich unter einem Baum nieder, der einer übergroßen

Parakautschukpflanze ähnelte, und der monoton sich wiederholende Gedanke *Es gibt keine Pygmäen mehr, es gibt keine Pygmäen mehr, es gibt keine ...* begleitete mich in den Schlaf. Ich schlief traumlos oder hatte einen grotesken Alptraum, den ich schon mit dem Erwachen verdrängte. Die Armbanduhr weckte mich.

Denebs Morgenlicht begann die Blattränder im Laubwerk über mir kupferrot zu tönen, aber der Tag war angebrochen. Alles war still. Ich weigerte mich, zuzulassen, daß die Wildnis meine Sinneswahrnehmungen verzerrte. Ich wollte mich nicht an ihren grellen Farben verletzen, am Karmesinrot, den Gelbtönen, dem Orchideenblau. Noch hatte ich das Verlangen, die erste verräterisch sanfte Morgenbrise zu schnuppern oder die Explosion des Sonnenaufgangs auf meine Netzhäute einwirken zu lassen.

Ich schüttelte mir den Schlaf aus dem Kopf und machte mich auf. Über die bloße Orientierung hinaus schenkte ich meiner Umgebung keine Aufmerksamkeit. Die Lichtung, wo die Asadi bald zusammenkommen würden, zog mich unwiderstehlich an. Alles andere entglitt meinem Bewußtsein: der flammende Himmel, die feuchte Erde, die rauschenden Blattwedel. Würden die Asadi mich dulden, wie sie ihre Ausgestoßenen duldeten? Auf diese Hoffnung gründete sich meine ganze Tätigkeit in den kommenden Monaten. Alles, so wurde mir klar, als ich mich durch das tropische Unterholz kämpfte, hing von meiner Hoffnung ab, daß ein äußeres Zeichen von Pariatum genügen würde: kein Jota meiner meisterlichen Strategie hingegen hatte ich auf die eigentliche Substanz dieses Zustands abgestellt.

Nun war es zu spät, entweder meine Ziele oder die Richtung meiner Schritte zu ändern. Man muß die Zweifel absterben lassen. Man muß das Geräusch der eigenen Schritte dem der anderen Schritte anpassen, die sich mit einem selbst auf die Lichtung zubewegen, wo das Laub sich teilt und die nackten Asadi gleich einer Versammlung schamloser Taubstummer zusammenkommen. Und so paßte ich mein Schrittmaß den raschelnden Tritten der anderen an.

Er blickte durch Lücken und Geflecht des Laubwerks den schwingenden Arm eines Asadi.

Vor dem lichtgefleckten Hintergrund als Schatten zwischen anderen Schatten gesehen, das vorwärtsgewandte Profil eines Mähnenhauptes.

Die Wildnis erzitterte und rauschte unter der zielstrebigen morgendlichen Bewegung. Ich war umgeben von ungesehenen und halbgesehenen Mitgliedern der Asadigemeinde, die mit mir der Lichtung zustrebten.

Und dann teilte sich das Laubwerk, und wir waren zusammen auf der offenen Urwaldlichtung, dem Versammlungsplatz der Asadi, ihrer heiligen Stätte vielleicht, dem schmucklosen Ort ihrer Geselligkeit und dem Brennpunkt ihres Lebens. Der schreckliche Geruch dieses Lebens – soviel durcheinanderdrängenden Lebens – verschlug mir den Atem.

Da war nichts zu machen. Man gewöhnt sich an vieles.

Große grauhäutige Geschöpfe mit dicken Mähnenhäuptern umdrängten mich, wandten sich zueinander, kamen zu mir zurück, als suchten sie eine Bestätigung meiner wesenmäßigen Zugehörigkeit. Mir blieb nichts übrig als abzuwarten. Das Blut pochte in meinen Schläfen. Deneb schoß Lichtpfeile durch das Laubwerk der Bäume. Zögernd, dann weitergehend und die düsteren Augen von mir wendend, trafen die Asadi – jeder für sich wie ich bemerkte – ihre Entscheidung, und der erste, unentbehrliche Sieg war errungen: ich blieb unbeachtet!

XENOLOGIE: BEOBACHTUNGEN BEI DER FELDARBEIT

Aus den Tonaufzeichnungen des wissenschaftlichen Archivs der dritten Deneb-Expedition: Ich bin seit zwei Wochen hier. Gestern abend erhielt ich Benedicts zweiten Proviantabwurf. Es ist ein Glück, daß die Versorgung zuverlässig ist und die Abwürfe genau an der Stelle erfolgen, wo Ben mich zuerst abgesetzt hat. Die Asadi ernähren sich nicht wie wir, und die synästhetische Wildnis bietet mir Nahrung weder in der Gestalt eßbarer Pflanzen noch in der kleinerer Tiere. Die Pflanzen sind absolut ungenießbar. Wie schon unsere Biochemiker im Basislager fesstellten, ruft ihr Genuß entweder sofortigen Brechreiz hervor, oder ihre pelzige Bitterkeit erzeugt unüberwindlichen Widerwillen. Einige wenige mögen genießbar sein oder Säfte enthalten, die unserem Geschmack entgegenkommen – wie bekannt, entdeckte Frasier eine Baumart, aus deren Saft wir das Lorqual genannte berauschende Getränk destilliert haben – aber ich bin kein Botaniker. Weit gefehlt. Tiere gibt es keine. Der Urwald ist eine fast stumme Wildnis, bewegt nur vom Wind und den heftigen Regengüssen. Dampfend in schwüler Hitze, ein undurchdringlich scheinendes Gewirr üppigen Pflanzenlebens. Das Regenwasser kann ich trinken. Gott sei dafür gedankt, selbst wenn ich es vorsichtshalber abkoche, ehe ich davon trinke.

Ich bin bereits zu einigen – rein spekulativen – Schlußfolgerungen über die Asadi gelangt.

Gewißheit gibt es keine. Obgleich ihr Verhalten eine tiefsitzende soziale und biologische Funktion widerspiegeln muß, vermag ich ihm keinen Sinn abzugewinnen. Das ist in diesem frühen Stadium der Beobachtung nicht überraschend. Am meisten beschäftigte mich neben der Beobachtung ihrer allgemeinen Lebensgewohnheiten die Ernährungsfrage. Meine Untersuchungen auf diesem Gebiet haben mir bisher die geistige Nahrung geliefert, derer ich bedarf, um die gelegentlich aufwallende Verzweiflung zu bekämpfen. Auf die Frage: »Was essen die Asadi?« kann ich wahrheitsgemäß antworten: »Alles, was ich nicht esse.«

Sie scheinen Pflanzenfresser zu sein und essen sogar Holz. Ich habe beobachtet, wie sie die Rinde von Kautschukbäumen, vom Regendorn, von den mangrovenähnlichen Sträuchern und den rautenblättrigen Schuppenbäumen rissen und ohne Schwierigkeit oder Bedenken verzehrten. Ich habe sie das Kernholz von Schößlingen essen sehen, Holz von einer Härte, die wir als ungenießbar selbst für

Tiere betrachten würden, die zur Verwertung von Rohzellulose imstande sind.

Vor drei Tagen habe ich verschiedene Rindenstücke der von den Asadi bevorzugten Arten weichgekocht. Darauf konnte ich sie mehrere Minuten kauen und schließlich hinunterschlucken. Die spätere Stuhluntersuchung ergab, daß diese »Mahlzeit« unverdaut wieder ausgeschieden worden war. Auch Rinde besteht schließlich aus unverdaulichen Stoffen wie Zellulose und Lignin. Die Asadi aber essen und verdauen sie. Wie?

Auch hier bin ich vorerst auf Spekulationen angewiesen. Ich glaube, diese Asadi verdauen Holz in gleicher Weise wie Termiten, das heißt, mit Hilfe von besonderen Bakterienstämmen in ihren Verdauungsorganen, welche die Zellulose aufschließen. Man könnte von einer Art Symbiose sprechen ...

Aber ich greife mir selbst vor. Heute abend ist die Gelegenheit günstig, einen Arbeitsbericht auf Band zu sprechen. Bei Anbruch der Dunkelheit sind die Asadi wieder im Urwald untergeraucht, und ich bin allein.

In den drei ersten Nächten meines Aufenthalts kehrte auch ich bei Sonnenuntergang zum Landeplatz zurück, legte mich im Schutz überhängender Palmwedel und Zweige nieder, verschlief die Nacht und schloß mich am frühen Morgen der unvermeidlichen Rückwanderung zur Lichtung an. Nun verbringe ich auch die Nächte hier. Ich schlafe am Rand der Lichtung, gerade tief genug im Unterholz, um Schutz zu finden. Den Abwurfplatz im Urwald suche ich nur noch auf, wenn ich eine Sendung abzuholen habe.

Obwohl die Asadi mein Benehmen mißbilligen, weil ich ein Ausgestoßener bin, können sie mich nicht disziplinieren, ohne gegen ihr eigenes Gesetz zu verstoßen, das ihnen die Nichtbeachtung eines Parias vorschreibt. Wenn sie abends fortgehen, machen einige der älteren Asadi, kenntlich an den weißen Strähnen in ihren räudigen Mähnen, einen Augenblick bei mir halt und stoßen mit übertriebener

Höflichkeit den Atem aus. Dabei sehen sie mich nicht an, weil das offenbar eine Verletzung des Tabus wäre. Ich sehe sie auch nicht an, und indem ich sie ignoriere, als ob sie die Parias wären, kann ich auf die sinnlosen und ermüdenden Wege zur Lichtung und zurück verzichten, die mich während der ersten Tage hier so erschöpft hatten.

Um den Vorwurf mangelnder Gründlichkeit zu entkräften, soll nicht unerwähnt bleiben, daß ich am vierten und fünften Abend versuchte, zwei verschiedenen Asadi-Exemplaren in den Urwald zu folgen, um festzustellen, wo und wie sie schlafen und womit sie sich beschäftigen, wenn sie sich nicht auf der Lichtung aufhalten. Mein Bemühen blieb jedoch erfolglos.

Wenn der Abend kommt, gehen die Asadi auseinander. Die Auflösung der Gemeinschaft ist vollständig: keine zwei Individuen bleiben zusammen, nicht einmal die Jungen bei ihren Eltern. Jeder Asadi sucht sich einen Schlafplatz, wo er oder sie völlig abgesondert von allen anderen Artgenossen die Nacht verbringt. Dieses Verhalten widerspricht meinen Erfahrungen mit fast allen anderen sozialen Gemeinschaften, die ich untersucht habe, und findet eine Entsprechung nur im einsiedlerischen Nestbau der Schimpansen, wie man ihn im ostafrikanischen Gombe-Reservat häufig beobachten kann. Weibliche Schimpansen schlafen jedoch bei ihren Jungen. Vielleicht tun dies auch die Asadi, solange die Jungen hilfsbedürftig sind ... Jedenfalls blieb ich in beschämender Weise hinter den Objekten meines Interesses zurück. Es ist nicht zu erwarten, daß ich mit anderen Exemplaren mehr Erfolg haben werde, da ich bereits am ersten Abend vorsorglich einem betagten und altersschwach scheinenden und am zweiten einem kleinen, kaum geschlechtsreifen Asadi gefolgt war. Beide bewegten sich jedoch mit einer Schnelligkeit und Gewandtheit durch das Urwalddickicht, als ob sie noch Baumbewohner wären, und kamen bald außer Sicht.

Zwei Monde sind am Himmel, unwirklich und wie aus brüniertem Gold. Ich bin gefangen im Netz der Schatten und meiner zunehmenden Einsamkeit. Ich habe die Bedingungen der Feldarbeit, um ehrlich zu sein, selten so hart empfunden und beginne mich zu fragen, ob die Asadi jemals intelligente Lebewesen waren. Vielleicht studiere ich in Wahrheit eine einheimische Pavianart. Oliver Oliphant Frasier berichtete freilich, daß die Asadi einst eine geschriebene Sprache und eine eigenständige Architektur besessen hätten, wenn er auch nicht sehr mitteilsam darüber war, wie er zu dieser Schlußfolgerung gelangt war. Andererseits bin ich überzeugt, daß die synästhetische Wildnis noch viele Geheimnisse birgt. Später werde ich versuchen, diesen Fragen nachzugehen, einstweilen aber muß ich mich bemühen, die heute lebenden Asadi zu verstehen. Nur sie selbst sind der Schlüssel zu ihrer Vergangenheit und zu der entfernteren der Ursadi.

Noch einige Bemerkungen zu Einzelaspekten. Erstens, die Augen der Asadi: Sie ähneln tatsächlich ein wenig den Flaschenböden, die Benedict vor zwei Wochen in unserem Gespräch erwähnte. Allerdings bemerkte ich, daß das Auge in Wirklichkeit aus zwei Teilen besteht: einer dünnen transparenten Schale, die augenscheinlich hart wie Plexiglas ist, und dem kompliziert aufgebauten eigentlichen Sehorgan, das von dieser Schale geschützt wird. Es ist so, als sei jeder Asadi mit einer natürlichen Schutzbrille zur Welt gekommen.

Frasiers Eindruck von der »Trübheit« ihrer Augen läßt sich bei fortgesetzter Beobachtung nicht bestätigen. Was ihm trübe erschien, ist wahrscheinlich auf den Umstand zurückzuführen, daß die Augen der Asadi hinter den schützenden Außenschalen ständig die Farbe wechseln. Die Geschwindigkeit, mit der etwa ein Gelb ein Indigo und darauf ein Grün das Gelb ersetzt, macht es dem menschlichen Auge schwer, überhaupt eine bestimmte Farbe zu erkennen. Ich habe noch keine Beweise, bin aber überzeugt, daß die chamäleonhafte Eigenschaft ihrer Augen eine soziale Funktion hat.

Zweitens bin ich Zeuge eines Vorfalls geworden, der trotz des völligen Fehlens einer erkennbaren sozialen Rangordnung unter den Asadi von Bedeutung für meine bislang erfolglosen Bemühungen sein könnte, ihre Gruppenbeziehungen in Form eines Diagramms darzustellen. Bisher existierte keinerlei Ordnung, es sei denn, man geht so weit, in der morgendlichen Zusammenkunft und dem abendlichen Auseinandergehen eine Ordnung zu sehen. Sonst gibt es nichts. Tagsüber zielloses Durcheinanderdrängen ohne geregelte Zeiten für Nahrungsaufnahme, Geschlechtsbeziehungen und die gewohnten unblutigen Streitigkeiten. Am Abend ein ebenso ziellos anmutendes Davonstürzen in den Urwald. Was soll man dazu sagen? Eine von institutionalisierter Anarchie zusammengehaltene Gesellschaft? Was heute geschehen ist, führt mich unwiderruflich fort von dieser Schlußfolgerung.

Am Nachmittag kam mit unsicherem Schitt ein betagter Asadi, den ich bis dahin nie gesehen hatte, auf die Lichtung. Seine Mähne war von grauen Strähnen durchzogen, das Gesicht welk, die Hände runzlig, die faltige graue Haut schmutzigweiß ausgeblichen. Doch mußte er sich so gewandt durch die Wildnis bewegt haben, daß bis zu seinem seltsam unbeholfenen Auftritt niemand seine Anwesenheit bemerkt hatte. Da erst ergriffen alle die Flucht vor ihm. Er ließ sich unbekümmert in der Mitte des Versammlungsplatzes nieder und kreuzte die langen, spärlich behaarten Beine. Seine Artgenossen verhielten am Rand der Lichtung und starrten von dort zu ihm zurück. Sonst hatten sie die Lichtung nur bei Sonnenuntergang massenhaft verlassen. Damit aber hatte die Seltsamkeit dieses Auftritts noch nicht ihr Bewenden. Der alte Mann war nämlich in Begleitung gekommen.

Bei ihm war ein kleines, rötlichschwarzes Geschöpf, das auf seiner Schulter kauerte. Es ähnelte zugleich einer Flugechse, einer Fledermaus und einem mißgestalteten Homunkulus. Während aber der alte Mann große runde Augen hatte, die ihre Farben wenn überhaupt, dann äußerst langsam wechselten, hatte das Geschöpf auf seiner Schulter nicht einmal leere Augenhöhlen. Es war blind, weil ihm jegliche Sehorgane fehlten. Es saß dem alten Asadi auf der

Schulter und bewegte zwanghaft die winzigen Hände, zupfte an der Mähne des Alten, öffnete und schloß sie in der Luft und zerrte abermals am ergrauten Kragenpelz seines Beschützers.

Dem alten Mann und seinem halb tierischen, halb menschlichen Begleiter war eine wilde Unwirklichkeit eigen. Ihre Distanz war geistiger und körperlicher Natur, und ich bemerkte, daß die übrigen Asadi, die mit mir am Rand der Lichtung warteten, ohne mir Beachtung zu schenken, die plötzlichen Besucher weniger fürchteten als sich vielmehr in verhaßter Verwandtschaft an sie gebunden fühlten. Das ist nicht leicht verständlich zu machen. Zur Verdeutlichung könnte man das Verhalten der Asadi zu ihren Besuchern mit dem eines feinfühligen Kindes zu einem Elternteil vergleichen, der sich eine Geschlechtskrankheit zugezogen hat. Liebe und Abscheu, Scham und Respekt zusammen.

Die Episode kam zu einem jähen Abschluß, als der alte Mann sich erhob, ohne das allmähliche Anschwellen und die trägen Flügelschläge seines koboldhaften Begleiters zu beachten, und steifbeinig zurück in die Wildnis ging, wobei er am Rand der Lichtung eine Anzahl Asadis aufscheuchte.

Darauf nahm alles wieder seinen gewohnten Gang. Die Lichtung bevölkerte sich von neuem, und das unaufhörliche sinnlose Durcheinanderdrängen ging weiter.

Es ist erstaunlich, wie einsam Einsamkeit sein kann, wenn zwei unregelmäßige rotgoldene Monde am Himmel stehen und der Mensch in einem sich dem Wesen dessen unterworfen hat, das nur die nach außen gerichtete Tätigkeit beherrschen sollte. Mit anderen Worten, was hier vorgeht, ist ein Ringen zwischen Egan Chaney, dem Kultur-Xenologen, und Egan Chaney, dem Menschen. Das ist zweifellos eher ein Ergebnis des äußeren Drucks als meiner genetischen Ausstattung.

Eine kleine anthropologische Anspielung, Moses. Denken Sie sich nichts dabei. Ich habe es gar nicht darauf angelegt, daß Sie sie verstehen.

Genug. Der heutige untypische Vorfall hat meine Beobachtungsfreude belebt und meine innere Uneinigkeit einstweilen besänftigt. Ich bin bereit, ein Jahr dazubleiben, wenn es sein muß, obwohl der ursprüngliche Plan nur sechs Monate vorgesehen hatte.

Gnädiger Gott, sieh sich einer diese Monde an!

DIE ASADILICHTUNG: EINE KLÄRUNG

Aus dem Arbeitsjournal des Egan Chaney: Die Unfähigkeit zu organisieren war schon in der Studentenzeit meine Hauptschwäche, deren Gespenst mich noch heute verfolgt. Also geht es auch hier nicht ohne eine Abschweifung.

Beim Überlesen dieser sprunghaften Notizen zu meiner Ethnographie fällt mir auf, daß ich dem Leser womöglich die völlig irrige Vorstellung vermittelt habe, die Asadilichtung sei eine relativ kleine Fläche von vielleicht fünfzehn mal fünfzehn Meter. Das ist nicht der Fall. Soweit ich bisher feststellen konnte, gibt es ungefähr fünfhundert Asadi-Individuen. Diese Zahl umfaßt Erwachsene, Junge und Halbwüchsige, allerdings keine »Kleinkinder« und »Säuglinge«. Nach den meisten demographischen und anthropologischen Schätzungen ist fünfhundert die optimale Stammesgröße.

Freilich habe ich mir in den Wochen meines Aufenthalts in der Wildnis niemals Gewißheit verschaffen können, daß jeden Morgen dieselben Individuen zur Lichtung zurückkehren. Danach wäre nicht auszuschließen, daß im Urwald ein gigantischer Schichtwechsel stattfindet und eine Gruppe von Asadi jeden Tag eine andere ersetzt, aber ich bezweifle es. Die Wildnis umfaßt ein großes, aber nicht unendliches Gebiet, und ich habe gelernt, einige der auffallenderen Asadis wiederzuerkennen. Darum scheint fünfhundert die zutreffende Zahl zu sein: fünfhundert grauhäutige, mähnentragende Geschöpfe, die den ganzen Tag auf der Lichtung umherschlendern, stehenbleiben, sich vorwärtsbeugen und einander anfunkeln, essen, an lieblosem Geschlechtsverkehr teilnehmen, wie Ringer miteinander handgemein werden und keiner Zeituhr als der des Sonnenstandes gehorchen, in ihren Aktivitäten ohne irgendeine wahrnehmbare Abfolge oder rationale Grundlage. Zu solchem Tun braucht man Platz, wenn auch alles ziemlich gedrängt vor sich geht, und der Leser sollte nicht voreilig annehmen, daß der Versammlungsplatz der Asadi einem fünf mal acht Meter großen Areal aus festgestampftem Lehm zwischen einer Zypresse und einem Sumpfloch gleichkomme. Keineswegs. Ihr Versammlungsplatz ist geräumig und symmetrisch, und die Asadi sorgen durch ihre unablässige tägliche Aktivität dafür, daß er nicht vom Urwald überwuchert wird. Abmessungen kann ich jedoch nicht nennen; ich muß mich auf den Hinweis beschränken, daß die Lichtung von der rechteckigen Form und Geräumigkeit eines Fußballplatzes ist. Ähnlichkeiten solcher Art sind jedoch rein zufällig. Kunstrasen und Spielfeldmarkierung wird man hier vergeblich suchen.

GESPRÄCH DES SELBST MIT DER SEELE

Aus den privaten Aufzeichnungen des Egan Chaney: Der Titel dieser Übung stammt von Yeats, mein lieber Ben. Der Inhalt des Gesprächs hat aber mit dem gleichnamigen Gedicht des alten Meisters beinahe nichts zu schaffen.

Ich schrieb dieses imaginäre Gespräch, als ich eine besonders lang sich hinziehende Nacht am Rand der Asadilichtung (knapp neben der imaginären Mittellinie am Südrand des Spielfelds) durchwachte, und ich möchte nicht, Ben, daß außer Ihnen jemand davon Kenntnis erhält. Sein Mangel an Objektivität und die Schlußfolgerungen, zu denen die Teilnehmer gelangen, machen das Gespräch ungeeignet für jede Veröffentlichung im Rahmen der Ethnographie, die ich noch zu schreiben habe.*

---

* Obwohl wir im Basislager einige Zeit den Schlafraum miteinander teilten, »schickte« Chaney mir den Brief mit diesem Gespräch. Wir haben nie darüber diskutiert. – *T. B.*

Sie aber, Ben, werden verstehen, daß ein Wissenschaftler auch ein menschliches Wesen ist, und mir vielleicht vergeben. Weil ich Ihnen mein Selbst in unseren vielen einseitigen Gesprächen (Sie dominieren sie, weil mein Stillschweigen andere zur Redseligkeit anspornt; sie sprechen, um die Leere auszufüllen) vorenthalten habe, möchte ich Ihnen hier den Geist zeigen, der sich hinter diesem Stillschweigen verbirgt.

Da Sie aber die Spieler ohne Programm nicht werden unterscheiden können, sollen Sie es hier haben. Die Nummern auf den Rücken der metaphysischen Hemden der Spieler sind das Selbst und die Seele.

PROGRAMM

Selbst = Der Kultur-Xenologe
Seele = Der Inbegriff des Menschen
Darsteller und Spielleiter: Egan Chaney

SELBST: Dies ist meine achtzehnte Nacht in der synästhetischen Wildnis.

SEELE: Ich bin schon immer hier gewesen. Aber das tut nichts zur Sache. Was hast du gelernt?

SELBST: Die meisten meiner Beobachtungen haben mich zu der Überzeugung geführt, daß die Asadi kein geeigneter Gegenstand für »anthropologische« Untersuchungen sind. Sie lassen kein bewußtes Sozialverhalten erkennen. Sie gebrauchen kein Werkzeug. Sie haben weniger soziale Organisation als die meisten der ausgestorbenen irdischen Primaten und Hominiden, und nicht viel mehr als Schimpansen und Paviane. Erst der Besuch des »alten Mannes« und seines beängstigenden Begleiters vor drei Tagen deutet auf die entfernte Möglichkeit hin, daß ich es mit intelligenten Lebewesen zu tun habe. Wie soll ich weitermachen?

SEELE: Du wirst weitermachen, weil du den von Tag zu Tag ausgeprägteren Umschwung deiner Gefühle verachtest.

Weil die Asadi tatsächlich intelligent sind – wie Oliver Oliphant Frasier behauptete.

SELBST: Wie aber soll man da etwas wissen, hol's der Teufel? Wie soll man wissen, daß wahr ist, was du behauptest? Soll ich Frasier blindlings glauben?

SEELE: Es gibt Zeichen, mein Lieber. Die Augen, zum Beispiel. Aber selbst wenn es keine Zeichen gäbe, müßtest du zugeben, daß die Asadi in ihrer Weise so intelligent sind wie du oder ich. Oder etwa nicht?

SELBST: Ich gebe es zu. Aber ihre schwer faßbare Intelligenz ist mir eine Plage.

SEELE: Nein, jetzt hast du die Tatsachen verdreht – du hast die Dinge auf den Kopf gestellt.

SELBST: Ich? Wie? Was soll das heißen?

SEELE: Nicht du bist derjenige, der geplagt und verfolgt ist, Egan Chaney, denn du bist zu rational, um einem Hirngespinst zum Opfer zu fallen. Nein, ich bin derjenige, der verfolgt, gequält und heimgesucht ist von allen hinterlistigen Geistern des Zweifels und des Abscheus.

SELBST: Des Abscheus? Warum das? Was hat es zu bedeuten?

SEELE: Daß ich die Asadi hasse. Ich verabscheue sie und jede ihrer bedeutsamen oder unbedeutenden Handlungen. Ihre bloße Fremdartigkeit macht mich bis ins Mark frösteln. Und weil das so ist, Egan Chaney, haßt du sie auch – du bist nichts als der zivilisierte Firnis über meinen naturhaften Reaktionen auf die Welt. Du bist nicht von den Asadi verfolgt und geplagt, mein Lieber, sondern von mir.

SELBST: Während du wiederum von ihnen geplagt und verfolgt bist. Nicht wahr?

SEELE: So ist es. Während du aber von meinem Haß auf die Asadi weißt, gibst du vor, der in dich einsickernde Teil meines Hasses sei nur eine Art beruflicher Ärger. Du glaubst den Asadi übelzunehmen, daß sie deine Objektivität, deine wissenschaftliche Distanz zerstört haben. In Wahrheit existiert diese Distanz nicht. Du spürst denselben instinktiven Abscheu vor ihrer Fremdartigkeit, der wie eine Krankheit in mir wühlt, denselben tiefsitzenden, bleibenden Haß. Ich verfolge dich.

SELBST: Mit deinem Haß auf die Asadi?

SEELE: Ja. Ich gebe es zu, Egan. Gib zu, daß du sie sogar als Wissenschaftler haßt.

SELBST: Nein. Nein, sage ich, verdammter Satan. Nie und nimmer werde ich es zugeben. Denn wir haben die Pygmäen ausgerottet, bis zum letzten Säugling. Wie kann ich sagen: »Ich hasse die Asadi«, nachdem wir die Pygmäen umgebracht haben? Selbst wenn ich, barmherziger Gott, sie wahrhaftig hassen sollte ...

Zweiter Teil

ALLTAGSLEBEN: FELDBERICHT

Aus den Tonaufzeichnungen des wissenschaftlichen Archivs der dritten Deneb-Expedition: Wieder ist es Abend. Ich habe jetzt ein Schutzdach, das mich weit besser vor den Regengüssen schützt als das durchlässige Laubdach des Waldes. Zweiundzwanzig Tage bin ich nun hier. Unter meiner verschimmelnden Haut regen sich die Muskeln wie schädliche Schlangen. Ich bin durchtränkt von Denebs grellem Licht. Ich bin Gulliver unter den Yahoos.

Dies ist jedoch nicht, was Sie hören wollen.

Sie wünschen Fakten, Schlußfolgerungen aus dem Verhalten der Asadi, stichhaltige Beweise, daß wir eine Lebensform untersuchen, die zumindest rationalen Urteilens und Folgerns fähig ist. Die Asadi besitzen diese Fähigkeit, dessen bin ich sicher; aber die Beweise von Intelligenz haben sich nur langsam angesammelt.

Nun also, ihr Tagediebe im Basislager, dann will ich euch einen Feldbericht als objektiver Wissenschaftler geben und die Ahnungen meines sterblichen Selbst vergessen. Der Rest dieses Bandes wird dem täglichen Leben der Asadi gewidmet sein.

Einem Tag im Leben der Asadi. Einem typischen Tag.

Krönen werde ich meinen Bericht über alltägliche Angelegenheiten mit der Darstellung eines außerordentlichen Ereignisses, das heute nachmittag stattgefunden hat. Auch werde ich den Zeitablauf zusammendrängen, wie meine künstlerisch-wissenschaftlichen Zwecke es verlangen.

Am frühen Morgen kehren die Asadi zu ihrem Fußballplatz zurück. Die nächsten zwölf Stunden drängen sie sich dann auf der Lichtung und tun, was ihnen gefällt. Sexuelle Betätigung und gegenseitiges Anstarren sind die einzigen Verhaltensweisen, die man in irgendeiner Weise »sozial«

nennen kann, es sei denn, man rechnet das regellose Durcheinander in einer Menge hinzu. Ich nenne ihre Tagesbeschäftigung ›Gleichgültiges Beisammensein‹.

Geben die Asadi sich dem Koitus hin, so schwindet ihre Gleichgültigkeit und macht brutaler Feindseligkeit Platz. Beide Partner benehmen sich, als wollten sie einander ans Leben, und nicht selten kommt es in solchen Situationen zu mörderisch anmutenden Handgreiflichkeiten. (Geburten müssen hingegen in der Wildnis stattfinden, wohin die weiblichen Exemplare sich allein zurückziehen, wenn sie ihre Stunde nahen fühlen.) Was das gegenseitige Anstarren betrifft, so ist es meist nur von kurzer Dauer und wird begleitet von heftigem Gestikulieren und Mähnenschütteln. Die Augen wechseln die Farbe mit erstaunlicher Schnelligkeit und durchlaufen innerhalb von Sekunden alle Farben des sichtbaren und vielleicht auch des unsichtbaren Spektrums.

Heute bin ich der Überzeugung, daß diese blitzartig schillernde Veränderung der Augenfarbe das asadische Äquivalent menschlicher Sprache ist. Drei Wochen der Beobachtung haben in mir die Erkenntnis wachsen lassen, daß die Teilnehmer an diesen Wettbewerben im Anstarren die inneren biochemischen Veränderungen steuern, welche die aufeinander folgenden Farbveränderungen ihrer Augen auslösen. Kurz gesagt, es gibt ein hochentwickeltes System visueller Verständigung. Die Gehirne, welche diese biochemischen Abläufe bewußt steuern, können nicht primitiv sein. Die Farbveränderungen sind gewollt und ungemein komplex.

Oliver Oliphant hatte recht. Die Asadi haben eine »Sprache«.

Trotz alledem ist es nicht anders, als hätten sie keine. Ein Tag gleicht in quälender Weise dem anderen, und das liegt nicht an meinem Pariatum, denn die einzigen Beschäftigungen, an denen selbst ein gut angepaßter Asadi teilnimmt, sind Geschlechtsverkehr und gegenseitiges Anstarren. Es schmerzt mich nicht übermäßig, von der Teilnahme an diesen Beschäftigungen ausgeschlossen zu sein. In einer Weise bin ich nicht mehr Paria als irgendeines dieser Geschöpfe. Wir alle sind, sozusagen, ausgeschlossen von den Freuden des Daseins ...

Im Unterschied zu jeder anderen Gesellschaft, die ich kenne, haben die Asadi nicht einmal nennenswerte Gemeindeversammlungen, Festlichkeiten, die der Stärkung des Gemeinschaftsgefühls dienen, oder irgendwelche Rituale des Gruppenbewußtseins. Sie scheinen nicht einmal die soziale Grundeinheit der Familie zu kennen. Das Individuum ist einziger Baustein ihrer »Gesellschaft«. Was sie tatsächlich erreicht haben, ist in meinen Augen die Institutionalisierung der Entfremdungsprozesse. Ihr formloses Auseinandergehen am Abend setzt die Zusammenhanglosigkeit, die ihr Gemeinschaftsleben tagsüber auszeichnet, lediglich in räumliche Distanz um. Wie können die Asadi als Volk fortbestehen? Und was das angeht, warum tun sie es?

Es gibt noch genug unbeantwortete Fragen. Wie ich zuvor erwähnte, ereignete sich heute nachmittag etwas Außergewöhnliches, und ich glaube, es ereignet sich noch. Wie schon einmal, steht dieses seltsame Ereignis im Zusammenhang mit dem alten Mann, der vor mehr als einer Woche auf der Lichtung erschien. Es steht auch im Zusammenhang mit dem fledermaushaften Kobold oder Schrat, seinem blinden Gefährten.

Bis zum heutigen Tag hatte ich niemals zwei Asadi gemeinsam essen sehen. In der Tradition menschlicher Geselligkeit aufgewachsen, empfinde ich die Gewohnheit, allein zu essen, als störend. Schließlich esse ich seit mehr als drei Wochen allein, und mittlerweile sehne ich mich danach, mit Benedict und Eisen, Morrell und Yoshiba und allen anderen vom Basislager in der Kantine zu sitzen. Mein Studium fremdartiger Sitten und Gebräuche hat mir dieses Verlangen nach Geselligkeit nicht nehmen können. So habe ich von Anfang an ebenso interessiert wie verständnislos zugesehen, wie die Asadi abseits von ihren Artgenossen kauern und für sich allein essen, als wären sie tatsächlich nur eine fremde Spielart des Schimpansen oder Pavians.

Heute änderte sich dies. Eine Stunde vor Sonnenuntergang kam der alte Mann unter einer schweren Last auf die Lichtung gewankt. Sofort entstand Bewegung unter den Asadi. Wie letztes Mal flohen sie zum Rand des Urwalds. Ich beobachtete das Geschehen von meinem Platz unter dem Schutzdach. Das Herz, mein lieber Ben, hüpfte mir in der Brust wie eine Kröte im Einmachglas. Der Schrat auf der Schulter des Alten regte sich kaum; er wirkte aufgedunsen und gefühllos, wie eine Gummipuppe. So lange der Besuch seines Herrn währte, verharrte er in diesem nahezu leblosen Zustand, aufrecht, aber ohne Bewegung. Unterdessen machte der bejahrte Asadi – den ich als eine Art abweisend-geheimnisvollen Häuptling zu betrachten angefangen habe – in der Mitte der Lichtung halt, blickte umher und schickte sich an, die Last vom Rücken zu nehmen. Sie war an zwei schmalen Gurten um seine Schultern geschlungen.

Gurten, Eisen: G-U-R-T-E-N. Aus Lianen geflochten.

Können Sie verstehen, wie mir zumute war? Und die Traglast des alten Mannes tat ein übriges, meine Verwunderung wachzuhalten. Was er zu Boden gleiten ließ, war der schwere, bräunlichrote Körper eines erlegten Tieres. Das Fleisch glänzte frisch und feucht im schwindenden Sonnenlicht. Der alte Mann hatte seine Beute offensichtlich abgehäutet und ausgeweidet, bevor er sie als Opfergeschenk für sein Volk zur Lichtung gebracht hatte.

Er legte den Tierkörper auf den staubigen Erdboden und zog die Gurte aus den Einschnitten, die er in das Fleisch gemacht hatte. Dann trat er fünf oder sechs Schritte zurück. Ich sah, daß seine Hände und Schultern blutbefleckt waren.

Zögernd kamen die ersten Asadi, allesamt ausgewachsene Männer, aus dem Schutz des Waldrandes hervor auf die Lichtung. Verstohlen wie Diebe in einem dunklen Haus näherten sie sich der Gabe des Alten. Ihre Augen wechselten unaufhörlich die Farben. Nur die Augen des alten Mannes nicht. Ich sah ihn abseits von seiner Jagdbeute stehen, und seine Augen waren von einem stumpfen Weißgrau, wie unglasiertes Porzellan. Ihr lebloser Ausdruck veränderte sich auch nicht, als mehrere der Asadi über das Fleisch herfielen und anfingen, schön geäderte Stücke herauszureißen. Andere Asadimänner taten es ihnen gleich, und überall um den Rand der Lichtung lösten sich die Gestalten weiblicher Asadi und ihrer Jungen aus dem trüben Waldesdunkel, kamen näher und machten schüchterne Gebärden, als wollten sie ihren Anteil beanspruchen. Ich mußte mein Schutzdach verlassen, um die Vorgänge zu beobachten, aber schon bald gab es nichts mehr zu sehen als durcheinanderdrängende Körper und Mähnen und lebhafte Uneinigkeit.

Ehe es den meisten Asadi bewußt wurde, war Deneb untergegangen.

Die Asadifrauen und ihre Jungen am Rand der Lichtung merkten es als erste, und von ihnen breitete sich die Erkenntnis wie ein Steppenbrand über die Fläche aus. Die ersten Gestalten huschten ins Halbdunkel des Waldes davon. Andere folgten. Innerhalb weniger Sekunden hoben selbst die Asadimänner, die einander eben noch das Fleisch streitig gemacht hatten, die blutbeschmierten Schnauzen und erkannten ihre mißliche Lage. Im nächsten Augenblick sprangen sie in alle Richtungen davon und tauchten im Wald unter.

Nun aber kommt der seltsamste Teil. Der alte Mann folgte seinen Leuten nicht in die Wildnis. Noch jetzt, in diesem Augenblick, sitzt er dort draußen auf der Lichtung!

Als alle Asadi geflohen waren, suchte er genau die Stelle auf, wo er seine Opfergabe abgelegt hatte, kauerte nieder, kreuzte die Beine, setzte sich in den Staub und nahm damit diesen geheiligten Fleck zerstampften und besudelten Erdboden in alleinigen Besitz. Die Monde werfen seinen Schatten in drei verschiedene Richtungen, und der Schrat auf seiner Schulter beginnt lebendig zu werden. Dies ist die Nacht hier draußen, die ich nicht allein verbringe, ihr Faulpelze im Basislager, und es gefällt mir nicht. Nein, wahrhaftig, es gefällt mir kein bißchen ...

Aus den privaten Aufzeichnungen des Egan Chaney: Meine Begegnung mit dem Junggesellen, wie ich ihn beinahe von Anfang an nannte, stellte einen unerhörten Durchbruch dar. Sie ereignete sich am 29. Tag meiner Feldarbeit, obwohl er mir bereits drei Tage vor seiner Annäherung und der scheuen Berührung meines Gesichts aufgefallen war. Von einer Drohung so weit entfernt wie die Zärtlichkeit einer Frau, erschreckte mich diese Berührung mehr als das erste Auftreten des alten Häuptlings, mehr als die alptraumhafte Gestalt seines Schrates, mehr sogar als das animalische Zerreißen und Fressen des blutigen Tierkadavers. Wochenlang war ich allein und unbeachtet geblieben. Nun hatte ein Asadi meine Anwesenheit ohne viel Aufhebens zur Kenntnis genommen ... durch eine Berührung!

Ich muß ein wenig zurückgreifen – zu der Nacht, die der Asadihäuptling gegen alle Gewohnheit auf der Lichtung verbrachte. Meinem ersten Begreifen, daß er zu bleiben beabsichtigte, war gefolgt von einem Augenblick des Erschreckens, aber die Implikationen, die sich aus seinem Bleiben ergaben, drängten meine Furcht zurück. Hellwach und mit geschärfter Aufmerksamkeit hielt ich mich bereit, jede seiner Bewegungen zu beobachten und alles aufzuzeichnen, was bedeutsam erscheinen mochte.

Der alte Mann rührte sich nicht. Der Schrat auf seiner Schulter wurde unruhig, als die Nacht ihren Fortgang nahm, verließ aber nicht seinen Sitzplatz. Um es kurz zu machen, sie verbrachten die ganze Nacht und den folgenden Tag auf der Lichtung, kauerten auf dem befleckten Boden, als gelte es die Stelle zu bewachen. Erst als dieser zweite Tag sich dem Ende zuneigte, verließen sie die Lichtung mit allen anderen.

Ich verzagte. Wie viele Tage sollte ich noch durchleiden, bis sich wieder etwas Ungewöhnliches ereignete?

Offenbar nicht allzu viele. An meinem 26. Tag am Rand der Lichtung sah ich den Junggesellen. Sollte er mir je zuvor unter die Augen gekommen sein, hatte ich ihm sicherlich keine Aufmerksamkeit geschenkt, denn der Junggeselle war ein in keiner Weise hervorstechendes Exemplar seiner Gattung, ungefähr drei oder vier Jahre jenseits des Reifealters der Asadi.

Grauhäutig und mager, hatte er eine ungleichmäßige, silbrigblaue Mähne von so geringer Länge, daß die anderen ihn zweifellos als einen Außenseiter, wenn nicht als einen Ausgestoßenen betrachteten. Tatsächlich nahm er in der ganzen Zeit unserer Bekanntschaft weder am Koitus noch am ritualisierten Starren der vollmähnigen Asadi teil. Als ich das erste Mal seinen Blick auf mir fühlte, stand der Junggeselle bei der imaginären Mittellinie und blickte durch eine Lücke im Gedränge seiner Artgenossen herüber zu meinem Schutzdach. Er hatte mich zum Objekt seines Anstarrens erwählt. Daß er für die Verletzung des einen bis dahin unantastbaren Asaditabus nicht gemaßregelt wurde, diente mir als Bestätigung seines unbedeutenden Ranges in der Stammesgemeinschaft. Er und ich waren Brüder, nicht er und die anderen Asadi.

In einer äußerst wichtigen Besonderheit glich der Junggeselle nicht der großen Mehrheit der Asadi: seine Augen waren genau wie jene des alten Mannes – durchscheinend aber leer, glänzend aber farblos, im Ofen des Mutterleibes gebrannt, aber scheinbar spröde wie von der Sonne gebackener Lehm. Niemals sah ich die Augen des Junggesellen in den Farben des Spektrums aufblitzen, wie es die prismatischen Augen seiner Artgenossen ständig taten. Seine waren stets lehmig und kalt. Eine Schattierung heller als seine Haut.

Mit diesen Augen musterte der Junggeselle mich am 26. Tag meiner Feldarbeit. Die Mittagshitze umfing uns mit schimmernden Luftspiegelungen, unsere Blicke saugten sich rätselhaft aneinander fest.

Zuletzt winkte ich ihm zu und rief: »He, steh nicht herum und mach Glotzaugen. Komm her und setz dich zu mir!«

Der Klang meiner Stimme löste keine Reaktion weder des

Junggesellen noch der anderen Asadi aus. Obgleich eine Kopfbewegung verriet, daß er meine Einladung gehört hatte, betrachtete der Junggeselle mich nicht mehr und nicht weniger interessiert als zuvor. Natürlich konnte er nicht mit mir »sprechen«. Meine Augen haben nicht einmal die begrenzte Virtuosität von Verkehrsampeln, und da diejenigen des Junggesellen niemals die Farbe wechselten, konnte er nicht einmal mit seinesgleichen »sprechen«. Er glich in jeder Hinsicht einem Taubstummen.

Als ich ihm zurief, hatte ich freilich den Eindruck, daß seine leblosen grauen Augen die völlige Abwesenheit von Intelligenz verrieten. Es kam mir zu der Zeit nicht in den Sinn, daß sie eine körperliche Behinderung anzeigen mochten, gerade so wie menschliche Stummheit das Ergebnis kranker oder gelähmter Stimmbänder sein kann ...

»Nun komm schon her!« drängte ich ihn.

Der Junggeselle schaute mich unverwandt an, kam aber nicht näher. So starrte er den restlichen Nachmittag zu mir her. Ich versuchte mich mit Notizen zu beschäftigen, dann mit einer Mahlzeit aus Benedicts Proviantabwürfen, und zuletzt mit der oberflächlichen Beobachtung anderer Asadi. Und die ganze Zeit fühlte ich diesen Blick unerbittlich auf mir. Es war eine Erleichterung, als die Sonne unterging.

Noch am selben Abend aber wurde mir mit wachsender Erregung bewußt, daß sich etwas wahrhaft Gewaltiges ereignet hatte: Ich hatte Beachtung gefunden.

Am nächsten Tag schenkte der Junggeselle mir wenig Aufmerksamkeit. Er wanderte einsam durch das ziellose Gedränge seiner Artgenossen, und ich war bitter enttäuscht, daß er mir nicht das gleiche Interesse wie am Tag vorher entgegenbrachte.

Am 28. Tag nahm er das ungenierte Anstarren wieder auf. Ich war erfreut, obwohl er jetzt eine andere Strategie verfolgte: er wanderte unermüdlich auf der Lichtung umher, wich den Zusammenballungen der Asadi aus und kam bisweilen hinter ihren Gruppen außer Sicht, blieb aber der westlichen Begrenzung stets nahe genug, daß er mich im

Auge behalten konnte. Sein Blick blieb leblos, als starrte das Innere von zwei Austernschalen aus seinen Augenhöhlen. Ich hatte Leibschmerzen und Durchfall, und als der Nachmittag sich dahinschleppte, wurde mir sein unaufhörliches Glotzen wieder lästig.

Am folgenden Morgen, meinem 29. Tag, fühlte ich mich besser. Die Sonnenglut schien milder, die tropische Hitze weniger erschöpfend. Ich verließ meinen Platz unter dem Schutzdach und ging hinaus auf die Lichtung.

Der Waldboden unter dem vielstöckigen, von Lianengirlanden durchzogenen Laubdach lag noch in pastellfarbener Morgenstille, als die ersten Asadi erschienen, einen weiteren Tag gleichgültigen Beisammenseins zu beginnen. Bald war ich von ihnen umgeben. Umgeben, aber ignoriert. Große häßliche Köpfe mit silbrigblauen, schmutzigweißen und lohfarbenen Mähnen wogten ringsumher, ohne Anmut und innerem Zusammenhalt.

Endlich entdeckte ich den Junggesellen.

Offenbar hatte er mich schon seit längerer Zeit beobachtet, sich aber so geschickt hinter seinen Artgenossen verborgen gehalten, daß ich ihn nicht zu Gesicht bekommen hatte. Und ich war wegen seiner scheinbaren Abwesenheit in Sorge gewesen.

Deneb stand im Zenit. Mein Schatten war ein kleiner dunkler Fleck um meine Füße, als hätte ich die Hose heruntergelassen. Der Junggeselle schlängelte sich durch das Gedränge näher und stand plötzlich keine fünf Meter vor mir, zitternd unter dem Eindruck seiner eigenen Kühnheit. Auch ich zitterte. Wollte der Junggeselle sich auf mich stürzen und mich zerreißen, wie die männlichen Asadi über die Jagdbeute des alten Häuptlings hergefallen waren, um das Fleisch roh hinunterzuschlingen?

Statt dessen nahm der Junggeselle allen Mut zusammen, sein Vorhaben auszuführen, und kam auf mich zu. Der Schatten um meine Füße schrumpfte noch ein wenig mehr. Der graue Kopf, die schäbige silbrigblaue Mähne, die blassen, ausdruckslosen Augen kamen näher und näher. Dann hob sich der lange graue Arm zu meinem Gesicht, und die vollkommen menschlich anmutende Hand berührte die Grube unter meiner Unterlippe, befühlte den jüngsten der Schnitte, die ich mir beim Rasieren beigebracht hatte, berührte mich zart und ohne Feindseligkeit.

Und ich schreckte zusammen.

EIN CHRONOLOGISCHER ABRISS MEHRERER WOCHEN

Aus dem Arbeitsjournal des Egan Chaney: 29. Tag: Nach diesem ungewöhnlichen Kontakt mit einem der Asadi (fortan als ›Der Junggeselle‹ bezeichnet), bemühte ich mich um irgendeine brauchbare Methode sinnvoller Kommunikation. Worte versagten ebenso wie in den Boden geritzte Zeichen. Mit den Händen aufgeführte Gebärdensprache fand sein Interesse und fesselte seine Aufmerksamkeit, aber ich habe keine Ausbildung im systematischen Gebrauch des Ameslam, der amerikanischen Taubstummensprache, oder einer ihrer europäischen und asiatischen Varianten, und so mußte ich auch diesen Versuch bald aufgeben. Ich glaube nicht, daß Zeichensprache eine brauchbare Lösung unserer Verständigungsprobleme ist.

Diese Mißerfolge hielten den Junggesellen jedoch nicht davon ab, mir überallhin zu folgen. Als ich die Lichtung verließ, um etwas zu essen, folgte er mir fast bis unter mein Schutzdach. Ich war beinahe überrascht, als er bei Dunkelwerden mit den anderen verschwand, so beharrlich und treu war er den ganzen Nachmittag bei mir geblieben. Trotz dieser Desertion finde ich nun wieder Erfüllung in meiner Arbeit. Der morgige Tag scheint in weiter Ferne ...

35. Tag: Nichts. Der Junggeselle folgt mir weiterhin auf Schritt und Tritt, niemals weiter als acht oder neun Schritte hinter mir. Seine Anhänglichkeit ist von einer Art, daß ich nicht einmal urinieren kann, ohne daß er hinter mir Wache hält. Er muß glauben, er habe einen Verbündeten gegen die Gleichgültigkeit der anderen gefunden, die uns nach wie vor ignorieren. Ich beginne seiner Aufmerksamkeiten überdrüssig zu werden.

40. Tag: Ich bin wieder krank. Die Medizin, die Benedict zur Behandlung einer früheren Durchfallerkrankung abgeworfen hatte, ist fast aufgebraucht. Es regnet. Während ich dies auf meinem Lager unter dem Schutzdach liegend schreibe, weht mich der penetrant feuchte Körpergeruch der Asadi an und wirkt wie ein Gift, das meine Übelkeit verstärkt. Hin und her trotten sie im Regen, vor und zurück ...

Ich habe die interessante Idee formuliert, daß ihre ganze Lebensweise, in der ein oder zwei signifikante Verhaltensmuster zu finden schon Mühe macht, in sich selbst das einzige bedeutsame und bleibende Ritual ihrer Spezies ist. Bis dahin hatte ich nach verschiedenen geringeren Ritualen Ausschau gehalten, um eine Erklärung für diese Leute zu finden. Es mag sein, daß sie selbst das Ritual sind. Wie der Dichter sagte: »Wie den Tänzer vom Tanz unterscheiden?« Aber trotz der Formulierung dieser neuen und brillanten Hypothese über die Asadi bleibt die Frage: Worin liegt die Bedeutung des Rituals, das die Asadi selbst sind? Eine zugegebenermaßen existenzielle Frage.

Der Junggeselle sitzt mit untergeschlagenen Beinen im tropfnassen, dampfenden Unterholz, ungefähr fünf Meter von meinem Schutzdach entfernt. Die durchnäßte Mähne klebt wie schmutzige Watte an seinem Schädel und den Schultern. Obwohl er mir bereits seit elf Tagen auf Schritt und Tritt folgt, kann ich ihn nicht dazu bewegen, unter mein Schutzdach zu kommen. Immer bleibt er draußen sitzen und starrt aus dem Unterholz, das einen bestenfalls durchlässigen Blätterschirm abgibt, zu mir her. Auch wenn es in Strömen regnet. Seine Abneigung, unter ein künstliches Dach zu kommen, mag bedeutsam sein. Könnte ich nur bei zwei oder drei anderen einen Durchbruch erreichen, wie er mir beim Junggesellen gelungen ist!

50. Tag: Gestern abend, nach dem Rückzug der Asadi von der Lichtung, schleppte ich mich zu der Abwurfstelle, wo Benedict meine wöchentlichen Versorgungslieferungen hinterläßt. Die Dosen von Placenol, die ich mir in letzter Zeit verabreicht habe, sind größer und größer geworden, und ich spritze mir das Zeug wie ein Süchtiger – aber Eisen versicherte mir vor meinem Aufbruch zu dieser fragwürdigen Expedition, daß Placenol, gleich in welcher Menge genommen, in keiner Weise suchterzeugend sei. Was mich bei alledem wundert, ist der Umstand, daß Benedict jede Woche mehr von dem Zeug abgeworfen hat und mich so mit Mengen versorgt, die beinahe genau mit meinem wachsenden Verbrauch übereinstimmen.

Oder nehme ich mehr, weil er mehr abwirft?

Nein, selbstverständlich nicht. Im Basislager wird alles vom Computer errechnet. Wahrscheinlich sagte ein schon vor Wochen durchgespieltes Programm diesen zu erwartenden Mehrbedarf durch meine »emotionale« Abhängigkeit von Placenol voraus. Jedenfalls fühle ich mich besser; ich funktioniere wieder.

Unterwegs zum Abwurfplatz, verfolgte mich ein Unbehagen, das offenbar aus dem fließenden Schatten der Regendornbäume auf mich übergeht. Ich hörte Geräusche. Die Geräusche begleiteten mich den ganzen Weg zum Abwurfplatz: leise, nicht identifizierbar und beängstigend. Inzwischen glaube ich jedoch, daß der Junggeselle irgendwo im breitblättrigen, lianenverhangenen Unterholz herumschlich. Einmal glaubte ich den schwachen Widerschein des ersten Mondes auf zwei leblosen Augen glänzen zu sehen, aber das kann eine Täuschung gewesen sein.

Am Abwurfbehälter war ein maschinengeschriebener Zettel befestigt: »Verehrter Dr. Chaney, Sie brauchen nicht auf hundertprozentiger Kontaktsperre mit uns im Basislager zu bestehen. Sie sind jetzt seit fast zwei Monaten fort. Lassen Sie uns ein Funkgerät abwerfen. Ein gelegentlicher Meinungsaustausch mit anderen Menschen wird ihre kostbare Ethnographie nicht beeinträchtigen. Sie können das

Funkgerät abends benutzen. Wenn Sie eins wollen, schießen Sie morgen abend, ehe Balthasar aufgestiegen ist, eine Leuchtrakete in den Himmel. Am nächsten Tag werde ich dann ein Gerät abwerfen.«

Die Mitteilung war von Benedict unterzeichnet. Aber selbstverständlich will ich kein Funkgerät. Das Leiden gehört dazu. Ich wußte das, bevor ich hierher kam. Ich werde nicht aufgeben, bis es mir gelungen sein wird, hinter der Erscheinungen Flucht einen Sinn zu entdecken.

57. Tag (vor Tagesanbruch): Ich habe die Nacht kein Auge zugetan. Gestern, das heißt, erst vor sechs oder sieben Stunden, ging ich zum Abwurfplatz, um Benedicts achte Lieferung zu bergen. Am Behälter war wieder eine maschinengeschriebene Mitteilung befestigt: »Dr. Chaney, Eisen hat Sie als ein störrisches Kamel bezeichnet. Er meint, Sie könnten nicht einmal Ihren eigenen Vornamen konjugieren. Er hätte Ego lauten sollen, und nicht Egan. Haben Sie angefangen, den Bäumen nachpfingstliche Predigten zu halten? Welch eine Vorstellung. Schießen Sie eine Leuchtrakete, wenn Sie etwas wollen. Ben.«

Auf dem Rückweg zur Lichtung hörte ich wieder Geräusche. Undeutliche Umrisse bewegten sich raschelnd durch das Unterholz, stets an der Grenze der Wahrnehmbarkeit, aber in der Nachtstille deutlich genug zu hören. Wahrscheinlich der Junggeselle, der mir nachspioniert hatte und sich nun unbeholfen vor mir zurückzieht. Obschon gebeugt unter einer Traglast mit neuen Vorräten, beschloß ich diesem verdächtigen Rascheln von Blättern und Zweigen zu folgen. Und obwohl ich meine Beute nicht einholen konnte, gelang es mir, mit ihr Schritt zu halten. Es mußte der Junggeselle gewesen sein. Keiner von seinen Artgenossen hätte mich auch nur einen hinter seiner fliehenden Gestalt zurückschlagenden Zweig sehen lassen. Ich drang tief in die Wildnis ein, entfernte mich immer weiter vom Abwurfplatz und der Lichtung. Zwei Stunden. Drei Stunden.

Schließlich brach ich, vorwärtsgetrieben vom Schwung

meiner Verfolgung, aus dem Dickicht hervor in eine Öffnung zwischen den Bäumen. Die mir vorauseilenden Geräusche hatten aufgehört. Ich war allein und verwirrt, ohne Orientierung.

Vor mir ragte die breite und undurchdringliche Masse von etwas Gebautem auf. Es glich einer fernöstlichen Pagode und füllte die Lücke zwischen den Urwaldbäumen, die zu klein war, als daß man sie hätte eine Lichtung nennen können. Der Widerhall der Zeit rührte mich seltsam an, ließ mich zwergenhaft erscheinen. Aufkommende Panik schnürte mir die Kehle zu. Oliver Oliphant Frasier hatte die Ruinen eines dieser Gebäude untersucht und lediglich erfahren, daß die Asadi einst eine nicht unbedeutende Kultur besessen haben mochten. Hier vor meinen Augen aber erhob sich ein riesenhaftes, offenbar wohlerhaltenes Relikt aus den Tagen jener Kultur. Fenster aus geschliffenem Amethyst. Steinmetzarbeiten über dem Säulengebälk. Eine Anzahl mit zunehmender Höhe sich verjüngender Dächer, welche jedes Geschoß markierten und die äußere Erscheinung des Gebäudes bestimmten. Zuletzt wandte ich mich um, stürzte wie von Panik getrieben ins Dickicht und rannte blindlings davon, daß die Traglast schmerzhaft auf und nieder stieß.

Wohin? Zurück zum Versammlungsplatz, hoffte ich. Ich wußte nicht, in welcher Richtung er lag, aber diese Frage brauchte ich nicht zu beantworten. Blindlings folgte ich dem verdächtigen Knacken und Rascheln von Zweigen und Laub, das kurz nach meiner Flucht von der Pagode von neuem eingesetzt hatte. Wieder der Junggeselle? Ich weiß es nicht, weil ich ihn nicht sah. Aber nach drei Stunden hatte ich die Sicherheit meines Schutzdaches wieder gewonnen ... Nun warte ich auf den Morgen, das Hereinfluten der Asadi. Ich bin trotz aller Erschöpfung gelöst und heiter und habe noch nicht einmal den neuen Placenolvorrat angerührt.

57. Tag (Abend): Sie sind wieder fort. Aber ich bin Zeuge eines bedeutsamen und verwirrenden Ereignisses geworden. Der Junggeselle kam heute früh nicht mit den anderen auf die Lichtung. Konnte er sich bei unserer nächtlichen Jagd durch den Urwald verletzt haben? Es wurde Mittag, und ich war erschöpft und ratlos; erschöpft durch Schlaflosigkeit und die Suche nach ihm, ratlos angesichts seiner vermuteten Treulosigkeit. Ich legte mich unter mein Schutzdach und fiel bald in unruhigen Schlaf. Knackende Zweige und Blättergeraschel machten meine Augenlider zucken, und mir träumte im Halbschlaf, eine graue Gestalt komme auf mich zu und kauere vor meinem Schutzdach nieder. Wie ein stummer Beschützer hielt die Gestalt über mir Wache ...

Ich schreckte auf. Ächzen und dumpfe Schläge, Stampfen und Blätterrauschen. Im Unterholz neben meinem Schutzdach brach moderndes Holz unter schweren Tritten. Von diesen Geräuschen aus meinem Traum gerissen, rappelte ich mich auf und versuchte mich zu orientieren. Als erstes fiel mein Blick auf den Junggesellen. Er lag am Boden, niedergehalten von drei der größeren und stärkeren Asadi. Allem Anschein nach arbeiteten sie bei der Aufgabe seiner Unterwerfung zielbewußt zusammen!

Die drei, die mich mit der selbstverständlichen Geringschätzung von Aristokraten ignorierten, hoben den Junggesellen auf und trugen ihn zur Mitte der Lichtung. Ich ging ihnen nach. Wie sie es bei den unerwarteten Auftritten des alten Häuptlings getan hatten, wichen die übrigen Asadi zum Waldrand zurück, ohne aber im Unterholz zu verschwinden. Sie blieben am Rand des Versammlungsplatzes, und ich sah, daß sie einander Rippenstöße versetzten und ein allgemeines Verhalten freudiger Erwartung an den Tag legten, nicht anders als rowdyhafte Zuschauer vor einem Weltcup-Spiel. Außer dem vergeblich zappelnden Junggesellen und seinen drei Peinigern war ich der einzige in der Mitte des Versammlungsplatzes, und ich hatte Gelegenheit, den Unglücklichen aus der Nähe zu betrachten. Seine Augen waren nahe daran, die Farben zu wechseln, schienen sich von ihrem gewohnten Grauweiß zu einem blassen Gelb zu verändern. Aber ich konnte ihm nicht helfen, konnte nicht eingreifen.

Sie schoren ihm die Mähne. Eine Asadifrau, die zwei flache, schräg zugeschliffene Steine trug, löste sich aus der Zuschauermenge am Ostrand der Lichtung, kam heran und gab die Steine den drei Männern, die sich nun daran machten, dem Junggesellen die ohnehin kümmerlichen, räudig aussehenden Haarbüschel seiner Mähne abzuschaben. Als sie beinahe fertig waren, trat er in einem letzten, schon mechanischen Aufbegehren mit den Beinen um sich und konnte einen von ihnen vorübergehend abschütteln, darauf aber ergab er sich in seine Schmach, blieb still auf dem Rükken liegen und starrte zum Himmel auf. Die ganze Operation beanspruchte ungefähr zehn Minuten. Die drei Asadi ließen von ihrem Opfer ab und schlenderten davon, und die Zuschauer, zufrieden mit dem Spektakel der Schur, bevölkerten die Lichtung wieder mit ihrer früheren Ziellosigkeit. Nun aber ignorierten sie den Junggesellen mit der gleichen Frostigkeit, die zuvor für mich reserviert gewesen war. Ich stand in der Mitte der Lichtung und wartete, daß er auf die Beine käme, er aber blieb lange regungslos liegen. Sein schmaler Schädel, vollständig geschoren und zerkratzt von den Schersteinen, sah unnatürlich zerbrechlich aus. Ich beugte mich zu ihm und bot ihm die Hand. Ein Asadi rempelte mich im Vorbeigehen an. Zufällig, glaube ich. Der Junggeselle wälzte sich auf den Bauch, wälzte sich weiter, um etwaigen Fußtritten zu entgehen, krümmte sich und sprang dann unerwartet auf und lief hakenschlagend durch die Menge seiner gleichgültigen Artgenossen davon.

Wollte er in die Wildnis fliehen? Die Gestalten der anderen nahmen mir die Sicht, aber ich vermute, daß der Junggeselle im Wald untertauchte und weiterlief.

Was hat dies alles zu bedeuten? Meine Hypothese ist, daß die Asadi den Junggesellen dafür bestraften, daß er mich letzte Nacht absichtlich oder nicht zu der alten Pagode in der Wildnis geführt hat. Sein verspätetes Erscheinen auf der

Lichtung mag ein kläglicher Versuch gewesen sein, diese Bestrafung aufzuschieben. Warum sonst, frage ich mich, sollten die Asadi ihn noch augenfälliger als er es so schon war, zum Paria gebrandmarkt haben?

Geduld ist, weiß Gott, bei unserer Wissenschaft die Hauptsache.

61. Tag: Der Junggeselle ist nicht zurückgekehrt. Die Erkenntnis, daß er nun offiziell zum Paria erklärt worden ist, mag ihn dazu bewogen haben, sich auf eigene Faust durchzuschlagen.

Sein Schicksal hat mir zu zwei Überlegungen Anlaß gegeben: 1. Wenn die Asadi ihn tatsächlich bestraft haben, weil er mich zur Pagode führte, dann ist ihnen voll bewußt, daß ich nicht bloß ein mähnenloser Außenseiter bin. Dann wissen sie, daß ich von anderer Rasse bin, ein Eindringling aus der Fremde, und sie sind im klaren Bewußtsein dieses Umstands bestrebt, mich in Unkenntnis ihrer Vergangenheit zu lassen. 2. Ich möchte eine Expedition zu der Pagode machen. Mit Beharrlichkeit sollte es nicht allzu schwierig sein, den Weg zu finden, um so weniger als ich bei Tag gehen werde. Ungewöhnliches geschieht so selten auf dem Versammlungsplatz, daß ich mir den Ausflug leisten kann. Eine eintägige Abwesenheit wird in meiner Ethnographie keine unverzeihlichen Lücken hinterlassen. Wenn alles gut geht, könnte diese Abwesenheit willkommene Einsichten in das geistige Leben der Asadi liefern.

Wenn nur der Junggeselle zurückkäme.

63. Tag: Heute war Benedicts neunter planmäßiger Abwurf fällig, und ich beschloß, früh am Morgen meine Expedition in die Wildnis zu machen. Zwei Fliegen mit einer Klappe, wie Ben es ausdrücken würde. Zuerst wollte ich die vergessene Pagode suchen. Sollte ich sie nicht finden, würde der Tag dennoch nicht verloren sein, weil ich als nächstes zum Abwurfplatz gehen und den Proviantbehälter holen könnte. Noch vor Tagesanbruch machte ich mich auf den Weg.

Der menschliche Orientierungssinn muß bei den meisten von uns schon vor Jahrtausenden verkümmert sein: ich verlief mich. Eine unirdische und unheimliche Ruhe lag über der Wildnis, zerrte an meinen Nerven und ließ mich nicht zu ruhiger Überlegung kommen.

Am Spätnachmittag rettete mich Benedicts Libelle: Sie zog ihre Kreise über dem Laubdach des Urwalds; einmal blickte ich auf und sah ihre Landekufen so niedrig über den Wipfeln hängen, daß ein Affe hätte an Bord springen können. Ich folgte dem leisen Geräusch der Maschine zu unserem Abwurfplatz. Von dort fand ich leicht den Rückweg zur Lichtung. Dieser Tag ist der erste, seit ich in der Wildnis bin, an dem ich nicht einen einzigen Asadi gesehen habe, und noch immer vermisse ich den Junggesellen ...

68. Tag: Wieder machte ich mich auf die Suche nach der Pagode. Sehr töricht, gebe ich zu. Aber die vergangenen vier Tage haben keinerlei Informationen erbracht, und ich mußte etwas unternehmen. Wieder verirrte ich mich, diesmal noch gründlicher als zuvor. Grünes Lianendickicht umrankte mich. Der Himmel war nicht mehr zu sehen. Wie ich schließlich zurückfand, insbesondere da Benedicts Libelle erst wieder in zwei Tagen fällig ist? Wieder hörte ich das verdächtige Knacken und Rascheln im Unterholz: ich folgte dem Geräusch, ohne an eine andere Möglichkeit zu denken, als die, daß der Junggeselle in der Nähe sei und mir den Weg weisen werden. Aber ich faßte den Entschluß, keine weiteren Expeditionen zu unternehmen, bis ich Hilfe habe.

71. Tag: Der Junggeselle ist wieder da!

72. Tag: Der Junggeselle hat noch keine nennenswerte Mähne, und die Asadi behandeln ihn als einen Ausgestoßenen. Der Junggeselle wiederum hat in diesen beiden Tagen seit seiner Rückkehr ein beträchtliches Maß an Unabhänigkeit in seinem Verhältnis zu mir gezeigt. Er folgt mir weniger oft. Er kauert nicht mehr bei meinem Schutzdach im Unterholz. Erinnert der künstlich gemachte Wetterschutz ihn an die

Pagode, zu der er mich führte und deren Entdeckung durch einen Fremden ihm öffentliche Schande und Erniedrigung eintrug? Ich finde dieses neue Verhältnis jedenfalls angenehm. Ein wenig Zurückgezogenheit ist gut für die Seele.

85. Tag: Die Notiz am gestern abgeworfenen Proviantbehälter: »Schießen Sie morgen abend eine Leuchtrakete hoch, wenn Sie in der Wildnis bleiben wollen. Eisen trägt sich ernstlich mit dem Gedanken, Sie dort herauszuholen. Nur eine Leuchtrakete wird Sie retten. Mein persönlicher Vorschlag ist der, daß Sie nichts unternehmen und auf uns warten. Ihr guter Freund und Untergebener, Ben.« Ich habe eben zwei Leuchtraketen in die Luft geschossen. Der 85. Tag wird als Egan Chaneys persönlicher Nationalfeiertag in die Geschichte der Kultur-Xenologie eingehen.

98. Tag: Ich behaupte mich wieder. Seit ich mich das letzte Mal vom Versammlungsplatz entfernte, ist ein ganzer Monat vergangen. Die meiste Zeit habe ich Aufzeichnungen über die individuellen Unterschiede der Asadi gewidmet. Da ihr Verhalten, von wenigen und seltenen Ausnahmen abgesehen, eine bestürzende Einförmigkeit zeigt, habe ich mich der Beobachtung ihrer körperlichen Eigenheiten zugewandt. Selbst auf diesem Gebiet sind die meisten Unterschiede jedoch eher scheinbar als wirklich; abgesehen von Unterschieden des Geschlechts und der Beschaffenheit der Mähne (Länge, Farbe, Dichte und so weiter) habe ich wenige nützliche Unterscheidungsmerkmale gefunden. Der Körpergröße kommt sicherlich eine gewisse Bedeutung zu, aber ganz gleich wie groß ein Asadi ist, sein oder ihr Körper weist in den allermeisten Fällen keine ektomorphen Abweichungen auf.

Die Fähigkeit der Augen, alle Farben des Spektrums zu zeigen, ist ein weiteres Unterscheidungsmerkmal, wenn auch nur von beschränktem Wert, denn die einzigen Asadi, die diese Fähigkeit nicht in vollem Maße besitzen, sind der alte Häuptling und der Junggeselle.

Gleichwohl kann ich außer diesen beiden mehrere andere Asadi in der Menge ihrer Artgenossen wiedererkennen. Ich habe versucht, diesen Individuen bezeichnende Namen zu geben. Den kleinsten erwachsenen Asadimann auf der Lichtung nenne ich Turnbull, weil seine Statur mich an Colin Turnbulls Bericht über die Pygmäen am Ituri und an meine eigene Arbeit unter diesen bewundernswerten Menschen erinnert, die nun unwiederbringlich vom Antlitz der Erde verschwunden sind ... Einen nervösen Burschen, dessen Hände ständig in Bewegung sind, nenne ich Benjy, nach Benedict ... Der alte Häuptling übt weiterhin einen starken Einfluß auf mein Denken aus. Seinen Namen habe ich durch simplen Analogieschluß gefunden: ich nenne ihn Eisen Zwei.

Der Junggeselle scheint jetzt bestrebt, seine Anonymität wiederzugewinnen. Seine Mähne ist seit der Schur nur wenig gewachsen. Ich möchte beinahe schwören, daß er sich bei Nacht die Haare auszupft, um die Mähne absichtlich kurz zu halten. Die letzten Tage hat er sich damit begnügt, am Morgen und am Abend meinen jeweiligen Aufenthalt festzustellen. Im übrigen hat er mich gemieden. Das ist gut so. Wir fühlen uns beide wohler.

Heute war wieder ein Abwurftag. Ich ging nicht hinaus, den Behälter zu holen; ich war zu müde. Aber ich habe dem Placenol abgeschworen, und der mit diesem kleinen Sieg einhergehende psychologische Auftrieb hat meine körperliche Schwäche erträglich gemacht. In dem Maße, wie ich das »nicht suchterzeugende« Mittel allmählich abgesetzt habe, sind die mit den Abwürfen gelieferten Placenolmengen reduziert worden. Hol der Satan den Computer! Ich weigere mich, die wohltätigen Auswirkungen meines Sieges auf meine geistige Gesundheit durch die Voraussagbarkeit dieses Sieges beeinträchtigen zu lassen.

Heute abend werde ich Odegaards amtlichen Bericht über seine Untersuchungen lesen. Und dann werde ich schlafen. Schlafen, schlafen, schlafen.

106. Tag: Heute ist Eisen Zwei, der alte Häuptling zurückgekommen! Vor neunzig Tagen sah ich ihn zum ersten Mal die Lichtung betreten. Ist darin eine Regelmäßigkeit zu sehen? Selbst wenn es sich so verhielte, könnte ich sie nicht interpretieren. Ich kenne nicht einmal die Lebensspanne der Asadi ... Um aber auf das Thema zurückzukommen: Eisen Zwei betrat die Lichtung mit dem Schrat auf der Schulter, setzte sich nieder, blieb ungefähr eine Stunde und schritt dann zurück in die Wildnis. Bei seinem Erscheinen ergriffen die übrigen Asadi wieder die Flucht – motiviert, wie es schien, mehr von Abscheu als von Furcht ... Wie lange werde ich warten müssen, bis der Alte zurückkehrt?

110. Tag: Im Verhalten der Asadi zeichnet sich eine kaum merkliche Veränderung ab, für die ich keine Erklärung habe.

Seit zwei Tagen meiden die Stammesangehörigen eine ziemlich große Fläche in der Mitte der Lichtung. Die Folge davon ist, daß sich an beiden Enden des Versammlungsplatzes zwei zufällig zusammengewürfelte Gruppen gebildet haben. Diese »Mannschaften«, wenn man sie in unangebrachter Scherzhaftigkeit so nennen kann, benehmen sich nicht genauso wie sie es taten, als sie der gemeinsamen Gruppe angehörten. Einzelpersonen zu beiden Seiten des stillschweigend vereinbarten Niemandslandes geben erhöhte Nervosität zu erkennen. Sie schwanken hin und her. Sie umschlingen ihre Oberkörper und stecken die Hände unter die Achseln, als ob sie frören. Während sie zwischen ihren Artgenossen umherwanken, erleiden sie bisweilen epileptisch anmutende Krämpfe. Manchmal glaube ich, daß sie sich zur Musik einer unheimlichen Flöte winden, die in den Tiefen des Urwalds ertönt.

Gelegentlich liefern einzelne Individuen einander über den imaginären Abgrund hinweg Duelle im Anstarren, aber kein Teilnehmer betritt dabei die Mittelfläche, die ungefähr dreißig Meter lang ist und beinahe die ganze Breite der Lichtung einnimmt. Beinahe, wohlgemerkt, denn entlang den beiden »Seitenlinien« gibt es schmale Streifen, über welche ein Austausch einzelner Individuen zwischen den Gruppen möglich ist. Es kommt nicht oft vor, daß ein einzelner Asadi nervös seiner Gruppe davonspringt und durch einen der unmarkierten Korridore ins »feindliche« Lager überläuft. Meiden sie die Mitte der Lichtung, weil sie der Ort ist, wo Eisen Zwei einst seine blutige Opfergabe darbrachte? Ich vermag es nicht zu sagen.

Der Junggeselle hat auf diese Ereignisse reagiert, indem er ins Geäst eines dickstämmigen Baumes unweit von meinem Schutzdach geklettert ist. Vom frühen Morgen bis zum späten Abend sitzt er hoch über seinen undurchschaubaren Stammesgenossen, beobachtet sie, schläft, versucht vielleicht sogar die allgemeine Stimmung einzuschätzen. Gelegentlich blickt er zu mir her, als wollte er wissen, was ich von diesen neuen Entwicklungen halte. Aber ich bin nur für ein Achselzucken gut …

112. Tag: Der seltsame Zweiparteientanz nimmt seinen Fortgang. Die Tänzer sind in ihren Bewegungen noch hektischer geworden. Eine bange Unruhe hat die Atmosphäre elektrisch aufgeladen. Der Junggeselle klettert höher in seinen Baum hinauf, verkeilt sich in einer Astgabel. Die imaginäre Flöte in meinem Kopf ist schrill geworden, kreischend schrill, und ich kann mir nicht vorstellen, wie das Ende dieses Wahnsinns aussehen mag.

114. Tag: Die Ereignisse gipfelten heute in einer ganzen Serie grotesker Entwicklungen, die mich vor ein Rätsel ersten Ranges stellen. Es begann früh. Eine Stunde nach Ankunft der Asadi kam Eisen Zwei auf die Lichtung. Auf dem Rükken trug er den Kadaver eines abgehäuteten und ausgeweideten Tieres. Sein Schrat, wenngleich aufrecht auf der Schulter seines Herrn sitzend, glich dem Werk eines unfähigen Tierpräparators, leblos und in unbeholfener Positur. Die Leute auf der Lichtung, bis dahin aufgeteilt in zwei unruhige Gruppen, flohen zum Waldrand.

Der Einsiedler, halb verborgen in den großen, glänzenden Blättern und zwischen den schwankenden dünnen Ästen der Baumkrone in prekärem Gleichgewicht, beugte sich zur Lichtung hinaus und starrte aus seinen schmutzigweißen Augen hinab. Umgeben jetzt von den neugierigen und zugleich mit Abscheu erfüllten Asadi, die sich am Waldrand drängten, stand ich an den Stamm des Baumes gedrückt, darauf der Junggeselle saß, und wir alle beobachteten den Alten auf der Lichtung.

Eisen Zwei ließ die Last von seinem Rücken gleiten. Statt aber nun zurückzutreten und die Beute den Männern zu überlassen, die sich als die wagemutigsten erwiesen, hob er den Schrat von der Schulter und setzte ihn auf das blutige Fleisch. Ich konnte deutlich sehen, wie die winzigen Finger des Schrats sich in langsamer, aber wohlinstrumentierter Bosheit krümmten und streckten, krümmten und streckten, während der blinde Kopf völlig unbewegt blieb. Dann hörte dieses hypnotische Harfen auf, und der Schrat saß wie aufgedunsen und tot da, ein obszönes Spielzeug.

Eisen Zwei wandte sich um und ging ohne ein Zeichen des Abschieds zurück in die Wildnis. Mehrere Asadi sprangen bei seiner Annäherung beiseite, daß das Laub rauschte. Niemand sonst rührte sich vom Fleck.

Deneb zog fett und höhnisch seine Bahn am Himmel und ließ in den unzugänglichen Tiefen der Wildnis Lichtkringel auf dem Laubwerk tanzen. Eine Stunde verging, und Eisen Zwei kam zurück. Er hatte den Schrat nur zurückgelassen, daß er seine erste Fleischlast bewache. Ja, die erste, denn der alte Häuptling trug einen weiteren Kadaver auf den knochigen Schultern, um ihn neben dem ersten abzulegen. Der Schrat erwachte vorübergehend zum Leben, verlagerte sein Gewicht und kauerte mit gespreizten Beinen auf den nebeneinander liegenden Fleischklumpen. Der alte Asadi ging wieder fort.

Eine Stunde später kehrte er mit einem dritten Stück Fleisch zurück, doch betrat er die Lichtung diesmal von Westen her, ungefähr zwanzig Meter von meinem Schutzdach entfernt. Verspätet wurde mir klar, daß er zuerst von Osten gekommen war, dann von Süden. Eine Gesetzmäßigkeit, sagte ich mir. Jetzt wird er wieder fortgehen und von Norden her zurückkommen. Viele Völker auf Erden schreiben den vier Himmelsrichtungen mystische Eigenschaften zu, und die Möglichkeit einer bedeutsamen Analogie befeuerte meine Phantasie.

Aber Eisen Zwei blieb auf dem Versammlungsplatz und machte meine Hoffnung zunichte. (Wie in meiner 22. Nacht in der Wildnis, harrt er auf der Lichtung aus. In Melchiors kupfrig grünem Schein hocken der alte Häuptling und sein Schrat auf dem blutbesudelten Boden und warten auf die erste Berührung der rosenfingrigen Morgenröte.) Statt dessen umschritt er einmal die Lichtung gegen den Uhrzeigersinn. Der Schrat rührte sich nicht von der Stelle.

Darauf gesellte der Alte sich zu seinem Kobold in der Mitte der Lichtung.

Hier nahm das zweite Stadium dieses neuen und verwirrenden Rituals seinen Anfang. Ohne den dritten Kadaver von den Schultern zu nehmen, bückte sich Eisen Zwei, hob den Schrat auf und setzte ihn sich auf die Schulter. Darauf kniete er nieder und zog Stricke aus gedrehten Pflanzenfasern durch die zuerst niedergelegten Kadaver. Dies getan, richtete er sich auf und schleifte den ersten dieser rot und weißlich marmorierten Fleischklumpen durch den Staub zur südlichen Hälfte der Lichtung, löste dort den Strick und setzte den Schrat wieder als Wächter darauf. Genauso verfuhr er mit dem zweiten Kadaver auf der Nordseite der Lichtung, doch mußte er hier notwendigerweise selbst Wache halten. Den dritten Kadaver trug er noch immer auf den Schultern.

Endlich trat er von seiner Opfergabe zurück. Er tat es mit einem tiefen kehligen Laut, der mich an das unterdrückte Schluchzen eines Menschen gemahnte. Dieses Geräusch, sollte ich hinzufügen, ist das erste und bisher einzige Beispiel stimmhafter Verständigung, das ich unter den Asadi gehört habe, läßt man die unbestimmten Knurrtöne und unwillkürlichen Seufzer außer acht. Auf das »Schluchzen« des Alten – das unzweifelhaft ein Signal war – hüpfte der Schrat vom Gegenstand seiner Obhut und krabbelte mühselig durch den Staub zu dem alten Mann, wobei er sich unbeholfen auf die halbgeöffneten lederigen Flügel stützte. (Ich bin beinahe überzeugt, daß der Schrat flugunfähig ist. Vielleicht stellen seine Flügel ein anatomisches Überleibsel aus einem früheren Stadium seiner stammesgeschichtlichen Entwicklung dar.) Als sowohl Eisen Zwei wie sein jämmerlicher Schrat ihren geheiligten Platz in der Mitte der Lichtung erreicht hatten, hob der alte Mann seinen Begleiter auf die Schulter, wo letzterer seinen gewohnten Platz einnahm und sich mit den winzigen Händen in der verblichenen Mähne festhielt.

Darauf breitete der ergraute alte Häuptling die Arme aus, legte den Kopf zurück und holte, indem er starr zur Sonne aufblickte, mit einem so tiefen und erbebenden Seufzer Atem, daß ich glaubte, entweder müßten ihm die Lungen bersten oder das Herz brechen. Der Seufzer wehte über die Lichtung hin.

Sogleich strömten die Asadi aus dem Unterholz am Waldrand auf den Versammlungsplatz – nicht nur die ausgewachsenen Männer, sondern Individuen beiderlei Geschlechts und jeden Alters. Aber noch in diesem regellosen Zusammenströmen teilte sich der Stamm in zwei Gruppen, deren jede wieder wilddurcheinanderdrängend ihrem beengten Areal auf einer Seite des Platzes zudrängte. Mähnen wurden geschüttelt, und unartikulierte Farbenspiele tanzten kaleidoskopisch in den Augen. Der Hunger der Asadi erzeugte eine dumpfe, traurige Musik über der Wildnis, wie fernes Donnergrollen an einem Sommertag.

Mit einer wilden Gier, die auch vor blutigen Beißereien unter Artgenossen nicht haltmachte, fielen die Asadi über die Kadaver her und zerrissen und verschlangen sie. Wie Piranhas, dachte ich.

Eisen Zwei ließ abermals sein qualvolles Seufzen hören, und das Durcheinander nahm ein Ende. Sämtliche schmalen grauen Schnauzen wandten sich zu ihm. Die Sterbenden schleppten sich fort, um allein den Tod zu erwarten, wenn es tatsächlich welche gab, die tödlich verletzt waren. Ich sah niemand die Lichtung verlassen, sah aber auch niemand schwerverletzt am Boden liegen. Die Asadi warteten. Der Junggeselle und ich warteten.

Nun begann der dritte und letzte Akt des wunderlichen Rituals: Eisen Zwei ließ den letzten Kadaver von seinen Schultern zu Boden gleiten, setzte sich daneben und begann vor seinen verwirrten Stammesmitgliedern zu essen. Stück um Stück schob er sich zwischen die Zähne. Dem Schrat gab er nichts, und dieser, wie leblos auf seiner Schulter sitzend, die kleinen Hände in die Mähne gekrallt, protestierte nicht gegen diese selbstsüchtige Mißachtung. Eisen Zwei aß mit schrecklicher Bedächtigkeit.

Nach einiger Zeit zog ich mich in den Schatten meines Schutzdaches zurück und beschränkte mich darauf, von Zeit zu Zeit hinauszuschauen, um die Vorgänge auf der Lichtung zu verfolgen. Nach zwei Stunden hatten die Asadi ihr Umherwandern in den separaten Territorien wieder aufgenommen. Nach drei Stunden waren diese Territorien miteinander verschmolzen, und es war nicht mehr möglich, die zwei »Mannschaften« der vorausgegangenen Tage zu unterscheiden. Die alte Gewohnheit des Gleichgültigen Beisammenseins war wieder in Kraft getreten, nur bewegten sich die Asadi mit ungewohnter Trägheit, beäugten mißtrauisch ihren Häuptling und vermieden es, den unmarkierten Kreis der Mitte der Lichtung zu betreten, in dessen Zentrum er saß.

Ich bemerkte, daß der Junggeselle von seinem Baum herabgeklettert war, konnte ihn aber auf der Lichtung nicht ausfindig machen. Eisen Zwei saß an seinem Platz, isoliert durch eine Barrikade wandernder Beine, riß die letzten öligen Fleischfetzen von seiner Mahlzeit und kaute sie mit einem Ausdruck einfältiger Nachdenklichkeit. Der Schrat schlug einige Male mit den Flügeln, aber der alte Mann gab ihm noch immer nichts.

Endlich ging die Sonne unter.

Die Asadi flohen von der Lichtung, aber Eisen Zwei – zweifellos vollgefressen wie eine Python, die ihren Unterkiefer ausgehakt hat, um ein Antilopenkalb hinunterzuwürgen – sank an seinem Platz um und rührte sich nicht mehr.

Ein einsamer fremder Mond hängt vom Himmel, und mir bleibt eine Frage, die ich lieber verdrängen würde, von solch brutaler Offensichtlichkeit ist die Antwort. Dennoch muß sie gestellt werden: Von welcher Art waren die Beutetiere, die der alte Mann abhäutete und ausweidete und als rituelle Opfergaben zur Lichtung schleppte? Zusammengekauert in meinem Unterschlupf, über mir das bescheidenste aller Dächer, kann ich mich nicht der beängstigenden Weiterungen erwehren, die sich aus der asadischen Sterbensweise ergeben ...

BETRACHTUNGEN ÜBER DEN KANNIBALISMUS: Ein improvisierter Essay

Aus den unveröffentlichten Bandaufzeichnungen Egan Chaneys: Ein schöner Tag, und ich strecke das Mikrofon aus, halte es den Asadi hin: Sie werden nichts hören als fünfhundert Paar Füße, die durch einen Zentimeter heißen Staubes schlurfen. Da, hören Sie es? Vielleicht nicht. Nichtsdestoweniger ist es ein schöner Tag.

Vier Tage sind vergangen, Eisen, seit Ihr Gegenstück, Eisen Zwei, mit seinem unordentlichen dreistündigen Bankett Unruhe ins Leben des Stammes brachte. Seither hat sich nichts ereignet.

Ich gehe spazieren. Ich wandere unter den Asadi umher. Sie sehen mich nicht, obwohl ich geradeso körperlich und real bin wie sie selbst es sind. Sogar diejenigen, denen ich Namen gegeben habe – Campy, Werner, Gus, Oliver und die anderen –, weigern sich, mir die einfache Tatsache meiner Existenz zuzugestehen. Das ist hart. Man findet sich nicht leicht damit ab. Gleichwohl bringe ich diesen wenigen

Asadi – Jane, Thelma, Dianne, Celestine und den anderen, die ich wiedererkennen und mit Namen versehen konnte – eine väterliche Zärtlichkeit entgegen ...

Gerade bin ich an Celestine vorbeigegangen. Die Ausformung ihrer Gesichtszüge verleiht ihr ein sanftmütiges Aussehen, wie eine Quäkerfrau in einer Parka. Ihre scheinbare Sanftmut bringt mich auf das Thema dieses Kommentars: Wie konnte ein Geschöpf von Celestines sanftmütiger Erscheinung und Gemütsart tatsächlich das Fleisch eines Artgenossen essen? Gott stehe mir bei, ihr Basislager-Stubenhocker, wenn diese Asadi intelligent und zu rationaler Überlegung fähig sind, denn ich bewege mich unter Kannibalen!

Sie umkreisen mich. Sie behexen mich. Sie erfüllen mich mit einer jähen Furcht, mit einer Scheu und einem Grauen, wie sie ein Kind, das gerade die Geheimnisse von Empfängnis und Geburt erfahren hat, vor den eigenen Eltern empfinden mag. Von genau dieser Art ist mein Grauen vor den Asadi, meine Scheu vor den verborgenen Aspekten ihres Lebens ...

Turnbull fehlt. Ich gab ihm diesen Namen, weil er klein war, wie die Pygmäen, über die der erste Turnbull geschrieben und unter denen ich gearbeitet hatte ... Der kleine Turnbull, untersetzt und schlau blickend, ist unter diesen gleichgültigen, ungeschlachten Leuten unauffindbar. Ich hätte ihn mittlerweile finden müssen, wenn er sich mit den anderen auf der Lichtung befände. Er war mein Pygmäe, mein kleiner Pygmäe, und nun haben diese teilnahmslosen Bestien ihn aufgefressen! Aufgefressen, als ob er ein Tier wäre, ein Geschöpf von geringerem Status! Eine Null in einer Kette von Nullen so lang wie der Durchmesser der Zeit! Möge Gott sie für ihre ruchlose Raubgier mit Verdammnis bestrafen!

(Eine längere Pause, in der nur die schlurfenden Schritte der Asadi zu vernehmen sind.)

Ich glaube, mein Ausruf hat einige von ihnen beunruhigt. Ich sah ein paar von ihnen zusammenzucken. Aber sie sehen mich nicht an, diese Kannibalen, und ich weiß nicht, ob ich entrüstet oder befriedigt sein soll. Vielleicht darf ein Kannibale in der Anerkennung eines Artgenossen nicht zu weit gehen, weil sein Selbstbewußtsein zu wenig gefestigt ist. Ein Kannibale befürchtet immer, daß er sich selbst mehr Bedeutung beimessen könnte als er verdient hat, denn dabei entdeckt er – in einem Augenblick schrecklicher Offenbarung, wo seine nächste Mahlzeit herkommt. Er weiß immer, wo sie herkommt, und darum fürchtet er sich die meiste Zeit.

Kannibalen der zivilisierten Art sind die innerlich zerrissensten Schizophrenen in der gesamten Natur. Einerseits bedarf es einer kolossalen Arroganz, sich selbst um so viel besser zu dünken als einen anderen Vertreter der eigenen Art, daß man ihn ißt. Andererseits demonstriert eben diese Handlung die verächtlichste Selbsterniedrigung des Kannibalen, der bereit ist, das Fleisch eines Artgenossen in ... nun, nennen wir die Dinge beim Namen, in Scheiße umzuwandeln. Grandiose Überheblichkeit und die schlimmste Art freiwilliger Selbsterniedrigung. Haben die Asadi diese gegensätzliche Haltung in ihr Alltagsleben integriert? Ist ihre Gleichgültigkeit gegeneinander das Resultat individueller Überheblichkeit? Könnte es sein, daß die Nichtachtung des Individuums für seinesgleichen Praktiken der öffentlichen Demütigung und das Pariatum begünstigt? Eine schizophrene Gesellschaft? Spiegelt das Gleichgültige Beisammensein während des Tages und die zwanghafte Vereinzelung bei Nacht die ihren Seelen innewohnende Dichotomie? Wer unterliegt einer fataleren Selbsttäuschung als der Kannibale? Sein bloßer Versuch, Einheit mit seinesgleichen zu erreichen, führt zu verstärkter Selbstentfremdung.

(Chaneys Mikrofon fängt das nichtendenwollende Scharren und Schlurfen von Asadifüßen und das leise Rauschen des Windes im Laubwerk auf.)

Ja, ja, ich weiß. Dies alles ist schlechte Anthropologie. Aber ich argumentiere nicht anthropologisch, sondern metaphorisch, und vielleicht spreche ich überhaupt nicht von den Asadi. Mir ist durchaus klar, daß es unter menschlichen Populationen zwei Arten von Kannibalismus gibt: Exokannibalismus und Endokannibalismus. Nicht alles Lehrbuchwissen ist mir hier im Busch abhanden gekommen.

Exokannibalismus findet sich gewöhnlich in einem Zusammenhang andauernder Kriegführung zwischen Stämmen, die ihren Lebensunterhalt zu einem Teil durch Ackerbau bestreiten. Sie führen Krieg, um ihre seßhafte Lebensweise zu schützen oder ihren Landbesitz auf Gebiete auszudehnen, wo der Boden noch nicht durch Raubbau erschöpft ist. Feinde verzehren einander, um sich die Kräfte ihres jeweiligen Gegners anzueignen und Macht über sie zu gewinnen. In einem solchen Zusammehang ist Kannibalismus patriotisch, und das menschliche Fleisch ist unweigerlich rein.

Weil die Asadi weder Ackerbauern sind noch in ihrer Lebensumwelt natürliche Feinde haben, hängen sie nicht dem Exokannibalismus an. Statt dessen praktizieren sie Endokannibalismus.

Dies bedeutet, daß die Asadi regelmäßig Mitglieder ihres eigenen Stammes essen, des einzigen uns bekannten Stammes auf BoskVeld. Im allgemeinen ist diese Form von Kannibalismus als ein Versuch seitens der Verwandten und Freunde eines Verstorbenen zu verstehen, den Geist und die Erinnerungen des Toten durch den rituellen Verzehr seines Fleisches in sich aufzunehmen. Unter solchen Umständen ist Kannibalismus ein Akt der Verehrung und sichtbarer Ausdruck des Wunsches der Gemeinschaft, die Kontinuität ihrer Lebensart und ihrer Mitglieder zu sichern. Übrigens nehmen Christen jedesmal, wenn sie die heilige Kommunion feiern, an symbolischem Endokannibalismus teil. »Nehmet hin und esset, das ist mein Leib. Trinket alle daraus, denn das ist mein Blut ...«

Sie mögen sich fragen, warum der Endokannibalismus der Asadi mich so kränkt und demoralisiert? Weil – Gott steh mir bei! – ich angefangen habe, sie als fremdartige Projektionen meines eigenen Bewußtseins zu betrachten, und da ich von mir selbst Besseres erwarte, erwartete ich Besseres auch von ihnen. Leuchtet das ein? Ich fürchte, Sie werden es nicht finden. Aber hol's der Teufel, gerade als ich angefangen hatte, einen Schimmer höherer Gesittung in ihnen zu entdecken, mußte der alte Eisen Zwei daherkommen – wie ein Indianerhäuptling des 19. Jahrhunderts, der seinen Gürtel mit Skalps behängt –, drei Kadaver auf die Lichtung schleppen und in seinen glotzäugigen Stammesuntertanen das gefräßige Raubtier entfesseln. Das ist mehr als ich vertragen kann.

Die Asadi ignorieren mich. Es ist heiß auf der Lichtung, und sie lassen mich unbeachtet. Sie gehen vorbei wie eine Prozession mechanisch angetriebener Pappkameraden. Und Turnbull ist nicht unter ihnen, er geht nicht mehr mit, man hat ihn geschlachtet und verzehrt. Geschlachtet und verzehrt, verstehen Sie? Mit dem gleichen willkürlichen Egoismus, mit dem wir die Naturvölker der Erde vertrieben und ausrotteten, am Ituri und anderswo. Turnbull ist tot, und *es gibt keine Pygmäen mehr, es gibt keine Pygmäen mehr, es gibt keine ...*

Dritter Teil

DAS RITUAL VON TOD UND BESTIMMUNG

Aus der Endfassung des einzigen vollständigen Abschnittes von Egan Chaneys sonst unvollendeter Ethnographie:

TOD

Am 120. Tag wurde der alte Häuptling, den ich Eisen Zwei nannte, krank. Weil mehrere Tage vergangen waren, seit er sich beim allgemeinen »Festschmaus« vollgestopft hatte, vermutete ich, daß seine Krankheit nichts mit seiner vorausgegangenen Unmäßigkeit zu tun habe. Der Meinung bin ich noch immer. Fünf Tage hatte er nichts gegessen, obgleich die anderen Asadi sich weigerten, seinem Fasten nachzueifern, und von Kräutern, Wurzeln, Blumen und Holz bis zur Baumrinde alles aßen, was ihnen vor die Augen kam. Den alten Mann und seinen Schrat ignorierten sie ebenso wie den Junggesellen und mich.

Eisen Zweis Erkrankung veränderte diese Lage. Am Nachmittag des Ausbruchs seiner Krankheit erhob er sich unvermittelt und machte die furchtbar röchelnden, einsaugenden Geräusche, die er sechs Tage vorher benutzt hatte, seine Stammesmitglieder zum Fleisch zu rufen. Ich stürzte aus meinem Unterstand. Die Asadi wichen vor ihrem alten Häuptling zurück, unterbrachen ihr schlurfendes, wankendes Hin und Her und starrten mit großen Augen, deren Farbenspiel auf einem einzigen Ton zum Stillstand gekommen war. Ein krampfhaftes Kollern und Knurren verdrängte die Einsauggeräusche des alten Mannes, und er beugte sich vornüber, die Arme über den Kopf gestreckt, und würgte und würgte, bis es schien, er müsse nicht nur den Mageninhalt, sondern die Eingeweide selbst in den Staub erbrechen.

Aus seinem Mund kamen die halbverdauten Fetzen und Brocken seiner sechs Tage alten Mahlzeit. Betreten über den Anblick, wandte ich mich ab. Das Würgen dauerte an, und da die Asadi weiter zu ihrem Häuptling starrten, machte ich wieder kehrt, die Vorgänge zu verfolgen. Die Pflicht ist eine harte Zuchtmeisterin.

Plötzlich flatterte der Schrat von der Schulter des alten Mannes auf und flappte mit den Flügeln in der Luft wie ein kleiner, vom Wind umgestülpter Regenschirm. Ich hatte ihn bis dahin nie fliegen sehen und war überrascht, daß er es konnte. Sein ungelenkes Flattern setzte die bereits unruhigen Stammesmitglieder in Erregung, und zusammen sahen wir den Schrat wie eine unter Gleichgewichtsstörungen leidende Fledermaus über die Baumwipfel emporflattern, einen Bogen beschreiben und in beängstigendem Sturzflug zu den Zweigen der Bäume am westlichen Rand der Lichtung herabsausen. Der alte Mann fuhr fort sich zu erbrechen, aber nun folgten alle Blicke dem ungewissen Gaukelflug des Schrates, der einmal zu der Astgabel herabstieß, wo der Junggeselle bisweilen in Zurückgezogenheit verharrte.

Aber der Junggeselle war nicht da, und ich hatte keine Ahnung, wo er sich aufhielt.

Der Schrat fiel flatternd durch Gezweig und Laub, fing sich wieder und gewann den freien Luftraum über der Lichtung, wo er seine Kreise zog. Es war wie ein häßlicher Scherz, daß dieses Geschöpf der Schwerkraft trotzte.

Ich dachte, daß der Schrat sich zum Fressen niederlassen werde und daß seine einzige Nahrung möglicherweise aus Eisen Zweis Erbrochenem bestehen könnte. Ich rechnete damit, daß das ausgehungerte Geschöpf darüber herfallen werde, aber es dachte nicht daran. Irgendwie hielt es sich flatternd in der Luft, als warte es darauf, daß der alte Mann sein Würgen beende.

Schließlich war es nicht der Schrat, der in die übelriechende Pfütze von Erbrochenem watete, sondern die Artgenossen des alten Mannes. Meine Neugier überwand den Abscheu, und ich beobachtete, wie die Asadi ihre Portionen vom halbverdautem Fleisch davontrugen, als ob jeder schmierige Brocken eine Reliquie von unschätzbarem Wert wäre. Es gab kein Gedränge, kein Stoßen, keine wilden Blicke. Jedes Stammesmitglied suchte sich sein Stück heraus, trug es in den Wald und deponierte es einstweilen in einem Versteck.

Während dies in einer gewissen Feierlichkeit vor sich ging, flatterte der Schrat aufgeregter als zuvor über der Lichtung, und ein unbekannter Asadi stützte Eisen Zwei, indem er ihn behutsam an der Mähne hielt. Als jeder einen Brocken des hervorgewürgten Fleisches genommen hatte, legte der Helfer des Häuptlings diesen an einem trockenen Platz auf den Boden, und der Schrat kam herab, bei seines Herrn Kopf niederzukauern.

Es sollte nicht unerwähnt bleiben, daß der Junggeselle wie alle anderen antrat, um ein Erinnerungsstück an Eisen Zweis Krankheit auszuwählen und mitzunehmen. Er kam als letzter, nahm nur einen handtellergroßen Brocken und zog sich zum Rand der Lichtung zurück. Hier kletterte er in den Baum, zwischen dessen Geäst der Schrat wenige Minuten vorher beinahe zu Schaden gekommen wäre. Bis Sonnenuntergang harrte der Junggeselle dort aus, wartete und beobachtete.

Während der Tage 121, 122 und 123 dauerte Eisen Zweis Krankheit an, und die Asadi kümmerten sich wenig um ihn. Zweimal täglich brachten sie ihm Wasser und achteten im übrigen darauf, nicht auf ihn zu treten. Der Schrat saß neben dem Kopf des Alten. Er schien auf den Tod seines Herrn zu warten. Niemals sah ich ihn essen.

Am Abend verließen die Asadi ihren sterbenden Häuptling ohne einen Blick, und ich befürchtete, er werde während ihrer Abwesenheit sterben. Mehrmals, wenn ich durch das vom Mondschein überglänzte Laubwerk zu seiner leblosen Gestalt hinausblickte, dachte ich, er sei bereits gestorben, und ein Erschrecken breitete sich in mir aus. War ich für den Toten verantwortlich?

Aber der alte Mann starb nicht, und am 124. Tag trat eine

weitere Veränderung ein. Eisen Zwei setzte sich auf und kehrte das Gesicht der Sonne zu – aber er starrte das zornige Gestirn durch die gespreizten Finger an, die Finger klauenartig gekrümmt, und schien vergebens bemüht, einen Schleier zu zerreißen, den er offenbar zwischen sich und Deneb wähnte. Der Schrat saß selbstzufrieden und wissend wie immer, aber die Asadi bemerkten die im Häuptling eingetretene Veränderung und reagierten darauf. Als ob seine zuckende Unzufriedenheit mit der Sonne ein Hinweis wäre, teilten sie sich wieder in zwei Gruppen und formierten sich wachsam zu Halbkreisen im Norden und Süden des Häuptlings. Sie sahen zu, wie er mit der Sonnenglut rang und bemüht schien, die glühenden Gasausbrüche der Corona mit den knotigen Händen zu zerreißen.

Mittags stand der alte Mann auf, reckte die Arme empor, krallte schluchzend nach dem Himmel und brach plötzlich wieder in die Knie. Von beiden Gruppen kamen ihm zwei Asadi zu Hilfe und hoben ihn auf. Andere brachen große glänzende Palmblätter am Waldrand und reichten sie über die Köpfe der Umstehenden weiter zu der Stelle, wo der alte Mann zusammengebrochen war. Seine Helfer nahmen die Blätter an, bereiteten daraus ein Lager und betteten den zerbrechlichen Körper des Häuptlings darauf.

Es war nach dem Scheren des Junggesellen der zweite Fall kooperativer Tätigkeit unter den Asadi, dessen Zeuge ich geworden war. Diese Zusammenarbeit war jedoch von kurzer Dauer, denn bald ersetzte wieder zielloses Herumschlurfen das Häuptling-Beobachten als Hauptaktivität innerhalb der zwei Gruppen zu beiden Seiten seines Lagers. Deneb, endlich befreit vom Blick des alten Mannes, sank zum Horizont.

Unbehelligt querte ich die Lichtung und beugte mich über den sterbenden Häuptling, sorgfältig darauf bedacht, dem Schrat nicht zu nahe zu kommen, der jede meiner Bewegungen mit seinem unheimlichen augenlosen Gesicht verfolgte. Und ich blickte in die Augen seines Herrn.

Ein Schreck durchfuhr mich, daß ich zusammenzuckte.

Des alten Mannes Augen waren ausgebrannte, geschwärzte Löcher in einer menschenähnlichen Maske. Sie waren völlig tot, zwei schwarz geräucherte Linsen, die nur darauf zu warten schienen, daß der übrige Körper ihnen in die Leblosigkeit folge.

Ein diffuser roter Lichtschein über den Baumwipfeln kündete vom Sonnenuntergang, und die Lichtung leerte sich.

Allein mit Eisen Zwei und seinem Schrat, verspürte ich die Gewißheit, daß der alte Mann diese Nacht sterben würde. Nachdem ich in seinen Augen eine Andeutung von Leben gesucht und nicht gefunden hatte, zog ich mich in die Sicherheit meines Unterstandes zurück. Ich konnte nicht schlafen. Doch waren meine schlimmen Vorahnungen unbegründet gewesen, denn als ich am Morgen zur Lichtung hinausschaute, sah ich Eisen Zwei mit untergeschlagenen Beinen auf seinem Lager sitzen, den Schrat auf der Schulter.

Dann sickerte jenes feine kupferfarbene Licht durch den Urwald, das auf BoskVeld Sonnenaufgang und Verjüngung signalisierte. Die Asadi kamen zurück und nahmen wieder ihre Plätze im Norden und Süden ihres sterbenden Häuptlings ein. Der 125. Tag hatte begonnen.

Ich nenne die Ereignisse des 125. Tages zusammengenommen das Ritual von Tod und Bestimmung. Ich glaube, wir werden das »gesellschaftliche« Leben der Asadi niemals ganz verstehen, solange wir nicht jeden Aspekt dieses Rituals genau interpretieren können.

Die Augenfarbe aller auf der Lichtung versammelten Asadi – mit der einzigen Ausnahme des Junggesellen – hatte ein tiefes und melancholisches Indigo angenommen und blieb dabei. Tiefes Indigo und absolute Stille. So tief und alles aufsaugend waren die Augen der Asadi, daß es schien, als könnte die aufsteigende Sonne kaum einen tanzenden, schimmernden Lichtstrahl aussenden. Der Morgen glich einem in matten Pastelltönen und stumpfen Grundfarben ausgeführten impressionistischen Gemälde.

Nach einiger Zeit begannen die Asadi die Köpfe rythmisch von einer Seite zur anderen zu bewegen, wobei das Kinn jeweils eine kleine Acht beschrieb. Die Köpfe bewegten sich im Gleichmaß. Dies dauerte eine Stunde oder länger, und der alte Häuptling saß da und nickte in der ungeheuren Morgenstille.

Schließlich, als sie die erforderliche Zeit Achter in die Luft geschrieben hatten, lösten die Asadi ihre Gruppen auf und bildeten mehrere konzentrische Ringe um den alten Mann. Die Mitglieder dieses Ringes begannen langsam von einer Seite zur anderen zu schwanken. Die unhörbare Flöte, die ich einst in der Wildnis gehört zu haben glaubte, war gegen ein unhörbares Fagott ausgewechselt worden. Die Asadi schwankten schwerfällig, und ihre gewaltigen Mähnen wogten in einem langsam und schön orchestrierten Kummer. Und der Junggeselle – ganz allein außerhalb des äußersten Rings – schwankte auch im Takt mit den anderen. Dieses rythmische Schwanken füllte den Rest des Vormittags aus und dauerte bis zum frühen Abend.

Ich zog mich unter mein Schutzdach zurück, besann mich jedoch eines Besseren und stieg auf den Baum, den der Junggeselle oft zu seinem Ruhesitz gemacht hatte. Ich vergaß alles bis auf die unheimliche Zeremonie unter mir, gab mich vollständig den hypnotischen Bewegungen der zottigen grauen Gestalten hin, die zu studieren ein verwirrendes Universum mir aufgegeben hatte ... Ich nickte wiederholt ein, schlief aber nicht.

Auf einmal stieß Eisen Zwei einen letzten schluchzenden Laut aus, verzweifelt und herzzerreißend, und packte mit den zittrigen Händen das Teufelsding, das sich mit bösartiger Beharrlichkeit an seine Mähne klammerte. Unter Aufbietung allerletzter Reserven erhob er sich schwankend von seinem Lager und versuchte den Schrat zu erwürgen. Dieser schlug mit den Flügeln, wand sich und bekam einen Flügel frei. Der alte Mann griff noch einmal blindlings zu und suchte das Geschöpf, das ihn in Gefangenschaft gehalten hatte, selbst wenn es ihm zu willen gewesen war, zwischen den Händen zu zerquetschen. Es gelang ihm nicht.

Der Schrat kratzte mit seinen winzigen Händen feine blutrote Streifen in Eisen Zweis welke Wangen und gewölbte Stirn. Dann befreite er sich flügelklatschend aus dem unsicheren Griff des Alten und schwang sich zur Höhe der Baumwipfel empor.

Ich fürchtete, er werde auf mich in meiner usurpierten Astgabel herabstoßen, aber er flatterte gaukelnd um den Rand der Lichtung, stieß plötzlich herab, schwang sich wieder auf, schlug wie eine Fledermaus Haken in der Luft und krächzte lautlos. Seine imaginären Schreie gingen mir durch Mark und Bein. Unterdessen fiel Eisen Zwei seitwärts über sein Lager und starb.

Der Asadihäuptling war tot. Er starb bei Sonnenuntergang.

Ich wartete, daß seine Leute in die Wildnis fliehen und seinen zerbrechlichen Leichnam einem neugierigen Menschen zur verstohlenen Untersuchung zurücklassen würden. Aber sie blieben. Sie blieben, obwohl die todbringende Dämmerung auf sie herabsank. Das Ende des alten Häuptlings wog schwerer als ihre Furcht, sich an einem offenen Platz den Geheimnissen der Dunkelheit auszusetzen.

Von meinem Ausguck im Baum hatte ich zweierlei gesehen, was ich bei den Asadi nie zuvor beobachtet hatte: Tod und ein allgemeiner Verzicht auf tröstliche Ersatzhandlungen.

BESTIMMUNG

Das Ritual von Tod und Bestimmung war in seine zweite Phase eingetreten, bevor ich überhaupt begriff, daß es Phasen gab. Ich vergaß meinen Hunger und verdrängte den Gedanken an Schlaf.

Die Asadi versammelten sich um den Leichnam des alten Mannes. Die kleinsten unter ihnen durften sich in der Mitte zusammenfinden und den toten Häuptling über ihre Köpfe heben. So formierten sich die Jungen, die Schwachen, die Schmächtigen und die Verkrüppelten zu einer Zweierreihe unter dem ausgestreckten Leichnam des Häuptlings und zogen mit ihm zum Nordrand der Lichtung.

In dieser Anordnung verhalfen sie mir zu einer neuen Entdeckung. Sie waren Asadi, deren Mähnen von einheitlicher Farbe und Beschaffenheit waren; von einem strähnigen, schmutzigen Braun. Sie trugen den Toten in klagloser Ergebung. Die größeren, schlankeren Asadi – jene mit üppigen silbrigblauen oder goldbraunen Mähnen – bildeten Einerreihen zu beiden Seiten ihrer weniger ansehnlichen Stammesgenossen; und gemeinsam zogen diese zwei Gruppen, wie Wasser in einem wandernden Rohr, nach Norden ...

In die einzige Richtung, aus der Eisen Zwei nicht die Lichtung betreten hatte, als er nacheinander die drei ausgeweideten Kadaver herbeigetragen hatte.

Afrikanische Treiberameisen bedienen sich der gleichen röhrenförmigen Formation, wenn sie als Gruppe große Entfernungen überwinden müssen: die Arbeiterinnen innerhalb der Kolonne, die Krieger zu beiden Seiten. Und nichts wird in diesem Riesenkontinent mehr gefürchtet als Treiberameisen auf der Wanderung. Natürlich mit der einzigen und bemerkenswerten Ausnahme der Menschheit.

Beinahe zu spät wurde mir klar, daß die Asadi im Urwald untertauchen und aus meinem Blickfeld verschwinden würden, wenn ich nicht vom Baum des Junggesellen stiege. Hastig und beinahe fallend kletterte ich hinab. Wie durch einen fotografischen Filter gesehen, lag das Laubwerk, durch das der Trauerzug seinen Weg nahm, in einem weich verschwimmenden Glanz. Ich rannte, doch als ich den Zug eingeholt hatte, merkte ich, daß ich leicht Schritt halten konnte, so gemessen zog die Prozession dahin. Ich folgte ihr in einigem Abstand.

Ebenfalls am Schluß des Zuges trottete der Junggeselle dahin, isoliert in seinem Pariatum. Das Fibrieren der Tritte auf dem Waldboden und das Rauschen der Blätter unter den vorbeistreifenden Gestalten erzeugten eine weithin hörbare Unruhe in der stillen Dämmerstunde.

Ich sah den Schrat über dem Teil der Prozession flattern, wo sein Herr auf den Schultern der kleineren Asadi getragen wurde. Im Flug wich er geschickt Ästen und Zweigen aus, schwang sich empor und stieß wieder abwärts, um schließlich auf Eisen Zweis knochiger Brust zu landen. Dort vollführte er, einem ölverschmierten Gockel gleich, einen grotesken kleinen Balztanz. Dann bog die Kolonne nach links, die Wildnis versperrte mir den Blick auf die Prozession, und Dunkelheit senkte sich herab wie schwarzes Konfetti.

Ich habe keine Ahnung, wie lang wir unterwegs waren. Eine Ewigkeit von winzigen Augenblicken. Ich werde mir eine Schätzung versagen und mich auf die Angabe beschränken, daß es sehr lange dauerte. Endlich aber erreichte unsere Prozession eine zweite, beinahe überwachsene Lichtung.

Hier ragte gleich einer fernöstlichen Pagode der breite und massive Umriß von etwas Gebautem, etwas Gemachtem zwischen den ausladenden Ästen der Bäume. Alle drei Monde standen am Himmel, und die schwarze Masse dieses Bauwerks lag im altgoldenen Schein aller drei Nachtgestirne. Ehe noch das Ende der Kolonne aus dem Waldesdikkicht war, sahen wir schon den matten Glanz des Mondscheins auf geschweiften Giebeln und hohen, tiefvioletten Fenstern. Ich glaube nicht, daß ich der einzige war, dessen erster Impuls es war, zurück in den nächtlichen Wald zu fliehen.

Mit der Annäherung an das Bauwerk begannen die Teilnehmer an der Prozession von einer Seite zur anderen zu schwanken, ohne aber stehenzubleiben. Vor mir beschrieb der Kopf des Junggesellen weite Kreisbogen; sein ganzer Körper zitterte beim Gehen wie im Schüttelfrost. Wenn er bestraft worden war, weil er mich einmal hierhergeführt hatte, zitterte er jetzt vielleicht aus Furcht. Wenn die Asadi andererseits wünschten, daß dieser Tempel unentweiht bliebe, bestand die Gefahr, daß sie mich strafen würden, sobald sie meine Anwesenheit entdeckten.

Ich war nahe daran, den Weg zurückzurennen, den die Prozession genommen hatte, aber die Pagode hatte meine Phantasie gefangengenommen, und ich unterdrückte die Regung. Immerhin war ich so vernünftig, einen Baum am Rand der kleinen Lichtung zu erklettern. Von diesem Ausguck konnte ich die Pagode selbst und das Geschehen davor in relativer Sicherheit beobachten.

Graue Schatten bewegten sich im schwarzen Schatten vor dem Tempel. Und plötzlich flammten in den eisernen Bekken zu beiden Seiten des reich skulptierten Eingangs am Kopf der breiten steinernen Freitreppe zwei grüne Feuerbrände auf! Die Feueranzünder – identisch mit den grauen Schatten, die ich zuvor bemerkt hatte – kamen die Stufen wieder herunter. Und abermals war ich wie betäubt von ungläubigem Staunen. Der Grad kultureller Verfeinerung, der aus dem Gebrauch von Feuerschalen und Zündmitteln sprach und von dem ich nicht im entferntesten geahnt hatte, machte eine Vielzahl meiner früheren Schlußfolgerungen über die Asadi zunichte. Feuer! Sie kannte den Gebrauch des Feuers!

Mittlerweile hatten sich die Asadi in Viererreihen vor der Treppe zur alten Pagode aufgestellt, und sechs schmächtige Gestalten trugen den Leichnam des Häuptlings – der nun im Fackelschein von einem unheimlichen Apfelgrün war – die breiten Stufen zum steinernen Katafalk vor dem Eingang hinauf. Hier legten sie den Toten nieder und stellten sich hinter ihm auf, die Gesichter den wartenden Stammesgenossen und der Wildnis zugekehrt, drei auf jeder Seite des Toten. Ich war solch erhabenes Gepränge nicht gewohnt und begann zu glauben, daß Placenol oder etwas noch Schlimmeres durch meine Adern kreise. Dies alles mußte eine Halluzination sein.

Die Monde riefen aus stummen Mündern. Die Feuerschalen stießen grelle Schreie flackernden Lichts aus.

Aber das Ritual war noch nicht beendet. Die Nacht dauerte an, die Monde zogen ihre Bahn, und die in Reih und Glied wartenden Asadi scharrten mit den Füßen. Einige streckten die Hände empor und rangen mit den Monden, wie Eisen Zwei mit der Sonne gerungen hatte. Niemand verließ die überwachsene Lichtung, doch spürte ich, daß viele es gern getan hätten. Sie kämpften mit ihren Ängsten und warteten. Die Pagode und der Leichnam ihres Häuptlings hielten sie im Bann. Ich wiederum stand im Bann ihrer erschreckenden Geduld. Eingekeilt in meiner Astgabel, sah ich Melchior allmählich untergehen. Der Junggeselle wurde unruhig, und die Feuerbrände begannen in ihren Schalen wie ausgebrannte Kerzen unregelmäßig zu flackern.

Der Morgen ließ auf sich warten.

Zwei Vakua existierten: das Vakuum in der Natur zwischen dem Ende der Nacht und dem Anbruch des Tages, und das Vakuum in der Hierarchie der Stammesstruktur. Nacht und Tod. Zwei Vakua auf der Suche nach ausgleichender Substanz. Wenn wird der Morgen kommen? Wie werden die Asadi den Nachfolger ihres toten Häuptlings bestimmen?

Unruhe auf der Lichtung! Ich spähte hinab und sah, daß die Viererreihen der Asadi sich in eine unorganisierte Masse durcheinanderdrängender Körper aufgelöst hatten. Ein Chaos, eine Anarchie, wie ich sie von ihrem Versammlungsplatz kannte. Wie konnte in einem solch willkürlichen Durcheinander beziehungsloser Individuen ein Vakuum an Führerschaft entstehen? Nur die Pagode hatte Stabilität, nur sie bewegte sich nicht.

Aufblickend bemerkte ich dann, daß der Schrat segelnd hoch über dem Gewühl kreiste, fast ohne zu flattern, eher dem Gerfalken gleich als einer Fledermaus. Mit ungewöhnlicher Anmut segelte er in der den Morgen ankündigenden Brise und schraubte sich mühelos so hoch empor, daß er im Feuerschein kaum noch auszumachen war.

Dann faltete er die Flügel an und stieß in schwindelerregendem Sturzflug auf die Lichtung herab. Vor Schreck wäre ich um ein Haar aus dem Baum gestürzt. Meine Füße glitten in der Astgabel ab, die mich gehalten hatte, und ich baumelte an den ausgestreckten Armen über dem Rand des Pagodenvorplatzes. Glücklicherweise waren die verängstigten Stammesmitglieder zu sehr in ihrer Panik gefangen, um mich zu bemerken.

Der unheimliche Schrat fing seinen Sturzflug knapp über der Menge ab und strich mit sausenden Schlägen seiner lederigen, ausgezackten Flügel niedrig über die Köpfe der Asadi. In erratischem Zickzackflug schoß er hierhin und dorthin, daß die Flügel im Widerschein der Flammen in kurzen Abständen wie trübe Glasscherben schimmerten. Die kurzlebige Anmut seines Segelns war zu krassem Exhibitionismus (Ich weiß nicht, wie ich es sonst nennen sollte) und scheinbar unbeholfenem Geflatter geworden. Aber er ließ sich durch nichts von dem abbringen, was er wollte; mehreren Asadi zerkratzte er im Vorbeiflug die Gesichter. Einige wenige versuchten den Schrat zu fangen. Andere, besonnenere, duckten sich und zogen die Köpfe ein oder wehrten ihn mit erhobenen Armen ab. Der Schrat machte keine Unterschiede. Er verletzte alle, die seinen scharfen Krallen und Flügelkanten in den Weg kamen, ob sie ihm auszuweichen versuchten oder ihn fangen wollten. Die Augen der geplagten Asadi blitzten durch ihre individuellen Schaustellungen des Spektrums, und die Wärmeenergie so vieler Veränderungen verbreitete einen phosphoreszierenden Schein über die kleine Lichtung.

Der Umstand, daß die Augen des Junggesellen kühl und farblos blieben, bedeutete wenig neben der Hitze dieser tausend brennenden Augen. Ich hatte den Junggesellen beinahe vergessen. Er stand abseits von seinen aufgeregten Stammesgenossen und beobachtete das Geschehen, ohne vor dem Schrat zu fliehen oder nach ihm zu greifen. Seine Augen waren kalkweiß und stumm, bar allen Intellekts und aller Leidenschaft. Der Schrat tanzte weiter in seinem gaukelnden Flug über die Lichtung hin, schwenkte in jähen Schräglagen ab, ehe er das Dickicht des Waldrands oder das Gebäude erreichte, und schlug mit den scharfen Flügelkanten und Krallen nach allem. Schließlich flatterte er durch den Schatten der Pagode aufwärts, kippte seitwärts über und stieß auf den Junggesellen herab. Er flog ihm mitten ins Gesicht, warf ihn zu Boden und bearbeitete ihn heftig flatternd mit ungezählten Flügelschlägen.

Sogleich beruhigten sich die Asadi, umringten zwanglos den am Boden Liegenden und betrachteten diesen vorletzten Akt ihres eintägigen Rituals. Ich verstand nicht gleich, dann aber wurde mir klar, daß der Junggeselle der Auserwählte war, der neue Häuptling. Irgendwie schien seine Wahl unvermeidlich.

Mit schmerzenden Armen ließ ich mich vom Baum hinab auf den Boden der Lichtung. Vor mir waren die schmalen Rücken von zwanzig oder dreißig Asadi. Den Junggesellen konnte ich nicht sehen, aber noch immer waren die raschelnden, klatschenden Flügelschläge des Schrats zu vernehmen, untermalt vom schnaufenden Atmen der Stammesmitglieder.

Unvermittelt brach eine wie rasend mit den Armen fuchtelnde Gestalt durch die Menge und sprang durch eine rasch sich schließende Lücke zwischen den Körpern zu meiner Rechten. Der Junggeselle war aufgesprungen und versuchte sich des Schrats zu erwehren. Die beiden, bis zur Ausschließlichkeit anderer Wahrnehmungen in ihren Zweikampf verstrickt, bewegten sich mit Gefuchtel und Geflatter sprunghaft die Stufen der Pagode hinauf und erreichten den gepflasterten Treppenabsatz neben dem Katafalk, wo Eisen Zwei ruhte. Dort erst, an diesem geheiligten Ort, schickte sich der Junggeselle ins Unvermeidliche.

Er sank in die Knie, senkte den Kopf und gab seinen Widerstand auf. Der Schrat fühlte seinen Sieg, kreiste mit raschelnden Flügelschlägen über den Leichnam des alten Häuptlings, taumelnd wie ein vom Wind herumgewirbelter Fetzen braunen Packpapiers, und stieß in teuflischer Bosheit immer wieder in die Gesichter der Träger, die ihre Totenwache hielten und sich nicht vom Fleck bewegen durften. Zuletzt ließ er sich auf dem Kopf des Junggesellen nieder, schlug zur Wahrnung der Balance mit den Flügeln und wandte sich in blindem Triumph der Menge zu.

Alles harrte mit angehaltenem Atem, niemand beachtete den ersten fahlen Schein des neuen Tages, in dessen Licht der fressende Grünspan, welcher die geschweiften Giebel der Pagode überzog, wie schädlicher Rauhreif sichtbar wurde.

Langsam und wie unter starken Schmerzen stand der Junggeselle auf. Er war eingehüllt in seine Resignation, in das unsichtbare Gewand einer noch ausgeprägteren Einsamkeit als der, die er als Ausgestoßener erlitten hatte. Er war der Auserwählte, der neue Häuptling.

Der Schrat sprang vom Kopf des Junggesellen auf seine Schulter und packte mit den winzigen Fingern die spärlichen Büschel der abgeschorenen Mähne. Darauf verfiel er wieder in leblos anmutende Erstarrung.

Das Ritual von Tod und Bestimmung war fast vorüber. Zwei der sechs Leichenträger vollzogen die Abschlußhandlung: sie entzündeten Fackeln in den Feuerschalen, traten zum Katafalk und berührten Kopf und Füße des Toten mit dem Feuerbrand. Augenblicklich ging der Leichnam des alten Mannes in grünen Flammen auf, die vor der Fassade des Tempels emporloderten, als wollten sie den Grünspan in seinen geduldigeren Bemühungen zur Abtragung des Gebäudes unterstützen.

Der Junggeselle stand unmittelbar neben der Quelle dieses erschreckenden Feuers, und ich befürchtete, daß es plötzlich auf ihn übergreifen und auch ihn verzehren könnte. Aber er blieb unversehrt, ebenso wie der Schrat. Das Feuer erlosch, Eisen Zwei war vollständig verschwunden, und die Leichenträger schritten die Stufen herab und wurden eins mit der zottigen Anonymität ihres neu belebten Volkes.

Das Ritual des Todes und der Bestimmung war beendet.

Für die Zwecke dieser Ethnographie werde ich die Bedeutung dessen, was darauf folgte, so zurückhaltend und kurz wie möglich skizzieren.

Mehrere Asadi wandten sich um und sahen mich am Rand der kleinen Lichtung. Sie sahen mich tatsächlich an.

Nachdem ich mehr als vier Monate lang ignoriert worden war, wußte ich nicht, wie ich auf die Ehre plötzlicher Sichtbarkeit reagieren sollte. Meine Überraschung war so groß, daß ich ihre Blicke einfach erwiderte. Sie kamen auf mich zu, und in der kaleidoskopisch verschwimmenden Rasanz des Farbenspiels ihrer Augen war die Feindseligkeit unverkennbar. Hinter mir war die Wildnis. Ich warf mich herum, das Heil in der Flucht zu suchen, aber eine kleine Gruppe Asadi hatte sich unbemerkt hinter mir postiert und versperrte mir den Weg.

Unter den Mitgliedern dieser Gruppe erkannte ich das Individuum, dem ich den Namen Benjy gegeben hatte. Bewegt von einem unbestimmten Gefühl der Verbundenheit, in welchem ich meine einzige Rettung sah, bot ich ihm die Hand. Er war offenbar nicht weniger nervös als ich und schien meine Geste zu mißdeuten; kaum hatte ich die Hand ausgestreckt, riß er den Arm hoch und versetzte mir einen Faustschlag gegen die Kopfseite, daß ich hinstürzte. Ich schluckte Staub und Erde, wälzte mich halb herum und sah graue Gesichter über mich gebeugt. Mein Verstand sagte mir, daß ich Todesangst verspüren müsse, aber ich spuckte die Erde aus, die Mähnengesichter zogen sich so rasch zurück, wie sie gekommen waren, und mein Entsetzen verdunstete wie Alkohol in einer Untertasse, ehe es in mein Bewußtsein eindringen konnte.

Über mir vertraute Flügelschläge.

Ich blickte auf und sah den Schrat zum ausgestreckten Arm des Junggesellen zurückkehren. Er hatte den geflügelten Kobold auf seine Artgenossen losgelassen, um mich zu retten. Ein Geschehen, in welchem die ganze Komplexität der Beziehung zwischen dem Asadihäuptling und dem Schrat deutlich wird. Welcher von beiden herrscht? Wer gehorcht?

In jenem Augenblick war es mir ziemlich gleich. Deneb war aufgegangen, und die Asadi zerstreuten sich in der Wildnis. Ich blieb auf der überwachsenen kleinen Lichtung zurück, zwergenhaft und gedemütigt vor ihrer sich selbst erhaltenden Pagode und dem zögernden Häuptling, der von der obersten Stufe zu mir herabstarrte. Obwohl er unzugänglich blieb, führte der Junggeselle mich noch am selben Tag zum ursprünglichen Versammlungsplatz zurück. Ohne seine Hilfe, sollte ich hinzufügen, hätte ich ihn niemals gefunden. Ich wäre noch heute dort draußen ...

Vierter Teil

EINE VORBEMERKUNG ZU »CHANEYS MONOLOG«, von Thomas Benedict

Ich habe diese Schrift aus einem komplizierten Pflichtgefühl zusammengestellt. Als einer der wenigen Menschen, die vor seiner Abtrünnigkeit engeren Kontakt mit Egan Chaney hatten, bin ich vielleicht auch der einzige, der diese Aufgabe übernehmen konnte – trotz meiner begrenzten Kenntnisse auf dem Gebiet der Kultur-Xenologie. Aber an dieser Stelle soll nicht das seltsame Fait accompli unserer gemeinsamen Monographie erörtert werden. Es mag genügen, daß ich Chaney meine Hingabe an dieses Projekt verdankte.

Den Abschnitt, den Sie soeben gelesen haben – »Das Ritual des Todes und der Bestimmung« – schrieb Chaney in der Krankenstation unseres Basislagers, während er sich von allgemeiner Schwäche und der Unfähigkeit zu sozialer Reorientierung erholte. In unseren Gesprächen wie auch hier in der Monographie selbst verglich er sich mit Gulliver nach seiner Rückkehr aus dem Land der Houyhnhnms. Jedenfalls schrieb Chaney außer dem Dritten Teil dieser Monographie nichts, was zur Veröffentlichung bestimmt gewesen wäre, obwohl ich glaube, daß er unmittelbar nach seiner Entlassung aus der Krankenstation die Absicht hatte, ein Buch über die Asadi zu schreiben. Diese Monographie ist das Gespenst jenes ungeschriebenen Buches.

Nach seiner Rückkehr zum ursprünglichen Versammlungsplatz der Asadi blieb Chaney weitere zwei Wochen in der kalyptranischen Wildnis. Am 126. und am 133. Tag unternahm ich Versorgungsflüge, unterließ aber auf Chaneys früher geäußerte Bitte ein Überfliegen der Lichtung oder ihrer näheren Umgebung, obwohl ich es in der Hoffnung, ihn dort unten auszumachen und Rückschlüsse auf seinen Gesundheitszustand zu ziehen, gern getan hätte. Seine körperliche Robustheit, so hatte er mir erklärt, sei schon aus dem Umstand ersichtlich, daß er jede Woche pflichtschuldig zur Abwurfstelle komme und die Behälter abhole. Das Argument, daß er nicht das einzige Lebewesen in der Wildnis sei, welches die für ihn bestimmten Lieferungen fortschleppen könne, machte auf Chaney keinen Eindruck.

»Es läuft auf dasselbe hinaus«, schrieb er auf einen der seltenen Notizzettel, die er an der Abwurfstelle in leeren Behältern hinterlegte. »Die Asadi haben soviel Initiative wie Malariakranke. Noch schlimmer aber, Freund Ben, ist die ins Gesicht springende Tatsache, daß es sonst niemand hier draußen gibt. Überhaupt niemand.«

Ich bin nun der alleinige Eigentümer von Egan Chaneys persönlicher Hinterlassenschaft. Zu dieser gehören seine privaten und wissenschaftlichen Aufzeichnungen und Journale, eine Anzahl vorbereiteter, aber nicht eingereichter »offizieller« Berichte, verschiedene Tonbandaufzeichnungen und etwas Korrespondenz. Diejenigen Unterlagen über die Asadi, die nicht mir selbst gehören, sind mir infolge meiner Zugehörigkeit zur dritten Deneb-Expedition als Chaneys Pilot und Assistent zugänglich. Ich erwähne dies nur, weil ich mit Sicherheit weiß, daß Chaney in den letzten vierzehn Tagen unter den Asadi entweder nicht eine einzige Eintragung in seine Tagebücher und wissenschaftlichen Unterlagen machte, oder diese Eintragungen später so vollständig löschte, daß es so ist, als habe es sie nie gegeben.

Wir besitzen nur einen vollständigen Bericht über diese letzte Phase von Chaneys Feldarbeit. Dabei handelt es sich um eine Tonbandaufzeichnung, die in mehr als einer Hinsicht bemerkenswert ist, und ich glaube, daß Chaney auch sie gelöscht oder vernichtet haben würde, hätten wir nicht, als wir ihn aus dem Urwald holten, sein Tonbandgerät an uns genommen.

Ich habe dieses Tonband viele Male abgehört – in seiner ganzen Länge, sollte ich hinzufügen, denn das ist eine Aufgabe, die beinahe übernatürlicher Geduld bedarf. Einmal versuchte ich mit Chaney über den Inhalt der Tonaufzeichnung zu sprechen, und zwar einige Tage nach seiner Entlassung aus der Krankenstation, als ich meinte, er könne den Schrecken seiner Erlebnisse nun mit einer gewissen Objektivität behandeln, aber er behauptete, ich müsse mir das alles eingebildet haben. Er erklärte mir, er habe niemals auch nur ein Wort auf Band gesprochen über des Junggesellen ... »Metamorphose?« fragte er. »Ist das das Wort, das Sie gebrauchten?«

Prompt spielte ich das Band für ihn ab. Er hörte es sich zehn Minuten lang an, dann stand er auf und schaltete das Gerät aus. Seine Züge waren auf einmal unerklärlich eingefallen, sein Ausdruck verstört, und seine Hände zitterten.

»Ach so«, sagte er, ohne mich anzusehen. »Das hat nichts zu bedeuten. Ein ausgeklügelter Scherz. Ich dachte es mir aus, als ich mich langweilte und nichts Besseres zu tun wußte.«

»Auch die Geräuscheffekte?« fragte ich ungläubig.

Er nickte, ohne mich anzusehen, obwohl die Umstände seiner Rettung diese ungeschickte Erklärung Lügen straften, sogar als unhaltbar widerlegten. Chaney blieb in dieser Angelegenheit stumm. In allem, was er während dieser letzten drei Monate, die er unter uns verbrachte, schrieb oder sprach, erwähnte er niemals auch nur andeutungsweise das abstoßende Abenteuer seiner letzten beiden Nächte. Ich lege hier eine geringfügig bearbeitete Niederschrift der fraglichen Tonaufzeichnung vor.

CHANEYS MONOLOG: ZWEI NÄCHTE IN DER SYNÄSTHETISCHEN WILDNIS

Vorbereitungen

Chaney *(begeistert):* Hallo, alle miteinander! Was für ein Tag heute ist? Ein Tag wie jeder andere, außer daß Sie dabei sein werden. Sie dürfen an einer Expedition teilnehmen. Wie oft führe ich Sie auf Expeditionen?

Es ist, glaube ich, der 138. Tag, und gestern kehrte der Junggeselle zur Lichtung zurück – zum ersten Mal, seit der Schrat ihn sozusagen mit dem fäkalen Öl der Häuptlingswürde salbte. Ich hatte ihn beinahe aufgegeben. Aber gestern nachmittag erschien er auf der Lichtung, den Schrat auf der Schulter, und kauerte in der Mitte des Versammlungsplatzes nieder, wie der alte Eisen Zwei es getan hatte. Die Reaktion unter seinen Stammesbrüdern war derjenigen gleich, die sie bis dahin für Eisen Zwei reserviert hatten: Alle suchten das Weite! Im Nu war die Lichtung geräumt. Man kann sagen, daß es wie in den alten Tagen war, nur ist der Schauspieler, der jetzt die Hauptrolle spielt, ein persönlicher Freund von mir. Hat er mir nicht mehrmals das Leben gerettet? Sicherlich hat er.

Nach der Hitze, der Langeweile und den Regenfällen – mein Schutzdach leckt mittlerweile wie ein Sieb – hätte ich nicht beglückter sein können.

Nach dem Beispiel, das Eisen Zwei bei einem seiner Besuche gegeben hatte, verbrachte der Junggeselle den ganzen Nachmittag, die vergangene Nacht und vielleicht eine oder zwei Morgenstunden auf der Lichtung. Dann stand er auf und ging.

Seitdem folge ich ihm. Deneb steht hoch über dem Laubdach des Urwalds, also wird es Mittag sein. Der Junggeselle läßt mich gewähren. Außerdem ist es leicht, ihm zu folgen. Ich atme nicht einmal angestrengt. *(Simuliert mühsames Schnaufen)* Ich spreche auf Band, während ich gehe. Wäre dies ein irdischer Wald, könnten Sie Vogelgezwitscher und das Zirpen von Zikaden oder Grillen hören. Nach Lage der Dinge werden Sie sich mit dem Geräusch meiner Schritte und dem Geraschel von Blättern und Zweigen begnügen müssen ... Da haben Sie ein bißchen Geraschel.

(Das Rauschen eines zurückschlagenden, belaubten Zweiges. Allgemeine Hintergrundgeräusche vom Singen des Windes in den Baumkronen und, sehr viel weniger deutlich, von fließendem Wasser.)

Der Junggeselle geht mehrere Meter vor mir. Sie werden

ihn nicht hören können – er geht wie einer von James Fenimore Coopers verstohlenen Indianern. Tap, tap, tap. Genauso, nur leiser. Näher möchte ich nicht herangehen, denn auf der Schulter des Junggesellen sitzt der Schrat und hält sich an seiner Mähne fest. Und dieser Teufelskobold ist kein einnehmendes Geschöpf, ganz und gar nicht. Da er keine Augen hat, kann man nicht sagen, ob er schläft oder wach ist und tausend Schändlichkeiten plant.

Deshalb bummle ich einfach hinterher; so gefällt es mir.

Lassen Sie sich von meiner Klugheit beeindrucken! *(Ein schweres, dumpfes Aufschlagen.)* Das ist mein Rucksack. Ich habe Proviant für drei bis vier Tage mitgenommen. Sie sehen, ich weiß nicht, wie lange wir hier draußen sein werden. Ich weiß auch nicht, wohin wir gehen. Aber ich vertraue dem Junggesellen. Jedenfalls bis zu einem gewissen Grad. Dieser Rucksack beherbergt auch das Tonbandgerät – Morrells Miniaturapparat, der eine Aufnahmekapazität von zweihundertvierzig Stunden hat. Oder, wie Benedict es ausdrücken würde, wenn er mich besser kennte, zehn volle Tage von Chaneys ununterbrochenem Gefasel.

Ich habe das Gerät so eingestellt, daß meine Stimme die Aufnahme einschaltet. Bleibe ich zehn Minuten still, schaltet es automatisch aus. So spare ich Aufnahmezeit – nicht, daß ich vor hätte, zehn Tage lang zu reden – und brauche nicht an Knöpfen herumzufummeln, wenn es Wichtigeres zu tun gibt. Wenn es sein muß, kann ich immer noch auf manuelle Schaltung übergehen und die ausschließliche Einstellung auf meine eigene Stimme rückgängig machen, aber bisher ist keiner von den Asadi sonderlich gesprächig gewesen. Nur Eisen Zwei. Und seine Stimme war nicht gerade das rechte, den Damen zu schmeicheln ...

Ich habe nachgedacht. Und was würde ich nicht für ein Exemplar eines jener jahrhundertealten Werke geben, die niemand mehr liest. *Die Brüder Karamasow,* zum Beispiel. Der Junggeselle ist nämlich kein anderer als das asadische Äquivalent zu Pawel Swerdjakow, dem unehelichen Sohn, der sich durch seine Unfähigkeit, das Spirituelle und das Intellektuelle in seiner Natur miteinander zu versöhnen, selbst zerstört. Welch leidenschaftliche Verzweiflung! Er kann dem Spruch, daß der Einzelne verantwortlich sei für die Sünden aller, nicht ausweichen, aber er kann ihn auch nicht annehmen ...*

Die erste Nacht

CHANEY *(im Flüsterton):* Es ist still hier drinnen, still wie die Leere. Und obwohl Sie es wahrscheinlich nicht glauben können, habe den ganzen Nachmittag lang den Mund gehalten. Vielleicht murmelte ich ein paar Verwünschungen, nachdem ich mir das Schienbein aufgeschürft hatte oder über eine Wurzel gestolpert war, aber das ist alles. Und hier drinnen habe ich das Gefühl, daß Sprechen kaum angebracht ist, und deshalb will ich meine Stimme nicht über dieses heisere Flüstern erheben.

(Chaney räusperte sich. Auf das Räuspern folgt ein hohles, hallendes Echo, das bald erstirbt.)

Wir drei sind in der Pagode, vor deren Eingang der Junggeselle zum »Führer« seines Volkes bestimmt wurde. Ich spreche jetzt nur, weil er und der Schrat eine schmale eiserne Treppe im Inneren des zentralen Tempelgewölbes hinaufgestiegen sind. Ihr Ziel scheint das enge, nach außen gewölbte Innere der zwiebelartigen Turmhaube zu sein, die das Gebäude krönt. Ich kann sie von hier aus sehen. Die Treppe führt in einer weiten Spirale zu dieser Zwiebel empor, und der Junggeselle stapft sie hinauf. Der Schrat ist unterdessen von seiner Schulter aufgeflogen und flattert in

* Es folgt eine völlig irrelevante Analyse der Art und Weise, wie der Junggeselle dem Swerdjakow in Dostojewskis Roman ähnelt. Diese in ihrer Art bemerkenswerte Analyse, die Chaney improvisierte, während er dem Junggesellen durch die Wildnis folgt, dauert länger als eine Stunde. Da sie zur Sache selbst nichts beiträgt, habe ich sie ausgelassen. Ich vermute, daß der nun folgende Abschnitt annähernd sechs Stunden später aufgenommen wurde. – *T. B.*

langsamen Kreisen innerhalb der Treppenspirale, wobei er in gleicher Höhe mit dem Kopf des Junggesellen bleibt. Seltsam daran ist, daß ich seine Flügelschläge kaum hören kann.

Es ist hier auch unnatürlich kalt. Kalt und tot wie in keinem anderen Gebäude, das je in einem tropischen Regenwald errichtet worden ist. Mein Flüstern hallt von den Wänden wider, aber die Flügelschläge dieses Schrates sind lautlos.

Draußen ist es fast dunkel. Zumindest war es vor zwanzig Minuten fast dunkel, als wir durch die schwere Flügeltür kamen, welche die Asadi vor zwei Wochen nicht einmal geöffnet hatten. Inzwischen muß wenigstens einer der Monde aufgegangen sein. Vielleicht sickert etwas Mondschein durch die Fenster in den Innenraum ... Nein, nein, Chaney. Das Licht im Inneren geht von drei massiven Kugeln in einem Metallring aus, die wie ein Kronleuchter mehrere Meter unter der Zwiebelkuppel hängen. Der Junggeselle steigt auf der Treppenspirale, die auf jeder Etage der Pagode von einem Absatz unterbrochen ist, zum Ring dieses Kronleuchters hinauf ... Licht dringt auch durch die Amethystfenster herein. Man kann es geradezu hören. Hören Sie, wie das Licht hereindringt ...

(Mehrere Minuten ist kein Geräusch zu hören, allenfalls eine geringfügige Verstärkung von Chaneys Atmung. Dann fährt er mit verschwörerisch gedämpfter Stimme fort.)

Nichtsdestoweniger glaube ich, Eisen – wohlgemerkt, ich weiß es nicht, aber ich glaube es –, daß die Kühle und das Licht hier drinnen von den Kugeln dort oben ausgehen. Es ist nur ein Gefühl. Wintersonnenschein. Die Beschaffenheit des Lichts erinnert mich an den kalten, aber höllischen Schein von Warnlampen. Nun gut, gehen wir weiter, damit wir besser sehen können.

(Stille. Rhythmisches Atmen. Hohl widerhallende Schritte.)

Ich blickte jetzt den Treppenschacht hinauf. *(Ein Echo: »Auf auf auf auf ...«)* Scht, Egan, nicht so laut, nicht so laut ... So ist's besser ... Ich sehe den Schrat dort oben flattern, lautlos, und den Junggesellen die Treppe hinaufsteigen. Diese Treppe scheint, soviel ich sehen kann, auf einem Absatz neben und etwas unter dem hängenden Ring des »Kronleuchters« zu enden. Ich blicke den Treppenschacht aufwärts, durch den Ring des Kronleuchters.

Draußen befindet sich über der inneren Gewölbekuppel oder Laterne eine Spitze mit einem Knauf auf dem Dach der Pagode, und diese Spitze weist gleichsam zum Himmel. Im Inneren hängt eine Art Lotleine vom Scheitelpunkt des Gewölbes herab. Sie sieht aus, als wäre sie aus Golddraht geflochten, und endet ungefähr einen halben Meter über dem aufgehängten Ring. Mit Gewißheit läßt sich das nicht sagen, weil meine perspektivische Wahrnehmung nicht so gut ist. Habe mich zu lange im Urwald aufgehalten, das ist es. Auch die Pygmäen von Ituri hatten Schwierigkeiten, ihr Sehvermögen auf die Verhältnisse der offenen Savanne einzustellen.

Ich bitte, mir die umständliche Beschreibung der oberen Bereiche der Tempelpagode nachzusehen, aber die Anordnung des Ganzen ist zu kompliziert, um nicht eine bestimmte Bedeutung zu haben. Von welcher Art sie ist, vermag ich freilich nicht zu sagen. Und weil ich den Kopf so zurückgelegt habe, bekomme ich Nackenschmerzen. Ich muß ein wenig ausruhen, da ist nichts zu machen ...

Chaney *(im Gesprächston, aber noch immer zu einem Flüstern gedämpft):* Da bin ich wieder. Vor etwa einer Stunde erreichte der Junggeselle den Treppenabsatz unmittelbar unter dem Ring des Kronleuchters. Seitdem steht er dort oben wie ein Turmspringer, der sich nicht entschließen kann. Soweit ich sehe, scheint er die goldgeflochtene Lotleine zu betrachten, die offenbar ein Stück über ihm endet und am Scheitelpunkt des Gewölbes an einem Haken befestigt ist oder durch eine von hier aus unsichtbare Röhre durch das Dache zur Spitze geführt ist. Wenn ich die Entfernungen richtig beurteile, kann er die Lotleine von seinem Treppenabsatz nicht ganz erreichen, obwohl er es dem Anschein nach gern täte ... Er scheint von dem Ding hypnotisiert zu sein.

Überlassen wir ihn einstweilen sich selbst und unternehmen wir einen Rundgang durch das Innere dieser Pagode. Ich werde für Sie den Fremdenführer machen. Folgen Sie mir bitte.

(Der hallende Klang von Schritten.) Diese Pagode erinnert in mancherlei Weise an ein Museum. Oder vielleicht an ein Mausoleum. Jedenfalls ist es das Monument einer untergegangenen Kultur. Ich fühle mich an den Palast aus grünem Porzellan in Wells' *Die Zeitmaschine* erinnert ... Im Erdgeschoß bedecken hohe, schmale Vitrinen auf drei Seiten die Wände, gläserne Schaukästen von äußerst fremdartiger Form. Jede dieser Vitrinen besteht aus fächerförmigen Regalen, die von einer Mittelachse ausgehen und gleich Turbinenschaufeln in verschiedenen Ebenen übereinander angeordnet sind. *(Chaney pustet.)* Staub. Auf allem liegt Staub. Aber nicht besonders dick. Und auf diesen Regalen – deren Material die zarte Wärme von Perlmutt besitzt – sind Exemplare verschiedener Geräte und Kunstgegenstände zu sehen.

(Ein heller, harter Klang, wie das Aufeinanderschlagen von Stein.) Ich habe hier eine Statue in der Hand, deren Höhe etwa der Länge eines Unterarms entspricht. Sie stellt einen männlichen Asadi dar, mähnengeschmückt und kraftvoll ... Aber die Statue zeigt ihn mit einer Art Umhang um die Schultern. Mit einem Kleidungsstück, wenn Sie sich das vorstellen können. Sehr seltsam ... Hier ist ein eisernes Messer, dessen hölzerner Handgriff so geschnitzt ist, daß der Knauf dem Schädel eines frühen irdischen Hominiden gleicht. Ein Asadischädel, ohne Zweifel ... Die Statue ist hier offensichtlich ein Fremdkörper; alles andere in dieser Vitrine ähnelt eher einer Waffe oder einem Werkzeug.

Ich durchquere den zentralen Raum im Erdgeschoß, gehe vorbei an der Öffnung eines Seitenkorridors, der sich in Dunkelheit verliert. *(Schritte. Echos.)* Ich gehe zu der Wand hinüber, die frei von diesen schmalen Vitrinen ist ... Die

Fliegenden Asadi-Brüder sind noch immer dort oben, starr wie die Statue, die ich eben aufnahm. Ich gehe unmittelbar unter ihnen durch, unter dem eisernen Ring und seinen Kugeln. Die glatten Steinfliesen des Bodens, über den ich gehe, zeigen ein großes Kreismuster. Betrete ich diesen Kreis, habe ich das Gefühl, mich unbefugt auf heiligem Boden zu befinden ... Also umgehe ich den Kreis und nähere mich der hornfarbenen Wand jenseits der Treppenspirale. An dieser Wand stehen keine Vitrinen. Statt dessen sehe ich ...

Dieses verwünschte Zwielicht, dieses höhlenartige! Ich muß näher herangehen ... An der Wand befinden sich zahlreiche Reihen kleiner Plastikwaffeln, aufgehängt an ein paar tausend rechtwinklig der Wand entragenden Metallstäben ... Die Wand gleicht einem riesigen Schlüsselbrett, aus dünnem, feinstrukturierten Marmor, hinter dem ein Freudenfeuer abgebrannt wird. Die Reihen dieser Waffeln – oder Kassetten, Zigarettenschachteln, Zündholzschachteln, wie immer man sie nennen will – beginnen etwa in Hüfthöhe und enden zwei oder drei Handbreit höher, als ich reichen kann. Dies dürfte der Reichweite eines Asadi entsprechen.

(Drei oder vier Minuten lang ist nur Chaneys Atmen zu hören.): Interessant. Ich glaube, ich habe eine Erklärung dafür, Eisen. Passen Sie auf ... Ich habe soeben ein kompliziertes Ding, das einer Flügelmutter ähnelt, vom Ende eines dieser Metallstäbe entfernt und die erste von mehreren kleinen Kassetten abgezogen, die daran hängen ... Waffel war eine irreführende Bezeichnung, denn diese kleinen Schachteln sind so dünn wie zwei oder drei zusammengelötete Transistorenplättchen. Die Oberfläche mißt ungefähr sieben Quadratzentimeter ... An diesem einen Metallstab hängen fünfzig von den Dingern, und wie ich sagte, enthält die Wand sicherlich dreitausend Stäbe. Das würde einer Gesamtmenge von 150000 Kassetten entsprechen, und dieser Teil der Pagode ist wahrscheinlich nur ein Ausstellungsraum.

Doch nun zur Beschreibung der Kassette, die ich in der Hand halte. Vielleicht können Sie daraus Ihre eigenen

Schlüsse ziehen. Nun, in der Mitte der Kassette – die übrigens tatsächlich aus einem Kunststoff zu bestehen scheint – ist eine Glaslinse von ungefähr einem Zentimeter Durchmesser eingesetzt. Man kann sie auch ein Auge nennen. Darunter befindet sich ein rechteckiges Feld, das mit der Oberfläche der Kassette bündig ist. Über der Linse und unmittelbar unter dem Loch, an dem die Kassette festgesteckt werden kann, sieht man einen Streifen aus einer Anzahl verschiedenfarbiger Punkte. Einige dieser Punkte berühren einander, andere nicht. Den Abständen zwischen den Punkten und ihrem Fehlen kommt mit Sicherheit eine Bedeutung zu.

Sehen wir uns einmal an, wie diese kleine Keksschachtel funktioniert. *(Chaney schmunzelt.)* Ja, Eisen, Sie werden sich wünschen, daß Morrell an meiner Stelle hier wäre. Ich wünsche es mir auch, wahrhaftig ... Dennoch scheint die Funktionsweise einfach zu sein; so einfach, daß sogar ein Kultur-Xenologe daraufkommt ... Man braucht nur den Daumen über die rechte Hälfte des Feldes am unteren Rand der Kassette zu halten, und schon beginnt das Feuerwerk.

(Ein leises, befriedigtes Lachen, und ein mattes Echo.) Da haben wir's. Die Linse in der Mitte der Kassette oszilliert in einem unverständlichen Farbenprogramm. Rot, violett, grün, saphirblau, gelb, rosa, alles in verschiedenen Tönungen und von Pausen durchsetzt. Bedeutungsvolle Pausen, ohne Zweifel ... Im Halbdunkel werden meine Hände vom Spiel der Farben abwechselnd erhellt und in Schatten getaucht. Es ist sehr schön. Das ganze System opfert wahrscheinlich einen Teil der praktischen Brauchbarkeit auf dem Altar der Schönheit.

Jetzt habe ich es ausgeschaltet. Dazu bedeckt man die linke Hälfte des Rechtecks mit dem Daumen ... Es mag möglich sein, das Programm umzukehren – es sozusagen zu diesem oder jenem gewünschten Punkt zurückzuspulen –, aber ich habe die Methode noch nicht gefunden. Es ist unmöglich, die Abfolge der Farben im Gedächtnis zu behalten oder sich einen Reim darauf zu machen, denn ich sehe sie wie ein Analphabet eine Druckseite. Für die Asadi oder Ursadi, welche diese Dinger komponierten, herstellten und gebrauchten, war die Abfolge der Farben und Pausen zweifellos durchaus einfach und selbstverständlich.

Es handelt sich um Bücher, wie Sie bereits erraten haben werden. Ein von den Ursadi nach ihren Bedürfnissen entwickeltes Äquivalent zu unseren Büchern. Ich stecke sechs Kassetten ein, zum größeren Ruhm der Wissenschaft. Auf daß dem armen Oliver Oliphant vor Neid die Hemdenzipfel in Flammen aufgehen und sein Geist zornig flammend durch den Himmel fahre. Nicht davon zu reden, daß die Kassetten für Morrell wieder etwas sein werden, woran er seinen Schraubenzieher erproben kann.

(Sinnend): Man sehe sich diese Wand an. Kaum vorstellbar, welche Menge an Informationen hier gespeichert sind. Oder das technologische Niveau, das erforderlich ist, ein Speichersystem für eine »Sprache« zu entwickeln, die aus komplizierten Spektralmustern besteht. Ein viertelstündiges Programm in einer dieser Kassetten mag durchaus dem Informationsgehalt eines Buches von hundert Seiten Umfang entsprechen ... Was den Streifen der farbigen Punkte über der Linse betrifft, so halte ich ihn für den Titel oder eine Inhaltsbeschreibung. Was ich eben betrachtet habe, war vielleicht ein Traktat des verstorbenen Marquis de Asadi über Sex und Sadismus; meine Hände hatten angefangen zu schwitzen, als das Programm lief.

(Ernüchtert): Nein, das Augenbuch – so möchte ich sie nennen – war das erste auf diesem Metallstab. Vielleicht ist es ihre *Ilias,* ihre *Göttliche Komödie,* ihr *Ursprung der Arten,* ihr *Die Brüder Karamasow.* Und was haben sie damit angefangen? Es in einem vergessenen Tempel inmitten der Wildnis untergebracht und zurückgelassen, zur Erinnerung an ihren Untergang! Welche Tragik! Welche kolossale Verschwendung! Es ist ein Jammer.

(Brüllt): Wie kommt ihr dazu, das gesammelte Wissen von Jahrtausenden zu vernachlässigen? Ihr seid Tiere! Tiere!

(Eine Kakophonie von Echos, ein anhaltendes, schmerzhaftes Nachhallen.)

Vergeben Sie mir, Eisen, Verzeihen Sie. *(Chaneys Stimme sinkt zu kaum hörbarem Flüstern ab.)* Und ihr, Asadi-Trapezkünstler, ihr habt ganz recht, tut so, als ob ich nicht existierte, als könntet ihr mich nicht hören. Ignoriert die Stimmen eurer Vorfahren, die aus ihrem Tod zu euch flüstern. *(Giftig):* Und hol euch beide der Teufel!

Chaney *(mit matter, lebloser Stimme):* Ich glaube, ich habe eine Weile geschlafen. Unter den Reihen der Augenbücher. Vielleicht eine Stunde lang. Darauf weckte mich ein Geräusch, ein Tönen von Eisen.

Jetzt bin ich auf der Treppenspirale hoch über dem Erdgeschoß und etwas unter und gegenüber dem Treppenabsatz, wo der Junggeselle gestanden hatte. Er ist nicht mehr da. Vor wenigen Augenblicken machte er einen Klimmzug zum Ring des Kronleuchters, kletterte hinauf und stand ziemlich ausgesetzt in prekärer Balance, bis er die Lotleine fassen konnte, die aus der Gewölbekuppel herabhängt.

Der Schrat kauert unterdessen auf einer der drei in dem großen Eisenring befestigten Kugeln. Dort harrt er schon eine Weile aus.

Der Junggeselle machte eine Schlinge auf der Lotleine und steckte den Kopf hinein. Dann ließ er seinen Halt fahren und baumelt nun in der Mitte über dem Treppenschacht, so daß seine Füße ein wenig unter dem Ring des Kronleuchters hängen. Im Baumeln beschreiben sie einen unsichtbaren Ring in dem größeren aus Eisen.

Aber er ist nicht tot, nicht ein bißchen. Die Schlinge sitzt so, daß sie das weiche Fell seiner Mähne unter dem Kinn hält. In den zwei Wochen seit seiner Ernennung ist seine Mähne beträchtlich gewachsen, besonders um Kinn und Hals, und der neue Pelz wirkt als Polster gegen die einengende Drahtschlinge. So hängt er jetzt da, wie ein hartnäkkiger Selbstmörder.

(Lustlos): Eine interessante Entwicklung. Wenigstens be-

nimmt sich der Schrat so, als sei sie interessant. Er hat die Vorgänge gleichmütig beobachtet, wenn man in Anbetracht seiner Augenlosigkeit von beobachten sprechen kann, hatte gelegentlich mit den Flügeln geschlagen und seine Lage verändert, um das Gleichgewicht auf der Kugel zu halten. Vielleicht können Sie es hören; ich halte das Mikrophon in seine Richtung. *(Eine gewisse, von statischen Geräuschen gestörte Stille, gefolgt von einem entfernten Kratzen oder Scharren.)* Das ist er: Seine Krallen kratzen an der Kugel. Und die Füße des Junggesellen drehen sich von Norden nach Nordosten, nach Osten, Südosten, nach Süden, dann nach Südsüdwest ...

(Nach beinahe zehn Minuten nur von Störgeräuschen unterbrochener Stille): Zwei Artgenossen haben sich zu dem Schrat gesellt. Sie kamen beinahe lautlos aus der unteren Dunkelheit der Pagode heraufgeflattert, ich weiß nicht genau, woher, und haben sich wie Hühner auf die beiden anderen Kugeln gesetzt. Kaum hatten sie dies getan, flatterte der erste Schratt zum Kopf des Asadi auf, packte seine Mähne mit den krallenbewehrten Händen und begann wie ein Turmdecker um seine Schultern und den Oberkörper zu klettern. Nach einigen Minuten bemerkte ich, daß etwas wie ein milchiges Gespinst den Kopf des Junggesellen einzuhüllen begann, und daß der Schrat die glänzenden Fäden aus zwei Achsel-Spinndrüsen unter den halbgeöffneten Flügeln langsam ausgab. Die winzigen Hände zogen die Fäden um die Schultern des baumelnden Asadi und verrichteten diese Arbeit so sachverständig und mit scheinbar müheloser Schnelligkeit, daß es aussah, als spänne er Türkischen Honig aus seinen Achseln. Dieser Vorgang dauert noch an, obwohl die beiden anderen Schrate ihren Kollegen bereits einige Male abgelöst haben und der Junggeselle allmählich einen großen wattierten Schlafsack ähnelt, dessen Inneres nach außen gekehrt ist und der seltsam durchscheinend wirkt. Ich vermag nicht mehr zu unterscheiden, welcher Schrat welcher ist, so oft haben sie sich in ihrer Arbeit abgewechselt ...

(Unbeeindruckt): Es ist schön und grotesk zugleich. Sie werden denken, ich sei betrunken oder stehe unter Drogeneinfluß. Spänne sozusagen mein Garn aus den Ängsten eines umnebelten Gehirns. Nichts dergleichen. Ich habe keinen Bourbon getrunken, kein Placenol genommen und wünschte, Sie säßen hier an meiner Stelle auf der engen Treppe und beobachteten diese drei Satanskobolde bei der Anfertigung ihres höllischen Kokons. Ich kann nicht sehen, ob es ein Seidenfaden oder eine Art gerinnender, zäher Flüssigkeit ist, doch wenn der Anblick auch schön und grotesk zugleich ist, wie ich eben sagte, scheint meine stärkste Reaktion ein instinktiver Widerwille zu sein ... ein gefühlsmäßiger Abscheu. *(Emotionslos):* Gott, ist das eine Geduldsprobe ...

(Mehrere Minuten vergehen. Man hört ein leises Flattern, das eine Weile andauert, verstummt und wieder beginnt.)

Einer der drei Schrate – fragen Sie mich nicht, welcher – hat einen Seidenfaden vom Körper des Junggesellen durch die Achse des Treppenschachts beinahe bis zum Boden des Erdgeschosses gesponnen. Ein anderer flatterte von seiner Kugel, ergriff einen Abschnitt des Fadens mit Händen und Füßen und umwickelte, in gaukelnden Kreisen um den Junggesellen flatternd, dessen Füße, Knöchel und Schienbein. Darauf ließ er sich auf den umwickelten Füßen nieder. Dort kauert er wie eine Fledermaus mit ausgebreiteten Flügeln, die Spinndrüsen, wie ich mir denke, so gut wie erschöpft, und arbeitet fleißig an der Umwicklung seines Herrn. Aber er hat Hilfe, denn die anderen zwei kriechen auch am Körper umher und vervollständigen den Kokon, packen, so könnte man sagen, den Junggesellen als Weihnachtsgeschenk ein. Und alle drei sind blind, wohlgemerkt, so blind wie ... wie ein betäubter Kultur-Xenologe. Recht so, Chaney, nicht mehr Klischees als das Erlebnis selbst erfordert.

Ich weiß nicht, wie lange es dauern wird – aber früher oder später wird der Junggeselle vollständig in einen trüben Kokon eingehüllt sein, in einer Umhüllung, an deren Fertigstellung die Schrate aus Leibeskräften arbeiten. Schon haben sie dem Asadi die gestreckt hängenden Arme und Hände so an den Körper gebunden, daß sie von diesem nicht mehr zu unterscheiden sind, und fortwährend verstärken und verdichten sie das glänzende Material seines Schlafsackes. Bald wird der Junggeselle eine Insektenpuppe sein, die an einem Seil aus geflochtenem Golddraht hoch oben im unheimlichen Museumsturm seiner Vorfahren hängt.

(Chaney grunzt. Geräusche wie Füßescharren. Andere, undeutlichere Geräusche, vielleicht der müde und unkonzentrierte Umgang mit einer Traglast.)

So denke ich es mir. Aber ich werde mir diese Narretei nicht länger anschauen. Fragen Sie mich nicht, warum, aber in meinem Kopf dreht sich alles. Ich habe genug von diesem Unsinn ... Sollte es mir gelingen, in diesem Satans-Halbdunkel die Treppe hinunterzukommen, werde ich mich neben der Wand der Augenbücher niederlegen und schlafen. Nichts als schlafen. Bevor weiß Gott was aus der Puppe schlüpft ... *(Tritte auf den eisernen Stufen. Unverständliches Gemurmel.)*

Zwischenspiel: Am Nachmittag des 139. Tages*

CHANEY *(im Gesprächston):* Hallo. Ich spreche jetzt allein zu Benedict. Ben, Sie werden morgen wieder zur Abwurfstelle fliegen, und es wird Ihr zwanzigster Abwurf sein. Können Sie es glauben? Nein, ich kann es auch nicht. Es kommt mir

---

* Vom Ende des vorausgegangenen Abschnittes bis zum Beginn dieses neuen erging Chaney sich in allerlei irrelevantem »Geschwätz«, das ich ausgelassen habe. Insgesamt umfaßt diese Zwischenphase zwölf bis vierzehn Stunden realer Zeit, während der Chaney auch schlief und aß. Um eine Kontinuität herzustellen, die andernfalls nicht zu erreichen wäre, habe ich einzelne Bruchstücke der ausgelassenen Passagen, soweit sie einen Sinn ergaben, in chronologischer Reihung wiedergegeben. – *T. B.*

vor, als seien nicht mehr als zehn oder zwölf Jahre vergangen, seit ich hier draußen bin. Zwanzig Abwürfe. Nun, diesen letzten werde ich wohl nicht abholen. Vorerst noch nicht. Gott allein weiß, wann der Junggeselle mich zur Lichtung zurückführen wird. Im Augenblick ist er beschäftigt. Wie, das werde ich Ihnen jetzt erzählen.

Zunächst möchte ich schildern, was vorgeht. Ich stehe hier an einer der staubigen Ausstellungsvitrinen. Alle Regale sind gegen die Zentralachse zusammengeschoben oder eingefaltet, wie die Blütenblätter einer Blume bei Nacht. Aber es ist früher Nachmittag, gedämpftes Licht dringt durch die Amethystfenster in den separaten Stockwerken der Pagode. Dennoch haben sich alle Vitrinen wie Blüten in der Nacht geschlossen. Es geschah, denke ich, während ich schlief. Der wie von innerer Energie herrührende Glanz der drei Kugeln im Kronleuchter über mir ist erloschen; sie sind so tot und glanzlos gefleckt wie versteinerte Dinosauriereier. Auch wann dies geschah, weiß ich nicht genau. Die Augenbücher funktionieren nach wie vor, doch sonst ist alles hier drinnen tot.

Die Pagode ist tot, und ich habe das Gefühl, daß sie erst wieder zum Leben erwachen wird, wenn Deneb untergeht und die drei Monde am Himmel erscheinen. Mondschein ist reflektiertes Licht, indirektes Licht, und dieser Ort scheint am besten zu funktionieren, wenn das Licht reflektiert und gefiltert eindringt. Fragen Sie mich nicht, warum ...

Aber Sie werden wissen wollen, was aus dem Junggesellen geworden ist. Auch das weiß ich nicht genau. Während der vergangenen Stunden hat die Lotleine, in die er eine Schlinge knüpfte, um sich aufzuhängen, ein gutes Stück nachgegeben, so daß er durch den Ring des Kronleuchters in die Tiefe des Treppenschachtes gesunken ist und nur noch etwa einen Meter über dem Boden im Erdgeschoß hängt. Vermutlich hat sie das aus eigenem Antrieb getan. *(Glucksendes Lachen.)* Jetzt hängt die plumpe Puppe im Halbdunkel dieses Raumes und dreht sich ganz langsam um ihre Achse, zuerst nach rechts, dann nach links, und sie gleicht dem Pendel in einer altmodischen Standuhr ... So ist es, Ben, mein düsterer Big Ben, diese ganze Pagode ist nichts als eine übergroße Uhr. Man kann BoskVeld in seiner Umlaufbahn ticken hören. Hören Sie ...?

Was die Schrate betrifft, so ist nur noch einer anwesend. Der Originalschrat, nehme ich an. Er kauert oben auf der Puppe, wo die Lotleine aus dem Gespinst hervorkommt, und reitet so auf dem umsponnenen Kopf des Junggesellen, wie er bisher auf seiner Schulter zu sitzen pflegte. Jedesmal, wenn der eingesponnene Körper sich in meine Richtung wendet, spüre ich, daß der Schrat mich mit seinem augenlosen Blick mißt. Wenn ich eine Pistole hätte, ich würde das Satansding herunterschießen, ich schwöre es. Selbst wenn es zur Folge hätte, daß dieser Tempel durch die Erschütterung des Luftdrucks über mir zusammenbrechen und alle zerbrechlichen Vitrinen zerschmettern, jedes Augenbuch zermalmen würde. Gott helfe mir, ich würde es tun. Wahrscheinlich ist dies der Grund, warum ich keine Waffe mitgenommen habe ... Nun aber krallt der kleine Teufel nervös an dem Gespinst des Kokons, entfaltet die Flügel und schüttelt ihre ausgestreckten Spitzen. Ich glaube, es wird etwas geschehen. Haben Sie ein paar Minuten Geduld ...

(Mehrere Minuten vergehen.) Tatsächlich, es geschieht etwas. Der Schrat klettert an dem baumelnden Kokon des Junggesellen herum und schält Stücke der Umhüllung vom Körper, knipst sie mit den Füßen ab, nimmt sie in die Hände und ißt sie. Ganz recht, *ißt sie* ... Ich hatte mich gefragt, wovon das kleine Biest lebt, und ich muß mich weiterhin fragen. Lebensfähige Nahrungsketten ergeben sich nicht daraus, daß ein Lebewesen sich von den eigenen Ausscheidungen ernährt. Zuviel geht verloren ... Ungeachtet dessen nährt sich der Schrat von der Metamorphose, von der Rinde der unfreiwilligen Veränderung seines Herrn. Das mag hochtrabend klingen, aber ich kann nicht umhin, mir vorzustellen, daß der Schrat das frühere Selbst des Junggesellen verzehrt ... Er klettert spiralenförmig am Kokon abwärts, spiralenförmig wie die Treppe im Inneren der Pagode, und

während er damit beschäftigt ist, verschlingt er gierig die Stücke der Umhüllung, die er herauslöst.

Jetzt klebt der Schrat an der Brust des eingesponnenen Junggesellen, und ich sehe durch den milchigblauen Film, der selbst nach Ablösung der äußeren Kokonschicht verblieben ist, den Umriß vom Kopf meines alten Freundes. Dieser filmartige Überzug haftet wie eine Maske an seinen Zügen. Er sieht feucht und flexibel aus, und durch ihn kann ich die Totenmaske des Gesichts erkennen.

Ben, Sie können nicht erwarten, daß ich hier bleibe und dem zusehe. Man kann das nicht von mir verlangen. Die Göttin der Xenologie hat mich bereits zu viele Male durch die Mangel gedreht, und mir schwindelt vor Erschöpfung. Vor Abscheu. Es ist schlimmer als gestern abend. Im Tempel herrscht ein Geruch wie von Fäulnis und Exkrementen und übelriechenden Ausscheidungen der Drüsen. Ich weiß nicht, was ich bin ...

(Ein würgendes, spuckendes Geräusch, schmerzhaft und krampfartig gedehnt. Dann hastige Schritte, die auf schwerfälliges Laufen schließen lassen.)

Die Tür. Ich muß hinaus ...

Die zweite Nacht

Chaney *(mit dünner, aber munterer Stimme):* Wir sind wieder in der Wildnis. Draußen im Freien, unter den singenden Blättern, den tanzenden Monden, den glitzernden Winden. Die Feuchtigkeit ist schrecklich. Sie – oder der Aufenthalt in der Pagode – hat mir eine Erkältung eingetragen. Nachdem ich mit schmerzendem Nacken eine Nacht im Gefriergewölbe dieses Asadi-Lagerhauses verbracht habe, und dann noch einen magenumwendenden Tag, an dem es sich von einem Lagerhaus in ein Leichenhaus verwandelte, ist die feuchte Hitze eine willkommene Erleichterung. Mag die Nase rinnen, wie und wohin sie will. Mehr beschäftigt mich die Frage, wohin wir gehen. Wir marschieren in ziemlich gemächlichem Tempo durch den Wald, der Junggeselle, der Schrat und ich. Keiner von uns hat es eilig.

(In sachlichem Ton): Ich fühle mich jetzt ziemlich gut. Der Schrecken dieses Nachmittags hat sich aufgelöst. Ich weiß nicht, warum es mich krank macht. So schlimm war es eigentlich nicht. Ich hätte bleiben und beobachten sollen. Darum bin ich hier. Aber als der Geruch so schlimm wurde, mußte ich hinaus. Die Nervenbelastung ist in der letzten Zeit sehr stark gewesen.

Ich rannte zum Ausgang der Pagode, stieß die schweren Türflügel auf und sprang die Treppe hinunter. Der Sonnenschein auf der Lichtung verstärkte meine Übelkeit, und ich mußte abermals erbrechen. Aber ich konnte nicht wieder hineingehen, und infolgedessen bin ich nicht ganz sicher, wie sich die Entfernung des Kokons vom Körper des Junggesellen im einzelnen vollzog. Wie ein kleiner Junge, der darauf wartet, daß die Leihbücherei öffnet, saß ich auf der untersten Stufe und hielt den Kopf zwischen den Händen. Ich fühlte mich elend. Wirklich elend, und es war nicht nur eine emotionale Sache ... Aber nun geht es mir besser, und die Nacht – hier und dort blitzen Sterne wie Eissplitter durch kleine Öffnungen im Laubdach – ist mir ein guter Freund.

Ich wünschte, ich könnte mich nach den Sternen orientieren, aber ihre Konstellationen sind mir nicht vertraut. Sie verraten mir nicht, wo wir sind. Vielleicht gehen wir zurück zur Lichtung, vielleicht anderswohin.

(Während dieses ganzen Abschnitt des Monologs bestätigen die Geräusche des Windes und das Rascheln von Laub seine Aussage, daß er sich im Freien befindet.)

Der Junggeselle schreitet vor mir her, den Schrat auf der Schulter. Ich weiß, daß Sie sich fragen werden, wie er aussieht, in welcher Verfassung er ist, was die scheinbare Metamorphose an oder in ihm verändert hat. Nun, ich weiß es nicht genau. Er sieht ziemlich unverändert aus. Wie ich sagte, kehrte ich nicht ins Museum zurück, sondern wartete draußen, bis die Sonne untergegangen war. Dabei dachte ich mir, daß ich die Treppe wieder hinaufsteigen würde, sobald es ganz dunkel wäre. Ich wußte, daß meine zwei Freunde auf keinem anderen Weg herausgelangen konnten, daß also keine Gefahr bestand, dort draußen allein zurückzubleiben. Jedenfalls hatte ich keine anderen Ausgänge gesehen, solange ich in der Pagode gewesen war. Die alten Asadi – die Ursadi – sahen anscheinend keine Notwendigkeit, sich einen Hinterausgang zu schaffen. Das Ende, das sie gefunden haben, stützt diese Hypothese. Aber bevor ich mich zur Rückkehr in die Pagode überwinden konnte, erschien der Junggeselle vor dem Eingang, und soweit das schwindende Licht eine Beurteilung zuließ, sah er nicht viel anders aus.

Er kam die Stufen herab und ging an mir vorbei.

Er schenkte mir keinen Blick, und der Schrat auf seiner Schulter, mit den Händen in die Mähne gekrallt, hatte wieder den bewußtlosen Ausdruck, der mir aufgefallen war, als der alte Häuptling das zweite Mal auf die Asadilichtung gekommen war. Nun weiß ich, warum er damals so aufgedunsen und bewegungsunfähig ausgesehen hatte: er hatte kurz zuvor die selbst um den alten Mann gesponnene Puppe verzehrt. Vorausgesetzt, er und seine beiden Artgenossen waren damals genauso verfahren. Ich habe noch immer keine Erklärung dafür, werde vielleicht nie eine finden ... Wie auch immer, als er an mir vorbeiging, bemerkte ich nur zwei kleine Veränderungen im Junggesellen. Die erste ist, daß seine Mähne jetzt ein voll ausgewachsener Pelzkragen ist, nicht nur ein Lätzchen unter dem Kinn. Er ist noch ein wenig feucht von der durchscheinenden bläulichen Masse, die das Innere des Gespinstes bildete. Und die zweite Beobachtung ist, daß ein Rest dieses dünnen bläulichen Überzugs noch an den nackten Schulterblättern des Junggesellen haftet und in Falten bis zum Gesäß herabreicht. Wahrscheinlich ist es nur noch nicht abgefallen.

Und das ist alles. Seine Augen sind noch immer so stumm, so weiß und unzugänglich wie zuvor.

Wir bewegen uns durch einen Tunnel im Unterholz. Seit etwa dreißig oder vierzig Minuten sind wir unterwegs, immer wieder unter herabhängenden Lianen und Blumenbüscheln durchschlüpfend. Vor einer Weile stießen wir auf einen ausgetretenen Pfad, wo wir aufrecht gehen können. Den einzigen seiner Art, den ich je in der synästhetischen Wildnis gesehen habe. Der Junggeselle wandert gemächlich dahin, und es fällt mir nicht schwer, mit ihm Schritt zu halten.

(Singt leise):

Der stille Wald nimmt mit Erbarmen
Mich auf; fern ist des Krieges Tosen.
Die ganze Erde in den Armen,
Träum ich, den Kopf in weichen Moosen.

Ich bin vollkommen desorientiert. Die Zeit, die ich am Rand der Asadilichtung verbrachte, all die Zeit des Beobachtens und Wartens scheint Jahrhunderte zurückzuliegen. Das ist nicht übertrieben; diese Zeit auf der Lichtung existiert einfach nicht mehr. Ratlos wie ich bin, könnte ich dem Junggesellen für alle Zeit auf diesem Pfad folgen.

Aber seine Metamorphose – oder ihr Ausbleiben – gibt mir zu denken. Meine überlegte, aber nicht notwendigerweise zutreffende Meinung ist, daß der alte Häuptling genau das ist, was er vorher war. Das heißt, anatomisch gesprochen. Vielleicht hatte ihn die kurze Zeit, die er in diesem selbstgemachtem Schlafsack verbrachte, mehr psychologisch als physisch verändert. Vielleicht hat die Erfahrung einen besseren Einklang zwischen ihm und seinem Schrat herbeigeführt. Wer kann es wissen?

(Zehn Minuten Waldesrauschen, Wasserrieseln und gedämpfte Schritte.)

Chaney *(flüsternd):* Zwischen den Bäumen voraus ist etwas. Ein kauernder grauer Umriß. Der Junggeselle hat sich gerade zu mir umgewandt – er will mich nicht weiter gehen lassen. Wenn ich ihm aber nicht auf Sichtweite folge, werde ich mich hier draußen verirren. Ich kann ihn nicht entwischen lassen, diesen schleichenden Strauchdieb ... Wir sind vom Pfad abgekommen, schon vor einer Weile, und die Bäume, die Lianen, die geschwollenen Epiphyten, alles sieht gleich aus, eine Stelle wie die andere ... Ich werde ihm nicht gehorchen, dem Satanskerl. Muß ihn im Auge behalten. Halb verdeckt von Regendornblättern, nähert er sich dem Ding am Baum. Wie ein Auswuchs sieht es aus, ein Klumpen, dem das ungewisse Mondlicht eine verdächtige Schärfe verleiht ... Sie sollten sehen, wie der Junggeselle an das Ding herangeht. Er hat die Arme ausgebreitet und bewegt sich langsam, Schritt für Schritt darauf zu. Der von seinen Schulterblättern herabhängende Fetzen hängt ihm wie ein zerschlissener Umhang vom Rücken. Schatten überspielen ihn, Schatten und ungewisses Mondlicht ... Welch eine unheimliche Gestalt. Sie sollten ihn sehen. Er gemahnt an eine vergrößerte Version des betrunkenen Schrates, der auf seiner Schulter hockt ... Wir sind jetzt näher herangekommen. Das Ding, was immer es ist, scheint entweder tot, hypnotisiert oder unbelebt zu sein. Hypnotisiert, glaube ich. Es scheint einer der Asadi von der Lichtung zu sein. Ein grauer Umriß. Gewöhnlich lassen sie einen bei Nacht nicht so nahe an sich herankommen. Der Junggeselle hat ihn vielleicht mit seinen Zeitlupenbewegungen, den ausgebreiteten Armen, vielleicht auch mit den ausdruckslosen Augen hypnotisiert ... Wir warten. Ich bin dem Geschehen so nahe, wie es mir möglich ist, ohne den Ablauf der Konfrontation zu stören ... Ich sehe Asadiaugen, erstarrt in einem ungesunden, dabei nachdenklich anmutenden Bernsteingelb. *(Lauter, während im Hintergrund jähes Knacken und Rascheln zu vernehmen ist):* Das geheimnisvolle Ding ist eben aus dem Dickicht gesprungen! Es ist einer der Asadi, eine geschmeidige graue Asadifrau. Der Junggeselle wirft sie rücklings auf den Boden, der Schrat ist ihm von der Schulter gefallen und flattert im Dickicht unter dem Regendornbaum. *(Ein dumpfes*

Fallen, fortgesetztes Blätterrauschen. Chaneys Stimme überschlägt sich in unkontrollierten Falsett): Ich wußte es! Ich wußte, was du bist! Ich kann es nicht zulassen, bei allen Heiligen, ich werde nicht erlauben, daß du diese Schändlichkeit ... HÄNDE WEG, DU HURENSOHN! *(Handgemenge: dann, heftig keuchend):* Bleib, wo du bist! Keinen Schritt näher! Bleib, wo du bist ... *(Heftige Geräusche, dann ein Knacken, Störgeräusche im Aufnahmegerät und eine längere Pause, in welcher nur stoßweises Atmen zu hören ist.)*

(Keuchend): Mein Kopf schmerzt. Mir ist wieder übel geworden. Ich hätte nicht gedacht, daß ich noch einmal erbrechen könnte, so leer und zusammengekrampft war mein Magen, aber irgendwie ist es mir gelungen ... Aber jetzt ist es gottlob besser; ich knie im duftenden Gras unter einem Segelbaum am Rand der Pagodenlichtung ... Ja, es ist nicht zu leugnen, daß ich wieder versagt habe, weil die Übelkeit über mich gekommen ist, dennoch habe ich mich heroisch verhalten. Halbwegs heroisch, vielleicht. Jedenfalls bin ich in einer Weise stolz auf mich ... Obwohl mir übel ist, obwohl ich auf allen Vieren im Gras kauere und immer wieder würgen muß ... Sie können mich hören, nicht wahr? Ich werde versuchen, lauter zu sprechen, und er wird mich nicht daran hindern. Mag er mir gegenüber sitzen, die langen Beine untergeschlagen, und meine Vorwürfe und zornigen Blicke gleichmütig hinnehmen. Gleichmütig oder gekränkt, vielleicht das letztere, hab ich recht, Freundchen? Ja, so ist es ... Meine Handlungsweise hat ihn entsetzt. Mich auch, was das angeht. Ich habe ihn von diesem schäbigen kleinen Kampfhahn befreit ... Das Gras ist blutig. Dunkles, süßes Blut. Zu süß, Ben. Ich muß aufstehen.

(Chaney ächzt. Ein Rascheln von Kleidung, dann seine gepreßte Stimme): Gut. Recht so. Ein Baum zum Anlehnen, ein Baum mit dornenbesetzter Rinde. *(Ein Stampfen.)* Gut, gut ... Ich wollte mich nicht desorientieren lassen, Ben. Wir kamen durch diese Öffnung im Dickicht, dieses Portal aus Farnen und violetten Blüten ... Aber Sie können nicht sehen, wohin ich zeige, natürlich. Ist auch nicht von Belang. Wir ka-

men aus der Richtung, in die ich zeige, und ich hielt die Augen offen. Übrigens brummt mir noch der Schädel von der Tracht Prügel, die der Junggeselle mir an der – na, an der anderen Stelle verabreichte. Er schlug mich blutig, der Hundesohn, als ich ihn daran hindern wollte, diese arme Frau hier zu schlachten, die ausgeweidet vor mir im Gras liegt ... Er schlug mich nieder, und ich war machtlos. Dann warf er sie über die Schulter, packte den Schrat bei den Füßen und marschierte durch das Dickicht davon. Mir brummte der Kopf, ein Auge schmerzte höllisch und war schon nach Minuten beinahe zugeschwollen, aber wenn ich nicht jede Orientierung verlieren wollte, mußte ich ihm folgen. Ich mußte diesem verrückten Asadi nachhumpeln ... Dann erreichten wir diesen kleinen Grasflecken zwischen den schwankenden Segelbäumen – die Pagode steht dort drüben in der Nähe –, und der Junggeselle warf die getötete Frau auf den Boden und weidete sie aus. Er riß ihr mit den Zähnen den Bauch auf. Ich sah ihn über der Toten kauern, als ich zwischen Stelzwurzeln und herabhängendem tropischen Moos dahergestolpert kam und wurde Zeuge, wie er ihr mit den Schneidezähnen den Bauch aufriß ... Ich sank erschöpft zu Boden und konnte nicht mehr tun als zusehen. Die Ungeheuerlichkeit seines Verhaltens erregte mich kaum noch. Ich hielt mir das verletzte Auge und blinzelte mit dem anderen, beobachtete alles. Nach zehn oder zwölf Minuten hatte ich vergessen, was es bedeutete, und die Frau sah nicht mehr wie ein Asadi aus, war nur noch ein tiefroter, schwärzlich-blutiger Fleischklumpen. Das Gras ist übersät mit ihren Eingeweiden, aber ich unternahm nicht einmal den Versuch, mich einzumischen. Es war mir einfach nicht möglich, zu stark waren die Kopfschmerzen und meine Erschöpfung. Ich konnte kaum noch denken, begriff nicht, daß er ein menschenähnliches Wesen abschlachtete. Sobald ich konnte, versuchte ich Abhilfe zu schaffen. Und deshalb ist mir immer noch ein wenig übel ... Aber ich habe jetzt einen klaren Kopf; er schmerzt, aber ich kann wieder denken. Und der Schinder wird mich nicht mehr verprügeln. Nicht wahr, Kumpel? Er kann nur dasitzen und mich anstarren. Ich habe ihn eingeschüchtert, ihm eine Höllenangst eingejagt. Anscheinend dachte er, ich sei eine Art von mähnenlosem Asadi-Ungeziefer, und nun gelingt es ihm nicht, diese Vorstellung mit dem Gedanken daran zu vereinbaren, was ich gerade zuwege gebracht habe. Der arme Tropf, der taubstumme. Meine Heldentat war ein Tritt in seine psychologische Magengrube.

(Sinnend): Die Nacht ist mein Zeuge, Ben, daß ich den Schrat umgebracht habe. Nein, der Kumpel hier kann es auch nicht glauben. Nichtsdestoweniger ist es wahr.

Er sitzt da und bewegt den Kopf von einer Seite zur anderen, daß sein Kinn langsame Achter beschreibt. Er mag mich für einen Unterasadi gehalten haben, einen besseren Hund vielleicht, aber ich habe es ihm gezeigt. Als er diese jämmerlich hilflose Frau ausgeweidet und abgehäutet hatte, diese sanfte, langbeinige Dame, setzte er den Schrat auf ihren Kadaver und machte sich daran, ihre Eingeweide zu verschlingen und die zarten Knochen ihrer Gliedmaßen sowie den Schädel auszusaugen ... Da mußte ich natürlich etwas unternehmen. Ich rappelte mich auf – aber der Schrat hockte auf ihrem geschlachteten Körper und starrte mich in blinder Warnung an. Ich hatte mich nicht von der Stelle zu rühren; ich hatte mich wie ein braver Kannibale zu gedulden, bis die Mahlzeit serviert wurde ... Aber ich bin kein Asadi und kümmerte mich nicht um die stumpfsinnige Schildwache unseres Freundes hier. Ich brachte den Schrat um, ging einfach auf ihn zu und verpaßte ihm einen Fußtritt mit dem Stiefel, daß er flatternd zu Boden fiel. Dann war ich über ihm und zertrat sein widerwärtiges kleines Ungesicht mit dem Absatz. Sein Leib platzte auf, und eine Masse wie Eiter quoll daraus hervor und stank zum Himmel. Fäden von dem Zeug erhärteten in der gelatineartigen Masse, wurden an der Luft locker und seidig. Der Geruch war unerträglich ... Das gab mir den Rest, fürchte ich, der Anblick und der Gestank der Innereien des Seide spinnenden Schrats. Ich wankte fort, brach in die Knie und würgte, bis ich glaubte, meine Eingeweide würden sich losreißen und zur Kehle herausdrängen. Sie können sich nicht vorstellen, wie mir zumute war ...

Der Junggeselle rührte sich nicht vom Fleck. Daß ich gewagt hatte, den Schrat zu töten, hat mir eine Macht über ihn gegeben. Er saß da, wie er noch jetzt dasitzt, halb auf den Fersen hockend, halb mit dem Gesäß am Boden, und sah zu, wie ich würgte und würgte. Der Geruch des Grases wirkte belebend auf mich, überzeugte mich allmählich von meinem Heldentum, und das war der Punkt, als ich das Gerät einschaltete und trotz der Übelkeit meine Berichterstattung begann.

(Stille. Man hört nur das Rauschen des Windes in den Baumkronen und ein schwierig zu deutendes, intermittierendes Rascheln.)

Hallo. Sind Sie noch da? Der Junggeselle ist eben aufgestanden und hat mich wie ein Feind fixiert. Ich dachte schon, es sei um mich geschehen, wahrhaftig. Ich weiß, das ist das Gegenteil dessen, was ich kurz zuvor sagte, aber unter diesen Umständen werden Sie hoffentlich keine endgültigen Urteile von mir erwarten ... Er griff jedoch nicht an, starrte mich nur eine Weile an, machte dann kehrt und ging zur Lichtung der Pagode. Dort steigt er in diesem Augenblick die Stufen zum Eingang hinauf, sehr langsam, eine graue Gestalt wie jene, die er getötet hat.

Die Monde stehen am Himmel und werfen seinen Schatten dreifach auf die Treppenstufen. Kaspar, Melchior und Balthasar in Konjunktion. Die Pagode scheint in diesem unwirklichen Licht kaum Substanz zu haben, als wäre sie aus Wasser gemacht, nicht aus zu undurchsichtigen Eisblöcken gefrorenem Wasser, sondern aus einer transparenten kristallinen Struktur, die in ihrer zarten Luftigkeit der Atmosphäre verwandt ist. Sie scheint mit dem Urwald zu verschmelzen, entgleitet dem Blick wie Wasser, das zwischen den Fingern verrinnt, genauso leicht und selbstverständlich.

(Brüllt): He da! Du kannst mich nicht hier zwischen Blut

und Eingeweiden sitzen lassen! Ich komme! Hörst du mich? Ich komme!

CHANEY: Wo mag die Sonne sein, Eisen? Sie sagten einmal, wir könnten sie von dieser Hemisphäre sehen. Aber ich stehe hier vor dem Asaditempel, der sich im Licht der Monde in Luft aufzulösen scheint und wo es nicht allzu viele Äste und Wipfel gibt, die den Blick zum Himmel versperren, und kann die Sonne nicht sehen! Nur die blendenden Monde, die auf und nieder tanzen, und einen Himmel voll von glühenden Spinnweben. Wo ist unsere Sonne? Ich kann sie nirgendwo sehen.

(In plötzlicher Entschlossenheit): Ich gehe zurück in die Pagode. Ja, bei Gott! Der Junggeselle hat mich hier draußen zurückgelassen, und zwanzig Minuten habe ich allein hier gewartet. Ich habe nicht vor, hier zu sterben. Ich habe seinen Schrat umgebracht und argwöhne, daß er mich für diese Tat töten will. Aber ein Mann, der einen Schrat zertritt, ist nicht von der Art, daß er sich passiv mit dem Tod abfindet. Ich habe zuviel hingenommen, habe zuviel auf mich genommen, um nun mit untergeschlagenen Beinen am Rand der Lichtung zu sitzen und entweder auf meinen eigenen Tod oder den zermürbenden Hunger zu warten, der mich zwingen würde, irgend etwas in mich hineinzustopfen, gleich was es sein mag ... Ich werde nicht von seiner Opfergabe essen, und ich habe keine Lust, noch länger in der Gesellschaft dieser armen geschlachteten Dame zu verbringen. Ich kann es nicht.

In der Pagode hängt eine schöne, aus Golddraht geflochtene Lotleine vom Deckengewölbe. Das sollte genügen. Sollte dieser Pavian von einem Junggesellen wegen seines Verlustes so untröstlich sein, daß er mich nicht zur Asadilichtung zurückführt ... nun, dann wird diese Lotleine ihren Dienst erfüllen. Ich habe mit den Händen gearbeitet und kann so gut wie jeder Pavian eine Schlinge knoten. Und dann ausführen, was ihm nicht gelungen ist ...

(Schleppende Schritte, Chaneys kurzatmiges Schnaufen beim

Ersteigen der Treppenstufen, das Ächzen einer schweren Tür. Von diesem Punkt an hat jedes von Chaneys Worten einen kurzen hallenden Nachklang, jenes verräterische Echo, das im leeren Inneren eines größeren Gebäudes entsteht.)

Es ist kalt. Sie würden nicht glauben, wie kalt es hier drinnen ist, Ben. Kalt und dunkel. Kein Licht dringt durch die hohen Amethystfenster, und der Kronleuchter – der Kronleuchter ist aus! Meine Augen müssen sich erst an die Finsternis gewöhnen ... *(Ein dumpfer Stoß.)* Hier ist eine Vitrine. Ich habe mir den Ellbogen angeschlagen. Die Regale sind entfaltet, und an einem von ihnen habe ich den Ellbogen gestoßen ... Die Vitrinen geben ein eigenes, schwaches Licht ab, ein sehr warmes mattes Licht, und wenn ich eine Weile stehenbleibe, werde ich besser sehen können. *(Ein kratzendes, klirrendes Geräusch.*)* Moment. Die unteren fächerförmigen Regale dieser Vitrine sind abgebrochen, weggerissen. Ich stehe in den Scherben. Und ich bin nicht der Wandale, Ben. Dieser kleine Stoß eben konnte den Schaden nicht angerichtet haben. Jemand muß sich sehr viel energischer und vielleicht vorsätzlich über diese Regale hergemacht haben, um sie zu zerbrechen. Der Junggeselle, vielleicht? Er ist außer mir der einzige hier drinnen. Brauchte er eine Axt, um mir damit den Garaus zu machen? Brauchte er eines der verzierten Messer seiner Vorfahren, ehe er sich imstande fühlte, es mit dem blaßhäutigen Asadi-Paria aufzunehmen, der seinen Schrat zertrampelte? *(Brüllt):* Ist es das, du Pavian? Fürchtest du mich jetzt? *(Dröhnende Echos. Als sie verklingen, nimmt Chaneys Stimme einen Ton heiserer Vertraulichkeit an):* Ich glaube, das ist es, Ben. Ich glaube, deshalb sind die Lampen aus und ist es hier so dunkel. Er will mir den Schädel einschlagen, der üble Geselle. Er beschleicht mich im Dunkeln ... Na, mir auch recht. Das ist heldenhafter als der Strick, ein ausgezeichneter Tod. Ich

* Dies ist einer der vielen kaum zu simulierenden Geräuscheffekte, die mich von der Echtheit der Tonaufzeichnung überzeugen. Wieviel von dem, was Chaney berichtet, Halluzination statt wirkliches Erleben ist, vermag ich freilich nicht zu beurteilen. – *T. B.*

werde mich sogar auf ein Handgemenge mit ihm einlassen, sollte es dazu kommen. Beowulf und Grendel. Es sollte nicht sehr lange dauern. Die Dame, die er umgebracht hat, kann nicht viel gespürt haben, da bin ich sicher. *(Brüllt):* Hierher, Freundchen! Du weißt, wo ich bin! Also komm her! Ich laufe nicht weg!

(Ein hartes, berstendes Krachen, gefolgt von einem enorm verstärkten Klirren, als ob ein ganzes Porzellanservice zersplitterte.)

Mein Gott! Auf einmal ist die Pagode von Licht durchflutet, Licht von den drei Kugeln in dem Eisenring des Kronleuchters, der gestern oben hinter der Gewölbekuppel hing. Jetzt ist es anders. Der eiserne Ring hängt nur etwa zwei Meter über dem Boden, und ein eigentümliches Summen geht von ihm aus, man kann es hören, wenn man die Ohren spitzt, und innerhalb des Ringes ist der Junggeselle und schlägt mit einer langstieligen Hacke auf eine der Kugel ein ... schon hat er ein großes, korrodiert aussehendes Stück ihrer äußeren Schale abgeschlagen, das am Boden zerbrochen ist. Alle drei Kugeln pulsieren von Energie, erfüllen den Tempel mit Elektrizität. Tödlicher Kälte. Zorn ... Ich bin überzeugt, daß sie ein elektromagnetisches Feld erzeugen. Der Ring des Kronleuchters umgibt des Junggesellen Schultern wie eine runde Gefängniszelle; die Lotleine schlägt mit seinem Zustoßen vor und zurück, sie sieht aus, als wollte sie sich um ihn schlingen, und er ist im Ring gefangen und stößt und schlägt mit seiner Hacke auf die vorderste der Kugeln ...

(Die metallisch schlagenden Geräusche begleiten Chaneys überstürzten Bericht. Offenbar fällt ein weiteres Stück der äußeren Schale zu Boden und zerbricht.)

Was macht er? Warum, in drei Teufeln Namen, zieht er sich nicht aus dem Ring zurück? Ist er in diesem Feld gefangen? Es ist klar, daß er zu beschäftigt ist, um sich meiner anzunehmen oder mich umzubringen. An meiner Stelle scheint er die Pagode zerstören zu wollen, ihre Energiequelle zu vernichten und sich selbst von der Macht zu befreien, die sie über ihn hat.

Aber ich fürchte, sein Tun hat den genau entgegengesetzten Effekt. Alle Vitrinen sind offen, alle Regale haben sich entfaltet. Ich sehe sie ringsumher. Die Pagode scheint mehr denn je lebendig. Zornig. Empört. Dazu war nichts weiter nötig als die Dunkelheit und ein wenig Gewalt ... Die vorderste Kugel ist weit aufgeplatzt; der Junggeselle hat ihre obere Hälfte zerschlagen, und aus dem Inneren der Kugel dringt eine schreckliche violette Strahlung. Es ist kaum möglich, hineinzusehen, aber er läßt in seinen Anstrengungen nicht nach. Der Ring hat sich ein wenig auf eine Seite geneigt, und der zottige Körper des Asadi ist eine flammende Silhouette hinter dieser höllischen Strahlung. Was verspricht er sich davon? Ein seltsamer Geruch hat sich ausgebreitet, ein Geruch, der eine Begleiterscheinung der Strahlung zu sein scheint. Er ist wie der Geruch, der aufstieg, als der Schrat unter meinem Stiefel aufplatzte.

(Ein Flattern, das durch Chaneys Stimme und die metallischen Schläge des Junggesellen deutlich hörbar ist.) Gott, jetzt gehen sie auf ihn los und verjagen ihn ... zwei oder drei ergrimmte Artgenossen des Schrates, den ich getötet habe, aber größer als er. Sie stoßen auf den Junggesellen herab wie ein Raubvogel auf eine Feldmaus, strecken die Krallen vor und verkanten die Flügel so, daß sie ihn bei jedem Angriff verletzen. Er versucht sie abzuwehren, fuchtelt mit der Hacke, aber sie reagieren schnell und berechnen irgendwie Länge und Richtung der Schläge, und so gelingt es ihnen, seinen Schlägen auszuweichen und es dem Junggesellen heimzuzahlen. Trotz ihrer scheinbaren Unbeholfenheit ist er ihnen nicht gewachsen, nicht im mindesten ...

Ich verschwinde von hier, Ben. Ich mache mich davon, solange es noch in meiner Macht steht. Was für ein Tollhaus, was für ein geheiligtes, kolossales Tollhaus. Oliver Oliphant kann sich beglückwünschen, daß er allein und bequem im Grab liegt und ihm dies erspart geblieben ist. BoskVeld wimmelt von Fremdartigkeiten, die wir nicht verstehen und an denen wir nicht teilhaben wollen ... Oder vielleicht ist es eine Welt, die uns über Schwellen von Entsetzen und Wahnsinn lockt, für die unsere liebe verlorene Heimat bereits genug Beispiele bereithält ... Warum uns einer Verrücktheit wie der aussetzen, vor welcher wir seit Jahrtausenden zu fliehen suchen? ... Aber hören Sie nicht auf mich. Wer weiß, was ich rede ... Ich muß weg von hier ... Ich komme nach Hause, nach Haus zu Ihnen allen, meinen Artgenossen ...

(Schritte, ein schweres, hölzernes Knarren, und dann die echolose Stille der Nacht, als Chaney ins Freie hinaustritt.)

CHANEY *(heiter):* Da, wie sie hochgehen! Ich erleichtere mein Marschgepäck. Ich schieße sie zur alten Sonne hoch, wo sie auch sein mag. Ein Feuerwerk vom Volksfest, ganz für mich allein! *(Vier oder fünf fauchende Abschußgeräusche in rascher Folge.)* Ich komme nach Haus, ich komme nach Haus. Zu Ihnen, Ben, zu Ihnen, Eisen. Zu Morrell, Yoshiba und Jonathan. Niemand wird mir nachsagen können, ich hätte meine Pflichten nicht im Schwung erfüllt. *(Lachen.)* Gott, wie sie den Himmel färben, wie sie rauchen und den Gestank von Selbsttäuschung und Arroganz ausbrennen!

Nein, weiß Gott, wir vernichten nicht jede Rasse, auf die wir stoßen. Vielleicht die Pygmäen, vielleicht haben wir es mit ihnen gemacht – aber die Asadi, Gott mit ihnen, sie besorgen das selbst, und nicht erst seit heute. Seit Äonen, und vielleicht mit fremder Hilfe. Mit Unterstützung ihrer unheimlichen, importierten Hausgeister. Es ist ausnahmsweise nicht unsere Schuld. Niemand kann uns das nachsagen.

Gott, dieser reine, phosphoreszierende Himmel! Wenn ich nur wüßte, in welcher Richtung die Sonne steht; ich würde sie gern sehen. Sie sagten einmal, Eisen, wir könnten sie sehen. Aber wo? Ich würde sie gern wie ein Eiskristall im Mittelpunkt dieser brillanten, wunderschönen, flammenden Spinnweben sehen ...

LETZTE BEMERKUNGEN VON THOMAS BENEDICT

Wir sahen die Leuchtraketen und holten Chaney ab. Moses Eisen war mit mir in der Maschine. Wir waren am Morgen des 140. Tages sehr früh aufgebrochen, um Proviant abzuwerfen und dann die Asadilichtung zu überfliegen, weil Eisen hoffte, wir könnten unseren Kollegen zu Gesicht bekommen. Eisen hatte diese Verfahrensweise angeordnet, sobald uns klar geworden war, daß Chaney aus eigenem Antrieb nicht mit uns Verbindung aufnehmen würde. Eisen wünschte sich ein Bild von Chaneys Gesundheitszustand zu machen, vielleicht durch eine Landung und ein Gespräch mit dem Mann. Er wollte Chaney zum Basislager zurückbringen. Wären nicht diese ungewöhnlichen Umstände gewesen, so hätte Chaney seine Leuchtraketen möglicherweise umsonst in einen leeren Himmel geschossen. Nach Lage der Dinge sahen wir nur die letzten zwei oder drei und mußten die Flugrichtung ändern, um ihn abzuholen.

Als wir zu ihm kamen, war Chaney nicht mehr der überdreht-heitere Abenteurer am Rand eines Nervenzusammenbruches, wie der letzte Abschnitt seines Monologs ihn zeichnet. Der Zusammenbruch war inzwischen eingetreten, und Chaney war ein erschöpfter und kranker Mann, der uns nicht wiedererkannte, als wir landeten, und der triefäugig, unrasiert und apathisch neben seinem Rucksack hockte. Wir mußten ihn in die Mitte nehmen und seine Arme über unsere Schultern ziehen, um ihn an Bord des Hubschraubers zu schleppen.

In seinem Rucksack fanden wir das Aufzeichnungsgerät, welches er die letzten Tage benutzt hatte, und die Augenbücher, die er im Asaditempel eingesteckt haben wollte. Und am Abend des gleichen Tages flog ich zurück zur verlassenen Asadilichtung, um den Rest seiner Habseligkeiten zu bergen.

Im Basislager gaben wir Chaney sogleich in die Obhut der Ärzte Williams und Tsyuki und sorgten dafür, daß er in der Krankenstation ein Einzelzimmer bekam. Während der dort verbrachten Zeit seiner Rekonvaleszenz schrieb er, wie ich bereits berichtet habe, »Das Ritual von Tod und Bestimmung«. In mehr als einem Gespräch behauptete er, wir hätten ihn nicht weiter als vier- oder fünfhundert Meter von der Pagode angetroffen, die er in seinen Aufzeichnungen beschreibt. Er hielt an dieser Behauptung fest, obwohl es uns trotz mehrerer Flüge über ein weites Waldgebiet nicht gelungen war, eine Lichtung zu entdecken, die groß genug wäre, ein derartiges Bauwerk aufzunehmen. In allen Gesprächen behauptete er jedoch nicht ein einziges Mal, daß er im Inneren der Pagode gewesen sei. Nur in seiner letzten Bandaufzeichnung ist davon die Rede; der geneigte Leser hat die bearbeitete Fassung des Monologs gelesen und mag selbst entscheiden, wieviel Glaubwürdigkeit der Darstellung beigemessen werden kann. Eines ist gewiß: die Augenbücher, die Chaney aus der kalyptranischen Wildnis mitbrachte, existieren. Und sie müssen irgendwo hergekommen sein.

Diese Augenbücher sind ein vollkommenes Rätsel. Sie sehen genauso aus, wie Chaney sie beschrieben hat, und sie sind alle funktionstüchtig. Die Kassetten bestehen aus nahtlos gegossenem Kunststoff, und die einzige Art und Weise, sie aufzubrechen, ist das Herausschneiden der Glaslinse und die Erforschung der Öffnung mittels eines altmodischen Uhrmacherwerkzeugs. Wir haben im Inneren der Kassetten nichts gefunden, worauf ihre schwindelerregenden Spektralmuster programmiert sein könnten, und keine erkennbare Energiequelle zum Betrieb einer solch rasch wechselnden Darstellung der Farbensprache. Morrell hat die hypothetische Ansicht vertreten, daß die Programme in der molekularen Struktur der harten Kunststoffgehäuse selbst existieren, doch bedarf selbst diese faszinierende Hypothese einer Bestätigung, die nicht geliefert werden kann. Bis heute hat die Computeranalyse der Augenbücher und ihrer Farbspiele keine Basis für eine »Übersetzung« aus dem visuellen in den auditiven Bereich ergeben. Was uns fehlt, ist ein Stein von Rosetta, und weil es einen solchen nicht gibt, bleiben die Augenbücher rätselhaft.

Was Chaney betrifft, so erholte er sich offenbar. Zwar war er nicht bereit, über die Tonaufzeichnungen zu sprechen, mit denen ich ihn einmal – nur einmal – konfrontierte, aber er sprach von seiner Absicht, einen ausführlichen Bericht über seine Beobachtungen und Schlußfolgerungen in Buchform vorzubereiten.

»Die Asadi müssen beschrieben werden«, sagte er einmal zu mir. »Dem wissenschaftlichen Anspruch genügt nur eine detaillierte Beschreibung. Es ist wichtig, daß wir jede fremde Kultur, auf die wir stoßen, sorgfältig untersuchen und analysieren. Auf Papier, auf Tonband, auf holographischen Speichereinheiten. Die Feder ist mächtiger als das Schwert, und Papier dauerhafter als Fleisch.«

Aber Chaney kam mit seinem Vorhaben nicht voran. Drei Monate blieb er bei uns, kopierte und vervollständigte seine Skizzen und Notizen, arbeitete in der Bibliothek des Basislagers und nahm nur jede sechste oder siebte Mahlzeit gemeinsam mit uns in der Kantine ein. Er sonderte sich ab, blieb unter uns so isoliert wie er es unter den Asadi gewesen war. Ich nehme an, er muß sehr viel nachgedacht und sich langen düsteren, melancholischen und fatalistischen Grübeleien hingegeben haben.

Und er tat etwas, was nur wenige unter uns beachteten, weil es unter Expeditionsteilnehmern keine neuartige Erscheinung ist: er ließ sich Bart und Haupthaar wachsen.

Später wurde uns der Grund dafür klar.

Eines Morgens konnten wir Egan Chaney nirgendwo im Basislager finden. Als er bis zum Abend noch nicht zurückgekehrt war, schickte Eisen mich zu unserem gemeinsamen Schlafraum und beauftragte mich, Chaneys Habseligkeiten zu durchsuchen, um aus Notizen oder anderen Hinweisen vielleicht Anhaltspunkte in bezug auf seinen Aufenthalt zu finden. Vor allem aber sollte ich nach einer möglichen Abschiedsbotschaft Ausschau halten. Wir begannen bereits zu glauben, daß Chaney in die Wildnis desertiert war.

»Ich glaube nicht daran, daß er zurückkommen wird«, sagte Eisen zu mir. Darin sollte er recht behalten, aber er irrte mit seiner Annahme, daß Chaney seine Abschiedsbotschaft inmitten des Durcheinanders in unserem Schlafraum zurückgelassen haben könnte.

Erst am nächsten Tag, als ich meinen Briefkasten in der Funkstation öffnete, fand ich, wonach zu suchen Eisen mir eingeschärft hatte. Weil ich wußte, daß keine Sonde eingetroffen war und mit privaten Sendungen nicht rechnete, schaute ich lediglich aus Gewohnheit in mein Fach. Und fand dort Chaneys Botschaft. Die einzige Tröstung, die ich darin fand, war das Wissen, daß mein Freund nicht beschlossen hatte, Selbstmord zu begehen; daß er erfolgreich gegen eine schleichende, aber stetig um sich greifende geistige Zerrüttung angekämpft hatte. Eisen teilte diese meine Einschätzung nicht und war der Auffassung, daß Chaney auf die von ihm gewählte Art und Weise ebenso sicher Selbstmord verübt habe, wie wenn er Gift genommen oder sich die Kugel gegeben hätte.

Es lohnt sich jedoch, seine zurückgelassene Botschaft zu lesen. Sie drückt eine besondere Art von Optimismus aus, finde ich, und wer den bejahenden Grundton der Botschaft nicht heraushört, der sollte sie noch einmal lesen. Denn selbst wenn Chaney Selbstmord begangen haben sollte, ist er für etwas gestorben, woran er glaubte.

CHANEYS ABSCHIEDSBOTSCHAFT

Ich gehe zurück zur Asadilichtung, Ben. Aber folgen Sie mir nicht! Ich werde mich durch nichts und niemand wieder herausholen lassen. Ich habe einen vollkommenen Einklang mit mir selbst erreicht. Wahrscheinlich werde ich sterben. Ohne Ihre Versorgungsabwürfe dürfte das ziemlich gewiß sein, nicht wahr?

Aber ich gehöre zu den Asadi, nicht als Ausgestoßener und nicht als Häuptling, sondern als ein Mitglied der durcheinanderdrängenden Menge. Ich gehöre dorthin, obwohl dieses Gedränge stumpfsinnig ist, obwohl es in seiner selbstentwickelten

Immunität gegen jede Form von Belehrung verharrt. Ich bin einer von ihnen. Ich fühle für sie.

Wie der Junggeselle, bin ich ein großer, träger Nachtfalter. Ein Bärenspinner. Und die Flamme, die zu umkreisen und in der zu sterben ich beschlossen habe, ist dieselbe Flamme, die nach und nach jeden einzelnen der Asadi verzehrt. Vergessen Sie mich nicht, Ben, aber suchen Sie mich auch nicht.

Ich wünsche Ihnen alles Gute

Egan

Der Botschaft lagen einige Blätter mit Skizzen bei, die mit (zum Teil unleserlichen) schriftlichen Notizen von Chaneys Hand bedeckt sind. Sie sind auf den folgenden Seiten kommentarlos als Anhang abgedruckt und bedürfen noch einer eingehenden Untersuchung und Deutung.

Thomas Benedict

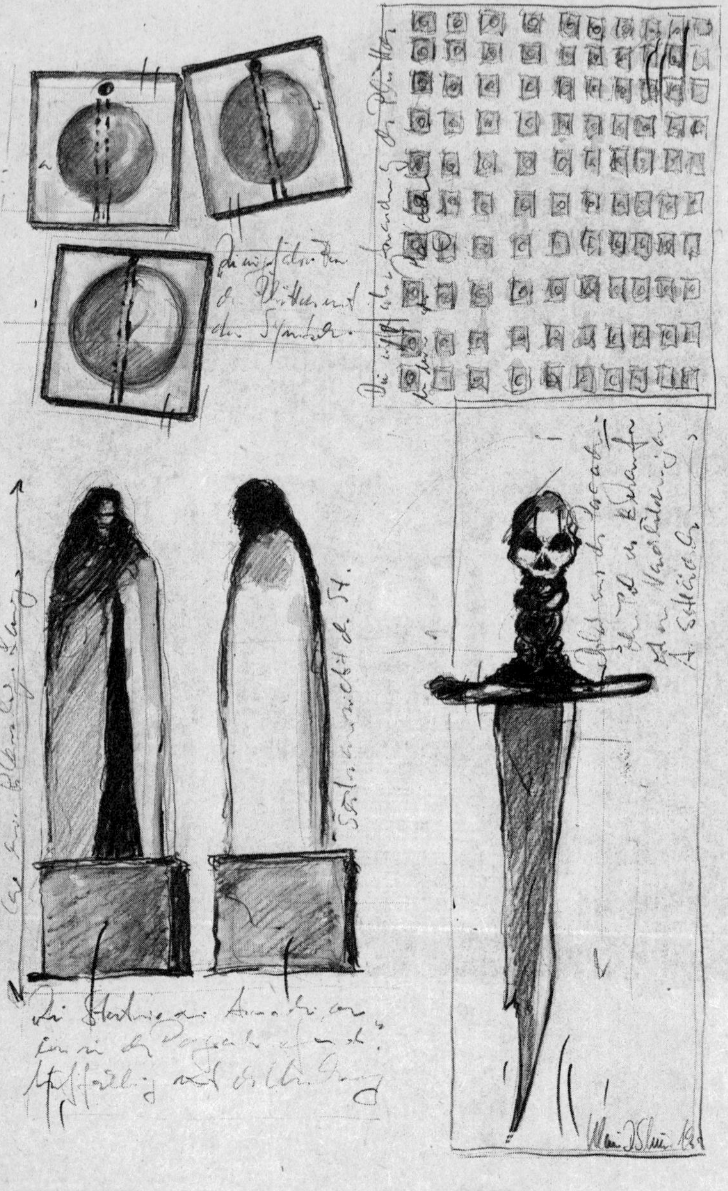

1. Kapitel
Moses Eisen

Nachdem ich *Tod und Bestimmung unter den Asadi* zum soundsovielten Mal gelesen hatte, schlief ich nur wenig. Der Sonnenaufgang breitete seinen Glanz über die Siedlung, daß die Straßenbeleuchtung verblaßte und die Stahlmasten zu glitzern begannen. Vielleicht war es dies, was durch meine in unruhigen Träumen zuckenden Lider drang und mich weckte.

In meiner nüchternen kleinen Waschkabine erleichterte ich mich und wusch mir die Betäubung des Schlafes aus dem Gesicht. Der Spiegel zeigte mir hohle Wangen und Krähenfüße und Abdrücke der Matratze wie von einem Waffeleisen. Hastig zog ich mich an und klapperte die Stufen hinunter, Moses Eisen aufzutreiben.

Eisen lebt heute mit seiner Frau und zwei Kindern in einem Haus, dessen Grundstück sich wie ein kahler Keil in die Wildnis vorschiebt. Drei Viertel des Hauses liegen unter der Erdoberfläche. Eine ungestrichene hölzerne Veranda liegt unschön vor dem ebenerdigen Dach, und wie um die proportionslose Häßlichkeit auf den Gipfel zu treiben, erhebt sich hinter der Veranda ein Entlüftungsturm bis über die Höhe der Baumwipfel. In Ermangelung einer angemesseneren Residenz stellt diese architektionische Fehlgeburt den Regierungssitz dar, denn vor drei Jahren beförderte die zuständige Kolonialbehörde Moses Eisen vom Leiter der dritten Deneb-Expedition zum vorläufigen Verwaltungschef der Kolonie BoskVeld. In offiziellen Angelegenheiten hatte ich ihn darum mit dem Titel »Gouverneur« anzureden und mich aller Schaustellungen unziemlicher Vertraulichkeit zu enthalten.

Dies war mir niemals schwergefallen. Eisen war ein wenig umgänglicher Mensch ohne Begabung für zwanglose Plaudereien und Scherze, und obwohl alte Mitarbeiter unangemeldet in sein Büro kommen durften, gab es selbst unter ihnen keinen einzigen, der sich rühmen konnte, mit Eisen auf freundschaftlich-familiären Fuß zu stehen. Wenn das Wetter es zuließ, kam er gewöhnlich heraus, um Besucher zu empfangen, und in den viereinhalb Jahren, seit Ingenieure des Zivilkorps die Monstrosität seines halbunterirdischen Hauses in den bröckelnden Lehmboden des Regenwaldes gesetzt hatten, war ich genau zweimal darin zu Gast gewesen – anläßlich kleiner und sehr förmlicher Empfänge, die er und seine Frau Rebekka zur Geburt ihrer beiden Kinder gegeben hatten. Ich beneidete Eisen um seine Familie, aber nicht um seinen Rang oder seine Charakteranlage.

Ich ging die kleine, vom Wald umschlossene Schneise zu seinem Haus und betrat die Stufen zur Veranda. Eisen, in einem einteiligen gefleckten Tarnanzug und stark nach selbstgemachtem Kölnisch Wasser riechend (das er »Porenöffner« nannte), erwartete mich in gereizter Stimmung.

»Sie haben sich verspätet«, sagte er an Stelle eines Grußes. »Ich dachte schon, ich müßte Sie holen lassen.«

Wir sollten gemeinsam zum Landeplatz hinausgehen. Zu Eisens Pflichten gehörte die Begrüßung aller eintreffenden Siedler und des Verwaltungspersonals, und er entledigte sich ihrer mit murrender Gewissenhaftigkeit.

Verspätet oder nicht, ich mußte neben Eisen auf der Veranda stehen, während die aufgehende Sonne uns mit ihrem kupfrigen Licht blendete. Er schien es nicht eilig zu haben, die Verspätung aufzuholen, welcher ich mich angeblich schuldig gemacht hatte. Statt dessen deutete er mit einem Kopfnicken über die Schulter zum Wald hin, der in unserem Rücken leise rauschte.

»Wie lang ist es her, daß jemand Feldarbeit unter den Asadi geleistet hat?« fragte er mich, obwohl er die Antwort so gut wissen mußte wie ich. Die Frage mußte sich auf die Ankunft der Tochter Chaneys beziehen.

»Chaney war der letzte. Nach seinem Verschwinden haben Sie selbst weitere Aufenthalte zum Studium ihrer Kultur untersagt.« Ich gab dem Wort ›Kultur‹ eine geringschätzige Betonung. Emotionale Identifikation mit einer fremden Art ist nicht immer möglich, nicht einmal Leuten, die ausgebildet sind, ihre ethnozentrischen Vorurteile im Interesse wissenschaftlicher Objektivität zu unterdrücken. Egan Chaney wußte das so gut wie jeder andere.

Der Gouverneur wandte mir das undurchdringliche Gesicht zu. »Aber Sie und die anderen gehen gelegentlich hinein, nicht wahr?«

»Gewiß«, bestätigte ich. »Ich unternehme hie und da eine Exkursion, und Yoshiba macht es genauso, wenn sie Gelegenheit findet.« Aber nach Chaneys Desertion galt mein Interesse im Regenwald vielleicht weniger den Asadi selbst als vielmehr der ökologischen Ganzheit des Regenwaldes als Biom. Der Umstand, daß die einzigen Vertreter einer einheimischen Fauna, die wir dort gefunden hatten, Insekten waren, sah man von den Asadi selbst ab, hatten mich von meinem Fach auf das der Xenologie gelenkt. Ein übriges dazu hatte meine Arbeit an Chaneys Aufzeichnungen getan.

»Zu welchem Zweck?«

»Wie bitte?« fragte ich verwirrt, eingeschüchtert von Eisens Ton.

»Welche echten Fortschritte in unserem Verständnis der Asadi sind seit Chaneys Weggang gelungen? Welche Erkenntnisse haben wir gewonnen?«

»Ihr Verhalten hat sich in den vergangenen sechs oder sieben Jahren kaum geändert. Wir haben Chaneys Feststellungen bestätigen können. Wir bemerken kleinere Veränderungen in der Zahl und Zusammensetzung der Population auf der Asadilichtung ... Wir sind nur tagsüber dort, wenn wir Felduntersuchungen machen, und es ist mühselige Arbeit. All unsere Versuche zum Aufbau einer Fernüberwachung durch Übertragungsgeräte sind von den Asadi durchkreuzt worden. Sie dulden keine mechanischen Systeme in der Wildnis. Sie demontieren solche Geräte, sobald sie sie entdecken, oder schleudern sie herum, wie Schimpansenmännchen es tun, wenn sie sich aggressiv verhalten.

Diese Entdeckung ist wahrscheinlich die bedeutsamste, die wir in sieben Jahren gemacht haben – sie läßt auf eine Reaktion systematischer Feindseligkeit auf unsere Versuche zur Fernüberwachung schließen.«

»Könnte nicht genausogut eine instinktive Abneigung gegen Dinge dahinterstecken, die nicht zur natürlichen Umwelt ihres Lebensraums gehören? Es bedarf keiner kognitiven Fähigkeit, einen als falsch empfundenen Fremdkörper zu erkennen. Legen Sie ein Stück Elektrokabel in ein Vogelnest, so begreifen die Tiere es als eine Schlange und wollen nicht landen. Sie sehen, daß der Fremdkörper erkannt wird, und zwar als etwas Falsches und möglicherweise Bedrohliches.«

Ich räumte taktvoll ein, daß die Zerstörung unserer Fernsehkameras möglicherweise eher von der Fremdartigkeit dieser Geräte bewirkt worden sei als vom intelligenten Bewußtsein der Asadi, daß wir versuchten, ihre Lebensweise zu registrieren.

»Ist das alles?« fragte Eisen. »Eine ungewisse Entdeckung in sechs Jahren?«

»Es gibt Tulku Sankoschs Film«, antwortete ich verdrießlich. »Er hat den Beweis geliefert, daß die Asadi lebende Junge zur Welt bringen, die sie tagsüber in Baumnestern hoch über dem Waldboden sich selbst überlassen. Wir wissen auch, daß die Jungen nicht zum Versammlungsplatz kommen, bis ihnen die Mähnen gewachsen sind, welche das Erwachsenenalter anzeigt. Soweit wir es beurteilen können, dauert dies mindestens sieben Jahre, vielleicht sogar zwölf. Da die dritte Expedition noch keine zwölf Jahre her ist, ist es schwierig, das Mannbarkeitsalter genauer als durch Schätzung zu bestimmen.«

»Der Film wurde von einem Außenseiter gedreht«, murmelte Eisen mißbilligend. Er blinzelte in die Sonne.

Ich beeilte mich, die Implikationen dieser Bemerkung zu kontern: »Sankosch war ein Außenseiter nur insofern, als Sie nicht die Autorität hatten, ihn jeden Abend nach Frasierville zurückzubeordern. Die Bedingungen seines Forschungsauftrags gaben ihm die Freiheit, unabhängig von der Kolonialbehörde zu arbeiten, und er nützte diese Freiheit. Außerdem hatte er Glück. Hätte er das weibliche Exemplar später angetroffen, als die Wehen schon fortgeschritten waren, wäre es ihm niemals gelungen, seine Ausrüstung rechtzeitig aufzubauen und die Geburten zu filmen. Und wäre er eher gekommen, hätte die Frau die Flucht ergriffen, und er hätte sie gar nicht erst zu Gesicht bekommen.«

»Ich habe diesen Film mehrmals gesehen«, sagte Eisen. »Eine großartige Leistung. Einmal stellte ich den Projektionszylinder da unten auf.« Er wies mit einer Kinnbewegung zu der spärlich mit Blattpflanzen bewachsenen Fläche unterhalb der Veranda. »Und ich ließ die kleine Reba zusehen. Ich habe ihre Augen noch nie so groß gesehen wie damals.«

Ich sagte nichts.

Die Siedlung erwachte zum Leben. Türen klappten, die ersten Fahrzeuge rollten zwischen den Lagerhäusern, den Verarbeitungsbetrieben der Importwaren und der zentralen Solaranlage hin und her. Eine Karawane von Siedlern setzte sich in Marsch nach Amérsavane, dem Land der Bittergrasveldts im Südosten. Wir sahen der langen, schwerfällig dahinschaukelnden Fahrzeugkolonne nach, bis sie jenseits des Krankenhauses außer Sicht kam.

»Sankosch kam wenigstens lebendig zurück«, sagte Eisen schließlich. »Wir brauchten niemand in die Wildnis zu schicken, um ihn herauszuholen.«

Ich nickte.

Eisen ging über die Veranda und am anderen Ende die Stufen hinunter. Ich folgte gehorsam und aus Notwendigkeit. Er hatte die Hälfte der vom Wald umschlossenen Halbinsel seines ›Gartens‹ durchschritten, ehe ich ihn eingeholt hatte und den Monolog verstehen konnte, den er mißmutig zwischen den schmalen Lippen hervorstieß.

»... paßt mir ganz und gar nicht. Am Ende kommt sie auch mit einem Forschungsauftrag und verfügt über Zuschüsse privater Stiftungen, die sie meiner Kontrolle entziehen. Ihr Vater hatte das nicht, aber inzwischen soll es leichter geworden sein, Gelder locker zu machen. Und was ist, wenn sie nicht soviel Glück hat wie Sankosch? Wenn sie in die Wildnis verschwindet und sich nachher nicht mehr zurechtfindet? Nicht zu reden von allem anderen, was ihr zustoßen könnte. Es paßt mir absolut nicht, Ben, und ich bin nicht sonderlich geneigt, ihr freundlich zu begegnen.«

Ohne stehenzubleiben, fuhr er fort: »Gott sei Dank ist sie nicht die einzige, die ich auf dem Landeplatz begrüßen muß – der seinen Namen ihrem Vater zum Gedächtnis trägt, sollte man hinzufügen. Und ich bin froh, daß Sie ihr Begleiter und ihre Bezugsperson sein werden, vielleicht sogar für die Dauer ihres Aufenthalts. Jedenfalls ist es Ihre verdammte Pflicht, Ben, mir die Frau vom Leibe zu halten. Und passen Sie auf, daß sie keine Dummheiten macht!«

Wir gingen zum Fahrzeugdepot, das drei Straßen hinter meiner Wohnbaracke lag. Ein Wächter, der Eisen erkannte, fuhr einen Geländewagen heraus und ließ uns einsteigen. Ein anderer Wächter – eine junge Frau, wie ich verspätet bemerkte – schloß das Tor hinter uns und sperrte mit metallischem Klicken ab. Der Geländewagen rumpelte schnurrend davon.

»Viel hätte heute morgen nicht gefehlt, und ich wäre nicht gegangen«, sagte Eisen.

»Warum?«

»Ich glaube nicht, daß Egan Chaney mit dem Verfasser der *Ilias* sehr viel gemeinsam hatte. Genausowenig glaube ich, daß seine aufdringliche Tochter mit dem Ausgräber von Troja sehr viel gemeinsam hat, dem alten ... – na, wie heißt er noch gleich?«

»Ich weiß es nicht, ehrlich gesagt. Ist das alles, was Sie beunruhigt?«

Der graue Saum seiner Tonsur flatterte im Wind, als Eisen den Kopf wandte und mich über seine fleischige Nase hinweg anvisierte. »Ginge es nach mir, Ben, würden wir Frasierville an die Küste oder ins Veldt verlegen und die Asadi ganz sich selbst überlassen.«

»Aber sie rechtfertigen wissenschaftliche Studien. Eine intelligente Vorläuferspezies der Asadi oder eine Werkzeug herstellende Art – die Ursadi – starb vor einiger Zeit aus. Aber ungeachtet dessen, was Chaney in seiner letzten Tonaufzeichnung darüber zusammenredete, daß sie am Rand der Selbstauslöschung stünden, scheinen die Asadi gegenwärtig als Population stabil zu sein.«

»Vielleicht ein Grund mehr, daß wir sie in Ruhe lassen sollten.«

»Dank Ihren Bemühungen«, entgegnete ich, »praktizieren wir das bereits. Jedenfalls sind sie eine ...« – ich zitierte aus dem Gesetzestext, der uns allen geläufig war – »geschützte einheimische Art, die entweder ein voll entwickeltes Selbstbewußtsein oder sein nachweisliches Potential besitzt. Da es sich so verhält – und es spielt dabei keine Rolle, ob sie wirklich hier heimisch sind oder nicht –, können wir keinen von ihnen töten, um das Gehirn zu untersuchen, und in all den Jahren, die wir hier sind, haben wir nicht ein einziges Mal Gelegenheit gehabt, einen ihrer Toten zu bergen.«

»Ein Jammer«, sagte Eisen mit der Andeutung eines Lächelns. »Ich hoffe, Sie machen nicht mich dafür verantwortlich.«

Unser Fahrer holperte durch die Schlaglöcher der Umgehungsstraße, die von den Veteranen Aphasie-Piste genannt wurde, weil es wegen des Gerüttels schwierig war, ein Wort herauszubringen, und bog dann nach Nordosten auf die weißliche, durch Zusatz von Polymeren befestigte Makadamstraße zum Landeplatz. Das Veldt nahm uns auf, und weit zu unserer Rechten sahen wir die Kolonne nach Amérsavane langsam durch die flirrende Hitze kriechen. Man begann zu verstehen, warum die Briten der Kolonialzeit solch eine Vorliebe für Tropenhelme hatten.

Das Veldt erstreckte sich leer in die Ferne. Ein Besucher würde vergebens nach Impalas, Zebras, Gnus oder Gazellen Ausschau halten. Die afrikanische Analogie besaß nur topographische Gültigkeit, und das Grün der Kräuter, die den Boden mit ihren stachligen beigefarbenen Blumen sprenkelten, hatte kein bekanntes Gegenstück in der Serengeti oder dem Ngorongoro-Krater. Nur einzelne, in Büscheln wachsende Arten flammten in lebhaften roten und orangefarbenen Tönen, die den Blick auf sich zogen.

Fuhr man über die Savannen hin, so drängte sich die Frage auf, warum sich dort keine Weidetiere entwickelt hatten. Man fragte sich, wie die Asadi sich auf einer Welt hatten entwickeln können, deren Tierwelt so begrenzt und artenarm schien. Die Existenz der Asadi bedeutete in dieser Umwelt eine sonderbare Anomalie. (Was die fledermausähnlichen ›Schrate‹ betraf, die Chaney in zwei seiner Skizzen festgehalten hatte und in seinen Aufzeichnungen wiederholt erwähnte, so hatte außer ihm niemand jemals ein Exemplar dieser schwer faßbaren Lebensform gesehen.) Manchmal ertappte ich mich bei Spekulationen, daß vierzig Millionen Jahre in der Zukunft, wenn die Menschheit längst verschwunden wäre, die von uns auf dieser Welt zurückgelassenen Bakterien sich zu intelligenten, ethisch bewußten Lebewesen entwickelt haben würden, und daß die Asadi noch immer existieren würden, ihrer Logik und ihrem Verstehen zum Trotz ...

»Wir werden noch zeitig vor der Ankunft der Fähre eintreffen«, sagte der Fahrer. Er war ein dunkelhäutiger junger Mann, dessen Name auf den oberen Ärmel seines violetten Overalls gestickt war: Bahadori.

»Schön«, sagte Eisen lustlos.

Die ebenso riesige wie nutzlose Startrampe war bereits seit zehn oder zwölf Minuten sichtbar, ein fünfzehn Stockwerke hohes Ungetüm in der flimmernden Luft, das durch seine Größe und die geometrische Kompliziertheit in einem seltsamen Gegensatz zur umgebenden Landschaft stand: Das umgebende Veldt schien allein zu dem Zweck zu existieren, der Startrampe als Fundament zu dienen. Ihre inneren Verstrebungen glänzten wie die Fäden eines gigantischen Spinnennetzes, und die zylindrischen Aufzugkabinen für Passagiere und Lasten glichen Tautropfen, die zitternd im Netz hingen. Hinter dem Ungeheuer erstreckte sich ein künstlich bewässertes Feld mit Zuckerpflanzen und linderte die schreckliche, aber erhabene Eintönigkeit des Veldts. Im Norden, jenseits der Startbahn, stand verlassen und nutzlos ein riesiger Hangar. Dieses während der vergangenen Jahre wiederholt ausgeplünderte, halb zerstörte und mit Inschriften aller Art beschmierte Gebäude glich einem weitläufigen, isolierten Slum. Ich war fasziniert davon. In den vergangenen Monaten hatte ich den Hangar mehrmals aufgesucht, nur um in seiner hallenden Leere allein zu sein.

Sehr viel näher duckte sich eine Anzahl flachgedeckter grüngestrichener Baracken, die dem Bodenpersonal und neu eintreffenden Reisenden als Unterkünfte diente. Der Platz war zu einem wichtigen Vorort von Frasierville geworden. Manche Leute hatten einst Hoffnungen gehegt, daß er bald einen wichtigen Platz im galaktischen Verkehrsnetz einnehmen werde, und solche Hoffnungen hatten zu der kostspieligen Torheit der unbenutzten Startrampe und des Riesenhangars geführt, der nun hauptsächlich als Lagerhaus für importierte Güter aller Art diente.

»Wen sonst müssen Sie begrüßen?« fragte ich Eisen, als wir uns dem Barackenkomplex näherten.

»Eine neue Gruppe Kolonisten«, antwortete er, ohne mich anzusehen. »Und, soviel ich gehört habe, einen Freund von Elegy Cather, den ich vielleicht für eine Weile in Quarantäne stecken muß.«

»Quarantäne?«

»Der Kapitän des *Wasserläufer IX.* verständigte mich gestern abend über Funk in diesem Sinne.«

»Was soll das heißen?«

»Geduld«, sagte Eisen. »Haben Sie Geduld, Ben.«

2. Kapitel

Jaafar, Elegy und Kretzoi

Jaafar Bahadori und ich standen in der glühenden Vormittagshitze vor dem Abfertigungsgebäude, während Eisen die Ankunft der Raumfähre in der Bequemlichkeit seines klimatisierten Zweigbüros erwartete. Er hatte uns ohne große Begeisterung eingeladen, mit ihm zu kommen, und wir hatten höflich abgelehnt, um die Landung der Raumfähre zu beobachten.

Bahadori rieb sich erwartungsvoll die Hände, stieg von einem Fuß auf den anderen und spähte in den blassen Himmel. Der Himmel blies in staubigen Böen um die Ecken der grünen Baracken und pfiff unheimlich durch die Verstrebungen und Gestänge der Startrampe.

Endlich kam die Fähre in Sicht: über den Baumwipfeln im Nordwesten ging ein großer weißer Rumpf nieder, schräg gegen den Wind gelehnt, um auf der Landebahn aufzusetzen. Er kam rasch herunter. Schon wenige Augenblicke nach ihrem Erscheinen setzte die Fähre auf, verzerrt von Hitzewellen und verkürzt durch die Entfernung, und rollte mit hoher Geschwindigkeit aus.

Obwohl ich schon hundert solcher Landungen gesehen hatte, war ich immer wieder überrascht, wie ungefüge diese Maschinen am Boden wirkten. Zur Übernahme der Ladung dockt eine solche Fähre am Laderaum achtern unter der Fernsonde an und wird so zu einem weiteren Bestandteil des Ganzen; getrennt vom Mutterschiff aber hat sie die Anmut und den ästhetischen Reiz eines verwundeten Pelikans.

Gepäckkarren und ein Bus für die Passagiere verließen den Schatten des Abfertigungsgebäudes und sausten hinaus zur Landebahn. Die Fähre war indessen zum Stillstand gekommen und fuhr ihre drei teleskopischen Rampen aus. Bahadori und ich hatten uns auf einen der vorbeifahrenden Gepäckkarren gesetzt. Zehn oder zwölf Meter vor der zentralen Rampe der Raumfähre sprangen wir wieder ab.

Unter den Reisenden waren viele Frauen – mehr Frauen als Männer –, und ich sah, daß es nicht einfach sein würde, unter all den attraktiven Kandidatinnen die richtige herauszufinden. Ich begriff aber auch, warum der junge Iraner so scharf darauf gewesen war, zur Fähre herauszufahren – er war erst neunzehn oder zwanzig und weit von der Heimat. Wie ein zur Paarungszeit stromauf schwimmender und alle Hindernisse überwindender Lachs stürzte er sich auf die nächstbeste Röhre und drang gegen den Strom der von Bord gehenden Passagiere aufwärts in die Fähre vor. Ich verlor ihn für die nächsten vierzig oder fünfzig Minuten aus den Augen.

Sobald Bahadori fort war, fing ich an, jede junge Frau unter den Passagieren zu fragen, ob sie Elegy Cather sei. Ich hatte kein Glück. Die Kandidatinnen schüttelten stumm den Kopf oder lächelten und zogen entschuldigend die Brauen hoch, oder ich erntete hochmütige Blicke, als ob ich ihnen einen unanständigen Antrag gemacht hätte. Die Männer, die ich fragte, zuckten entweder die Achseln oder grinsten oder gaben vor, mich nicht zu sehen.

Einer jedoch blieb stehen und faßte mich am Arm. »Gehen Sie die hintere Rampe hinauf«, sagte er und nickte. »Dort stand sie eben noch und diskutierte mit einem Steward.«

Diese Rampe war auf der anderen Seite der Fähre. Ich ging unter ihrem geschwollenen, silbrigweißen Bauch durch und stieg in der antiseptisch riechenden Röhre hinauf zum Passagierabteil.

»Wer garantiert mir für seine Sicherheit?« hörte ich eine entschlossene weibliche Stimme fragen. »Sie? Gouverneur Eisen? Wer?«

»Wenn das Tier nicht in Quarantäne kommt, junge Frau«, antwortete der Steward, »wer garantiert dann für das Leben und die Unversehrtheit der hiesigen Bewohner?«

Dieser Mann, der mir zugekehrt im rückwärtigen Teil des Passagierabteils stand, überragte seine kleine Gegnerin um anderthalb Köpfe. Er war ungefähr in meinem Alter, und ich sah ihm an, daß die Auseinandersetzung ihm keine Freude machte. Ich fühlte mit ihm.

»Kein Tier«, versetzte die junge Frau. »Kretzoi ist ein ganz einzigartiges intelligentes Wesen, das Ihren Respekt verdient. Zeigen Sie soviel Anstand, das männliche Fürwort zu gebrauchen.« Sie hielt inne, blickte über die Schulter zu mir und wandte sich wieder dem Steward zu. »Und was verstehen Sie unter den hiesigen Einwohnern? Die Asadi? In diesem Fall hat niemand daran gedacht, die Mitglieder der ersten, zweiten und dritten Deneb-Expeditionen in Quarantäne zu bringen, ehe man sie wie einen ... einen Bakterienschwarm auf die Welt losließ.« Der Vergleich, den sie gebraucht hatte, schien sie nicht ganz glücklich zu machen, aber sie betonte ihn trotzdem.

»Ich meinte nicht die Asadi«, parierte der Steward geduldig. »Ich meinte die menschlichen Bewohner. Die Zivilisten, die Siedler, das wissenschaftliche und Verwaltungspersonal. Möchten Sie die Verantwortung dafür übernehmen, daß hier Seuchen ausbrechen und die Bevölkerung ausgelöscht wird?«

»Kretzoi ist untersucht und für gesund befunden worden, ehe wir Dar es Salaam verließen. Glauben Sie, er könnte sich an Bord des *Wasserläufer* mit Seuchenviren infiziert haben? Glauben Sie, er würde alle hier mit einer geheimnisvollen und tödlichen Krankheit infizieren?«

»Ich denke gar nichts«, versuchte sich der Mann zu wehren.

»Das scheint mir auch so«, erklärte die junge Frau, ohne die nicht zu mißdeutende Betonung seiner Worte zu beachten. »Ich frage mich, wer hier überhaupt denkt.«

»Die Entscheidung liegt nicht bei mir«, entgegnete der Steward mit mühsam bewahrter Ruhe. »Es ist Gouverneur Eisens Anordnung. Er möchte Krikorian oder wie Ihr Gefährte heißt, unter Quarantäne stellen, bis die Gesundheitszeugnisse überprüft sind und er sich akklimatisiert hat. Es ist auch an die Sicherheit anderer zu denken.«

»Kretzoi akklimatisieren!« rief die junge Frau. »Aber hier herrschen beinahe die gleichen Klimaverhältnisse wie dort, wo er aufgewachsen ist.«

Ich bewegte mich langsam näher, bis ich bei ihnen stand. »Elegy Cather?« sagte ich mit einer angedeuteten Verbeugung. »Ich bin Thomas Benedict.«

Der Steward schaute erleichtert und dankbar; er nutzte die Gelegenheit, um sich zu entschuldigen und an uns vorbei zur Kabine des Piloten zu gehen.

Der Blick, den Chaneys Tochter vor einem Moment in meine Richtung geschossen hatte, war mir nur durch ihre Augen in der Erinnerung geblieben. Sie waren so groß und braun, und potentiell so gefährlich wie Kastanien in einem offenen Feuer. Sie strahlten Intelligenz und Unbezähmbarkeit aus. Im übrigen schienen ihre Züge vergleichsweise sanft und unauffällig. Elegy Cather sah wie eine weibliche, mulattenhafte Version ihres Vaters aus, kompakt und schmucklos. Ihr Äußeres versprach nichts Außergewöhnliches, doch wandelten ihre Augen die täuschende Einfachheit um. Ihre Augen und ihre lebhafte, energische Stimme. Ohne zu zögern streckte sie mir die Hand hin und sprach mich mit Dr. Benedict an. Ich enthielt mich jeder Anbiederung und schlug auch nicht vor, daß sie mich entweder Thomas oder Ben nennen solle.

»Wer soll in Quarantäne?« fragte ich sie.

»Kommen Sie mit«, antwortete sie, »und ich werde es Ihnen zeigen.«

Sie führte mich weiter zum Heckteil der Fähre und dann eine enge Wendeltreppe hinunter in den Laderaum. Die großen Ladeklappen standen bereits offen, und die Entladung war in vollem Gang. Die Hitze drang in Wellen herein.

»Hier mußte er den Flug aushalten«, sagte Elegy Cather und schlängelte sich zwischen den Lattenverschlägen, Transportbehältern und Kisten durch, die im Laderaum gestaut waren. Wir blieben vor einer kleinen Druckkabine an der Backbordwand stehen. »Hier drinnen«, sagte sie mit dramatisch erhobener Stimme. »Eingesperrt. Als hätte er jemanden ermordet oder mit subversiven Elementen Pläne zum Sturz der politischen Autoritäten und ihren rechtmäßig ernannten Beauftragten geschmiedet. Ist es nicht abstoßend? An Bord des *Wasserläufer,* Dr. Benedict, durfte er meine Kabine mit mir teilen. Meine Kabine!«

Chaneys Tochter fummelte mit der Verriegelung, öffnete sie und zog die lukenartig runde Tür auf.

Mein erster Gedanke war, daß jemand Elegys Reisegefährten entführt und mittels eines raffinierten Taschenspielertricks durch einen – nun, einen der stumpfsinnigen und brutalen Asadi aus unserer Wildnis ersetzt hätte.

Ich wich unwillkürlich zurück.

Das Geschöpf in der Druckkabine zeigte sich mir im Profil, denn es saß zusammengekauert am Boden und hatte die Arme wie ein autistisches Kind um die Knie geschlungen. Die braungelbe Mähne und die kräftigen, sehnigen Gliedmaßen ließen auf kalyptranischen Ursprung schließen.

»Kretzoi!« rief die junge Frau aus. »Ist alles in Ordnung?«

Als der Angeredete den Kopf zu uns wandte, war ich überzeugt, daß es ein Asadi sei. Der Kopf schien übergroß, aber die Augen bestanden aus zwei kreisförmigen Linsen, die so dick und trübe schienen wie die Böden altmodischer Flaschen. Ich rechnete schon damit, die raschen, unberechenbaren Farbenspiele hinter diesen Linsen zu sehen. Statt dessen sah ich dunkelbraune Regenbogenhäute in gelblich weißen Augäpfeln – Augen, die meinen eigenen oder Elegy Cathers glichen.

Kretzoi – um dem Geschöpf den Namen zu geben, den Cather für ihn ausgewählt hatte – zwinkerte hinter seinen künstlichen Augengläsern und machte ein schnelles Zeichen mit der rechten Hand. Dann ließ er sie schlaff herabfallen.

Chaneys Tochter signalisierte zurück, obwohl er offenbar ihre gesprochene Frage verstanden hatte. Dann beugte sie sich in die enge Kabine, wie um Kretzoi aus seiner Haftzelle zu helfen.

»Er leidet unter Hitze und Durst und ist verkrampft«, sagte sie. »Was unter den Umständen nicht sonderlich überrascht, nicht wahr?«

»He da! Frau Cather!« rief eine Stimme.

Wir wandten die Köpfe und sahen den Steward von der Wendeltreppe zu uns herabspähen. Er hatte den Kopf eingezogen und verrenkte den Hals, um uns in sein Blickfeld zu bekommen. Einen Augenblick fürchtete ich, er könne die enge Treppe herunterstürzen. Der Umstand, daß Chaneys Tochter einen Passagier befreit hatte, der in Quarantäne gehalten werden sollte, war solch ein Schock für ihn, daß er nicht darauf achtete, wohin er die Füße setzte; nur ein rascher Griff zum schmalen Geländer bewahrte ihn vor einer Gehirnerschütterung. Einmal unten, gelang es ihm jedoch, innerhalb von Sekunden durch den schwer passierbaren Laderaum bis zu uns zu kommen.

»Was soll das heißen?« verlangte er zu wissen. »Was fällt Ihnen ein?«

Kretzoi, der die Enge seiner schrankähnlichen Kabine verlassen hatte, richtete sich halb auf und blickte umher, als wäre er von hüfthohem Steppengras umgeben. Elegy legte ihm aufmunternd die Hand auf den Arm und versuchte ihn durch diese Berührung zum Mitgehen zu bewegen. Kretzoi rührte sich nicht von der Stelle, blickte weiterhin voll Wachsamkeit umher und schien alles zugleich zu beobachten; seine hundeähnliche Schnauze witterte die schwitzenden Arbeiter draußen auf der Betonfläche und im Laderaum, sicherte in die Richtung des Stewards und streifte Elegys Arm und wandte sich in meine Richtung. Er stand in einer krummbeinigen, kauernden Haltung und ließ die in den Ellbogen leicht abgewinkelten Arme hängen.

Ganz aufgerichtet, wäre er kaum kleiner gewesen als die junge Frau, die ihn zur Wendeltreppe zu lenken suchte, und ungefähr so groß wie viele der kleinwüchsigeren Asadi. Seine Mähne war offenbar das Ergebnis irgendeiner raffinierten Hormonbehandlung, während die harten, durchsichtigen Schalen über seinen Augen unzweifelhaft chirurgische Implantate waren. Seine Körperbehaarung war dünn und im Gegensatz zu seiner Mähne von silbergrauer Farbe. Ich kam zu dem Schluß, daß Kretzoi eine Kreuzung von Primaten war, entweder genetisch verändert oder züchterisch manipuliert, um die charakteristischen Merkmale eines Schimpansen und eines Pavians zu vereinen. Außerdem hatte man diese so ungewöhnliche wie bedauernswerte Kreuzung zwecks Erlangung gewisser äußerlicher Merkmale, die ihn in der Gemeinschaft der Asadi als einen der ihren ausweisen sollten, weiteren, wenn auch vergleichsweise geringfügigen »Anpassungen« unterzogen.

Dies waren meine ersten Eindrücke und Schlußfolgerungen, als ich Kretzois eigentümliche Anatomie betrachtete, und während der Steward noch auf eine Äußerung Elegy Cathers wartete, begann sich in mir schon eine ungefähre Vorstellung davon zu bilden, wie Elegy Cather erfolgreich zu bleiben hoffte, wo alle anderen potentiellen Retter ihres Vaters versagt hatten. Sie hatte ihren eigenen Spion mitgebracht ...

Aber unser geplagter Steward konnte nur daran denken, daß Kretzoi die Welt womöglich mit einem tödlichen Virus verseuchen könnte. Er ballte die Fäuste und hielt sie wie zerbrechliche Porzellaneier vor die Magengrube.

»Man hätte diese Transportkabine zuverlässig verschließen sollen«, sagte ich zu ihm. »Eine Vernachlässigung der Sicherheit. Wollen Sie uns alle drei in Quarantäne stecken? Oder vielmehr alle vier – denn ich fürchte, Sie haben sich gleichfalls der Möglichkeit einer Infektion ausgesetzt.« Sobald die Worte gesprochen waren, bedauerte ich die Selbstgefälligkeit meines Tones und das irrationale Vergnügen an den Schwierigkeiten des armen Mannes.

Die Fäuste noch immer gegen den Magen gedrückt, sagte er mit mühsamem Takt: »Würden Sie mir wenigstens den Gefallen tun, hier zu warten, bis ich in Erfahrung bringen kann, was der Gouverneur für richtig hält?«

»In dieser Hitze?« erwiderte Elegy. »Es ist ein Glück, daß Kretzoi in diesem Schwitzkasten, in den Ihr Kapitän ihn stecken ließ, nicht umgekommen ist.«

»Gehen wir hinauf zur Passagierabteilung«, drängte ich den Steward. »Ich verspreche Ihnen, daß wir dort warten werden, bis Sie erfahren, was mit uns geschehen soll.«

»Warum sorgen Sie sich wegen der Hitze?« sagte der Steward zu Elegy, ohne auf meinen Vorschlag einzugehen. »Ich dachte, dies sei ›beinahe genau‹ das Klima, worin Ihr Kirkorian aufgewachsen ist.« Er nahm eine Hand vom Magen und streckte und krümmte die Finger, als hätte er ihr am liebsten den Hals umgedreht.

»Er heißt Kretzoi, nicht Kirkorian! Nach dem ungarischen Paläontologen, nicht nach irgendeiner armenischen Ausgeburt Ihrer Phantasie!«

»Ich bin selbst Armenier«, sagte der Steward. »Ich sehe nicht, was das mit meiner Frage zu tun haben soll ...«

Da vorauszusehen war, daß es zu einem hitzigen Wortwechsel mit allen möglichen genealogischen Beleidigungen kommen würde, sagte ich dem Steward, daß wir mit Kretzoi zum Passagierabteil hinaufgehen würden, um den Leuten bei der Entladung nicht im Wege zu sein und ihm Gelegenheit zu geben, seinen Pflichten nachzugehen. Wenn er es wünsche, könne er uns dort antreffen, nachdem er mit seinem Piloten beratschlagt und Moses Eisen in seinem klimatisierten Büro von unserer Unnachgiebigkeit verständigt haben würde. Einstweilen wollten wir selbst den Vorteil einer klimatisierten Umgebung nutzen und eine Entscheidung von höchster Stelle abwarten. Darauf führte ich Elegy Cather und ihren geplagten Reisegefährten durch den Laderaum und die Wendeltreppe hinauf zu zwei bequemen Sitzen am Mittelgang und einer angenehmen Kühle. Kretzoi zog es vor, am Boden niederzukauern.

Fünf Minuten später war Moses Eisen selbst an Bord der Fähre gekommen. Er kam den langen Mittelgang von vorn auf uns zu und versuchte sich nach der gleißenden Helligkeit des Flugfeldes auf das gedämpfte Licht im Inneren zu gewöhnen. Sein gefleckter Overall verlieh ihm nicht so sehr das Aussehen eines Beamten der Kolonialbehörde als vielmehr das eines kahl gewordenen Abenteurers, den der Zufall aus einem von Reptilien wimmelnden Sumpf geführt hat. Er wirkte schäbig und ungesund.

Als er Kretzoi wie einen alten Mantelpavian neben Elegys Platz sitzen sah, als ob er darauf wartete, daß die junge Frau anfing, ihm die Läuse abzusuchen, blieb Moses stehen und starrte. Er wußte offensichtlich nicht, was er sagen sollte, und ich verbiß mir ein Lachen. Endlich ließ sich der Gouverneur von BoskVeld und frühere Leiter der dritten Deneb-Expedition auf einen Sitz vor dem meinigen sinken, legte die Arme übereinander auf die Rücklehne und stützte sein Kinn darauf. Nun glich er einem kleinen Kind, das während einer Flugreise neugierig und verstohlen die anderen Passagiere beobachtet.

»Elegy Cather«, sagte ich mit einer vagen Handbewegung in ihrer Richtung, »dies ist Gouverneur Moses Eisen. Gouverneur, dies ist Kretzoi.«

»Sehr erfreut«, murmelte Moses, und es wäre eine unverzeihliche Verfälschung der Wahrheit, wenn ich sagte, es habe sich aufrichtig angehört. Sein Verhalten war am Rande der Unhöflichkeit.

»Es ist sicherlich nicht ihr Ernst, Kretzoi in Quarantäne zu stecken, nicht wahr?« fragte Elegy. »Dieser Schwitzkasten neben dem Laderaum war entwürdigend genug für ihn.« Sie strich Kretzoi über den Kopf, fuhr mit den Fingern durch seine Mähne und kämmte sie mit anmutigen Bewegungen. Ich bemerkte, daß Kretzoi seine beunruhigend menschlichen Augen unter den Linsen geschlossen hatte.

»Nein«, sagte Moses. »Nicht jetzt.«

»Schließlich haben Sie selbst sich ihm ausgesetzt«, warf ich ein. »Zusammen mit mir, dem Steward, Frau Cather und womöglicherweise den Ladearbeitern, die in unserer Nähe waren. Entweder müssen alle in Quarantäne oder keiner. Etwas anderes wäre sinnlos.«

»Ich bin mir dessen bewußt, Dr. Benedict.« Wortwahl und Betonung waren so kalt, daß ich vor Zorn und Erniedrigung errötete; vielleicht auch aus Verlegenheit. Darauf wandte Eisen sich an Elegy und sagte: »Das ist eine unschöne Art, unsere Bekanntschaft zu beginnen, aber der Kapitän des *Wasserläufer* machte mich glauben, Ihr ›Freund‹ sei ein Versuchstier, das nicht gegen die verschiedenen Erkältungs- und sonstigen Infektionskrankheiten immunisiert worden sei, die Neuankömmlingen auf dieser Welt oft zu schaffen machen, und meine Entscheidung zur Quarantäne war ebenso zum Wohl des Tieres als zum Schutz unserer Bürger. Es dauert einige Wochen, bis die verschiedenen Immunisierungen wirksam werden, und während dieser Zeit wäre ihr ...« – er suchte nach einem geeigneten Ausdruck – »Ihr Schützling gefährdet.«

»Mein ›Schützling‹ – es wäre mir lieb, wenn Sie ihn Kretzoi nennen würden – wurde zusammen mit mir vor unserem Abflug in Dar es Salaam immunisiert, und ich kann mir wirklich nicht denken, wie Sie zu der Vorstellung gekommen sind, er habe eine so weite Reise unternommen, ohne zuvor die vorgeschriebene Behandlung zu erhalten. Ich habe sämtliche Papiere bei mir.«

»Der Kapitän des *Wasserläufer IX* sagte mir, daß dieser ... dieser Kretzoi nicht immunisiert worden sei, da es vor dem Abflug Ihrer Raumfähre vom Nyerere-Flughafen eine komplizierte Verwechslung gegeben habe.«

»Dummes Zeug!« rief Chaneys Tochter erregt, hörte auf, ihren Gefährten zu streicheln und brachte ein befremdetes Stirnrunzeln in die steinernen Züge unseres Gouverneurs. »Wann hat Kapitän de Lambant Ihnen das gesagt?«

»Gestern nachmittag«, erwiderte Moses vorsichtig, »kurz nachdem der *Wasserläufer* in die Umlaufbahn eingetreten war.«

»Wie unglaublich kleinlich und enttäuschend!« sagte Elegy mit leiser Stimme. »Ihre Vergeltung dafür, daß ich ihr nicht zu willen war. Ein kleiner handgreiflicher Scherz für meine Widerspenstigkeit. Ich hatte geglaubt, de Lambant stehe über solch kleinlicher Gehässigkeit.« Sie schüttelte den Kopf.

»Ist Kapitän de Lambant eine Frau?« fragte Moses ein wenig verwirrt.

»Jawohl, Gouverneur. In den besten Jahren.«

»Nun, dann ...« Er verstummte, noch immer verwirrt und nun verdrießlich über den unbefriedigenden Verlauf des Gesprächs. Seine Kinnbacken glänzten im kalten Schein der Deckenbeleuchtung, und noch mehr glänzte sein kahler Scheitel, der mich an die Straßenlaternen von Frasierville gemahnte. Der alte Mann hatte sehr verkümmerte Vorstellungen von Geschlechtlichkeit und Fortpflanzung, und schließlich lachte ich ungehemmt los.

»Hören sie auf, Ben!«

»Wenigstens ist es nicht mehr Dr. Benedict«, sagte ich, noch immer lachend.

Moses runzelte die Stirn und faßte Elegy Cather ins Auge. »Wie auch immer, Sie sind hier. Lassen Sie mich gleich mit einem Rat beginnen: Obwohl Sie über Forschungsmittel verfügen, die Ihnen persönliche Unabhängigkeit sichern, Frau Cather, hoffe ich, daß Sie so weise sein werden, auf den Rat erfahrener Landeskenner zu hören, wie Ben und ich es sind. Die kalyptranische Wildnis wird Ihnen in den nächsten paar tausend Jahren nicht davonlaufen, und in Frasierville gibt es viel zu sehen und zu lernen.«

»Mein Vater ist aber nicht in Frasierville«, sagte Elegy ein wenig spitz, »und ich habe so viele Stadtpläne, holographische Bilder und Augenzeugenberichte über Ihre Hauptstadt studiert, daß ich das – vielleicht ein wenig vorwitzige – Gefühl habe, sie aus erster Hand zu kennen.«

Diese Erklärung war nicht geeignet, Moses' Befürchtungen, daß wir bald eine weitere verlorene Seele in den undurchdringlichen Tiefen der Wildnis würden suchen müssen, zu besänftigen. Er richtete seinen verdrießlichen Blick auf Kretzoi, um zu verbergen, wie sehr die junge Frau ihm bereits auf die Nerven ging.

»Ich entnehme daraus – aus Ihrer Vertrautheit mit Frasierville und dem Erscheinungsbild Ihres Primatenfreundes hier –, daß Sie die Absicht haben, zu den Asadi zu gehen, noch bevor Sie Ihre Koffer ausgepackt haben.«

»Beinahe so bald, ja.«

»Hören Sie: Sie haben lange auf diese Gelegenheit gewartet. Sie können noch ein paar weitere Tage warten. Geben Sie Dr. Benedict Zeit, Ihre Expedition auszurüsten, etwas über Ihre Pläne in Erfahrung zu bringen und einen offiziellen Antrag auszuarbeiten, aus welchem Ziele und voraussichtliche Dauer der Expedition hervorgehen. Überstürzte Unternehmungen ohne hinreichende Vorbereitung kann ich nicht genehmigen. Es ist auch nicht meine Art, Besucher am selben Tag zu begrüßen und zu verabschieden.«

Elegy Cather neigte leicht den Kopf, um ihre widerwillige Zustimmung auszudrücken. Dann fing sie wieder an, mit den Fingern durch Kretzois gewaltige gelbbraune Mähne zu fahren, und Moses und auch ich betrachteten sie schweigend.

Nachdem ich ihn von den drei jungen Sirenen fortgelockt hatte, deren zauberischen Reizen er im Abfertigungsgebäude erlegen war, fuhr Bahadori uns zurück nach Frasierville. Elegy und ich saßen auf den breiten Rücksitzen aus aufgeplatztem und durchgesessenem Kunstleder von der Farbe blasser Karotten, während Kretzoi dem armen Jaafar auf dem Beifahrersitz Gesellschaft leistete.

Ich hatte keine klaren Vorstellungen von der Stimmung des jungen Iraners, denn auf unserer Fahrt zurück über die alle Eingeweide durchschüttelnde Umgehungsstraße sagte er kein einziges Wort. Gleichwohl entnahm ich der starren Haltung seines Kopfes und der Undurchdringlichkeit seines Stillschweigens, daß er sich das Opfer einer schrecklichen Beleidigung wähnte. Er hielt Kretzoi für einen echten Asadi und beendete die Rückfahrt zur Stadt, indem er seine Entrüstung in die fressende Säure des »Pflichtgefühls« tauchte. Ich beschloß jedoch, eine Erklärung auf später zu vertagen, denn ich war so wenig wie er zum Reden aufgelegt. Selbst

Elegy, deren Lebhaftigkeit zuerst so auffallend gewesen war, verhielt sich still.

Während wir so dahinfuhren, wünschte ich Jaafar im stillen, daß er am Abend in einer der vom Stützpunktspersonal bevorzugten Bars seinen Ärger bei einer kulleräugigen Schönen in rasch entflammter Leidenschaft vergessen möge. Mein Wunsch, so aufrichtig er war, vermochte auf telepathischem Wege nicht zu ihm durchzudringen, und so blieb seine Stimmung mißmutig und abweisend. Von uns allen blieb anscheinend nur Kretzoi davon unberührt.

Schließlich setzte Jaafar uns drei vor dem Krankenhaus ab, wo ich im ersten Stock des Seitenflügels Gästezimmer für Elegy und Kretzoi beschaffte. Die beiden machten meine Bemühungen beinahe zunichte, indem sie mir vorzeitig ins Innere folgten, wo ich am Aufnahmeschalter stand. Ein verblüffter Arzt sah uns beisammenstehen und forderte uns gebieterisch auf, sofort das Gebäude zu verlassen. Ich konnte ihn nur mit einem dienstlichen Anruf des Gouverneurs und der mit steinerner Miene vorgetragenen Erklärung umstimmen, daß Kretzoi mit den üblichen sanitären Einrichtungen völlig vertraut sei. Widerwillig ließ der Mann sie in benachbarten Räumen am Ende des für Gäste vorgesehenen Korridors unterbringen und zog sich mit einem Ausdruck unterdrückter Erbitterung und Resignation zurück.

Auch die anderen Ärzte waren empört. Das Reinigungspersonal war nahe daran, die Arbeit zu verweigern. Und einer der Bewohner des Gästeflügels schlug uns die Tür vor den Nasen zu, als wir auf der Suche nach den Zimmern durch den Korridor gingen. So sei es, dachte ich bei mir und hatte meinen Spaß daran. So sei es. Und nachdem ich den beiden einen guten Tag entboten hatte, verließ ich das Krankenhaus und ging gemächlich zurück zu meiner Baracke und aß in Ruhe zu Mittag.

3. Kapitel
Einst am Rio Japurá

Am folgenden Morgen besuchte ich Elegy Cather im Krankenhaus, wartete aber im Empfangsraum des ersten Stocks zwischen Topfpflanzen und Sesseln, statt direkt zu ihrem Zimmer zu gehen. Internisten, Assistenzärzte und Krankenschwestern bedachten mich mit unfreundlichen Blicken; alle wußten inzwischen, daß ich bei diesem Anschlag gegen den guten Ruf ihrer Institution mitgewirkt hatte. Dabei hatte es mir keinerlei Befriedigung verschafft, mit Kretzoi im Schlepptau an ihnen vorbeizugehen. Der neue Tag hatte mich in einer Katerstimmung angetroffen. Nichts als Arbeit lag vor mir, die ermüdende und verdrießliche Logistik des Abenteuers, und ich fürchtete Elegy Cathers Forderungen und Ansinnen.

Ich hatte mich kaum gesetzt, da kam sie schon aus ihrem Zimmer den Korridor entlang. Kretzoi war nicht bei ihr. Sie trug eine beigefarbene Reithose, leichte Reitstiefel und einen Poncho aus dickem Seidenstoff, der sie bei jedem Schritt umwogte. Reizend.

»Was macht Kretzoi?« fragte ich sie, als wir einander gegenüberstanden.

»Er lernt.«

»Lernt?«

»Gouverneur Eisen ließ uns gestern nachmittag ein Projektionsgerät und eine Kopie von Sankoschs Holofilm über die Geburt der Asadizwillinge schicken. Kretzoi verbringt den Tag mit der Betrachtung dieses Films. Forschung, könnte man sagen. Wir hatten den Film bisher nicht gesehen.«

»Der Film hat eine Länge von zwölf, höchstens fünfzehn Minuten«, sagte ich. »Er wird ihn abnutzen.«

»Intensive Forschung.« Sie lachte etwas nervös und sah sich nach dem Krankenhauspersonal um. »Ehrlich gesagt, ich bin nicht bereit, ihn dem feindseligen Starren dieser Leute auszusetzen. Der gestrige Tag hat seinen Tribut gefordert. Soll er sich in Ruhe erholen.«

»In der Wildnis wird es ihm schlechter ergehen. Menschliche Feindseligkeit ist eine niedrige Hürde, verglichen mit asadischer Gleichgültigkeit.«

»Gehen wir hinaus«, sagte sie, mit einem weiteren Blick über die Schulter, offenbar entschlossen, das Krankenhauspersonal um das Stimulans unseres Gesprächs zu bringen. »Ich werde Ihnen zeigen, wie gut ich Frasierville kenne, wenn ich Sie zum Frühstück zu Enos führe.«

Wir gingen hinaus in die sonnenbeschienenen Straßen, wo sie sich in Erinnerung an ihre Vorbereitungen auf das Leben in BoskVelds Hauptstadt wie eine Einheimische orientierte. Ich sagte nichts, als wir eine staubige kleine Seitenstraße hinuntergingen, die schließlich bei einem mit Brettern verschlagenen Café mündete. Jemand hatte das Ladenschild heruntergerissen, und ein streunender Hund leckte einen schmutzigvioletten Fleck auf den Steinplatten des Gehsteigs.

»Das muß Enos sein«, sagte Elegy, beinahe beleidigt. »Ich bin ganz sicher.«

»Sie können sich nicht geirrt haben?« neckte ich sie.

Ein Schimmer von Zweifel flackerte in ihren Augen, wie Flächenblitze an einem sonst wolkenlosen Horizont. Wie konnte sie glauben, sich in den Nebenstraßen und Höfen einer fremden Stadt zurechtzufinden, die sie nie besucht hatte? Stadtpläne und Führer waren ein armseliger Ersatz für eigene Erfahrung. Vielleicht überhaupt kein Ersatz. Arme Elegy Cather. Sie schwankte, mißtraute ihrem Instinkt. Dann sagte sie: »Aber dieses Lokal war Enos, nicht? Sagen Sie mir die Wahrheit. Ich bin nicht fehl gegangen, nicht wahr?«

»Dies war Enos«, bestätigte ich. »Sie sind nicht fehl gegangen.« Der maulwurfsköpfige Hund beäugte uns mißtrauisch aus unhündischen Augen, dann trottete er die Straße entlang davon.

»Was ist aus dem Lokal geworden?«

»Enos und seine Familie gaben das Geschäft vor acht oder zehn Wochen auf und zogen mit einer neu eingetroffenen Siedlerkolonne nach Amérsavane. Die Kolonialverwaltung half ihnen die Ausrüstung für das Veldt zusammenzubringen, indem sie das Lokal aufkaufte.« Ich verschränkte die Arme auf der Brust und blinzelte die Seitenstraße hinauf, die wir gekommen waren. »Macht nichts. Ich war sowieso nicht hungrig. Es ist ein bißchen spät für ein Frühstück.«

»Aber ich habe hergefunden, nicht wahr? Ich habe das Lokal gefunden.«

»Ich hoffe, Sie wollen damit keine Analogie zu der bevorstehenden Suche nach ihrem Vater suggerieren.«

Elegy Cather wandte sich zu mir, daß der seidene Poncho eine anmutige Wellenbewegung in der Luft ausführte. »Das wollte ich nicht«, sagte sie. »Nicht bewußt.«

»Das kann ich Ihnen nur wünschen. Denn mit Enos haben Sie nichts als die Schale Ihrer eigenen Erwartungen gefunden und außerdem etwas, das zu finden Sie überhaupt nicht erwarteten.«

Elegy Cather quittierte diese Weisheit mit Gelächter. »Ihr Pessimismus ist ein wenig verfrüht, nicht wahr, Ben?« Auf einmal war ich Ben. Mir war es im Grunde gleich.

»Für Ihren Optimismus ist es sechs oder sieben Jahre zu spät«, konterte ich.

»Oder zwölf. Oder zwanzig. Je nach dem Fatalismus und der persönlichen Perspektive des einzelnen. Ein Führer zu den zweitklassigen Speiselokalen Frasiervilles ist nicht gerade eine Monographie über heilige Orte und Rituale der Asadi. Reiseführer veralten rasch.«

Ich sagte nichts. Die helle Morgensonne blitzte auf den Belüftungshauben einer benachbarten Fabrik, als würde Deneb selbst zu einer Speerspitze geschnitzt. Die kalyptranische Wildnis schien weit, weit entfernt.

»Sie haben doch ein Büro, nicht?« sagte Elegy. »Wir müssen Pläne machen und einen Antrag stellen.«

Mein Büro war ein winziges Ökosystem von zufälligem Entwurf und wahlloser Selbstverewigung. An den Tagen, da ich es bewohnte – eine mittlerweile baufällige kleine Fertigteilbaracke aus den Tagen von Frasiers Expedition –, war ich seine auffälligste Lebensform. Meine Sekretärin war ein Diktiergerät mit Datenanschluß, und auf dem Türschild stand zu lesen: *Thomas Benedict/Leiter/Dienststelle für Umweltforschung.* Ein Bürokrat in einem Ersatzbiom.

Die Macht der Gewohnheit war die hauptsächliche Energiequelle meines Ökosystems, zu dessen anderen Lebensformen mehrere kopfhängerische Topfpflanzen (die ich nur in Abständen versorgte), diverse Protozoen und Bakterien (wie zum vermuten war) und eine Schar kämpferischer Schaben gehörten (die vermutlich als Eier oder Jungtiere in den Stiefeln und dem Gepäck Tausender von Kolonisten eingeschleppt worden waren). Diese letzteren waren flinke Räuber, die kleine schwarze Punkte wie Fliegenkot auf den Fensterbrettern zurückließen und im Papierkorb raschelten. Ich konnte nie herausbringen, wovon sie sich ernährten.

Als ich Elegy Cather hereinführte, rechnete ich halb damit, daß sie vorschlagen würde, wir sollten unsere Pläne im Gästeflügel des Krankenhauses besprechen. Aber sie klopfte nur auf das Gehäuse der altmodischen Klimaanlage, die an einem der Fenster fleißig schnurrte, und setzte sich so, daß sie durch das Fenster hinter meinem Schreibtisch sehen konnte. Dort gab es eine Aussicht auf den nahen Waldrand im Osten der Siedlung zu bewundern: rötlich geäderte große Palmblätter, bösartig aussehende scharlachrote Blüten und borkige Stämme, die ihre krummen Äste in das Laubdach der kalyptranischen Wildnis reckten. Wie ihr Vater hatte ich einst über längere Zeiträume hinweg in der die Sinneswahrnehmung verzehrenden Üppigkeit dieses Urwalds Feldarbeit geleistet.

Ich lehnte mich in meinen Stuhl zurück und sagte: »Damit werden Sie sich auseinandersetzen müssen; damit und mit der Zeit. Sechseinhalb Jahre haben die Spuren Ihres Vaters völlig verwischt.«

»Warum endet der Wald dort?« fragte sie, aufmerksam ins Dickicht spähend. »Warum ist eine Hälfte der Landmasse Veldt und die andere tropischer Regenwald, und warum gibt es zwischen beiden Regionen kaum einen allmählichen Übergang der Vegetationsformen?«

»Die Ursache ist eine Veränderung der Bodenbeschaffenheit«, sagte ich. »Dazu kommt, daß die niederschlagsreiche Zone schon ein gutes Stück vor dem Veldt endet. Daß die üppige Urwaldvegetation bis an den Rand des Veldts heranreicht, ist, wie wir vermuten, eine Folge der Durchlässigkeit und Speicherfähigkeit des Bodens, der unter einer dünnen Humusschicht aus einer Art Laterit besteht, der in einigen Metern Tiefe wiederum einem Lehmhorizont auflagert. Demgegenüber herrschen in den Veldts leichte, sandige Böden vor. Die Vegetationsformen werden hier wie überall von den Niederschlagsmengen und den Böden bestimmt.«

»Könnten die Lateritböden nicht eine Folgeerscheinung der Vegetationszonen sein, statt ihre Ursache? Anders ausgedrückt, könnten die Lateritböden nicht dadurch entstanden sein, daß sie seit Jahrtausenden von tropischem Regenwald überwachsen sind?«

»Das ist wenig wahrscheinlich. Lateritböden sind durchlässige Verwitterungsböden. Ausgelaugt von den hohen Niederschlagsmengen der tropischen Zonen. Mit anderen Worten, sie sind eine Folgeerscheinung starker und häufiger Regenfälle, die gemeinsam mit den gleichbleibend hohen Temperaturen wiederum Voraussetzung zur Entstehung tropischer Regenwälder sind. Ihre Argumentation suggeriert ein ökologisches Äquivalent zu Diskussionen über den Vorrang von Stil oder Gehalt in künstlerischen Hervorbringungen.« Ich drehte meinen Stuhl herum und musterte sie. »Warum interessiert Sie das Thema überhaupt? Hat es etwas mit der Suche nach Ihrem Vater zu tun?«

Aber sie ging nicht darauf ein und fragte statt dessen: »Wieviele höhere Arten hat die einheimische Tierwelt?«

»Zu Lande scheint es nur die Asadi zu geben«, antwortete ich. »Abgesehen von einer ungeheuren Vielfalt der verschiedensten Meereslebewesen, mit deren Studium wir erst beginnen, gibt es vor allem Insekten und einige reptilienartige Landbewohner. Warum?«

»Wie wahrscheinlich ist es dann, daß die Asadi hier entstanden sind?«

»Die Überlegung, daß ihr Ursprung anderswo liegt, ist nicht gerade neu, Fräulein Cather. Tatsächlich ...«

»Es wäre mir lieber, wenn Sie mich mit meinem Vornamen anreden würden.«

»Gut«, sagte ich, ohne ihn zu gebrauchen. »Die Überlegung wurde schon von Frasier ausgesprochen. Er meinte, daß die technologisch fortgeschrittenen Vorfahren der Asadi, von denen die letzteren eine vielleicht durch Klimaveränderungen bewirkte degenerative Entwicklung durchmachten, aus einem anderen Sonnensystem gekommen sein mußten. Niemand hat jedoch eine Ahnung, von welchem, und die archäologischen Hinweise sind hier noch sehr spärlich. Die Situation ist vorläufig noch ziemlich ungeklärt und widersprüchlich.«

»Ist es nicht denkbar, daß die Vorfahren der Asadi diese Welt nach ihren körperlichen und kulturellen Bedürfnissen verändert und umgeformt haben? Und daß es darum dort leere Savanne und hier schützenden Regenwald gibt?«

»Alles ist denkbar. Aber Wahrscheinlichkeit ist eine andere Sache, und ich würde sagen, daß Sie sich ziellos an ihren Rändern bewegen.«

Elegy Cather stand auf und ging ein Stück um meinen Schreibtisch, um aus dem Fenster zum Waldrand zu blikken. »Ränder«, murmelte sie grüblerisch. Dann kräftigte sich ihre Stimme: »Ich bin bereit, über den Rand ins Ungewisse zu springen und mich geradenwegs auf die Suche nach meinem Vater zu machen.«

»Warum?« Ich stieß mich mit meinem Drehstuhl vom Schreibtisch zurück, so daß ich ihr angenehmes, aber durch die vorspringenden Brauen etwas verfinstert wirkendes Profil sehen konnte.

»Weil das der Zweck meiner Reise ist«, erklärte sie trotzig.

Ich dachte, daß ihre Geldgeber wahrscheinlich andere und mehr Ergebnisse von ihrer Forschungsreise erwarteten, sagte es aber nicht. Da ich mich sitzend im Nachteil fühlte, um so mehr, als eine Schabe über meinen Stiefel kletterte und dann unter dem Schreibtisch durch zur anderen Seite des Büros eilte. Nachdem ich mich in die Höhe gestemmt hatte, umging ich den Schreibtisch auf der anderen Seite, um diesen Mitbewohner meines bescheidenen privaten Ökosystems zu ermorden.

»Ich verstehe das noch immer nicht«, sagte ich, hauptsächlich um das knirschende Geräusch der unter meinem Stiefel zermalmten Schabe zu übertönen. »Sie tragen nicht einmal den Namen Ihres Vaters.«

»Aber ich habe eine beträchtliche Anzahl seiner Gene in mir.«

»Und das soll genug sein, Sie zu einem gutgemeinten, aber wahrscheinlich zum Scheitern verurteilten Versuch zu verpflichten, seine Gebeine zu entdecken?«

»Nicht seine Gebeine, Dr. Benedict – seine Person.«

Mit der Kante meiner Stiefelsohle schob ich die zerquetschte Schabe beiseite. Dann sah ich zu Chaneys Tochter auf. Das vom Fenster hereindringende Licht umgab ihre Gestalt und machte ihre Züge undeutlich. Momentan war mir, als unterhielte ich mich mit einer holographischen Darstellung oder einem Gespenst. Die Unwirklichkeit ihrer Erscheinung im Gegenlicht brachte mich ein wenig aus der Fassung.

»In einem Regenwaldklima werden Sie ihn kaum mumifiziert oder versteinert finden«, sagte ich.

»Das will ich auch nicht. Was würden Sie sagen, wenn ich Ihnen erklärte, daß ich hoffe, meinen Vater lebendig zu finden?«

»Was ich sagen würde? Denguefieber, vielleicht. Ich würde Sie drängen, zur Untersuchung und Behandlung ins Krankenhaus zurückzukehren.«

»Ich habe alle Impfungen«, sagte sie lachend. »Kretzoi auch.« Sie setzte sich ungeniert auf meinen Stuhl, und das nun von der Seite einfallende Licht ließ ihre Züge sanfter erscheinen und machte sie wieder zu einem Geschöpf aus Fleisch und Blut.

Ich trat zum Schreibtisch. »Nach sechseinhalb Jahren? Dafür spricht nicht die geringste Wahrscheinlichkeit, Elegy. Wie können Sie solch eine Hoffnung vor sich selbst rechtfertigen?«

»Obwohl mein Vater glaubte, daß er mit seiner Rückkehr zu den Asadi sein eigenes Todesurteil unterzeichnete, hatte er doch einen Freund dort. Einen Freund.«

»Den Junggesellen?« fragte ich ungläubig.

»Den Junggesellen«, bekräftigte sie. »Der mit Eisen Zweis Tod dessen Nachfolger oder doch die dominierende Gestalt unter den Asadi wurde.«

Ich schüttelte den Kopf. »Niemand hat den Junggesellen seit dem Verschwinden Ihres Vaters gesehen. Und einige unserer Leute sind auch danach ihren Forschungen in der Wildnis nachgegangen. Zugegeben, sie hielten sich nur tagsüber im Wald auf, und es gab keine so intensiven Untersuchungen wie zur Zeit Ihres Vaters, aber was festgestellt werden konnte, reichte doch hin, um die fortdauernde Existenz des Junggesellen zu bestätigen oder zu leugnen.«

»Dann sind die beiden vielleicht beisammen.«

»Es ist mehr als wahrscheinlich, daß die beiden tot sind. Eine ziemlich reizlose Form des Beisammenseins, finden Sie nicht?«

»Nun, ob lebendig oder tot, Kretzoi und ich sind hier, um das herauszufinden.«

Anschließend arbeiteten wir den formellen Antrag aus, den Eisen ihr abverlangt hatte. Sie wußte genau, was sie wollte und wie sie es ins Werk zu setzen hatte, und vor allem verstand sie Formulierungen zu wählen, die ihr eigentliches Vorhaben mit Vokabeln der wissenschaftlichen Forschung einnebelten. So kam ein Papier zustande, das wahrscheinlich einer gekürzten Fassung ihres Bewilligungsantrags an die Nyerere-Stiftung glich, mit dem sie bereits Erfolg gehabt hatte. Es kamen zweieinhalb Seiten doppelzeiliger Text zusammen, säuberlich unterteilt in Paragraphen und von dem Datenanschluß auf meinem Schreibtisch rasch in dreifacher Ausfertigung gedruckt.

Meine Vermutungen über Kretzoi, die ich beim ersten Zusammentreffen aufs Geratewohl entwickelt hatte, wurden größtenteils bestätigt. Er war ein durch Zellkernverschmelzung künstlich erzeugter Primatenmischling, der einer Anzahl chirurgischer Veränderungen unterzogen worden war, damit er den Asadi ähneln sollte, und Elegy hatte die Absicht, ihn bei der Asadilichtung abzusetzen, wo er als ihr Agent wirken sollte.

»Es wird notwendig sein, ihn mit Proviantabwürfen zu versorgen«, sagte ich, »wie wir es für Ihren Vater taten.«

»Vielleicht nicht. Wir haben Kretzois Verdauungstrakt mit angepaßten Bakterienkulturen versehen, die in der Lage sind Zellulose aufzuschließen; sie sind jetzt inaktiv, aber eine einzige Mahlzeit aus Baumrinde oder Holz wird sie aktivieren. Und wenn Sie sich Kretzois Gebiß näher ansehen, werden Sie bemerken, daß es ihm ein leichtes sein wird, die zähen Pflanzen der Wildnis abzureißen und zu kauen. Er wird essen, was die Asadi essen. Das hoffen wir jedenfalls.«

»Wie lange?«

»Nicht lange, wenn alles gut geht. Nur so lange, daß er den Standort der Pagode in Erfahrung bringen und uns direkt hinführen kann. Ich bin nicht begierig, monatelang am Rand der Asadilichtung zu sitzen und auf diese Offenbarung zu warten, wissen Sie.«

Zwischendurch mußte ich über Funk mehrere Anfragen über die günstigsten Aussaatzeiten von Getreide und Mais auf frisch umgepflügten Savannenböden verschiedener pH-Werte beantworten. Andere Anfragen stellte ich den Agrogenetikern durch. Liegengebliebene Vorgänge aus den vergangenen Tagen erledigte ich rasch, soweit sie keinen weiteren Aufschub vertrugen; die übrigen gab ich dem Computer zur weiteren Bearbeitung und Wiedervorlage zurück. Elegy Cather hatte es mit der leidenschaftlichen Hingabe an ihre selbstgewählte Aufgabe fertiggebracht, meine Aufmerksamkeit zu fesseln.

»Als ich Egan Chaney das letzte Mal sah«, sagte sie, als wir den Antrag ausgearbeitet hatten, »war ich elf Jahre alt, und wir lebten am Nordufer des Japurá im Westen des damaligen Brasilien. Nach der Entwaldung des Kongobekkens, während der letzten Tage des afrikanischen Krieges, hatte eine kleine Gruppe von Schwarzen und Weißen gemeinsam ein Dutzend Bambuti-Pygmäen aus dem Ituri-Gebiet evakuiert. Diese Leute waren die letzten Pygmäen, Angehörige des Volkes, für das mein Vater sich bis zur Selbstaufopferung eingesetzt hatte. Aber sie waren alt und unfruchtbar, und überdies unglücklich in ihrem Zwangsexil, einem Regenwald, der eine halbe Welt von ihrer Heimat entfernt war. Es bestand keine Hoffnung, daß sie in der neuen Welt Fuß fassen und sich wieder vermehren würden, aber mein Vater und seine Kollegen wußten, daß sie nur noch früher sterben würden, wenn sie im verwüsteten, entwaldeten Land am Ituri blieben. Binnen kurzer Zeit wären sie so endgültig und unwiderruflich vom Angesicht der Erde verschwunden wie die Trilobiten, Pterodactylen und der irische Elch. So trieb man die überlebenden Bambuti gegen ihren Willen, aber zu ihrem eigenen Besten und zum Besten der Menschheit, wie Egan Chaney es sah, kurzerhand zusammen und verfrachtete sie mit dem Flugzeug zu einem anderen Kontinent und in eine tropische Urwaldreservation am Japurá.«

Sie wandte sich vom Fenster ab, trat an eines der Wandregale und nahm ein Buch herunter, um es nachdenklich zu betrachten: es war die erste in Suaheli erschienene Ausgabe von *Tod und Bestimmung unter den Asadi,* eine von fünfzehn oder zwanzig verschiedenen Ausgaben der Monographie, die ich in meinem Büro verwahrte.

»Hat mein Vater zu Ihnen über die Japurá-Episode gesprochen?« fragte sie mich unvermittelt.

»Niemals«, sagte ich. »Die einzigen Bemerkungen, die er über die Bambuti machte, sind in der Monographie, die Sie in den Händen halten, nach dem Wortsinn wiedergegeben.«

»Und er sprach nie von meiner Mutter oder mir?«

»Wir hielten ihn für einen Junggesellen – mit der möglichen Ausnahme von Moses Eisen, der etwas über sein Privatleben gewußt haben mußte, bevor er ihn als Teilnehmer an der dritten Expedition verpflichtete.«

»Wollen Sie dann wissen, was im Lager am Japurá geschah?«

»Bitte.«

»Die Pygmäen – sechs oder sieben ältere Frauen und ungefähr genauso viele Männer vorgerückten Alters – begannen zu sterben. Heimweh, Entwurzelung, Desorientierung. Ich weiß nicht genau, woran sie starben, außer daß es nichts war, was man mit einer Spritze oder Antibiotika hätte heilen können. Und meine Mutter, die Ärztin war, versuchte den Bambuti mit Medikamenten beizukommen, wie mein Vater, der Anthropologe, ihnen mit Barmherzigkeit beizukommen suchte. Meine Mutter hieß Celestine Cather, und um Egan Chaney im Lager am Japurá in einem Unternehmen beizustehen, das sie wahrscheinlich als aussichtslos erkannte, riß sie uns aus unserem geregelten Leben im Colorado-Gebiet der alten Nordamerikanischen Union. Sie gab ihre Praxis dort auf. Chaney hatte ihre Hilfe erbeten, und obwohl ihre ›Ehe‹ auf einer eher lockeren intellektuellen Kameradschaft beruhte, waren sie sich in allem, soweit es nicht die Erziehung ihrer Tochter betraf, restlos einig.« Sie legte die Fingerspitzen an ihr Gesicht, als müsse sie dessen Realität fühlen. »Meine Mutter sagte mir einmal, daß sie und Chaney niemals miteinander geschlafen hätten. Nicht ein einziges Mal.«

Ich hob die Brauen.

»Ich war ein Retortenkind – entstanden durch die künstliche Vereinigung von Fortpflanzungszellen beider Elternteile, ausgebrütet in einem Inkubator und geboren in einem absolut antiseptischen Laboratorium.« Sie lachte ironisch.

»Sie fühlen sich durch die Umstände Ihrer Geburt persönlich benachteiligt?« fragte ich.

Sie nahm die Hände vom Gesicht. »Nein, nicht im geringsten. Das ist nicht, was ich ausdrücken wollte; ich wollte nur sagen, daß Egan Chaney und Celestine Cather eine ziemlich seltsame Beziehung unterhielten, selbst gemessen an den Maßstäben der zerfallenden westlichen Zivilisation. Bis zur Umsiedlung der Bambuti hatten sie niemals länger als eine oder zwei Wochen unter einem Dach gelebt, und dazwischen lagen meistens jahreszeitliche Abstände von drei oder vier Monaten. Es war ihnen so lieber.«

»Dann wuchsen Sie als eine Halbwaise auf?«

»Ich hatte eine Reihe von fürsorglichen Ersatzvätern und Kurzzeitonkeln. Und bis die letzten Pygmäen starben und er alle Verbindungen zu meiner Mutter und mir unterbrach, hatte ich entweder Egan Chaneys leibliche Anwesenheit oder sein in Video-Kassetten gespeichertes Vatermodell. Solange wir am Colorado lebten, kam mit unfehlbarer Regelmäßigkeit zweimal wöchentlich eine ausschließlich an mich adressierte Kassette von ihm. Ich beeilte mich, sie ins Abspielgerät zu stecken, um zu sehen, was für eine Märchengeschichte, exotische Legende oder scherzhafte Groteske mein Vater für mich inszeniert hatte. Es gab keine, an der ich nicht meine Freude gehabt hätte, und den meisten war, ohne daß sie lehrhaft wirkten, eine unaufdringliche Moral eigen. Als wir unser Heim verließen, um in das Lager am Japurá zu übersiedeln, fragte ich meine Mutter, ob die Kassetten nun nicht mehr kommen würden, und als sie es bestätigte, war ich enttäuscht und traurig.

›Du wirst dafür deinen Vater in Fleisch und Blut um dich haben‹, sagte meine Mutter zu mir. ›Wozu solltest du dann noch die Kassetten brauchen?‹

Ich wußte es nicht, aber als wir nach einer umständlichen Reise – zuletzt in einer alten Barkasse in dampfender Hitze den Japurá aufwärts – das Lager erreichten, wurde mir nach und nach klar, daß ich diesen Vater von Fleisch und Blut in Wirklichkeit gar nicht hatte. Er war zu sehr damit beschäftigt, die letzten Bambuti zu retten, als daß er für mich mehr als ein gelegentliches müdes Lächeln im Vorbeigehen hätte erübrigen können, und meiner Mutter erging es nicht viel anders.

Ich spielte im Schlamm, schoß aus einem Blasrohr gefiederte Pfeile auf improvisierte Zielscheiben oder schloß mich den Mestizen vom Lago Paricá an, die das Personal unseres Lagers stellten. Die Pygmäen sah ich nur selten, aber schon damals war es für mich eine ausgemachte Sache, daß sie nach und nach sterben würden – trotz allem, was Egan Chaney und Celestine Cather für sie tun konnten ... Es ist bezeichnend für meine Stimmung, daß sich in mir die Meinung herausbildete, es geschehe den traurigen, apathisch herumsitzenden Zwergen recht, wenn sie eingingen.«

Sie mußte ihre Erzählung unterbrechen, als wieder ein Anruf kam, und da ich zur Beantwortung erst anderweitig hätte Erkundigungen einziehen müssen, machte ich es mir leicht und gab den Kommunikationskode ein, der vorrangige Amtsgeschäfte anzeigte und die Fragesteller auf später vertröstete. Zwar war mein Interesse an Elegy Cathers umständlicher Geschichte eher persönlicher als dienstlicher Natur, aber ich konnte mich nicht verzetteln, und außerdem schien sie meiner verständnisvollen Aufmerksamkeit in diesem Augenblick bedürftiger als die ungeduldigen Siedler in der Steppe.

»Als wir beinahe ein halbes Jahr am Japurá gelebt hatten und immer deutlicher wurde, daß den Bambuti nicht zu helfen war, schlug Egan Chaney meiner Mutter vor, daß sie den drei letzten noch überlebenden Pygmäen Gewebeproben entnehme. Er meinte, es sei möglich, durch Zellkernverschmelzung Nachkommen von ihnen zu gewinnen. Die Gewebeproben sollten tiefgekühlt in Behältern zu einem der Institute gesandt werden, die dieses komplizierte und langwierige Verfahren beherrschen.

Die vorher verstorbenen neun oder zehn Pygmäen hatten Wikingerbegräbnisse auf dem Japurá erhalten, das heißt, ihre Leichen waren bei Nacht in ölgetränkten Kanus aufgebahrt, angezündet und mit Stangen in die Strömung des Flusses hinausgestoßen worden. Ich erinnere mich noch gut daran, wie die lodernden Flammen sich im dunklen Wasser spiegelten und wie der knisternde Feuerbrand die mageren Körper auf ihren Reisiglagern verzehrte. Man befürchtete, daß die Pygmäen womöglich an einer unbekannten ansteckenden Krankheit zugrunde gegangen sein könnten. In diesem Fall schien Beerdigung eine unzureichende Vorkehrung gegen die Ausbreitung einer solchen nicht diagnostizierbaren und völlig hypothetischen Seuche zu sein. Daher entschied man sich für die Einäscherung. Die Wiederbelebung der Wikingersitte entsprang wohl dem sentimentalen Gefühl, daß man den letzten Vertretern dieser Rasse eine besondere Ehrung schuldig sei. Ich kann mich erinnern, daß mir diese festlichen Einäscherungen ungemein gefielen. Es waren herausragende Ereignisse.

Jedenfalls fühlte meine Mutter sich aus ethischen Motiven gedrängt, den Vorschlag meines Vaters abzulehnen, obwohl es ihr weder an den nötigen Instrumenten noch an dem Wissen fehlte, die gewünschten Gewebeproben zu entnehmen und einzufrieren. Es gab einen Streit, den ich mithörte, weil ich auf einem mit Moskitonetzen verhangenen Feldbett im Zelt meiner Mutter lag. Sie weckten mich mit ihrem Streit. Mein Vater sprach immer wieder vom Aussterben einer Rasse, vom Tod genetischer Vielfalt und einem vor der Nachwelt nicht zu verantwortenden Versäumnis, während meine Mutter Argumente vorbrachte, die meinem schlaftrunkenen kindlichen Verstand mehr einleuchteten.

Zuerst sagte sie, es könne sein, daß die durch Zellkernverschmelzung entstehenden Pygmäen in ihren Genen Erbschäden aufweisen würden, denen ihre Spendereltern zum Opfer gefallen seien. Wer könne schon wissen, welchen Umfang die biologische und chemische Kriegführung in den Auseinandersetzungen zwischen Kolonialisten und Befreiungsbewegungen in Zentralafrika gehabt hatte. Und angenommen, sagte sie, die künstlich großgezogenen Pygmäen wüchsen zu gesunden Erwachsenen heran, was für ein Leben würde sie erwarten? Die natürliche und kulturelle Lebensumwelt der Pygmäen sei unwiederbringlich verloren – so unwiederbringlich wie die Träume einer verkrüppelten Hure vom Paradies. Und schließlich hätten die Bambuti verdient, mit der Würde auszusterben, mit der sie gelebt hatten. Das Lager am Japurá sei von Anfang an ein lobenswertes, aber zum Scheitern verurteiltes altruistisches Experiment gewesen. Warum könne er, Egan Chaney, nicht das Handtuch werfen, ohne es zuvor wie eine Kriegsflagge über den Kopf zu schwenken?«

»Und dieser Streit gab Chaney Anlaß, alle Verbindungen zu Ihrer Mutter und Ihnen abzubrechen?« fragte ich.

»Sicherlich war es ein Grund«, antwortete Elegy, den Blick abwesend auf die Monographie in ihren Händen gerichtet. »Im Laufe der folgenden Monate starben nacheinander die letzten drei Pygmäen. Als Ärztin nahm meine Mutter sich ihrer bis zum Schluß an, nur nicht der allerletzten, einer ergrauten alten Frau, deren Brüste wie leere Weinschläuche aus Ziegenleder herabhingen. Sie war nicht am Sterbelager dieser letzten, weil ich am Tag zuvor krank geworden war und sie sich weigerte, von meiner Seite zu weichen, um dem unausweichlichen Ende der alten Frau zuzusehen. Statt ihrer standen Chaney und ein Mestize namens Estanislau der Bambutifrau in ihren letzten Stunden bei, und am nächsten Tag, als ich plötzlich wieder ganz gesund war, berichtete Estanislau, daß Chaney die ganze Nacht geweint und sich sogar ein Stück Fleisch aus dem Unterarm gebissen habe, als er gemerkt habe, daß sie neben einem Leichnam Wache hielten. Und tatsächlich erschien Chaney zu den Vorbereitungen für die Einäscherung der alten Frau mit einem dicken Verband am rechten Unterarm. Meine Mutter hatte ihn nicht angelegt, und er gab keine Antwort auf ihre Frage nach der Wunde, die sich darunter verbarg.«

»Und Sie?« fragte ich. »Was hatte Ihnen gefehlt?«

»Nichts. Überhaupt nichts.«

»Nichts?«

»Nun, vielleicht doch etwas. Ich hatte mich krank gestellt, um meine Mutter am letzten Abend bei mir zu haben, weil ich spürte, daß Chaney durch meine List mehr als sonst irgendwer leiden würde – aus Sorge um mich und aus seiner Verzweiflung über das Dahinsterben der alten Frau, deren Tod er nicht verhindern konnte und dem er nun als hilfloser Zeuge würde beiwohnen müssen.«

»Sie täuschten Ihre Mutter, um Chaney Kummer zu bereiten?«

Sie nickte. »Es war nicht allzu schwierig. Sie war von Anfang an darauf gefaßt, daß es im Lager am Japurá wegen des tropischen Regenwaldklimas alle möglichen Krankheiten geben würde. Infolgedessen sah sie im geringsten Symptom Anzeichen einer ernsten Erkrankung. Ich klagte über Magenkrämpfe und steckte mir Stücke von Laugenseife unter die Achseln, um die Temperatur hochzutreiben. Von der Seife bekam ich einen schrecklichen Hautausschlag, der erst nach Tagen verging, aber ich erzählte niemandem davon. So wenig wie Chaney die Verletzung an seinem Unterarm erklärte. Später aber, als wir wieder in Rio, die Bambuti ausgestorben und die Hoffnungen meines Vaters, ihr Erbgut irgendwie zu erhalten, völlig zunichte geworden waren, nahm er mich am Flughafen beiseite und sagte: ›Ich weiß, was du getan hast, Elegy, und eines Tages wirst du es auch begreifen.‹ Ich schaute ihn an, Ben, und erkannte, daß er wirklich Bescheid wußte. Eine Fieberhitze, die nichts mit Laugenseife zu tun hatte, schoß mir ins Gesicht, und wie sich herausstellte, waren das die letzten Worte, die er zu mir sprach. Mutter und ich kehrten nach Nordamerika zum Colorado zurück, und Chaney verschwand spurlos aus unserem Leben. Keine Besuche, keine Kassetten, keine Nachricht von ihm oder irgendwem, der ihn kannte. Nichts.

Meine Schuld«, schloß Elegy Cather mit stillem Selbstvorwurf. »Sein Verschwinden aus unserem Leben war zumindest teilweise meine Schuld.«

»Aber Sie müssen bedenken«, sagte ich, halb erheitert und halb irritiert angesichts dieser Übernahme von Verantwortung, »daß Chaney ein erwachsener Mann war, Sie aber ein kleines Mädchen von elf Jahren.«

»Das ist mir klar. Aber ich hatte in dem Alter ein ziemlich reifes Bewußtsein für ethisches Handeln, und es bedurfte nur Chaneys Enthüllung, daß er wußte, was ich getan hatte, um mein unterdrücktes Schuldgefühl an die Oberfläche zu bringen. In gewissem Sinne war es eine kleine Sache, dieses Simulieren von Krankheit. Aber in einem anderen Sinne, nämlich in Anbetracht der tiefen Bindung meines Vaters an die letzten Bambuti und seiner aufs äußerste bedrohten, verzweifelten Hoffnung, kam es einem Mord gleich. Wenn Sie und andere das nicht verstehen können, liegt es wahrscheinlich daran, daß Sie nicht in meiner Haut stecken. Sie fühlen nicht selbst, wie schrecklich das Wissen ist, daß man edler und teilnehmender hätte handeln können, Kind oder nicht.«

»Ich habe eine abstrakte Vorstellung davon, was Sie empfinden, Elegy.« Ich sah zu, wie sie die Monographie auf das Regal zurückstellte, und nahm ihr übel, daß sie mich in einen Kindergarten für moralisch Dickfellige einwies. »Also dient das ganze Aufhebens um die buchstäbliche Genauigkeit der Monographie Ihres Vaters lediglich zur Verschleierung der Tatsache, daß Sie ein emotionales Bedürfnis haben, ihn zu finden, und natürlich lebendig zu finden, um endlich Ihre Schuldgefühle loszuwerden.«

Die Schärfe meines Tones überraschte uns beide. »Nein«, sagte sie vorsichtig. »Ich glaube an die buchstäbliche Korrektheit der Monographie, weil ich mir nicht vorstellen kann, daß mein Vater dort draußen halluziniert hat, ob er bei klarem Verstand war oder absolut übergeschnappt. Er zeichnete auf, was er sah.«

Ich ließ das hingehen, obwohl ich auf meiner Deutung beharrte. Um das Gespräch auf etwas anderes zu bringen, erkundigte ich mich nach ihrer Mutter.

»Es gelang ihr nicht, die Praxis zu Hause weiterzuführen, weil die Leute Angst hatten, sich von ihr behandeln zu lassen. Sensationell aufgemachte Medienberichte über das

Aussterben der letzten Bambuti und Spekulationen – an denen sie selbst nicht unschuldig war – über geheimnisvolle Virusinfektionen, irgendwelchen lebensgefährlichen künstlichen Krankheitserregern mit unberechenbarer Inkubationszeit hatten zur Folge, daß man ihr aus dem Weg ging, und selbst die zu ihren Gunsten abgegebenen Erklärungen von Funktionären der Ärzte und Gesundheitsbehörden konnten das Stigma nicht von ihr nehmen, mit dem sie im Bewußtsein der Öffentlichkeit behaftet war. Sie war die Pygmäenärztin, die sämtliche Patienten verloren hatte und womöglich selbst angesteckt war. Das Gespenst einer exotischen und unheilbaren Krankheit war stärker als jedes Argument. Im Laufe der Zeit schlief die Aufregung ein, und meine Mutter fand schließlich ein Unterkommen im staatlichen Gesundheitswesen, aber drei oder vier Jahre lebten wir kaum besser als die Ärmsten der Armen, bezogen Fürsorgeunterstützung, die wir durch Einnahmen aus früheren Investitionen nur geringfügig erhöhen konnten, und verkauften, was an Wertgegenständen da war. Egan Chaney trug nichts zu meinem ›Unterhalt‹ bei, wie sie vereinbart hatten, und besonders dieser Punkt verbitterte meine Mutter mehr und mehr. Dennoch unternahm sie nie einen Versuch, ihm auf die Spur zu kommen. Erst als *Tod und Bestimmung* erschien, schrieb sie an das Presse- und Informationsamt der Nationaluniversität von Kenia und verlangte einen Anteil an den Einnahmen für meine Ausbildung.«

»Und nun sind Sie hier«, sagte ich.

»Dank Ihnen«, erwiderte sie mit einem kleinen Lächeln. »Es war ein langer, seltsamer Weg. Und ich bin noch nicht an seinem Ende.«

Am Nachmittag begleitete ich Elegy Cather zurück zum Krankenhaus. Als ich mich verabschiedete, kam mir der Gedanke, daß ihr Vater vor sechs Jahren mehrere Wochen der Rekonvaleszenz in der primitiven Krankenstation verbracht hatte, die damals gestanden hatte, wo sich heute der Bau des Krankenhauses erhob. Und wieder kam mir zu Bewußtsein, wie sehr Frasierville und BoskVeld sich verändert hatten.

Später ging ich mit Elegys Antrag zu Moses Eisen. Er empfing mich auf der Terrasse seines mehr als zur Hälfte unterirdischen Hauses und überflog das Papier mit – wie mir schien – absichtlicher Unaufmerksamkeit. Es herrschte bereits Zwielicht, und er hatte noch nicht zu Abend gegessen. Außerdem wußte er, was der Antrag enthielt; er hatte ihn nur verlangt, um das Unvermeidliche hinauszuzögern. So hatte er einen Tag gewonnen. Das war alles. Kein großer Sieg und kein Grund zum Jubeln.

»Dann haben Sie vor, die Frau und dieses Tier morgen zur Asadilichtung zu bringen?« fragte er mißmutig.

»Mit Ihrer Erlaubnis.«

»Ich werde Ihr Büro mit einem Vertreter besetzen müssen. Es scheint, daß die Leute in Amérsavane und anderswo ohne Ihre Ratschläge nicht leben können.«

»Lieber Himmel, Moses, wir wissen beide, daß ich im Büro bloß Daumen drehe und warte, daß irgend etwas passiert. Etwas wie dies. Ich bin seit sechs Jahren entbehrlich.«

Moses blickte vom Antrag auf und schnitt eine Grimasse, daß die Krähenfüße um seine Augen überlappende Furchen machten. »Nicht für mich«, sagte er mahnend.

»Und ob«, erwiderte ich, ob im Ernst oder im Scherz, weiß ich noch immer nicht genau. »Lassen Sie Jonathan von der Kolonialverwaltung herüberkommen. Er wird die Gespräche im Kollegenkreis vermissen, aber er und der Computer werden keine Mühe haben, mit den Fragen der Kolonisten nach Geologie und Landbau fertig zu werden. Und sollte er irgendwo nicht weiterkommen, kann er die Anfragen an die Agrogenetiker beim Flugplatz weitergeben. Die helfen mir immer aus.«

»Ich erwarte, daß Sie und die Cather übermorgen abend zurück sein werden.«

»Wir werden sehen«, sagte ich. »Es ist unmöglich, vorauszusagen, was die Situation erfordern mag.«

Ich salutierte nachlässig und verließ die Veranda. Mit

meinen ledernen Schuhsohlen machte ich auf den hölzernen Stufen Geräusche wie ein Steptänzer. Als ich über die nackte Fläche seines Hofplatzes schritt, ging die Straßenbeleuchtung von Frasierville an. Ich blickte zurück und sah Moses auf der Veranda stehen und mir kummervoll nachblicken, eine schmächtige Gestalt vor den übergreifenden Schatten des Waldes und der Nacht.

4. Kapitel
Ein Besuch im Museum

Wieder in meinem Quartier, rief ich Jaafar Bahadori im Barackenlager an. Im Laufe unseres unbehaglichen Eröffnungsgeplauders versuchte ich seine verletzten Gefühle zu besänftigen, indem ich ihm von Kretzois Herkunft erzählte. Zu meiner Überraschung besann er sich bald eines Besseren und stellte mir mehrere einsichtige Fragen über Elegy Cather und ihre Absichten im Hinblick auf Kretzoi und die Asadi. Das gab mir Gelegenheit, ihn um die Bereitstellung eines Hubschraubers für den folgenden Tag zu bitten.

»Wir drei werden in die Wildnis fliegen«, sagte ich. »Machen Sie Maschine eins fertig und bringen Sie Ausrüstung für ein paar Tage an Bord.«

»Wird gemacht«, antwortete er. »Ein Abenteuer also.«

»So kann man es nennen«, sagte ich. »Hoffentlich bleibt es dabei.« Darauf wünschte ich ihm eine gute Nacht, unterbrach die Verbindung und legte mich auf die zerwühlten Schichten von Papieren und schmutzigen Kleidungsstükken, die mein Bett bedeckten. Ungefähr zwei Minuten später, so schien es mir, war Morgen, und das Telefon läutete wieder. Elegy war am anderen Ende. Ich hatte kein Bildübertragungsgerät, aber nach ihrer Stimme stellte ich sie mir lebhaft und vibrierend von innerer Erregung vor.

»Wäre es möglich, daß Sie ein Augenbuch mitbringen?« wollte sie wissen. »Eins von denen, die mein Vater in der Asadi-Pagode fand und aus der Wildnis mitbrachte?«

»Alle bis auf eins wurden verschiedenen wissenschaftlichen Institutionen zur Untersuchung überlassen«, antwortete ich. »Man hoffte das Geheimnis ihrer Funktionsweise und die Bedeutung der Spektralmuster zu entschlüsseln. Soweit mir bekannt ist, haben Molekularphysiker, Kommunikationsspezialisten, Elektroniker und Spektralanalytiker – kurzum, alle Beteiligten – keinen Erfolg gehabt. Sie werden sich vielleicht erinnern, daß die Linse eines der Augenbücher bald nach Chaneys Rückkehr aus der Wildnis hier geöffnet wurde. Drei der vier Augenbücher, die zur Untersuchung zur Erde heimgebracht worden sind, haben aufgehört, ihre spektralen Muster zu zeigen; es ist, als hätten sie es schließlich satt gehabt, untersucht und manipuliert zu werden.«

»Ich könnte mir denken, daß sie einfach erschöpft waren, wie eine Batterie.«

»Das denke ich mir auch, vor allem weil dies die übereinstimmende Meinung der Wissenschaftler ist, die um die Ergründung ihres Geheimnisses bemüht waren. Ich würde auch darauf hinweisen, daß die Erde sehr weit von der Quelle entfernt ist, welche die Augenbücher ursprünglich auflud und funktionsfähig machte.«

»Wo ist dann das letzte? Das sechste?«

»Im Frasier-Museum für Archäologie, Ausstellung einheimischer Artefakte, gleich hinter dem Verwaltungskomplex. Es ist ein ebenerdiges Gebäude mit nur sieben oder acht Räumen.«

»Ich weiß genau, wo es ist.«

»Ja, richtig. Natürlich wissen Sie es.«

»Gibt es eine Möglichkeit, das Augenbuch mit uns in die Wildnis zu nehmen? Ich möchte es Kretzoi zeigen.«

»Die Möglichkeit gibt es nicht«, sagte ich. »Oder gibt es eine Möglichkeit, König Tut ench Amuns Mumie mitzunehmen und zu Hause in den Schrank zu stellen?«

»Dann werden wir hingehen müssen.«

»Mit Kretzoi?«

»Er ist derjenige, der sich einer Menge von Spektralaugen gegenübersehen wird, wenn er die Asadilichtung betritt. Ich finde, er sollte eine Kostprobe davon bekommen, was er antreffen wird. In Dar es Salaam hatten wir keinen Zugang zu einem der importierten Augenbücher.«

»Also gut«, sagte ich. »Wir treffen uns in vierzig Minuten vor dem Museum.«

Die Christus-Promenade war nach der riesigen thermoplastischen Pieta benannt, die der Kolonialverwaltung vor vier Jahren von der Kulturkommission zum Geschenk gemacht worden war. Die Statue erhob sich auf einem gestuften Granitsockel im Mittelpunkt des Hofes der Kolonialverwaltung. Wenn die Sonne über die Zwiebeltürme des Archivgebäudes im Osten des Platzes stieg, schien das Bildwerk sich zu verflüssigen und zu verdunsten, und die schmerzensreiche Mutter Gottes schimmerte körperlos wie eine Luftspiegelung über dem Veldt. Bei Nacht, unter einem Mond oder dreien, schien die Pieta das Mondlicht auf sich zu ziehen und umzulenken, so daß die mit Architraven geschmückten Fassaden der Verwaltungsgebäude im geheimnisvollen Widerschein glänzten. Die Wirkung war bei Tag so beunruhigend wie bei Nacht. Man vergaß, daß die Gegenwart der Plastik in erster Linie als dekorativ und historisch lehrreich betrachtet wurde, und erst in zweiter Linie als ein religiöses Denkmal. Man vergaß, daß die Behördenangestellten, die jeden Tag an der Pieta vorbeigingen und aus ihren Bürofenstern darauf blickten, sie kaum noch zu bemerken schienen. Alle anderen aber wurden beim Anblick dieses Kunstwerks unwillkürlich von Ehrfurcht ergriffen.

Als ich vierzig Minuten später in die Christus-Promenade einbog, sah ich Elegy und Kretzoi am Rand des Hofes stehen und das mächtige Monument anstarren, das wie Eis an der Sonne seltsam ätherisch schimmerte. Sie wiederum wurden von einer Anzahl neugieriger oder bestürzter Passanten angestarrt. Elegy und ihr zottiger Primat wirkten in dieser Umgebung sehr klein und verloren, und ich verspürte ein jähres Aufwallen von Scham über meinen Widerwillen, zu ihnen zu gehen und sie zu begrüßen. Vielen von denen, die sich auf dem Platz aufhielten, mußte die Begegnung mit einem Asadi im Herzen der Stadt so unglaublich und unerhört erscheinen wie das Ansinnen, sich mit der Reinkarnation Adolf Hitlers an den Frühstückstisch zu setzen. Das ungläubige Staunen und die Empörung in mehreren Gesichtern machten beinahe einen Feigling aus mir; aber schließlich holte ich tief Atem und überquerte den offenen Hof unterhalb der Statue.

Ohne seine unheimlich verglasten Augen von der Pieta abzuwenden, sprach Kretzoi in rascher Zeichensprache mit Elegy. Dabei stand er aufgerichtet wie ein sichernder Pavian.

»Es erinnert ihn an etwas, was er in der Reservation am Gombe-Fluß sah, ehe er zur chirurgischen Veränderung nach Dar es Salaam gebracht wurde«, sagte die junge Frau, bevor ich gefragt hatte. »Einmal sah er einen männlichen Schimpansen einen jungen Pavian fangen und töten, indem er ihn an den Beinen packte und mit dem Kopf gegen einen Baumstamm schlug. Gewöhnlich wird der Leichnam rasch zergliedert und der Schädel aufgeschlagen, damit der Schimpanse das Gehirn und die Gliedmaßen fressen kann. In diesem Fall beobachtete Kretzoi jedoch, wie mehrere Pavianmänner der Herde einen kreischenden Gegenangriff auf den Mörder einleiteten. Vielleicht war es nur ein Bluff, um die eigene Ehre zu retten, aber das Ergebnis war, daß der überraschte Schimpanse den toten Halbwüchsigen den Angreifern überließ und die Flucht ergriff. Darauf gab es noch eine Menge Geschrei und Drohgebärden und Geschüttel von Sträuchern, aber schließlich nahm die Mutter des toten Pavianjungen den Leichnam an sich. Sie drückte den zerbrochenen Körper an die Brust und trug ihn fort in die Büsche. Dann verbrachte sie eine knappe halbe Stunde damit, daß sie ihn betrauerte – wie die Mutter Gottes in dieser Plastik ihren toten Sohn betrauert.«

»Guten Morgen«, sagte ich zu Kretzois Dolmetscherin, als Kretzoi nach kurzer Pause wieder mit den Händen zu signalisieren begann.

»Sie war eine neue Mutter und unerfahren«, fuhr Elegy fort, ohne meinen Gruß zu beachten, »doch nachdem sie den intuitiven Sprung zu der Gewißheit gemacht hatte, daß ihr Kind sich niemals wieder bewegen würde, warf sie es beiseite und zog mit der Herde weiter auf Nahrungssuche.«

Kretzoi hörte auf zu »reden«, aber sein Blick blieb auf das helle Bildwerk fixiert, das sich im Hitzeflimmern der Sonne aufzulösen schien.

»Gibt es darin eine Moral?« fragte ich. »Und sagte Kretzoi wirklich ›intuitiver Sprung‹?«

»In freier Übersetzung, ja. Das würde ich sagen.« Für den Aufenthalt in der Wildnis hatte sie einen beigefarbenen einteiligen Anzug mit perforierten Entlüftungsstreifen entlang den Beinen und Flanken. Das dunkle Haar war zurückgekämmt und am Hinterkopf von einem harten roten Lederring zusammengefaßt. »Wenn es eine Moral gibt, könnte es die sein, daß man weitermachen muß.«

Aber mir schien, daß Kretzoi zwischen dem amoralischen Pragmatismus der Pavianmutter und dem vergeistigten Schmerz der trauernden Maria schwebte. Unser vorgesehener Sendbote zu den Asadi war ein Geschöpf, das in einem evolutionären Niemandsland dahintrieb. Ich fragte mich, ob Elegy gewußt hatte, was sie tat, als sie ihn so spezifisch für diese Mission hatte zurechtschneidern lassen. Mit seiner Hybridisierung konnte sie nichts zu schaffen gehabt haben, denn Kretzoi war ein ausgewachsener »Schimpian« oder »Papanse« (um die wunderliche Terminologie der neuen Primatenethologen und Kreuzungsspezialisten zu gebrauchen) von sechzehn bis zwanzig Jahren und somit fast ein Altersgenosse von ihr. Aber im Goodall-Fossey-Zweiginstitut am Rand des Gombe-Reservats hatte man ihr offenbar die Möglichkeit gebeben, Kretzoi aus einer kleinen Gruppe von Versuchstieren auszuwählen; und wie er jetzt aussah – Mähne, optische Schalen, ausgeprägter Bipedalismus, Färbung –, war er ein unmittelbarer Ausdruck von Elegy Cathers Verlangen, ihren Vater wiederzufinden. Wie rechtfertigte sie die Ausbeutung seiner Körperlichkeit in dieser Art und Weise, um so mehr als Kretzoi selbst mindestens so viel intellektuelles Bewußtsein zu haben schien wie manche von den »menschlichen Wesen«, mit denen ich hier und anderswo gearbeitet hatte?

Aber ich sagte nichts.

Ich führte meine Schützlinge über die stumpfgrauen Platten des Pflasters, in denen winzige Glimmerpartikel glitzerten, zum Museum.

Dieses eingeschossige Gebäude ist bemerkenswert durch seine glatte, harte Fassade in verfließenden Umbra- und Ockertönen, wie ein riesenhaftes eckiges Tongeschirr, bemalt und glasiert und in einem noch gigantischeren Ofen gebrannt. Zu beiden Seiten des Eingangs stehen hohe Kautschukbäume Wache, und das aus vorgefertigten Teilen errichtete Gebäude gegenüber – ein kleines Institut für chemische Analysen – ist im Vergleich damit so nichtssagend und unbedeutend, daß man mehrere Male die Straße entlanggehen kann, ohne es überhaupt zu bemerken. Auch das Museum selbst findet trotz seines farbenfrohen, glasierten Äußeren wenig Aufmerksamkeit. Ist man einmal dort gewesen, so gibt es, fürchte ich, für einen zweiten Besuch nur den einen Grund, sich zu vergewissern, daß es noch existiert. Ich besuchte das Museum regelmäßig, hauptsächlich, weil der Raum für Spezialsammlungen eine interessante Auswahl von Erinnerungsstücken an Egan Chaney beherbergte, darunter Exemplare unserer Monographie in verschiedenen Sprachen und das letzte der geheimnisvollen Augenbücher.

Robards de Feo und Chiyoko Yoshiba waren die Kuratoren des Museums; während de Feo die Gesamtleitung hatte, war Yoshiba für die Spezialsammlungen zuständig.

Als wir eintraten, bereute ich sofort, daß ich sie nicht im voraus von unserem Besuch unterrichtet hatte. Kretzois unerwartetes Auftauchen im Museumsfoyer überraschte de Feo vollständig und jagte ihm einen derartigen Schrecken ein, daß er einen Gegenstand, den er zur Untersuchung in den Händen hielt, um ein Haar auf den Boden hätte fallen lassen. (Es war ein kleines Steinbildnis aus den Ruinen des einzigen verifizierbaren Ursadi-Bauwerks in der Wildnis, einer nicht fundamentierten Pagode in der Wildnis, die Frasier und seine Kollegen anläßlich der ersten Expedition aufgespürt und gründlich ausgegraben und beschrieben hatten. Sehr viele Leute vermuteten, daß Chaney seine illusorische Pagode auf den Ruinen von Frasiers echter errichtet hatte.) De Feo entspannte sich ein wenig, als er mich hinter Kretzoi sah, aber sein Gesicht behielt die Farbe einer verfaulten Mohrrübe.

Ich machte de Feo mit Elegy und Kretzoi bekannt und unterrichtete ihn vom Zweck unseres Besuches. Er geleitete uns durch den Vorraum mit seinen schmalen Vitrinen – phantasievollen Duplikaten jener, die Chaney in seinem Monolog beschrieben hatte – zur Abteilung für Spezialsammlungen, wo Yoshiba, eine untersetzte Japanerin mittleren Alters mit auffallend heiteren und ebenmäßigen Zügen, die schmalen Augenbrauen ironisch hochzog und uns einlud, auf hochlehnigen Metallstühlen Platz zu nehmen.

Kretzoi sah mit einem Blick, daß er auf seinem Stuhl nicht bequem würde sitzen können, und kauerte in der Mitte des Raumes nieder. Aus dieser Froschperspektive beäugte er uns drei – de Feo war wieder an seine Arbeit gegangen – mit der gleichen verwirrten Aufmerksamkeit, mit der er die Pieta betrachtet hatte.

Elegy musterte unterdessen den Inhalt der Vitrine neben unseren Plätzen. Mehrere Fotografien ihres Vaters und einige handgeschriebene Seiten und Skizzen aus Chaneys privaten Aufzeichnungen waren darin aufgestellt.

»Dies ist seine Tochter?« fragte Yoshiba.

Ich nickte.

»Und sie möchte das letzte der Augenbücher sehen?«

»Bitte«, sagte ich.

»Selbstverständlich, wenn sie so weit gekommen ist ...« Yoshiba verließ den Raum durch einen Bogen und kehrte kurz darauf mit einem weißen Samtbeutel zurück, der mit einer gleichfalls samtenen marineblauen Schnur zusammengezogen war. Sie nahm das Augenbuch aus dem Beutel und legte es vor Elegy auf den Tisch. Diese nickte lächelnd auf, dann berührte sie die fremdartige Kassette behutsam und beinahe ehrfürchtig mit dem Zeigefinger.

»Sie haben keine Erlaubnis, die Spektralfarben zu aktivieren«, sagte Yoshiba. »Wir wissen nicht, wie viele Male es noch funktionieren wird.«

»Sie hat eine so weite Reise hinter sich«, erinnerte ich Yoshiba.

»Und ich möchte gern, daß Kretzoi es sieht, bevor er in die Wildnis geht.« Elegy nickte bedeutsam zu ihrem unheimlich aufmerksamen Gefährten.

»Geben Sie Ihrem Herzen einen Stoß, Chiyoko«, bat ich.

Das flächige Gesicht der Frau verriet weder Mißtrauen noch Sympathie. »Um der alten Zeiten willen, wie?« fragte sie mich ironisch, dann gab sie nach und sagte: »Nun gut – einmal.« Es war weniger ein Zugeständnis als eine beschränkte Erlaubnis. »Sie werden das Register gegenzeichnen müssen, Thomas. Auch bin ich nicht der Meinung, daß der Scheinasadi das Programm aktivieren sollte.«

Elegy schien nahe daran, diese Bezeichnung ihres Gefährten als scheinheilig und diskriminierend zu verurteilen, aber Yoshiba ging wieder hinaus und kam mit dem Register zurück. Ich hielt meinen Daumen auf das erste freie Viereck auf der Seite, bis das Papier meinen Abdruck angenommen hatte. Dann unterschrieb ich mit einem stumpfen Tintenschreiber. Yoshiba klappte das Register zu und trug es zurück zu seinem Platz. Darauf kam sie wieder herein und gab durch ein Nicken zu erkennen, daß ich das Augenbuch zu Kretzoi tragen und ihm zeigen dürfe, wie es funktionierte und was es über die Kommunikationsmethoden der Asadi zu enthüllen hatte.

»Wenn es nach diesem Durchlauf nicht mehr funktioniert«, sagte Yoshiba beiläufig, »wird Ihre Unterschrift meine Stellung nicht retten können, Thomas.«

»Wir sind seiner Energiequelle sehr viel näher als die Universitätstechniker und Spezialisten, die ihre Bücher verloren«, erwiderte ich. Dann kauerte ich neben Kretzoi nieder und hielt ihm das Augenbuch unter die Nase. »Seien Sie unbesorgt, Chiyoko.«

Elegy stand auf und kam herum, bis sie hinter uns beiden stand. Zu Yoshiba sagte sie beinahe zurechtweisend: »Jedenfalls werden wir Ihnen weitere bringen. Mein Vater hat nur einige wenige aus der Asadipagode mitgebracht. Andere sind noch dort, vielleicht alle 150000, die er dort sah.«

Chiyoko hob den Samtbeutel an seiner Schnur in die Höhe und sagte mit ironischem Lächeln: »Dann wird es Zeit, daß ich anfange, Material für weitere Beutel zuzuschneiden, nicht wahr? Vielleicht sollte ich sogar eine Importgenehmigung beantragen.«

Ich bedeckte die rechte Hälfte des rechteckigen Feldes unter der Linse des Augenbuches mit dem Daumen.

Sogleich begann das Auge sein Farbenspiel zu zeigen. In scheinbar willkürlicher Abfolge zuckten die verschiedensten Farben über die Linse. Ich sah zu Kretzoi und bemerkte, daß die wirbelnden Regenbogen von den Glasschalen seiner Augendeckel reflektiert wurden. Ein Stakkato brillanter Primärfarben, kurzer Pausen und pyrotechnischer Zwischentöne und wechselnder Kombinationen der Primärfarben. Kretzoi neigte den Kopf zur Seite, blickte in die farbensprühende Linse und begann zu zittern.

»Vielleicht sollten Sie es lieber ausschalten«, riet Chiyoko, aber es war nicht zu übersehen, daß sie dabei an die Erhaltung der im Augenbuch gespeicherten Energie dachte und nicht daran, Kretzoi von seinem seltsamen Zittern zu heilen, das sie überhaupt nicht wahrzunehmen schien.

Ich bedeckte die linke Hälfte des Feldes mit dem Daumen, und die Schaustellung der Spektralfarben endete so plötzlich, wie sie angefangen hatte. Die Linse in der Mitte der Kassette glich dem glasigen Auge eines toten Fisches. Chiyoko nahm mir das Augenbuch aus der Hand und steckte es sorgsam in den Samtbeutel. Als ich mich zu Elegy umsah, kniete sie vor Kretzoi und hatte ihm eine Hand auf die noch zitternde Schulter gelegt.

»Konntest du etwas lesen?« fragte sie. Er schien sie nicht zu hören, und sie wiederholte die Frage.

Kretzoi machte ein Zeichen, das offensichtlich nein bedeutete.

»Was dann?« fragte sie. »Was ist mit dir geschehen?«

Kretzoi deutete eine Wendung zu Elegy an und machte mit verzweifelter Heftigkeit eine Serie von Handzeichen.

Elegy dolmetschte für Chiyoko und mich: »Er sagt, er habe den emotionalen Gehalt des Augenbuches gelesen; nicht seine eigentliche Botschaft, nicht seine philosophische oder erzählerische Bedeutung, sondern seinen ... seinen Gefühlsinhalt. Er sagte, die Abfolge der Spektralfarben habe in ihm ein immer stärker werdendes Gefühl von – nun, von Furcht erzeugt.«

Kretzoi blickte von Elegy weg und »grinste«, daß man seine veränderten Zähne und das gefleckte Zahnfleisch sehen konnte. Das Grinsen ist in Altweltaffen und Primaten kein Zeichen von Fröhlichkeit oder möglicher Aggression, sondern von Furcht, und Kretzois Grinsen war so unfreiwillig, wie seine Handzeichen überlegt gewesen waren. Er schien beschämt und verlegen.

»Vielleicht hat er Angst, zur Asadilichtung zu gehen«, sagte Chiyoko.

Elegy warf der Frau einen gekränkten Blick zu, ließ die Hand aber auf der Schulter ihres Schützlings und fragte ruhig: »Ist es so, Kretzoi?«

Er drehte das Handgelenk von seinem Körper auswärts, so daß die Innenfläche der halbgeschlossenen Hand einen Moment zu sehen war. Ein Achselzucken. Sein Gesicht blieb abgewandt, aber seine Oberlippe sank über die Zähne und beendete das furchtsame Grinsen.

»Wir sollten uns aufmachen«, sagte ich, »wenn Kretzoi noch will. Jaafar hält einen Hubschrauber für uns bereit.« Es war mir äußerst wichtig, daß Kretzoi in dieser Angelegenheit Wahlfreiheit haben sollte. Elegy dachte offenbar ähnlich, denn sie betrachtete ihren Gefährten mit einem Ausdruck unverhüllter Besorgnis.

Aber Kretzois langer, muskulöser Körper entzog sich ihrer Angst und ließ sich auf alle viere nieder. Bevor er zur Tür ging, die in de Feos Bereich führte, hielt er ein, richtete sich mit einer Körperdrehung auf und machte eine einladende Handbewegung mit der Rechten.

»Er ist bereit«, sagte Elegy erleichtert. Sie unterließ es nicht, Chiyoko für ihr Entgegenkommen zu danken.

»Es hat mich gefreut, Ihnen helfen zu können«, erwiderte Chiyoko mit freundlicher Gelassenheit. »Ich bin jedoch nicht sicher, daß die Vorführung ihm geholfen hat.«

Wir gingen durch das Museum zum Ausgang. De Feo quittierte unseren Abgang mit einem Kopfnicken und einem Abschiedswort, verließ aber nicht seinen Platz, um uns zur Tür zu geleiten. Gewöhnlich eskortierte er jeden Besucher unter angeregtem Geplauder hinaus und ermunterte ihn – oder sie – bald wiederzukommen. Es war nicht schwierig, zu folgern, was ihn an diesem Morgen bewogen hatte, auf diese besondere Höflichkeit zu verzichten.

Der Hubschrauber – eine Passagierversion der Libelle mit rotorange gestrichenem Rumpf zur erleichterten Sichtung aus der Luft – stand auf dem Landeplatz bereit.

Vom Museum waren es nur zwanzig Minuten zu Fuß, aber Jaafar saß schon voll nervöser Unruhe im Abfertigungsschuppen, als wir eintrafen. Wir hatten uns um mehr als eineinhalb Stunden verspätet.

»Um zwölf muß ich einen hohen Beamten vom Flugplatz abholen«, sagte er zur Begrüßung. »Ich frage mich, was Sie so lange aufgehalten hat.« Das ›Ich frage mich‹ sollte seiner Ungeduld den Anschein krasser Insubordination nehmen.

Ich nickte zur Maschine hin. »Haben Sie alles wie verlangt an Bord gebracht?«

»Gestern abend«, erwiderte Jaafar. »In meiner dienstfreien Zeit.«

Ich informierte ihn, daß es im Kolonialdienst keine wirklich dienstfreie Zeit gebe und sah zu, wie er diese überreife Frucht auf der Zunge zergehen ließ. »Vorräte für wie viele Tage?« fragte ich.

»Eine Woche – für drei.« Er warf Kretzoi, der zur Tür hinaus zu dem in der Sonne schmorenden Hubschrauber hinausspähte, einen Seitenblick zu.

»Für eine Woche?« sagte Elegy erschrocken.

»Eine Sicherheitsmarge gegen unvorhergesehene Verzögerungen«, sagte ich, weil ich wußte, daß sie vorhatte, Kretzoi abzusetzen, ihn höchstens einen Tag lang von Ferne zu beobachten und dann acht oder zehn Tage später zurückzukehren, um zu sehen, was er in der Zwischenzeit erreicht haben mochte. Anschließend wollte sie dann ihre eigene Expedition in die Wildnis unternehmen, vielleicht sogar versuchen, persönlich unter die Asadi zu gehen.

Ich aber hielt nichts davon, dazusitzen und abzuwarten, daß sich irgend etwas entwickelte. Was konnte es schaden, wenn wir uns von Anfang an dem Urwald aussetzten? Ohne daß ich mir Rechenschaft darüber ablegte, begann ich zu handeln, als ob Elegys von der Nyerere-Stiftung bewilligten Mittel zum Teil mir gehörten und ich folglich über ihre Verwendung mitzubestimmen hätte.

»Es ist bei Flügen in die Wildnis üblich, daß die Maschinen für einen Aufenthalt von einigen Tagen ausgerüstet sind«, sagte ich. »Eine Vorkehrung gegen mögliche Unfälle – genauso wie die Farbe der Maschine.«

Elegy blickte zu Jaafar, um von ihm eine Bestätigung zu erhalten. Er wischte sich mit dem Ärmel die Stirn und wahrte ein unverbindliches Schweigen.

»Es wird Zeit«, sagte ich.

Wir gingen hinaus über die hitzereflektierende Oberfläche des Landeplatzes auf den schlanken, bedrohlich aussehenden Rumpf der Libelle zu. Augenblicke später waren wir in der Luft, und der Wald drehte sich unter uns wie ein unheimliches Blumenarrangement.

5. Kapitel

Die Wildnis

Die kalyptranische Wildnis nimmt kein Ende. Man blickt hinab zu einem Flickenteppich ineinandergreifender Laubmassen, durchsetzt mit Lianen und den Blüten schmarotzender Baumpflanzen, auf einen steten Wechsel ungezählter grüner und blauer Farbtöne, die sich unter dem kupferfarbenen Licht der Sonne von Augenblick zu Augenblick zu verändern scheinen. Nach Westen zu sinkt das Waldgelände allmählich ab, ohne jedoch ausgeprägte Höhenzüge oder Täler aufzuweisen. Das Veldt hinter einem ist eine Illusion, und der Ozean Kalyptra, nahe dessen Ostufer Frasier und die erste Expedition die Ruinen einer Ursadi-Pagode entdeckten, ist weit entfernt und in den diesigen Dunstschichten, die über dem dampfenden Regenwald lagern, nicht einmal zu ahnen.

Einmal in der Luft, war ich bereit, Elegy den heimlich entwendeten Anteil an ihren Forschungsmitteln zurückzugeben. Kein Wunder, daß niemand von uns Chaney gefunden hatte. Kein Wunder, daß sogar der berühmte Tulku Sankosch erfolglos geblieben war. Wenn ein Mensch seine Arme um die fremdartige Größe der Wildnis legt, versucht er die Ewigkeit zu umarmen.

Nach einer knappen Flugstunde ging ich über der Asadilichtung in Schräglage und gewährte Elegy und Kretzoi einen ersten Blick auf die unergründlichen Lebewesen, die dort durcheinanderwimmelten. Elegy stockte beim Anblick der Asadi der Atem, und Kretzoi hob die haarige Oberlippe in fast unmerklicher Wiederholung seines Verhaltens im Museum. Die Spitzen seiner Zähne glänzten dabei gelblich.

»Da sind wir«, sagte ich. »Aber seit dem Verschwinden Ihres Vaters hat Moses Eisen niemandem erlaubt, längere Zeit hier draußen Feldarbeit zu tun.«

»Kretzoi wird anfangen, wo Egan Chaney aufhörte«, sagte Elegy.

Der Hubschrauber trug uns über die Lichtung hinweg und in den von Hitzewellen schimmernden Luftraum über der Wildnis. Ich legte die Maschine abermals auf die Seite und zog eine Schleife, um uns einen weiteren Blick auf die Lichtung zu gewähren. Bei diesem zweiten Anflug kam mir der Gedanke, daß in den Asadi während der vergangenen sechs Jahre eine Veränderung eingetreten war: sie zeigten sich nicht mehr unempfindlich gegen Anzeichen der menschlichen Anwesenheit auf ihrer Welt. Hatten Sie von unserer Existenz einst nur Notiz genommen, indem sie geflohen waren, wenn einer von uns zu Fuß näherkam (die Ausnahme von der Regel war ihre Reaktion auf Chaneys methodisches Sich-Einschleichen), so waren sie heute gegen das Eindringen unserer Technologie sensibilisiert und reagierten oft mit unverhüllter Feindseligkeit.

Als wir den Versammlungsplatz wieder überflogen, bemerkte ich, daß mehrere Asadi die Gesichter zu uns erhoben hatten, um den Flug der Libelle zu verfolgen.

»Wo haben Sie die Versorgungsabwürfe für meinen Vater gemacht?« fragte Elegy.

Ich zeigte nach Osten. »Dort drüben. Chaney wollte nicht, daß die Hubschrauberflüge seine Forschungsobjekte beunruhigten. Im Gegensatz zu ihm glaubte ich damals, daß ich zwischen den Asadi landen könnte, ohne ihre Lebensweise zu beeinträchtigen oder ihre geistige Gesundheit zu gefährden – wenn man sie für geistig gesund halten will.«

»Aber heute nicht mehr?«

»Nein. Haben Sie gesehen, wie sie uns beobachteten, als wir die Lichtung überflogen?«

Elegy nickte.

»Das ist neu«, sagte ich. »Und ich bin fast überzeugt, daß es mit dem früheren Aufenthalt Ihres Vaters unter ihnen zu tun hat.«

Aus dem Augenwinkel sah ich Kretzoi eine Anzahl Handzeichen zu Elegy machen.

»Er möchte wissen, Ben, ob das eine Erschwernis für ihn bedeutet, wenn er nachher versucht, Aufnahme unter ihnen zu finden.«

»Morgen früh«, entgegnete ich. »Im Morgengrauen. Es wäre eine unverzeihliche Dummheit, wenn wir versuchen wollten, Kretzoi in ihre Gemeinschaft einzuführen, nachdem wir sie zweimal überflogen haben. Wir werden heute nacht unser Lager in der Wildnis aufschlagen.«

»Wo?« fragte Elegy.

Das bucklige, blaugrüne Laubdach des Urwaldes breitete sich unter uns wie ein Chlorophyllteppich.

»Hier«, antwortete ich nach einer Pause und ließ die Maschine senkrecht durch eine Öffnung im Laubwerk niedergehen, die nicht größer schien als das Loch in einem Krapfen. »Am alten Abwurfplatz.« Die Libelle stotterte, blieb mehrmals in der Luft stehen, als ich sie abwärts manövrierte. Lianen und exotische Blütenpflanzen umgaben uns, und der Himmel mit seiner Helligkeit blieb über unseren Köpfen zurück. Es war wie ein Hinabtauchen in die grünen Tiefen der See. »Das ist die Stelle, von der Ihr Vater das erste Mal zur Asadilichtung ging«, sagte ich, als die Libelle aufgesetzt hatte und die Vibrationen mit dem Ausschwingen der Rotorblätter aufhörten. »Dies ist die Stelle, wo ich seine Vorräte an Placenol und moralischer Widerstandskraft wöchentlich ergänzte.«

»Von der letzteren hatte er eine Menge, nicht?« sagte seine Tochter herausfordernd. »Keiner hat es hier draußen länger ausgehalten als er.«

»Je länger man bleibt, desto sicherer wird sie aufgezehrt.«

Elegy sagte nichts. Wir stiegen aus. Es war interessant, zwischen den Resten der alten Abwürfe herumzustochern. Innerhalb von zehn Minuten fanden wir eine ungebrauchte Packung Signalraketen, gut für Signale bis zu achtzig Kilometern, so hoch trugen die Raketen ihre Leuchtkugeln, außerdem eine Anzahl selbsterhitzender Lebensmittelkonserven, die Chaney nach meiner letzten Lieferung offenbar geringschätzig umhergestreut hatte.

Kretzoi schwang sich in einen Baum und entfernte sich hangelnd und schwingend vom Hubschrauber in die Tiefe des Urwalds, mehr wie ein Gibbon oder ein Orang-Utan als wie ein Schimpanse oder Pavian. Zum ersten Mal seit seiner und Elegys Ankunft schien er sich zu Hause zu fühlen, in seinem Element, und ich wußte, ohne daß man es mir sagte, daß er lediglich den Luxus seiner Freiheit auskostete und in ein paar Minuten zu uns zurückhangeln und sich triumphierend auf die Keulen setzen würde, nicht weit von Elegy und mir. Und genau das tat er.

Ich zog ein leichtes Zelt aus Kunststoffgewebe aus dem Hubschrauber und begann das Lager aufzuschlagen, wobei ich den Rumpf der Maschine als Rückwand unseres Zeltes benutzte. Elegy vergaß ihre staunende Erregung lange genug, um mir zu helfen.

Später, als es dunkel wurde, hörten wir, wie die Asadi sich in alle Richtungen verstreuten; einige schienen in unserer Nähe unsichtbar durch das dreidimensionale Labyrinth des Regenwaldes zu gleiten. Wohin gingen sie? Wie vermieden sie es, auf unseren Lagerplatz zu stolpern, wo wir keine Mühe gescheut hatten, uns zu verbergen, bis hin zu dem Punkt, daß wir den orangeroten Anstrich der Maschine durch unsere Tarnung unwirksam machten. Warum konnten die Asadi bei Nacht nicht zusammenbleiben? Was taten sie vereinzelt in der Dunkelheit? Das waren Fragen, die plötzlich wieder neu schienen.

Keiner von uns konnte in dieser Nacht ruhig schlafen. Ich benutzte die Zeit, einen kurzen Abriß vom bisherigen Verlauf des Unternehmens zu diktieren. Diese Aufzeichnungen sollten später nicht nur als Grundlage für den Expeditionsbericht dienen, sondern darüber hinaus als Gerüst für eine umfangreiche, zusammenhängende Darstellung. Kretzoi kauerte nervös vor dem Zelteingang. Es war verblüffend zu sehen, daß er dem Morgen mit dem gleichen Lampenfieber entgegensah, das Studenten vor einem wichtigen Examen zu plagen pflegte. Um ihn zu beruhigen, setzte Elegy sich zu ihm und kämmte ihm mit zärtlichen, liebkosenden Bewegungen die Mähne ...

Aber Kretzoi hätte sich keine Sorgen zu machen brauchen. Am folgenden Morgen drang er mit verblüffender Leichtigkeit zur Asadilichtung vor, geradeso wie es Egan Chaney einst getan hatte; und Elegy und ich, im Unterholz versteckt am Rand der Lichtung kauernd, fanden es schwierig zu bestimmen, welcher Asadi in Wirklichkeit Kretzoi war, und welche die echten glotzäugigen Asadi. Aber das war später.

Bei Sonnenaufgang erhob sich ringsum in der Wildnis ein leises Knistern und Rauschen, obwohl es völlig windstill war: es waren die Asadi, die ihre vereinzelten Schlafnester verließen und eilig durch den Urwald ihrem Versammlungsplatz zustrebten. Da und dort sahen wir ihre Gestalten in gewandtem Lauf durch das Dickicht schlüpfen oder, wenn sie sich davon ein schnelleres Vorankommen versprachen, in mittlerer Höhe von Ast zu Ast schwingen.

»Geh!« sagte ich zu Kretzoi. »Jetzt!«

»Vielleicht braucht er eine Waffe«, schlug Elegy verspätet vor. »Eine Gaspistole oder ein Messer. Irgendwas.«

»Nichts da!« zischte ich zornig. »Kretzoi, lauf los!«

Er sauste davon, ohne einen Augenblick zu zögern, und ehe wir uns versahen, waren wir allein.

Elegy hatte Tränen in den Augen, ob aus Furcht, daß sie Kretzoi für immer verloren haben könnte, oder aus Freude über das bevorstehende Gelingen ihres Planes, konnte ich nicht sagen. Bis auf die Tränen war ihr Gesicht verschlossen und undurchdringlich. Wir standen da und spähten ins Waldesdickicht.

»Was nun?« fragte sie sachlich.

»Wir warten einige Zeit.«

»Worauf? Sollten wir ihm nicht nachgehen, uns vergewissern, daß er nicht gevierteilt wird oder die Mähne abgeschnitten bekommt oder sich vielleicht nur verirrt?«

Ich sagte ihr, daß wir warten müßten, bis die letzten Nachzügler die Lichtung erreicht hätten, daß es nicht in unserem Interesse liege, unterwegs einem Asadi zu begegnen, und daß wir nach unserer Ankunft darauf achten müßten, unentdeckt zu bleiben.

Sie hörte diesen Ratschlägen ruhig und offenbar bereitwillig zu, und als wir schließlich aufbrachen, schlüpfte sie mit solcher Geschicklichkeit durch das von Lianen durchzogene Unterholz, daß ich ihr nach einer Weile die Führung überließ und nur vereinzelte Kurskorrekturen zuflüsterte, um die Richtung zu halten. Wir benötigten ungefähr zwanzig Minuten, um in Rufweite der Lichtung zu kommen. Etwas später sahen wir erste Bewegungen durch das dichte Laubwerk. Die Asadi trotteten auf ihrer Lichtung herum.

»Wo ist er?« wisperte Elegy.

Wir kauerten unter einem Schirm silbergrauer Luftwurzeln, die den Stamm eines Regendornbaumes umgaben. Ich schüttelte den Kopf, und stieß ihn an einer der Luftwurzeln.

»Ich muß näher heran«, sagte Elegy, nachdem wir die Lichtung längere Zeit beobachtet hatten. »Von hier ist nichts zu sehen.«

Ehe ich sie zurückhalten konnte, schlüpfte sie zwischen den Luftwurzeln hinaus und bewegte sich im Entengang vorwärts, gelegentlich eine Hand ausstreckend, um das Gleichgewicht zu halten, den Kopf so ruhig und aufrecht wie ein Sehrohr. Mir blieb nichts übrig, als ihr zu folgen. Der rote Lederring in ihrem Haar leuchtete durch das Unterholz wie eine wandernde Orchidee. Endlich war ich wieder neben ihr. Asadi gingen so nahe an uns vorbei, daß ich ihr ruhiges Atmen hören und die schillernden Farben in ihren Augen sehen konnte.

»Hören Sie zu, Elegy«, fing ich an – aber sie legte den Zeigefinger an die Lippen und brachte mich zum Verstummen. Entdeckung schien unvermeidlich. Wir kauerten im fauligen Laub einer flachen Erdmulde, aus welcher ein mächtiger, bambusartig gegliederter Stamm wuchs, und unsere Deckung war nicht viel mehr als ein Schattenfleck.

Aus der Nähe gesehen, schienen die Asadi mit einer alptraumhaften Sisyphusarbeit beschäftigt. Der Felsblock, den sie jeden Tag den Hügel hinaufwälzten, nur um zu erleben, daß er kurz vor Erreichen des Ziels mit zermalmender Gewalt wieder herabrollte, war ihre Verpflichtung zu einer endlosen tagtäglichen Geselligkeit auf ihrer Urwaldlichtung. Zugleich waren sie – nach menschlichen Maßstäben – in ihrer Bindung an dieses Leben unendlich allein. Gegenseitiges Einwirken aufeinander, das über wildes Anstarren und willkürlichen, brutalen Koitus hinausging, war selten. Mit der Bezeichnung ›Gleichgültiges Beisammensein‹ hatte Chaney das einigende Prinzip der asadischen Sozialordnung richtig beschrieben, aber nie war mir dieses Prinzip so unverhüllt vor Augen getreten wie an diesem Nachmittag. Ich bedauerte Kretzoi, der in ein solch irrationales System Eingang finden mußte, und kurze Zeit fragte ich mich, ob er nicht besser daran wäre, wenn er von den Asadi abgelehnt würde, sogar auf die Gefahr hin, daß er eine schmerzhafte Körperstrafe von ihren Händen erdulden müßte.

»Da ist er!« flüsterte Elegy aufgeregt. »Dort.« Sie zeigte verstohlen auf einen Asadi, der sich in schlaffer Haltung am Rand der Lichtung einherschleppte, mitten in einer Anzahl ähnlich erschlaffter Asadi, und im ersten Augenblick konnte ich nur sagen, daß er wie alle anderen aussah.

»Nein«, beharrte Elegy. Sie packte mich beim Arm und wandte den Kopf zu mir, um meinen Gesichtsaudruck zu lesen. »Er ist vollkommen. Er ist einer von ihnen.«

Als sie wieder zu den Asadi blickte, bekräftigte sie ihr Zeugnis, indem sie eine kleine Weile suchen mußte, bis sie den wiederfand, welchen sie Kretzoi genannt hatte. »Na, wo ist er? Hol's der Teufel, ich hab ihn verloren ... Nein. Da ist er. Sehen Sie, Ben, gleich dort drüben.«

Eine gelbbraune Mähne zwischen den silbrigblauen und orangegelben. Ein Körper, der etwas weniger knorrig und narbig aussah als die anderen.

»Sie haben recht, Elegy. Wir haben ihn gesehen. Nun lassen Sie uns von hier verschwinden.«

Aber sie wollte nicht. Plötzlich stand sie auf und trat einen unvorsichtigen Schritt vorwärts.

»Elegy?« rief ich halblaut.

Ihre Bewegung und der Klang meiner Stimme verrieten uns den Asadi. Eine Gruppe von sechs oder sieben blieb vor uns stehen, und die einzelnen Mitglieder lösten sich voneinander, um uns vorgebeugt aus wild farbenflackernden Augen anzustarren. Ich packte Elegy am Arm und zerrte sie zurück. Ein großer, silbrigblauer Asadimann sprang in einem Scheinangriff auf uns los, blieb aber innerhalb der Lichtung. Ich sah, daß sein Fell auf Rücken und Armen gesträubt war. Elegy riß sich von mir los.

»Zurück!« zischte ich wütend. »Das wenigste, was Sie dabei verlieren werden, ist ihr Haar.«

Ich erinnerte mich gut, wie die Asadi, als sie zufällig unsere Ausrüstung entdeckt hatten, in einem Ausbruch wütender Gewalttätigkeit eine Holokamera und ein Aufzeichnungsgerät zerstört hatten, die von uns bei Nacht in einem Baum nahe ihrer Lichtung installiert worden waren ...

Statt sich aber zurückzuziehen oder stocksteif stehenzubleiben, um die Asadi nicht weiter zu reizen, griff Elegy in einen mehrere Meter hohen Strauch, stieß ein heulendes Kreischen wie ein Schimpanse aus und schüttelte den Strauch mit solcher Energie, daß kein Asadi auf der Lichtung ihre Anwesenheit hätte ignorieren können. Der silbermähnige Asadi wich zurück, und seine Nachbarn taten desgleichen. Der Rest des Stammes blickte starr vor Überraschung und Verwunderung zu uns her.

»Wenn ich zwei Mülltonnendeckel hätte«, sagte Elegy über die Schulter, »könnte ich allen einen Herzinfarkt verschaffen.«

»Sie haben mir einen verschafft«, sagte ich zornig. »Sind Sie gekommen, die Asadi einzuschüchtern? Wenn Eisen davon erfährt, wird er Ihnen die Genehmigung augenblicklich entziehen.«

Das drang durch. »Dann sollten wir wirklich lieber gehen, nicht?«

Ich sagte nichts. Ich schob mich vorwärts, faßte sie beim Ellbogen und zog sie fort von dem Strauch, den sie zur Einschüchterung der Asadi geschüttelt hatte. Dabei bemerkte ich, daß die spektralen Farbenwirbel in den Augen der uns nächsten Asadi so schwindelerregend schnell ausstrahlten, wie ich es beim Augenbuch im Archäologischen Museum gesehen hatte: mit dem Ergebnis, daß die Gestalten der Asadi von den rasenden Wirbeln der Spektralmuster gleichsam überstrahlt wurden und beinahe so transparent und farblos wie Wasser erschienen. Sie waren nur noch Augen. Ihre Körper zeigten sich als geisterhafte Umrisse.

Selbsttäuschung, sagte ich mir, als ich Elegy rückwärts gehend mit mir in den Wald zog. Eine optische Täuschung; eine kurze, irrationale Wahrnehmungsstörung, geboren aus der Furcht der Krisensituation.

Als wir uns tiefer ins Dickicht zurückzogen und weiter von der Lichtung entfernten, gewannen die Körper wieder Substanz, und Felle, Mähnen und Pigmentierung kamen erneut zum Vorschein.

»Haben Sie auch gesehen, wie die Asadi verblaßten?« fragte ich Elegy, als wir kehrtgemacht hatten und zu unserem Lagerplatz flohen.

»Ich habe es auch gesehen ... Ich weiß nicht, ob ich es glauben kann.«

Die Asadi verfolgten uns nicht. Entweder hatte Elegy sie zu sehr verschreckt, oder ihre Bindung an den Versammlungsplatz war zu stark. Vielleicht traf beides zu.

Zerkratzt und zerschunden und in Schweiß gebadet erreichten wir die Abwurfstelle, nachdem wir die ganze Strecke im Laufschritt durch das Dickicht gestolpert waren. In einem primitiven Ausbruch begeisterten Triumphes fing Elegy an, mit den Fäusten auf den Rumpf des Hubschraubers zu schlagen. Dazu grinste sie wie närrisch. Ich kroch in unseren Zeltanbau, legte mich auf den Rücken und versuchte zu Atem zu kommen. Mein Schnaufen und Elegys dröhnende Faustschläge waren so gut synchronisiert, daß sie beinahe einen einzigen, gnadenlosen Pulsschlag bildeten.

»Er hat's geschafft!« Bumm, bumm! »Er hat's geschafft!«

Bumm, bumm! »Er hat's geschafft!« Bumm, bumm! Und so weiter, bis, wie es schien, zum Ende der Zeit.

Als dies eine kleine Ewigkeit so weitergegangen war, stieß ich durch die Zähne: »Haben Sie den Verstand verloren? Hören Sie endlich auf zu lärmen!«

»Verzeihen Sie, Ben.« Die dröhnenden Schläge hörten auf, und Elegy kam ins Zelt. Sie ließ sich mit beseligter Miene auf die Knie nieder, setzte sich auf die Fersen und beugte sich zu mir. »Kretzoi«, flüsterte sie, »hat es geschafft.«

»Bumm, bumm«, erwiderte ich.

Später setzte ich mich in die Libelle, schaltete einen Ventilator ein und tippte mit der Schreibmaschine mehrere Seiten Notizen ins Reine. Während ich arbeitete, kam Elegy an Bord geklettert und unterbrach mich. Sie setzte sich in den Luftstrom, der vom Ventilator zu mir blies und wartete auf eine Gelegenheit. Ich blickte auf.

»Er hat es geschafft – aber er könnte monatelang auf der Lichtung herumtrotten, vielleicht sogar Jahre, ohne daß sich etwas ereignet.«

»So ist es«, sagte ich. Die Blütenträume welkten bereits.

»Meinen Sie, daß ihr scheinbares Verblassen etwas zu bedeuten hat?«

»Nur insofern, als es mir eine Erklärung dafür gibt, daß Ihr Vater diese Gegend die synästhetische Wildnis nannte. Für ihn, der Monate in diesem Urwald steckte, machten Farben Klänge, hatten Geräusche eine spürbare Qualität, war glatt süß und rauh würzig. Oder vielleicht haben wir nur halluziniert.«

»Ist Ihnen dies vorher nie aufgefallen? Mein Vater erwähnt nichts dergleichen in seiner Monographie.«

»Genauso habe ich es noch nicht erlebt«, räumte ich ein. »Soviel ich weiß, haben auch Chaneys Teilzeitnachfolger nie etwas davon erwähnt. Aber sie stellten sich auch nicht an den Rand der Lichtung und erschreckten die Asadi mit Geschrei und Strauchgeschüttel.«

»Glauben Sie, daß wir halluzinierten?«

»Es ist möglich. Eine Folge von Asadihysterie, unserer eigenen Furcht und der ungewohnten Umgebung. Wer weiß?«

»Glauben Sie, daß Kretzoi gleichfalls halluzinieren wird?«

»Nachdem sie ihn als einen der ihren akzeptiert haben, wird er nach meiner Einschätzung an den Gruppenpsychosen der Asadi teilnehmen. Dagegen wird er sich hüten, durch auffälliges oder abweichendes Verhalten unerwünschte Aufmerksamkeit auf sich zu lenken.«

Elegy sah mich nachdenklich an.

»Das ist tröstlich gemeint«, setzte ich hinzu. »Es mag sein, daß unser Erscheinen am Rand ihrer Lichtung in den Asadi einen Prozeß ausgelöst hat, der in uns wiederum eine Tendenz wachgerufen hat, Dinge zu sehen, die nicht da sind.«

»Das gefällt mir nicht.«

»Warum nicht?«

»Es hat gewisse unangenehme Implikationen im Hinblick auf die Genauigkeit der Beobachtungen und Aufzeichnungen meines Vaters.«

»Nicht, wenn wir annehmen, daß Ihr Vater als einer der Asadi – und das war Chaney in seiner Rolle als Paria paradoxerweise – nur das halluzinieren konnte, was die übrigen Asadi auch halluzinierten. In diesem Fall aber berichtete er so genau wie es einem Menschen möglich ist die subjektive Wirklichkeit der Asadi. Oder zumindest einen Teil davon.«

»Das ist eine schlaue Ausrede, Ben.«

Ich zuckte die Achseln und schaute auf meine Hände. »Es gefällt Ihnen nicht, weil es die objektive Realität der Berichte Ihres Vaters untergräbt.«

»Also schön. Glauben Sie wirklich, daß mein Vater an den Gruppenpsychosen der Asadi teilhatte?«

»Wie soll ich es wissen? Es ist fast unmöglich zu verifizieren, nicht wahr?«

»Außer vielleicht durch Kretzoi.«

Wir saßen einander im Laderaum der Libelle gegenüber,

teilten den feuchtwarmen Wind des Ventilators und hingen auseinanderstrebenden Gedanken nach.

»Wenn«, sagte sie schließlich, »die Asadi etwas Bedeutsames tun oder halluzinieren, während Kretzoi unter ihnen weilt. Andernfalls vergeuden wir nur unsere Zeit und das Geld der Nyerere-Stiftung.«

»Das ist durchaus möglich.«

»Verdammt«, sagte Elegy. »Dann müßten wir etwas unternehmen, was außerhalb der traditionallen Methoden bloßer Beobachtung und Reportage liegt.«

»Was, zum Beispiel?« sagte ich. »Warten wir ab, wie sich die Dinge entwickeln.«

Ihre Züge nahmen einen pikierten Ausdruck an. Ohne ein weiteres Wort stand sie auf, ging an mir und dem schnurrenden Ventilator vorbei und stieg vom Hubschrauber in die enge kleine Schüssel unserer Lichtung.

Irgendwo versank Deneb in den tropisch warmen Wassern Kalyptras. Mit der anbrechenden Dunkelheit erwachte die Wildnis zu Leben. Die Asadi stürzten von ihrem Versammlungsplatz in alle Richtungen davon, wie Kinder nach Schulschluß, und die im sinkenden Tag dämmernden Bäume des Waldes erwarteten schweigend die Nacht. In ihren schlanken Stämmen gärte unhörbar die geheimnisvolle Musik der Glykolyse.

Als wir schon aufgegeben hatten, nach ihm Ausschau zu halten, kam Kretzoi zurück ins Lager und bat Elegy um etwas anderes als Hartholz und Rinde zum Stillen seines Hungers. Seine Augen blickten abwesend und unaussprechlich müde.

6. Kapitel
Liebende

Elegy gab Kretzoi eine Flasche Wasser und ein orangenfarbenes Püree aus proteinhaltigen Stoffen und Pottasche. Er aß und trank lustlos, dann verschwand er in der nächtlichen Wildnis, um sich das seit seiner Ankunft erste Schlafnest im Freien herzurichten. Elegy und ich verzehrten unsere bescheidene Mahlzeit, und ich ging an Bord der Libelle, um Lorqual für einen Abendtrunk zu holen. Als ich wieder draußen war und einschenken wollte, gab das Funkgerät Piepstöne von sich.

»Nehmen Sie den Anruf entgegen«, sagte ich zu Elegy.

»Warum?« Sie war der Kabine des Hubschraubers näher als ich, hatte sich aber eine Luftmatraze vorgenommen, während ich die Getränke holen gegangen war.

»Weil es Moses Eisen ist, und Sie können mit dem alten Mann besser umgehen als ich. Aber schalten Sie den Außenlautsprecher ein – ich möchte nicht, daß Sie die Attribute wiederholen müssen, die er nach mir schleudert.«

»Würde der Lärm nicht die Asadi stören?«

»Sie brauchen die volle Lautstärke nicht aufzudrehen. Außerdem bin ich nicht sonderlich besorgt, was die Asadi von mir denken könnten.«

»Nehmen Sie den Anruf selbst entgegen«, sagte Elegy.

Weil sie offensichtlich entschlossen war, meiner Aufforderung nicht nachzukommen, kletterte ich an Bord und nahm Eisens Tadel entgegen. Er war in seinem Zorn beherrscht und rational, wollte aber wissen, warum wir diesen Abend nicht nach Frasierville zurückgekehrt waren und wie wir unseren fortdauernden Aufenthalt in der Wildnis begründeten. Kretzoi, sagte er, solle als unser Feldagent eingesetzt werden, und wenn dies nicht geschehe, frage er sich, zu welchem Zweck wir den Primaten in die Gemeinschaft der Asadi eingeführt hätte, vorausgesetzt, dieses

Vorhaben sei überhaupt durchgeführt worden? Dann erkundigte er sich verdrießlich nach dem Stand der Dinge. Ich erstattete ihm Bericht. Sogleich fühlte er sich in seiner anfänglichen Einschätzung unserer Falschheit bestätigt und verlangte wieder zu wissen, warum wir waren, wo wir waren. Eine hitzige Aufsässigkeit, die alles andere als ratsam war, stieg in mir auf.

In dieser Situation kam Elegy in die Kabine geschlüpft und nahm mir das Funkmikrofon aus der Hand. »Wir konnten nicht starten und Kretzoi zurücklassen, ohne festzustellen, ob die Asadi ihn angenommen hatten oder nicht«, sagte sie unwiderleglich.

»Ihr Antrag scheint darauf hinzudeuten, daß Sie seine Annahme durch die Asadi für eine ausgemachte Sache hielten«, entgegnete Eisens distanzverdünnte Stimme.

»Das geschah absichtlich, Herr Gouverneur. Aber die Gewißheiten von Theorien und Erwartungen müssen in der Praxis Bestätigung finden. Es wäre lächerlich, Kretzoi wegen das abstrakten Optimismus' einer Projektbeschreibung sterben zu lassen.«

»Er ist aber nicht gestorben, wenn ich recht verstehe?«

»Nein, wir mußten jedoch hier sein, seine Aufnahme seitens der Asadi zu überwachen und heute abend seine Rückkehr zur alten Abwurfstelle abzuwarten.«

»Morgen werden Sie und Dr. Benedict nach Frasierville zurückkommen.«

Elegy schaute mich im Schein der Instrumentenbeleuchtung an. Als ich den Kopf schüttelte, lächelte sie verschwörerisch. »Nein, Herr Gouverneur. Wir haben Vorräte für eine knappe Woche und werden unsere Tage hier mit der Aufzeichnung und dem Studium der Berichte verbringen, die Kretzoi uns jeden Abend bei seiner Rückkehr zu unserem Lager geben wird. Wir sind seine moralische Stütze, verstehen Sie. Das asadische Ritual des Gleichgültigen Beisammenseins ist wahrhaft ermüdend, und er ist es nicht gewohnt. Vielleicht braucht er eine Eingewöhnungszeit. Heute abend konnte er uns nur sagen, daß die Erfahrung ihn sowohl entsetzte als auch erschöpfte. Bei Tagesanbruch muß er wieder hingehen. Ihn unter solchen Umständen auch nur einen Tag zu verlassen, wäre ethisch verwerflich und wissenschaftlich unproduktiv.«

Dann drehte sie den Spieß um und stellte Eisen eine einzige, präzise treffende Frage: »Warum sind Sie so versessen darauf, Dr. Benedict und mich in die Stadt zurückzuholen, wenn wir unsere Arbeit am besten hier in der Wildnis verrichten können?«

Funkstille – als bedinge die Entfernung eine Empfangsverzögerung. In diesem Stillschweigen las ich die archaischen viktorianischen und die modernen neokolonialistischen Vorurteile des Gouverneurs, aber auch seinen menschlich verständlichen Verdruß über diese logische Herausforderung.

Schließlich sagte er: »Ich möchte nur verhindern, daß die Asadiforschung weitere Opfer fordert, Frau Cather. Ihr Vater war Verlust genug, denke ich.«

»Auch wir wollen niemanden an die Asadi verlieren«, sagte Chaneys Tochter. »Und das gilt auch für Kretzoi.«

»Ich erwarte Sie und Dr. Benedict in fünf Tagen in Frasierville. Im Höchstfalle sechs. Guten Abend, Frau Cather. Guten Abend, Ben.«

Der Funkkontakt wurde unterbrochen, und wir waren wieder allein in der klaustrophobischen Gemütlichkeit des Urwalds.

Werden männliche Asadi von ihrem kurzen, aber heftigen geschlechtlichen Verlangen überkommen, so reiten sie von hinten auf. Beinahe alle irdischen Primaten nähern sich ihren Partnerinnen von rückwärts. Daraus läßt sich schließen – a posteriori, wenn man so will –, daß die Primatenmorphologie diese Annäherungsform verlangt. Dazu kommt, daß die Verantwortlichkeit des männlichen Elternteils in vielen Sozialeinheiten der Primaten im wesentlichen auf den Zeugungsakt und die Verteidigung der sozialen Einheit nach außen begrenzt ist, während die Aufzucht den weiblichen

Elternteilen obliegt. Hatten männliche Asadi irgendeinen Anteil an der Aufzucht der Jungen? Schimpansenväter kümmern sich im allgemeinen nicht um ihre Sprößlinge, wenn es gelegentlich auch vorkommen mag, daß ein flüchtiges und eher spielerisches Interesse am Nachwuchs erwacht, woraus sich späterhin Anlässe zu freundschaftlichen Raufereien ergeben. Brüder mit geringem Altersabstand werden als Erwachsene oft enge Freunde. Viele Männer begegnen dem neuen Nachwuchs entweder völlig gleichgültig oder mit nur flüchtiger Neugier.

Abgesehen von Sankoschs Film, der wenigstens bewies, daß Geburten vorkamen, wußten wir nicht einmal, in welchem Umfang die weiblichen Asadi sich um die Aufzucht ihrer Sprößlinge kümmern. Man hat beobachtet, daß männliche wie weibliche Asadi ihre Partner von rückwärts bestiegen, wobei große weibliche Exemplare wenigstens ebenso oft kleinere männliche bestiegen, wie sie selbst bestiegen wurden. In der kalpytranischen Wildnis schien der Geschlechtsakt stets entwürdigend und gesichtslos wie eine Vergewaltigung. Er fand öffentlich auf dem Versammlungsplatz statt, und sein sozialer Zusammenhang glich einem Streit zwischen maskierten Fremdlingen. Wahre Liebe zwischen einmütigen erwachsenen Primaten beiderlei Geschlechts war noch seltener als die intime geschlechtliche Umarmung von Angesicht zu Angesicht, die fast ausschließlich der Menschheit eigen ist ...

Warum ich diese Betrachtung über die Sexualität der Primaten gerade hier einschiebe? Vor allem deshalb, weil sie an jenem Abend meine Gedanken beschäftigte. Ich versuchte, vielleicht in einem umfassenden Rahmen, die Bedeutung dessen zu interpretieren, was Elegy und mir widerfuhr, nachdem Moses Eisens Stimme aus dem Äther verschwunden war und diesen den interstellaren Störgeräuschen überließ.

Wir saßen einander in der Kabine des Hubschraubers gegenüber und lächelten uns zu – zufrieden im Triumph des Augenblicks wie in dem Bewußtsein, daß der Gedanke an unsere vielfältigen Gelegenheiten zu Intimitäten Moses Eisen in Verlegenheit gebracht hatte. Elegys Lächeln ermutigte mich, und ich beugte mich zu ihr und streifte ihre Lippen mit dem Mund. Als Mann ergriff ich die Initiative und hielt die Augen offen, um zu sehen, welche Wirkung es auf sie haben würde. Auch ihre Augen blieben offen. Sie sah mich wie aus einer Olympischen Höhe an, mit ruhigem und durchdringendem Blick, selbst als wir im Gefolge meines berechnenden Kusses Nase an Nase waren. In meinen Schläfen pochte das Blut, meine Hände schwitzten und ich fühlte mich wie fünfzehn. Ihr Gesicht – erhellt vom matten Widerschein der Instrumentenbeleuchtung – wuchs zu ozeanischen Dimensionen und wogte wie Nebel in meinem Blickfeld. Dann erwiderte sie den Druck meiner Lippen, ohne die Augen zu schließen.

Ich nahm den Kopf zurück und schaute sie an.

»Lust?« fragte sie mit schlichter Neugierde.

»Wahrscheinlich«, sagte ich. »Mit einem angemessenen Schutz rein romantischer Gefühle, die sich aus – nun, aus der Situation selbst ergeben.« Ich nickte durch die Windschutzscheibe zum schwarzen Urwald und dem von Blattwedeln verschleierten Mond.

»In Ordnung. Komm mit!« Sie sprang aus der Kabine auf den Boden der Lichtung und verschwand unter unserem Zeltanbau. Ich folgte ihr.

Elegy saß auf der noch unaufgeblasenen Luftmatraze, mit der sie sich vorher abgemüht hatte, lud mich mit einem Kopfnicken ein, neben ihr Platz zu nehmen und zog unterdessen entschlossen am Absatz ihres rechten Stiefels. »De Lambants Problem war Lust, unvermischt mit irgendeinem anderen Gefühl als dem bloßen Verlangen, zu unterwerfen und zu besitzen«, sagte sie. Sie zog den Stiefel vom Fuß und machte sich an den anderen.

»De Lambant?« Ich ließ mich nieder.

»Kapitän des *Wasserläufer*«, erinnerte sie mich. »Ich verweigerte mich ihr jedoch, weil es ihr Spaß machte, anzudeuten, daß Kretzoi und ich …« Sie brach ab. »Vielleicht kannst du den Rest selbst folgern.«

»Ich glaube, ich kann es«, sagte ich.

»Einmal fragte sie mich geradeheraus, wie es sei, und ich sagte ihr, unglaublich erregend, wenn man chirurgisch angepaßt ist – eine Antwort, von der ich mir einen Abschrekkungseffekt versprach, die tatsächlich aber de Lambants Neugierde nur noch steigerte. Meine Ablehnung führte bekanntlich dazu, daß sie es beinahe fertiggebracht hätte, Kretzoi durch euren gutgläubigen Gouverneur in Quarantäne stecken zu lassen.«

»Du brauchst mich nicht daran zu erinnern. Ich bin nicht nachtragend oder auf kleinliche Vergeltung aus, Elegy.«

»Wer hat das behauptet?« Sie hatte beide Stiefel ausgezogen und lächelte. »Willst du teilnehmen oder bloß zusehen?«

Ich zog die Füße an und machte mich ans Aufschnüren.

»Meine Mutter glaubte in ihrem erleuchteten Alter, sie könne dem ›geistigen‹ Teil ihrer Persönlichkeit stärken, indem sie ignorierte, was sie als den ›tierischen‹ Teil betrachtete«, sagte Elegy, während sie den Anzug von den Schultern zog und die braunen Halbkreise ihrer Brüste enthüllte. »Im technischen Sinne ist sie immer noch Jungfrau. Chaney honorierte ihre Hände-weg-Politik bis zum Ende – ich weiß nicht, vielleicht dachte er wie sie. Was das betrifft, könnte diese Betrachtungsweise sogar von ihm ausgegangen sein. Jedenfalls bin ich überzeugt, daß sie durch ihr angestrengtes Streben nach dem Höheren, Engelgleichen und die Ablehnung des Tierhaften niemals das ganze Spektrum des Menschlichen kennenlernten.«

»Diesen Chaney kannte ich nicht«, sagte ich. »Er schien mir immer ein Mann zu sein, der selbst unter Umständen, die jede Definition verzerrten, seine Bestimmung suchte. Aber er kam ihr näher als irgendeiner von uns, Elegy, und ich bewunderte ihn wegen des Versuchs.«

Elegy wand sich anmutig aus ihrer Kleidung, und unser Stelldichein unter dem hellen Segeltuch schien die Geschichte von der Trennung der menschlichen Natur in geistige und tierische Hälften ebenso zu veranschaulichen wie ihrer zu spotten. Hochtrabende Worte, die schwebend über den primitiven Gelüsten kreisten. Es schien darauf anzukommen, beide in Spiralen zusammenzuführen und zu vereinen. Aber im Augenblick hatten Elegys halbkugelige Brüste mich hypnotisiert, und ich starrte sie mit dem stummen Vergnügen eines kleinen Jungen an, und sie starrten schamlos zurück.

»Schau nur«, sagte Elegy nachsichtig. »Sie sind mindestens so sehr ein sexuelles Signal wie eine mütterliche Anpassung.«

Ich wußte, worauf sie anspielte – die Vermutung, daß die weiblichen Brüste sich beim Menschen entwickelten, um die fleischigen Hinterbacken nachzuahmen, die in grauer Vorzeit den weiblichen Hominiden dazu dienten, den männlichen Artgenossen ihre Paarungsbereitschaft zu signalisieren. Die allmähliche Entwicklung einer aufrechten Haltung bis hin zum vollkommenen Bipedalismus selektierte nach ähnlichen anatomischen Signalen auf der Vorderseite. Daher unbehaarte, gerundete Brüste bei den weiblichen Abkömmlingen jener entfernten Hominidenvorfahren. Nicht zu reden von der frontalen Selbstmimikry der roten Schamlippen, wie sie sich in den hervortretenden Lippen unserer Münder und der immer wieder auftretenden Tendenz menschlicher Frauen manifestiert, sie rosa oder scharlachrot zu bemalen. Solche beunruhigenden entwicklungsgeschichtlichen Vermutungen legen nahe, daß wir uns ursprünglich durch Aufreiten von rückwärts paarten, unserem Drang also mit der unpersönlich tierischen Effizienz von Pavianen oder Schimpansen befriedigten. Vielleicht erklärt dies, warum Frauen, die in Zärtlichkeit und Aufzucht gründlicher sozialisiert sind als Männer, regressive Variationen zum frontalen Verkehr oftmals entwürdigend oder tierisch finden. Ich weiß es nicht. Ich weiß nur, daß Elegy mit der Einladung, daß ich ohne Verlegenheit ihre bloßen Brüste anschauen sollte, in mir einen frei assoziierten Alptraum asadischer Paarungsgymnastik auslöste, der mich befangen machte.

»Was ist los, Ben?« Sie war eher besorgt als erheitert – obwohl ich glaube, daß sie, hätte sie sich nicht zurückgehalten, imstande gewesen wäre, laut herauszuplatzen –, und das half mir, die Röte aus meinem Gesicht zu treiben.

»Es ist eine Weile her«, murmelte ich lahm. Und das letzte Mal, erinnerte ich mich verdrießlich, war im Separee eines Ballhauses gewesen, mit einer Frau mittleren Alters, deren heimliches Laster der Genuß von Pfefferminznougat während der Kopulation gewesen war. Das eine Mal hatte mir gereicht.

»Keine Sorge«, riet sie mir. »Es ist wie mit dem Radfahren. Man vergißt nie, wie es gemacht wird.«

»Die Leute werden zu alt zum Radfahren, Elegy.«

»Du aber noch nicht, oder?«

Also entledigte ich mich der restlichen Kleider und entdeckte, beobachtet nur von meinem kühlen, entkörperlichten Selbst und dem pockennarbigen Mann in Melchior, daß ich noch nicht zu alt war ...

Als es Tag wurde, schlief ich noch. Elegy mußte mich wekken, um zu sagen, daß Kretzoi zur Asadilichtung gegangen sei und daß wir einen ganzen Tag vor uns hätten, ehe er zurückkäme, von seinen Fortschritten zu berichten.

Ihr Verhalten war unverändert, weder verliebter noch abweisender als sonst, und der einzige Unterschied war die Unbefangenheit, mit der sie mich berührte, wenn wir im Lager umhergingen oder im Hubschrauber miteinander sprachen. Diese Berührungen verschafften mir ein selbstgefälliges Vergnügen (doch war ich bemüht, die Selbstgefälligkeit zu unterdrücken) und eine lächerlich aufgebesserte Meinung von mir selbst. Gleichzeitig begann ich mich zu sorgen, was ein Mißerfolg aus Elegy machen würde. Ihr aufrichtiges Verlangen, sowohl die Asadipagode zu entdecken als auch Klarheit über Egan Chaneys Schicksal zu gewinnen, hatte sie die letzten Jahre getragen, und nun mußte sich erweisen, wieviel von diesem Verlangen – dieser selbstauferlegten Verpflichtung – auf Illusionen gebaut war.

Wir verbrachten den Vormittag mit der Niederschrift von Notizen und ihrer Zusammenfassung zu einem Expeditionsbericht. Am Nachmittag brachte ich wieder die Möglichkeit zur Sprache, daß Kretzois mühseliger Aufenthalt unter den Asadi zu keinen neuen oder nützlichen Erkenntnissen führen könnte. Die sich daraus entwickelnde Diskussion ließ in mir allerlei Zukunftspläne reifen. Ich schlug einen Marsch nach Norden vor, in die mutmaßliche Richtung der Pagode. Ich spielte mit dem Gedanken, daß Kretzoi womöglich als eine Art agent provocateur dienen könnte. Vielleicht ließen die Asadi sich durch ungewohntes Verhalten zu aufschlußreichen Reaktionen bewegen. Das Hauptargument gegen diese unorthodoxe Methode blieb jedoch das damit verbundene unkalkulierbare Risiko für Kretzoi selbst.

»Wenn nichts geschieht, müssen wir uns etwas ausdenken«, setzte ich Elegy auseinander. »Ich erwarte nicht, daß die Asadi uns in den nächsten paar Tagen die innersten Geheimnisse ihrer Psyche und ihres Sozialverhaltens offenlegen werden. Das haben sie in sechs Jahren nicht getan, und dein Vater konnte seine bedeutsamen Beobachtungen nur machen, weil er das Glück hatte, während einer Zeitspanne unter ihnen zu leben, in welcher sie sich anschickten, einen neuen Häutpling zu bestimmen. Und die Zeit seiner Ankunft war reiner Zufall.«

»Nun, er hatte auch Geduld und Beharrlichkeit auf seiner Seite.«

»Aber ich nicht, Elegy. Und wenn du auch daran glauben magst, ich sehe in diesen Dingen nicht den Sesamöffnedich, der deine Hoffnung beflügelt. Sechs Jahre Beharrlichkeit und Geduld haben uns keinen Schritt weitergebracht.«

»Du vergißt, daß dies erst Kretzois zweiter Tag ist. Gestern sahen wir etwas, was vor uns offenbar noch niemand gesehen hat. Ist das nichts?«

»Du hast recht«, sagte ich.

»Geduld«, riet Elegy und es war mir, als fände neuerdings jeder seine Befriedigung darin, mich zu beraten. »Geduld und Beharrlichkeit, Ben.«

Eine Stunde vor Sonnenuntergang kehrten Elegy und ich, entleert von Worten und aerodynamisch nackt, zu unseren Matratzen unter dem Zeltdach zurück, dann, wie Jungverheiratete, die die Ankunft eines feinfühligen und einsamen Gastes erwarten, zogen wir uns an und warteten züchtig auf Kretzoi.

7. Kapitel

Ein Gefangener

In den folgenden Tagen geschah wenig von Bedeutung, wenn man den Umstand außer acht läßt, daß Elegy und ich weiterhin Liebende blieben. Jeden Abend kam Kretzoi zunehmend verwirrt und erschöpft zu uns zurück, erhielt seine Mahlzeit und mußte Rechenschaft ablegen. Nachdem er sich gierig über die konservierten Früchte und die Proteinsubstitute hergemacht hatte, die wir jeden Tag für ihn bereitlegten, ließ er sich im kalten harten Schein der Außenlampen des Hubschraubers auf die Keulen nieder und machte mit den Händen Schattenbilder auf die dunkle Mauer des Waldes. Ohne Elegys Hilfe war ich unfähig, dieser Zeichensprache zu folgen. Das Verständigungssystem, dessen sie sich bedienten, eine von den Primatenforschern des Goodall-Fossey-Instituts erarbeitete Weiterentwicklung des Ameslan, der alten amerikanischen Taubstummensprache, war mir noch immer unverständlich, und ich hatte bis dahin nur halbherzige Versuche gemacht, es zu erlernen. Darum hatten wir eine Art Arbeitsteilung eingeführt: Elegy verdolmetschte Kretzois Zeichen, und ich bediente das Aufnahmegerät.

Hauptsächlich erfuhren wird, daß die Asadi ihn mit einem gewissen Skeptizismus als einen der ihren angenommen hatte. Sie erlaubten ihm, auf der Lichtung herumzutrotten, sie forderten ihn heraus, ihrem Anstarren standzuhalten und luden ihn mit zornigen Gebärden und wirbelnden optischen Schaustellungen zur Teilnahme am Koitus ein. Dank seiner Körpergröße und seiner Männlichkeit war er Vergewaltigungsversuchen bisher entgangen. Die Unfähigkeit seiner Augen zu bewußten Farbveränderungen als Verständigungsmittel hatten ihn jedoch unwiderruflich als »Stummen« gekennzeichnet, und trotz des Umstandes, daß menschliche Chirurgen ihm die dichte, gelbbraune Mähne eines Asadi-Brahmanen verschafft hatten, war Kretzois Status unter den Asadi nicht hoch. Er spürte, daß seine Augen sie beunruhigten und sogar verärgerten, aber bisher hatte er noch keines ihrer rituellen Tabus verletzt, und sie duldeten seine Anwesenheit, wie sie einst jene des blaßäugigen Junggesellen geduldet hatten, der Egan Chaneys Freund geworden war. Obwohl sie dem Junggesellen die Mähne geschoren hatten, weil er Chaney zu ihrem Tempel geführt hatte, wußte Kretzoi weder zu sagen, wo dieser Tempel war (wenn er existierte), noch kannte er jemanden, der ihn dorthin führen würde. Das Ergebnis war, daß Kretzoi vor sich eine Ewigkeit Gleichgültigen Beisammenseins auf der Asadilichtung sah. Nichts hätte ihn mehr verdrießen können. Die Aussicht darauf erfüllte auch Elegy und mich nicht mit ungetrübter Freude.

Was sonst berichtete uns Kretzoi im Laufe dieser abendlichen Befragungen?

Etwas Merkwürdiges und vielleicht Bedeutsames. Obgleich er die ihm vom aktivierten Augenbuch im Museum eingeflößte Furcht – die so stark gewesen war, daß sie in ihm eine aufsteigende Übelkeit verursacht hatte – nicht wieder erfahren hatte, waren seine unfreiwilligen Zweikämpfe im Anstarren von einer eigentümlichen Wirkung auf sein Zeitgefühl. Mehr als einmal hatte Kretzoi, unvermutet von einer mesmerisierenden Entfaltung des Farbenspektrums überrascht, sich einige Minuten später davon befreit, um die Entdeckung zu machen, daß die Sonne auf ihrer Himmelsbahn inzwischen eine Strecke zurückgelegt hatte, die einer Stunde oder mehr entsprach.

»Hast du jemals gesehen, daß Asadi verblaßten und die Konturen verloren?«

Kretzoi signalisierte nein.

Ich sagte: »Nehmen wir als gegeben, was er gerade gesagt hat, dann ist vielleicht er derjenige, der Konturen und Substanz verloren hat. Vielleicht ist er infolge dieser vampirhaften Wettkämpfe im Anstarren derjenige, der verblaßt.«

Zwar schien Kretzoi keine Ahnung davon zu haben, was

ich meinte, aber Elegy faßte ihn beim zottigen Arm und fragte: »Wie fühlt es sich an, wenn du von den wirbelnden Farben hypnotisiert bist?«

Er blickte wie geistesabwesend zum dunklen Waldrand, dann machte er mit schlaffer Hand eine Anzahl flüchtiger Bewegungen.

»Daß er sich behauptet«, dolmetschte Elegy für mich. »Das ist es – daß er sich sehr gut mit ihnen messen kann.«

»Aber das kann nicht sein«, sagte ich. »Er hat nicht die anatomischen Voraussetzungen. Wir alle können nicht mehr tun als den sensorischen Eindruck dieser Schaustellungen auf emotionaler Ebene zu interpretieren.«

Kretzoi machte wieder eine Anzahl flüchtiger Zeichen.

»Kretzoi sagt auf emotionaler Ebene, daß er zu müde sei, um noch länger zu ›reden‹. Und er habe uns sonst nichts zu erzählen.«

Darauf bewegte er sich müde zu Elegys Luftmatratze, ließ sich darauf nieder, schloß die Augen und machte bald asthmatische Schlafgeräusche. Es war unser vorletzter Abend in der Wildnis, ehe wir nach Frasierville zurückkehren mußten, und ich kam mir vor wie der Eigentümer einer Schuhwichsefabrik, der einem seiner von Armut geplagten jugendlichen Arbeiter langsam die Lebensfreude herausquetscht. Es war Zeit, etwas anderes zu probieren.

Elegy überließ in dieser Nacht ihre Matratze Kretzoi und schlief in der Libelle. Ich wälzte mich schlaflos auf meinem Lager. Grübelte über unsere Möglichkeiten und quälte mich mit den rechtlichen und ethischen Folgerungen, die sich aus meinem Vorhaben ergaben. Es gab eine Strategie, in die ich Elegy absichtlich nicht eingeweiht hatte, weil ich befürchtete, daß sie sie kurzerhand ablehnen und wieder auf die Geduld und Beharrlichkeit ihres idealen Forscher-Vaters verweisen würde. Eine solch unqualifizierte Ablehnung wollte ich nicht riskieren. Der Forschungsauftrag der Nyerere-Stiftung mit seinen eingebauten Ausnahmen von verschiedenen Bestimmungen und Direktiven gab ihr ein Maß an Ellbogenfreiheit, das ich als Angestellter der Kolonialverwaltung nicht hatte. Mir war bewußt, daß mein Plan nicht einmal durch ihre erweiterten Möglichkeiten im Rahmen einer Forschungsexpedition juristisch abgedeckt war, aber ich hatte keine Hoffnung mehr, daß unsere gegenwärtige Verfahrensweise innerhalb vertretbarer Zeit Resultate erbringen würde. Und als ich den armen Kretzoi den Schlaf der Erschöpfung schlafen sah, beschloß ich für Elegy zu handeln und die Möglichkeiten ihres Forschungsauftrags ein wenig zu strapazieren.

Ein kleines Bordlicht schien noch aus der Türöffnung des Hubschraubers. Kleine Insekten tanzten im Lichtkegel; größere durchquerten ihn in dahinschießendem Flug, bevor man sie identifizieren konnte. Hinter diesem strahlendweißen Lichtkegel lag schwarz und unsichtbar das Urwalddikkicht, als sei es nicht existent.

Ich kauerte vor Kretzoi nieder und stieß ihn an, bis er aufwachte. Es bedurfte dreier sanfter Stöße, bis er reagierte, so erschöpft und schlaftrunken war er.

»Elegy und ich haben gerade gesprochen«, sagte ich langsam und deutlich, sobald er sich nervös auf meine Gegenwart orientiert hatte. »Morgen ist unser letzter Tag. Dann werden wir für eine Weile nach Frasierville zurückkehren.«

Kretzoi machte eine einhändige Inschrift in die Luft; die Geste erinnerte mich an ein Kind, das hilflose Einwände gegen den willkürlichen Befehl eines Erwachsenen erhebt.

»Ich verstehe dich nicht«, sagte ich halblaut und schüttelte zur Bekräftigung den Kopf. »Ich kann dich nicht verstehen, Kretzoi. Ich will nur, daß du zuhörst. Elegy ist beinahe so müde und erschöpft wie du. Wir werden sie schlafen lassen.«

Wieder ein rasches Handzeichen. »Nein«, sagte ich in freundlichem Tadel. »Keine Zeichen mehr. Ich verstehe sie nicht, weißt du? Kannst du ruhig zuhören?«

Eine Hand hob sich und zuckte, bevor Kretzoi die Antwort unterdrücken konnte.

»Ich weiß, du möchtest hier draußen bleiben«, sagte ich

mit echter Sympathie. »Du magst nicht, was du tun mußt, aber du hast dich dazu verpflichtet – und es ist bewundernswert, daß du bereit bist, Elegy zuliebe solche Opfer zu bringen.«

Kretzois Augen veränderten kaum merklich die Blickrichtung. Diesmal hatte er keine Antwort zu machen, keine Wörter in die Luft zu schreiben.

»Ich denke, wir könnten dich hier lassen, damit du weiterhin unter den Asadi erscheinen kannst, ohne von ihnen vermißt zu werden; aber ich habe Elegy gesagt, daß du eine Pause brauchst. Du hast eine Ruhepause nötig, und vielleicht sogar eine vorsorgliche Untersuchung im Krankenhaus. Du bist ein wertvoller Helfer, Kretzoi, und wir dürfen nicht zulassen, daß dein Pflichtgefühl dir selbst schadet. Verstehst du mich?«

Obwohl Kretzoi durchaus subtiler Unterscheidung zwischen Stimmungen und Begriffen fähig war, nahm er es in manchen Dingen allzu wörtlich. Er ließ die Hände auf seinen Oberschenkeln ruhen und betrachtete mich mit rätselhafter Reglosigkeit.

»Verstehst du mich«, sagte ich wieder, und begriff endlich, daß er bloß perfekten Gehorsam praktizierte. »Nicke mit dem Kopf, Kretzoi. Oder mache das Zeichen für Ja.«

Er signalisierte ja. Ich fragte mich freilich, wieviel von dem, was ich sagte, wirklich verstanden wurde. Mehr als einmal hatte ich in der Stadt Zivilisten gesehen, die, berauscht von Theobromin oder Lorqual, tiefsinnige Gespräche mit streunenden Hunden geführt hatten. Dieses Bild narrte mich, als ich zu Kretzoi sprach.

»Nun gib acht! Morgen ist dein letzter voller Tag auf der Asadilichtung – wenigstens für einige Zeit. Wenn nichts Welterschütterndes geschieht, möchten wir, daß du kurz vor Sonnenuntergang eine sehr wichtige und vielleicht etwas schwierige Aufgabe übernimmst. Aber sei unbesorgt. Wir, Elegy und ich, werden dort sein und dir helfen. Du wirst dabei nicht allein sein. Auf keinen Fall.

Wir möchten, daß du einen Asadi auswählst, den wir fangen können, bevor die Asadi am Abend auseinanderlaufen. Wir denken, es sollte ein männlicher Asadi sein – die weiblichen könnten in ihren verborgenen Baumnestern Säuglinge zu versorgen haben, und wir wollen das Leben ihrer Jungen nicht in Gefahr bringen. Also mußt du einen männlichen Asadi auswählen, und einen von den kleineren. Du wirst ihn bei Sonnenuntergang überwältigen, unmittelbar bevor er mit den anderen in der Wildnis verschwindet. Einen jungen, kleinen Asadi. Das ist gut, weil seine Jugend ihn befähigen mag, sich vom Schock der gewaltsamen Festnahme zu erholen. Am besten wäre es, wenn wir ein Junges mitnehmen könnten, das noch anpassungsfähiger sein würde, aber das ist nicht möglich. Es gibt keine auf der Lichtung, nicht ein einziges.

Kannst du verstehen, was ich sage?« fragte er in heiserer Eindringlichkeit. »Es ist sehr wichtig, Kretzoi, und du mußt alles richtig verstehen. Gib das Zeichen für ja oder nein. Verstehst du, was wir von dir wollen?«

Kretzoi signalisierte, daß er verstehe.

»Glaubst du, daß du es tun kannst? Es ist für dich mit einer gewissen Gefahr verbunden. Es könnte sein, daß die anderen Asadi umkehren und dem helfen, den du überwältigt hast. Es könnte sein, daß der betreffende Asadi selbst so kräftig ist, daß er dir widerstehen kann. Wir haben so etwas noch nicht versucht. Ich kann nicht genau voraussagen, was geschehen wird. Es hängt sehr viel von dir ab. Meinst du, daß du es tun kannst?«

Kretzoi deutete an, daß er es sich zutraue. Seine Augenschalen spiegelten die Helligkeit der Lampe, und so konnte ich die Augen dahinter von Zeit zu Zeit sehen, aber ich hatte den Eindruck, daß mein Vorschlag eine neue Lebhaftigkeit in ihnen entzündet hatte.

Ich begann mich meiner Täuschung zu schämen, als ob ich einen Freund verraten statt unterstützt hätte. In diesem Augenblick wurde mir klar, daß Kretzoi vollkommen arglos war, ohne Mißtrauen, ohne Ironie oder irgendeine von den anderen gehirnbedingten Falschheiten des Menschen. In dem Glauben, daß ich Elegy über das Einfangen eines Asadi gesprochen hatte, hatte er sich vorgenommen, unseren Anforderungen nach besten Kräften zu genügen.

»Nun schlaf weiter!« sagte ich in meinem häßlich raunenden, halberstickten Ton. »Wir haben uns gerade erst dazu entschlossen, weißt du. Elegy hätte es dir am Morgen alles erklärt, aber ich sagte ihr, sie sollte lieber schlafen.« Mit der Besessenheit des schlechten Gewissens fuhr ich fort, trotz Kretzois schweigender, aber bereitwilliger Annahme von allem, was ich gesagt hatte, zu seiner Überzeugung rationale Erklärungen zu konstruieren ...

Erst am Spätnachmittag des folgenden Tages gestand ich Elegy, was ich getan hatte. Wir saßen an dem Ausziehtisch, wo wir unsere Notizen vervollständigten und ins Reine schrieben. Die harten Plastikblätter des Ventilators machten ein rhythmisches, monotones Geräusch.

»Es ist illegal«, sagte Elegy, ohne im Moment den Umstand anzusprechen, daß ich sie hintergangen hatte. »Die Asadi sind eine geschützte einheimische Art. Es ist wahrscheinlich, daß nur ein evolutionärer Wimpernschlag sie von voller moralischer und intellektueller Bewußtheit trennt. Vielleicht nicht einmal das. Darum habt ihr bisher die Hände von ihnen gelassen, Ben.«

»Dein Forschungsauftrag gibt uns gewisse Vorrechte«, konterte ich. »Wenn mit orthodoxen Methoden keine Forschungsergebnisse erzielt werden können, sind wir berechtigt, die bestehenden Bestimmungen zu übertreten.«

»Innerhalb sehr enger Grenzen. Außerdem ist es mein Forschungsauftrag.«

»Ich habe ihn gründlich gelesen.«

»Es ist mein Forschungsauftrag, Dr. Benedict.« Sie musterte mich mit verwirrter Entrüstung. Winzige Schweißperlen glänzten auf ihrer Oberlippe. »Nicht deiner«, betonte sie etwas ruhiger. »Meiner.«

»Ich weiß das.«

»Die Verantwortlichkeit für Pfuscherei, Verstöße gegen

Rechtsvorschriften und Verschwendung bewilligter Forschungsmittel ruht allein auf den Schultern des oder der von der Stiftung Begünstigten, Dr. Benedict – nicht im Schoß von übereifrigen Surrogatvätern oder abgehalferten Kolonialbeamten, die ihre eigene Chancen verspielt haben.«

»Nun bist du unfair.«

Aber ihr ruhiger Ton widersprach der Härte ihrer Worte und dem Blitzen ihrer Augen. »Das hast du dir fein ausgedacht«, sagte sie. »Du hast schon an unserem zweiten Abend hier draußen daran gedacht, nicht wahr? Vielleicht schon vorher.«

»Nein«, antwortete ich wahrheitsgemäß. Der Pulsschlag in meinen Schläfen hatte sich den rhythmischen Geräuschen angeglichen.

»Warum hast du es dann getan?«

»Wir brauchen einen Durchbruch, Elegy.«

»Dies ist erst unser sechster Tag hier draußen«, erwiderte sie. »Mein Vater verbrachte ungefähr vier Monate in der Wildnis, bevor er das Ritual von Tod und Bestimmung zu sehen bekam.«

»Wenn ich mich recht entsinne, hattest du es bei deiner Ankunft so eilig, einen Durchbruch zu erzielen, daß Eisen dir Anweisung geben mußte, die erste Nacht in Frasierville zu verbringen. Richtig?«

»Es gibt einen Unterschied zwischen Begeisterung und Narrheit. Ich hatte es eilig anzufangen. Du scheinst es eilig zu haben, meinen Forschungsauftrag zu mißbrauchen und chirurgische Seelenforschung an den Asadi zu treiben.«

»Ich gebe zu, daß ich es eilig habe, einen Durchbruch zu erzielen. Die Eile ist im Laufe der vergangenen sechs Jahre allmählich über mich gekommen.«

Elegy ging zum Eingang des Hubschraubers. Mit einem Arm an den Rumpf der Maschine gestützt, starrte sie in die Wildnis. »Ich weiß nicht, wie meine Haltung dir gegenüber sein wird, Ben, wenn Kretzoi irgend etwas zustößt.«

»Dann schlage ich vor, daß wir beide hingehen und uns gemeinsam vergewissern.«

Ohne den Kopf zu wenden, erwiderte sie mit gepreßter Stimme: »Du bist schon zu lang auf BoskVeld, Dr. Benedict. Zu verdammt lang.«

In Tarnanzügen und mit lichtabsorbierender Gesichtsbemalung arbeiteten wir uns durch das Gewirr der schlangenartigen Lianen, schirmähnlichen Stelzwurzeln und dichtbelaubten Zweigen von Büschen und Gestrüpp, die das Unterholz bildeten. Jeder von uns trug eine kleine Armbrust zum Abschießen von Betäubungspfeilen und ein zusammengelegtes Netz, um Kretzoi bei der Überwältigung seines auserwählten Opfers zu helfen. Kein roter Lederring hielt Elegys Haar zusammen, und unser Vordringen durch den Regenwald war so vorsichtig und langsam, daß mir Zweifel kamen, ob wir die Lichtung vor Sonnenuntergang erreichen könnten.

Weder Elegy noch ich sprachen. Wir wollten den Asadi auch nicht den geringsten Hinweis auf unsere Annäherung geben.

Die Asadilichtung war mehr als hundert Meter lang und ungefähr sechzig breit. Aus der Luft glich sie einem rotbraunen Flicken auf einem formlosen wogenden Gewand aus grünen, blaugrünen und gelbgrünen Tönen, zwischen denen hier und dort das Rot von Blüten leuchtete. Um Kretzoi beim Fang eines Asadi zu helfen, wollten Elegy und ich uns zu beiden Seiten der Lichtung aufstellen. Es war nicht vorauszusehen, wo Kretzoi sich aufhalten würde, wenn der allgemeine Aufbruch erfolgte, und unsere Betäubungspfeile und Netze würden sinnlos sein, wenn wir weitab von der Stelle, wo Kretzoi sein Opfer überwältigte, nebeneinander am Waldrand kauerten. Selbst wenn wir uns trennten und verschiedene Flächen abzudecken suchten, mußte mit der Möglichkeit gerechnet werden, daß Kretzoi sein Opfer an einer Stelle packen würde, die gleich weit von uns entfernt wäre und ein schnelles und wirksames Eingreifen verhinderte.

Schließlich, als wir der Lichtung nahe waren, berührte ich

Elegys Arm und flüsterte ihr zu, daß ich am Westrand der Lichtung Stellung beziehen wolle. Sie nickte, und wir trennten uns.

Denebs letztes Licht zitterte im Laub der Wipfel. Ich arbeitete mich um das Nordende der Lichtung und die Westseite entlang, sorgfältig darauf bedacht, die unverdrossen einhertrottenden Asadi nicht auf meine Gegenwart aufmerksam zu machen, doch in Sorge, daß meine Nervosität gerade dies tun würde. Die Körper der Asadi strömten einen süßlichtalgigen Geruch aus, wie in Sirup gekochtes ranziges Fett. Aber ich hielt mich nicht auf und erreichte ein Versteck, das ungefähr dreißig Meter vom südlichen Ende der Lichtung entfernt war.

Es war geradezu geisterhaft, wie die Asadi gleichsam als eine einzige bewußte Einheit den Sonnenuntergang registrierten, den genauen Augenblick, da Deneb hinter einem »Horizont« versunken war, den sie in ihrem Regenwald nicht einmal sehen konnten. Man hätte meinen können, in ihren Köpfen sei ein Schalter niedergedrückt und arretiert worden, den nur der nächste Sonnenaufgang wieder zu lösen vermochte. Ein paar Beobachter haben vermutet, daß ein einzelner Asadi diesen Augenblick wahrnimmt und daß sein anschließendes Davonstürzen in die Wildnis die Fluchtreaktion in seinen Artgenossen auslöse. Aber diese Erklärung verengt das Rätsel lediglich auf ein nicht identifizierbares Individuum; sie erklärt nicht die mathematische Genauigkeit der Asadi-Wahrnehmung, daß kein Sonnenstrahl mehr direkt zu ihnen gelangt. Auch erklärt sie nicht die Beobachtung, daß die Asadi den Versammlungsplatz auch bei bedecktem Himmel und selbst in Gewittern im gleichen, vom Sonnenuntergang diktierten Augenblick verlassen. Die Reaktion scheint angeboren zu sein, instinktiv. Aus der Luft durchgeführte Triangulationen der Asadilichtung und der Linie, entlang welcher die Krümmung der planetarischen Oberfläche einen mathematisch genau bestimmbaren Horizont in bezug auf die Lichtung setzt – diese sorgfältigen Vermessungen hatten bestätigt, daß der Augenblick des vollen Sonnenuntergangs und die Räumung der Lichtung durch die Asadi zeitlich genau zusammenfallende Ereignisse sind. Man begann zu glauben, daß auf BoskVeld eine Spezies von Sonnenanbetern lebte, die genetisch für die Verehrung des Lichts programmiert waren. Jedes Individuum wäre danach durch eine innere Uhr an den Gang des Tagesgestirns gebunden.

Der Augenblick kam. Das nichtendenwollende Durcheinanderdrängen der Asadi hörte auf, alles blieb stehen, und einzelne Exemplare begannen witternd die Köpfe zu heben und zum Himmel zu blicken. Dann rannten sie los. Das Geräusch ihrer Füße auf dem festgetretenen Erdboden der Lichtung war wie ein dumpfer Trommelwirbel. Anonyme Asadigestalten brachen links und rechts von mir durch das Dickicht, um in den Tiefen der Wildnis Sicherheit oder Isolation oder weiß Gott was zu suchen. Ich kauerte mich zusammen, so tief ich konnte, und versuchte gleichzeitig Kretzoi ausfindig zu machen. Ich konnte nur nickende Köpfe, trampelnde Beine und haarige Rücken sehen, aber die Lichtung leerte sich rasch, und bald würde es dort außer dem langsam niedersinkenden Staub nichts mehr zu sehen geben.

Ich stand auf, trat an den Rand der Lichtung und zeigte mich zehn oder zwölf achtlos vorbeirennenden Nachzüglern, die im Nu verschwunden waren.

Kretzoi war zu meiner Linken, mir näher als Elegy, und rang mit einem entsetzten Asadi, dem er auf den Rücken gesprungen war und dessen Befreiungsversuche er vereitelte, indem er ein Bein als Bremse und zur Abstützung am Boden ließ. Er sah komisch aus, dieser Ringkampf – aber einer von Kretzois Unterarmen war blutig, und plötzlich heulte und kreischte er so laut, daß das Echo von den Waldrändern widerhallte.

Endlich warf Kretzoi den kleinen Asadi zu Boden, und dort wälzten sie sich zappelnd und zuckend wie blutdürstige Liebhaber. Kretzois Arie aus Panik und Wut erhob sich in einem wilden Sopran über die groteske Szene der komischen Oper.

»Ben!« schrie Elegy kontrapunktisch. Ich sah sie von der Ostseite der Lichtung herüberlaufen, das Abschußgerät für die Betäubungspfeile metallisch glänzend in der rechten. Sie hatte ein Stück des beschwerten Fangnetzes aus der Tragpackung über die Schulter gezogen, so daß sie bei Bedarf die Enden fassen und das ganze Netz in einem Augenblick ausschütteln konnte.

Nach Lage der Dinge konnten uns weder die Betäubungspfeile noch die zusammengelegten Fangnetze weiterhelfen. Als sie das Blut an Kretzois haarigem Handgelenk sah, rief Elegy ihn beim Namen und blieb stehen.

Ich hatte die Kämpfenden erreicht. Du brauchst keine Betäubungspfeile, sagte ich mir und steckte das Abschußgerät ein. Was du brauchst, ist ein Wasserschlauch.

Die Ausdünstung Kretzois und des kleinen Asadimannes war überwältigend. Ich griff in dieses staubige, animalisch stinkende Durcheinander pelziger Körper und zappelnder Gliedmaßen und zog den einzigen Handgriff zurück, den ich finden konnte – Kretzois unverletzten Arm. Er heulte auf, und ich zog ihn ganz zur Seite. Der Asadi krabbelte fort und versuchte aufzuspringen, während ich das Abschußgerät zog und auf ihn anlegte.

Aber er war schon mehrere Meter entfernt, und ich spürte, daß ich ihn aus dieser Distanz nicht mehr treffen würde. *Du hast ihn verloren,* Benedict, sagte ich mir, und in meinem Magen entstand ein Übelkeit erregendes Vakuum. *Er ist weg ...*

Dann sank Elegys beschwertes Fangnetz beinahe träumerisch aus der Luft herab und hüllte den Asadi wie ein in sich zusammensinkender Fallschirm ein. Dichte Haarbüschel drängten durch das Netzgewebe, als der Asadi es zappelnd und beißend westwärts schleifte. Ich beruhigte ihn mit einem Pfeil, und ehe er den Waldrand erreicht hatte, lag er halb eingeschlafen in seinem eigenen Speichel und Urin. Ein erlegter Yahoo.

Elegy und ich waren noch nicht dazu gekommen, ihn zu untersuchen, als Kretzoi sich auf ihn stürzte und durch das

Netz mit kräftigen, klatschenden Schlägen bearbeitete, als wollte er seinem besiegten Gegner nachträglich die Rippen brechen und seine inneren Organe in Pudding verwandeln.

Elegy eilte zu ihm, kauerte bei ihm nieder und legte ihm den Arm um die Schultern. Er beruhigte sich sofort und schaute sie an. Ich blieb ein wenig abseits stehen, und auf einmal wurde mir unsere beängstigende Schutzlosigkeit hier auf der Asadilichtung bewußt. Das Dämmerlicht sank wie unsichtbarer Schnee auf die leere Fläche herab und verstärkte meine Unruhe.

»Du tätest gut daran, den Hubschrauber zu holen«, sagte Elegy. »Bald wird es dunkel sein, und du könntest Mühe haben, den Weg zu finden.«

Widerwillig machte ich mich auf den Rückweg durch den in Dämmerung versinkenden Urwald. Bei jedem Schritt mußte ich daran denken, daß ich vielleicht unter dem Nest oder an der getarnten Laubhöhle eines Asadi vorbeiging. Sie waren hier draußen bei mir, und ich hatte keine Ahnung, wo sie steckten. Niemand wußte es.

Wir hatten vergessen, das an der Libelle befestigte Zeltdach abzubauen. Das tat ich jetzt in aller Eile und ohne Sorgfalt, ballte das Kunststoffgewebe zu einem großen Klumpen an meiner Brust zusammen und warf es dann ins Heckabteil der Maschine. Ringsum versank der Wald in dunstigem Grau. Ich tappte in der Maschine hin und her, befestigte Ausrüstungsgegenstände oder stieß beiseite, was ich nicht festmachen konnte. Dann nahm ich meinen Platz an den Instrumenten ein und ließ die Rotoren anlaufen.

Der schweigende Wald rauschte auf und fuchtelte erregt mit Ästen und Zweigen, als der Wind von den peitschenden Rotorblättern hineinfuhr. Trotz meiner Neigung, die Maschine in direktem Aufstieg von der Abwurfstelle hochzuziehen und mit den Rotorblättern zu zerfetzen, was ihr an Laub in den Weg käme, manövrierte ich sie vorsichtig wie ein Mikadospieler vorsichtig aufwärts. Meine Hände blieben ruhig.

Sobald das Laubdach unter mir war, schaltete ich die

Landescheinwerfer an der Unterseite der Libelle ein und ließ sie über die dunkelnden Wipfel tanzen. Augenblicke später tauchte voraus die Asadilichtung auf und lud mich ein, neben den drei winzigen Gestalten niederzugehen, die nahe ihrem Westrand warteten. In einer vom Scheinwerferlicht magisch erhellten Staubwolke setzte ich die Maschine in ihrer Nähe auf. Elegy war an der offenen Tür, bevor ich mich durchzwängen konnte. Die Rotorblätter kreisten pfeifend über uns.

»Wie lang wird das Betäubungsmittel wirken?« rief sie mir mit einer Bewegung zu Kretzoi und unserem armen erlegten Opfer zu. Wie jung sie aussah. Ihr Gesicht hatte einen unirdischen Bronzeton, der das Ergebnis von Tarnfarbe und Schweiß sein mußte.

»Ich weiß nicht«, rief ich zurück, sprang hinaus und lief neben ihr her. »Ich war nicht sicher, ob es überhaupt wirken würde. Die Biochemie der Asadi ...« – ich hielt inne, um nach Luft zu schnappen, schnaufte und keuchte wie ein Blasebalg – »unterscheidet sich wahrscheinlich beträchtlich von derjenigen irdischer Lebensformen.«

Elegy faßte nach meinem Arm. »Du wußtest nicht einmal, daß das Betäubungsmittel wirken würde?«

»Nicht mit Gewißheit, nein. Wie konnte ich? Wir haben so etwas noch nie gemacht. Es ist immer illegal gewesen, tabu.«

Sie blickte mich forschend an, suchte nach einer geeigneten Antwort. »Es ist mein Forschungsauftrag«, erklärte sie schließlich. »Meiner.«

Wir hoben den Asadi in die Maschine und trennten den rückwärtigen Laderaum mit dem Netz ab, so daß er dort gefangen wäre, wenn er auf dem Rückflug erwachte. (Während ich mich mit seinem schlaffen, knochigen Körper abmühte, bemerkte ich, daß die »Netzhäute« im Inneren seiner transparenten Augenschalen aus einer Anzahl kleiner konzentrischer Ringe zusammengesetzt waren, deren jeder wiederum seltsam unterteilt und facettiert war. In der Bewußtlosigkeit waren die Farben zu stumpfer Austernfarbe verblaßt, und es war schwierig, sich vorzustellen, daß sie unter irgendwelchen Umständen prismatische Lichteffekte erzeugen konnten.) Elegy versorgte Kretzois Verletzung, reinigte sie mit einem desinfizierenden Mittel und umwikkelte seinen Unterarm mit einem Verband. Sie gab ihm auch eine Tetanusspritze – obwohl er angeblich in Dar es Salaam »alle Spritzen« bekommen hatte.

Plötzlich kam mir der Gedanke, wie Eisen auf die Ankunft eines ungeimpften und alles andere als keimfreien Asadi reagieren würde, wenn sogar Kretzoi nur um Haaresbreite der Quarantäne entgangen war. Einheimische Lebensform oder nicht, dieser neue Gast würde noch unerfreulicheres Aufsehen erregen als die Ankunft Elegy Cathers und ihres Begleiters es getan hatte. Während ich unseren Plan zum Einfangen eines Asadi ausgebrütet hatte, war mir diese ernüchternde Wahrscheinlichkeit nicht ein einziges Mal in den Sinn gekommen. Nun flogen wir ostwärts auf die Veldts und die melonengrünen Lichter von Frasierville zu und hatten einen betäubten Asadi an Bord. Ich saß allein in der Kabine, und das Gefühl unheilvoller Isolation, welches mich an diesem Abend auf der Asadilichtung überkommen hatte, breitete sich eisig wieder in mir aus.

Ich funkte den Hubschrauberlandeplatz in Frasierville an. »Benedict Libelle eins an Funkleitstelle«, sagte ich ins Mikrophon. »Bitte melden.«

»Hier Funkleitstelle«, zischte es im nächsten Augenblick – es war nicht Jaafars Stimme. »Sind auf Empfang, Libelle eins.«

»Ich werde die Maschine nicht zum Landeplatz fliegen«, sagte ich der körperlosen Stimme. »Ich werde draußen auf dem Flughafen landen. Verständigen Sie Gouverneur Eisen, daß wir unterwegs sind und informieren Sie ihn von meinen Absichten.«

8. Kapitel

Im Hangar

Setzt man bei Nacht zur Landung auf dem Flugplatz an, so fällt einem sofort das glitzernde Netz aus farbigen Lichtern auf, das über das Skelett der Startrampe gespannt ist. Dieses Bauwerk erhebt sich wie ein riesiger abgenadelter Christbaum aus dem Veldt, ein Anachronismus und ein Vorwurf. Das Abfertigungsgebäude für die Fähren und die flachgedeckten Hangars und Werkstätten südwestlich der Startrampe sind gekennzeichnet durch Lichterketten, die in präzisen und eleganten geometrischen Mustern ausgelegt sind. Das Auffallendste an dem ganzen Komplex ist jedoch, daß er einsam aussieht, beinahe verlassen.

Noch ehe wir Frasierville überflogen hatten, versuchten Funker vom Hubschrauberlandeplatz und dem Flugplatz mit verzweifelter Hartnäckigkeit, mir Antworten zu entlokken. Obwohl ihre Stimmen einander in Entschlossenheit überboten, ignorierte ich sie. Als ich mich anschickte, die Maschine auf der abgelegensten und am wenigsten benutzten Landebahn aufzusetzen, beinahe einen Kilometer vom Abfertigungskomplex entfernt, deuteten sie bedauernd meine bevorstehende Entlassung aus dem Kolonialdienst an und drohten mit Laserbeschuß – letzteres mit der Begründung, daß Pilot und Passagiere der Libelle eins eine potentielle Bedrohung der Sicherheit des Flughafenpersonals darstellten, weil keine Landeerlaubnis vorliege und ich mich beharrlich weigere, unser eigentümliches Verhalten zu erklären.

Ich wußte, daß Moses durchaus imstande war, mich von meinem Posten zu entlassen, aber niemals würde er den Angriff auf unseren Hubschrauber genehmigen; schließlich enthielt er die sakrosankte Person Elegy Cathers, die seinem Schutz anvertraut war. Die um das Flugfeld aufgebaute Laserbatterie würde deshalb kalt in ihren Bunkern bleiben, und ich konnte mit an Sicherheit grenzender Wahrscheinlichkeit ungestraft landen.

Und das tat ich. Elegy kam verwirrt zu mir in die Pilotenkanzel, und in weniger als drei Minuten sahen wir uns von gepanzerten Fahrzeugen und Polizeiwagen umgeben. Suchscheinwerfer fixierten uns mit ihren scharfgebündelten und einander überkreuzenden Lichtkegeln, und ein Lautsprecher auf einem der Wagen übermittelte die nicht verhandlungsfähige Aufforderung, daß wir uns ergäben.

»Das ist der Flugplatz«, sagte Elegy, noch immer verwirrt. »Bist du wegen des Asadi hier gelandet?«

»Du willst doch nicht, daß ich versuche, ihm ein Zimmer im Krankenhaus zu besorgen, wie?«

»Wenn du dich bitte erinnern möchtest: ich wollte nicht einmal, daß du ihn einfängst. Derjenige, der vielleicht ins Krankenhaus gebracht werden muß, ist Kretzoi. Ist das nicht einer der Hauptgründe, daß wir alle zurückgekehrt sind?«

Der Lautsprecher verlangte wieder, daß wir uns ergäben.

Ich schaltete unseren eigenen Außenlautsprecher ein und informierte die pflichtschuldigen Leute, die uns belagerten, daß ich auf Moses Eisen warte. Obschon völlig dunkel, war es noch relativ früh. Gut. Moses würde sich nicht aus dem Bett bequemen müssen, um uns gegenüberzutreten ... Und innerhalb von Sekunden, so schien es, sauste ein Geländewagen vom Abfertigungsgebäude über die verlassene Startbahn auf uns zu.

Der Wagen hielt, Moses Eisen sprang heraus und schritt in die überlappenden Lichtkegel unter der Kabine. Er hob den Kopf und blinzelte zu uns herauf.

»Ich habe einen Asadi mitgebracht«, sagte ich über den Außenlautsprecher. »Im Moment ist er bewußtlos. Ein Betäubungspfeil.«

»Sonst alles in Ordnung?« rief Moses.

Auf einen öffentlichen Tadel oder einen Wutausbruch gefaßt, starrte ich sprachlos zu meinem Vorgesetzten hinab.

»Sonst alles in Ordnung?« wiederholte er.

»Kretzoi ist verletzt«, antwortete ich. »Er trug Kratz- und Bißwunden an einem Arm davon, als er unseren Asadi überwältigte. Außerdem ist er erschöpft – sehr erschöpft. Ansonsten ist alles in Ordnung. Wir sind gesund.«

»Was brachte Sie dazu, hier draußen zu landen?« rief Moses.

»Der Asadi«, sagte ich. »Ich dachte, Sie würden es nicht schätzen, wenn ich ihn in die Stadt brächte.«

»Ich schätze es auch nicht, daß Sie ihn hierher bringen. Was sollen wir mit ihm anfangen? Was Sie getan haben, ist eine flagrante Verletzung des Artikels Zwölf der Kolonialverfassung, und ich mache mir weniger Sorgen um die Notwendigkeit, eine einheimische Lebensform von menschlichen Siedlungen fernzuhalten, als über den Bruch der Bestimmungen.« Er beschirmte die Augen gegen das grelle Licht. »Lassen Sie mich an Bord kommen!« rief er. »Ich komme mir hier vor wie in einem schlechten Kriminalfilm.«

»Achtern ist der Asadi«, sagte ich über den Außenlautsprecher. »Ich dachte, das sei der Grund, warum Sie nicht schon an Bord gegangen sind.«

»Wenn ich mich vor Ansteckung fürchtete, hätte ich schon vor sieben Jahren um Versetzung nachgesucht.« Er wandte sich zum Einstieg und kam die Stufen heraufgestapft, daß sein Eintreten die ganze Maschine schwanken ließ.

Elegy und ich erwarteten ihn im Laderaum, wo Kretzoi benommen zwischen den Proviantbehältern und Luftmatratzen kauerte, die am Boden verstreut lagen. Unser Asadi, hinter dem Netz im Heckteil des Raumes, hatte sich in den vergangenen zwei Stunden nicht bewegt – er glich einem kleinen Haufen von Tierfellen, die vergessen in einer Ecke lagen und Motten ausbrüteten.

»Hoffentlich ist er nicht tot«, sagte Eisen.

»Nein«, sagte ich.

»Was wollen Sie mit ihm anfangen, wenn er nicht tot ist. Ich erinnere mich nicht, daß in Fräulein Cathers Antrag etwas vom Fang eines Asadi stand.«

»Die Bedingungen meines Forschungsauftrags geben uns unter bestimmten Umständen diese Möglichkeit«, sagte Elegy, als wäre sie meine Bauchrednerpuppe. »Am zweiten Abend unserer Feldarbeit verlangten Sie aus Sorge um unser Wohlergehen, daß wir spätestens heute nach Frasierville zurückkehrten. Da wir in dieser kurzen Zeit keine erfolgreiche Arbeit leisten konnten, übertraten wir die Schutzbestimmungen unter Berufung auf die Klausel meines Forschungsauftrags, welche in besonders begründeten Fällen Anspruch auf direkte Fürsprache der Stiftung gewährt. Ich glaube nicht, daß Sie sich um amtliche Ermittlungen im Zusammenhang mit unserem Handeln sorgen müssen, Gouverneur Eisen. Die Nyrerere-Stiftung verfügt über sehr gute Beziehungen zu den Regierungsstellen.«

»Das läßt noch immer die Frage offen, was mit dem Geschöpf geschehen soll«, sagte Eisen. »Frasierville hat keinen Zoo.«

»Ich möchte, daß Kretzoi mit ihm arbeitet«, erklärte Elegy. »Er kann damit anfangen, sobald er ausgeruht ist und seine Verletzungen behandelt sind.«

»Wo?« wollte Eisen wissen. »Ich bin nicht glücklich darüber, Ben, daß Sie den Asadi eingefangen und hierhergebracht haben, aber ich gebe zu, daß es vernünftig gewesen ist, hier draußen zu landen, statt mitten in der Stadt.«

»Wie wäre es mit dem Hangar?« sagte ich. Er lag östlich von uns in der Dunkelheit, erhellt nur durch seinen phosphoreszierenden orangefarbenen Anstrich. Soweit ich wußte, hatte er niemals zu anderen Zwecken als denen eines Lagerhauses für Transitgüter gedient, die für Amérsavane oder eine der anderen Agrarsiedlungen des Veldt bestimmt waren. Abgesehen davon war der Hangar ungenutzt.

»Der Hangar ...«, sagte Moses Eisen nachdenklich.

»Jawohl«, bekräftigte ich. »Wir würden von Frasierville isoliert sein, hätten aber viel Raum und könnten die Hilfe des Bodenpersonals hier draußen in Anspruch nehmen.«

Überraschenderweise stimmte er zu.

Die Sicherheitskräfte ließen mich die Libelle zu den Flugplatzgebäuden hinüberrollen, wo ich die Nacht auf einem Feldbett im Vorzimmer zu Eisens luxuriösem Zweigbüro durchwachte.

Der Gouverneur nahm Elegy und Kretzoi mit sich nach Frasierville, um Kretzoi ins Krankenhaus einzuliefern – diesmal nicht als Bewohner des Gästeflügels, sondern als Patienten.

Als sie weggefahren waren, hörte ich zwei junge Zivilangestellte vor dem Haus darüber scherzen, wie die Krankenhausärzte sich wundern würden, wenn sie merkten, daß der Gouverneur sie mit Veterinären gleichsetzte. Ich hatte diese ehrbare Berufsbezeichnung selten mit einer so bösartigen Betonung nennen hören. Selbst das überschäumende jugendliche Gelächter der beiden vermochte den üblen Eindruck nicht auszulöschen. Wenn sie Kretzoi so abscheulich fanden, was mußten sie erst von dem Asadi denken, den wir aus der Wildnis mitgebracht hatten?

Diese Nacht verbrachte unser noch immer bewußtloses Opfer in einem Waschraum über dem Dienstzimmer des Gouverneurs. Ich hatte ihn selbst hinaufgetragen und wieder die Weichheit seines Fells und die schmalgliedrige Schmächtigkeit seines Körpers bestaunt. Eisen hatte darauf bestanden, daß ich den Asadi auf den fliesenbelegten Boden der Dusche legte und dann die Schiebetür zusperrte. Auf diese Weise, hatte er gemeint, brauche man, sollte unser unfreiwilliger Gast sich nachts entleeren, am Morgen bloß die Dusche aufzudrehen, um den Kot fortzuspülen.

Mein Feldbett im Vorzimmer war nicht weit vom Waschraum entfernt, und eine der Ursachen meiner Schlaflosigkeit in dieser Nacht war, daß ich auf das Erwachen und die gewalttätigen Proteste des Asadi gegen seine Gefangenschaft wartete. Ich weiß nicht, ob es eine Erleichterung oder eine Qual für mich war, daß er es nicht tat.

Als ich am nächsten Morgen in den Waschraum trat, fand ich, daß der Asadi das Bewußtsein wiedererlangt hatte. Er saß bewegungslos in der Duschkabine, eine unscharfe zweidimensionale Gestalt hinter dem Milchglas. Nicht einmal mein absichtlich geräuschvolles Eintreten hatte ihn ermuntert.

Plötzlich bekam ich es mit der Angst.

Wie sollte ich ihn da herausbringen? Ich wollte ihn nicht wieder betäuben, selbst wenn diese Option leicht auszuführen gewesen wäre, was nicht der Fall war. Noch wollte ich einfach die Schiebetür öffnen und ihm die Hand hinstrekken.

Weil es noch früh war, kehrte ich zu meinem Feldbett im Vorzimmer zurück und setzte mich auf das zerwühlte Bettzeug, um auf Hilfe zu warten. Draußen erwachte der Flugplatz allmählich zu geschäftigem Leben, dessen monotones Summen mich in einen Zustand von Apathie einlullte, in den für Befürchtungen beinahe kein Platz war.

Dann vernahm ich ein leises Geräusch im Waschraum – ein dumpfes Geräusch wie ein bescheidenes Klopfen. Meine Befürchtungen kehrten zurück. Es war das einzige Geräusch, was in diesen Morgenstunden aus dem Waschraum gedrungen war, und als ich endlich soviel Mut aufbrachte, um wieder hineinzugehen, entdeckte ich, daß mein Problem sich selbst gelöst hatte. Der Asadi war nach vorübergehender Wiederbelebung neuerlich zusammengebrochen. Ich zog die Schiebetür zurück und blickte auf die schmächtige, wie leblos zusammengesunkene Gestalt. Als Moses Eisen kam, hatten wir keinerlei Mühe, den Gefangenen hinauszuschaffen – allerdings hatte ich inzwischen angefangen, um sein Leben zu fürchten.

Am Nachmittag – Elegy und Kretzoi waren in Frasierville – ließ Moses Eisen mich einige meiner Habseligkeiten in den Hangar nördlich der Flughafengebäude schaffen. Er begleitete mich sogar hinaus. Den Asadi beförderten wir im klimatisierten Laderaum eines Lieferwagens, der auf dem Flugplatz für empfindliche Warenlieferungen bereitstand. Die Ambulanzärztin der Flughafen-Sanitätsstation saß hinten bei unserem Gefangenen und versorgte ihn intravenös mit Glukose, nachdem die Analyse einer seiner rechten Fußsohle entnommenen Gewebeprobe ergeben hatte, daß es ihm wahrscheinlich helfen, jedenfalls aber nicht schaden würde. Sie hatte auch darauf bestanden, dem Asadi zusammen mit der Glukose zu verabfolgen, was sie »ein ganz mildes Beruhigungsmittel« nannte, um sicherzustellen, daß ihr Patient unterwegs nicht aufwachte. Es war unmöglich, ihr wegen verständlicher Befürchtungen Vorwürfe zu machen – ich erinnerte mich nur zu gut, wie furchtsam ich an diesem Morgen gewesen war.

Der Hangar war ein riesiger verwahrloster Schuppen, länger und breiter als die Asadilichtung. Das Äußere, kreuz und quer mit Streifen bereits abblätternder phosphoreszierender Farbe gestrichen, die es völlig aus der natürlichen Ordnung der Dinge herausfallen ließen, machte einen teerig-schmutzigen Eindruck. Nach Norden und Süden öffneten sich himmelhohe Tore, die auf Eisenschienen rollten, und kleinere Türen für das Personal begleiteten in Abständen die Längsseiten des Gebäudes. In der unteren rechten Ecke der Südwand waren die Anfänge einer peinlich erotischen Wandmalerei zu sehen, um Mitternacht von einem gelangweilten Wachmann mit einer Laserwaffe in die Metallplatten der Wandverkleidung geätzt. Der Mann war vor ein Kriegsgericht gekommen und strafversetzt worden. Die Darstellung zeigte einen Satyr und ein Mädchen. Vor zwei Jahren war ein halbherziger Versuch, die Lasernarben auszufüllen und zu glätten, aufgegeben worden, ehe das Kunstwerk des Wachmannes völlig unkenntlich geworden war, und heute genoß der Mann – obwohl niemand sich seines Namens erinnerte – in den Personalbaracken wie in den Vergnügungslokalen von Frasierville einen legendären Ruf.

Das Innere war eine einzige Halle von ungeheurem Raumvolumen. Selbsttätig polarisierende Oberlichte ließen Helligkeit ein und verhinderten eine zu starke Aufheizung der Innentemperatur, die ziemlich konstant bei 30° C lag.

Auf eine Klimaanlage würden wir verzichten müssen, hatte Moses Eisen gesagt, aber andererseits bestand nur geringe Gefahr, daß wir einem Hitzschlag zum Opfer fallen würden. Drei Laufgänge aus Stahlblech und ausschwenkbare Arbeitsplattformen verliefen in verschiedenen, einstellbaren Höhen entlang den Innenwänden des Hangars. Außerdem konnte ein Ende des riesigen Hallenraumes mit einem Kantinenabteil und Erholungseinrichtungen aufwarten, wo die Ingenieure und Techniker (die nie gekommen waren und niemals kommen würden) ihre Arbeitspausen verbringen sollten. Dort gab es ein nierenförmiges kleines Schwimmbecken zwischen teppichbelegten Gängen und Kübeln mit künstlichen Pflanzen und Blumen. Wegen eines Materialfehlers war das Schwimmbecken jedoch von Anfang an undicht gewesen, und Eisen hatte niemals die Erlaubnis gegeben, es instandzusetzen.

Der Hangar setzte Moses Eisen in Verlegenheit. Alles daran erinnerte ihn an die Torheit übersteigerter Erwartungen nach der Entscheidung zum Aufbau einer Kolonie. Nur der Umstand, daß der Hangar einen guten Teil des benötigten Lagerraums bot, hatte ihn daran gehindert, das Bauwerk abreißen zu lassen. Die Startrampe, so dachte ich manchmal, ließ er als ein Symbol menschlicher Leichtgläubigkeit stehen – aber der Hangar bereitete ihm nur Kopfschmerzen.

Auf einer Bahre trugen die Ärztin und ich den Asadi zur Freizeitecke, wo wir unsere Bürde auf den grünen Teppichbelag beim Schwimmbecken absetzten.

Die junge Frau blickte kritisch umher. »Eine sonderbare Mischung aus Fabrikhalle und synthetischem Freizeitparadies«, bemerkte sie.

Moses dankte ihr für die Hilfe und sagte, sie könne zum Wagen zurückkehren, was sie, nachdem sie den Asadi von der Bahre gekippt und diese zusammengeklappt unter den Arm gesteckt hatte, mit sichtlicher Erleichterung tat.

»Ich schlage vor, Sie stecken ihn ins trockene Schwimmbecken und ziehen eine dieser vorgefertigten Plastiktrennwände mit eingebauten Durchgängen herum«, sagte Eisen.

»Auf die Weise haben Sie ihn unter Kontrolle. Wenn Sie wollen, können Sie vom untersten Laufgang eine Arbeitsplattform ausfahren und über ihm Wache halten. Die meisten sanitären Probleme werden sich mit dem Wasserschlauch lösen lassen.«

Der alte Moses, dachte ich bei mir, ist besessen von sanitären Problemen.

Er mußte die Erheiterung in meinem Gesicht gesehen haben. »Ihr Asadi stinkt«, verteidigte er sich. »Ich versuche nur einigermaßen günstige Voraussetzungen zu schaffen. Das hat nichts mit Quarantäne zu tun, verstehen Sie. Es ist eher eine Anpassung an vorhandene Mittel.«

»Es müßte genügen«, sagte ich beruhigend.

»Wie lange wollen Sie dableiben? Sie scheinen Ihre anfänglichen Pläne über den Haufen geworfen zu haben.«

»Ich denke, das hängt von der Art der ›Arbeit‹ ab, die Kretzoi in Elegys Auftrag mit unserem Freund hier verrichten soll.« Ich stieß den Asadi sanft mit der Stiefelspitze an. »Und von den Ergebnissen dieser Arbeit.«

»Glauben Sie, daß Sie ihn am Leben werden erhalten können?«

»Wir werden ein Sortiment Pflanzen aus der Wildnis brauchen, um die Grundlagen der Asadi-Diät für ihn zu schaffen. Danach ... das wird von ihm selbst abhängen.«

»Ich werde dafür sorgen, daß Sie bekommen, was Sie brauchen«, sagte Moses Eisen. »Ich werde auch ein paar Leute schicken, die beim Aufbau des Zaunes helfen können.«

Er verabschiedete sich mit einer ungewissenen Handbewegung und ließ mich mit dem Asadi in der Einsamkeit der riesigen Halle allein. Ich trug den Gefangenen die Stufen des leeren Schwimmbeckens hinab und legte ihn am tiefen Ende des Beckens behutsam auf den Boden.

Zehn oder fünfzehn Minuten später kam ein Trupp Zivilarbeiter in den Hangar, schleppte eine Rolle des Plastikzauns herbei und baute ihn um das Becken auf, mit einer Tür beim seichten Ende und mehreren Schwanenhalsstützen, die ihn aufrecht hielten. Das Plastikmaterial war leuchtend gelb, so freundlich in seinem Nebeneinander mit dem pastellgrünem Inneren des Beckens, daß ich, von einer ausgefahrenen Arbeitsplattform des ersten Laufgangs die Szene überblickend, heiter gestimmt wurde.

Am Spätnachmittag kamen Elegy und Kretzoi zu mir, lange nachdem der Asadi sich von der Wirkung des ›leichten Beruhigungsmittels‹ erholt hatte. Sie kamen von der Südseite des Hangars an, sahen mich von meiner Aussichtsplattform winken und erstiegen eine Eisentreppe zum ersten Laufgang. Ich saß an einem Klapptisch und machte Notizen, und als sie sich zu beiden Seiten von mir auf die Plattform gezwängt hatten, nickte ich hinab zum Schwimmbecken.

»Wie geht es ihm?« flüsterte Elegy.

»Er ist geschwächt und verwirrt, was kein Wunder ist. Seit er zu sich gekommen ist, kauert er am tiefen Ende an der Wand und blickt zu den Oberlichten auf. Er weiß, daß ich hier oben bin, vermeidet es aber, in diese Richtung zu sehen. Ihr seid rechtzeitig gekommen, seine Reaktion auf den ersten Sonnenuntergang fern der Asadilichtung zu beobachten.«

»Willst du wissen, wie es Kretzoi geht?«

Ich blickte den Primatenhybriden an, sah den sauberen Verband an seinem Arm und die verschiedenen Stellen seines Körpers, wo das Fell ausrasiert worden war, um die Befestigung von Sensoren zu ermöglichen. Armer Kretzoi. Das Opfer eines wunderlichen Perfektionsdranges.

»Hypoglykämie«, sagte Elegy.

Das Wort sagte mir nichts. Ich zwinkerte.

»Niedriger Blutzucker«, erklärte sie. »Als wir gestern abend im Krankenhaus eintrafen, wurde er ohnmächtig – fiel regelrecht in Ohnmacht. Ein Zusammenwirken von Blutverlust und zu niedrigem Blutzuckerspiegel.«

»Und heute war er soweit wiederhergestellt, daß sie ihn entlassen konnten?«

»Sie behandelten seine Verletzungen und gaben ihm eine

Einheit Glukose. Außerdem hemmten sie mit chemischen Mitteln die Fähigkeit seines Körpers zur Insulinproduktion, um den Aufbau des natürlichen Zuckerspiegels zu ermöglichen. Ich weiß nicht, was sie sonst hätten tun können. Außerdem waren sie froh, uns beide wieder aus dem Haus zu haben. Als Patienten sind wir ihnen noch mehr auf die Nerven gegangen denn als Gäste.«

»Glukose?« Verspätet ging mir ein Licht auf.

»Zur Wiederherstellung des normalen Zuckergehalts im Blut.« Elegy stieß ein scharfes, ironisches Lachen aus. »Ganz elementar. Jeder Veterinär kennt die Ursachen und Verfahrensweisen, Ben.«

»Genau das hat die Ärztin heute morgen Bojangles gegeben«, sagte ich und prägte damit einen Namen für unseren Asadi. »Nach einer Schnelldiagnose, zu der sie ihm eine Hautprobe entnommen hatte. Glukose.«

»Das finde ich nicht sehr absonderlich. Glukose ist ein grundlegendes Energiereservoir in den meisten Kohlenstoff-Lebensformen. Wenn das Betäubungsmittel wirkte, warum sollte Glukose es nicht auch tun?«

»Wie ähnlich sind wir den Asadi?« fragte ich den Abendhimmel, der noch immer hell durch die großen Oberlichtscheiben des Hangars leuchtete. Die gewaltigen Dimensionen der Halle und des wolkenlosen graublauen Himmels, der sich darüberspannte, reduzierte uns alle zu eingebildeten und anmaßenden Winzlingen. Und dann kam der Sonnenuntergang.

»Schau!« wisperte Elegy und faßte meinen Arm.

Bojangles stand auf und hob sein Gesicht zu den Oberlichten. Dazu schnüffelte er asthmatisch. Im nächsten Augenblick rannte er im Bogen aus dem nierenförmigen Schwimmbecken und prallte gegen den nachgiebigen Zaun. Es war ihm nicht möglich, sich durchzubeißen oder das glatte, elastische Material mit den Händen aufzureißen. Die innere Struktur aus netzförmig angeordneten Polymeren machte den Zaun nahezu reißfest; er gab nach, fing den Aufprall des Körpers ab und nahm wieder seine herausfordernde gelbe Glätte an. Schließlich legte Bojangles sich erschöpft am Beckenrand nieder und zog die Beine in einer fötalen Haltung an, die mich an Kretzois Schlafhaltung vor zwei Nächten erinnerte.

»Was, sagtest du, tat er den ganzen Tag?« fragte Elegy.

»Er versuchte durch die Oberlichte den Sonnenstand zu beobachten. Die ganze Zeit starrte er hinauf. Du siehst selbst, daß er nichts von den Baumrinden, dem Laub und den Lianen angerührt hat, die wir ihm am frühen Nachmittag ins Becken geworfen haben.«

»Wir können von Glück sagen, daß er noch lebt.«

»Er auch, vorausgesetzt, er weiß das Leben fern der Asadilichtung zu schätzen.«

»Wir haben ihn zum Tode verurteilt, weißt du. Er ist klein, aber er ist ein erwachsener Asadi, und erwachsene Angehörige der meisten parahumanen Arten sind psychisch bereits so gefestigt, daß eine Umorientierung nicht mehr möglich ist. Wahrscheinlich wird er in unserer Obhut sterben.« Die unausgesprochene Implikation war, daß meine eigene Ungeduld Bojangles einem Spießrutenlaufen unnötiger Grausamkeiten unterworfen hatte.

»Kretzoi hätte es unter den Asadi nicht mehr lange ausgehalten«, verteidigte ich mich. »Sie haben bei ihm Hypoglykämie diagnostiziert, nicht wahr? Angenommen, wir wären geblieben, Elegy. Angenommen, sein Zustand hätte sich bis zu dem Punkt verschlechtert, daß er auf der Lichtung zusammengebrochen wäre.«

»Schon gut«, sagte sie tonlos.

Und diese beiden Worte, in dieser Weise ausgesprochen, brachten mich zum Schweigen. Im Hangar wurde es dunkel. Ich stand auf, drängte mich an Elegy vorbei und tappte zwischen den Geländern zum nördlichen Laufgang. Noch ein Stück die Innenwand entlang, und ich stand vor den vier Lichtschaltern. Ich betätigte sie, und kalte Helligkeit durchflutete den Hangar. Im Ostteil der Halle waren Kisten, Fässer und Verschläge mit Ersatzteilen und Materialien aller Art in schachbrettartiger Anordnung gestapelt. Die entfernten Winkel und Laufgänge lagen in dunstigem Halbschatten.

Kretzoi machte eine Serie von dringenden Zeichen zu Elegy. Sie wandte sich zu mir um und dolmetschte: »Er möchte jetzt hinuntergehen, Ben. Er will zu dem Asadi ins Gehege.«

»Wozu? Es ist offensichtlich, daß sie tagaktiv sind. Bis Morgen wird er nichts ausrichten können.«

Kretzoi machte weitere Gebärden.

»Er möchte nur bereit sein«, sagte Elegy. »Er glaubt, daß – wie nennst du ihn, Bojangles? – daß Bojangles, wenn er ihn beim Erwachen dort vorfindet, sich eher an ihn gewöhnen wird als wenn wir später die Tür aufmachen und ihn hineinlassen. Ich glaube, er hat recht. Bojangles hat bereits genug mitgemacht.«

Widerwillig und mit der unausgesprochenen Frage, ob Elegy ihm die Worte nicht in die Hände gelegt haben könnte, willigte ich ein. Es blieb mir nichts anderes übrig. Tatsächlich war Elegy die Leiterin unseres Projekts. Und widerwillig geleitete ich Kretzoi hinunter zum Boden des Hangars, um ihn durch die Tür im Zaun zu unserem schlafenden Gefangenen einzulassen ...

9. Kapitel
Bojangles

Bojangles aß nichts. Obwohl unsere Leute ihm Futter aus der Wildnis brachten – Blattwedel, verschiedene Baumrinden, Teile von Stammsukkulenten, Stränge von Epiphytenwurzeln, die bleichen, eiförmigen Früchte des Lorqualbaumes – rührte er nichts an. Jeden Abend, wenn er einschlief, trug Kretzoi die welken Reste des Tagesmenüs aus dem Gehege. Ich warf sie in eine Grube hinter dem Hangar, wo ich sie verbrannte, angewidert vom Gestank, aber dankbar für die Gelegenheit, draußen in der kühlen Abendluft zu stehen. Manchmal bestellte ich neue Lieferungen bei den Sicherheitsbeamten der Flughafenwache, die den Umkreis des Hangars patrouillierten und zu festgesetzten Zeiten nachfragten, ob wir etwas brauchten. Sie unterdrückten ihre Neugierde über unser »Experiment« so gut, daß ich mich oft fragte, ob sie Menschen seien.

Elegy riet mir, daß ich für kleine Erfolge dankbar sein sollte. Dabei bezog sie sich vor allem auf den Umstand, daß Bojangles alles Wasser trank, das wir ihm vorsetzten. Anscheinend wurde der größte Teil der aufgenommenen Flüssigkeit von seinen Körperzellen gespeichert, denn er urinierte relativ selten, und wenn er es tat, in der tropfenden Art eines Mannes mit Prostatabeschwerden. Ein Wasserschlauch, wie Moses Eisen mit versehentlicher Ironie prophezeit hatte, war mehr als hinreichend, wenn es galt, die sanitären Probleme zu meistern. Elegy und ich übernahmen abwechselnd den Reinigungsdienst, gewöhnlich abends, nachdem Kretzoi das Gehege verlassen hatte, um zu essen und auszuruhen. Aber Bojangles' Bereitwilligkeit, seinen Durst zu stillen, schien auf einen vom Willen unabhängigen Überlebenstrieb hinzudeuten. Manchmal war es schwierig zu bestimmen, ob er leben oder sterben wollte.

Wenn Bojangles seine Aufmerksamkeit nicht auf die

Wanderung des Tagesgestirns von Oberlicht zu Oberlicht konzentrierte, gelang es Kretzoi mitunter, etwas wie eine persönliche Beziehung zu ihm herzustellen, was unter den obwaltenden Umständen erstaunlich war. Im Licht dieser Erkenntnis begannen Elegy und ich zu glauben, daß die Anwesenheit zahlreicher Asadi eine bedeutungsvolle Verständigung zwischen kleineren Gruppen von Individuen nur verhindere. Wir kamen zu dieser Annahme, weil Bojangles sich zu Kretzoi beinahe wie zu einem Gleichartigen verhielt.

An seinem ersten Tag im Gehege setzte Kretzoi sich so nieder, daß Bojangles ihm beim Erwachen sofort sehen mußte. Das Ergebnis war weder eine Schaustellung von Furcht noch von Aggression, sondern ein allmähliches Sichaufschließen zu der Erkenntnis, daß er in seiner seltsamen Gefangenschaft nicht allein war. An diesem ersten Morgen schien er Kretzoi für einen Asadi zu halten. Wenn er sich erinnerte, daß Kretzoi derjenige war, der an seiner Gefangennahme mitgewirkt hatte, zeigte er sich nicht nachtragend: er ließ zu, daß Kretzoi ihn berührte, ohne das charakteristische Angstgrinsen irdischer Primaten zu zeigen, und gelegentlich versuchte er seinerseits, Kretzoi zu berühren, vielleicht in einer Abreaktion irgendeines verschütteten Instinkts, der den Mechanismen des Gleichgültigen Beisammenseins entgegenwirkte. An diesem ersten Morgen im Schwimmbekken etwa setzte er sich in der Art eines Pavians oder Schimpansen, der gelaust werden möchte, so vor Kretzoi nieder, daß er ihm den Rücken zukehrte. Niemand hatte unter den Asadi jemals gegenseitige Fellpflege beobachtet.

»Ist das ein Durchbruch?« wollte Elegy wissen.

»Vielleicht nicht, soweit es die Lage des Asaditempels betrifft«, antwortete ich. »Aber als Zeichen von Sozialverhalten könnte es durchaus einer sein. Vor allem, wenn wir bedenken, daß es der Anfang wirklicher Verständigung zwischen einem Asadi und einer anderen intelligenten Spezies sein könnte.«

Elegy strahlte vor Glück. »Einer anderen?« sagte sie.

Während wir das Geschehen von unserer Plattform beobachteten und mit holographischen Kameras filmten, die wir am Abend zuvor an vier verschiedenen Punkten befestigt hatten, begann Kretzoi die Mähne des Asadi nach Ungeziefer zu durchsuchen. Tatsächlich bedeutete das Einnehmen der Pflegehaltung, daß die Asadi entweder noch vor kurzer Zeit oder in der rätselvollen Vergangenheit ihrer Art Wirtstiere parasitischer Insekten gewesen waren. Jedenfalls pflegte Kretzoi dem Gefangenen das Fell, und dieser, offenbar besänftigt, hielt still und beobachtete die Wanderung des Tagesgestirns durch den Himmel.

Nach kurzer Zeit versuchte Kretzoi eine weniger einseitige Form von Kommunikation einzuführen. Er zupfte Bojangles am Arm, stieß und zwickte ihn aufdringlich. Bojangles glich einem Stehaufmännchen – passiv und geduldig, aber unerschütterlich. Nach langen, fruchtlosen Bemühungen, den anderen zu animieren, rannte Kretzoi um das ganze Becken, machte mit ausgebreiteten Armen kehrt und lief in der Gegenrichtung noch einmal herum. Dann kauerte er vor der Tür im Zaun nieder und blickte zu uns auf, als wolle er sagen: Ich weiß nicht weiter, laßt mich hinaus.

»Da ist nichts mit Kommunikation«, flüsterte ich.

Elegy beugte sich über das Geländer unserer Plattform und drängte Kretzoi mit ihrer spezialisierten Zeichensprache, einen neuen Versuch zu machen. Kretzoi schüttelte den Kopf. Seine Unterlippe hing lose und sackartig herab. Er sah aus wie ein müder Pavian. Ein unwissender, völlig animalischer Pavian.

Sogar Elegys Mitgefühl verging. Sie stellte die Handzeichen ein und rief mit lauter Stimme, deren Echo unheimlich dumpf zurückgeworfen wurde, ohne sich um die mögliche Wirkung auf Bojangles zu kümmern: »Du machst deine Sache gut, Kretzoi! Nur weiter so! Du hast schon mehr erreicht als jeder andere!«

Die Echos kamen zurück wie Wellen einer kalten und entfernten See.

»Und nun geh wieder zu ihm, ich sage es dir – geh zurück

zu ihm und laß ihn tun, was du für ihn getan hast! Nun geh schon, du machst es richtig! Niemand kann es besser!«

Endlich setzte Kretzoi sich in Bewegung und ging zurück zu Bojangles. Aber statt ihn am Arm zu zupfen oder vor die Brust zu stoßen, kauerte er vor ihm nieder und wandte ihm den Rücken zu. Dann wartete er. Es dauerte nicht lange, und der Asadi begann geistesabwesend mit den Fingern durch Kretzois Mähne zu fahren. Er wandte den Blick nicht von den Oberlichten, aber der Kontakt, einmal hergestellt, dauerte zur beiderseitigen Zufriedenheit länger als eine Stunde. Schließlich schlief Kretzoi ein.

»Vielleicht geht doch etwas«, meinte Elegy.

Die folgenden Ereignisse gaben Elegy recht. Obwohl Bojangles mit der Fellpflege aufhörte und seine Augen nur so lange von den Oberlichten abwandte, wie er benötigte, um eine Ecke des Schwimmbeckens aufzusuchen, die er zu seinem Abtritt bestimmt hatte, ließ er an diesem Nachmittag mehrere Unterbrechungen seiner Sonnenverehrung zu. Nach der gegenseitigen Fellpflege gelang es Kretzoi, den anderen minutenlang von der Himmelsbeobachtung abzulenken – einmal, indem er sich vor Bojangles aufstellte, ihm die Sicht versperrte und zu ihm hinabsah, ein anderes Mal durch eine forschende Berührung der Augenschalen, und ein drittes Mal, indem er die Ohren des Asadi zum Gegenstand seiner Aufmerksamkeit machte und sogar spielerisch beknabberte. Auf die meisten dieser exotischen Anregungen reagierte Bojangles freundlich: er wandte sich zu Kretzoi und suchte ihn zu berühren.

»Dies läßt den Schluß zu«, sagte Elegy einmal, »daß die Asadi, wenn man sie von dieser infernalischen Lichtung entfernt, nicht die brutalen, bornierten Dämonen sind, die in ihnen zu sehen wir uns angewöhnt haben. Ihre Lichtung ist ihre Hölle, Ben – als ob sie aus einem Stand der Gnade gefallen wären, oder es glauben, und sich deshalb Tag für Tag ohne Protest ihrer Strafe ausliefern.«

»Würdest du freiwillig in eine solche Hölle gehen?«

»Ich sagte nicht, daß sie freiwillig gehen. Ich sagte, daß sie sich ohne Protest ausliefern. Sie sind genetisch und verhaltenspsychologisch dafür programmiert. Und ihre Bereitwilligkeit, diese Hölle zu erleiden, muß einen Überlebenswert haben. Das evolutionäre Ergebnis ist eine besondere Art von Periodizität. Bei Tag sind sie auf dem Versammlungsplatz sicher; bei Nacht in der Wildnis. Leuchtet dir das nicht ein?« schloß sie eifrig.

»Elegy, ob Tag ist oder Nacht, es gibt auf dieser Welt keine Raubtiere. Sie haben keine natürlichen Feinde. Aber es gibt Beweise für gelegentlichen Kannibalismus unter den Asadi.«

»Und der psychologische Raub ihrer eigenen Vergangenheit? Meinst du nicht, daß die Vergangenheit dort draußen bei ihnen ist, in ihrem täglichen stumpfsinnigen Herumtrotten? Die Vergangenheit ist das gnadenlose Raubtier, das ihnen zusetzt. Sie ist der Racheengel, der sie zum Leben in ihrer Regenwaldhölle verurteilt hat.«

»Mit deinen biblischen Metaphern kann ich nicht allzuviel anfangen, Elegy.«

»Na gut. Du erwähntest den Kannibalismus. Das ist auch etwas Raubtierhaftes, nicht wahr? Vielleicht ist ihr Zusammenkommen an einem Versammlungsplatz während des Tages und das anschließende Verstreuen in alle Winde während der Nacht ein Abwehrmechanismus gegen eine angeborene Neigung – geboren aus vergangenen genetischen Entwicklungen, deren auslösende Faktoren wir noch nicht ahnen –, einander aufzulauern. Die Asadi scheinen in einem prekären stammesgeschichtlichen Gleichgewicht zwischen Selbstausrottung und sinnloser, steter Fortpflanzung zu sein. Gleichgültiges Beisammensein und Hektische Vereinzelung sind die Mittel ihrer Lebenserhaltung, Ben. Die Tatsache, daß sie überhaupt noch am Leben sind, ist die einzige wirkliche Bedeutung, die ihre Vergangenheit ihnen hinterlassen hat.«

»Dann hältst du Bojangles für der Erlösung würdig?«

Elegy schoß mir einen Blick zu, um zu sehen, ob ich sie

zum Besten haben wollte, kam aber zu dem Schluß, daß ihr Verdacht unbegründet sei. »Ich weiß es nicht. Aber heute scheint er auf einmal weniger fremd, verständlicher. Das ist tröstlich, nicht wahr? Niemand fühlt sich mit einem wirklich fremden Lebewesen wohl, selbst wenn man keine Mühe scheut und es aufregend findet, ihm auf die Spur zu kommen. Insgeheim, weißt du, suchen Primatologen nach Ähnlichkeiten zwischen sich selbst und ihren Untersuchungsobjekten. Unterschiede werden gewissenhaft notiert und analysiert, gewiß, aber im Grunde sind es die Gemeinsamkeiten, für die man lebt.« Einen Augenblick später fügte sie hinzu: »Ich spreche natürlich für mich selbst. Mehr kann ich nicht tun.«

Und Bojangles' Empfänglichkeit für Kretzois Späße war in der Tat tröstlich. Wir lebten in der Hoffnung, daß das Rätsel der Asadi im Begriff sei, sich wie eine Blüte vor unseren Augen zu öffnen.

An seinem zweiten Tag im Schwimmbeckenbereich hörte Bojangles auf, zwanghaft und sehnsüchtig den Sonnenstand zu verfolgen, und machte sich an die Erforschung seiner unmittelbaren Umgebung, von der auch Kretzoi ein Teil war. (Unsere Kameras zeichneten bei Sonnenuntergang jedoch die Wiederkehr seiner Panik auf. Diese Reaktion wurde immerhin von Tag zu Tag schwächer, bis ihr sichtbarer Ausdruck zuletzt auf einen raschen Wechsel des gewöhnlichen Angstgrinsens mit dem sogenannten ›Drohgesicht‹ reduziert war, wie es bei Rhesusaffen häufig zu beobachten ist: bösartig gebleckte Zähne und das Maul wie zum Kreischen oder Heulen aufgerissen. Bojangles freilich gab niemals einen Laut von sich.) Anfangs schlossen wir aus seinen Wanderungen im Umkreis des Beckens und in diesem selbst, daß er das gewohnte Verhalten der Asadi auf dem Versammlungsplatz lediglich auf seine neue Umgebung übertrage. Wir waren jedoch nicht unglücklich über die Entwicklung, schien sie uns doch eine deutliche Verbesserung gegenüber der Sonnenanbetung des ersten Tages zu sein. Außerdem glaubten wir, daß noch größere Überraschungen zu erwarten seien.

Wir erwarteten, daß Bojangles essen würde. Darin enttäuschte er uns, aber nicht in seiner neu entdeckten Bereitwilligkeit, alte asadische Verhaltensweisen zugunsten eigener Entdeckungen über Bord zu werfen.

Vierundneunzig Minuten lang lief Bojangles um und durch das leere Becken – während Kretzoi verwirrt auf der verchromten Leiter am tiefen Ende saß –, bis er seine künstliche Lichtung hinreichend untersucht hatte. Dann blieb er stehen, machte Kretzoi aus und eilte zu ihm – wie wir vermuteten, um sich der gegenseitigen Fellpflege zu widmen. Bojangles aber wehrte Kretzois Hände ab, ergriff sie bei den Handgelenken und hielt sie vor sich. Kretzoi war kräftig genug, um den Zugriff des anderen zu brechen, aber er ließ ihn gewähren. Dann gab Bojangles ihn von sich aus frei.

»Das wird immer besser«, flüsterte Elegy.

Sie hatte recht. Kretzoi beschrieb eine einfache Geste mit der Hand. Bojangles, den wir schräg von hinten sahen, beugte sich vor und blickte nicht auf Kretzois Hände, sondern tief in die Linsen vor seinen Augen.

»Kretzoi bekommt eine Spektralvorstellung«, sagte Elegy. »Wir zeichnen sie über den dritten Monitor auf.«

Dieser Monitor, angeschlossen an eine der vier Kameras, war rechts von unserem Tisch am Geländer des Laufganges befestigt und zeigte uns auf dem angeschlossenen Bildschirmgerät eine Nahaufnahme von Bojangles' grimassierendem Gesicht. So scharf war die Auflösung des Bildes, daß ich sogar die einzelnen Farben in seinen Augen wirbeln sah. Aber die Botschaft hinter den Farben, wie beredt oder homerisch sie auch sein mochte, war mir ein und dasselbe.

»Woher nimmt er die Energie für diese Art von Vorführung?« überlegte ich laut. »Er hat seit sechzig oder siebzig Stunden nichts gegessen.«

»Vielleicht von der Sonne?« meinte Elegy.

Das war eine alte Spekulation, genauer gesagt, eine frühe

Theorie von Moses Eisen, und das einzige, was ihr fehlte, war, daß die bestehenden Gesetze und Schutzbestimmungen uns verwehrt hatten, sie im praktischen Versuch auf die Probe zu stellen. Weil Bojangles so lange ohne Nahrungsaufnahme geblieben war, gewann die Vermutung an Boden, daß die Augen der Asadi lichtempfindliche organische Fotozellen besäßen, gleichsam natürliche Batterien, die durch Sonnenlicht aufgeladen werden konnten. Die Bestätigung dieser Hypothese würde die Anfänge einer Erklärung des Fehlens von Raubtieren bieten. Die Asadi nahmen in der Nahrungskette einen unteren Platz ein; vielleicht teilten sie mit den Grünpflanzen die Fähigkeit, chemische Energie aus direkter Sonneneinstrahlung zu synthetisieren und konnten sich somit von der Abhängigkeit des Fleischfressens lösen. Warum aber verfielen sie dann von Zeit zu Zeit dem Kannibalismus?

Plötzlich stieß Kretzoi den Asadi vor die Brust und von sich. Darauf machte er eine Serie zorniger Handzeichen.

»Was hat er?« fragte ich.

»Er sagte zu Bojangles: ›Du hast Kretzoi-Hände, aber ich habe nicht Bojangles-Augen.‹ Es ist ein Vorwurf. Er scheint damit ausdrücken zu wollen, daß sie, wenn eine Kommunikation zustande kommen soll, sich auf einen anatomischen gemeinsamen Nenner werden einigen müssen.«

»Die Hände?«

»Das ist sein Gedanke. Die Schwierigkeit besteht darin, daß er die Notwendigkeit des Gebrauchs der Taubstummensprache in dieser selbst erklärt, was für Bojangles unverständlich bleiben muß.« Sie beugte sich vorwärts, um sowohl das Handeln der beiden Hauptdarsteller unter uns als auch die Bildschirme der vier Monitore zu beobachten.

Kretzoi ergriff Bojangles' Handgelenke, als erinnere er sich, daß der Asadi als erster ihre Hände verglichen hatte, und um seine Bereitwilligkeit auszudrücken, den stammesgeschichtlichen Abgrund, der sie voneinander trennte, zu überbrücken. Er zog Bojangles näher zu sich und begann die Hände und Finger des Asadi zu einigen der grundlegenden alphabetischen und symbolischen Zeichen der Taubstummensprache zu biegen.

Bojangles kauerte in angestrengter und bemühter Verständnislosigkeit vor Kretzoi und ließ seine Hände wie Modellierton manipulieren. Seine Augen zeigten (nach Monitor Nr. 3) ein undurchdringliches Blaßsilber.

Nach zehn oder fünfzehn Minuten dieser Belehrung entzog er Kretzoi eine Hand und machte das Zeichen für »ängstlich«.

»Der ist klüger als du«, wisperte Elegy. »Verglichen mit dir ist er ein absolutes Sprachgenie.«

Ängstlich. Das Zeichen hing in der Luft, entstanden durch eine zufällige Verkettung von Muskelreaktionen oder einen vorsätzlichen Versuch, diese Botschaft auszudrücken. Meine skeptische Grundeinstellung neigte zu der ersteren Erklärung.

»Das Zeichen für ›ängstlich‹«, sagte Elegy aufgeregt. »Gewöhnlich fängt man mit Gegenständen an – ›Tasse‹, ›Buch‹, ›Stuhl‹, ›Augen‹, und so weiter –, weil man sie durch Hinzeigen bestimmen kann. Bojangles aber hat mit einem abstrakten Begriff angefangen, Ben, mit einer Emotion. Das ist unglaublich – es läuft einem kalt über den Rükken.«

»Vielleicht hat er wahllos eines der Zeichen herausgegriffen, die Kretzoi ihm zeigte«, meinte ich. »Dann wäre es eine bloße Nachahmung, und irgendwo mußte er anfangen.«

»Nein, nein«, widersprach sie. »Sieh dir den Monitor an! Bojangles weiß genau, was das Zeichen bedeutet, überzeuge dich selbst.«

Bojangles' pavianartiges Gesicht in Nahaufnahme: die Lippen in der charakteristischen Angstgrimasse der Primaten zurückgezogen. Der Gesichtsausdruck glich einem unbehaglichen, furchtsamen Grinsen.

»Es ist nichts Übernatürliches«, sagte Elegy. »Wahrscheinlich zog Kretzoi seine Lippen zurück, als er das entsprechende Zeichen machte. Hast du es bemerkt?«

»Nein, ich beobachtete Bojangles.«

Wir überspielten die Aufzeichnung noch einmal am Monitor und vergewisserten uns, daß Kretzoi tatsächlich das Angstgrinsen gezeigt hatte, als er das Zeichen für »ängstlich« gemacht hatte. Darauf war mir etwas wohler. Aber meine Hände blieben feucht.

»Nichts Übernatürliches«, wiederholte Elegy. »Bojangles nahm einfach den Gesichtsausdruck und das Handzeichen zusammen auf. Aber was für eine Auffassungsgabe!«

Das Gespräch am Beckenrand nahm seinen Fortgang. Kretzoi unterdrückte sein Erstaunen über Bojangles' raschen Verstand und spulte so viele Wort- und Begriffszeichen ab, daß es unmöglich war, ihm zu folgen. Um seine Zeichen zu verdeutlichen, begleitete er sie mit lebhafter Mimik, zuckte die Achseln und zeigte hierhin und dorthin. Taubstummen- und Körpersprache verstrickten sich zu einem unentwirrbaren Durcheinander, wie Angelschnüre in einer Kiste mit vernachlässigtem Gerät. Bojangles versuchte mit beinahe sklavischem Eifer, ihm zu folgen. Dann machte er wieder das Angstzeichen.

»Aber er sieht nicht ängstlich aus«, bemerkte Elegy. »Er wirkt vollkommen ruhig.«

»Es ist beängstigend, im Zeitraum von drei Minuten in einer unbekannten Zeichensprache mit allen möglichen Dingen und Begriffen überschüttet zu werden«, sagte ich. Bojangles' ängstliche Bemühtheit faszinierte und erheiterte mich.

»Erinnerst du dich, Ben, wie Kretzoi uns im Museum sagte, das asadische Augenbuch habe ihm Angst eingeflößt?«

»Ich erinnere mich.«

»Vielleicht resultiert die Angst in beiden Fällen aus dem Zusammenprall zweier verschiedener Kultureinheiten auf einer Ebene, wo Kompromisse erreicht werden müssen. Ein beiderseits verständliches System zur Vermittlung von Information und Wissen, meine ich. Ketzois emotionale Reaktion auf das Augenbuchprogramm mag ein Beispiel seiner Hoffnungslosigkeit gewesen sein, in ein so fremdartiges Kommunikationssystem wie das der Asadi einzudringen.

Da dieses System mechanisch war, eine tote Kassettenaufzeichnung, war ein Kompromiß nicht möglich.«

»Warum ängstigt sich Bojangles dann? Kretzoi beginnt ein wenig Rücksicht zu zeigen. Er wird langsamer. Das ist schon ein Kompromiß, nicht wahr?«

Tatsächlich machte Kretzoi jetzt Zeichen wie ein Taubstummenlehrer, spitzte die Lippen und machte Zungenbewegungen, um genau zu demonstrieren, wie ein Geräusch gemacht werden sollte; und Bojangles beobachtete ihn mit gespannter Aufmerksamkeit. Man konnte wirklich nicht sagen, daß er ein herzergreifendes Bild ängstlicher Vereinsamung geboten hätte.

»Ich weiß nicht, warum er sich fürchtet, wenn es wirklich so ist«, sagte Elegy. »Vielleicht, weil der Kompromiß – wenn es einer ist – ausschließlich innerhalb von Kretzois Bezugssystem stattfindet. Bojangles muß die polychromatische optische Sprache, die das Erbe der Asadi ist, ganz beiseite lassen. Das ist ein Verlust. Mehr noch, es ist eine Art Selbstverleugnung. Warum sollte er sich nicht fürchten? Wie würdest du empfinden, wenn du dich unter einem Stamm von Wilden wiederfändest, die darauf bestehen, daß du dich mit ihnen durch, sagen wir, kontrolliertes Furzen verständigst.«

Ich lachte auf. »Solange sie nicht versuchten, mir dabei zu helfen, würde ich mich wohl nicht fürchten.« Aber eine ernüchternde Einsicht erstickte meine Heiterkeit. »Elegy, ich glaube, daß wir in Bojangles' Fall einen zu beschränkten Blickwinkel haben. Was ihn ängstigt, ist nicht der Berlitz-Unterricht, den Kretzoi ihm gibt.«

»Du kannst recht haben«, bekannte sie. »Vielleicht ist es Heimweh, und das Gefühl von Desorientierung, und die Fremdartigkeit ...« Sie machte eine umfassende Armbewegung in das düstere Innere des Hangars.

»Wahrscheinlich«, pflichtete ich ihr bei.

Während der nächsten zehn Stunden spielten Kretzoi und Bojangles Lehrer und Schüler, unterbrochen nur von kurzen Pausen zum Trinken und Ausruhen. Um die Mitte des Nachmittags tauschten die beiden Informationen aus, unternahmen tastende Versuche zu gegenseitigem Verstehen und schienen dabei ihren Spaß zu haben. Elegy und ich beobachteten sie mit wachsendem Staunen und einer gewissen neidvollen Bewunderung.

»Was hast du erfahren, Kretzoi?«

Elegy interpretierte seine Handzeichen: »Daß die Pagode existiert. Daß Bojangles sie selbst gesehen hat und weiß, daß sie existiert.«

»Wo?«

»Das wollte Bojangles ihm nicht sagen. Die Strafe für den Verrat ihres Ortes ist – nun, das Pariatum. Die Mähne wird abrasiert, der Verräter verfällt allgemeiner Nichtachtung.«

»Was noch, Kretzoi?«

Unsere Befragung fand auf der ausschwenkbaren Plattform statt, wo wir drei unsere Matratzen und Schlafsäcke ausgebreitet hatten. Das leichte Segeltuch eines weißen Giebelzeltes trennte uns von der Weiträumigkeit des Hangars.

Im Inneren dieses Zeltes saß Kretzoi auf einer niedrigen Bank und betrachtete mich benommen. Er war erschöpft und bekam eine Glukosetransfusion; er konnte nur mit einer Hand signalisieren, der linken, und diese hatte plötzlich aufgehört, Zeichen zu geben.

»Hast du ihn gefragt, wovon sie sich ernähren, oder warum er keine feste Nahrung zu sich nimmt, oder welche Rolle der Kannibalismus in ihrer Gesellschaft spielt?«

»Langsam«, sagte Elegy. »Sie haben gerade mit dem Kindergarten angefangen, und du stellst Kretzoi schon vor ein Examen für Schulabgänger.«

»Er hat bereits Informationen über den Asaditempel erhalten«, verteidigte ich mich. »Warum sollte er nicht ein paar weitere Fragen gestellt haben?« Ich bekräftigte die Frage mit einer ausholenden Armbewegung und brachte das Zelt zum Schwanken.

»Selbst Leute, die sich in der Taubstummensprache auskennen, können nicht an einem Tag über alles reden, was das Universum enthält. Und Kretzoi ist erschöpft, geschwächt. Er ist in medizinischer Behandlung und hat eine Transfusionsnadel im Arm. Hab Erbarmen, Ben!«

Kretzoi betrachtete mich abschätzend, aber nicht ohne Sympathie, wie mir schien. Sehr seltsam. Als ob er über mich zu Gericht säße, ein Schimpian, über dessen Kopf ein urinfarbener Beutel Glukoselösung an einer Aluminiumstange hing.

»Meinetwegen können wir ihm einen freien Tag geben«, sagte ich.

Kretzoi schüttelte den Kopf, aber sein Mund hing offen wie ein Beutel.

»Du könntest hinuntergehen und dich mit Bojangles verständigen«, sagte ich zu Elegy. »Kretzoi hat ihn die Fingersprache gelehrt; du könntest die Lektionen fortsetzen und die gezielten Fragen stellen, die uns weiterführen können.«

Elegy musterte mich mit schmalen Augen, dann blickte sie kopfschüttelnd weg. »Bojangles wird wahrscheinlich nicht glauben, daß ich ein Asadi bin. Dagegen bin ich überzeugt, daß er Kretzoi für seinen Vetter hält, wenn nicht für einen heimgekehrten Bruder. Willst du wirklich, daß ich riskieren soll, morgen da hineinzugehen, um zu sehen, ob ich genauso bereitwillig angenommen werde wie Kretzoi?« Elegy blickte wieder zu mir her, und ihre Augen, jetzt weiter geöffnet, blitzten Azetylenflammen. »Vielleicht würde es dir gefallen, wenn ich mir das Haar abschneiden ließe und mich als einen ausgestoßenen Asadi ausgäbe. Das würde mir wahrscheinlich Akzeptanz verschaffen, aber es würde mich nicht zu einer bevorzugten Gesprächspartnerin machen.«

Ich zuckte die Achseln. »Wie du meinst.«

»Was wir hier tun, ist äußerst wichtig, Ben. Wir gewinnen Informationen, die bisher noch kein anderer erhalten hat. In zwei Tagen haben wir meine Forschungsmittel und unsere Gesetzesübertretung durch die Entführung eines Asadi aus der Wildnis gerechtfertigt.«

Ich setzte eine weise Miene auf. »Geduld und Beharrlichkeit«, riet ich mir selbst.

Elegys Augen durchbohrten mich mit Flammenblitzen. »Mein Gott, du bist wie ein kleiner Junge.«

»Nicht in allem, mein Fräulein. Nicht in allem.« Ich zog den Kopf ein und schlüpfte aus dem Zelteingang auf die Plattform hinaus.

»Wohin gehst du?« rief Elegy.

»Luft schnappen«, sagte ich. »Und das Grünzeug verbrennen, vor dem Bojangles den ganzen Tag die Nase gerümpft hat. Wir alle brauchen Erholung von mir, glaube ich.«

Ich stieg die gelochten Metallstufen hinab und wanderte über den halbdunklen Boden des Hangars zur Trennwand des Geheges. Die Müdigkeit kreiste wie eine Droge in meinen Adern.

10. Kapitel
Das Experiment endet

Die schirmartigen Wurzeln der Epiphyten stanken am schlimmsten. Mit ihren knolligen Verdickungen glichen sie einem Gewirr trächtiger Schlangen, die über Holzkohle geröstet und zu knisternder Glut angefacht werden. Der Geruch war wie von verdorbener Mayonnaise, Minze und Hundekot. Was ihr Verbrennen erträglich machte, war die offene Steppe, die sich hinter dem Hangar dehnte, sie und der frische Wind, der über die Verbrennungsgrube blies. Die Sterne sahen aus wie mikroskopische Schrauben, eingedreht in die Himmelskuppel. Ich stand am Rand der Grube und stocherte in dem Gewirr brennender und glühender Wurzeln, den Blick zum dunkelpurpurnen Nordosthorizont gewandt.

»Dr. Benedict!« rief eine Stimme.

Eine Gestalt mit einer starken Handlampe kam von der Nordwestecke des Hangars auf mich zu. Eine einsame Gestalt. Er hatte annähernd hundert Meter zu gehen, bevor wir einander nahe genug sein würden, uns anders als mit Rufen zu verständigen. Ich sah den bläulichweißen Lichtkegel seiner Lampe über das Gelände zucken, bis er an meine Seite trat. Gewöhnlich führten die Leute vom Sicherheitsdienst ihre Patrouillengänge zu zweit aus.

Es war der junge Iraner, Jaafar Bahadori. Von der Schulter hing ihm ein kurzes Lasergewehr mit einem Wappenschild, auf dem ein Blitz abgebildet war. Mit dem gleichen Waffentyp mußte jener legendäre Künstler sein erotisches Meisterwerk in die Wand des Hangars geätzt haben. Ich bemerkte, daß Jaafar Feldstiefel trug, wie sie bei Manövern und Kampfeinsätzen getragen wurden.

»Das stinkt«, sagte er statt einer Begrüßung.

»Ich wußte nicht, daß Sie Wachdienst schieben müssen, Jaafar. Ich dachte, Sie hätten in dem Fahrzeugpark einen sicheren Posten, der sie von solchen Dingen befreit.«

»Ich bin für eine Freundin eingesprungen, Dr. Benedict.«

»Mit anderen Worten, Sie haben sich überreden lassen, ihren Dienst zu tun?«

»Ich überredete sie, es mich tun zu lassen.«

»Welcher Altruismus.«

Jaafar stieß mit dem Stiefel in die brennenden Epiphyten. »Scheußlicher Gestank. Wie können Sie es nur ertragen?« Aber er kauerte am Rand der Grube nieder, wie um das unverfälschte Aroma voll einatmen zu können. Dann wandte er den Kopf und sagte: »In den Militärbaracken, sagt meine gute Freundin, wird davon geredet, daß man sich die Gesichter schwärzen und einen Kommandoüberfall auf den Hangar machen sollte. Vieles davon ist betrunkene Aufschneiderei, wie sie sagt, nichts als albernes Gerede, aber es gebe welche, denen es wirklich Ernst damit sei.«

»Ein Kommandoüberfall?« rief ich. »Wozu?«

»Um den Asadi zu erledigen. Ein Kriegsspiel, verstehen Sie? Die Langeweile bringt die Leute auf die absonderlichsten Ideen. Die letzten Manöver waren vor drei Monaten, und daß sie jeden Morgen für Ihren Asadi Gemüse aus der Wildnis holen müssen, hat manche von ihnen erbittert. Es gefällt ihnen nicht, Lebensmittellieferanten für Ihren ... nun, Ihren ...«

»Pavian?« sagte ich.

»Ja, Dr. Benedict. Für Ihren Pavian die Lebensmittellieferanten zu spielen.« Jaafar stand auf und blickte zum Himmel; ein Mond ging auf. »Ich habe einen Partner auf der anderen Seite des Gebäudes, Dr. Benedict, der mit mir Streife geht. Ich sagte ihm, er solle auf der anderen Seite des Hangars gehen und sich die Lasermalerei anschauen, dann hätte ich Zeit, hier meine Runde zu machen. Ich hatte ein Hinken vorgetäuscht, bis er weg war, wissen Sie, deshalb denkt er, ich sei langsam.«

»Ist Ihr Kamerad einer der Verschwörer?«

»Ich weiß es nicht. Er spricht nicht viel mit mir. Er wollte auch nicht mit Ihnen sprechen. Aber er hatte nichts dagegen, mich hier herumgehen und diese ... diese furchtbare

Ausdünstung riechen zu lassen«, schloß er, erfreut über seine Wortwahl.

»Warum hat Ihre Freundin das meuterische Gerede nicht gemeldet?«

»O nein, unmöglich. Sie ist freiwillig beim Militär. Ihre Loyalität zu den Kameraden hindert sie daran.«

»Und Ihre Loyalität zur Kolonialverwaltung? Vielleicht bringt sie ihre Prioritäten durcheinander.«

»Bin ich nicht hier? Hat sie mich nicht an ihrer Stelle kommen lassen, in dem Wissen, daß ich das Notwendige tun würde?« Jaafar schien zu glauben, daß die Angelegenheit mit diesem rhetorischen Fragen geregelt sei. »Ich muß weiter, Dr. Benedict.«

»Die Kerle müssen verrückt sein, um eine solche Albernheit zu versuchen«, sagte ich zu Jaafars Rücken. Der Lauf seines Gewehrs überragte seine Schulter wie ein unheilbringender Schornstein.

Er wandte sich halb zu mir zurück. »Einige von ihnen, sagt sie, seien wirklich verrückt.« Damit ging er weiter, einen Fuß nachziehend, um sich auf den Kameraden vorzubereiten, der ihn gehbehindert glaubte. »Gute Nacht, Dr. Benedict.« Ein warmer Windstoß vom Veldt verwehte die Worte. Die verkohlten Epiphyten schwelten in der Asche. Nachdem ich sie eine Weile betrachtet hatte, ging ich zurück in den Hangar.

»Glaubst du ihm?«

»Ob ich glaube, daß in den Baracken von einem Kommandounternehmen gesprochen worden ist, oder ob ich glaube, daß sie es wirklich ernst meinen?«

Elegy machte eine verdrießliche Grimasse über meine Haarspalterei. »Das letztere, natürlich. Glaubst du, sie werden es wirklich tun?«

»Daß es Gerede gegeben hat, glaube ich unbesehen, Elegy – es ist typisches Kasernengerede. Aber die Frage, ob sie es wirklich tun werden, ist schwierig zu beantworten. Jaafars Freundin hat jedoch recht. Unter den freiwillig Dienstverpflichteten gibt es Hitzköpfe, die Action sehen wollen, auch wenn sie Beruhigungsmittel ins Essen kriegen und in der Freizeit Dampf ablassen können. Es gefällt ihnen hier nicht, aber sie haben sich auf Lebenszeit verpflichtet. Wenn sie sich in die Sache hineinsteigern, sind sie imstande, das Risiko eines Kriegsgerichtsverfahrens gering zu achten.«

»Nur um Bojangles zu erledigen?«

»Anscheinend. Es gibt ihnen den Kitzel eines kriegerischen Unternehmens.«

»Dann besteht auch Gefahr für Kretzoi. Ich traue denen nicht zu, zwischen den Asadi und einer importierten Nachahmung zu unterscheiden, schon gar nicht, wenn es dunkel ist und sie alle aufgezogen sind wie Kuckucksuhren.«

»Möchtest du die beiden von hier fortschaffen?«

»Wohin sollten wir gehen? Dies ist der geeignete Ort für unsere Arbeit, Ben. Du mußt Gouverneur Eisen verständigen. Sag ihm, was du erfahren hast. Darauf wird er eine Spezialeinheit schicken, die uns und den Hangar bewacht – wenigstens die nächsten paar Nächte.«

»Diese Spezialeinheit würde wahrscheinlich teilweise aus denselben Leuten bestehen, die mit dem Gedanken an einen Überfall spielen.«

»Fein. Hauptsache, sie wissen, daß die Vorgesetzten Kenntnis von ihren Plänen haben. Das allein könnte genügen, sie zur Vernunft zu bringen. Wir wären töricht, das Risiko auf uns zu nehmen, daß ihre Kasernenprahlerei nicht in eine wirkliche Aktion umschlagen wird. Es steht zuviel auf dem Spiel, als daß wir uns mit der bloßen Hoffnung begnügen könnten, daß sie nur dummes Zeug reden und nichts tun werden, Ben.«

»Wenn ich es Moses melde, wird es für die Militärangehörigen Einschränkungen und Bestrafungen geben, und diese werden zu vermehrtem Groll gegen unsere Anwesenheit hier draußen führen.«

Elegys Gesichtsausdruck war so direkt, vielsagend und demütigend wie ein Tritt in den Unterleib. »Laß sie grollen. Sie tun es sowieso schon. Kommt es da auf ein bißchen mehr an? Die Beschränkungen, die Bestrafungen – lieber Gott, Ben, das ist nur, was sie für ihr dummes Gerede und ihre unwürdige Mißachtung ihrer wahren Pflichten verdient haben!«

Sie stand auf, ging durch das Zelt und setzte sich zu Kretzoi, der auf seiner kalten Metallbank eingeschlafen war. Sie streichelte dem großen Primaten die Mähne und musterte mich zornig.

Alles, was sie gesagt hatte, war rechtschaffen und unwiderleglich. Ich verließ unsere Plattform, stieg die Eisentreppe vom Laufgang hinunter und durchquerte den Hangar zu einer verglasten Bildtelefonzelle, von wo ich Moses Eisen in seinem Privathaus anrief.

Der Gouverneur, dessen Gesicht fahl und gleichmütig aus dem winzigen Bildschirm blickte, hörte mich ruhig an. Aber er versprach, daß wir innerhalb von zwanzig Minuten eine Abteilung von sechs Sicherheitskräften erhalten würden, die um den Hangar Aufstellung nehmen sollte. Nachdem diese Angelgenheit erledigt war, als käme ihr nicht die geringste Bedeutung zu, fragte er, ob wir mit unserem »Unruhestifter« Fortschritte machten. Um zu zeigen, daß seine Wortwahl aus scherzhafter Absicht entstand, zeigte er ein gezwungenes Lächeln. Ich sagte ihm, daß Kretzoi und Bojangles gute Freunde geworden seien, erwähnte aber nicht die bestürzende Schnelligkeit, mit der letzterer die Taubstummensprache erlernte. Moses Eisen nickte liebenswürdig, versicherte mir, daß dem Gerede in den Militärbaracken ein Ende gemacht würde, gleichzeitig mit allen denkbaren Plänen oder Möglichkeiten eines Überfalls, und unterbrach die Verbindung mit der entschuldigenden Erklärung, er habe ein paar Anrufe zu machen.

So einfach war es.

Gleichwohl war mir nicht sonderlich wohl zumute, bis ich weniger als zwanzig Minuten später, in einer der kleinen Türen an der Südseite des Hangars stehend, die Scheinwerfer zweier gepanzerter Fahrzeuge über die salzweiße Fläche der Rollbahn tasten sah. Es war zivile Sicherheitspolizei, unabhängig von den militärischen Sicherheitskräften, die gewöhnlich den Wachdienst vom Flughafen versehen. Hinter ihnen die wie Perlen aufgereihten Lichter der Startbahnbeleuchtung und des Abfertigungsgebäudes. Da ich kein Verlangen hatte, mit den zu unserem Schutz entsandten Polizisten zu sprechen, schloß ich die Tür und überprüfte und verriegelte systematisch alle anderen Türen und Zugangsmöglichkeiten zum Hangar. Dann kehrte ich zurück zu Elegy und Kretzoi.

»Du warst lange fort«, sagte Elegy.

»Aber alles ist erledigt. Moses Eisen weiß, was gespielt wird, und wir haben sechs bewaffnete Leibwächter, die unsere Villa bewachen.«

»Gut.« Nun, da der Verdruß eines möglichen Überfalls gebannt war, schien Elegys Erleichterung kaum größer als wenn wir gerade ein zerbrochenes Oberlicht, durch welches der Regen unangenehm eingedrungen war, ausgetauscht hätten. »Ich glaube, Kretzoi hat es überstanden«, berichtete sie mir. »Vor ein paar Minuten habe ich eine Urinuntersuchung gemacht, die ergab, daß sein Blutzuckerspiegel sich normalisiert hat. Die Arbeit mit Bojangles hat ihn nicht entfernt so stark erschöpft wie seine Zeit in der Wildnis.«

»Morgen ...«, fing ich an.

»Morgen lassen wir sie weitermachen, Ben. Während der langen Monate seiner Forschungsarbeit hatte mein Vater niemals einen regelrechten Informanten – nicht einmal den Junggesellen, der seine Enthüllungen wahrscheinlich nur zufällig oder durch den glücklichen Umstand machte, daß er dumm war. Jetzt aber entwickeln wir einen eigenen Informanten. Angesichts der Schnelligkeit, mit der er fähig zu sein scheint, die Taubstummensprache zu verstehen, kann er in einer Woche so weit sein, daß er direkte Antwortzeichen auf unsere Fragen gibt. Und das ist Kretzois Leistung, Ben.«

»Ein dreifaches Hoch auf Kretzoi.«

Elegy sah mich von unten herauf an. »Was ist los? Fühlst du dich nicht beachtet?«

»Nein, wirklich nicht. Ich denke nur, daß wir gut daran tun würden, so rasch wie möglich voranzugehen. Es ist Kretzoi bereits gelungen, Bojangles nach dem Asaditempel zu fragen. Wenn er das kann, kann er morgen mehr tun. Viel mehr, glaub mir.«

»Die Pagodengeschichte könnte reine Gefälligkeit sein. Kretzoi machte eine Serie von Zeichen, die diesen Hangar in der Phantasie ins Herz der Wildnis übertrug und verlangte dann zu wissen, ob Bojangles dort draußen je etwas dergleichen gesehen habe. Bojangles antwortete intuitiv mit ja.«

»Das ist nicht Gefälligkeit, das ist Intelligenz. Ich möchte Kretzoi eine Liste von Fragen geben, die er Bojangles morgen stellen soll, nur um zu sehen, wie weit er kommt ... Welche Einwände kannst du dagegen haben?«

»Keine«, sagte Elegy beinahe verdrießlich. Wie die meisten jungen Leute glaubte sie, die Zeit sei ein Verbündeter, der einen nicht im Stich läßt. »Mach deine Liste!«

Die Zeit ist kein treuer Verbündeter. Sie läßt einen im Stich. Und diesmal trugen zu meinem eigenen Bedauern nicht die jugendlichen Erwartungen Elegy Cathers den Sieg davon, sondern der statistische Pessimismus Thomas Benedicts. Bisweilen sind die Kosten, recht zu haben, herzzerreißend hoch.

Meine Liste war lang. Sie begann mit relativ einfachen Fragen über beobachtbares Asadiverhalten, ging weiter zu Angelegenheiten, über die wir uns seit sechs oder sieben Jahren fruchtlosen Spekulationen hingegeben hatten, und endeten mit einer Serie von Erkundigungen über die Vergangenheit der Asadi und ihren Einfluß auf das gegenwärtige Leben des Stammes. Ich berührte Ernährungsgewohnheiten, soziale Beziehungen, das »Häuptlingswesen« der Asadi, die fledermausartigen Schrate und so weiter, so daß sich eine Gesamtzahl von annähernd sechzig Fragen ergab, viele davon mit überlappenden Bedeutungen. Ich hätte die ganze Nacht weiterschreiben können, aber Elegy hielt mich davon ab.

»Am besten wählst du die zehn wichtigsten aus«, sagte sie, »so daß ich sie Kretzoi am Morgen aufzählen kann.«

»Alle sind wichtig.«

»Ich werde aber nicht die Zeit haben, ihm sechzig Fragen einzuprägen. Selbst wenn mir das irgendwie gelänge, vielleicht durch Abkürzung seines Nachtschlafes, ist nicht sehr wahrscheinlich, daß er morgen Zeit haben würde, sie alle vorzubringen. Wie erwartest du, daß er so viele Fragen auch nur behalten kann?«

Also gab ich klein bei, strich meine Liste zusammen und formulierte manches um, bis zehn Fragen übrig blieben, und am nächsten Morgen, noch vor Sonnenaufgang, setzte Elegy sich vor Kretzoi auf den Boden und formte die Fragen mit den Händen, während er frühstückte.

Im Gehege um das Schwimmbecken begann der Tag genauso wie der vorausgegangene: Bojangles schritt wie in einem Ritual die Grenze seines Gefängnisses ab und durch das leere Becken hin und zurück. Kretzoi saß mit dem Rükken an der Tür im Zaun, die Unterarme auf die Knie gestützt, die Hände schlaff herabhängend.

Aber Bojangles begann bald spielerisch von einer Seite zur anderen zu schwanken, bis er sich schließlich selbst aus seiner Marschrichtung brachte und vor Kretzoi stehen blieb. Darauf beugte er sich vor und starrte unverwandt unseren zottigen Feldagenten an.

Kretzoi schaute weg. Anstarren gilt unter den Primaten als eine Drohung. Zur Zeit seiner Arbeit auf der Asadilichtung war es für Kretzoi eine der schwierigsten Anpassungen gewesen, den Blicken der Fremden standzuhalten, die ihn in ihre gewohnheitsmäßigen Wettbewerbe im Anstarren hatten hineinziehen wollen. Seine nervöse Anspannung, erzeugt durch die Notwendigkeit, diesem als Drohung empfundenen Anstieren zu widerstehen, mag zumindest teilweise für das Nachlassen seiner Kräfte und die Hypoglykämie verantwortlich gewesen sein. Als die Asadi entschieden, daß es sich nicht lohne, ihn als Partner in diesem Spiel zu nehmen, ließ seine Anspannung nach, obwohl sein Körper die frühere homöostatische Stabilität nie wieder erreichte. Aber der Böse Blick, für den das Anstarren als ein Beleg diente, behielt die Fähigkeit, Kretzoi aus der Fassung zu bringen; und selbst während des kommunikativen Zusammenseins am Vortag hatte er häufig den Blick abgewandt. Dem Bösen Blick kann man nicht widerstehen.

In dieser Hinsicht – wie in vielen anderen – hatten die Asadi eine andere Entwicklung genommen. Ihre Wettbewerbe im Anstarren waren nicht bloß Schaustellungen von Aggression und Drohungen; sie waren auch Plaudereien, Dichterlesungen, Gesänge, Vorträge. Asadi konnten untereinander auf einer komplexen Informationsebene kommunizieren, wenn sie einander in die Augen blickten. Einige Theoretiker glaubten, daß die Asadi ihre Lichtung nur tagsüber bewohnten, weil allein das Tageslicht sinnvollen Gedankenaustausch erlaubte. Stimmhafte Kommunikation überwindet Entfernungen; sie ist im Dunkeln so gut möglich wie bei Tageslicht. Gesten und andere visuelle Signale hängen in ihrer Wirksamkeit jedoch von Nähe und Sichtbarkeit ab, und die Nacht neutralisiert sie so sicher wie eine Augenbinde. Daher, argumentierten diese Theoretiker, das abendliche Auseinandergehen und ihr evolutionärer Triumph über die typische Phobie der Primaten vor dem Anstarren.

Vielleicht hatten sie recht.

Jedenfalls wich Kretzoi dem unverwandten Blick seines Gesprächspartners aus und hielt das Gesicht abgewandt, bis der Asadi ihm einen leichten Stoß vor die Brust gab und die Taubstummenzeichen für »häßlich-still-faul-Freund« machte. Kretzoi antwortete. Bojangles unterbrach. Und bald gestikulierten die beiden um die Wette. Es ging zu schnell und war zu kompliziert, als daß ich etwas hätte verstehen können: Zeichensprache auf hohem Niveau. Das Gespräch hatte auch eine durchgehende pädagogische Bedeutung, denn Kretzoi vergrößerte ständig das rasch wachsende Zeichenrepertoire des Asadi.

»Die beiden sind wie ein Sturzbach«, sagte ich zu Elegy.

»Ich glaube, sie hätten all meine Fragen beantworten können.«

Elegy betrachtete mit unbewegter Miene die Monitore. »Wir können von Glück sagen, daß wir eine holographische Aufzeichnung haben, Ben. Ich komme selbst nicht gut mit.«

Und ich frohlockte, weil wir Erfolg hatten, wo so viele andere, darunter Edgar Chaney und mein früheres Selbst, sich mit Teilantworten oder überhaupt keinen Antworten hatten begnügen müssen.

Dumpfe Schläge unterbrachen diese Selbstbeglückwünschungen. Ich fuhr zusammen. Kretzoi und Bojangles brachen ihr Gespräch ab und hoben sichernd die Schnauzen in die Richtung der anhaltenden, widerhallenden Schläge.

»Was zum Kuckuck kann das sein?« flüsterte ich.

»Die Tür ist verschlossen«, sagte Elegy. »Es muß die Morgenlieferung sein.« Von Pflanzen aus der Wildnis, meinte sie.

Sie machte einen der vier kleinen Monitore frei und schaltete die Außenkamera ein, so daß wir die Besucher an der Tür sehen konnten. Durch das schräg von oben filmende Objektiv zu makrozephalen Zwergen verkürzt, standen zwei uniformierte Angehörige des Militärs, jeder mit einem Armvoll Pflanzen. Sie trugen auch Waffen.

Ein pausbackiger Mann von olivbrauner Hautfarbe, und eine blasse Frau mit lebhaften scharfen Augen. Die Frau schlug gegen die Bestimmungen mit dem Gewehrkolben an die Tür. Sie trug ein violettes Halstuch, was ihrer Uniform einen heiteren Akzent verlieh. Ihre zusammengezogenen Brauen verrieten ihr Mißvergnügen an der Pflicht, die sie zu erfüllen hatte, und die Schläge des Gewehrkolbens an die Tür, von denen die Wurzeln und Pflanzen in ihrem anderen Arm heftig erschüttert wurden, taten ein übriges zur Festigung dieses Eindrucks.

»Bojangles ißt nichts«, sagte ich zu Elegy. »Ich weiß nicht, warum wir uns noch immer die Mühe machen, ihn mit frischem Grünzeug zu versorgen.«

Elegy wies zum Monitor. »Die dort sind diejenigen, die

ihn versorgen, Ben. Und ob Bojangles ißt oder nicht, du wirst hinuntergehen und aufmachen müssen. Unglücklicherweise gibt es keinen automatischen Türöffner.«

»Sollen wir sie überhaupt einlassen?«

»Ich bin nicht dafür, das darfst du mir glauben – aber sie führen nur ihre Befehle aus, und wir sollten nicht die wenigen vergrämen, die bereit sind, etwas für uns zu tun.«

Also ging ich. Die Schläge gegen die Metalltür kamen in Abständen von ungefähr fünf Sekunden, und ihre Echos erinnerten mich an Wasserpumpen. Vom Laufsteg sah ich, daß Kretzoi und Bojangles ihren Dialog noch nicht wieder aufgenommen hatten und mit erhobenen Köpfen lauschten.

Unten angelangt, erreichte ich die Tür, stieß die Riegel zurück und öffnete – um in den zum Zuschlagen erhobenen Gewehrkolben der Frau zu blicken.

»Der heutige Proviant«, verkündete sie und hängte die Waffe mit einem Schwung über die Schulter. An der Stelle ihres Ärmels, wo das aufgenähte Namensschild hätte sein sollen, waren nur ein paar ausgefranste farbige Fäden zu sehen. Das Namensschild ihres Begleiters war, wo es sein sollte – aber in arabischen Schriftzeichen, die ich nicht lesen konnte. Obwohl mir diese Anomalien auffielen, lösten sie in mir keine Kettenreaktion von Verwunderung und Argwohn aus.

Sobald sie den Hangar betreten hatten, stieß mir die junge Frau ihre Ladung Grünzeug in die Arme, als ob ich darum gebeten hätte, und schloß und verriegelte die Tür. Die Riegel knallten zu wie eine Batterie pneumatischer Nußknakker. Mein erster Gedanke war, daß die Frau Auftrag habe, zu unserem Schutz alle Sicherheitsvorkehrungen zu treffen. Daher ihr gewissenhaftes Verriegeln der Tür.

»Ich bin Jaafars Freundin«, sagte die raubvogeläugige Frau unaufgefordert, was mich in meiner Meinung über ihre Motive bestärkte. »E 3 Filly Deuel.«

»Eigentlich«, sagte ich mit einem Blick auf ihren Ärmel, »sind Sie nicht in Uniform, E 3 Deuel. Ihr Name ist nicht lesbar.«

»Sie ist erst vor kurzem zu ihrem neuen Rang befördert worden«, sagte der Mann in einer wohltönenden, leicht akzentbehafteten Baritonstimme. »Gestern gehörte die Feldbluse noch einer E 3, die auch befördert wurde. Deshalb hat Deuel ihr Namensschild noch nicht anbringen können. Ich hoffe, Sie werden eine solch geringfügige Verletzung der Kleiderordnung nicht melden.«

»Wie heißen Sie«, fragte ich den Mann.

»E 5 Spenser Pettijohn.«

»Pettijohn? Warum haben Sie Ihren Namen dann in arabischer Schrift aufgenäht? Das ist ein den Angehörigen ethnischer Minderheiten vorbehaltenes Recht, nicht wahr?«

»Meine Mutter war Araberin, und ehe ich hierher kam, diente ich fünf Jahre im Nahen Osten. Ich mache von dem Recht Gebrauch, nach Abstammung und Dienstjahren für die ethnische Gruppe zu votieren, der ich mich zugehörig fühle.«

Wir musterten einander mit einem Unbehagen, das ich mir nicht recht erklären konnte. Etwas machte mich stutzig. Besonders Deuels Gesicht verriet unterdrückte Aufregung, sogar Hysterie. Der Mund war halb geöffnet, ihre Wangen hochrot. In diesem Augenblick begann ich mich zu fragen, ob Pettijohn und Deuel wirklich die waren, als die sie sich ausgaben.

»Haben Sie irgendwelche Schwierigkeiten gehabt, Dr. Benedict?« fragte Pettijohn.

»Noch nicht.«

»Sehr gut.« Er machte eine auffordernde Geste mit seinem Armvoll Grünzeug. »Dann lassen Sie uns dieses Zeug zu dem Asadi bringen. Ich weiß, daß die Lieferungen sonst früher am Morgen gemacht werden, aber die Vorbereitungen zur Aufstellung einer ständigen Abteilung zur Versorgung des Hangars haben den Plan durcheinandergebracht. Wenn Sie uns den Weg zeigen wollen, können wir unser Gemüse abladen und wieder gehen.«

Die Ladung Grünzeug in den Armen, führte ich Deuel

und Pettijohn zu der Freizeitecke, wo unser leuchtendgelber Plastikzaun sich um Schwimmbecken und Gehege zog. Elegy beobachtete uns von der Arbeitsplattform, aber ich schaute nicht hinauf und vermied instinktiv alles, was den beiden Uniformierten ihre Position verraten könnte.

Am Zaun angelangt, warf ich die Wurzeln, Pflanzen und Blattwedel kurzerhand mit einem Schwung hinüber. Sie landeten mit einem hörbaren Geräusch auf der anderen Seite, aber einige fielen zurück vor meine Füße. Deuel zeigte sich pflichtbewußter als vor dem Hangar und half mir beim Aufsammeln.

Pettijohn stand untätig neben uns. Seine Wangen glänzten schweißig, und seine Augen ähnelten jetzt denen eines Thetrodiumabhängigen.

»Ich würde mein Gemüse gern hineinbringen«, sagte er freundlich.

»Warum?«

»Es bekommt Druckstellen und zerreißt, wenn man es so über den Zaun wirft. Diese Pflanzen sind empfindlich. Die Zellwände platzen auf, die Nährstoffe treten aus. Eine Frage der Vernunft, meinen Sie nicht?«

»Pettijohn, Sie überschätzen die Empfindlichkeit dieser Pflanzen. Ich habe mehrere Dutzend in der Wildnis vorkommende Arten untersucht, und es sind nicht viele zerbrechliche Orchideen darunter.«

»Ich würde meine gern hineinbringen«, beharrte Pettijohn freundlich.

»Das ist nicht nötig. Sie würden den Fortgang unseres Experiments stören. Sie stören es schon jetzt.«

»Ich würde sie gern hineinbringen.«

»Geben Sie her!« sagte ich mit erzwungener Ruhe. »Ich tue meine Arbeit selbst.«

Auf einen schnellen Blick aus Pettijohns kalten, narkotischen Augen schlug E 3 Filly Deuel mir von hinten den Gewehrkolben über den Kopf. Ein Peitschenschlag knallte durch die Windungen meines Gehirns, die Augen traten mir aus den Höhlen, und ich fiel zu Boden, benommen von

Schmerzen und Verwirrung, aber noch halbwegs fähig, die Ereignisse um mich her zu registrieren.

Pettijohn warf seine Pflanzen von sich, beugte sich über mich und fand in meinen Augen eine (ihm) willkommene, aber (für mich) glücklicherweise unzutreffende Leblosigkeit, worauf er sich gegen die Tür zum Gehege warf. Obwohl ich flach auf dem Rücken lag und in meiner Benommenheit unfähig war, etwas zu unternehmen, bemerkte ich, daß es ihm fast auf Anhieb gelang, sich Zutritt zu verschaffen. Hoch und weit wie der Morgenhimmel, gähnte die Türöffnung vor meinen Augen.

»Da ist die Frau!« hörte ich E 3 Filly Deuel rufen. »Sie läuft den Laufsteg entlang! Schnell, Spenser, in Gottes Namen!«

»Schieß Sie nieder!« befahl Pettijohn aus dem Gehege.

»Womit?« rief Deuel schrill zurück. »Womit, du Scheißkerl? Mit diesem Ding kann ich nur an Türen und alten Männern auf die Köpfe klopfen! Du wolltest mir kein gebrauchsfähiges Gewehr anvertrauen, und es ist dein Glück, das kann ich dir sagen!«

»Dann halt's Maul!« rief Pettijohn zurück. »Ich tue, wozu ich gekommen bin. Die Frau kann ich mir danach vornehmen.« Er stieß einen gellenden Schrei aus, einen Kriegsschrei, und ein brutal vibrierendes, dröhnendes Geräusch, gefolgt von einer kurzen Veränderung der Qualität des Lichts erfüllte den Hangar. Durchdringender Ozongeruch breitete sich aus.

Ich wußte in meiner Benommenheit, daß Pettijohn sein Gewehr abgefeuert hatte, die Waffe, die er wie ein Infanterist über der Schulter hängen gehabt hatte, als er in den Hangar gekommen war. Die dumpfe Erkenntnis meiner unverzeihlichen Naivität verstärkte die Übelkeit und das Schwindelgefühl in meinem Kopf, machte alles noch unerträglicher und komplizierter.

Dann schlossen sich die Oberlichte des Hangars wie riesige Facettenaugen mit metallenen Lidern, und die Halle lag plötzlich im Dunkeln. Ich überließ mich der Finsternis ...

Ich erwachte in unserem Zelt auf der schwenkbaren Plattform auf Kretzois Bank. Jemand hatte mir die rechte Schläfe verbunden. Der Hangar hatte anscheinend auch die Augen geöffnet, denn Licht erfüllte das Innere der Halle und erhellte die Zeltwände. Das Gesicht über dem meinigen gehörte Jaafar Bahadori.

»Ich sagte ihnen, daß Sie kein Krankenhaus brauchen«, sagte er.

Ich wandte den Blick nach links und legte den Kopf in den Nacken: Da saß Kretzoi und blickte aus der Zeltöffnung in die Richtung des Schwimmbeckens.

»Ihr Asadi liegt im Sterben«, sagte Jaafar mit Grabesstimme. »Er ist unterwegs zum Krankenhaus, aber niemand macht sich große Hoffnung. Dieser Pettijohn hat ihn mit seinem Gewehr übel zugerichtet.«

»Ihre Freundin ...«, stieß ich bitter hervor. »Diejenige, deren Wachdienst Sie gestern abend übernahmen ... sie half dem Saukerl.«

»Sie wollte es nicht. Pettijohn brachte sie mit, um sie dafür zu bestrafen, daß sie mit mir gesprochen hatte. Das Gewehr, das man ihr gab, war ausgemustert. Er befahl ihr, das Namensschild vom Uniformärmel zu reißen, weil nach dem heutigen Dienstplan, der von der Sicherheitspolizei kontrolliert wird, bevor sie jemanden einläßt, E 3 Ludmilla Meddis und E 5 Krischna Mahi für die Lebensmittellieferung eingeteilt waren. Pettijohn gab sich als Mahi aus und zwang Filly, die Frau namens Meddis zu spielen.«

»Sie können mir viel erzählen.« Ich setzte mich auf. Das Zelt schien um mich zu schwanken, und Jaafar richtete sich schnell auf, um mir Platz zu machen, sollte ich aufstehen wollen. Er war auf einmal sehr beflissen.

»Sie wollte ihm nicht helfen. Meine Filly ist nicht so.«

Unter meiner Benommenheit regte sich Ärger. »Warum hat sie es dann getan?«

»Zwischen den Pflanzen, die er im Arm hielt, hatte er eine Handfeuerwaffe versteckt. Er hätte sie erschossen, Dr. Benedict, hätte sie versucht, sich ihm zu widersetzen. In der

Mannschaftsbaracke hatte er sie vorher fast erdrosselt, als Vorgeschmack dessen, was er tun würde, wenn sie nicht gehorchte. Der Satan, der verfluchte.«

»Ich hatte nicht den Eindruck, daß sie unfreiwillig gekommen war«, sagte ich.

»Sie sollten die Quetschungen am Hals sehen«, sagte Jaafar. »Die Würgemale sind gräßlich. Sie mußte das Halstuch tragen, um sie zu verbergen.« Mit schmerzlich verzogener Miene und verdrehten Augen versuchte er den Ernst der Quetschungen zu unterstreichen, welche die arme Filly Deuel davongetragen hatte.

»Sie schlug mir den Gewehrkolben über den Schädel.«

»Nur so stark, um Sie niederzuschlagen. Glücklicherweise waren Sie geistesgegenwärtig genug, sich bewußtlos zu stellen, als Pettijohn sich über Sie beugte.«

»Bewußtlosigkeit war in dem Augenblick nicht schwer vorzutäuschen.«

»Gewiß, ich gebe zu, daß es Sie hart erwischt hat. Aber bedenken Sie bitte, daß es schwierig ist, die Kraft eines Schlages zu dosieren. Überdies wurden die Oberlichte abgedunkelt. Vielleicht spielte auch die Suggestivkraft eine Rolle.«

Ich vermißte Elegy, und mit dem Gedanken an sie wurde mir die Wahrheit über Bojangles in ihrem ganzen deprimierenden Umfang bewußt. Unser Asadi starb an Verletzungen, die ihm von einem Berufssoldaten zugefügt worden waren, einem Mann, dessen fressender persönlicher Haß gegen den Andersartigen stärker war als sein Pflichtgefühl und seine Furcht vor Bestrafung. Haß und Langeweile. Beides hatte zusammengewirkt, um Bojangles seines Lebens zu berauben.

Ich schlug mit solch verzweifelter Wut auf die Kante der Metallbank, daß mein Handballen aufplatzte. Rot überströmte das blasse Polster meines Fleisches und beschmierte mein Hosenbein am Knie.

Ich blickte hilfesuchend zu Kretzoi. »Was ist dort drinnen passiert?« fragte ich mich. »Wie konnte es geschehen?«

Mit melancholischer Bedächtigkeit begann Kretzoi eine Pantomime der Ereignisse des Morgens.

»Nein, nein«, sagte ich. »Ich kann dich nicht verstehen.«

»Fräulein Cather«, sagte Jaafar eilfertig, »erreichte den Schalter zum Schließen der mechanischen Oberlichtklappen und schloß sie, so rasch sie konnte. Sie hatte keine Waffe bei sich, und das Verdunkeln der Halle war die einzige Maßnahme, die ihr in den Sinn kam. Es war ein Glück im Unglück, daß sie zu diesem Mittel griff. Kretzoi und Filly erreichten Pettijohn, bevor er mit seinem Gewehr weiteres Unheil anrichten konnte. Es herrschte völlige Dunkelheit, verstehen Sie? Dieser da ...«, er zeigte auf Kretzoi, »... riß dem Scheißkerl mit den Zähnen ein großes Stück Fleisch aus der Schulter und kugelte ihm den rechten Arm aus. Haben Sie den Hundesohn nicht schreien hören, Dr. Benedict?«

»Ich habe ihn nicht gehört«, bekannte ich, überrascht, daß Jaafar das Wort »Hundesohn« so unbetont und gleichgültig aussprach, als ob er »Onkel« oder »Frau« gesagt hätte.

Kretzoi blickte wieder zu der Freizeitecke, erinnerte sich dessen, was dort geschehen war und beachtete nicht weiter meine hastig zurückgezogene Einladung, die Geschichte zu erzählen. Er schien körperlich unverletzt. Aber ich bereute, daß ich ihn so brüsk unterbrochen hatte. Bojangles lag im Sterben, und Kretzoi hatte mehr als ein abstraktes Verständnis davon.

Ich tastete unter der Bank umher und fand den Apothekenkasten, aus dem Jaafar schon ein Verbandspäckchen für meinen Kopf genommen hatte. Ich legte ein Stück Verbandmull auf den Handballen und umwickelte die Handwurzel mit einer Binde.

Jaafar trat von einem Fuß auf den anderen. »Filly rief, daß alles unter Kontrolle sei, müssen Sie wissen, und obwohl Fräulein Cather ihr nicht glauben wollte, nachdem sie gesehen hatte, wie es Ihnen ergangen war, ließ sie sich überreden, die Oberlichtklappen wieder zu öffnen. Darauf wurde die Sicherheitspolizei alarmiert und eingelassen, und die

Schäden in Augenschein genommen. Am schlimmsten hatte es, wie Sie bereits wissen, Ihren Asadi erwischt. Ja, er hatte am meisten abbekommen, und als ich mit Gouverneur Eisen hierher kam ...«

Ich stand auf, überdrüssig und wacklig auf den Beinen, und trat zu Kretzoi. Jaafar verstummte endlich. Obwohl er versuchte, es nicht zu zeigen, war er nicht wenig überrascht, als ich die unverletzte Hand ausstreckte und mich daran machte, Kretzoi das Fell zu pflegen ...

11. Kapitel

Autopsie

Bojangles starb im Krankenhaus von Frasierville. Elegy und ich unterdrückten unseren Kummer und unsere Bestürzung und drängten Moses Eisen, die Genehmigung zu einer Autopsie und einer gründlichen anatomischen sowie biochemischen Untersuchung des Leichnams zu beantragen. Bojangles' Leichnam wurde in einen Tiefkühlraum des Krankenhauses gelegt, und als drei Tage später die Genehmigung eintraf, machte man sich mit Enthusiasmus an die Zergliederung und Untersuchung des Körpers. Drei Chirurgen mit einer ganzen Auswahl elektronisch gesteuerter Hilfsinstrumente nahmen sich dieser Arbeit an, assistiert von Fachärzten der verschiedenen Disziplinen.

Elegy und mir wurde nicht gestattet, diesen sehr genauen Untersuchungen beizuwohnen oder von den ersten Ergebnissen der Laboruntersuchungen zur Befriedigung unserer Neugierde Gebrauch zu machen. Um die Wahrheit zu sagen, es war uns ziemlich gleich. Wir waren wie ängstliche Väter von der Sorte, die bei der Geburt ihres Kindes nicht in der Nähe sein wollen. Bojangles war tot, und das Kind, welches den Wehen der Leichenöffner entspringen würde, konnte nichts anderes sein als ein langer Katalog anatomischer und biochemischer Vergleiche, um den genauen statistischen Grad seiner Fremdartigkeit zu demonstrieren.

Ihr Baby, würden die Ärzte uns sagen, ist anders, liebe Eltern. Ziehen sie die Vorhänge zu und bereiten sie sich auf einen Schock vor.

Als Moses Eisen endlich mit dem vorläufigen Ergebnis zu uns kam, saßen Elegy und ich an einem alten Holztisch beim Schwimmbecken im Hangar. Der elastische Zaun war einen Tag nach Pettijohns Überfall auf Bojangles abgebaut worden, und wir hatten die Woche seit dem Tod des Asadi mit Kartenspielen und planlosen Gesprächen über eine mögliche neue Expedition in die Wildnis verbracht. Eisen warf drei oder vier Schnellheftermappen auf den Tisch und zog einen Stuhl heran.

Hinter ihm saß Kretzoi zwischen den künstlichen Gewächsen. Es wäre verlockend zu sagen, daß Kretzoi seinen Asadi-Gefährten betrauerte, wahrscheinlicher aber war, daß er endlich vor der Langeweile unsere Abgeschlossenheit kapituliert hatte. Seine Neigung, im Schatten herumzuliegen und ziellos zwischen Schwimmbecken, Plastikmöbeln und künstlichen Gewächsen umherzuwandern, war dafür symptomatisch.

Ich klopfte mit dem Finger auf eine der Mappen. »Irgend etwas Überraschendes?«

Moses Eisen ließ die Hände auf dem Schoß, unterhalb der Tischfläche, und sprach zu den Oberlichten. »Mehrere Bestätigungen früherer Spekulationen. Die Asadi haben eine Biochemie auf Kohlenstoffbasis und scheinen in jeder Hinsicht das hiesige Äquivalent unserer Primaten zu sein. Das bestätigt frühere Spekulationen, wie ich sagte, aber es ist auch überraschend.«

»Ein Beispiel unabhängiger Parallelentwicklung?« sagte Elegy.

»Bojangles' Zellen enthalten jeweils vierundzwanzig Chromosomenpaare«, sagte Eisen, noch immer zu den Oberlichten aufblickend. »Das ist ein Paar mehr, als sich in den Körperzellen des Menschen finden. Aber es ist gleichwohl bemerkenswert verwandt.«

»Weiße Laborratten haben zweiundzwanzig Chromosomenpaare«, entgegnete ich mit unverhohlenem Mißmut. »Und es gibt einzellige Wurzelfüßer mit mehr als siebenhundertfünfzig Paaren. Die Zahl der Chromosomenpaare hat nicht so viel zu sagen wie Art und Qualität der in jedem DNS-Strang gespeicherten genetischen Informationen.«

»Dann sehen wir einmal, wie es damit ausschaut«, versetzte Moses Eisen, der meinem Blick noch immer auswich. »Das DNS-Molekül, welches das Asadi-Chromosom enthält, hat eine Struktur, die derjenigen des menschlichen

Chromosoms fast gleich ist. Die Unterschiede sind tatsächlich nur minimal – einfache Verschiebungen von einer oder zwei Aminosäuren in der linearen Sequenz verschiedener Proteinmoleküle. Menschen und Schimpansen haben eine identische Anordnung der 141 Aminosäuren, aus denen die Alphakette des Hämoglobinmoleküls besteht; ein schlüssiger Beweis für einen gemeinsamen Vorfahren irgendwo im Miozän.«

»Was soll damit bewiesen sein?« sagte ich. »Die Asadi sind keine Schimpansen.«

Moses Eisen warf mir endlich einen wachen und durchdringenden Blick zu. »Das Alpha-Hämoglobinmolekül in Bojangles' Blut hat, wie die Untersuchung ergab, dieselben 141 Aminosäuren in genau derselben Abfolge.«

Das brachte mich ins Schwanken, aber ich wollte es nicht zeigen. »Sie wollen damit sagen, daß Schimpansen, Menschen und Asadi allesamt den gleichen Ramapithecus zum Vorfahren haben?«

»Ich will damit überhaupt nichts sagen!« fuhr Moses Eisen auf. »Ich versuche Ihnen und Fräulein Cather die Ergebnisse von nahezu zweiundsiebzig Stunden ununterbrochener Analysen und Überlegungen nahezubringen. Ich sage Ihnen, was festgestellt worden ist. Die unwissenschaftliche Leichtfertigkeit Ihrer Bemerkungen verrät das Maß Ihrer eigenen Verwirrung, Dr. Benedict. Wenn Sie erwarten, daß der Gouverneur von BoskVeld zu Ihnen kommt, um Sie persönlich über diesen unerfreulichen Gegenstand zu unterrichten, müssen Sie schon den Anstand haben, ihn höflich mit Respekt anzuhören!«

Seine Züge arbeiteten. Er stemmte sich mit einem Ruck vom Tisch hoch, stolperte fast über seinen Stuhl und schritt entschlossen zu der Tür, durch die Pettijohn und Deuel vor beinahe einer Woche unseren Hangar betreten hatten. Bestrebt, ihm aus dem Weg zu gehen, schlich Kretzoi durch die spärliche Plastikvegetation des Freizeitbereichs davon.

In meiner Verblüffung fiel mir ein Lehrer aus meiner Gymnasiastenzeit ein, dessen bevorzugte Strategie zur

Wahrung der Disziplin es war, den Raum zu verlassen und zu warten, bis ein Abgesandter der Klasse mit Entschuldigungen und der allgemeinen Bitte, er möge zurückkommen, sein Büro aufsuchte. Als ich Elegy aufspringen und Moses Eisen nacheilen sah, schien die meiner Erinnerung innewohnende Prophezeiung sich selbst zu erfüllen: Elegy und Eisen sprachen kurze Zeit miteinander, dann hakte sie ihn unter und brachte ihn zurück an den Tisch. Ich stand unwillkürlich auf, mehr eingeschüchtert von seiner Verletzlichkeit als von seinem ungewohnten Gefühlsausbruch.

»Moses«, fing ich an; »Moses ...«

Er winkte ab, machte sich von Elegys Arm frei und setzte sich wieder. »Ich fühle mich so alt wie Gottes kleiner Bruder«, sagte er zur Tischoberfläche. »Die Regierung macht mich verantwortlich für den Tod eines Asadi von den Händen eines E 5, in dessen Personalakte fremdenfeindliche Tendenzen dokumentiert sind – obwohl Pettijohns Personalakte zusammen mit den psychologischen Profilen früherer Untersuchungen im Verlauf seiner letzten Versetzung entweder verlorengegangen oder falsch zugestellt worden ist.« Er seufzte.

»Außerdem macht man mir Vorwürfe, daß ich Ihrem Ersuchen um eine weitherzige Auslegung der Schutzbestimmung zugunsten des Forschungsprojekts und seiner erweiterten Befugnisse stattgegeben habe«, fügte er verdrießlich hinzu. »Tatsächlich weist man jegliche Beeinflußbarkeit der Kontrollbehörden durch Vertreter der Nyerere-Stiftung als unzulässige Unterstellung zurück und kündigt strafrechtliche Sanktionen an, weil Sie mit dem Einfangen einer hochentwickelten und wahrscheinlich intelligenten fremden Lebensform die gesetzlichen Schutzbestimmungen mißachtet haben. Ich übertreibe nicht. Ferner ist damit zu rechnen, daß schon sehr bald alle Klauseln in Forschungsverträgen, die auf privilegierte Eingriffsmöglichkeiten hinauslaufen, für ungültig erklärt werden. Solche Klauseln, so heißt es jetzt, seien unethisch und juristisch schon deshalb bedenklich, weil sie nach dem Grundsatz der Gleichbehandlung fremden Intelligenzen die Möglichkeit einräumen würden, unsereinen zum Zweck von Untersuchungen zu fangen und einzusperren.

Infolge der jüngsten Ereignisse«, schloß Moses Eisen, »besteht die Gefahr meiner vorzeitigen Versetzung in den Ruhestand. Auch eine Zwangsversetzung nach Amérsavane oder einer anderen Kolonie ist nicht auszuschließen. Zwar würde ich nicht mit meiner Familie als Siedler schwitzen und Land urbar machen müssen, sondern als ›hochgeschätzter Gemeindevorsteher‹ dienen, aber auch das sind keine Aussichten, die ich schätze.«

Wir saßen eine Zeitlang, ohne etwas zu sagen. Kretzoi trieb sich zwischen den künstlichen Pflanzen in ihren Kübeln herum und beäugte uns geheimnisvoll aus dem Verborgenen.

Schließlich schlug Moses Eisen, beinahe wieder er selbst, eine der Mappen auf und fuhr mit dem Finger eine doppelte Zahlenkolonne hinab. »Das Schädelvolumen beträgt 823 Kubikzentimeter«, sagte er in sachlichem Ton. »Da Bojangles ein kleiner, kaum voll ausgewachsener Mann war, wird angenommen, daß das Schädelvolumen der Asadi Werte bis 1300 Kubikzentimeter erreicht. Das liegt bereits ein gutes Stück im menschlichen Bereich. Tatsächlich stellen die beiden Werte eine ziemlich genaue Annäherung an die Variationsbreite des Schädelvolumens bei bekannten Fundstükken des *Homo erectus* dar, dem direkten Vorläufer der zeitgenössischen Menschheit.« Er blickte auf, erst zu Elegy, dann zu mir. »Ich will mich hier nicht über die Bedeutung dieser Zahlen auslassen, sondern mich auf den Hinweis beschränken, daß die Statistik eine solche Ähnlichkeit verdeutlicht.«

»Es kann bedeuten, daß die Asadi eine bewußte Intelligenz im menschlichen Sinne haben«, sagte Elegy. »Der *Homo erectus* zähmte das Feuer und hatte zweifellos nicht nur ein Wissen von der Endgültigkeit des Todes, sondern auch den Glauben an ein mystisches Fortbestehen der Persönlichkeit. Die Menschen dieser Kulturstufe verzehrten die

Gehirne ihrer Toten, um die Verbindung mit den Geistern ihrer verstorbenen Angehörigen aufrechtzuerhalten.«

»Oder um sich Kraft und Klugheit ihrer Feinde einzuverleiben«, fügte ich hinzu. »Es ist schwierig, von fünfhunderttausend Jahre alten Schädeln mit künstlich erweiterten Hinterhauptlöchern Absichten herzuleiten.«

Eisen blickte wieder in seine aufgeschlagene Mappe. »Auch die Organisation des Asadigehirns scheint mit dem unsrigen viel gemeinsam zu haben. Eine dreiteilige Entwicklungsstruktur, aber vier Hauptlappen im Neocortex, mit einer Brücke zwischen den Hälften, die unserem Corpus callosum ähnelt. Bojangles' Gehirn hat jedoch kein erkennbares Gegenstück zum Brocaschen Sprachzentrum in der linken Hirnhälfte, der Region also, in welcher unsere Fähigkeit zur Formulierung der symbolischen Sprachkulturen liegt.«

»Das ist nicht überraschend«, sagte ich. »Die Asadi sprechen nicht – wenigstens nicht mit den Zungen.«

»Dagegen besitzen sie«, fuhr Moses Eisen fort, »eine Struktur in der rechten Hälfte des Cortex – dem Assoziationsbereich –, die möglicherweise eine funktionale Entsprechung darstellt, weil sie die Augenmuskeln steuert. Nennen Sie es ›Bojangles-Zentrum‹, wenn Sie wollen – so ist es hier in diesem Papier genannt worden.« Moses klopfte auf die aufgeschlagene Seite. »Jedenfalls kann diese Hirnstruktur in den Asadi ebenso wirken, wie das Brocasche Sprachzentrum in uns. Sie ist Ursprung und Speicher der strukturellen Grammatik der polychromatischen optischen ›Sprache‹ der Asadi. Sie scheint auch die Funktion von Wernickes sensorischem Sprachzentrum im Menschen zu haben – das heißt, sie speichert sensorische Wahrnehmungen, hauptsächlich visuelle, und erlaubt den Asadi, in einem komplizierten Code, den wir noch nicht geknackt haben, miteinander zu kommunizieren.«

»Dieses Sprachzentrum existiert in der rechten, statt in der linken Hälfte des Asadi-Neocortex?« fragte ich.

»Nach den vorliegenden Untersuchungsergebnissen«, bestätigte Moses Eisen. Er nahm die Mappe in beide Hände und blätterte den Inhalt vor unseren Augen durch. »Die ganze Mappe hier hat nur mit der Anatomie und Funktion des Asadigehirns zu tun«, sagte er mit einem Unterton von Ehrfurcht. »Das ganze Ding.«

»In der menschlichen Gehirnstruktur«, sagte Elegy, »verkörpert die linke Hälfte das rationale Selbst, die objektive Persönlichkeit. Die rechte Hälfte verbindet die verschiedenen gegenläufigen Visionen und Alpträume unseres unbewußten Selbst; sie beherbergt unsere intuitive und mystische Persönlichkeit. Das Ego lebt in der linken Stirnhälfte, das ›Nicht-ich‹ in der rechten. Wenn für das Asadigehirn die gleiche Teilung gilt, dann entstammt ihre polychromatische optische Sprache viel unmittelbarer als die menschliche Sprache den alten Strukturen. Die Implikation – das ist es doch, worauf du hinaus wolltest, Ben? – ist, daß sie auf einer weitaus intuitiveren oder sogar künstlerischen Ebene miteinander kommunizieren als wir Menschen es tun.«

Moses hakte die Füße um die Stuhlbeine und lehnte sich zurück wie ein kleiner Junge, der auf zwei Stuhlbeinen balancieren möchte. Er stieß ein geringschätziges Lachen aus und schüttelte den Kopf.

»Was?« fragte Elegy.

»Was ist an Wettkämpfen im Anstarren auf einer feuchtheißen Urwaldlichtung ›intuitiv‹ oder ›künstlerisch‹?«

»Wie sollten wir das beantworten«, fragte ich, »solange wir nicht wissen, welche Art von Information sie dabei austauschen? Selbst wenn das Asadigehirn oberflächlich dem unsrigen ähnelt, läßt die Lage des Bojangles-Zentrums den Schluß zu, daß ihre Intelligenz – ihre gesamte neuro-symbolische Einstimmung auf die Welt – einer von der unsrigen völlig verschiedenen Realitätsordnung angehört. Die physiologischen Ähnlichkeiten, die anatomischen Entsprechungen, selbst die erstaunliche Übereinstimmung der Aminosäure-Sequenzen mag angesichts der völlig fremdartigen Wahrnehmung, die die Asadi von ihrer Stellung im unendlichen Plan der Dinge haben, überhaupt nichts bedeuten.«

Moses Eisen ließ sich wieder vorwärts fallen und stützte die Ellbogen auf den Tisch. »Das ist Thomas Benedict, der aus seiner rechten Gehirnhälfte redet«, sagte er zu Elegy. »Worauf will Ihr Freund hinaus?«

Elegy nahm – um der Beweisführung willen, glaube ich – für Moses Eisen Partei: »Es gelang Kretzoi und Bojangles eine Weile, dieselbe Wellenlänge zu finden, Ben. Ich bin ziemlich sicher, daß sie sich wirklich verständigten.«

»Wenn ihnen das gelang«, sagte ich, »beweist es nur, daß Bojangles in der Lage war, einen Rubicon zwischen den Arten zu überschreiten, der für dich oder mich unüberbrückbar ist. Bojangles machte die Überschreitung, nicht Kretzoi. Und wir mögen niemals dazu imstande sein – aus demselben Grund, der Nilpferde daran hindert, zu singen.«

Das brachte uns alle eine Weile zum Verstummen, sogar mich.

Dann schlug Moses eine andere Mappe auf. »Diese hat mit dem Auge zu tun«, verkündete er. »Nicht mit den Gehirnbereichen, die visuelle Erinnerungen oder die nicht zu entziffernde optische Grammatik der Asadi speichern, wohlgemerkt, sondern mit der Struktur und Funktion des Auges selbst. Photorezeption, die gewollte Umwandlung photosynthetischer Pigmente in spektrale Muster und der Abbau von Sonnenlicht zu chemischer Energie, die als Brennstoff für den Kreislauf verwertbar ist. Die Augen der Asadi haben wenigstens drei verschiedene Funktionen – sie sehen, sie kommunizieren und sie nehmen Energie auf. Möglicherweise haben sie noch andere Fähigkeiten, aber wir wissen darüber noch nichts Genaueres.«

»Dann ist das Asadiauge der Photosynthese fähig?« fragte Elegy.

»So scheint es«, antwortete Moses, »obwohl wir den Mechanismus noch nicht völlig verstehen. Ihre Augen absorbieren Lichtquanten durch Pigmentsysteme, die den Chloroplasten in Pflanzenzellen ähneln. Diese Pigmentsysteme – wir nennen sie Chromoplaste, weil sie zusätzlich zum Chlorophyll lichtabsorbierende Pigmente enthalten, von denen uns einige unbekannt sind – wandeln Lichtenergie in elektrische Energie und elektrische Energie in chemische Energie um. Ein Teil der chemischen Energie wird in den spektralen Schaustellungen abgestrahlt, die gewollt oder willkürlich sein können, wenngleich man im Krankenhaus übereinstimmend die Meinung vertritt, daß sie von den Asadi bewußt gesteuert werden. Geradeso wie Ihr Vater vermutete, Fräulein Cather, und genauso, wie wir alle auf der Basis einfacher Beobachtung und der empirischen Beweise der Augenbücher angenommen haben.

Der Rest der von den optischen Chromoplasten der Asadi erzeugten chemischen Energie wird in Kohlehydrate und letzten Endes Glukose umgewandelt. Der Wirkungsgrad, mit dem ihre Chromoplaste absorbierte Lichtenergie verwerten, scheint an einhundert Prozent heranzureichen, und der Sauerstoff, welcher in der Photosynthese der Pflanzen als Nebenprodukt abgegeben wird, gelangt als Wirkstoff im tierspezifischen Krebs-Zyklus in den Energiekreislauf des Körpers. Daher könnte man in einem Sinne sagen, daß die Asadi sogar durch ihre Augen atmen. Als wir anfingen, die Theorie der optischen Photosynthese zu untersuchen, fielen unsere Messungen nach besonders hohen Sauerstoffkonzentrationen über der Asadilichtung darum stets negativ aus.

Nun scheint die Theorie bestätigt zu sein, und aus dieser Bestätigung erschließt sich, warum sie sich nur während der Stunden zwischen Sonnenaufgang und Sonnenuntergang auf der Urwaldlichtung einfinden: in dieser Zeit ist der Photosyntheseprozeß ihrer Augen am wirksamsten, und infolgedessen können sie durch ihre spektralen Schaustellungen am besten miteinander kommunizieren. Die beiden Prozesse ergänzen einander und erzeugen einen Rückkopplungseffekt, der theoretisch genauso verstärkend wirkt wie die Tendenz zum aufrechten Gang in frühen Hominiden und dem Bedürfnis, Gegenstände zu tragen und zu gebrauchen. Beides wirkt verstärkend aufeinander und fördert die Entwicklung in dieser Richtung. Aber ein solcher Rückkopplungseffekt kann das Verhalten diktieren und schließlich auch in drastischer Weise begrenzen, und das scheint hier der Fall zu sein, wenn wir betrachten, in welch einen stagnierenden und sich selbst wiederholenden Lebensstil die Asadi in ihrer jüngsten Geschichte zurückgefallen sind. Vielleicht sind Struktur und Funktion ihrer Augen sowohl der Schlüssel zum Aufstieg der Asadi als einer intelligenten Art als auch zu ihrem Untergang.«

»Sie sind vollkommen lebensfähig«, warf Elegy ein. »Ihre Zahl ist gering, aber sie scheinen nicht in Gefahr, auszusterben. Was Sie wirklich sagen, ist, daß sie nach den Begriffen der arroganten menschlichen Primaten nicht ohne weiteres verständlich sind. Läuft es nicht darauf hinaus? Außerdem sind die Asadi keineswegs absolute Sklaven dieses physiologischen und biochemischen Prozesses; irgendwann müssen sie sich entschlossen haben, bei Sonnenaufgang zusammenzukommen und bei Sonnenuntergang auseinanderzugehen.«

»Warum?« fragte Moses Eisen.

»Weil sichtbares Licht auch vor Sonnenaufgang und nach Sonnenuntergang vorhanden ist. Wenn ihre Augen wirklich mit einem Wirkungsgrad von annähernd einhundert Prozent arbeiten, könnten sie mit Leichtigkeit auch zu diesen Zeiten Photosynthese treiben.«

Ich stand auf, legte die Hände hinter dem Rücken ineinander und blickte zu Kretzois halb verborgener Gestalt im künstlichen Laub am Beckenrand. »Das beweist noch nicht, daß bewußte Entscheidungsfreiheit vorliegt, Elegy. Das Verhaltensmuster – du sprachst selbst davon, als du meintest, wir könnten die Asadi erlösen, indem wir sie aus ihrer Lichtung herausführten –, dieses Verhaltensmuster könnte Teil eines genetisch diktierten Programmes sein. Ein Instinkt. Du sagtest selbst, daß ihre Bereitwilligkeit, die Eintönigkeit der Lichtung zu ertragen, einen Überlebenswert haben müsse. Ich erinnere dich an deine Spekulationen über den Kannibalismus.«

»Ich weiß nur, daß wir Bojangles verloren haben, Ben, und daß ich der Theorie und Spekulation überdrüssig bin.«

»Deshalb bin ich mit Fakten zu Ihnen gekommen«, sagte Moses Eisen. »Schauen Sie her. Erinnern Sie sich an den Bericht Ihres Vaters über den ›Häuptling‹ der Asadi? Chaney nannte ihn Eisen Zwei, eine für ihn typische Impertinenz. Dieser sogenannte Häuptling kämpfte nach Chaneys Aufzeichnungen mit der Sonne, indem er zu ihr aufblickte und Handbewegungen machte, als wollte er mit ihr ringen.«

Elegy sagte, sie erinnere sich.

»Das Resultat war, daß die Augen des alten Asadi ausbrannten und wie zwei geschwärzte Löcher in seinem Kopf waren.« Moses Eisen hob die Schnellheftermappe auf und ließ sie auf den Tisch fallen. »Aus den Untersuchungen ergibt sich, daß Blindheit für die Asadi gleichbedeutend mit dem Tod ist. Und diejenigen unter ihnen, die durch das Fehlen photosynthetischer Pigmente in den Augen behindert sind – wie der Junggeselle, wie der Häuptling Eisen Zwei –, werden entweder mit passivem Widerwillen oder mit einer Mischung von Schrecken und Ehrfurcht betrachtet. Diese von der Natur benachteiligten Asadi müssen neben dem Sonnenlicht von weiteren Energiequellen abhängig sein, um sich zu ernähren, und sie sind außerstande, in der üblichen Art und Weise mit ihren Artgenossen Meinungsaustausch zu pflegen. Aus diesen Gründen sind sie für die Gemeinschaft der Asadi nicht einfach ›Taubstumme‹, sie sind lebende Tote. Dies erklärt, warum nach Eisen Zweis rituellem Selbstmord der Junggeselle – ein früherer Paria – gewählt wurde, dem alten Mann als ›Häuptling‹ nachzufolgen.«

»Das ist reine Theorie«, sagte ich.

»Schon recht«, erwiderte er. »Passen Sie auf! Die Untersuchungsergebnisse deuten darauf hin, daß direkte Beobachtung der Sonne die Augen der Asadi ausbrennen kann. Sie wissen es und sind gewöhnlich klug genug, mit ihrer Sonne keine Wettkämpfe im Anstarren auszutragen. Es sei denn, sie wollen sich selbst blenden, wie es bei Eisen Zwei offenbar der Fall war.«

»Aber warum wollte er sich blenden?« fragte ich.

»Bildlich gesprochen, verübte er Selbstmord. Er war alt und krank und der Härten seiner nicht beneidenswerten Häuptlingswürde überdrüssig. Wenn Blindheit eine absolute Metapher für den Tod ist, dann begeht der Asadi, der absichtlich seine Augen auslöscht, symbolisch Selbstmord. Im Falle von Eisen Zwei folgte nach Chaneys Monographie der tatsächliche biologische Tod seinem symbolischen Tod um weniger als dreißig Stunden. Die symbolische Handlung beschleunigte die Realität – genauso, wie Eisen Zwei es wünschte.«

Elegy war betroffen. »Bojangles starrte den ganzen ersten Tag, den wir ihn hier im Hangar hatten, zur Sonne auf, oder versuchte es wenigstens!«

»Genau.« Moses Eisen wies mit dem Finger auf Elegy, als ob sie soeben eine besonders schwierige Gleichung gelöst hätte. »Sein Verhalten war keine unwillkürliche Manifestation von Photoperiodismus bei den Asadi, sondern sein eigener bewußter Versuch, sich das Leben zu nehmen. Er wollte, daß die Sonne ihm die Augen ausbrenne.«

»Sie tat es nicht«, sagte ich.

»Das liegt daran, daß die Oberlichte des Hangars, um die Temperatur hier drinnen erträglich zu halten, den größten Teil der gelben und grünen Bänder des Spektrums herausfiltern. Ein unbeabsichtigtes Ergebnis davon war, daß Bojangles sich nicht blenden konnte. Obwohl er die Pflanzen, die für ihn herbeigeschafft worden waren, nicht annahm, hatte sein Emporstarren lebenserhaltende Wirkung, worin man eine Ironie erblicken kann. Er ›nährte‹ sich mit den roten und violetten Teilen des Spektrums und konnte durch Photosynthese alle benötigten Nährstoffe aus Luft, Wasser und Sonnenschein herstellen. Selbst als er und Kretzoi anfingen, sich zu verständigen, und er die Versuche zur Selbstblendung aufgab, bezog Bojangles noch immer alle notwendigen Energien für den Lebensunterhalt aus gefiltertem Sonnenschein.«

»Er wollte sich umbringen«, murmelte Elegy.

»Wundert Sie das?« fragte Moses Eisen sie. »Sehen Sie sich

um. Sie können nicht erwarten, daß ein Lebewesen, das niemals etwas wie diesen Hangar gesehen hat, sich rasch einer plötzlichen und unerwarteten Haft darin anzupassen vermag. Bojangles hatte sein ganzes Leben in der Wildnis verbracht. Sie rissen ihn bei den Wurzeln heraus und setzten ihn in eine Umgebung, die schreckenerregend fremd war.«

»Aber Bojangles hatte schon etwas wie diesen Hangar gesehen, Moses.« Ich ging am Beckenrand entlang zu der Stelle, wo ich zuletzt Kretzoi gesehen hatte.

»Hatte er?« Moses stieß sich vom Tisch zurück und rückte mit dem Stuhl, daß er mich sehen konnte. »Was?«

»Die Asadi-Pagode« raunte Elegy in geheimnisvollem Ton. »Oder den Ursadi-Tempel, wenn Sie das vorziehen.« Dann fuhr sie in ihrem gewohnten Tonfall fort: »Natürlich ist es gut möglich, daß Bojangles niemals im Inneren dieses Tempels gewesen ist, und von daher können Sie sehr wohl recht haben, Gouverneur Eisen. Die Fremdartigkeit des Hangars mag erschreckend genug für ihn gewesen sein, daß er sich selbst zu blenden versuchte. Selbstmord, wenn Sie so wollen.«

»Kretzoi!« rief ich. »Kretzoi, komm heraus!«

Er kam widerwillig zum Vorschein, ging auf allen vieren wie ein Pavian auf offener Savanne. Der Umstand, daß er so gut wie die meisten Menschen aufrecht gehen konnte, ging in der höhnischen Tierhaftigkeit seiner Annäherung verloren.

Halb um meine Fürsorge zu zeigen, halb um ihn zu quälen, legte ich die Hand auf seine Mähne und führte ihn zurück zum Tisch.

»Bojangles sagte dir, er habe die in Chaneys Bericht geschilderte Pagode gesehen. Er sagte dir das schon an seinem zweiten Tag hier drinnen, nicht wahr?«

Kretzoi nahm ein Haarbüschel auf seiner Schulter zwischen die Lippen, glättete es mit der Zunge.

»Kretzoi, ich spreche mit dir. Bojangles sagte dir, er habe die Pagode gesehen. Er sagte dir noch vieles mehr. Informationen, die du uns nach seinem ... nach seinem Tod nicht mitgeteilt hast.«

»Ermordung«, sagte Elegy. »Nach seiner Ermordung.«

Darauf richtete Kretzoi sich auf und machte prompt das Taubstummenzeichen für »Mord«. Dann blickte er anklagend in die Runde seiner menschlichen Gesprächspartner.

»Dies von einem Primatenhybriden«, sagte ich zu Moses Eisen, »dessen Ahnen bisweilen die Schädel von Säuglingen einschlugen, um an ihre Gehirne heranzukommen.«

»Seine genetische Struktur ist teils Schimpanse, teils Pavian«, sagte Elegy zornig, »aber auch Menschen sind unter seinen ›Ahnen‹! Seine Intelligenz wurde vermehrt, und auch seine Fähigkeit, auf die Stimme im Neocortex zu hören, die wir ›Gewissen‹ nennen. Das gleiche sollte hier geschehen.«

Moses lachte. Ich atmete hörbar auf und hob die Hände in gespielter – nein, in echter – Ergebung.

»Wir werden wieder in die Wildnis gehen«, sagte Elegy entschlossen zu Moses Eisen, ohne mich zu beachten. »Keine Feldstudien unter den Asadi. Keine windigen Spekulationen über Ursprünge und Abschlüsse. Wir werden den Tempel suchen, wo mit Gewißheit all unsere Antworten liegen.«

»Ausgezeichnet«, sagte Moses Eisen. »Wie wollen Sie ihn finden? Sie werden sich erinnern, daß Sankosch auf der Suche nach diesem Bauwerk und den Überresten Ihres Vaters beinahe ein Jahr lang die Wildnis durchstreifte. Und er fand keins von beiden.«

»Er hatte keinen Kretzoi.«

»›Haben‹ Sie Kretzoi, Fräulein Cather? Und selbst wenn Sie diese Frage bejahen können, was vermag er für Sie zu tun, wenn Sie nicht einen weiteren Asadi aus der Wildnis entführen, um ihm die Grundzüge der Taubstummensprache beizubringen? Unnötig zu sagen, daß Sie nach den letzten Vorfällen niemals die Genehmigung dafür erhalten werden.«

»Schauen Sie durch die Schalen über seinen Augen, Gouverneur.«

Moses zögerte.

»Tun Sie es! Schauen Sie ihm in die Augen und sagen Sie mir, was Sie sehen!«

Er lehnte sich zurück und sagte: »Ich weiß, wie seine Augen aussehen, Fräulein Cather. Mehr oder weniger wie meine eigenen. Oder wie die Ihrigen. Es sind nicht die Augen eines Asadi.«

»Es sei denn, Sie nehmen an, daß sie in irgendeiner Weise mißgestaltet seien, Gouverneur – als fehlte ihnen die Ausbildung der photosynthetischen Pigmente. In der Wildnis akzeptierten die Asadi Kretzois Anwesenheit, aber nachdem sie sein vermeintliches Handicap entdeckt hatten, behandelten sie ihn ungefähr genauso, wie sie in den Aufzeichnungen meines Vaters den Junggesellen behandelt hatten. Das heißt, sie duldeten ihn in ihrer Nähe, fanden seine Gegenwart aber störend. Die Ursache ihres Unbehagens waren seine Augen.«

»Schön und gut«, sagte Moses, »aber das ist nichts Neues.« Er wartete, daß sie ihn von Kretzois zukünftiger Nützlichkeit überzeugen würde, glaubte aber nicht, daß es ihr gelingen könnte.

Ich entfernte mich vom Tisch und kauerte am Beckenrand nieder, folgte ihrem Gespräch und besah den unregelmäßig verlaufenden Riß am Grund des Beckens.

»Die Asadi betrachten Kretzoi«, hörte ich Elegy sagen, »zumindest unterbewußt, aber vielleicht sogar auf einer gesellschaftlichen Ebene, als einen ihrer lebenden Toten. Dies ist die Ursache, warum Bojangles zu Beginn ihrer Verständigung immer wieder signalisierte, daß er sich fürchte.«

»Schön und gut«, sagte Moses wieder.

»Das bedeutet, daß es uns vielleicht gelingen kann, in allen Asadi nicht nur einen ›passiven Widerwillen‹ gegen Kretzoi zu mobilisieren, sondern ihnen einen ›ehrfürchtigen Schrecken‹ einzuflößen. Waren das nicht die Begriffe, die Sie gebrauchten? Warum müssen wir ihn als einen niedrigen Paria unter die Asadi schicken, wenn wir ihn genauso leicht als einen übernatürlichen Brahmanen in ihre Mitte entsenden können?«

Ich sah mich nach den beiden um. Moses Eisen saß nachdenklich zurückgelehnt auf einem Holzstuhl. Elegy hatte die Finger einer Hand in Kretzois Mähne gesteckt. Der Primat saß mit der königlichen Haltung eines Löwen neben ihrem Platz.

»So werden wir es machen«, hörte ich Elegy mit jugendlicher Selbstsicherheit sagen. »Kretzoi wird einen Asadikönig verkörpern.«

12. Kapitel
Zwischen den Zeiten

Am selben Abend ging ich zufällig durch die Eingangshalle des Flughafengebäudes, als zwei Militärpolizisten den früheren E 5 Spenser Pettijohn zur Sicherungsverwahrung in die benachbarte Gefängnisbaracke brachten.

Moses Eisen hatte am zweiten Tag nach Bojangles' Tod über den Mann zu Gericht gesessen und ihn der gewaltsamen Entführung Filly Deuels und ihrer erzwungenen Beteiligung an einem schweren Verbrechen der Täuschung und des unerlaubten Waffengebrauchs sowie des vorsätzlichen Mordes an einem Angehörigen einer geschützten einheimischen Art für schuldig befunden.

Als ich Pettijohn am Flughafen sah, war mir klar, daß ihn der Abtransport zu einem militärischen Straflager mit den Einrichtungen zur psychischen Rehabilitation erwartete. Provisorisch ruhiggestellt und psychisch reduziert, sah er bereits wie eine Gliederpuppe aus. Wenn Kretzoi, wie Elegy meinte, für die Asadi ein »lebender Toter« war, dann war Pettijohn es für uns. Ich trat zur Seite, als er zwischen seinen Wächtern vorbeitappte. Wenn er wieder zum Leben erwachte, würde er sich in unvertrauter Gegend unter Fremden finden, degradiert zum E 1, ein neuer Rekrut, unausgebildet und formbar wie ein Tonklumpen.

Wiedergeboren.

Lange Jahre systematisch ausgelöster, heilsamer Alpträume lagen vor ihm. Träume, die den Zwangsschläfer zu seinem Nutzen terrorisieren würden. Hypnopädagogische Visionen, die durch Serien variierender Neuaufführungen des Verbrechens langsam ein aufdämmerndes ethisches Bewußtsein zu entwickeln hatten. Schmerzhafte neurologische Appelle an Herz und Kopf ...

Das Verfahren war erst in den letzten drei Jahrzehnten wirtschaftlich vertretbar geworden, und Pettijohn hatte sich durch seinen Mord an Bojangles zum Kandidaten für diese schmerzliche Form behördlicher Zuwendung gemacht.

Ich stand von Scheu ergriffen, als der Mörder vorbeigeführt wurde, aber meine Scheu galt nicht ihm oder seiner Tat, sondern der furchtbaren Gerechtigkeit des ihm zugedachten Schicksals. Dann ging ich nachdenklich weiter, trat aus der Vorhalle hinaus in die Abenddämmerung und fand einen Fahrer, der mich zu meinem Quartier in Frasierville brachte.

Obwohl wir unser Quartier im Hangar weiterhin mit Kretzoi teilten, hatten Elegy und ich seit dem Tod des Asadi nicht mehr miteinander geschlafen. Unser Verhältnis war gespannt und nur von oberflächlicher Herzlichkeit. Kretzois Abneigung gegen Menschen hatte etwas damit zu tun, zweifellos auch das noch fortlebende Trauma der Ermordung Bojangles' durch Pettijohn ... Vielleicht waren Elegy und ich einander nur zu lange zu nahe gewesen. Unsere Gesichter waren einander vertraut wie ein Paar ungleicher abgenutzter Schuhe, die wegzuwerfen man nicht über sich bringt; unsere Gerüche waren so unentwirrbar vermischt wie die Fasern eines nassen Hanfseils.

Am Morgen nach Bojangles' Tod hatte ich Moses Eisen ersucht, mich wieder in die Stadt umziehen zu lassen, er aber hatte darauf bestanden, daß wir drei blieben, wo wir waren, bis er die Reaktion der Öffentlichkeit auf den Mord bewerten könne. Es sei unvermeidlich, sagte er, daß Gerüchte die Nachricht verbreiten würden, selbst wenn wir uns um Geheimhaltung bemühten; wir seien sicherer, wo die Polizei uns bewachen könne. Ich argumentierte, daß sie Pettijohn und Deuel nicht daran gehindert hatte, sich mit einem durchsichtigen Täuschungsmanöver einzuschleichen und ihr schlimmes Werk zu verrichten, aber Moses murmelte nur: »Einmal verletzt, doppelt vorsichtig«, und damit war mein Anliegen erledigt.

Jetzt aber war ich unterwegs nach Hause.

Die Lichter von Frasierville begrüßten mich, und selbst

mein schäbiges Quartier, in solch krassem Gegensatz zu Moses Eisens geräumigem und gut eingerichtetem Haus, schien luxuriös ausgestattet. Der muffige, ungelüftete Geruch, der mich begrüßte, war ein Parfüm, und selbst die Klebrigkeit meines ungemachten Bettes strömte ein herzliches Willkommen aus. Ich war froh, allein zu sein. Ich polterte im Dunkeln herum, warf die Kleider von mir und lauschte dem unartikulierten Gurgeln der Toilette. Ich konnte sogar den Wind in den Urwaldbäumen seufzen hören, ein leises, geheimnisvolles Wispern von Wachstum und Zerfall.

Ich war mir nicht schlüssig, ob ich in die Wildnis zurückgehen wollte. Bojangles' Tod hatte meine Begeisterung gedämpft. Elegys förmliche Höflichkeit, verbunden mit dem erneuerten Glauben an die vorausschauende Weisheit ihrer Entscheidung, Kretzoi hierherzubringen, hatten mein Verlangen, sie wieder in die Wildnis zu begleiten, dahinschwinden lassen. Außerdem war es angenehm, mit meinen Unvollkommenheiten allein zu sein. So gut, daß ich vier volle Tage eigensinnig mit ihnen herumlungerte.

»Aufwachen, Ben! Du hältst uns auf, elender Langschläfer!«

Elegy schlug an die Tür und rief mich beim Namen. Sie hörte sich ganz nach ihrem alten unverschämten Selbst an. Ich stand auf, tappte blinzelnd zur Tür, öffnete, und mein Blick fiel auf Jaafar Bahadori und Kretzoi, die auf den Vordersitzen eines Geländewagens koexistierten. Kumpel. Sie mußten gerade vom Flugplatz gekommen sein. Elegy schlüpfte an mir vorbei ins Zimmer, drängte mich, ich solle mich anziehen (ich hatte ein Nachthemd an, dessen Saum über die Knie reichte), und begutachtete mein Zimmer wie ein Reisender, der unvermutet den Schauplatz eines Massakers betritt.

»Wir fahren weiter zum Depot und machen den Hubschrauber startbereit!« rief Jaafar aus dem Geländewagen. »Gouverneur Eisen hat mir Erlaubnis gegeben, an der Expedition teilzunehmen, Dr. Benedict!«

Der Wagen brauste los, schleuderte nach links um die Ecke meiner Behausung und verschwand. Die Morgensonne glitzerte auf den taunassen Blättern des Waldrandes, und als ich die Tür schloß, mußten meine Augen sich erst wieder an das Halbdunkel des Raumes gewöhnen.

»Es stinkt hier«, sagte Elegys Stimme irgendwo vor mir.

Meine Augen hatten sich umgestellt, und ich konnte sie sehen. »Ich habe in der Badewanne Epiphyten verbrannt«, sagte ich.

»Was?«

»Nichts. Du erinnertest mich bloß an Jaafar. Gut, daß er nicht hereingekommen ist. Er will mit uns gehen? Was hat es damit auf sich?«

»Wir werden diesmal ein bißchen Hilfe gebrauchen können«, sagte Elegy ernsthaft. »Er kann mit einer Waffe umgehen, einen Hubschrauber fliegen und für uns das Funkgerät bedienen. Außerdem wird er von unbekannten Personen bedroht, Ben. Sie haben seinen Spind aufgebrochen und ihm die Ausgehuniform zerfetzt. Und mit der Post sind Drohbriefe gekommen. Gouverneur Eisen meint, er sei im Regenwald besser aufgehoben.«

»Jaafar? Im Regenwald?«

»Jaafar machte den Vorschlag, aber der Gouverneur billigte ihn, und ich bin ganz seiner Meinung. Wie denkst du darüber?«

»Mir soll es recht sein. Aber wo steckt E 3 Filli Deuel? Wird sie auch bedroht?«

»Eisen hat sie am Tag von Pettijohns Verurteilung zu einem Außenposten irgendwo in der Steppe strafversetzt, weil sie die Situation nach seiner Meinung weniger geschickt meisterte, als sie es hätte tun können.«

»Elegy«, sagte ich unvermittelt. Sie sah mich mit hochgezogenen Brauen an, und fragte: »Hast du wirklich die Absicht, Kretzoi in der Verkleidung eines Asadihäuptlings auf die Lichtung zu schicken?«

»Nicht gleich am Anfang. Vorher gibt es noch anderes zu tun.«

»Aber früher oder später schon?«

»Ja. Deshalb gehen wir wieder in den Wald.«

»Wie willst du es anfangen? Soll er auf die Lichtung gehen, wie Eisen Zwei es die letzten Male vor seinem Tod getan hat?«

»Ja, möglichst genauso.«

»Und jedesmal soll er einen abgehäuteten und ausgeweideten Kadaver mitbringen, um damit entweder die Menge der Asadi oder sich selbst zu füttern?«

»So ist es.«

»Und was willst du als Fleisch verwenden?«

»Fleisch, natürlich. Was sonst? Gouverneur Eisen hat uns ein paar Kalbshälften aus einer importierten Sendung überlassen, und Jaafar stellt im Laderaum des Hubschraubers eine Gefriertruhe auf. Wenn diese Substitute Kretzoi nicht die nötige Glaubwürdigkeit verschaffen, werden wir vielleicht den echten Artikel verwenden müssen. Insgeheim, versteht sich.«

»Den echten Artikel?«

»Ehe Bojangles umgebracht wurde, erzählte er Kretzoi, was die Asadi essen, wenn sie bei Dunkelwerden in die Wildnis zurückkehren, und wie es uns möglich sein könnte, ihre Nester zu finden. Sankosch hatte nur Glück gehabt, Ben, aber Kretzoi wird uns auf der Grundlage eines bestimmten Wissens zu unseren Entdeckungen führen.«

»Dann sind die Asadi echte Kannibalen?«

Elegy nahm ein Kleidungsstück vom Sitz des Korbstuhles neben meinem Bett, hängte es über die Stuhllehne und ließ sich inmitten meiner säuerlich riechenden Unordnung nieder. »Teilzeitkannibalen«, sagte sie. »Nächtliche Kannibalen. Wo sonst könnten sie Fleisch finden? Mein Vater hatte ihr Geheimnis verstanden, weißt du.«

Sie schien wieder selbstzufriedener, als gut für sie sein konnte. Ich wollte diese zufriedene Selbstgerechtigkeit durchlöchern. »Mit der Ermordung eines oder mehrerer Asadi, heimlich oder nicht, will ich nichts zu schaffen haben«, sagte ich. »Was gibt uns das Recht, Pettijohn zu verurteilen, wenn wir selbst genauso handeln? Würdest du imstande sein, deine Karriere und deine Freiheit so leichtfertig aufs Spiel zu setzen?«

Sie warf mir einen verwirrten Blick zu, versank dann in nachdenkliches Schweigen.

»Übrigens«, stieß ich nach, »haben wir niemals ernstlich die Möglichkeit in Betracht gezogen, daß dein Vater aufgefressen wurde.«

Nach einer Weile sagte sie: »Ben, ich glaube nicht, daß das geschehen ist.«

Ihre Pathos ausstrahlende Gegenwart und die komische Würdelosigkeit meines frühmorgendlichen Negligés machten mich zu einem Gefangenen in meinem eigenen Haus. Plötzlich ging mir auf, daß dies *nicht* war, wo ich sein wollte.

»Du hast eine sehr wichtige Einzelheit in der Beschreibung deines Vaters von den verschiedenen Auftritten des Häuptlings auf der Asadilichtung vergessen, Elegy.«

»Den Schrat«, sagte sie.

»Den Schrat«, wiederholte ich.

»Ich habe diesen Punkt nicht vergessen«, sagte sie, »wirklich nicht. Ich habe viel über Eisen Zweis fledermausartigen kleinen Gefährten nachgedacht, Ben. Aber kennst du vielleicht einen Schrat persönlich?«

Ich starrte sie mit unbewegter Miene an.

»Laß das!« sagte sie und stand so rasch auf, daß sie den Stuhl halten mußte, um ihn nicht umzuwerfen. »Entschuldige, Ben, natürlich ist mir klar, daß außer meinem Vater niemand je einen Schrat gesehen hat. Kretzoi versuche Bojangles darüber auszufragen, doch verstand der entweder das Zeichen nicht, das Kretzoi erfinden mußte, oder er wollte über den Gegenstand nicht sprechen. Jedenfalls bleibt die Existenz des Schrates Mutmaßung.«

»Denk an die Skizzen.«

Sie zuckte die Achseln.

»Du glaubst an ihn?«

»So gewiß wie Kinder an sprechende Tiere und den Nikolaus mit seinem langen weißen Bart glauben. Und auch aus dem gleichen Grund. Mein Vater sagte mir einmal im Ernst, daß es sie gibt, und mein Vater log nicht. Glaubst du daran?«

»Genauso. Aber ich bin nicht sicher, ob es mein Vater war, der mir davon erzählte. Ich werde allmählich zu alt, um jemals einen Vater gehabt zu haben, findest du nicht?«

Sie kam zu mir und legte die Arme um mich. Wir umarmten einander, mein Kinn ruhte auf ihrem Scheitel. Bestürzt blickte ich in der Unordnung des Raumes umher, verwünschte mich selbst, daß ich mit solch unverfrorenem Gleichmut in diesem Abfallhaufen meines vergangenen und gegenwärtigen Selbst hausen konnte. In vergleichbarer Umgebung, dachte ich trübe, würden nur Schakale oder Geier etwas wie Leidenschaft zeigen können. Aber hier stand ich im Nachthemd inmitten dieses Durcheinanders, und mich verlangte wieder nach Elegy; und, Wunder über Wunder, sie reagierte in gleicher Weise, blind für das Chaos ringsumher.

Nachdem wir uns auf meinem Bett gewälzt hatten, hob sie jedoch den Kopf aus dem zerwühlten und verschwitzten Laken und blickte kurz umher, bevor sie ihn aufs Kissen zurückfallen ließ. Als ich sie küssen wollte, fing sie an zu kichern. Bekam einen Schluckauf vor Lachen.

»Was ist los, Elegy?« fragte ich keuchend und löste mich von ihr.

Zwischen Lachen und Aufstoßen brachte sie schließlich hervor: »Ich hätte nie gedacht ... daß ich ... so tief sinken würde.«

13. Kapitel
Bojangles' Bruder

Zwölf Stunden später ließ ich die Libelle zu einem Landeplatz in der Wildnis niedersinken. Chaneys alter Abwurfstelle. Nur waren wir diesmal zu viert statt zu dritt, und wir hatten unsere Ankunft so geplant, daß sie beinahe genau mit dem Sonnenuntergang zusammenfiel. Kaum hatten wir unseren Zeltanbau aufgerichtet, da wurde es in der Wildnis lebendig: überall im Dickicht knackten Zweige, rauschten Blätter. Die Asadi flohen in den Urwald und die hereinbrechende Nacht, wie sie es vermutlich seit undenklichen Zeiten getan hatten.

»Die Entführung des armen Bojangles aus ihrer Mitte scheint keine Auswirkungen auf ihr Verhalten gehabt zu haben«, sagte ich zu Elegy.

Sie stand stumm in der rasch zunehmenden Dunkelheit und wartete. Auch Kretzoi schien angespannt und nervös. Sobald es ganz Nacht wäre, wollten wir Jaafar am Sender der Libelle zurücklassen und uns auf die Suche nach einem der Nester machen, über deren Örtlichkeit und Anlage Kretzoi von Bojangles unterrichtet worden war.

In der Vergangenheit, und insbesondere in den Jahren seit Chaneys Verschwinden, hatten wir mit diesen Nachforschungen nie Erfolg gehabt. Wir waren aus dem gleichen Grund gescheitert, der den Primatenforschern bisher verwehrt hat, eingehende Untersuchungen der Lebensweise des afrikanischen Mandrills durchzuführen. Der nächtliche Lebensraum der Asadi ist für am Boden gehende Beobachter so gut wie unerreichbar, und sobald die Asadi ihre Lichtung verlassen, sind sie so zurückgezogen, daß man sie für Phantome halten könnte.

Nun aber glaubte Elegy, daß wir etwas erreichen könnten, und ihr Optimismus rührte von dem Umstand her, daß Kretzoi von Bojangles einiges über das Verhalten der Asadi in der Wildnis erfahren hatte.

Als die Sterne herauskamen, verabschiedeten wir uns von Jaafar und brachen auf. Ich hatte eine starke Handlampe mit drei verschiedenen, einstellbaren Lichtstärken, und ein kleines Abschußgerät für Betäubungspfeile. Auch Elegy hatte eine Handlampe, aber außerdem zwanzig Meter Seil und einen Rucksack voller Ausrüstungsgegenstände, die uns in der Wildnis weiterhelfen sollten. Jeder von uns war mit einem Miniaturfunkgerät ausgerüstet, dessen Empfänger wir wie Hörgeräte in den Ohren trugen, während die Sender an unseren Kehlen befestigt waren und mit einem Knopfdruck ein- und ausgeschaltet werden konnten. Kretzoi trug nichts; er bediente sich der Lianen und Äste, die von unseren Lampen angeleuchtet wurden, um sich den Weg durch das Dickicht zu bahnen, wobei er sich die meiste Zeit gemächlich durch die Etage der unteren Äste bewegte. Elegy und ich fanden es oft schwierig, am Boden mit ihm Schritt zu halten.

Aber wenn es schien, daß wir ihn aus den Augen verlieren würden, verlangsamte Kretzoi seine Fortbewegung oder ließ sich auf den Waldboden herabfallen oder an einem Arm von einem moosigen Ast hängen, um dort wie ein Kadaver an einem pelzigen Haken zu baumeln. Waren Elegy und ich bis auf ein kurzes Stück herangekommen, geisterte er unweigerlich wieder davon, und die Lichtkegel unserer Lampen fingerten wieder verzweifelt hinter ihm her, kraftlose Verlängerungen unserer selbst.

Nachdem dies zwei oder mehr Stunden seinen Fortgang genommen hatte und ich wenigstens achtmal mit Jaafar Verbindung aufgenommen hatte (in gewissenhafter Beachtung der viertelstündigen Intervalle, die wir vereinbart hatten), ließ Kretzoi sich plötzlich aus dem Geäst eines dickstämmigen Hartholzbaumes fallen und kauerte bewegungslos zwischen den langen Stelzwurzeln. Wir arbeiteten uns durch das Unterholz und krochen zwischen die glockenförmig den Stamm umgebenden Stelzwurzeln zu ihm, bis wir Schulter an Schulter in der unheimlichen dryadischen Kapelle der Baumwurzeln kauerten, dem fernen Wind in den Wipfeln lauschten und die Dimensionen unserer Einsamkeit fühlten.

»Ist es hier?« flüsterte Elegy.

Warum konnte sie nicht laut sprechen? Die Asadi, wenn welche in der Nähe waren, konnten am verräterischen Licht unserer Handlampen genau erkennen, wo wir waren.

Kretzoi grub in der feuchten Erde am Fuß des Stammes und hob eine Handvoll an die Nase, um sie zu beschnuppern. Darauf legte er die Erde zurück, klopfte sie mit der Hand fest und befühlte den Stamm unterhalb der Stelzwurzeln. Dies getan, wandte er sich zu uns um und sprach mit den Händen.

»Er sagt, dies sei ein Ort, wo Bojangles manchmal geschlafen habe«, dolmetschte Elegy.

»Woher weiß er es?« Ich paßte mich unwillkürlich ihrem Flüsterton an.

»Bojangles hat die Stelle unter dem Baum mit seinem Urin markiert; er gab Kretzoi auch genaue Anweisungen, wie er diesen Baum finden könne, und eine Beschreibung seiner Umgebung.« Elegy ergriff die Schulter ihres Gefährten, machte einige Zeichen mit der freien Hand und flüsterte: »Steig hinauf, Kretzoi! Such sein Nest – Bojangles' Nest – und sieh zu, was du entdecken kannst!«

Kretzoi stand auf und faßte eine der armdicken Stelzwurzeln, die den Stamm bis in eine Höhe von drei Metern abstützten. Er schwang sich mit träger Anmut zwischen den Stelzwurzeln empor und in den Baum, wo er bald vollkommen mit dem schwarzen Laubdach verschmolz. Weder das da und dort spärlich durchsickernde Mondlicht noch die Lichtkegel unserer Lampen konnten ihn von den Laubmassen unterscheiden.

Ich stand auf und schickte mich an, Kretzoi nachzuklettern. Als ich die rauhe Rinde der Luftwurzel umfaßte, um mich hinaufzuziehen, hielt Elegy mich zurück.

»Was hast du vor?« fragte sie.

»Ich möchte mich selbst vergewissern. Das macht den Dolmetscher überflüssig. Nichts für ungut, Elegy.«

»Du wirst dir den Hals brechen, Idiot«, flüsterte sie zornig.

Zwei oder drei Meter über dem Boden, wo die Stelzwurzeln in den Stamm übergingen, wurde mir bereits schwindlig. Elegy leuchtete mir mit der Handlampe, während ich kletterte. Der Baum hatte dicke Äste in ziemlich regelmäßigen Abständen, und ich kam rasch voran. Einmal glitt mein Fuß in den Moospolstern und Blattpflanzen aus, die auf den Ästen siedelten, und kräftige Finger packten mein Handgelenk und hielte mich, bis ich einen Stand gefunden hatte. Schnaufend klammerte ich mich an den Stamm des Baumes, und als ich aufwärts blickte, sah ich in Kretzois besorgte Augen.

»Danke«, flüsterte ich und kam mir vor wie ein Idiot, dessen Hals soeben barmherzig verschont geblieben war.

Noch ein Aufschwung, und dort, wo mehrere Äste sich verzweigten, blickte ich, die Wange an glatte silbergraue Rinde gedrückt, in die Schilfhalme, ineinandergesteckten Zweige, geflochtenen Lianen und Gräser und die Laubpolster, aus denen das Asadinest bestand. Ich erkannte es an seinem Geruch. Es roch, wie Bojangles am Tag seiner Gefangennahme, wie die Asadi auf ihrer Lichtung gerochen hatten.

Kretzoi machte mir ein Zeichen, das ich nicht verstand und, weil ich noch versuchte, mich zu fassen, mit einer abwinkenden Gebärde beantwortete. Worauf er höher kletterte und sich auf einen Ast legte, der dem lichteren Wipfel schon so nahe war, daß der Mond Balthasar nur noch einen einzigen Schritt jenseits von ihm zu hängen schien. Von diesem Ast blickte Kretzoi unverwandt ins Nest herab. Und als ich Mut gefaßt hatte, beugte ich mich vorsichtig hinaus, um gleichfalls zu sehen, was Kretzoi so ruhig und unbewegt beobachtete.

Das Nest enthielt etwas mit Augen.

Sie glänzten im Widerschein des Mondes und erschreckten mich zutiefst. Sie schienen entkörperlicht, seltsam blicklos und in furchterregender Weise dem Tode nahe. Ich schloß einen Moment die Augen, bevor ich Kretzoi durch ein hastiges Zeichen zu verstehen geben konnte, daß ich wieder absteigen wollte.

»Du wußtest schon, was wir finden würden?«

»Ich hatte eine Vorstellung«, antwortete Elegy, als Kretzoi und ich wieder bei ihr unter den Stelzwurzeln saßen. »Bojangles sagte es Kretzoi, und Kretzoi berichtete mir davon. Aber ich suchte eine Bestätigung.«

»Da oben ist ein Asadi«, sagte ich. »Er lebt noch, ist aber auf den Kopf und einen verstümmelten Rumpf reduziert.«

»Das ist Bojangles' Zwilling, sein ›Fleischbruder‹.«

»Den Bojangles bis zu diesem Stadium gräßlicher Zergliederung und beginnender Fäulnis angefressen hat?« Ich blickte schaudernd hinauf in das Laubdach des Baumes. »Die Rivalitäten unter Geschwistern werden bei den Asadi bis zum bitteren Ende ausgetragen, wie es scheint.«

»Der Fleischzwilling ist ein gewöhnlicher Zwilling, bis die beiden jugendlichen Asadi alt genug sind, ihrer Mutter eine Entscheidung zu ermöglichen, welches ihrer beiden Kinder robuster ist, welches sich durch optische Photosynthese besser hat entwickeln können. Muttermilch und photosynthetische Prozesse sind alles, was die Jungen in den ersten zwei oder drei Jahren ihres Lebens erhalten.«

»Und der robustere Zwilling wird zum Kannibalen bestimmt, der Schwächere zu seinem lebenslangen Opfer?«

Elegy und Kretzoi tauschten Handzeichen aus. »Es kann auch andersherum sein«, sagte sie dann. »Kretzoi weiß es nicht genau. Bojangels deutete an, daß der Stärkere der Fleischzwilling wird, weil er besser imstande ist, die fortwährenden Verstümmelungen der nächsten Jahre auszuhalten.«

»Wie kann er sie eine Woche überleben, geschweige denn eine Anzahl von Jahren?« fragte ich, und meine Stimme erhob sich angesichts der irritierenden Fremdartigkeit der Asadi vom Flüstern zu lauter Empörung.

»Die Asadimutter verwendet Gerinnungsmittel aus zerkauten Blättern und Kräutern, um die Blutungen des

Fleischzwillings zu stillen und verabreicht ihrem Opferkind schmerzlindernde Kräuter, bevor sie und der andere Zwilling ihre tägliche Mahlzeit an ihm halten. Wie es scheint, werden dem Opferkind zwischendurch längere Schonfristen gewährt, in denen es sich erholen kann und sogar Gelegenheit erhält, Gliedmaßen und Organe zu regenerieren, die bereits teilweise verzehrt worden sind. Dies ist eine sonst nur bei den Reptilien anzutreffende Fähigkeit, welche die Asadi offenbar bewahrt haben ... Dann beginnt das Liebesmahl von neuem, ganz zärtlich und rührend, ein Akt der Verehrung und Fürsorglichkeit, wie wir ihn auf der Lichtung vergeblich suchen würden, weil dort die Stammespflichten Vorrang vor Familienbanden haben und Gleichgültiges Beisammensein die Parole ist.«

»Willst du damit sagen, daß die gräßliche Verstümmelung des Fleischzwillings durch den rituellen Kannibalismus von Mutter und Geschwister aus Gefühlen der Zuneigung erwächst?«

»Warum nicht?« Elegy verlagerte ihr Gewicht, stützte sich auf einen ausgestreckten Arm und begleitete ihre Rede mit ruhigen Gesten der freien Hand. »Gewöhnlich findet Kannibalismus unter den Asadi bei Nacht statt, wenn sie nicht durch Photosynthese Nährstoffe erzeugen. Das allabendliche Auseinandergehen gibt den einzelnen Asadi die Möglichkeit, mit anderen zusammenzukommen, die ihnen durch Familienbande vertraut sind. In einigen Fällen ist es jedenfalls so.

Die alten und die vorzeitig Verwaisten werden sich in den Wald zurückziehen, um zu schlafen oder nach sterbenden oder toten Stammesgenossen Ausschau zu halten. Diese letzteren werden, einmal entdeckt, wahrscheinlich gierig aufgefressen, worauf man ihre Knochen vergräbt. Sie erhalten nicht die Fürsorge und Pflege, welche die Asadifrau und ihr kannibalischer Sprößling dem Opferkind angedeihen lassen, weil zwischen dem Esser und dem Gefressenen keine unmittelbaren Familienbande bestehen. Und weil die Alten und Kranken selbst unter schmerzlindernden Drogen einen nächtlichen Kannibalismus an ihren Körpern nicht über längere Zeiträume hin aushalten könnten.

Aber das Asadikind, welches angefressen und am Leben erhalten wird, um wieder angefressen und am Leben erhalten zu werden, erzeugt in seiner Mutter und seinem kannibalischen Geschwister nur Zuneigung; sie schätzen und pflegen es, sie eilen bei Sonnenuntergang zu ihm – nicht nur, um ihm mit Händen oder Zähnen Fleisch aus dem Körper zu reißen, sondern auch, um seine Wunden zu pflegen und seine Schmerzschwelle durch Gaben von schmerzbetäubenden Kräutern zu heben. Sie füttern es auch mit Nüssen und anderen proteinreichen Stoffen pflanzlicher Natur – aber in vorgekauter Form, so daß die Speise vom benommenen Opfer ihrer Zuneigung verzehrt werden kann.

Sieh mal, Ben, was du da oben gesehen hast, hat dich erschreckt und abgestoßen. Wäre ich hinaufgeklettert, hätte ich nicht anders empfunden. Und in der ersten Zeit, nachdem wir ihn aus dem Baum geholt und zur Libelle getragen haben, wird es mir gewiß nicht leichtfallen ...«

»Du willst ihn mitnehmen?« rief ich entsetzt.

Erschreckt von meiner Stimme, ging Kretzoi fort und nahm Quartier unter einem benachbarten, durch Unterholz halb verborgenen Wurzeldach. Elegy sah ihm nach und legte einen Finger an die Lippen, um mich zu beruhigen.

»Ben, du reagierst auf diese Sache, ohne sie in ihrem rechten Zusammenhang zu sehen; du urteilst ethnozentrisch. Wenn du ...«

»Ich will wissen, was du meinst, wenn du sagst, wir würden dieses Ding da oben zum Hubschrauber tragen.«

»Erinnerst du dich an meines Vaters Vorliebe für den Anthropologen Colin Turnbull, den Autor des Buches über die Pygmäen am Ituri? In diesem Buch begeisterte Turnball sich für das Leben dieser Menschen, die zur Zeit seines Aufenthalts unter ihnen noch eine lebensfähige und ursprüngliche Gesellschaft waren.«

»Was hat das mit den Asadi und ihrem nächtlichen Kannibalismus zu tun?«

»In späteren Jahren führte Turnbull Forschungen unter den Ik durch, einem ostafrikanischen Volksstamm«, fuhr Elegy fort, ohne auf meine Frage einzugehen. »Er schrieb ein vernichtendes Buch über sie, das den Titel *Das Gebirgsvolk* trug. Die Staatsregierung hatte den Ik damals die Jagd verboten, obwohl sie niemals seßhafte Bauern gewesen waren und in einem trockenen und unfruchtbaren Teil des Landes lebten. Die Folge davon war, daß die Ik in ihrem individuellen Überlebenskampf den Stammeszusammenhalt verloren und einander grausam und höhnisch behandelten. Jedes Zusammengehörigkeitsgefühl war verloren; sie verhielten sich zu ihren Stammesgenossen, wie der persönliche Eigennutz es ihnen diktierte. Turnbull war abgestoßen.

Er folgerte, daß die Ik für alle Entartung und Fäulnis stünden, die nach Entfernung des ›Zivilisationsfirnisses‹ das Bild der Menschheit bestimmten. Er prallte voller Abscheu von den eigenen Folgerungen zurück und vergaß, daß die Entartung der Ik bis zu einem gewissen Grad das Resultat von außen diktierter Veränderungen war. Er vergaß, daß seine eigenen kulturellen Vorurteile unzweifelhaft die philosophische Stoßrichtung der Folgerung formten, die er aus seiner Feldarbeit zog. Der Turnbull, der freudig mit den Ituri-Pygmäen lachte, war in diesem späteren Buch ein desillusionierter und seltsam verbitterter Mann – nur weil er auf der Grundlage seines Abscheus vor den Ik zu pessimistischen Schlußfolgerungen über seine ganze Spezies gelangt war.«

»Weil dieses bedauernswerte verstümmelte Lebewesen dort oben mich abstößt, bin ich wie dieser zynische Turnbull? Ist das der tiefere Sinn deiner Geschichte?«

»Du bist wie er, weil du Zusammenhänge ignorierst, das ist alles, was ich sage. Mein Vater beging den gleichen Fehler, und wie Turnbull war er ausgebildet in den anspruchsvollen empirischen Methoden des Kulturanthropologen. Die Ik fielen wegen veränderter ökologischer Bedingungen und der Einmischung einer Regierung in Ungnade, die guten Willens versuchte, die einheimische Tierwelt zu erhalten. Die Asadi sind aus Gründen, die wir noch nicht kennen, in Ungnade gefallen.

Aber ihr nächtlicher Kannibalismus ist nicht notwendigerweise ein Zeichen ihrer heutigen Verderbtheit; er könnte auch ein Hinweis auf eine evolutionäre Erholung sein. Der Stärkere wird dem Schwächeren geopfert, sowohl aus Altruismus wie auch aus einem schrecklichen Pragmatismus. Da beide Jungen die Zuneigung und Fürsorge ihrer Mutter empfangen, handelt es sich hier um Bande echter Gefühlsverbundenheit. Es ist die einzige, die gegenwärtig unter den Asadi zu existieren scheint.

Ich glaube, daß der rituelle Kannibalismus – entstanden wahrscheinlich aus Bevölkerungsdruck und ernstem Proteinmangel zu irgendeiner Zeit ihrer stammesgeschichtlichen Vergangenheit – das Medium für diesen einzigartigen Ausdruck von Zärtlichkeit wurde. Am Anfang stand sicherlich eine Verzweiflungsmaßnahme. Die Intensivierung von Produktionsmethoden und nachfolgende Bevölkerungszunahmen führten zur ökologischen Krise, die wiederum Lebensmittelknappheiten und Proteinmangel zur Folge hatten; daraus erwuchs die Einführung des Kinderkannibalismus als eines Mittels für eine geringe Zahl Auserwählter, die ökologische Katastrophe zu überleben. Die Alten wurden wahrscheinlich immer aufgefressen, aus Liebe wie auch aus Notwendigkeit.

Wie es scheint, hat es hier niemals Herdentiere oder andere pflanzenfressende Landbewohner gegeben, ausgenommen jene, die von den Ursadi nach BoskVeld gebracht worden waren, als sie von anderswo hierherkamen. Also bezogen sie ihren Bedarf an Aminosäuren entweder aus einheimischen Pflanzen oder aus proteinreichen Pflanzen ihrer Heimat, deren Saatgut sie mitgebracht hatten. Es wurde eine landwirtschaftliche Produktion aufgebaut, die wahrscheinlich extensiv betrieben wurde und nicht sehr ertragreich war, denn eine Folge davon war, daß weite Gebiete entwaldet wurden. Einige der Veldts, heute so charakteristische Merkmale der Topographie, waren einst dicht bewaldet. Das soziologische Ergebnis erwies sich, wie ich eben sagte, als Kannibalismus an einem oder vielleicht sogar beiden Kindern, die von den eingewanderten Ursadifrauen zur Welt gebracht wurden. Zwillingsgeburten waren und sind die Regel unter den verschiedenen evolutionären Abstammungslinien unserer heutigen Asadi.«

Ein vom westlichen Ozean wehender Wind rauschte in den Baumkronen. Elegy zog fröstelnd die Knie an und umschloß sie mit den Armen. Innerhalb von Minuten war eine Gewitterfront aufgezogen und hatte den spärlichen Mondschein ausgelöscht. Die Handlampen waren unsere einzige Beleuchtung.

»Es wird einen Guß geben«, sagte Elegy. »Wir sollten uns aufmachen.«

»Augenblick. Wie sieht deine Zeitskala aus, Elegy? Wann soll dies alles geschehen sein?«

»Vor drei bis sieben Millionen Jahren«, antwortete sie ohne Zögern.

»Meine Güte, zurückhaltend bist du nicht in deinen Spekulationen. Warum drei bis sieben Millionen Jahre?«

»Weil die Ursadi in einer Zeit vor sieben bis zwölf Millionen Jahren«, fuhr sie unerschütterlich fort, »vielleicht ein kleines Kontingent von Forschern und Kolonisten auf die Erde abgesetzt haben. Und zwar mit dem Gedanken, daß ihre Vertreter erfolgreich mit einer Anzahl unserer irdischen Primaten kooperieren oder in Wettbewerb treten würden. Es mag sein, daß die Ursadi diese Pioniere genetisch und biochemisch veränderten, so daß eine selektive Kreuzung mit den einheimischen Arten stattfinden konnte. Ich denke mir, daß als Motive Selbsterhaltung und Altruismus gleichwertige Bedeutung hatten; sie mögen geglaubt haben, daß sie ihren Primaten-Gegenstücken auf Erden einige der verschwenderischen und tragischen Konsequenzen einer rein zufälligen Evolution zur Intelligenz ersparen könnten.

Aber evolutionäre Faktoren und angeborene Unterschiede der Natur der Tiere, mit denen sie arbeiteten, vereitelten ihr Vorhaben. Es gab eine Explosion von Spezialisierung unter den irdischen Primaten, gefolgt von dem Erlöschen mehrerer ›höherer‹ Formen. Was die Ursadi von sich selbst auf der Erde zu erhalten gehofft hatten, ging innerhalb einer Periode von vier bis fünf Millionen Jahren verloren. Geblieben ist jedoch eine genaue Übereinstimmung der Aminosäure-Sequenz für Hämoglobin sowohl in ihren menschlichen Verwandten auf Erden und ihren Asadiabkömmlingen hier auf BoskVeld.« Elegy stand auf, wischte sich die Hände an den Hosenbeinen und blickte zum Laubdach auf, wo der Sturm rauschte und dröhnte.

Auch ich erhob mich. »Das ist für meinen Geschmack zu viel Spekulation.«

»Du brauchst mir nicht zu glauben, Ben«, sagte sie versöhnlich, aber ihre Augen blitzten in den dunklen Höhlen. »Du müßtest schon verrückt sein, um mir zu glauben. Wie sollte ich wissen, was vor zwölf Millionen Jahren geschah. Wie kann irgendwer es wissen?«

»Im Idealfall«, sagte ich, »wagen Wissenschaftler intelligente Vermutungen auf der Grundlage konkreter Beweise und bewährter Forschungstechnik. Ein kräftiger Schuß Phantasie kann manchmal nicht schaden. Man muß nur darauf achten, daß sie nicht unabhängig von den Tatsachen operiert, oder im luftleeren Raum völliger Abwesenheit irgendwelcher empirischer Daten.«

Darauf erwiderte sie nichts mehr, wahrscheinlich aus gutem Grund. Statt dessen winkte sie Kretzoi aus seinem Versteck zu sich und gab ihm das Seil, das sie am Gürtel getragen hatte. Mit schnellen Handzeichen machte sie ihm klar, daß er auf den Baum klettern und das Nest mit Bojangles' Fleischbruder zu uns herablassen solle. Über uns schwankten und rauschten die Äste des mächtigen Baumes und seiner Gefährten.

In meinem Ohr meldete sich Jaafars Stimme: »Sie sollten zum Landeplatz zurückkehren, Dr. Benedict. Ein Unwetter zieht auf. Unsere Maschine schwankt ein wenig.«

»Wir kommen«, sagte ich ihm nach Einschalten des Kehlkopfmikrofons. Dann wandte ich mich mit einer Handbewegung zu dem gehorsam emporkletternden Kretzoi zu Elegy. »Er ist in Gefahr, von den schwankenden Ästen aus dem Baum geschüttelt zu werden. Und ohne Hilfe wird er seinen Auftrag schwerlich ausführen können.«

»Dann leuchte mit deiner Handlampe hinauf.«

Ich ließ die Lampe durch die undurchdringlich scheinenden Laubschichten hinaufleuchten, ohne zu wissen, wo Kretzoi sich befand oder ob er wirklich geschickt genug war, eine Korbschlinge aus dem Seil zu knoten. Um meiner Irritation Luft zu machen, sagte ich: »In deiner Phantasie läßt du die Urahnen der Asadi vor sieben bis zwölf Millionen Jahren auf der Erde erscheinen, und vor drei bis sieben Millionen Jahren hier. Ist das richtig?«

»Ich weiß nicht, ob es richtig ist«, antwortete sie mit bemühter Gleichgültigkeit, während sie den Lichtkegel ihrer Lampe durch die wogenden Laubmassen über uns tanzen ließ, »aber es ist meine Spekulation. Die Ursadi entsandten Kolonisten zu dieser Welt, weil sie jungfräulich war, ohne fortgeschrittene Entwicklungsformen landbewohnender Fauna, die durch ihre Gegenwart verändert oder gestört sein würde. Auf der Erde hatte eine breite eigenständige Entwicklungsgeschichte zahlreiche neue Arten entstehen lassen, in denen ihre Abgesandten untergegangen waren, also entschieden sie sich diesmal für eine Welt mit einer vergleichbaren botanischen Ökosphäre und nur wenigen primitiven Tierarten als potentiellen Konkurrenten. Die meisten von diesen rotteten sie aus, denn diesmal siedelten sie Teile der Bevölkerung nicht aus irgendwelchen altruistischen Forschungsgründen um, sondern weil verschlechterte Bedingungen in ihrer eigenen Heimat ...«

»Es zwingend geboten erscheinen ließen, daß sie in eine schöne neue Welt fänden, wo sie ihre Bürde niederlegen könnten«, beendete ich den Satz für sie. Schlagartig begann der Regen auf das Blätterdach zu prasseln, vorerst noch ohne zu uns durchzudringen.

»Ja«, sagte Elegy. »Als sie herkamen, war ihre polychromatische optische Sprache intakt. Sie hatten sogar ein nicht körperliches Mittel zur Verbreitung ihrer Sprache erfunden – ihre Augenbücher. Das war vielleicht eine Million oder mehr Jahre vor ihrem unglücklich ausgegangenen Experiment auf Erden. Dieses Experiment mag tatsächlich gescheitert sein, weil die Prozesse evolutionärer Artenbildung selektiv gegen das komplizierte optische System wirkten, das den Ursadi erlaubt hatte, ihre eigene ferne Welt und die Wege des interstellaren Raumes zu meistern.

Von den Zwillingskindern der Ursadimütter, die sich mit irdischen Primaten gepaart hatten, hatte dasjenige die besseren Überlebungschancen, dessen Augen mehr denen seines Erzeugers glichen. Und auch von diesen überlebten sicherlich nicht alle. Vorurteile der Primaten mögen eine Rolle gespielt haben. Jede Form von Sozialisation erfordert ständige Blickkontakte, und jugendliche Primaten mit bedrohlich wirkenden Ursadiaugen werden in den meisten Fällen getötet worden sein, ehe sie zur Reife gelangten. Mit ihnen starb die Aussicht auf eine visuelle ›Sprache‹ für dich und mich, Ben.«

Über uns begann Kretzoi heulende Schreie auszustoßen. Ich hatte ihn so selten gehört, daß ich das Geräusch anfangs für eine unheimliche Intensivierung des Sturmes hielt.

»Was will er?« rief ich.

»Richte deine Lampe auf die Stelle dort, Ben!« Elegy faßte mein Handgelenk und schwenkte den Lichtkegel in die gewünschte Richtung. »Ich werde versuchen, ihm die andere Seite des Stammes zu beleuchten!« Sie schlüpfte unter den Stelzwurzeln hinaus und auf die andere Seite.

Ich hatte es nicht eilig, Bojangles' halbaufgefressenen Bruder zu begrüßen. Je länger Kretzoi brauchte, das Nest herunterzulassen, desto lieber war es mir. Ich war sogar bereit, eine Nacht damit zu verbringen, mir Regenwasser von den Lippen zu lecken, wenn es mit einem entsprechenden Aufschub verbunden wäre. Der Regen hatte sich rasch zum

Wolkenbruch entwickelt, vor dem auch das dichte Laubdach keinen Schutz mehr gewährte.

Aber meine Gedanken waren weder bei dem von gewaltigen Blitzentladungen und Donnerschlägen begleiteten Regensturm noch bei Kretzois Bemühungen, das Asadinest zu uns herunterzulassen. Ich grübelte über alles, was sie gesagt hatte, nach und versuchte es mit dem Wenigen in Einklang zu bringen, was wir zweifelsfrei wußten.

»Was ist deiner Meinung nach aus den Ursadi geworden, die hier siedelten?« rief ich durch den prasselnden Regen. »Womit erklärst du ihren Niedergang, abgesehen von einer Erschöpfung materieller Hilfsmittel?«

Das Haar klebte ihr an der Stirn, Wasser rann von ihrem durchnäßten Anzug. »Was?« rief sie zurück. »Was sagtest du?«

Ich wiederholte meine Fragen.

»Nicht jetzt, Ben! Es ist unmöglich!« Sie zog die Schultern hoch. »Paß auf – da ist das Nest! Und Kretzoi!« Ihr Lichtkegel stach nach oben in die tropfenden, raschelnden Blätter, und ich sah Kretzoi mühsam durch das Geäst niedersteigen, behindert von Größe und Gewicht des unförmigen Nestes, das er an einer doppelten Seilschlinge, deren Enden er sich um Brust und Schultern geknotet hatte, unter sich hinabließ. Als er näherkam, sah ich im Schein der Handlampe, daß seine Arm- und Nackenmuskeln aufs äußerste angespannt waren.

»Hilf ihm!« schrie Elegy, als ich Kretzois Kraftanstrengung beobachtete. »Nimm ihm das Nest ab!«

Nachdem ich die Handlampe so am Gürtel befestigt hatte, daß der Lichtkegel immer noch aufwärts schien, reckte ich die Arme, um den stachlig-schleimigen Boden des Asadinestes in Empfang zu nehmen. Eine Überraschung: es war so leicht wie ein riesiger Krapfen aus Gummi oder Plastik, aber nur zuerst. Sein geringes Gewicht hatte mit dem Umstand zu tun, daß Kretzoi, selbst nachdem ich das Nest sicher in den ausgestreckten Armen hatte, sein Gewicht am Tragseil hielt. Erst als er zum Boden herabgeklettert war, begann ich das ganze Gewicht des Nestes zu fühlen. Ich wankte unter der Last rückwärts, während Elegy zu Kretzoi eilte und ihm half, sich von dem selbstgeknoteten Haltegeschirr zu befreien.

In den Armen hielt ich einen Alptraum. Unter dem dünnen, regennassen Bauchfell zeichneten sich die Gedärme des Asadi deutlich ab. Arme und Beine fehlten, ebenso das Gesäß, an dessen Stellen übelriechende, blutverkrustete Höhlen gähnten. Aus dem narbigen Gewebe der Schultern schienen sich jedoch stummelartige kleine Fortsätze gebildet zu haben, die womöglich den Beginn eines rätselhaften Regenerationsprozesses anzeigten. Die leeren Augen glänzten ölig im Lampenschein. Ich fühlte mich am Rande einer Ohnmacht.

Plötzlich drückte sich Elegys Daumen gegen meine Vorderzähne, und ehe ich dem Übergriff widerstehen konnte, hatte sie mir etwas Rundes und Glattes – eine Tablette gegen Übelkeit – dazwischen gekeilt. Ich schluckte, und allmählich begann das elende Gefühl nachzulassen.

»Gehen wir!« rief Elegy durch den Regen. »Zurück zur Maschine!«

Aus ihrem Rucksack brachte sie eine Isolierfolie mit gekräuseltem Rand zum Vorschein. Diese deckte sie über das Asadinest und drückte den Rand fest um das unregelmäßige Gezweig des Nestes. Es sah aus, als bedeckte sie einen riesigen Kuchen mit Aluminiumfolie. Rasch begann sich Regenwasser in den Vertiefungen der Folie zu sammeln und über den Rand abzulaufen. Ein leichtes Netz mit vier Handgriffen, unter das Nest gebreitet, gab uns die Möglichkeit zu gemeinsamem Tragen unserer Last.

Kretzoi, Elegy und ich nahmen das Nest an diesen Handgriffen auf und begannen den Rückmarsch durch das dichte, von Wasser triefende Unterholz.

Nach dreißig Minuten machten wir eine kurze Rast, hoben die Last wieder auf und stapften eine weitere entmutigende halbe Stunde durch den Urwald, dessen Boden zusehends schlammiger wurde. Nach einer zweiten Pause ging es weiter, bis der Regen nachließ und das Prasseln aus den Bäumen von einem staubfeinen Nässen abgelöst wurde, das unseren reichlich strömenden Schweiß nicht mehr abwaschen konnte. Als uns weniger als eine Stunde von Jaafar trennte, dessen aufmunternde Worte von Zeit zu Zeit die Abstumpfung unserer Mühsal unterbrachen, gestatteten wir uns endlich eine längere Ruhepause vor der letzten Etappe. Während wir im Schlamm saßen, hörte der Regen ganz auf. Diese Entwicklung gab uns den Mut weiterzugehen.

Sieben Stunden nachdem wir die alte Abwurfstelle, die uns als Landeplatz diente, verlassen hatten, erreichten wir die winzige Lichtung. Wir waren so erschöpft und teilnahmslos, daß Jaafar Elegy und mich von den durchnäßten und verschmutzten Kleidern befreien und zu Bett bringen mußte. Kretzoi schlief, wie ich später erfuhr, auf einer schmalen trockenen Stelle unter dem Bauch des Hubschraubers.

14. Kapitel
Die Liebe der Kannibalen

»In Ihren Adern fließt wahrscheinlich Asadiblut«, erzählte ich Jaafar am nächsten Tag beim mittäglichen Frühstück.

Obwohl er merkte, daß ich scherzte, wußte Jaafar nicht recht, wie er reagieren sollte. »Warum sagen Sie das?« fragte er ernst, einen Löffel Honig auf halbem Weg zum Munde.

»Weil Elegy glaubt, daß es in uns allen fließe. Unser Hämoglobin ist Asadi-Hämoglobin. Und umgekehrt. Die hydraulische Kraft der Evolution drückt es überall hinein, wie es scheint.«

Jaafar blickte zu Elegy, aber sie trank zurückhaltend ihren Saft und enthielt sich jeder Leugnung oder Bestätigung.

»Später«, fuhr ich fort, »kamen die Vorfahren der Asadi nach BoskVeld und fällten alle Bäume bis auf diese. Daher die Veldts.«

Elegy schoß mir über den Rand ihres Trinkbechers einen taxierenden Blick zu. Kretzoi trieb sich irgendwo in der Wildnis herum. Bojangles' halb aufgefressener Bruder lag in seinem Nest im Laderaum des Hubschraubers. Elegy hatte die Abdeckfolie erst ein paar Minuten vor ihrem Erscheinen am Frühstückstisch entfernt.

»Die Ursadi lebten mehrere Millionen Jahre auf ihrer eigenen Welt«, fuhr ich fort, ohne Elegy aus den Augen zu lassen, »und während dieser Zeit erlitten sie keine größere evolutionären oder kulturellen Umwälzungen. Mit den Früchten einer sich selbst verewigenden und unglaublich fortgeschrittenen Technologie lebten sie in einem nahezu vollkommenen sozialen und ethischen Gleichgewicht. Sehr intelligente und maßvolle Leute. Dann verpfuschten sie ein evolutionäres Experiment auf unserer Erde und ließen die Molekularstruktur ihres Hämoglobins als Visitenkarten zurück. Ein paar Millionen Jahre später beschlossen sie nach BoskVeld zu gehen, um der Expansion ihrer heimatlichen

Sonne zu einem bedrohlichen roten Riesen zu entkommen.«

»Reine Spekulation«, sagte Elegy. »Abgedroschene Science Fiction.«

»Aber du hast das Drehbuch geschrieben, nicht wahr? Du bist die Autorin?«

Elegy sagte nichts. Sie nippte von ihrem Saft und schaute mich an wie ein Haustier, das gerade vorgeführt hat, daß es nicht stubenrein ist.

»Ich fasse nur zusammen, Elegy; ich plagiiere. Du weißt es.«

»Ich habe es nicht für das Protokoll gesagt!« fuhr sie plötzlich auf. »Und ich hatte nicht von dir erwartet, daß du mich nach unserer Rückkehr in die Zivilisation zitieren würdest!«

Ich blickte verlegen zu Jaafar, der sogleich seine Bekanntschaft mit dem Honigglas vor ihm erneuerte.

»Hast du nie von Gespenstergeschichten gehört?« fragte Elegy. »Oder von Aufschneidereien? Von epischen Abenteuern? Mein Vater wußte darüber Bescheid. Er schickte sie mir in Kassetten, als ich ein kleines Mädchen war. Einmal wöchentlich kamen sie. Sie machten das Leben in einer primitiven Fertigteilbaracke auf der öden Mesa erträglich. Aber ich verwechselte sie nicht mit der Wirklichkeit. Sie waren voll von wunderbaren Ideen, diese Geschichten – aber man braucht nicht daran zu glauben, es genügte, für eine Weile auf sie einzugehen. So daß man sich durch die eigene Vorspiegelung von Glauben unterhalten konnte.«

»Du versuchtest mich gestern abend zu *unterhalten?*«

»Nicht bloß dich«, sagte Elegy. »Hauptsächlich mich selbst.«

»Dann würde ich gern das Ende deiner Geschichte hören. Du hast nicht erklärt, was den Ursadi zustieß, daß sie nach so vielen Millionen Jahren blühender Kultur ein derart unrühmliches Ende nahmen. Wie konnte ein solch stabiles, intelligentes Volk dermaßen in die Patsche geraten?«

»Wir sollten uns lieber um Bojangles' Fleischbruder

kümmern«, sagte Elegy. Sie stellte den Becher ab und deutete mit einem Kopfnicken zum Hubschrauber.

»Was sollte ihm fehlen? Er hat so lange ohne Bojangles' oder unsere Hilfe überlebt, daß er es auch noch die nächsten zehn Minuten schaffen wird. Heraus damit, Elegy!«

»Bitte«, unterstützte mich Jaafar. »Ich würde mich auch gern ... ah, unterhalten lassen, Fräulein Cather.«

»Nun gut«, sagte Elegy, lehnte sich zurück und blies sich eine Haarsträhne aus der Stirn. »Ich stelle mir vor, daß folgendes geschehen ist: BoskVeld, wenngleich für die Ursadi bewohnbar, war keineswegs eine bloße Blaupause ihrer Heimatwelt. Auch Deneb stellte sie vor Probleme. Nachdem sie ein Jahrtausend oder länger hier gewesen waren, setzte eine Periode zyklischer Sonnenfleckentätigkeit ein, welche die empfindliche Arbeitsweise ihrer Augen und der chemischen Zusammensetzung ihres Blutes beeinträchtigte. Die Sonnenfleckenaktivität verursachte Mangelerscheinungen der Lymphzellen, die eine Vielzahl von Krankheiten entstehen ließen, mit denen die Ursadi nie zuvor Erfahrungen hatten sammeln können. Außerdem wirkten sich Störungen im Magnetfeld – auch sie Ergebnis der heftigen Sonnenfleckenaktivität – auf ihr Augenlicht aus. Ihre Fähigkeit zu optischer Kommunikation wurde auf subtile Weise geschädigt. Das gleiche war ihren Siedlern auf der Erde widerfahren, aber nicht in einem solch verderblichen Maße.«

»Auf Erden war es nicht die Sonne, die ihnen so zusetzte«, sagte ich zu Jaafar. »Da waren es unsere teuflischen Primatenväter.«

Elegy schenkte mir ein verschwommenes, halb nachsichtiges Lächeln. »Die Ursadi griffen zu genetischer Manipulation, um sich zu retten. Sie rüsteten ihren Kreislauf mit erblichen organischen ›Lymphostaten‹ aus. Der Autopsiebericht erwähnt übrigens dieses ungewöhnliche adaptive Merkmal in Bojangles' Blut – oder die Überreste dieses Merkmals, da Deneb sich seit langem in einer ›ruhigen‹ Phase geringer Sonnenfleckenaktivität befindet. Und diese frei zirkulierenden Lymphostaten regulierten die Produktion der Lymphzellen im Blut der Ursadi, unabhängig von der Sonnenfleckenaktivität.

Ich stelle mir vor, daß die Ursadi außerdem umfangreiche genetische Veränderungen an ihren Augen vornahmen. Die bedeutsamste dieser Veränderungen bestand darin, daß sie ihren Seh- und Kommunikationsorganen die Fähigkeit zur Photosynthese gaben. Jede einzelne Sehzelle war mit einem Chromoplast versehen, das ein oder mehr photosynthetische Pigmente enthielt. Vordem hatten Sehzellen, wie mein Vater fälschlich von denjenigen der Asadi unserer Zeit angenommen hatte, ihre spektralen Effekte allein mittels winziger, gesteuerter chemischer Reaktionen erzeugt. Nun kamen zu diesen die lichtreflektierenden Eigenschaften der photosynthetischen Pigmente, die von den Genetikern der Ursadi hinzugefügt worden waren. Dieses Doppelarrangement machte eine größere Umgestaltung der steuernden Hirnregion überflüssig und verlieh den Ursadi nicht nur eine gewisse Immunität gegen die unberechenbaren Strahlungsschwankungen der Sonne, sondern darüber hinaus ein Mittel, sich aus ihrer Abhängigkeit von BoskVelds schwindenden Ressourcen zu befreien.

Zu den bekannten Pigmenten, die unsere Biochemiker in Bojangles' optischen Chromoplasten fanden, gehörten übrigens Chlorophyll, Kartinoide und Phycobiline, Substanzen, die Licht in grünen oder roten Wellenlängen reflektieren. Außerdem aber wurden spezifische Pigmente gefunden, die imstande sind, Sonnenlicht und Wasser in Energie umzuwandeln; Substanzen, die Licht in den blauen, violetten und sogar braunen Frequenzbereichen reflektieren. Wir haben nicht einmal Namen für diese Stoffe, Ben; sie sind uns neu. Und diese Pigmente sind es vielleicht, welche die neuen Ursadi zu solch effizienten Verarbeitern des Sonnenlichts machten. Effizient in einem Maße, daß ihr Überleben nicht mehr von sozialer Zusammenarbeit abhing. Jeder der genetisch aufgewerteten Ursadi war eine lebende Fabrik, die sich überall auf der Oberfläche eines Planeten erhalten konnte, solange er Zugang zu Sonnenschein und Wasser hatte.«

Kretzoi erschien im Einstieg des Hubschraubers. Auf allen vieren ging er an unserem Tisch vorbei und in den Laderaum, wo er sich auf die Keulen setzte und Bojangles' Fleischzwilling in Augenschein nahm.

»Du meinst, die Fähigkeit zur Photosynthese sei eine wesentliche Ursache des Zusammenbruchs der Ursadi gewesen?« Ich versuchte Kretzoi und seine Krankenwache neben unserem makabren Gast nicht zu beachten.

»Wir sollten nachsehen, wie es ihm geht«, sagte Elegy. »Wahrscheinlich sollte er draußen sein, in direktem Sonnenlicht. Wo er sich kräftigen kann.«

»Warum, zum Kuckuck, lassen wir ihn nicht einfach sterben, Elegy?« fragte ich sie ruhig. »Bojangles ist tot, und dieser arme Krüppel dort hat anscheinend keine zärtliche Familie mehr, die von ihm fressen will. Er hat niemanden, der ihm die schmerzstillenden Kräuter verabreicht.«

»Er hat uns«, sagte Elegy, stand auf und ging nach hinten zu Kretzoi. Ich schüttelte resigniert den Kopf. Dann stand auch ich auf und ging mit Jaafar zu Elegy und Kretzoi. Schulter an Schulter blickten wir auf unsern Schützling.

Das Erstaunliche an Bojangles' Fleischzwilling schien mir heute nicht sein verstümmelter und benagter Körper zu sein, sondern der Umstand, daß in seinen Augen wechselnde Spektralfarben langsam kreisten. Vielleicht das zusammenhanglose Gestammel eines Delirierenden. Oder vielleicht ängstliche Fragen nach dem Wo, Wie und Warum. Obwohl uns die optischen Signale unerklärlich blieben, gaben sie uns allen das Gefühl, daß wir den letzten Worten eines Sterbenden lauschten.

Ich gab dem Geschöpf den Namen Osiris, nach dem ägyptischen Todesgott, der von Seth zerstückelt und später von Isis wieder zusammengeflickt worden war.

»Seht ihn euch an«, sagte ich, obwohl wir alle ihn unverwandt anstarrten. »Ist dies ein Beweis, daß die Asadi auf dem Weg zu einer evolutionären Erholung von der Barberei sind?«

»Er leidet Schmerzen«, murmelte Elegy. »Wahrscheinlich

ist er seit sieben oder acht Tagen unversorgt. Jaafar, geben Sie mir bitte die Bordapotheke.«

Jaafar brachte ihr den Kasten. Elegy entnahm ihm eine Spritze und eine Phiole des Beruhigungsmittels, das wir in unseren Betäubungspfeilen verwendeten. Nachdem sie es mit einer abgemessenen Quantität Wasser verdünnt hatte, kniete sie nieder und injizierte Osiris das Beruhigungsmittel in eine Halsader. Das Geschöpf zuckte zusammen, und die Geschwindigkeit seiner optischen Sprache beschleunigte sich beinahe zu dem Punkt, wo die Farben ineinander verschwammen.

Elegy blickte über die Schulter zu mir auf. »Es ist eine Genesung, Ben. Ganz gleich, wie es dir vorkommen mag, es ist eine Genesung. Du wirst sehen. Also, du wolltest wissen, was nach meiner Vorstellung den Niedergang der Ursadi verursacht hat. Nun, ich denke mir, daß diese Ursadi der Ausbildung genetisch unterschiedlicher Stammesgruppen oder Rassen bewußt entgegengewirkt hatten, indem sie die Nähe zueinander suchten und aufrecht erhielten. Ich könnte mir vorstellen, daß dies durch gesellschaftliche Regeln geschah, die den Bevölkerungsaustausch zwischen benachbarten Kolonien regelten, um die psychologische Zusammengehörigkeit des Ganzen zu betonen und gleichzeitig zu verhüten, daß kleine Gruppen abweichender Populationen entstanden. Das gescheiterte Experiment auf Erden muß ein Faktor gewesen sein, der sie von der Notwendigkeit überzeugte, ihre genetische Integrität unter allen Umständen zu bewahren. Hier, wo die Verhältnisse sich als besonders schwierig erweisen sollten, mußte die Einhaltung dieser Politik noch wichtiger gewesen sein. Sie mußten die gesellschaftliche, psychologische und genetische Einheit betonen, um die Härten der neuen Welt und ihrer Sonne zu überleben.« Sie hörte auf, Osiris' schäbige Mähne zu streicheln. »Schaffen wir ihn hinaus. Er schläft jetzt.«

Ich hatte meine Zweifel gehabt, ob ein Beruhigungsmittel die rechte Therapie für ein Geschöpf sei, das allem Anschein nach gerade erst aus dem Koma erwacht war. Ein Blick in die Augen des armen Wesens bestärkte mich darin, denn nun schienen sie wieder leblos; ein milchiger Schleier trübte die konzentrischen Ringe, aus denen jedes Farbenspiel gewichen war. Jaafar und ich hoben das Nest an den Handgriffen des unterliegenden Netzes auf und mühten uns zum Einstieg hinaus auf die Lichtung.

Elegy schlug vor, daß wir das Nest am Rand der winzigen Lichtung so in einem breitblättrigen Strauch befestigten, daß Sonnenlicht hineinscheinen konnte, und so machten wir es. Während wir das Nest in Hüfthöhe zwischen die Stämme des Strauches hängten, vervollständigte Elegy ihre spekulative Rekonstruktion der Ursadi/Asadi-Vergangenheit.

Der Angelpunkt dieser Spekulation war, daß die ersten Ursadi, welche die Fähigkeit zur Photosynthese erhielten, das von alters her geltende Verbot einer Absonderung vom unteilbaren Ganzen durchbrachen. Sie hätten selbstgenügsame Sekten und Splittergruppen gebildet, sich in die verbliebenen Wälder zurückgezogen und bewußt die Kontakte zu ihren übrigen Zeitgenossen abgebrochen. Dies alles sei auf Grund der Überlegung geschehen, daß ihre Vorfahren nahe daran gewesen seien, ihre Adoptivwelt zu zerstören, bevor sie die Erlöserrasse geschaffen hätten, welche sie (die Abtrünnigen) verkörperten. In der Folgezeit hätten diese Abtrünnigen, anfangs geeint durch die Gewohnheit des Zusammenhalts in einem anderen Kontext wie auch durch ihre gemeinsamen Ziele, in der Wildnis kunstvolle Tempel und Monumente errichtet – nicht als Zentren der neuen Gemeinschaften nach dem Muster der megalithischen Steinsetzungen der menschlichen Vorgeschichte, denn diese Neo-Ursadi kannten kein zwingendes Bedürfnis, Siedlungsschwerpunkte zur Ansammlung und Weiterverteilung von Lebensmitteln und Waren einzurichten, sondern als Museen dessen, was ihnen an ihrer Vergangenheit bewundernswert erschienen sei, und als Erinnerungsstätten an das alte Volk, aus dem sie hervorgegangen waren. Diese Tempel und Gedenkstätten hätten sie mit aus ihren Ursadisiedlungen gestohlenen Augenbüchern und mit repräsentativen Werkzeugen und Kunstgegenständen ausgestattet, die sie entweder in der Wildnis hergestellt oder aus der alten Asadigemeinschaft in ihre Diaspora mitgenommen hätten.

In den erprobten Techniken der Ursadi errichtet, um den Erosionswirkungen der Zeit und Witterung zu widerstehen, seien diese Pagoden für die Neo-Ursadi für einige Zeit zu Treffpunkten geworden. Dann aber hätten sie nicht nur die Tempel, sondern auch die kleinen Waldgemeinschaften ringsum verlassen, um auf tausend verschiedenen Wegen der individuellen Suche nach Bedeutung und einem Sinn des Lebens nachzugehen. Die Nabelschnur, die ihre Rasse bis dahin mit dem Land verbunden hatte, sei von ihrer neuen Fähigkeit zur Photosynthese durchtrennt worden, ihre Bindungen untereinander hätten mit derselben wunderbaren Macht ihre frühere Bedeutung eingebüßt und sich mehr und mehr zersetzt, und schließlich hätten sie sich vereinzelt und verstreut, aus freiem Willen von ihresgleichen entfernt. Auf diese Weise sei es zum ersten Mal in Millionen Jahren zum Verschwinden rassengenetischer Einheitlichkeit und zur Ausbildung rassischer Besonderheiten unter den Ursadi gekommen. Der Selektivdruck der Umwelt und Lebensbedingungen habe seinen Einfluß auf ihre stammesgeschichtliche Entwicklung wieder geltend gemacht. Durch die Manipulation ihrer Gene durch ihre Schöpfer in einen Zustand der Harmonie mit der Natur zurückgekehrt, hätten diese Neo-Ursadi ihre Geschicke unwiderruflich der Natur und ihren Gesetzen ausgeliefert. Vor ihnen hätten, ohne daß sie davon ahnten, annähernd drei Millionen Jahre eines allmählichen Rückzugs von der Zivilisation gelegen.

»Unterdessen«, sagte Elegy, nachdem wir uns in den orangefarbenen und weißen Zeltanbau begeben hatten, »dauerte die schädliche Sonnenfleckenaktivität an, und die ursprünglichen Ursadi, nachdem sie gesehen hatten, was aus ihren ungebührlichen Artgenossen wurde, entschlossen sich zur Aufgabe der Welt. Sie machten ihre Siedlungen dem Erdboden gleich und räumten den Schutt fort. Dann bepflanzten und renaturierten sie die umgebende Landschaft in einer Weise, daß niemand jemals ein Beweisstück dafür finden könne, daß sie BoskVeld auch nur besucht hatten.«

»Warum sollten sie das getan haben?« fragte Jaafar. Er sortierte die Medikamente unserer Bordapotheke und ließ eine Phiole nach der anderen durch seine Hände gehen.

»Weil wir auf den Veldts keine Spur ihrer Existenz gefunden haben«, erklärte ich Jaafar. »Es sei denn, man nimmt an, daß sie entweder niemals dagewesen sind oder daß die Spuren ihrer Anwesenheit im Laufe der Jahrmillionen durch Verwitterung, Erosion und spätere Ablagerungen ausgelöscht sind.«

Elegy lachte. »Nein, weil sie die Tatsache verbergen wollten, daß sie hiergewesen waren«, widersprach sie. »Sie wollten mit ihren meuternden Artgenossen nichts gemein haben. Gleichzeitig aber wollten sie ihnen eine Chance geben, sich unter natürlichen Bedingungen zu entwickeln. Sie vermachten die Welt ihren undankbaren Kinder, überließen sie ihnen ohne Vorbehalte ... Aus den von Frasier entdeckten Ruinen einer Pagode ließe sich schließen, daß sie vielleicht einen Versuch unternahmen, durch die Zerstörung auch der Urwaldtempel der Neo-Ursadi die allerletzten Anhaltspunkte auf ihre Gegenwart hier zu beseitigen. Etwas hinderte sie jedoch daran, ganze Arbeit zu leisten, und sie mußten BoskVeld verlassen, ohne so reinen Tisch gemacht zu haben, wie es ihr Wunsch gewesen sein mußte. Die heutigen Asadi verraten die Anwesenheit ihrer Vorfahren, und genauso verhält es sich mit den Augenbüchern, die mein Vater vor sechs Jahren aus der Wildnis mitbrachte.«

Unter Elegys Anleitung bereitete Jaafar ein Anästhetikum von milderer Wirkung als derjenigen des zuvor verabreichten Betäubungsmittes. Wir hielten es für den Zeitpunkt bereit, da die arme Kreatur wieder erwachen und ein Schmerzmittel benötigen würde. In Abständen gingen wir zum Rand der Lichtung, uns seines Zustands zu vergewissern. Jedesmal, wenn wir in sein Nest spähten, erschreckte mich der Anblick seiner verstümmelten, todwunden Gestalt aufs neue.

Der arme Osiris war mehr tot als lebendig und bot einen jämmerlichen Anblick. Die inneren Organe hingen wie ein halbleerer Sack zur Seite, und die purpurgrauen Gedärme im Unterbauch waren von dünnem, kaum behaarten Narbengewebe wie mit einem Geflecht von Krampfadern überzogen. Augenscheinlich hatten Mutter und Bruder ihm sogar das Fleisch von Bauch und Flanken abgenagt. Inzwischen befürchtete auch Elegy, daß ihr Beruhigungsmittel die falsche Therapie gewesen sei und seine Fähigkeit zur Photosynthese unterdrückte. Nun erwartete sie in angstvoller Sorge, daß er zu sich käme.

An Bord des Hubschraubers hatten wir einen metallenen Klapptisch mit einer dicken, versiegelten Korkoberfläche aufgestellt, der uns als Fleischerblock dienen sollte. Dann schleppten wir aus der Tiefkühltruhe die Kälberhälften herbei, die Moses uns überlassen hatte. Während wir uns als Metzger versuchten, erzählte Elegy, wie sie sich das Schicksal der Ursadi vorstellte, die sich, nachdem sie ihrer Vergangenheit Tempel errichtet hatten, in die Wildnis zerstreuten.

Am Anfang habe die Entdeckung gestanden, daß sie noch immer ein Bedürfnis nach fester Nahrung und gelegentlichen Gemeinschaftserlebnissen verspürten. Ihre Körper seien schließlich dafür gemacht gewesen, Protein sowohl in Form tierischen Fleisches wie auch von Nüssen und anderen pflanzlichen Produkten des Waldes aufzunehmen; und Photosynthese hin oder her, sie hätten auch weiterhin zur Paarung zusammenkommen müssen. Diese sexuellen Begegnungen seien anfänglich jedoch so selten gewesen, daß Zwillingsgeburten als besonderes Anpassungsmerkmal ihrer Fortpflanzung zur Regel geworden seien. Die ungesellig lebenden Proto-Asadi, deren Zahl stetig zugenommen habe, wären zur Befriedigung ihres Fleischbedarfs dazu übergegangen, den Alten, Kranken und Schwächlichen aufzulauern. So sei es zum Kannibalismus unter den Proto-Asadi gekommen. Wegen des ständig wachsenden Bevölkerungsdruckes hätten sie sich in der Wildnis zu Banden zusammengeschlossen, die gegeneinander Krieg führten, um Territorien abzugrenzen. Sie hätten auch Gefangene gemacht, die sie nicht einer grausamen allmächtigen Gottheit, sondern dem mehr irdischen Verlangen ihrer Bäuche geopfert hätten. Damit nicht genug, hätten sie zur Befriedigung ihres Verlangens nach Fett und tierischem Eiweiß in periodisch wiederkehrenden Exzessen ihrer eigenen Jungen getötet und verzehrt. Diese Praktiken hätten wiederum zur Abnahme der Bevölkerungszahl geführt, bis schließlich ein Stamm von Proto-Asadi in der Erkenntnis, daß etwas geschehen müsse, eine Urwaldfläche zur Tabuzone erklärt habe, wo Kannibalismus während der Stunden ihrer besten photosynthetischen Effizienz verboten war. Diese Fläche – naturgemäß eine Lichtung – sei der Vorläufer des Versammlungsplatzes der Asadi gewesen. Er habe den Asadi einen Mittelpunkt für ihre absurden Gemeinschaftsaktivitäten und eine Zuflucht von ihrer Tendenz geliefert, einander zu fressen.

Andere abgespaltene Rassen der Ursadi – Stammesgruppen, die sich dem Gesetz von der Heiligkeit dieser Lichtung nicht unterwerfen wollten – habe man des Nachts gejagt, überfallen, getötet und gefressen. Als auf diese Weise nur eine einzige Rasse übriggeblieben sei, nämlich die Proto-Asadi selbst, habe sich ein soziales Ritual entwickelt, welches den zielbewußten Zusammenhalt ihrer verschwundenen Vorfahren parodiert habe. Sie seien zu Überlebensmaschinen geworden, zu Automaten. Ihre optische Sprache sei zu einem Medium der Übermittlung roher, unstrukturierter Gefühlsinhalte degeneriert. Ihre wenigen erkennbaren »Bräuche« seien nichts als längst erstarrte Formen zur Erzwingung von Konformität und zur Bestrafung und Verhinderung von Neuerungen.

Elegy, mit dem elektrischen Messer an der Arbeit, verglich die frühen Asadi mit Opfern einer zeitlich ausgedehnten sensorischen Deprivation.

»Sie waren die einzige intelligente Art landbewohnender Tiere auf dieser Welt«, sagte sie, »auch wenn sie ihre intellektuelle Entwicklung pervertierten, indem sie sich voneinander isolierten und all jene töteten, die in Verhalten oder Erscheinung auffällig von ihnen abwichen. Auf ihrer ursprünglichen Lichtung waren die Asadi wie ein Mann in einer geräuschisolierten verdunkelten Kammer. Alle physiologischen Reaktionen auf die Welt waren eine Wiederholung alter und abgenutzter Verhaltensweisen. Sie hatten sich von der Realität entfernt, geradeso wie der Gefangene, der sich seiner Existenz nur vergewissern kann, indem er sich auf die Lippe beißt oder den Arm kneift. Läßt man diesen Gefangenen lange genug in seiner Isolierhaft sitzen, verliert er schließlich den Verstand. Nun, das ist, so glaube ich, den ökologisch isolierten Asadi widerfahren – sie wuchsen hinein in einen überwältigenden und scheinbar irreversiblen gemeinschaftlichen Wahn. Mangels Vergleichsmöglichkeiten war ihre Art das Maß aller Dinge.«

Und als die Zahl der Asadi wieder angestiegen sei, habe die Lichtung abermals von ungeduldigen und zornigen Vertretern der Art gewimmelt.

»Zu dieser Zeit«, sagte Elegy, »müssen die Asadifrauen angefangen haben, ihre robusteren Kinder zu Objekten eines Familienkannibalismus auszuwählen, und zum ersten Mal seit dem Weggang ihrer Ursadi-Vorfahren wird die Möglichkeit von Liebe im emotionalen Komplex der Asadi wieder erschienen sein.«

»Liebe«, sagte Jaafar höhnisch. »Sie lieben, was sie essen, wie? Genauso wie ich Honig ›liebe‹, und frisches Brot, und gebratene Tintenfische. Verschonen Sie mich mit solcher Art Mutterliebe! Ich ziehe es vor, mich von meiner Mutter hassen zu lassen, wenn sie dafür ihre Zähne von meinen Armen und Beinen läßt.«

»Ich sage nicht, daß die Ausübung des Kannibalismus aus Empfindungen von Liebe erwuchs«, antwortete Elegy, die statt mit dem Messer nun mit der Knochensäge hantierte. »Möglicherweise entstand der Brauch als Mittel zur Verringerung des Bevölkerungüberschusses. Außerdem deckte er den Proteinbedarf der Asadi auf eine praktische und vertraute Art und Weise. Freilich wird der Nährwert des geopferten Kindes nicht von großer Bedeutung gewesen sein. Bedeutsamer war, daß die Asadifrau einen Zwilling von jeder Zwillingsgeburt abzog, um sich selbst und dem schwächeren Kind die psychologische Wohltat stets vorhandenen Fleisches zu gewähren. Der Kannibalismus kann den Protein- und Fettanteil an der Diät der Asadi nicht bedeutend erhöht haben – das tut er auch heute nicht –, aber er war ein wirksamer Stabilisierungsfaktor im Bevölkerungswachstum. Er verstärkte auch das Verhaltensmuster der abendlichen Vereinzelung, weil er jedem erwachsenen Asadi einen – zugegebenermaßen schauerlichen – Anreiz gab, bei Sonnenuntergang in die Wildnis zurückzukehren.«

Mit fettglänzenden Händen reichte sie mir einen langen Streifen Fett und ein Knochenstück mit anhaftendem Fleisch. »Gib das Kretzoi, Ben.«

Ich trug die Gabe zur Tür des Hubschraubers, sah Kretzoi unter dem Zeltdach sitzen und sich das Fell pflegen, und warf ihm den Fleischknochen und den Fettstreifen zu. Kretzoi blickte gleichgültig zu mir her, dann hob er den Fettstreifen auf, als ob es ein Schmuck wäre, den man sich um den Hals legt. Ich ging wieder zu den anderen, ohne abzuwarten, was er mit seiner Mahlzeit anfangen würde.

Elegy war noch immer bei der Arbeit und erläuterte Jaafar ihre Theorie.

»... die Mütter lernten, daß es lohnender war – sowohl psychologisch als auch unter dem Aspekt der wirtschaftlichen Nutzung –, das Opferkind so lange wie möglich am Leben zu erhalten. Das erforderte einen Aufwand an Arbeit und Pflege; in der Dunkelheit mußten sie Kräuter und Pflanzen suchen, mit denen sie den Fleischzwilling vor dem Ausbluten bewahren und seine Schmerzen lindern konnten. Der Gegenwert an Protein und Fett kann im allgemeinen nicht groß genug gewesen sein, um so viel Mühe zu rechtfertigen ... Es sei denn, man nimmt an, wie ich es tue, daß die Asadimütter aus der Pflege des Opferkindes eine besonders große Befriedigung beziehen. Das wird sich auch auf die Kinder beiderlei Geschlechts auswirken. Diejenigen, welche leben dürfen, werden erzogen, für den Fleischzwilling zu sorgen, nur im Dunkeln an ihm zu fressen – und selbst dann nur maßvoll – und ihn zu allen anderen Zeiten fürsorglich zu behandeln. Ich vermute, daß der Fleischzwilling in vier oder fünf Jahren – sofern er dann noch lebt – zum alleinigen Besitz und Zuwendungsobjekt des überlebenden Zwillings wird, weil die Mutter um diese Zeit vermutlich ihre unfruchtbare Stillperiode beendet und wieder trächtig wird. Wenn dies geschieht, baut sie ein neues Nest weit von dem alten entfernt und gründet eine neue Familie.

Der zum Überleben bestimmte Zwilling macht weiter, wie er es gelernt hat. Bis seine Mähne voll ausgebildet ist, bleibt er Tag und Nacht bei dem Fleischzwilling. Dann macht er sich allein zur Asadilichtung auf und unterzieht sich der Initiation in das gesellschaftliche Leben seiner Artgenossen. Das kann nicht allzu schwierig sein, da dieses Leben sich im Gleichgültigen Beisammensein erschöpft. Und das Gleichgültige Beisammensein stärkt das Verlangen des Neuankömmlings, bei Sonnenuntergang die Flucht zu ergreifen und in die Geborgenheit des vertrauten Nestes zum Fleischzwilling zurückzukehren. In dieser Weise gibt der junge Asadi seine Identität zugunsten erlernter und überlieferter Verhaltensweisen auf und wird ein weiterer verlorener Mitmarschierer im Zug der dem Untergang geweihten Asadi.«

Mit einem langen, kräftigen Fleischermesser durchstieß Elegy eine der noch gefrorenen Keulen und sorgte mit Kraft und Geschick dafür, daß die Schnitte ganz durch das Fleisch gingen.

»Aber zugleich ist die Saat der Zuneigung, der Zärtlichkeit und Liebe unter den Asadi ausgestreut worden«, fuhr sie mit vor Anstrengung gepreßter Stimme fort, »und wenn sie aus ihren eingefahrenen Verhaltensmustern ausbrechen und weitere hunderttausend Jahre – vielleicht auch viel weniger – überleben können, dann haben sie vielleicht Aussicht, sich selbst aus der ermüdenden Hölle zu erlösen, in die sie geraten sind.

Bojangles ist der Beweis dafür, daß eine sorgfältig vorbereitete und mit Fingerspitzengefühl durchgeführte Umprogrammierung ausreichen könnte, um sie wieder auf den rechten Weg zu bringen. Wir könnten es innerhalb einer einzigen Asadigeneration schaffen, wenn wir die Genehmigung zur Intervention erhielten. Aber ein solcher Plan verletzt die gültigen Schutzbestimmungen und schafft die Möglichkeit, daß die Bürger von Frasierville und unsere Kolonisten draußen auf den Veldts ihre Welt mit Vertretern einer Spezies würden teilen müssen, die nicht nur ältere Ansprüche geltend machen können, sondern ihnen auch an Intelligenz zumindest ebenbürtig sind. Und die Geschichte lehrt, daß wir Menschen nicht bereit sind zu teilen.«

Elegy wandte sich zu mir. Ihre Hände und Unterarme bis zu den Ellbogen waren mit Blut und Talg beschmiert. »Könntest du die Gurte aus dem Kasten dort nehmen, Ben? Ich möchte sehen, ob sie passen.«

Einem Kasten im Laderaum – besser gesagt, einer kleinen Teakholztruhe – entnahm ich zwei weinrote Ledergurte, einen mit einer Art Koppelschloß, den anderen mit Schnallenverschluß. Am Fleischertisch fädelte ich diese Gurte durch die Schlitze, welche Elegy in das zurechtgeschnittene Fleisch gestoßen hatte. Jaafar bemühte sich, die Klinge seines Fleischermessers durch ein weiteres, innen noch gefrorenes Stück zu treiben, und sein in der Anstrengung verzerrtes Gesicht gemahnte mich an einen levantinischen Halsabschneider. Aus den beiden Kalbshälften hatten wir vier längliche Fleischpakete geschnitten.

Elegy wischte sich die Stirn mit dem Unterarm. »Ruf Kretzoi herein, Ben!«

Also ging ich zur Ladeöffnung und rief: »Kretzoi, komm herein! He, Kretzoi!« und Elegy und Jaafar sahen sich nach mir um, als ob ich während einer Aufführung von Bachs Weihnachtsoratorium gerülpst hätte.

Aber Kretzoi sprang an Bord und wanderte in betont pavianhafter Gangart auf allen vieren zu unserer behelfsmäßigen Metzgerei.

»Kretzoi«, sagte Elegy, zu ihm gewandt, »nimm dieses Stück Fleisch auf den Rücken! Vielleicht müssen wir die Gurte anpassen.«

Kretzoi ließ sich gemessen aufs Hinterteil nieder und machte eine Serie Handzeichen.

»Ich werde den ›Schmutz‹ schon herauskämmen, Kretzoi. Aber wenn du morgen losgehst, kannst du nicht so anspruchsvoll wie sonst sein. Der Schmutz gehört zur Arbeit. So ist es eben.«

Sie hob das Stück Fleisch bei dem kupfernen Koppelschloß und schwang es so herum, daß es auf Kretzois Rükken landete. Nicht ganz ohne ihr Zutun steckte er die Arme durch die Gurte, die vorn sorgfältig festgeschnallt wurden.

»Nun steh auf, Kretzoi! Steh auf und geh ein paar Schritte! Ich möchte sehen, ob die Traglast richtig sitzt.«

Kretzoi stand auf. Mit halb vorgestreckten, abgewinkelten Armen und wie gebrochen herabhängenden Händen, vollführte er ein paar stampfende Tanzschritte. Ein Tier, dachte ich; bloß ein Tier. Aber Elegy zeigte sich befriedigt und fragte ihn, ob die Last einigermaßen bequem zu tragen sei. Er signalisierte mit ja.

Jaafar und ich nahmen ihm die Fleischlast vom Rücken. Ich schnallte die Gurte auf, zog sie heraus und legte das Fleisch zurück in die Gefriertruhe. Der rauchig herausdringende Frosthauch benahm mir den Atem. Wir legten die drei anderen vorbereiteten Stücke dazu und behielten mehrere kleine Stücke Fleisch für unsere Abendmahlzeit zurück. Protein und tierisches Fett.

Thomas Benedict, Fleischfresser.

Jaafar und ich gingen wieder hinaus zum Rand der kleinen Lichtung, um Osiris' Zustand zu kontrollieren. Elegy saß mit Kretzoi unter dem Zeltdach, seifte den ›Schmutz‹ aus seinem schönen rotgoldenen Pelz und glättete das nasse Haar mit Kamm und Drahtbürste.

Osiris regte sich. Der verstümmelte Körper schien unter einem beängstigenden Schluckauf zu leiden. Die Augen waren nicht mehr milchig überzogen. Farben kreisten träge in seinen konzentrischen Linsen, eine spektrale Schaustellung, die an ein Karussell erinnerte, dessen Betreiber sich nicht entschließen kann, ob er es mit halber Kraft fahren oder ganz anhalten soll. Jaafar machte seine Spritze bereit, setzte sie an eine Ader, die in der spärlichen Halsbehaarung sichtbar unter der Haut verlief.

»Opfer der Liebe!« murmelte er, bereit, die Nadel einzustechen.

Ich hielt ihn zurück. Eine zuckende Drehbewegung des Kopfes hatte etwas Seltsames in der Gegend unter dem Hinterkopf gezeigt. Eine kleine Höhlung, die keiner von uns bisher bemerkt hatte. Ich faßte das Geschöpf vorsichtig bei der Mähne und schob den Kopf ganz zur Seite, so daß ein rundes, ziemlich großes Loch ans Licht kam.

Durch diese offenbar mit einem Steinwerkzeug aus dem unteren Schädelrand gesägte Öffnung mußten Bojangles oder seine Mutter Teile des Gehirns herausgeholt haben – das Kleinhirn, die Hinterhauptlappen und andere schmackhafte Portionen des Großhirns. Sie hatten Osiris den Schädel geöffnet, um an die verlockende Leckerei seines Gehirns heranzukommen.

»Wahrscheinlich haben sie ihm das verlängerte Rückenmark mit dem Zwischenhirn und einen guten Teil der vorderen Großhirnrinde gelassen«, sagte ich. »Das dürfte alles sein, was ihm geblieben ist, Jaafar. Das Schlimme ist, daß das Schmerzzentrum im Thalamos wahrscheinlich intakt ist, er also alle Qualen der langwierigen Verstümmelungen hat erdulden müssen, ohne sie zu verstehen. Denn ein Bewußtsein kann nur auf einer niedrigen Ebene bestehen.«

»Aber seine Augen ...«, sagte Jaafar.

»Das entwickelte Sehzentrum mit der Koordination und den übrigen Funktionen der Verarbeitung visueller Eindrücke haben sie ihm herausgeholt, aber an die Sehnerven und den übrigen Apparat optischer Wahrnehmung sind sie wahrscheinlich nicht herangekommen. Oder vielleicht haben sie ihm diesen Teil gelassen, weil sie wußten, daß er ihn brauchte, um weiterzuleben, woran ihnen gelegen sein mußte. Seine spektralen Kommunikationssignale müssen ziemlich schematisch sein. Ich vermute, sie entstehen aus einer Verbindung zwischen seinem Sprechzentrum und dem Zwischenhirn.«

Jaafar sagte heftig: »Dann lassen wir ihn in die angenehme süße Dunkelheit zurückkehren«, und stieß die Nadel in die Halsader.

»Es wäre besser für ihn, wenn wir ihn einfach töteten. Seine spektrale Kommunikation ist wahrscheinlich ein Schmerz- und Notsignal – wiederholt und wiederholt und ständig von neuem wiederholt.«

»Pfui!« Jaafar spuckte ins faulige Laub unter unseren Füßen; mit einer wütenden Armbewegung, die seine Hand gegen den unteren Rand des Nestes schlagen ließ und einen seiner Finger an einem Zweig verletzte, schleuderte er die Spritze von sich. Dann steckte er den Finger in den Mund, saugte mit schmerzlich verzogenem Gesicht daran und kehrte unserem Schützling den Rücken.

»Hätte nicht gedacht«, sagte er undeutlich an seinem Finger vorbei, »daß wir bei den Asadi solch ekelhafte Entdekkungen machen würden.« Er zog den Finger aus dem Mund und schüttelte ihn in der Luft wie ein Fieberthermometer. »Was sie diesem Pettijohn in seiner Straf- und Rehabilitationsbehandlung an Alpträumen und Nervenschocks verabreichen, kann nicht schlimmer sein als dies hier! Die eigenen Kinder bei lebendigem Leib langsam aufzufressen ...«

Ich nahm ihn beim Arm, und wir gingen zurück zum Zeltanbau.

Zwei Stunden später, bei Sonnenuntergang, aß er sein gebratenes Kalbfleisch mit so gesundem Appetit, als hätte er nie gesehen, was er gesehen hatte. Ich verhielt mich nicht anders, was das anbelangt.

15. Kapitel

Nach dem Buchstaben

Nachts erwachte ich und merkte, daß Elegy unseren Zeltanbau verlassen hatte und an Bord der Libelle gegangen war, um das Bett mit Jaafar zu teilen. Obwohl ich außer dem Wind in den Waldwipfeln nichts hören konnte, wußte ich, daß sie einander in den Armen lagen. Ob Jaafar im Augenblick des Höhepunktes »Fräulein Cather, mein liebes Fräulein Cather!« rufen würde? Es schien mir wahrscheinlich. Ich lächelte in bitterer Erheiterung.

Eine Stunde vor Sonnenaufgang zog ich mich an, streckte und reckte mich und schlenderte zum Rand der Wildnis. Osiris lag halb leblos in seinem Nest. Im feierlichen Mondschein schnitt ich ihm die Kehle durch und hob ihn heraus, wie man ein neues Kleidungsstück aus dem Einwickelpapier in einer flachen Schachtel nimmt. Das dünne Bauchfell riß auf, und etwas von den Gedärmen glitt heraus und baumelte in der Dunkelheit wie ein weiches Pendel, daß die Minuten bis zum Morgen heruntertickte. Ich schnitt sie los und legte den Kadaver auf den Boden.

Es kostete mich nur fünfzehn oder zwanzig Minuten, dem Fleischzwilling das Fell abzuziehen, den Kopf abzuschneiden und ihn auszuweiden. Als ich fertig war, nahm ich den abgehäuteten und gesäuberten Rumpf in die Arme und trug ihn zum Hubschrauber.

Ich stieg an Bord, ging am Lager des schlafenden Paares vorbei und öffnete die Gefriertruhe im Laderaum. Als ich den ausgenommenen Kadaver neben die anderen, zugeschnittenen Fleischpakete legte, erhoben sich Elegys Kopf und Schultern aus den anonymen Konturen des Bettzeugs.

»Ben?« wisperte sie. »Was tust du?«

»Ich zeige Barmherzigkeit«, sagte ich in normaler Lautstärke. »Ich zeige Barmherzigkeit und demonstriere meine praktische Seite. Was ich hier verstaue, Elegy, ist der echte Artikel.«

Etwas an ihrem Schweigen legte nahe, daß sie mich verstanden hatte.

»Und was ist mit dir?« fragte ich sie. »Was tust du?«

»Ich ärgere dich«, sagte sie laut. »Ich fürchte, es gibt wirklich keine andere Art und Weise, es zu beschreiben.«

»Aber warum?«

»Weil du nicht daran glaubst, was wir tun. Weil du nicht an meine Rekonstruktionen der Asadivergangenheit glaubst.«

Das verblüffte mich. Jaafar erwachte und setzte sich im Bettzeug auf wie ein vom Tode Auferstandener. Er sah überrascht aus, aber nicht sonderlich dankbar.

»Glaubst du daran?« fragte ich Elegy.

»Teilweise.«

»Nicht, daß ich diese Spekulationen gänzlich ablehnte«, sagte ich schnell und schnitt ihr damit vielleicht das Wort ab. »Es ist nur, daß sie mir beinahe gleichgültig geworden sind. Ich möchte wissen, Elegy, warum die Menschheit so darauf aus ist, sich zu desillusionieren.«

»Mein Vater ist hier draußen«, sagte sie, als ob das alles erklärte.

Ich zuckte die Achseln. »Guten Morgen, Jaafar«, sagte ich.

»Guten Morgen, Dr. Benedict«, antwortete er gefaßt.

Ich schloß und verriegelte die Gefriertruhe. Jetzt erst wurde mir die übelriechende Klebrigkeit meiner Hände und Unterarme bewußt, und ich wusch sie eilig am Vakuumbekken, trocknete mich ab und verließ den Hubschrauber ohne ein weiteres Wort.

Draußen sah ich als erstes Kretzoi mit ausgestreckten Armen und wie gebrochen herabhängenden Händen vor dem Nest stehen, wo Osiris gelegen hatte. Er blickte unverwandt hinein. Als er sich nach einer Weile zu mir umdrehte, reflektierten seine Augen das verblassende Mondlicht, und seine Haltung schien hilflose Feindseligkeit auszudrücken. Ich schlug den Blick nieder und schlüpfte unter das Zeltdach. Die Morgendämmerung ließ qualvoll lange auf sich warten.

»Verdammt, Kretzoi!« sagte Elegy ärgerlich, »halt endlich still! Wir wollen eine Stunde nach den Asadi zur Lichtung kommen, genau eine Stunde, und du stellst dich so an.«

Jaafar und ich bemühten uns, dem Primaten einen der zugeschnittenen Fleischklumpen auf dem Rücken zu befestigen, wozu wir uns der Ledergurte bedienten. Kretzoi aber wand sich von einer Seite zur anderen, um zu sehen, was wir machten. Das Fleisch war kalt, sein Fett talgig. Kretzois nervöse Bewegungen bewirkten, daß die Traglast hin und her rutschte und sein Rückenfell mit klebrigen Fett beschmierte.

»Was hast du nur?« fragte Elegy. »Wir haben genau das gleiche gestern im Hubschrauber erprobt, erinnerst du dich nicht?«

Kretzoi entwand sich Jaafars und meinen Händen so schnell, daß das Fleisch aus den Gurten herausglitt und auf den Erdboden vor unserem Zeltdach fiel. Jaafar bückte sich mit verdrießlichem Ächzen danach, dann fädelte er die fettigen Gurte für den nächsten Versuch wieder ein.

»Kretzoi!« rief Elegy.

Der Primat machte eine Reihe mißmutiger, nachlässiger Handzeichen.

»Was hat er?« fragte ich. »Was stört ihn?«

»Er sagt, ihr müßt ihm die Last so auf dem Rücken befestigen, daß er sie allein abschnallen kann. Andernfalls, sagt er, könnten wir genausogut zu Hause bleiben.«

»Ihn stört«, sagte Jaafar kühn, »daß Dr. Benedict Bojangles' Fleischbruder die letzte Barmherzigkeit erwiesen hat. Es ist ihm zuwider, von Dr. Benedict berührt zu werden.«

Kretzoi bestätigte diese Einsetzung mit einem weiteren abrupten, aber nachlässig ausgeführten Zeichen. Dann kauerte er so nieder, daß Jaafar, der die Gurte wieder durch das Fleisch gezogen und dieses einigermaßen vom anhaftenden Staub befreit hatte, es ihm auf den Rücken schnallen konnte. Ich trat beiseite und blickte in die Richtung der Asadilichtung durch den Wald. »Versuch jetzt, es abzunehmen!« hörte ich Elegy zu Kretzoi sagen, und aus dem Augenwinkel sah ich den Primaten seine Last abschnallen und am Gurt anmutig zu Boden lassen. Dann brachte es Jaafar, nachdem er das Fleisch wieder mit den Traggurten versehen hatte, höher auf Kretzois Schultern an, während ich ironisch darüber nachdachte, daß ich die Gunst eines Menschenaffen verspielt hatte …

»Es gibt zwei weitere Probleme«, sagte ich.

Elegy blinzelte in den kupfrigen Morgensonnenschein. Unter den Armen und am Hals hatte der Schweiß bereits die olivgrünen Flecken ihres Tarnanzugs dunkel gefärbt. »Was?« fragte sie mich.

»Wir brauchen einen Schrat«, sagte ich und sah sie über die Schulter an.

»Das ist ein Problem«, entgegnete sie. »Was ist das andere?«

»Das andere ist dies: Eisen Zwei erschien vor einer Asadiversammlung, die schon eine Woche vor seiner Ankunft angefangen hatte, sich seltsam zu benehmen. Sie hatte sich in zwei ›Mannschaften‹ aufgespalten, wie dein Vater sie nannte, welche entgegengesetzte Seiten der Lichtung besetzten und sich wie gegnerische Parteien verhielten. Kretzois Ankunft mag nicht den gleichen Eindruck machen wie Eisen Zweis, weil die Bedingungen diesmal nicht die gleichen sind.«

Elegy blieb von meiner Überlegung unbeeindruckt. »Vielleicht wird Kretzois Ankunft das angemessene Verhalten hervorrufen.«

»Das seltsame Verhalten existierte vor Eisen Zweis Ankunft«, beharrte ich. »Du ignorierst die Hauptbedingungen der Gleichung.«

Elegy zuckte die Achseln.

»Und was ist mit dem Schrat?« fragte ich sie.

»Jaafar«, sagte sie mit einem Blick zu dem jungen Mann, der damit beschäftigt war, sich den Talg von den Händen zu wischen. »Jaafar, Ben möchte etwas über unseren Schrat erfahren. Würdest du ihn bitte holen?«

Jaafar machte kehrt und sprang in den Hubschrauber. Einen Augenblick später war er wieder da, einen glänzenden Beutel in den Händen, der den schlafenden Embryo eines zerknitterten Dämonen zu enthalten schien.

»Ersatz für alles«, sagte Elegy mit lächelnder Selbstironie. »Für Eisen Zwei, für Asadifleisch und nun für den infamen und vielleicht sogar apokryphen Schrat meines Vaters. Das heißt, apokryph, wenn man auf die Skeptiker hört. Ich tue es nicht. Ich wäre nicht hier, wenn ich es täte.« Sie öffnete den Beutel und zog den abstoßenden schwärzlichen »Embryo« heraus. Sie schüttelte das faltige Ding aus, zog einen kleinen Metallstift an der Basis des gummiartigen Materials und sah befriedigt zu, wie Luft eindrang und das Ding aufblies. Einen Augenblick später hielt sie einen Schrat auf der Handfläche, sorgsam an die Brust gelehnt, um ihn vor dem Umfallen zu bewahren, als wäre er ein hungriges Dämonenkind. »Ich ließ ihn in Frasierville anfertigen«, sagte sie. »Nach den Beschreibungen meines Vaters und danach angefertigten Zeichnungen. Ich gab den Leuten die Unterlagen einen Tag, nachdem du den Hangar verlassen hattest, um dich in deinem privaten Müllhaufen zu verkriechen.«

»Danke«, sagte ich. »Wer waren die Leute, die es für dich machten?«

»Gestalter und Techniker der zivilen Synthetikfabrik. Gouverneur Eisen setzte sich für mich ein, so ging es schneller.« Der künstliche Schrat hatte gezackte Hautflügel, hühnerähnliche Krallenfüße und ein Gesicht, das bis auf lippen- oder schnabelähnliche Vorsprünge um das Raubtiermaul ohne Kennzeichen war. »Reißfest, und die Krallen können zupacken.« Sie trat zu Kretzoi und setzte ihm die Attrappe auf die rechte Schulter, bog die vulkanisierten Krallen so, daß sie festhielten. »Fliegen kann er nicht, fürchte ich, aber damit werden wir leben müssen. Die Aufzeichnungen meines Vaters zeigen, daß der Schrat selten etwas anderes tat als auf Eisen Zweis Schulter zu sitzen oder wie leblos zu kauern, wohin sein Meister ihn setzte.«

Kretzoi drehte den Kopf so weit auf die Seite, wie er konnte, und beäugte den kleinen Reiter voller Abneigung. Ich konnte es ihm nicht verdenken. Nach einer Weile nahm er eine pavianartige Sitzhaltung ein, schloß die Augen und versuchte so zu tun, als existiere das auf seiner Schulter thronende Ding nicht.

»Es wird sich zeigen, ob die Asadi sich in ›Mannschaften‹ spalten werden, sobald Kretzoi auf der Lichtung erscheint«, erklärte Elegy. »Warten wir es ab. Wahrscheinlich bestehen sie nur aus einer Anzahl von Asadimüttern und mehreren ihrer zum Überleben bestimmten Kinder. Eine Tageslicht-Manifestation der Mutter-Kind-Beziehung. Was sie dermaßen in Aufregung und Verwirrung versetzt, ist nach meiner Ansicht nichts als die Erwartung einer Gelegenheit, am hellichten Tag auf dem Versammlungsplatz Fleisch zu essen.«

»Das erklärt noch immer nicht, warum einige Mütter auf eine Seite gehen und manche auf die andere.«

Sie ignorierte das. Sie hatte eine sehr gesunde Gabe, alle Argumente unbeachtet zu lassen, die nicht in ihre Pläne paßten. »Jaafar«, sagte sie, »wir müssen los. Du kannst damit rechnen, daß wir in ungefähr dreißig Minuten um ein zweites Stück Fleisch zurückkommen werden – zumindest Kretzoi.«

Jaafar nickte gehorsam und ging an Bord der Maschine. Elegy und ich suchten unsere Ausrüstung zusammen, zu der neben unseren Funkgeräten diesmal auch eine sperrige, aber glücklicherweise leichte Holokamera gehörte. Wir schulterten unser Gepäck, Elegy kraulte Kretzoi zärtlich unter dem Kinn, um ihn an die Pflichten des Tages zu gemahnen, und wir drei machten uns auf den Weg zur Asadilichtung.

Kretzoi betrat die Lichtung von Osten, nur wenig mehr als eine Stunde nachdem die Asadi sich dort an diesem Morgen zusammengefunden hatten. Wir hatten Uhrzeit und Ort seines Auftretens sehr sorgfältig geplant.

Sobald er auf die Lichtung gegangen war, zogen Elegy und ich uns vom Waldrand zurück. Wir wählten jedoch eine Stelle, die uns nur teilweise verdeckte Sicht auf den Mittelpunkt des Versammlungsplatzes gab, wo Kretzoi nach unseren Erwartungen den größten Teil seiner Rolle als ein zweiter Eisen Zwei würde spielen müssen. Ich zielte mit dem Kameraobjektiv durch eine schmale Lücke in der Vegetation und wartete, auf den Fersen kauernd, auf den Beginn der Vorstellung. Elegy und ich hofften, daß Kretzois Auftreten die Aufmerksamkeit der Asadi von unserer nur mangelhaft verborgenen Anwesenheit ablenken würde. Was Gott sei Dank der Fall war.

Zuerst schien den regellos durcheinanderdrängenden Asadi nicht bewußt, daß etwas Ungewöhnliches geschehen war. Durch das Okular der schlanken, röhrenförmigen Kamera sah ich zunächst nur ihre umherwandernden Gestalten, staubige Mähnen und vorgereckte, mit jedem Schritt sich auf und ab bewegende Schnauzen. Kretzoi war unter ihnen verschwunden wie ein Taucher in dunklem Wasser, und ich fürchtete, daß er nicht wieder an die Oberfläche kommen werde.

»Wo ist er?« flüsterte Elegy, angespannt vorwärtsgebeugt an meiner Seite.

Einen Augenblick später hatte sie ihre Antwort.

Kretzoi stapfte offenbar entgegen der allgemeinen Bewegungsrichtung durch die Lichtung. Diese gegenläufige Bewegung im Verein mit dem Schrat auf der Schulter und der Last des auftauenden Fleisches auf dem Rücken, machte den Asadi bald deutlich, daß eine ungewöhnliche Person in ihre Mitte gekommen war. Darauf zogen sich alle fast gleichzeitig zum Rand der Lichtung zurück. Kretzoi blieb allein auf der weiten Fläche.

Ich visierte Kretzoi durch die Kamera an. Ihr Schnurren fiel niemandem auf; die Asadi waren zu beschäftigt, Kretzoi anzugaffen, um sich auf das fremde Teufelswerk zu stürzen, das ihr Verhalten aufzeichnete.

Kretzoi bewegte sich in einem Gang, der zwischen aufrechter Haltung und dem Primatengang unter Zuhilfenahme der Fingerknöchel ungefähr die Mitte hielt, über die Lichtung, machte halt und öffnete nach langem Blick in die

Runde die Gurtschnallen seiner Traglast. Dann schwang er das Fleisch vom Rücken und legte es vor sich auf den Boden.

Der Anblick des Fleisches ermutigte die Asadi. Sie begannen sich auf die Lichtung vorzuschieben – doch sobald er es bemerkte, kauerte Kretzoi nieder, nahm den falschen Schrat von der Schulter und setzte ihn auf das Stück Fleisch. Zuerst hatte er Mühe, den Gummidämonen am Herabfallen zu hindern, aber schließlich gelang es ihm, den Schrat richtig aufzustellen, daß die Krallen sich wie Gabelzinken in das tiefrote Fleisch bohrten. Die Asadi wichen wieder zurück.

»Man kann ihre Angst riechen«, wisperte Elegy. »Wirklich, man kann sie riechen.«

Kretzoi kam auf allen vieren und in ungewisser Haltung über die Lichtung auf uns zu, und in diesen Augenblicken sah er weniger anmutig und schimpansenhafter aus, als ich ihn je erlebt hatte. Gleich darauf war er bei uns im Unterholz des Waldrandes, nachdem eine Schar Asadi bei seiner Annäherung davongestoben war. Er schwitzte und roch nach Rindertalg; tatsächlich ging der »Angstgeruch«, den Elegy gerochen hatte, wenigstens ebenso stark von Kretzoi aus wie von den verblüfften Asadi.

»Wir gehen das nächste Stück Fleisch holen, Ben. Meinst du, daß du unterdessen allein zurechtkommst?«

»Bestimmt. Dank daran, daß Kretzoi nächstes Mal von Süden die Lichtung betreten muß.« Ich barg die unhandliche Kamera in den Armen und hielt nach einem besseren Standort Ausschau. »Beeilt euch!«

Sie gingen fort. Das Unterholz verschluckte sie wie ein gewaltiges grünes Maul. Ich kroch durch verflochtene Gehänge gelbblühender Lianen, lederiges Gesträuch und Zweige, die unter der Last schwellender Baumfrüchte tief herabhingen, den östlichen Rand der Lichtung entlang. Wenige Meter von mir entfernt warteten sie zusammengedrängt unter den überhängenden Ästen, trugen in ihrer optischen Sprache Streitigkeiten aus, die zuweilen in Pfiffe und Rippenstöße übergingen. Um nicht entdeckt zu werden, bewegte ich mich so vorsichtig, daß ich mehr als zwanzig Minuten für eine Strecke benötigte, die ich in offenem Gelände in einem Zehntel der Zeit hätte durchlaufen können.

Ich fand einen geeigneten Baum am südlichen Rand der Lichtung: er hatte weit herabreichende Äste in regelmäßigen Abständen, die das Klettern erleichterten, und großblättriges, dichtes Laub, darin ich mich verbergen konnte. Ich hängte die Kamera auf den Rücken und kletterte gute fünf Meter in den Baum, bis ich einen günstigen Ausguck fand. Mit etwas Glück würde ich meinen Standort nicht noch einmal verlegen müssen, auch dann nicht, wenn Kretzoi und Elegy ein drittes Mal Fleisch holen gingen.

Kaum hatte ich mich auf meinem Ast eingerichtet, da kam Kretzoi zur Lichtung zurück und stieß die erschrockenen und furchtsamen Asadi am Waldrand kurzerhand beiseite. Ich begann zu filmen, ohne eine Ahnung, wo Elegy sich aufhalten mochte. Die Asadi stellten ihre Streitigkeiten untereinander ein, um in nervösem Staunen zuzusehen, wie Kretzoi seine Last in die Mitte der Lichtung trug und dort neben der ersten niederlegte. Dann kauerte er sich auf die Keulen und setzte den falschen Schrat rittlings auf beide Fleischstücke. Dies getan, verließ er die Lichtung wieder.

Eine Stimme hinter mir flüsterte: »Es geht alles gut, nicht wahr?«

»Meine Güte, Frau, was tust du hier?« Elegy mußte auf den Baum geklettert sein, während ich gefilmt hatte. Das leise Schnurren der Kamera und die Konzentration meiner Sinne auf Kretzoi mußten verhindert haben, daß ich sie hörte. Ich legte den Arm um den Stamm, der uns trennte, und blickte forschend in ihr dunkles, lachendes Gesicht. Sie zeigte zu den Asadi, die unter uns durcheinanderwogten.

»Wir haben das angemessene Verhalten erzeugt«, sagte sie mit halblauter Stimme. »Zwei ›Mannschaften‹ im Norden und Süden, obwohl sie noch nicht überall voneinander geschieden sind. Und völlige Verwirrung in beiden Lagern.«

»Und du läßt Kretzoi allein zur Libelle zurückgehen?«

»Er kennt den Weg. Und dort wird Jaafar sich seiner annehmen, Ben.«

»Du willst mir hier oben Gesellschaft leisten?«

»Das hatte ich vor«, flüsterte sie. »Wenn Kretzoi diesmal wiederkehrt, wird er bleiben. Deshalb werden wir wahrscheinlich eine Weile hier oben aushalten müssen. Wenn die Dinge sich so entwickeln, wie mein Vater es beschrieben hat, ist es möglich, daß wir fünf oder sechs Tage geduldig sitzen und warten müssen.«

»Fünf oder sechs *Tage?*«

»Erinnerst du dich nicht?«

»Allerdings erinnere ich mich, Elegy; ich habe mitgeholfen, diese Holographie zusammenzustellen. Aber ich habe keinesfalls die Absicht, zum permanenten Baumbewohner zu werden, nur damit Egan Chaneys zweifelhafte Version der Geschichte sich wiederholen kann!«

»Scht«, machte Elegy. »Vielleicht wird Kretzois Verhalten die Entwicklung beschleunigen. Ich habe ihm gesagt, er solle versuchen, alles heute zu erledigen – das heißt, im Rahmen seiner Möglichkeiten. Geduld, Ben.«

Hinabblickend, hatte ich den bestimmten Eindruck, daß mehrere Asadi uns bemerkt hatten. Ein paar von ihnen hoben die Schnauzen und witterten; drei oder vier andere hatten die Köpfe auf die Seite geneigt und lauschten aufmerksam; aber keiner schaute durch das Laubwerk zu uns auf oder drohte mit Angriff.

Elegy und ich verstummten. Nach einiger Zeit kam Kretzoi zurück, betrat die Lichtung von Westen her, ein Paket Fleisch auf dem Rücken und zwei Stücke Perlonseil um den Hals geschlungen. Nun wiederholte er bis ins einzelne die Handlungen, die Eisen Zwei nach Chaneys Beschreibung vor mehr als sechs Jahren verrichtet hatte: Er setzte den falschen Schrat auf seine Schulter, zog die Seillängen durch die Fleischstücke am Boden und schleifte eines in die südliche Endzone der Lichtung, wo er den Schrat zur Bewachung daraufsetzte, und das andere zum Nordende, wo er selbst es bewachte. Die Asadi fletschten die Zähne, zerrten wütend an ihren Mähnen und rangen in wortloser Frustration die Hände. Nie zuvor hatte ich sie in solcher Erregung gesehen. Schließlich wich Kretzoi zurück und ließ ein kehlig-würgendes Geräusch hören.

Auf dieses Signal hin ließen sich alle um den Rand der Lichtung versammelten Asadi nieder und sahen zu, wie Kretzoi zur Mitte des Platzes zurückwanderte. Die Asadi auf der anderen Seite der Lichtung waren so weit von uns entfernt, daß es schwierig war, im Schatten unter den überhängenden Ästen Individuen zu unterscheiden, aber ich gewann den Eindruck, daß alle wie gebannt auf das Fleisch starrten. Dennoch fielen sie nicht darüber her.

»Er muß den Schrat holen, bevor sie etwas unternehmen«, flüsterte Elegy. »Siehst du, er kommt hierher.«

Kretzoi ging über die Lichtung, bückte sich über die Opfergabe im südlichen Teil und nahm den Schrat auf, um ihn wieder auf seine Schulter zu setzen. Dann kehrte er zurück zur Mitte der Lichtung und hob seine Arme zur Mittagssonne. Alle Asadi blickten wie gebannt auf ihn, genauso starr wie das Teleobjektiv meiner Holokamera; das kaum hörbare Schnurren des Films wurde in meinem Kopf tausendfach verstärkt. Daß außer Elegy und mir niemand etwas davon hörte, schien mir so unwahrscheinlich, daß ich vorübergehend abschaltete.

»Nicht aufhören!« zischte Elegy. »Das ist einer der Gründe unseres Kommens, Ben.«

Ich visierte und filmte weiter. Kretzoi hatte das Gesicht zum Tagesgestirn erhoben und die Augen wahrscheinlich geschlossen. Er machte ein schluchzendes Geräusch, langgezogener und höher als der vorausgegangene Ruf; und die Asadi verließen in augenblicklicher Reaktion ihre Plätze um die Lichtung und stürzten sich wie große haarige Käfer auf die Opfergaben. Ein wüster Kampf hob an, alles ging drunter und drüber. Obwohl ich hoch über der Arena dieses gladiatorenhaften Wahnsinns saß, bekam ich es mit der Angst bei dem Gedanken, daß sie uns jeden Augenblick erspähen und in das allgemeine Gewühl ziehen könnten. Aber ich filmte weiter.

»Unglaublich«, sagte Elegy laut. »Absolut unglaublich!«

Es bestand keine Notwendigkeit zu flüstern. Jeder Asadi hatte nur eins im Sinn: die Erlangung eines Stückes Fleisch und sein rasches, zähnefletschendes Verzehren. Zu diesem Zweck zerrten sie aneinander, traten, schlugen auf Köpfe, krallten, rissen an Mähnen, bleckten die Zähne – und dies alles ohne ein anderes Begleitgeräusch als das Knirschen von Zähnen, ein allgegenwärtiges angestrengtes Keuchen und das dumpfe Trampeln und Scharren ihrer Füße.

Die Fleischstücke, die Kretzoi am Nord- und am Südende der Lichtung niedergelegt hatte, waren im Nu verschwunden. Wie Piranhas, hatte Chaney geschrieben. Nun, das hatte sich in sechs Jahren nicht geändert. Keiner der Asadi war tödlich verletzt, wie es schien, aber viele schleppten sich mit gebrochenen Knochen und klaffenden Wunden davon.

Kretzoi signalisierte das Ende des Festmahls, indem er zischend den Atem einsaugte und seine Untertanen zur Ordnung rief. Sie gehorchten bereitwillig. Selbst die Verwundeten wandten die Köpfe nach ihm. Die Sieger, denen es gelungen war, größere Fleischbrocken herauszureißen, saßen auf ihren Keulen, wischten sich die Schnauzen mit den Händen und betrachteten Kretzoi mit scharfen und, wie mir schien, kritischen Blicken. Von allen durcheinanderdrängenden Asadi waren jedoch nur wenige wirklich an die Opfergaben herangekommen.

»Weit entfernt von Broten und Fischen«, sagte ich sotto voce. »Man fragt sich, warum sie nicht einfach Kretzoi zur Nachspeise machen.«

»Da besteht keine Gefahr, Ben. Paß auf!«

»Will er das Fleischpaket auf seinem Rücken essen? Ich weiß, Eisen Zwei hat es getan, aber ich bin sicher, daß Kretzoi nicht den Appetit dieses alten Mannes hat.«

»Scht!«

Kretzoi tat, wie das Drehbuch von ihm verlangte: er nahm das dritte Stück Fleisch von den Schultern, legte es vor den

Füßen nieder und setzte sich, um mit den Fingern Stücke herauszureißen und in den Mund zu stopfen. Er aß langsam, aber nicht bloß, weil Egan Chaneys Drehbuch auch das von ihm verlangte: Die Hitze und seine eigene Nervosität mußten es ihm unmöglich machen, die überreichliche Mahlzeit hinunterzuschlingen. Er aß, wie er mußte. Der falsche Schrat hockte auf seiner Schulter, die Asadi beobachteten ihn mit geziemendem, respektvollem Neid. Das Schnurren meiner Kamera schien auf einmal unerträglich laut.

»Laß gut sein, Ben! Ein paar Asadi scheinen aufmerksam zu werden. Sparen wir uns den Film für später.«

Ich ließ das Teleobjektiv sinken, hängte die Kamera an der Lederschlinge über die Schulter.

»Kannst du sehen, was Kretzoi ißt, Ben?«

»Fleisch – was sonst?«

»Es ist Osiris«, flüsterte sie. »Der Rumpf ist klein und schon abgenagt, aber sonst ziemlich vollständig. Mit einer Menge Knochen. Nicht ein Fleischklotz wie die anderen.«

Ich schwang die Kamera wieder nach vorn und spähte durch das Okular der automatischen Vergrößerung. Das Fleisch, welches Kretzoi so nüchtern kaute, war tatsächlich dasselbe Fleisch, das ich diesen Morgen abgehäutet und ausgenommen hatte – dunkler als das Kalbfleisch, weniger Fett. Ich schwang die Kamera wieder auf den Rücken und sah Elegy an.

»Das verstehe ich nicht. Heute morgen gab Kretzoi mir den bösen Blick, weil ich die hoffnungslose Existenz dieses armen Wesens beendet hatte. Und nun frißt er die Überreste.«

»An Bojangles' Stelle«, sagte Elegy. »Kannst du das nicht verstehen?«

»Als ob Osiris sein Fleischzwilling wäre, Kretzois? Meinst du das?«

»Genau.«

Mit schmerzendem Rücken und Gesäß rückte ich näher zu Elegy. »Ich verstehe noch immer nicht.«

»Hör zu, Ben, Kretzoi tut all das, weil ich ihn darum gebeten habe. Er wußte, daß er in seiner Verkörperung von Eisen

Zwei den größten Teil eines ansehnlichen Stückes Fleisch würde hinabwürgen müssen, aber er war darüber nicht ganz glücklich.«

»Er ist wählerisch.«

»Das ist er, trotz deines sarkastischen Tons. Er ist wirklich wählerisch. In einer Weise, Ben, hast du ihm seine Rolle in diesem Spiel unabsichtlich erleichtert – er bekräftigt seine Verbundenheit mit Bojangles, indem er das Fleisch von dessen Fleischbruder ißt. Er imitiert nicht bloß einen Asadi, spielt nicht bloß eine Rolle – er identifiziert sich aktiv mit diesen Geschöpfen.«

»Was zu begrüßen ist. Wenn es nicht zu weit geht.«

Elegy blickte in finsterer Geringschätzung über die Lichtung hinaus. Nur ihr kleines, hartes Profil begegnete meinem Blick. Der Baum hielt uns mit der unverbindlichen, ausdauernden Geduld, mit der ein Kleiderständer Mäntel hält, und während der nächsten zwei Stunden wechselten Elegy und ich kein einziges Wort. Deneb wanderte hinüber in die westliche Hälfte des Himmels, und Kretzoi, der sich an dem wenigem Fleisch, das Osiris noch auf den Rippen gehabt hatte, gewiß nicht überfressen konnte, verzehrte nach und nach alles bis auf die Knochen und Sehnen seines adoptierten Fleischbruders. Gott mit dir, Osiris. Ich war froh, als das Mahl zu Ende war.

»Halt die Kamera bereit!«

Ich gehorchte, und einen Augenblick später schnurrte sie schon wieder los. Kretzoi erhob sich schwerfällig und lenkte mit einem schmerzlichen Seufzer die Aufmerksamkeit der Asadi auf sich. Dann entleerte er den Mageninhalt mit raschen, würgenden Stößen, wie ein Spielautomat, der eine Anzahl Münzen auswirft. Der falsche Schrat wackelte auf der Schulter, fiel aber nicht herab. Anschließend wankte Kretzoi benommen ein paar Schritte fort und sank erschöpft in sich zusammen.

»Das steht im Drehbuch«, sagte ich, »aber ist es vorsätzlich? Kretzoi ist dem Fahrplan um mehrere Tage voraus, nicht wahr?«

»Er bemüht sich, das ganze Programm uns zuliebe an einem Tag zu bewältigen.« Elegys Knöchel waren weiß auf der streifigen grauen Rinde des Baumes.

»Du meinst, dies sei der Beginn des Rituals von Tod und Bestimmung?«

»Sieht so aus.«

Ich rückte wieder ein Stück, bis ich mit dem Rücken an einem Fächer aus starken Zweigen lehnte, und richtete mich so ein, daß ich filmen konnte, ohne kopfüber in die Tiefe zu fallen.

Wie sie es bei Eisen Zweis übelkeiterregender Vorstellung vor sechs Jahren getan hatten, kamen die Asadi von den Randbereichen der Lichtung näher, bewegten sich in einer nahezu ehrfurchtsvollen Haltung auf Kretzoi zu und nahmen winzige Stücke des herausgewürgten, zerkauten Fleisches an sich. Sie taten dies einer nach dem anderen, in einer solch geordneten und disziplinierten Art und Weise, als ob sie unter Drogeneinwirkung stünden. Mehrere der ersten Asadi, die den Mittelpunkt der Lichtung erreicht hatten, trugen ihre Stücke in den Urwald, um sie dort in relativer Zurückgezogenheit zu verzehren oder an einem Ort zu verbergen, wo man sie nicht gleich würde finden können.

Die Nachzügler benahmen sich bewundernswert; als keine Fleischbrocken mehr übrig waren, berührten sie die feuchte Stelle am Boden mit den Fingerspitzen und führten diese an die Lippen. Obwohl Kretzois Schrat nicht fliegen konnte, obwohl Kretzoi außer der offenkundigen Unfähigkeit seiner Augen zu polychromen Farbenspielen in subtiler Weise anders war als sie, behandelten die Asadi ihn mit ehrfürchtigem Respekt. Die ganze Zeremonie hindurch war er ständig sichtbar gewesen, doch selbst im heftigsten Kampf um die großen Fleischstücke war kein Asadi ihm zu nahe gekommen, und keiner ersuchte ihn, mehr zu dem feierlichen Anlaß beizutragen.

»Jetzt«, flüsterte Elegy, »muß Kretzoi sterben!«

Ich stoppte den Film und sah mich erstaunt um.

»Symbolisch«, schränkte sie ein. »Bühnenmäßig, wenn du so willst.«

Und tatsächlich begann Kretzoi, kaum daß die letzten Asadi ihm die Ehre erwiesen hatten, in einer brutalen Abkürzung des Rituals von Tod und Bestimmung mit der Sonne BoskVelds zu ringen. Er erhob sich aus seiner hingekauerten Haltung, um mit Deneb zu kämpfen, und als seine Hände die flammende Sonnenkorona zu ergreifen und zu zerreißen suchten, zogen die Asadi sich wieder zu den entgegengesetzten Enden des Versammlungsplatzes zurück. Von dort verfolgten sie das Handgemenge zwischen der Sonne, die sie ernährte, und dem Häuptling, der sie ernährte, und ich erkannte zum ersten Mal, daß die Bedeutung des Kampfes in der anmaßenden Herausforderung des Asadihäuptlings lag, der sich damit der wichtigsten und großzügigsten Lebensspenderin seines Volkes ebenbürtig zeigen wollte.

Es war ein Kampf, den kein sterblicher Asadi je zu gewinnen hoffen konnte, und jeder Häuptling, der sich darauf einließ, opferte tatsächlich sein Augenlicht und sein Leben der größeren Macht der Sonne. Zuerst Blindheit, dann Tod – das erste eine Metapher für das zweite, und das zweite eine unausweichliche Konsequenz des ersteren. Fleisch war die Gabe eines Sterblichen, während die Gabe der Sonne für die der Photosynthese fähigen Asadi die dem Sonnenlicht innewohnende Energie war: die praktisch unsterbliche Energie von Sonnensystemen und Galaxien, des Kosmos selbst.

Diese Spekulation reichte keineswegs hin, mir die Asadi zu erklären, aber sie erfüllte ihr Leben und ihre Verhaltensmuster mit einer überragenden Bedeutung, die ich nie zuvor erkannt hatte. Ich war auf einmal erleichtert und froh. Der Gegensatz zwischen dem primitiven, grob körperlichen Spektakel unter uns und seiner erlösenden philosophischen Bedeutung ging wie eine Sturzwelle von Einsicht und Wahrnehmung durch meinen Verstand. Hatte Egan Chaney vor seiner Rückkehr aus der Wildnis etwas Vergleichbares erlebt? Vielleicht. »Ich gehöre zu den Asadi«, hatte er geschrieben, »nicht als Ausgestoßener und nicht als Häuptling, sondern als einer aus der vielköpfigen Menge.«

Als ich Kretzois Wiederaufführung des Zweikampfes zwischen dem alten Eisen Zwei und Deneb filmte, wurde ich ein Opfer der verwirrenden Überzeugung, daß auch ich ein Bruder der Asadi sei. Daß unsere Bruderschaft nicht bloß in der identischen Aminosäuresequenz unseres Hämoglobins festgeschrieben sei, sondern in dem noch bezwingenderen Wunder, durch welches der Kosmos uns Leben und Selbsterkenntnis gegeben hatte. Endlich verstand ich, daß Chaney aus Gründen in die Wildnis desertiert war, die ihrem Wesen nach ontologisch und daher religiös waren. Hatte Elegy das begriffen? Wußte sie, daß wir mit der Suche nach ihrem Vater an eine Tür klopften, die sich in andere Dimensionen öffnete, andere Zusammenhänge, andere Denkarten?

»Hoffen wir, daß er die Augen geschlossen hält«, wisperte sie.

»Er hat sie geschlossen«, antwortete ich. »Kretzoi ist nicht verrückt.«

Zuletzt, als seine Rolle beinahe ausgespielt war, hob Kretzoi die Arme schützend vor den Kopf und fiel zu Boden. Er rollte so, daß seine Augen blicklos zum Ostteil der Lichtung starrten und die Arme ausgestreckt im Innenbogen seines starr gekrümmten Körpers lagen. Der falsche Schrat war bei seinem Sturz zu Boden gefallen. Er sah tot aus. Der Schrat des alten Eisen Zwei war geflogen, und ich glaube, Elegy und ich befürchteten, daß der Rest des Rituals nicht wie vorgeschrieben ablaufen würde, weil der unsrige leblos blieb.

Aber die Asadi, Gott mit ihnen, machten einen weiten Bogen um den falschen Schrat; machten keine Anstalten, ihn entweder zu untersuchen oder ihn aufzuheben und in den Wald zu schleudern. Statt dessen begannen sie gemeinsam zu handeln, um ein erwünschtes Ende zustandezubringen.

Zwei Asadi von jeder Gruppe kamen zum Mittelpunkt des Versammlungsplatzes und hoben Kretzoi wie Bahrtuchhalter einen Sarg auf ihre Schultern. Unterdessen sammelten andere Asadi belaubte Zweige, aus denen sie ein Totenlager bereiteten. Sie arbeiteten so rasch, daß Kretzoi kurze Zeit später auf einem Stoß dichtbelaubter Zweige lag, die Arme auf der Brust gefaltet, den Kopf im Nacken, als gelte es, einen letzten zweifelhaften Segen von der Sonne zu empfangen.

Als ich das Teleobjektiv der Kamera zwischen den zwei gegensätzlichen Asadigruppen hin- und herschwenkte, fiel mir auf, daß die Augen aller Asadi eine traurige tiefblaue Farbe zeigten. Indigo hatte Chaney sie genannt. Sie ließ die Augenschalen noch trüber als sonst erscheinen. Überdies tauchte das durch flechtenbehangene Äste und Lianen am Waldrand einfallende Nachmittagslicht alles unter uns in einen feinen Dunst. Seltsam, flüchtig und lieblich.

Köpfe begannen sich von einer Seite zur anderen zu neigen, Schnauzen schrieben Achterfiguren in die Luft. Dies dauerte länger als eine Stunde an, hypnotisch und wie besessen. Deneb versank hinter der westlichen Urwaldmauer in die kalyptranische See.

Indigofarbene Augen. Überall indigofarbene Augen.

Und dann, so allmählich, daß seine Ankunft mir kaum bewußt wurde, verbreitete sich das Zwielicht durch den Regenwald und sickerte in die Lichtung hinaus. Sonnenuntergang. Abendstern. Und die unhörbaren Hornsignale des abendlichen Zapfenstreichs. Zeit, sich zurückzuziehen.

Aber niemand verließ die Lichtung.

16. Kapitel
So rechtfertigen wir Schliemann

»Dr. Benedict?« erklang eine Stimme in meinem Ohr. »Dr. Benedict, sind Sie da? Sie auch, Fräulein Cather – bitte melden.«

Es war Jaafar, der sich aus dem Hubschrauber meldete. Den ganzen Nachmittag war er ruhig geblieben, aber nun, da die Sonne untergegangen war, wollte er wissen, ob wir noch lebten.

Elegy und ich tauschten einen zwiespältigen Blick aus; wir hatten beide Jaafar vergessen. Gerade jetzt aber, wo die Ereignisse so rasch voranschritten, schien uns eine ungerechtfertigte Ablenkung, daß er uns an seine Anwesenheit anderswo in der Wildnis erinnerte.

Ehe ich mich besinnen konnte, sagte ich: »Hat er dich letzte Nacht auch ›Fräulein Cather‹ genannt?«

»Antworte ihm!« sagte Elegy zornig.

Ich schaltete das Kehlkopfmikrofon ein und sagte: »Jaafar, alles ist in Ordnung, alles läuft planmäßig.«

Er wollte wissen, was geschah, warum die Asadi bei Sonnenuntergang nicht auf dem Rückweg zu ihren Nächtigungsorten durchs Unterholz gebrochen waren.

»Wir halten Verbindung«, sagte ich ihm knapp. »Melden Sie sich von Zeit zu Zeit über Funk, Jaafar, dann werden wir Sie vielleicht bald zu Chaneys Pagode führen.«

»Jawohl, Dr. Benedict«, kam die leise Antwort.

Unter uns auf der Lichtung waren die Asadi um Kretzois gekrümmte Gestalt zusammengeströmt, vielleicht, um ihrem scheinbaren Häuptling die Ehre zu erweisen. Das Tageslicht schwand, und ich mußte die Kamera auf die Infrarotfrequenzen umstellen.

Ich sah und filmte, wie die jüngeren und kleineren Asadi einen inneren Ring um Kretzoi bildeten, ihn von seinem Lager aufhoben und nach Norden davontrugen. Sie waren zu beiden Seiten von größeren, stattlicheren Asadi mit volleren und kräftiger gefärbten Mähnen eskortiert – als ob sich in diesen Augenblicken der Krise und des seltenen gemeinsamen Bemühens ein verdecktes Kastensystem manifestierte. Chaney hatte die kleineren Exemplare mit Arbeitern verglichen, ihre Beschützer in den zwei äußeren Marschkolonnen mit Kriegern, und vielleicht hatte die Trennung eine biologische Basis, vielleicht erwuchs sie aus einem sozialen Schutzinstinkt der Ursadi, der seit Jahrhunderttausenden keine Funktion mehr hatte. Jedenfalls schwebte Kretzoi auf den Schultern der Asadiarbeiter nordwärts, während die Krieger mit den silbrigen und den gelbbraunen Mähnen in flankierenden Kolonnen dahintrotteten und gewissenhaft nach weiß Gott was für einen wahrscheinlichen oder unwahrscheinlichen Feind Ausschau hielten.

»Gehen wir!« sagte Elegy. Sie kletterte durch das ausladende Astwerk hinab und erreichte den Boden. Augenblicke später winkte sie mir vom Rand des Versammlungsplatzes.

Ich folgte, nicht ohne das lange Teleobjektiv wiederholt gegen meinen Kopf und den Baumstamm zu schlagen. Als ich sicher unten anlangte, waren die letzten Asadi gerade im Begriff, im dämmerigen Urwald unterzutauchen.

»Ich werde nicht mehr filmen können«, sagte ich, »wir können nichts tun als versuchen, mit ihnen Schritt zu halten.«

»Vergiß das Filmen! Sieh da – dort draußen liegt unser künstlicher Schrat!« Sie lief zur Mitte der Lichtung und hob das faltige, unheilvoll aussehende Ding auf. Die Asadi hatten sich sehr bemüht, nicht daraufzutreten, und es war so gut wie neu, wenn auch ein wenig staubig. »Ich werde es tragen«, rief Elegy aus. »Komm mit!« Und sie trabte los und winkte mir mit ausholenden Armbewegungen, ihr zu folgen. Also lief ich hinterdrein, daß mir die Kamera auf dem Rücken tanzte ...

Die Asadiprozession bewegte sich in einem gemessenen, aber raumgreifenden und gleichmäßigen Schritt durch Urwalddickicht, das ich für absolut unpassierbar gehalten hätte. Die Asadi fanden einen Weg, wo kein menschliches Auge imstande gewesen wäre, etwas anderes wahrzunehmen als undurchdringliche Lianenvorhänge, Dickichte aus Regendorn und niedergebrochenen Bäumen, Sumpflöcher und bemooste Luftwurzeln. Elegy und ich hatten jedoch den Vorteil, daß wir nur der Fährte zu folgen brauchten, die von Hunderten von Asadifüßen getreten worden war.

Chaney konnte sich nicht erinnern, wie lange er marschiert war, bis die Asadi ihren alten Tempel erreichten, aber ich kontrollierte von Anfang an die Uhrzeit. Wir benötigten etwas länger als fünf Stunden, und nach meiner Schätzung legten wir in dieser Zeit eine Entfernung von fünfzehn bis zwanzig Kilometern zurück. Als wir aus dichtem schwarzem Urwald auf eine kleine Lichtung hinauskamen und die Asadi vor einem hohen dunklen, von mächtigen Bäumen eingerahmten Umriß versammelt sahen, war Mitternacht längst vorüber, und unsere Stiefel und Hosenbeine waren schmutzig und durchnäßt.

Die drei Monde schienen vom Himmel: Kaspar, Melchior und Balthasar. Sie waren perspektivisch hintereinander angeordnet, wie Laternen entlang einer unsichtbaren Straße. Ich wußte, daß das Laub der Bäume und Sträucher sich dieser Konjunktion entgegenreckte, ebenso wie die Wasser des Ozeans, zu dieser gefährlichen Stunde von den vereinten Monden angezogen, zu dreifach verstärkter Hochflut aufliefen. Die Konjunktion tritt in der Äquatorzone alle fünf oder sechs Tage ein, aber ich war überrascht, sie jetzt zu sehen, und beunruhigt von der Unheimlichkeit, die der Nacht vom polarisierten Mondlicht und dem leise murmelnden Rauschen der Bäume unter der Gezeitenwirkung mitgeteilt wurde.

Ein Zufall, diese Konjunktion; bloße Koinzidenz.

Die Asadi aber, zusammengedrängt auf der kleinen Lichtung vor nichts als Schatten (einem Schatten freilich, der in solch ragender Majestät nicht hätte existieren dürfen), machten mich glauben, daß womöglich Elegy, Kretzoi und ich manipuliert wurden, und nicht die schlauen und verschlossenen Asadi.

»Kannst du Kretzoi sehen?« fragte Elegy.

»Noch nicht.« Ich zog sie zur Ostseite der Lichtung, wo wir hinter der Deckung dichter Vegetation die Reihen der Asadi von rückwärts sehen konnten. Vor der vordersten Reihe zog sich eine von der Lichtung ausgehende, wohl achtzig bis hundert Meter lange Schneise nordwärts in den Wald hinein.

Als wir unseren Beobachtungsplatz eingenommen hatten, lösten sich zwei Asadi, deren Mähnen im Mondschein silbrigweiß schimmerten, von beiden Enden der ersten Reihe und näherten sich dem ragenden Schatten vor ihnen. Der uns nähere Asadi hatte am Nachmittag bei der allgemeinen Schlägerei um Kretzois Fleischopfer eine Wunde davongetragen: sein rechter Arm war vom Ellbogen bis zum Handgelenk aufgerissen, und geronnenes Blut glänzte schwärzlich in der Wunde. Ich hob die Kamera, um die Szene zu filmen.

»Laß das!« sagte Elegy. »Das Risiko ist zu groß. Wir wollen nicht in Gefahr bringen, was wir bereits erreicht haben.« Also schob ich die Kamera an ihrem Gurt hinter mich.

In diesem Augenblick verschwanden die beiden vorgehenden Asadi aus meinem Blickfeld, als hätten sie sich im rechten Winkel zum einfallenden Mondlicht gewandt oder soviel davon absorbiert, daß der Lichtschein sie einhüllte. Elegy machte dieselbe Wahrnehmung, dennoch glaubten wir, daß die Asadi gleichzeitig in unseren toten Winkel gekommen seien, so daß ihr Verschwinden nichts Unheimliches oder Besorgniserregendes an sich habe. Wir erwarteten, daß sie wieder in unserem Blickfeld erschienen, sobald wir die Köpfe zur Seite bewegten oder eine am Himmel vorüberziehende Wolke das täuschende Mondlicht verändere. Wir glaubten, daß uns die Lichtverhältnisse narrten, nicht die grundlegenden Paradigmen der Realität. Zu unserer Erleichterung bestätigten die folgenden Ereignisse, daß nichts schrecklich Übernatürliches geschehen war. Die zwei

Asadi wurden im selben Augenblick wieder sichtbar, als die Asadipagode selbst für uns Gestalt annahm.

Als zwei grünliche Flammen zu beiden Seiten des hohen Portals aufloderten, sahen wir, was uns bislang verborgen geblieben war. Die Pagode erhob sich, wo zuvor nur Schatten gewesen war. Nachdem sie in diesem Schatten verschwunden waren, hatten die beiden Asadi die Stufen vor dem Tempel erstiegen, um die Fackeln in den eisernen Feuerschalen zu entzünden. Die grünen Flammen machten nicht nur die Fackelanzünder wieder sichtbar, sondern erhellten die bis dahin im Schatten der drei Monde verborgene Fassade der Pagode und brachten ihre Substanz in eine Beziehung zu dem seltsam polarisierten LIcht der drei Monde und unserer durch diese Verfremdungseffekte des Lichts genarrte menschliche Wahrnehmungsfähigkeit. Es war, als habe eine ruhende Energie im Inneren des Bauwerks auf das Entzünden der Fackeln reagiert, indem sie die verhüllenden Polarisationen des Lichts und der Wahrnehmung außerhalb leugnete. Infolgedessen war die Pagode wie ein Fernsehbild, das plötzlich auf einer dunklen Mattscheibe erscheint, vor unsere Augen getreten. Es geschah beinahe wie eine Explosion, aber ohne Aufblitzen noch irgendein Geräusch.

Die Asadi reagierten durch Emporheben der Arme, Kopfschütteln und Zurückweichen.

Elegy und ich reagierten, indem wir die Köpfe einzogen und zusammen niederkauerten, als müsse jeden Augenblick ein Funkenschauer oder ein Regen von Trümmerteilen auf uns niedergehen. Aber da bestand keine Gefahr. Wir erhielten einfach die Gelegenheit zu sehen, was es seit Bestehen der Pagode auf dieser Lichtung zu sehen gab. Wir sahen, was Egan Chaney gesehen hatte, bevor die Licht und Wahrnehmung polarisierenden Eigenschaften des Bauwerks, vor einer Million oder mehr Jahren zur Abwehr anderer Feinde als menschlicher Forscher hineinprogrammiert, den Tempel wieder in Unsichtbarkeit getaucht hatten – anscheinend als unmittelbare Folge von Chaneys unbefugtem Eindringen und dem wahnhaften Vandalismus des Junggesellen.

Die Pagode war ... nun, prachtvoll. In ihren von geschweiften Zwischendächern gegliederten Etagen, die sich in der Höhe allmählich verjüngten, vereinte sie architektonische Anklänge an mehrere irdische Spielarten verschiedener historischer Epochen. Eine kleine Kuppel aus im Mondlicht unheimlich durchscheinend wirkendem Marmor oder Travertin, die das Bauwerk bekrönte, erinnerte an islamische Moscheen, doch trug sie einen durchbrochenen Laternenaufsatz, dem eine glänzende Metallspitze oder -stange entragte, deren Funktion geradesogut die eines Blitzableiters wie jene einer Radioantenne sein konnte. Die mit Steinplatten gedeckten fünf Vordächer, jedes geschweift und kleiner als das unter ihm, gemahnten an die Turmbauten des buddhistischen Kulturkreises in Ostasien. Von den hochgezogenen Spitzen dieser Dächer hingen in allen Geschossen röhrenartige Gebilde verschiedener Formen und Längen, Instrumente, denen der Wind einst klagende Töne und Melodien entlockt haben mochte, die der Tempel aber seit langem zum Verstummen gebracht hatte. Die Flöten und Hörner von Chaneys fiebriger »antasie«. Die breiten Stufen und die massiv gefügten Steinlagen des Sockels erinnerten an römische Bauwerke, während die Scheiben aus undurchsichtigem violetten Glas, die gleich gigantischen, aber waffeldünnen Amethysten in Abständen in die Wände zwischen den drei oberen Vordächern eingesetzt waren, in ihren schmalen, strengen Mauerwerkumrahmungen an mittelalterliche Formen erinnerten. Sie hatten jedoch die Undurchdringlichkeit von Reptilienaugen, und sie schimmerten und wechselten Farben im Mondschein, als sickere eine zähe farbige Flüssigkeit an ihren Innenseiten herab. Das Gebäude, das bisher geschlafen hatte, war zum Leben erwacht – und wartete.

»Da ist die Pagode, Ben.«

Elegys Stimme enthielt keine Selbstgerechtigkeit, nur Staunen und kindlichen Glauben. Grünlichgraue Flechten bedeckten Teile der Fassade wie Grünspan, überzogen die in Basrelief ausgeführten Steinmetzarbeiten an den Wänden zwischen den beiden unteren Vordächern und dem hohen Säulengebälk, welches das nächsthöhere Vordach trug. Diese Patina tat der Pracht des Tempels keinen Abbruch.

Elegy streifte den Arm ab, den ich an ihre Schultern gelegt hatte, und stand auf. »Sie tragen ihn die Stufen hinauf«, flüsterte sie, und als auch ich mich erhob, sah ich Kretzoi auf den Schultern von sechs der kleineren Asadi die Stufen hinauf zu einem aus Stein gemeißelten Katafalk schwanken. Hier legten sie ihn mit einer an Verehrung grenzenden Behutsamkeit nieder, dann stellten sie sich hinter ihm auf, die Gesichter ihren zottigen, füßescharrenden Stammesgenossen zugekehrt.

Für diese hatte der rituelle Kampf gegen die drei Monde begonnen, die inzwischen nicht mehr in genauer Konjunktion standen, da Balthasar sich gegenläufig zu den anderen zwei bewegte und Kaspar auf dem Weg nach Westen Melchior zurückgelassen hatte. Nicht alle Asadi nahmen an diesem pantomimischen Kampf teil, aber ihre Zahl reichte hin, um auf der Lichtung Schatten tanzen zu lassen.

»Der Schrat bestimmt den Nachfolger des Häuptlings«, raunte ich Elegy zu, nachdem ich mein ehrfürchtiges Staunen abgeschüttelt hatte. »Unser Schrat ist dazu außerstande. Unser ganzer ausgeklügelter Schwindel muß an diesem Punkt zusammenbrechen, Elegy.«

»Warten wir ab, Ben! Wir werden sehen.«

Und wir warteten – weitere zwei oder drei Stunden, in denen Kretzoi mit stoischer Ruhe die Unbequemlichkeiten seines »Todes« ertrug und regungslos auf dem Katafalk lag. Die Monde waren zuletzt so weit auseinander, daß zwei von ihnen unter dem künstlichen Horizont der Waldbäume versunken waren, Kaspar im Westen und Balthasar im Osten. Melchior, entfernter als die anderen, verweilte noch, aber die Asadi ließen von seiner Betrachtung ab und begannen sich ziellos auf der Lichtung umher zu bewegen, wie sie es bei Tag auf ihrem Versammlungsplatz zu tun pflegten.

Elegy und ich wußten, daß jetzt der Augenblick gekommen war, da der Schrat des toten Häuptlings erscheinen sollte, um flatternd über ihren Köpfen zu kreisen und in tödlichem Ernst einen Nachfolger zu bestimmen. Er sollte sich in das Gewühl stürzen und einen ahnungslosen Asadi mit erbarmungslosen Flügelschlägen auf die Knie zwingen. Der so erwählte Asadi, gewöhnlich ein »Stummer«, würde sich von den anderen trennen müssen und Leib und Seele hinfort nicht nur durch begrenzte Photosynthese am Leben erhalten, sondern auch durch nächtlichen Kannibalismus an seinen Artgenossen und ihren verborgenen Fleischzwillingen.

Elegy hob den künstlichen Schrat auf, den sie von der anderen Lichtung mitgebracht hatte. Er war jetzt luftleer; ein kleiner zusammengeklappter Regenschirm.

»Willst du den unter sie werfen, Elegy? Sowie er einen Asadi trifft, wird der betreffende wissen, daß es eine – wie würde Eisen sagen? – eine Falschheit ist.«

Elegy hockte am Boden und ignorierte mich. Sie zog den Metallstöpsel, der irgendwo in den Gummifalten versteckt war, und der Schrat erblühte in ihren Händen.

»Die andere Möglichkeit ist«, fuhr ich fort, »daß sie den getroffenen Asadi, gleich wer er ist, als ihren neuen Häuptling akzeptieren werden. Worauf unsere Fackelträger dort oben die grüne Flamme an Kretzoi halten werden.« Ich nickte nachdrücklich in Kretzois Richtung. »Ist es das, was du willst?«

»Sei einfach still und beobachte, Ben.« Elegy gab mir den Schrat, und ich nahm ihn, weil ich keine andere Wahl hatte.

Wir beobachteten. Die Bewegungen der Asadi wurden träge, mechanisch. Sie hatten sich seit Stunden diesem unzeitigen Ritual gewidmet und waren annähernd so erschöpft, wie wir es waren. Tatsächlich wurden Elegy und ich noch von Neugierde und Adrenalin aufrecht gehalten, während die Asadi aussahen, als hätten sie beides erschöpft. Die Flammen in den Eisenschalen zu beiden Seiten des Eingangs waren heruntergebrannt und dem Erlöschen nahe ...

Ein leises Summen ertönte in meinen Ohren. »Elegy?« sagte eine Stimme flehentlich. »Elegy, bist du da?«

»Also kennt er deinen Vornamen doch.«

»Gib ihm die Koordinaten, Ben!« befahl Elegy mit stählerner Selbstbeherrschung. »Er wird sie vielleicht benötigen. Und wir werden vielleicht noch froh sein, daß er sie hat.«

Ich gab Jaafar die Koordinaten.

»Soll ich kommen?« fragte Jaafars dünne Stimme. »Ist dort genug Platz, um die Libelle zu landen?«

»Die Lichtung ist groß genug«, antwortete ich, »aber vorläufig wollen wir nicht, daß Sie kommen. Außerdem könnte es selbst mit den Koordinaten sehr schwierig werden, diesen Ort zu finden. Die Pagode tarnt sich selbst, und es sollte mich nicht wundern, wenn die Lichtung aus der Luft eine Illusion ununterbrochenen Urwalds erzeugen würde. Bleiben Sie, wo Sie sind.«

»Bis wir rufen«, schränkte Elegy ein. Es war das erste Mal in der Wildnis und fern von der Abwurfstelle, daß sie sich erlaubt hatte, direkt zu Jaafar zu sprechen. Drei Worte, nicht mehr. Sie beendeten den Funkkontakt, und Jaafar verschwand in den Störgeräuschen der anbrechenden Dämmerung.

»Weißt du, was mit dir los ist, Thomas Benedict?«

Ich schaute sie an, als hätte sie mich geschlagen. Großer Gott, dachte ich benommen.

»Du bist ein Gefangener deiner linken Hirnhälfte«, erklärte sie mir. »Ein Gefangener deines ›rationalen‹ Selbst. Du leidest an einer unheilbaren Krankheit namens formalisierte Logik – was dich freilich nicht daran hindert, dich in Augenblicken intuitiver Vernunft wie ein Tier zu benehmen.« Ihr Zorn war gleichsam mit Händen zu greifen.

»Wovon redest du, Elegy?« Ich nickte zur Pagode. »Gleich werden sie Kretzoi lebendig verbrennen und du unterziehst mich einer laienhaften Charakteranalyse.«

»Deine archaische Eifersucht ist eines der wenigen Anzeichen, daß die Erkrankung noch nicht so weit fortgeschritten sein könnte, wie es manchmal den Anschein hat.«

»Elegy ...«

»Wie viele Male haben wir ... kopuliert?« fragte sie herausfordernd, mit einer vorsätzlichen, aber undurchsichtigen Ironie auf dem letzten Wort.

Ich starrte sie ungläubig an, während ich mich zu besinnen, mit einer Antwort aufzuwarten suchte. »Ungefähr zwölfmal. Weniger als fünfzehn.«

»Wie oft, Ben? Sag es mir genau.«

»Vierzehn«, sagte ich zögernd.

»Bist du sicher?«

»Sicher«, sagte ich erbittert, da ich Kretzoi durch unseren Streit und unsere Unaufmerksamkeit in tödlicher Gefahr wähnte.

»Wie viele Male müssen wir kopulieren, bevor du aufhörst zu zählen?«

»Was?« Ich machte eine hilflose Handbewegung zur Pagode hin.

Wütend packte sie meine gestikulierende Hand und stieß sie zu der Attrappe, die ich in die Brusttasche meines Hemdes gesteckt hatte. »Deine linke Hirnhälfte führt Buch«, zischte sie haßerfüllt. »Sie zählt ab, sie tickt wie eine Uhr. Kein einziges Mal haben wir miteinander geschlafen, Thomas Benedict, ohne daß du angefangen hättest, die Erfahrung aus der Perspektive eines Anthropologen oder eines Soziobiologen oder vielleicht sogar eines verdammten Psychiaters mit einem Staatsexamen über psychosexuelle Ängste zu intellektualisieren. Dein Verstand ist wie ein Spiegel an der Decke. Er zeichnet auf, nimmt aber nicht teil. Das ist es, was mit dir los ist.«

»Danke bestens«, knirschte ich. »Wenn ich deine Meinung wissen will, werde ich danach fragen.«

»Und deshalb haben Jaafar und ich letzte Nacht miteinander geschlafen, oder vorletzte Nacht, oder wann immer es war!«

»Weil er die Nummer nicht *intellektualisiert?*« Mein Blick fuhr gequält und ungläubig zwischen Elegys Gesicht und dem Asaditempel hin und her.

»Nicht im geringsten.«

»Paß auf!« zischte ich, geplagt von Eifersucht und Ärger, »ich will dir sagen, was mit dir los ist – wenn das, so unglaublich es scheinen mag, alles ist, was dich beschäftigt.«

»Sag schon!«

»Seit sechs Jahren habe ich im Schatten eines toten Mannes gelebt. Ich habe seine Arbeit zu meiner eigenen gemacht, habe sein Gespenst gesucht, als ob es der Heilige Gral wäre; ich habe seiner doppelt besessenen Tochter sogar gestattet, Bedingungen dieser Suche zu diktieren. Das ist los mit mir. Ich habe meine Identität in eine Gleichung mit Egan Chaney eingebracht und mich dann völlig aus dem Bild hinausgekürzt.« Ich sah ganz deutlich, daß zwei Asadi schwere Fackeln aus ihren Haltern zogen, an den Feuerbekken entzündeten und auf den Katafalk zugingen, auf welchem Kretzoi lag. Ich sprang auf, halb in Panik, und trat aus unserem Versteck auf die Lichtung. »Vielleicht ist es das, was auch mit dir los ist, Elegy: in deiner Besessenheit, einen toten Mann zu finden, hast du dich selbst verloren! Einen toten Mann!«

Ich stand schutzlos auf der Lichtung. Meine letzte, zornig hervorgestoßene Anklage hatte die Blicke der Asadi auf mich gezogen. Bis auf den Urwald in meinem Rücken war ich von ihnen umringt.

»Verdammt, Ben, tu doch etwas!« rief Elegy – ganz so, als ob nicht sie es gewesen wäre, die den irrelevanten Streit vom Zaun gebrochen und uns von dem Geschehen vor dem Tempel abgelenkt hatte.

Ich reckte den falschen Schrat und schüttelte ihn heftig, um den Anschein eines Geflatters zu erwecken. Dann nahm ich ihn bei einem Flügel und wirbelte ihn über meinem Kopf im Kreis herum, wie ein Kind, das mit einem Flugzeugmodell spielt. Der Morgen begann schon zu grauen. Den künstlichen Schrat über mir schwingend, ging ich durch die Asadi zur Pagode. Elegy folgte mir. Auf allen Seiten wichen die Asadi in Furcht und Verwirrung zurück.

Die Leichenträger und Fackelhalter am Eingang zur Pagode beobachteten unsere Annäherung mit Bestürzung. Wenn sie sich retten wollten, mußten sie entweder fliehen oder kämpfen. Nur diese Optionen schienen ihnen offen zu stehen; und als sie keine Fluchtbereitschaft zeigten – wir hatten bereits die unterste Stufe erreicht und unseren Aufstieg begonnen –, befürchtete ich, daß sie die Pagode und den Leichnam ihres vermeintlichen Häuptlings mit ihrem Leben verteidigen würden. Ich blieb stehen.

»Was ist los?« wisperte Elegy hinter meinem Rücken.

»Bist du bereit, es mit acht von diesen Burschen aufzunehmen?«

Die Amethystfenster der Pagode starrten träge irisierend auf uns herab, als wollten sie die indigofarbenen Blicke der Asadiwächter parodieren.

Dann hörte ich Elegy sagen: »Schau!«

Ich wandte den Kopf und sah die Asadi hinter uns regellos in den Urwald davonstürzen. Der bevorstehende Sonnenaufgang hatte in Umkehrung des gewohnten Laufes der Dinge die Auflösung ihrer Versammlung bewirkt. Aber die Leichenträger und Fackelhalter, die uns auf der breiten, hohen Schwelle vor dem Tempeleingang erwarteten, waren noch nicht geflohen. Vielleicht hatten sie nicht die Absicht, es zu tun.

Elegy und ich setzten unseren Aufstieg fort. Der Arm schmerzte mir bereits, aber ich fuhr fort, den falschen Schrat über meinem Kopf herumzuwirbeln.

Die Asadi formierten sich zu einer Phalanx auf der obersten Stufe, acht Individuen nebeneinander. Aggressiv vorgebeugt, starrten sie mit Augen auf uns herab, aus deren stumpfer Indigofarbe plötzlich spektrale Farbenblitze von solch zorniger Intensität schossen, daß ihre Gesichter zu flammen schienen. Einen Augenblick später begannen sie alle zu verblassen, Farbe, Substanz und Oberfläche ihrer Körper schienen sich zu entleeren, so daß Elegy und ich durch die verschwommenen Umrisse ihrer Rümpfe und Gliedmaßen deutlich den Katafalk hinter ihnen sehen konnten, die mit Flechten und Moosen bewachsene, aufragende

Fassade der Pagode und die massiven Haussteine des Portals.

»Wieder«, flüsterte Elegy.

»Halluzination«, sagte ich aus den Mundwinkeln. »Sie strahlen ein spektrales Muster aus, das unsere Fähigkeit, sie wahrzunehmen, polarisiert oder dezentriert. Sie tun es gemeinsam, um einen hohen Wirkungsgrad zu erreichen. Vielleicht ist es eine übertragene Fähigkeit. Die Pagode enthält in sich das Wesen dieser Kraft, zu der sie jetzt Zuflucht nehmen. Und daß sie es tun, bedeutet, daß sie vor Angst außer sich sind!«

Ich schleuderte den falschen Schrat mit all meiner Kraft die breite Treppe hinauf, fiel mit dem Schwung hilflos vorwärts und sah, wie die ausgebreiteten Flügel des Schrates seinen gedrungenen Körper stabilisierten und ihn wie eine verrückte Kamikaze-Intelligenz in die Asadiphalanx segeln ließ – sechzehn farbensprühende Augen über acht geisterhaften Körpern.

Die Augen zerstreuten sich, und die Körper unter ihnen waren auf einmal wieder wirklich, waren zottige Asadi, die in wilder Flucht die Stufen hinabsprangen, möglichst weit von uns entfernt und in Richtungen, die ihnen eine Konfrontation mit uns ersparen würden. Sie warfen die Fackeln von sich und waren in der Wildnis verschwunden, ehe wir recht wußten, wie uns geschah.

»Kretzoi?« rief Elegy. Sie stürzte die restlichen Stufen hinauf und warf sich neben dem Granitkatafalk auf die Knie. Ich bemerkte, daß der künstliche Schrat die Tür der Pagode getroffen hatte, abgeprallt war und auf einer der oberen Stufen lag, wo er in prekärem Gleichgewicht auf der Kante lag. Ich stieg müde hinauf und beförderte das häßliche Ding mit einem Fußtritt die Stufen hinab. Dann gesellte ich mich zu Elegy an Kretzois Totenbahre.

Der Primat lag mit halb angezogenen Knien auf dem Rükken und schien entweder zu schlafen oder bewußtlos zu sein. Elegy hatte sein fliehendes Kinn mit Daumen und Zeigefinger umfaßt und bewegte seinen Kopf so zärtlich von einer Seite zur anderen, was sie mit liebevoll gemurmelten Bitten und Gebeten begleitete. Ich mußte glauben, daß der rhythmische, schwankende Zug der Asadikolonne durch die Wildnis ihn hypnotisiert hatte, denn Elegy hatte alle Mühe, ihn in unsere Realität zurückzubringen.

»Laß mich versuchen!« sagte ich.

Ich schob sie beiseite und legte das Ohr auf Kretzois Brust. Er atmete langsam wie ein Tier im Winterschlaf, wenn alle Körperfunktionen auf die trägen Kadenzen des Winters herabgestimmt sind. Ich deckte seine breiten haarigen Lippen mit dem Mund zu, schloß seine Totenkopf-Nasenlöcher mit meiner Hand und blies ihm einen heftigen Luftstoß tief in die Lungen. Er zuckte wie galvanisiert zusammen. Ich blies wieder, kostete von den unbestimmbaren Gerüchen seines Atems und wischte mir schnell den Mund trocken. Das getan, schleifte ich Kretzoi vom Katafalk und stieß seinen schlaffen Körper gegen den linken Türflügel des Eingangs. Dort hielt ich ihn mit der Hüfte und einer vor Anstrengung zitternden Hand halb aufrecht, machte einen Hammer aus meiner anderen Faust und schlug ihm hart aufs Brustbein. Wieder zuckte er zusammen – wie ein Frosch, der einen elektrischen Schlag erhält.

»Hör auf!« schrie Elegy. Und um die Wahrheit zu sagen, ich weiß nicht, ob ich versuchte, Kretzoi wiederzubeleben, oder nur meinen lang angestauten Ängsten und Frustrationen Luft machen wollte. Vielleicht tat ich beides. Kretzoi stand für die Asadi, an die ich vorher nicht hatte herankommen können, und ich wollte nicht von ihm lassen.

»Ben!« rief Elegy wieder und riß meinen Arm zurück. »Hör auf!«

Ich befreite mich mit einem Ellbogenstoß von ihrem Zugriff, ließ aber von Kretzoi ab. Erstaunlicherweise rutschte er nicht an der Tür abwärts. Hinter den klaren Polymerschalen gingen seine menschlichen Augen auf und musterten mich mit langsam aufdämmerndem Wiedererkennen und kalter Verachtung.

Mit der Wiederkehr seines Bewußtseins stemmte er sich

trotzig gegen die Tür in seinem Rücken – mit dem Ergebnis, daß der Türflügel ächzend nachgab und Elegy und mir einen hohen, schmalen Schlitz vom Inneren der Pagode enthüllte. Kretzoi wälzte sich rasch herum, kam auf alle viere und sprang hinein.

»Ben«, sagte Elegy zögernd.

»Was?«

»Du hast deine Sache gut gemacht, Thomas Benedict. Das war zur Abwechslung intuitives Handeln. Es war dein ›Nicht-Ich‹, das die Führung übernommen hatte, weißt du – deine rechte Gehirnhälfte.«

»Dann gebührt mir kaum ein Verdienst daran, nicht wahr?«

Elegy lachte, und dort vor dem hohen Portal des Asaditempels klang ihr Lachen unangemessen fröhlich und erfrischend unbekümmert. »Natürlich gebührt dir das Verdienst. Es war dein ›Nicht-Ich‹, verstehst du?« Sie trat näher und nahm mich beim Arm. »Du hast die Ehre, wenn du sie willst«, sagte sie mit einer einladenden Gebärde zur Öffnung zwischen den Türflügeln. »Du hast so lange gewartet wie ich, nehme ich an, und mir ist es wirklich gleich, wer zuerst hineingeht ... Kretzoi, sitz!«

Kretzoi hatte sich angeschickt, im Inneren des Tempels zu verschwinden, verhielt aber auf ihr Kommando und blickte sie fragend an.

Ich spürte eine jähe Zuneigung zu Kretzoi, eine aus Scham und einem seltsam widerwilligen Respekt geborene Zuneigung. Meine eigene Unwürdigkeit war im Gegensatz dazu beinahe stark genug, mir den Atem abzudrücken.

»Laß ihn vorangehen!« sagte ich. »Es besteht immer die schlimme Möglichkeit, daß der erste, der hineingeht, nicht mehr herauskommen wird.«

Irgendwie merkte Elegy, daß ich scherzte. »In diesem Fall wird keiner von uns wieder herauskommen«, sagte sie. »Geh nur, Ben!«

Ich nahm die Kamera von der Schulter und legte sie auf den Katafalk. Dann schaltete ich das Kehlkopfmikrofon ein.

»Jaafar«, sagte ich, »wir haben die Pagode gefunden und gehen hinein. Bringen Sie die Libelle zu dieser Lichtung, wenn Sie können!«

Jaafars Antwort kam rasch und ohne Störgeräusche: »Sehr gut, Dr. Benedict. Ich komme sofort.«

Es war das Ende des Funkkontakts. Ich wischte die Hände an den Hosenbeinen ab und schickte mich an, den Türflügel, den Kretzoi bereits nach innen gedrückt hatte, noch weiter zu öffnen.

Elegys Stimme hielt mich zurück. »Drinnen werden wir den ›toten Mann‹ finden, in dessen Schatten wir beide gelebt haben. Und diese Entdeckung wird uns beide befreien.«

»Na schön«, nuschelte ich.

»Mein Gebet für dich, Thomas Benedict, ist, daß du danach wissen wirst, was du mit deiner Freiheit anzufangen hast.« Ich setzte zu einer Entgegnung an, aber sie schnitt mir das Wort ab: »Nun geh schon, Benedict. Laß uns sehen, worauf wir uns eingelassen haben.«

Ich führte Elegy und Kretzoi in die Pagode ...

17. Kapitel
Am Ziel

»Unnatürlich kalt.« So hatte Chaney das Innere des Asaditempels beschrieben. Die Temperatur lag tatsächlich mehrere Grad unter jener des umgebenden Urwalds, aber man konnte es kaum »kalt« nennen. In der Pagode war es allenfalls kühl. Diese Kühle rührte unzweifelhaft von der Höhe des Gebäudes, seinen starken Mauern und dem Umstand her, daß ein durchdringendes, silbriges Halbdunkel die Hitze des Regenwaldes zu neutralisieren schien. Dieses Halbdunkel bezog seinen silbrigen Schimmer vom Morgenlicht, das durch die Laternenöffnungen über der Kuppel ins Innere einsickerte und sich mit dem geheimnisvollen Schein verband, der durch die Amethystfenster drang.

»Dort ist die Treppe zum ›Kronleuchter‹«, sagte Elegy, nun nicht mehr im Flüsterton. »Genauso wie mein Vater sie beschrieben hat. Und die Kugeln im Metallring! Sie sind ersetzt und wieder hinaufgezogen worden.« Ein schwaches Echo folgte jedem ihrer Worte.

Ich blickte zu den Kugeln auf. Zwar hatten sie einen stumpfen Perlmuttschimmer, doch schien sehr wenig Licht von ihnen auszugehen. Sie waren größer, als ich nach Chaneys Beschreibung vermutet hatte; jede hatte ungefähr die Größe eines bronzezeitlichen Schildes, das zu einer dritten Dimension aufgebläht war. Sie sahen auch sehr schwer aus. Ich hatte kein Verlangen, unter einer dieser Kugeln zu stehen, wenn ihr plötzlich einfiele, herabzufallen.

Bei der Tür zusammengedrängt, sahen wir viele von den Dingen, die Chaney in *Tod und Bestimmung unter den Asadi* beschrieben hatte, von den Ausstellungsvitrinen, deren Form die Kuratoren des Museums für Einheimische Erzeugnisse nach Chaneys Beschreibungen und Skizzen nachzubauen versucht hatten (ohne Erfolg, wie wir jetzt sahen), bis zu der großen Wand, an der die Augenbücher der

Ursadi hingen. Wir bemerkten auch manches, was Chaney vernachlässigt oder zu erwähnen vergessen hatte.

Erstens ein Gefühl, daß die Pagode jenseits des zentralen Raumes, wo wir standen, unerforschte Winkel hatte.

Zweitens ein entnervender organischer Geruch, so durchdringend wie das silbrige Morgenlicht im Tempel.

Und drittens ein fernes hohles Flöten, das an die beim Blasen über die Öffnungen leerer Flaschen entstehenden Geräusche erinnerte.

Diese Wahrnehmungen legten den Gedanken nahe, daß die Pagode bewohnt war, daß irgendwo in seinen östlichen oder westlichen Teilen Bewohner hausten, die sich hier auskannten und in ihrer Kenntnis der Räumlichkeiten sicher fühlen konnten. Meine Neugierde begann Furcht Platz zu machen. Ich sah uns drei schon gefangen und eine ebenso kurze wie qualvolle Existenz als »Fleischzwillinge« des echten Asadihäuptlings führen, desjenigen, den Kretzoi bloß verkörpert hatte ...

»Wir nehmen noch welche von diesen Augenbüchern mit«, sagte Elegy und machte meine Hoffnung zunichte, daß auch sie Vorbehalte hinsichtlich unseres weiteren Vordringens haben möge. »Wir sollten alle nehmen, die an einem einzigen Stab aufgehängt sind. Vielleicht können wir unsere Chancen, die verdammten Dinger zu entschlüsseln, verbessern, indem wir eine vollständige Sequenz von fünfzig oder so an uns nehmen. Die Sequenz könnte genauso wichtig sein wie die individuellen Spektralmuster eines jeden Buches.«

Wir gingen über die Steinplatten des hohen Innenraumes und ließen den Aufgang zur Treppenspirale rechts liegen. Unsere Schritte hallten, und unsere Atemzüge waren so laut in unseren Ohren, als ob wir Sauerstoffmasken trügen.

Die Wand der Augenbücher glomm unheimlich. Es war, als sträube sie die zwei- oder dreitausend glänzenden Stäbe, recke sie uns stachelig entgegen. Jeder Stab hielt eine Sequenz von Augenbüchern, die durch eine kleine, verzierte Flügelmutter festgehalten wurden. Elegy entfernte eine dieser Muttern und zog eine ganze Folge von Augenbüchern von ihrem Stab. Dann band sie sie mit einem Stück Plastik zusammen und brachte sie in einer der geräumigen Taschen ihres Anzugs unter. Das Gewicht zog den Stoff kaum abwärts.

»Die anderen lassen wir unangetastet«, erklärte sie. »Es gibt keinen Grund, mehr mitzunehmen als wir unbedingt brauchen. Bisher haben wir uns noch nicht einmal der ersten sechs würdig erwiesen, die mein Vater mitbrachte.«

»Gut«, sagte ich. »Was nun?«

»Ich weiß nicht ... Vielleicht sollten wir ihn fragen.« Elegy machte eine Handbewegung zur Treppenspirale.

Ein Asadi kam die Stufen herab, der sehr wahrscheinlich Zeuge unseres Diebstahls der Augenbücher geworden war. Sein plötzliches Erscheinen wie aus dem Nichts war so erschreckend wie die unerwartete Manifestation eines Gespensts. Kretzois Nackenfell sträubte sich, er nahm eine kriegerisch aufrechte Haltung an.

Der Junggeselle, dachte ich: Es ist kein anderer als Chaneys Junggeselle.

Am Fuß der weiten Treppenspirale, die sich bis zur Dachkuppel emporzog, machte der Asadi halt und blickte zu uns herüber. Auf seiner linken Schulter saß ein Schrat – ein echter Schrat, verlagerte unruhig das Gewicht von einem Fuß zum anderen und grub seine Krallen im Rhythmus seiner Bewegung ins Fell seines Partners. Die angelegten Flügel schienen runzlig und schuppig, sein Körper war feucht und glatt wie rohe Leber, der augenlose Kopf fleischig wie der Hut eines Steinpilzes. Er konnte uns nach menschlichem Ermessen nicht sehen, und doch spürte er so sicher wie der Asadi, den ich bereits für mich selbst als den Junggesellen identifiziert hatte, daß wir in der Pagode waren.

Elegy mußte die gleiche Intuition gehabt haben, denn nach anfänglichem Zögern streckte sie die Hand zum Asadi aus und redete ihn an.

»Du kannst sehen, was wir sind. Du hast einen wie uns gekannt. Wir glauben, daß er hier ist – dieser andere, dem wir gleichen.« Sie wies zu mir und dann zu sich selbst, ohne Kretzoi mit einzuschließen.

Der Junggeselle stand da und starrte. Seine Augen wirkten leblos und grau.

»Egan Chaney«, sagte Elegy hilflos. Dann schien sie zu begreifen, daß ihre Worte den unüberbrückbaren Abgrund nicht überwinden konnten, und sie wandte sich zu Kretzoi und bedeutete ihm in hastiger Taubstummensprache, daß er sich für uns ins Mittel legen solle.

Kretzoi gehorchte. Doch als er auf den Junggesellen zuging, wurde der Schrat noch unruhiger, breitete die Flügel aus und dehnte seine kleine, austernfarbene Brust. Gleichzeitig krabbelte er von einer Schulter des Junggesellen zur anderen. Seine Aktivität verwirrte und beunruhigte Kretzoi, der bald stehen blieb und Handzeichen machte, die angesichts der fortdauernden Unruhe des Schrats sinnlos schienen.

Der Junggeselle war nicht Bojangles. Wir hatten keine Aussichten, den Abgrund zu überbrücken, nicht mit Taubstummensprache und nicht auf andere Art und Weise.

Aber Kretzoi setzte seine Verständigungsversuche beharrlich fort. Ohne das aufgeregte Hin und Her des Schrats zu beachten, bewegte er sich langsam auf den anderen zu, kauerte nieder, sprach mit den Händen, schob sich wieder ein Stück vorwärts, kauerte abermals nieder, und so fort, bis er praktisch zu Füßen des Junggesellen saß.

Kretzois letzte Annäherung ängstigte den Schrat so sehr, daß er aufflatterte und mit beinahe beschämender Schnelligkeit in der Höhe verschwand, irgendwo hoch über dem »Kronleuchter« mit seinen Kugeln.

Sich selbst überlassen, geriet der Junggeselle in Panik. Er knuffte Kretzois Kopf mit einem flüchtigen Schlag und versuchte ihn zu überspringen und vorbei an der Wand der Augenbücher die Ostseite der Pagode zu gewinnen, wo ein Gang abzweigte. Sein Plan mißlang, weil Kretzoi, nachdem er sich von dem unerwarteten Schlag erholt hatte, ihn auf gleicher Höhe mit Elegy und mir einholte und zu Boden warf. Vor der Einmündung des Seitenganges wälzten die beiden sich am Boden, kaum voneinander unterscheidbar.

»Kretzoi!« schrie Elegy, und bevor ich sie zurückhalten konnte, stand sie mit gespreizten Beinen über den beiden Kämpfenden und zerrte entschlossen an Kretzois Mähne.

Erst als ich ihr beisprang, brachten wir die zwei auseinander. Der Junggeselle – mein Knie in der Höhlung über seiner rechten Hüfte, meine Hände im Genick, die seinen Kopf gegen die Steinplatten preßten – lag zitternd, aber ruhig unter mir. Kretzoi hatte sich unterdessen von Elegys zornigem Zugriff befreit und mehrere Meter von ihr entfernt, hockte vor der Seitenöffnung und widmete sich verdrießlich der Fellpflege.

»Verdammt«, murmelte Elegy. Die leise tönenden »Stimmen« der Pagode verbargen ihre Quelle, indem sie häufig aufhörten und dann plötzlich wieder erklangen. Das ganze Bauwerk war lebendig, und wir waren Eindringlinge in seinem Allerheiligsten ...

Aus der Höhe stieß der Schrat in sausendem, von plötzlichen Schwenks unterbrochenen Sturzflug auf mich nieder. Eine Flügelspitze streifte mein Haar, dann fing sich das Tier kurz vor der Wand, vollführte eine erstaunliche Kehrtwendung mitten in der Luft und segelte wieder auf uns zu. Ich fiel über den Junggesellen, sah Elegy auf die Knie fallen und den Schrat über uns flatternd hin und her kreuzen, bis er kurz darauf am Boden des Zentralraumes landete. Hier trippelte er mit ausgebreiteten Flügeln umher und schalt uns in Ultraschalltönen aus, deren Echopeilung ihm zugleich zeigte, wo wir uns befanden.

Obschon blind, konnte der Schrat uns in drei Dimensionen »sehen«. Er tat es nach Art der Fledermäuse mittels einer ständigen Echo-Orientierung nach kontinuierlich ausgestoßenen Tönen im Ultraschallbereich und so empfindlich auf die Reflektionen seiner Hochfrequenzsignale reagierende Wahrnehmungszentren im Gehirn, daß sein fehlendes Sehvermögen kein Nachteil für ihn war. Ich war überzeugt, daß er einen hochentwickelten neurologischen Komplex zur Verarbeitung der Orientierungsdaten hatte, der Elegy, Kretzoi und mich so sichtbar und fühlbar machte wie drei Steinblöcke unter den Händen eines Bildhauers. Indem sie rätselhaft umhertrippelte und uns mit Orientierungssignalen bombardierte, die wir weder sehen noch fühlen konnten, hielt die Kreatur uns in Schach.

Kretzoi ließ sich auf alle viere nieder und machte einen drohenden Ausfall gegen den Schrat, aber Elegy hielt ihn mit erhobener Hand zurück. Im Flüsterton erläuterte ich, daß der blinde Schrat keineswegs blind sei. »Er ›sieht‹ deine Hand«, sagte ich zu Elegy. »Er ›sieht‹, daß Kretzoi sprungbereit ist. Jeder von uns stellt sich ihm dar als ein dreidimensionales Hörbild mit Frequenz, Amplitude und Phase.«

Elegy ließ die Hand sinken.

»Und die Signale, die er ausstößt, um raumzeitliche Bilder von uns zu gewinnen«, fuhr ich fort, noch immer den Junggesellen niederhaltend, »können auch entweder Signale an seine Artgenossen oder Befehle an die lebendige Maschinerie der Pagode sein. Vielleicht beides.«

»Ich verstehe«, sagte Elegy. »Und was hat das zu bedeuten?«

Ich nahm mein Knie von der Hüfte des Junggesellen, stand langsam auf und gab den Gefangenen damit frei. »Ich weiß es wirklich nicht – aber schau hinaus!«

Der Junggeselle lag bewegungslos zu meinen Füßen, obwohl ich von ihm abgelassen hatte. Unterdessen begann der weite Eisenring des ›Kronleuchters‹, der die Kugeln trug, im Zentrum des spiraligen Treppenschachtes herabzusinken. Die Kugeln selbst wurden heller, und das gesamte Arrangement erzeugte ein choralähnliches Summen, als der Ring niedersank. Dieses scheinbar schwerelose Herabschweben, begleitet von dem tiefen, mehrstimmigen Summen erzeugte eine halb bedrohliche, halb feierliche Stimmung. Ich bezweifle nicht, daß der Schrat für dieses Geschehen verantwortlich war.

Endlich kam Bewegung in den Junggesellen. Er wälzte

sich herum und stand so vorsichtig auf, wie ich es vor ihm getan hatte. Dann ging er mit einem kaum merklichen Hinken an Elegy vorbei zum Zentralraum der Pagode. Bevor er jedoch den Schrat erreichte, kam der Ring etwas mehr als zwei Meter über dem Boden zum Stillstand und schwebte dort gleich einer gigantischen, mit drei gewaltigen glühenden Juwelen besetzte Tiara. Eine schmerzhafte Helligkeit erfüllte den Raum, und in ihrem Schein vollführte der Schrat einen spastischen Tanz.

Darauf geriet ein Teil des Bodens in Bewegung. Ein knirschendes Geräusch erfüllte die Pagode, ein anhaltendes Knarren, unterstrichen von mehreren metallischen Schlägen. Der in Bewegung gekommene Teil des Bodens war rund, ungefähr vom zweieinhalbfachen Durchmesser des darüber schwebendes Ringes. Er drehte sich nach rechts im Uhrzeigersinn, bis er sich von den umgebenden Steinplatten losgeschraubt hatte. Dann erhob sich diese Fußbodenscheibe auf einer skulptierten steinernen Säule, die einem Asadi mit vier großen blinden Gesichtern ähnelte, stieg empor zum schwebenden Ring und nahm sein Gewicht auf. Der Schrat, mit dem scheibenförmigen Bodenausschnitt emporgehoben, war an den Rand getrippelt, außerhalb des Kronleuchterrings, und schlug mit den Flügeln, während er uns anzustarren schien. Aus der Öffnung im Boden aber drangen ein abscheulicher organischer Gestank, ein Schwall sich rasch ausbreitender Hitze und ein Lärm, als ob dort unten Engel gegen Teufel kämpften.

Die Bodenöffnung mochte einen Durchmesser von fast acht Metern haben, geschnitten, als gelte es eine ganze Armee auf einmal in den Untergrund aufzunehmen. Die viergesichtige Säule, welche die Bodenscheibe trug, hatte den Umfang eines alten Baumes. Sie war gehauen aus einem karneolfarbenen Gestein mit der kristallinen Struktur von Granit. Die Augen der gemeißelten Gesichter – jedenfalls der beiden Gesichter, die ich sehen konnte – waren leere Höhlen, als hätte jemand vor langer Zeit die eingesetzten Augensteine entfernt. Steinerne Stufen, die am nördlichen

Rand ansetzten, führten in die Tiefe. Aus mehreren Metern Entfernung in die Öffnung spähend, konnte ich erkennen, daß die Steinsäule aus einer Art Plattform ragte, in welche sie wieder absinken würde, wenn die Zeit käme, daß die große Bodenscheibe sich gegen den Uhrzeiger wieder in den Plattenboden der Pagode eindrehte.

Plötzlich flatterte der Schrat auf, segelte abwärts und landete auf der Schulter des Junggesellen, um sich besitzergreifend in der Mähne festzukrallen. Des Junggesellen Nervosität und Unsicherheit schienen wie weggeblasen. Als der Schrat sich trippelnd auf der rechten Schulter seinen Platz suchte, wandte sich der Asadi ruhig zu uns.

»Egan Chaney«, stammelte Elegy wieder. »Du weißt, wo er ist, nicht wahr?«

Die erste Reaktion des Junggesellen war ein lebloser, grauer Blick. Darauf machte er kehrt, schritt zum Rand der Öffnung und setzte einen Fuß auf die erste halbrunde Stufe. Er blickte einladend zu uns zurück, dann schritt er mehrere Stufen abwärts und machte wieder halt.

»Laß uns gehen!« drängte Elegy.

»Einer von uns bleibt zurück«, sagte ich. »Überhaupt würden wir gut daran tun, so schnell wie möglich von hier zu verschwinden.«

»Dann bleibst du hier!«

»Sagen wir, Kretzoi bleibt, und wir gehen mit dem Asadi.«

Elegy blickte zu Kretzoi und machte eine müde Gebärde zur hohen, halboffenen Flügeltür der Pagode. »Warte draußen auf Jaafar«, sagte sie. »Wir werden so bald wie möglich zurückkommen. Sobald wir ...« Sie brach ab.

Der Junggeselle war verschwunden. Die kämpfenden Engel im Untergrund lockten.

Während Kretzoi sich gehorsam zur Tür trollte und anklagende, verdutzte Blicke in unsere Richtung sandte, legte ich die Hand auf Elegys Schulter und führte sie zur Bodenöffnung. Unter der bedrückend massiven Steinscheibe des Bodens stiegen wir furchtsam die Stufen hinab. Von oben beobachtete uns ein viergesichtiges Ungeheuer mit kaltem, augenlosem Blick ...

Die Stufen bildeten ein steil getrepptes Hufeisen an der nördlichen Hälfte der Öffnung. Diese Stufen führten in eine Tiefe von ungefähr vier Metern, worauf wir nur weiter kamen, indem wir auf der untersten Stufe zum östlichen Ende des Hufeisens gingen, wo eine schmale Wendeltreppe ansetzte.

Glücklicherweise hatten wir den Junggesellen zum Führer und genug fahles, phosphoreszierendes Licht, um genug zu sehen. Dennoch war der Abstieg gefährlich, und ich blieb von der Vorstellung geplagt, daß die Scheibe über uns auf dem Säulenkapitell mit den blinden Asadiantlitzen in knirschende Drehbewegung geraten, absinken und sich wie ein kolossaler Kanaldeckel über uns schließen würde, so daß wir für alle Zeit unter der Pagode begraben wären. Das geschah nicht, aber jedesmal, wenn ich über die Schulter zurückblickte, schienen die Gesichter am Kopf der Säule sich zu drehen, und ich sah von neuem erschrocken und beunruhigt hinauf, bis ich mich erinnerte, daß unser eigener Abstieg auf der Wendeltreppe für die scheinbare Drehbewegung der Säule verantwortlich war.

Elegy ging vor mir. Ich ließ meine Hand leicht auf ihrer Schulter ruhen und spähte in die Tiefe, deren Konturen und Abmessungen in unablässiger Veränderung waren – zuerst, weil der Schacht sich zu einer riesigen unterirdischen Kaverne öffnete, und dann, weil die Steinstufen von glatt betonierten Plattformen abgelöst wurden, die mit Stahl oder Titan bewehrt waren. Der Junggeselle, dessen Schrat jetzt ruhig auf seiner rechten Schulter saß, ging über die fünfte oder sechste Plattform unter unserer. Ich festigte meinen Griff um Elegys Schulter und sagte ihr, daß ich niedersitzen wolle. Die Hitze setzte mir zu; ich hatte meine anliegende Unterwäsche durchgeschwitzt, und ein Anflug von Übelkeit und Schwindel kündigte sich an.

»Wir werden ihn verlieren«, widerstrebte Elegy, ohne ihren Blick vom Junggesellen zu wenden, aber sie blieb stehen und ließ mich niedersitzen und den Kopf zwischen die Knie stecken, um die Übelkeit abzuwehren. Die Behandlung wirkte innerhalb fünf Minuten. Ich hob den Kopf und wischte mir mit dem Ärmel kalten Schweiß von der Stirn.

»Es ist nicht der Junggeselle«, sagte ich zu Elegy. »Es ist der Schrat – der Schrat übernimmt die Orientierung für ihn, sendet Signale im Ultraschallbereich aus und gewinnt aus ihren Echos übersichtliche Raumbilder.«

»Dann haben wir eben den Schrat verloren. Das Ergebnis ist das gleiche.« Elegy setzte sich neben mich auf die glatte freitragende Plattform und begann müßig meinen Rücken zu reiben. »Du bist klatschnaß«, sagte sie, nahm die Hand von meinem Rücken und befühlte da und dort den Stoff ihres eigenen Anzugs. »Ich auch, was das angeht.«

»Sie werden uns hier nicht sitzenlassen«, sagte ich. »Andernfalls hätten sie uns niemals eingelassen.«

»Sie?«

»Nicht der Junggeselle und der Schrat. Der Schrat und seine höhlenbewohnenden Verwandten.«

Elegy antwortete nicht. Als wir so in der heißen Dunkelheit saßen, erhob sich der Lärm streitender Engel und Teufel, den wir weiter oben vernommen hatten, plötzlich aufs neue, und vor uns kreiste in der riesigen unterirdischen Höhle eine Wolke der geflügelten Dämonen – Tausende von ihnen, formiert zu einem Schwarm, der seine Gestalt im Flug ständig veränderte, sich bald in die Länge zog, bald zu einem Überorganismus zusammendrängte, der Morphologie und Bewegung seiner konstituierenden Organismen in gigantischem Maßstab wiedergab. Die Schrate bildeten offenbar Schulen, nicht anders als Heringe oder Makrelen, und der Überorganismus, den sie zusammen bildeten, hatte die unverminderte erratische Beweglichkeit, die den Schrat des Junggesellen auszeichnete. So kreiste der Schwarm durch die Höhle, stürzte plötzlich abwärts oder schwenkte mit einem derartigen Geknatter von Flügelschlägen ab, daß Elegy und ich in betäubtem Entsetzen die Köpfe einzogen, als ein plötzliches Manöver zu unserer Linken den anfliegenden Schwarm plötzlich ganz aus unserem Blickfeld verschwinden ließ. Die Wolke verlor sich irgendwo in den unteren Bereichen der verzweigten Höhlen, aber das Gestein hinter uns ließ eine durchgehende Beobachtung nicht zu. Der Luftschwall, den Tausende von Flügelschlägen uns zutrugen, war wie der Wind aus faulenden Blasebälgen.

»Mein Gott«, flüsterte Elegy.

»Das sind die ›sie‹, die ich meinte. Vielleicht wäre es jedoch richtiger, den ganzen übelriechenden Schwarm als ›es‹ zu bezeichnen – als einen riesigen Körper, einen Geist.«

»Und der Schrat des Junggesellen?«

»Er wäre dann ein Monitor, ein Sender und Empfänger des kollektiven Geistes. Jede einzelne dieser Kreaturen würde, getrennt vom Überorganismus, das gleiche sein.«

»Ben, wie kannst du annehmen, daß sie etwas anderes sind als haarlose fremdartige Flattertiere? Das war ein Schwarm einheimischer Fledermäuse, nicht die riesige Wolke einer verehrungswürdigen Kollektivintelligenz.«

»Was gibt dir die Gewißheit? Die Logik der linken Gehirnhälfte?«

Elegy legte die Hand auf meinen schweißnassen Rücken und ließ sie dort oben. Sie schaute mich abschätzend und nicht ohne Mitgefühl an. »Du möchtest hier hinaus, Ben? Ich gehe mit, wenn du gehst – und ich suche nicht bloß nach einem Vorwand, um dieser bösen Geschichte den Rücken zu kehren.«

»Nicht jetzt, Elegy. Wir haben uns verpflichtet.«

Sie küßte mich auf die Wange, dann fuhr sie mit der Zunge über mein stoppeliges Kinn. »Du bist meine Salzlekke«, flüsterte sie, und wir brachen beide in Lachen aus.

Ich stand auf, nahm Elegy bei der Hand und zog sie auf die Füße. Dann stieg sie vor mir die drei nächsten Plattformen hinab. Je tiefer wir kamen, desto klarer zeichneten sich ringsum die Dimensionen und die unheimlichen topographischen Merkmale der Kaverne ab. Entweder hatten unsere Augen sich umgestellt, oder das Licht unter uns hatte während unseres Abstiegs merklich an Intensität gewonnen. Jedenfalls sahen wir, daß der Höhlenboden zur Linken durch wabenförmige Einbauten oder Zwischenwände unterteilt war. Diese Wände, in unterschiedlichen Winkeln zueinander angelegt, waren wenigsten zweimal so hoch wie ein ausgewachsener Asadi, und stellten ein enormes Labyrinth in der östlichen Hälfte in der unterirdischen Kaverne dar. Obwohl ich es nicht wissen konnte, vermutete ich, daß ein ähnliches Labyrinth die Westhälfte beherrschte.

Als wir hinabblickten, kam der Überorganismus des Schwarms rechts über uns wieder in Sicht – eine Gewitterwolke aus Tierkörpern, die mit blasser Phosphoreszenz knisterte und die träge heiße Luft aufrührte. Der Schwarm stieg zur Felsdecke empor, schwenkte jählings ab und zog sich wie eine aufreißende Wolkenbank aus schwarzen Cirrocumulus nach Osten, wobei einzelne Tiere sich aus dem Schwarm lösten und wie Hagelkörner in die Tiefe sausten. Der Überorganismus – der sich ständig in kleinerem Maßstab wiederherstellte, während die Einzeltiere sich von ihm lösten und in die Tiefe hinabstießen – schien manchmal nicht nur lebende Bruchstücke seiner selbst abzuwerfen, sondern einen unregelmäßigen Aschenregen.

»Herr im Himmel, was ist das?« rief Elegy.

Im Moment konnte ich es nicht mit Gewißheit sagen. Ich begriff nur, daß der Überorganismus vor unseren Augen zerfiel, daß Hunderte von Einzeltieren zu verborgenen Ruheplätzen im Labyrinth des Höhlenbodens hinabstießen. Und mit ihnen ging ein Regen von Kot nieder, eine besondere Form von Biolumineszenz. Die Mitglieder des Schwarmes entleerten sich gemeinsam. Die Tropfen oder Körner ihrer Exkremente phosphoreszierten, weil die Schrate sich von Pilzen und Schwämmen nährten, die phosphoreszierendes Licht verbreiteten. Biolumineszenz hinein, Biolumineszenz heraus. Und wenn etwas vom Lichteffekt im Verdauungsprozeß verlorgenging, nahm das einzelne Tier ihn als Nährstoff mit brillanten Nebenwirkungen in sich auf: die hohlen leichten Flügelknochen glommen bisweilen wie konzentrierte Plutoniumisotopen.

Inzwischen flatterte der kreisende Überorganismus, der an Größe und Umfang starke Einbußen erlitten hatte, westwärts außer Sicht.

Ich schaltete das Kehlkopfmikrofon ein: »Jaafar, können Sie mich hören? Jaafar, können Sie mich hören?«

Es schien zwingend geboten, sofort mit der Außenwelt Verbindung aufzunehmen, selbst wenn uns weitere Urwaldstrecken und dicker Fels trennten. Aber Jafaar antwortete nicht.

»Wir sind zu tief unter der Oberfläche, Ben. Hoffen wir, daß es ihm gelingen wird, die Pagode zu finden – daß sie sich heute morgen nicht wieder so erfolgreich tarnt, wie sie es in den vergangenen sechs Jahren getan hat.«

»Vielleicht wird sie es nicht tun. Die Schrate beherrschen die Pagode, Elegy. Wir haben ihre Aufmerksamkeit abgelenkt. Sie wissen, daß wir hier sind.«

Wir blickten hinab. Eine große Zahl der wabenförmigen Abteilungen, die das Labyrinth bildeten, waren bewachsen mit wattigem Schimmel, krausen Pilzen und Schwämmen. Diese fremdartigen Thallophyten zeigten altgoldene, blaßblaue und schneeweiße Töne, vor allem aber strahlten sie eine matte Phosphoreszenz aus, die der ganzen Szene eine feenhafte Unwirklichkeit verliehen. Damit nicht genug, lagen in anderen Teilen des Labyrinths Hügel aus glimmendem Guano. Gärten aus biolumineszenten Abfällen, geformt von Landschaftsbildern und geschmückt mit Statuen.

Wir stiegen von Plattform zu Plattform weiter abwärts. Die Temperatur in der Kaverne sank, je tiefer wir kamen, und das Geräusch Tausender flatternder Flügel hörte schließlich auf, als der Schwarm nach und nach in den ungezählten Löchern, Höhlungen und Winkeln des Labyrinths wie in einem Taubenschlag verschwand. Eine schreckliche Stille und Leblosigkeit senkte sich über ihre stinkende Unterwelt.

Endlich waren Elegy und ich unten. Der Boden der Kaverne leuchtete in der geisterhaften Phosphoreszenz der Pilze und Schwämme. Die verwinkelten Treppen und Plattformen, über die wir herabgestiegen waren, verloren sich über uns in vollkommener Schwärze. Wir waren zu weit unten, um den Ausstieg zu sehen.

Der Junggeselle erwartete uns. Er stand in der Öffnung eines nahen Durchgangs, und der Schrat auf seiner Schulter hatte die Flügel ausgebreitet und die Brust vorgewölbt.

18. Kapitel
Larve

Der Durchgang war breit genug für eine Kolonne in Viererreihen. Wie lang war es her, daß eine größere Zahl Asadi – oder, was wahrscheinlicher war, Protoasadi – diese verborgenen Korridore benutzt hatten? Eine Ewigkeit, sicherlich.

Der Asadi führte uns in eine Kaverne, wo die Zwischenwände des Labyrinths von der gleichen amethystähnlichen Beschaffenheit wie die Fenster der Pagode waren, nicht dikker als eine menschliche Handspanne und gerade durchscheinend genug, um unverständliche Anordnungen von Röhren, Lichtern und Verdrahtungen erkennen zu lassen. Einzelne Trennwände bestanden aus nichts als Glas in farbigen Wirbelmustern, andere waren voll von geheimnisvollen Vorrichtungen – meistenteils aber wechselten leere Glasflächen mit sorgfältig organisierten und geometrisch kompliziert angeordneten Systemen aus Röhren und Drähten. Meine einzige Vermutung zur Funktion der Wände war, abgesehen von ihrem Nutzen als Trennvorrichtungen, daß sie eine außerordentlich verfeinerte, aber alles andere als kompakte Datenverarbeitungsanlage enthielten, mit direkten Verbindungen zur Pagode an der Oberfläche. In diesem Bereich gab es weder Thallophyten noch geflügelte Bewohner; sie hatten offenbar ihre eigenen Lebensbereiche.

Die Wandabschnitte, welche keine technischen Anlagen enthielten, waren subtiler Verformungen und Verbiegungen fähig: bisweilen öffneten sich längliche oder rundliche »Fenster« in dem Glas, wanderten ein kurzes Stück und schlossen sich wieder. Diese kurzlebigen Fenster gaben Elegy und mir den Blick auf andere Teile des Labyrinths frei: in Wandlöchern nistende Schrate, Wasserbecken, die von Algen und Diatomeen phosphoreszierten, moosähnliche Pilze und Schimmelbildungen, leuchtende Kothügel.

Verschiedentlich gaben Durchgänge oder Lücken in den Wänden den Zugang zu diesen Bereichen frei. Einmal sahen Elegy und ich uns in einer Art Türöffnung, welche auf die weite Fläche eines Guanogartens hinausging. Dort war eine Anzahl unbestimmt humanoider Gestalten zu sehen – man mußte sie wohl Statuen nennen –, die offenbar aus dem längst steinhart getrockneten Kot der geflügelten Höhlenbewohner gefertigt waren.

Die meisten dieser Statuen waren mehr als zur Hälfte in angehäuftem Schmutz von Jahrtausenden begraben, und mitunter ragte nur noch ein Rumpf oder eine Schnauze oder ein erhobener Arm aus dem höllisch phosphoreszierenden Hügeln. Eine oder zwei Gestalten standen jedoch auf den Ablagerungsschichten, die Körper unversehrt bis auf die Warzen und Tuberkeln ziemlich junger Fäkalienbombardements. Alle Statuen in dem Garten waren von Asadi. Zwischen ihnen trippelten und hüpften sieben oder acht Schrate mehr oder weniger ziellos umher.

Elegy versuchte mich weiterzuziehen, dem Junggesellen nach, aber ich widerstand.

»Verdammt, Ben, komm mit! Du kannst nicht hierbleiben.«

Ich schüttelte ihre Hand ab und starrte in den unheimlichen Garten, fasziniert vom Anblick, neugierig über die Statuen. Als die anwesenden Schrate alle gleichzeitig unsere Anwesenheit bemerkten, erneuerte Elegy ihre Bemühungen, mich weiterzuziehen.

»Wenn du mich zwingst«, wisperte sie drohend, »laß ich dich hier zurück.« Ich antwortete nicht. »Wie du willst – behalte die elenden kleinen Dämonen meinetwegen für dich. Ich habe wichtigeres zu tun.«

Damit ließ sie mich stehen und folgte ärgerlich dem Junggesellen.

Die Schrate im Garten versammelten sich auf einem Hügel mir gegenüber. Sie hüpften durcheinander, sprangen einander auf die Rücken, schlugen mit den Flügeln und scharrten mit den Krallen im hartgetrockneten Guano, bis sie endlich in einer Anordnung zur Ruhe kamen, die sie alle zufriedenstellte. Darauf begannen sie mich mit Ultraschallsignalen von solcher Höhe und Energie zu beschießen, daß ich sie tatsächlich spüren konnte. Nun wollte ich fort, Elegy einholen, aber diese Option stand mir nicht mehr offen. Die anhaltenden Ultraschallsignale der sieben oder acht Tiere hatten mich gelähmt. Trotz aller Willensanstrengungen war ich unfähig mich zu bewegen.

Die Schrate brachen die harte Guanokruste auf, um an das weiche Material darunter heranzukommen, und sobald ihnen dies gelungen war, machten sie sich daran, ein Abbild Thomas Benedicts zu schaffen. In weniger als fünf Minuten hatten sie aus ihren eigenen Abfallprodukten eine lebensgroße dreidimensionale Statue von mir errichtet, die so aufgestellt war, daß mein Double und ich einander von Angesicht zu Angesicht gegenüberstanden – eine Leistung, die eine Transposition des durch Echopeilung gewonnenen Raumbildes meiner Gestalt um einhundertachtzig Grad erforderte. Die Statue stand höher als ich, es fehlte ihr an identifizierenden Einzelheiten, aber selbst in meiner Paralyse wußte ich, daß sie mich darstellen sollte, und ich fühlte, daß die Schrate mit ihrer Errichtung etwas von meinem innersten Wesen gestohlen hatten ...

Dann hörte der Dauerbeschuß der Ultraschallsignale auf, meine psychomotorischen Befehlsstränge wurden mir zurückgegeben, und die Schrate krabbelten in verschiedenen Richtungen davon. Während ich noch wie betäubt dastand und mich bemühte, meine Fassung wiederzufinden, flatterten sie auf und verschwanden jenseits der zerfließenden Wände.

Ich wandte mich und blickte in die Richtung, in der Elegy verschwunden war. Der Korridor vor mir gabelte sich, und kein Hinweis ließ erkennen, welches der richtige Weg war.

Mit lauter Stimme rief ich Elegys Namen. Die ganze gewaltige Kaverne hallte wider. Anstelle einer Antwort kam nur Augenblicke später ein Schrat aus der rechten Gabelung in den Korridor geflattert und hielt auf mich zu. Ich riß instinktiv einen Arm hoch, um mich zu schützen, verlor auf dem schlüpfrig glatten Boden das Gleichgewicht und schlug lang hin. Der Schrat strich über mich hinweg und landete auf der Wand in meinem Rücken. Dann trippelte er auf dem Rand entlang bis zu der Gabelung des Korridors, flatterte über die Öffnung zur Wand gegenüber und trippelte dort weiter. Auf diese Weise führte er mich fort von dem Hof oder Garten, wo seine Artgenossen mir gerade ein Denkmal aus phosphoreszierendem Kot errichtet hatten.

Mir wurde klar, daß dies der Schrat des Junggesellen sein mußte, und er war gekommen, mich zu Elegy zu führen. Bald passierten wir eine ganze Wand, die einem riesigen Taubenschlag glich, in dessen Öffnungen die Bewohner wie gummiartige, kopflose Embryonen hockten. Vor kurzem noch waren sie Teil der riesigen Wolke gewesen, die im Luftraum der Kaverne ihre Kreise gezogen hatte. Über allem lag ein scharfer, fauliger Geruch von Moder und ätzendem Guano.

Wir kamen an Wandabschnitten vorbei, die überwuchert waren von wattigen, goldgelb und weißlich phosphoreszierenden Pilzen, und dort sah ich drei oder vier Schrate bei der Nahrungsaufnahme. Wie monströse Stubenfliegen krabbelten sie an der vertikalen Wandfläche auf und nieder und schnitten mit ihren schnabelartigen Mäulern die Pilzgewächse ab. Wandöffnungen gaben den Blick auf komplizierte Leitungssysteme aus Kunststoffröhren frei, die, wie ich vermutete, den Transport von Wasser und Nährstoffen dienten. Der Schrat des Junggesellen hüpfte zielbewußt auf der verkoteten Wand entlang und hielt hin und wieder inne, um mich mit den Schrotladungen seiner Ultraschallsignale zu durchlöchern. Schließlich flatterte er auf und überflog eine Wand zu einer offenen Fläche, die eine unterirdische Lagune von beträchtlicher Größe enthielt.

Ich stolperte um die nächste Ecke auf diese freie Fläche und sah Elegy und den Junggesellen wie alte Freunde am Ufer stehen.

Die Oberfläche der Lagune schien ölig, aber Algen und Diatomeen schwebten in verschiedenen Ebenen im Wasser und erhellten es mit ihrem phosphoreszierenden Licht bis in eine Tiefe von wenigstens zwei oder drei Metern. Weit draußen trieben zwei Schrate mit dem Gesicht nach unten auf dem Wasser, fremdartigen Wasserhyazinthen gleich. Anscheinend stillten sie ihren Durst. Der Schrat, der mir den Weg gewiesen hatten, landete wieder auf der Schulter des Junggesellen, und Elegy kam zu mir und umarmte mich.

»Hast du so lange schauen können, wie du wolltest?« fragte sie mich.

»Länger«, sagte ich, und als der Junggeselle uns das Ufer des unterirdischen Sees entlangführte, erzählte ich ihr, was geschehen war.

»Aber warum haben sie es getan?« wollte Elegy wissen. »Welchem Zweck könnte eine solche Statue dienen?«

»Nicht alles muß einen Zweck haben«, sagte ich. »Vielleicht sind die Schrate allesamt verhinderte Bildhauer? Ich weiß es wirklich nicht, Elegy. Es ist möglich, daß sie mich zugunsten ihrer schlafenden Artgenossen räumlich und zeitlich identifizierten. Anscheinend sind immer nur wenige zur gleichen Zeit wach, und wenn sie nicht gemeinsam als ein einziges Überbewußtsein funktionieren, haben einzelne ›Gehirnzellen‹ – das heißt, einzelne Mitglieder der Gemeinschaft – vielleicht die Aufgabe, Störungen durch Eindringlinge für diejenigen aufzuzeichnen, die später wach werden.«

»Aber wie sollte eine derartige Statue einen Eindringling wie dich zeitlich identifizieren?«

»Durch ihre Position in einem der Guano-Gärten, denke ich mir. Hast du noch nie von archäologischen Schichten gehört? Je tiefer du gräbst, desto älter die Antiquitäten, die du ans Licht bringst. Eine Statue, die vollständig zu sehen ist, muß eine neue Statue sein.«

»Von mir haben sie keine Statue gemacht, Ben.«

»Du bist beim Junggesellen geblieben. Du hast ihnen

keine Gelegenheit gegeben, sich mit ihren Signalen auf dich einzupeilen. Aber alles das ist reine Mutmaßung. Ich kann nicht einmal so tun, als verstünde ich alles, was wir hier unten angetroffen haben.«

Schweigend gingen wir am Rand des Sees, in dessen Tiefen leuchtende Schleier wallten. Zuletzt verengte sich der See zu einem schmalen Wasserarm zwischen graugrünen, im reflektierten Glanz der Wasseroberfläche naß aussehenden Kalksteinfelsen. Der Junggeselle hielt sich rechts, und Elegy und ich folgten ihm auf einem schmalen Pfad zwischen Felswand und Wasser.

Nach einer Weile endete der Ausläufer der Lagune in einem flachen Strandfächer, wo so viele Diatomeen und ihre Kalksskelette angespült waren, daß der phosphoreszierende Schimmer eine unheimliche Identität erreichte. Jenseits dieser Fläche und unmittelbar vor uns erstreckte sich ein weiterer Guano-Garten, aber unmittelbar davor und nahe am Ufer stand eine Statue, deren Anblick uns den Atem verschlug. Sie stellte ein menschliches Wesen dar.

»Das ist mein Vater«, flüsterte Elegy.

Auch ich erkannte Egan Chaney in der Wiedergabe, wenn ich rückblickend auch nicht mit Gewißheit sagen kann, an welchem Merkmal ich ihn wiedererkannte. Wie mein kurz zuvor angefertigtes Ebenbild war auch dies ohne individualisierende Einzelheiten. Der Körper schien bekleidet, aber Form und Art der Bekleidung war nur angedeutet. Das Gesicht hatte Züge, aber die Biolumineszenz der Abfallprodukte, aus denen die Statue bestand, machte sie undeutlich und verschwommen.

Vielleicht war es das vorgeschobene bärtige Kinn oder die soldatische Strenge der Haltung, die uns die Statue kenntlich machte. Oder vielleicht war es nur unser Wissen, daß der Abgebildete kein anderer als Egan Chaney sein konnte.

Faulende Algen, Schlamm und die weißen Kalkskelette der Diatomeen reichten bis zum Fuß der Statue und verrieten uns, daß die Wasser der Lagune von den Gezeiten bewegt wurden, die Statue selbst aber nicht erreichten.

Elegy lief auf das Ding zu und stieß ihm die Faust in die Brust. Die Statue bröckelte und brach auseinander, Rumpf und Arme zerfielen in einer Staubwolke zu trockenen Bröseln und Bruchstücken. Elegy trat nach den aufrechten Stümpfen der Beine, und auch sie brachen auseinander und zerfielen.

Unbewegt von Elegys gewalttätigem Ausbruch, stand der Junggeselle abseits, den Rücken an der Kalksteinwand. Der Schrat hockte wie leblos auf seinem Kopf, auch er scheinbar gleichgültig.

Elegy seufzte in hörbarer Erleichterung. »Ich befürchtete, daß es buchstäblich mein Vater sein könnte«, sagte sie. »Sein Leichnam, weißt du, bepflastert mit Kot.« Sie stieß mit dem Stiefel in das staubtrockene Guano der zerfallenen Statue. »Glücklicherweise war es nicht so. Du siehst es selbst. Es sei denn, sie hätten seine Überreste anderswo unter diesem allgegenwärtigen Guano begraben.«

»Er muß hier unten sein, Elegy«, sagte ich mit einem Blick in die Runde. »Deshalb haben sie uns so weit geführt; nicht um uns seine Statue zu zeigen.«

Geplagt von Unwohlsein und üblen Vorahnungen, folgte ich ihr und dem Junggesellen in eine Nebenhöhle, die zugleich Krypta und Inkubator war. In ihrer Mitte ... nun, mein erster Eindruck war der von einer Mumie, die in einem Winkel von fünfundvierzig Grad halb aufrecht in einer Hängematte aus schimmerndem Seidenmakramee lag.

Ich starrte das Ding an. »Dein Vater, Elegy – nicht das andere, aber dies.«

Ein großer Fächer aus milchig schimmernder Seide füllte die Krypta und hielt Egan Chaneys Puppe umfangen. Die Fäden am oberen Rand des Fächers verschwanden in der rückwärtigen Amethystwand oder verschmolzen mit ihr; die Fäden, die zu Füßen der Puppe zusammenliefen, verschwanden straff gespannt in einem Becken dunklen, aber glitzernden Wassers, das möglicherweise zu den Zuflüssen der Lagune hinter uns zählte. Wasser oder eine mehr sirupartige Flüssigkeit sickerte hinter der Puppe an der Wand herab und verschwand in der grabähnlichen Vertiefung, über welcher die Hängematte aufgehängt war. Spannseile aus Seide – sie ähnelten in ihrer Anordnung Flügeln – hielten den Körper zu beiden Seiten und schienen unmittelbar im natürlichen Kalkstein der Höhlenwände zu verschwinden. Lange Reihen kleiner Wassertropfen hingen zitternd an den Spannseilen und wanderten in langsamer Prozession abwärts zum Kopf und Körper der Puppe.

»Wir müssen ihn da herunterholen, Ben!« Ohne meine Reaktion abzuwarten, sprang sie geduckt unter dem Gewebe durch zur linken Seite der Grube. Sie sah wie ein Weberschiffchen aus, daß zwischen einem Fächer aus milchigen Fäden hin und her saust. Als sie in ihrer Nervosität endlich den Kopf ihres Vaters erreicht hatte, zog sie ein Messer aus dem Gürtel und beugte sich zielbewußt über die Hängematte.

»Du wirst ihn umbringen!« sagte ich. »Das ist seit Gott weiß wie lange sein lebenserhaltendes System.«

Spiegelungen vom Wasser brachten zusätzliche Unruhe in ihr Gesicht. »Er ist so gut wie tot, Ben. Für wen oder was lebt er?« Und sie fing an, eines der Spannseile zur Rückwand der Kammer zu durchschneiden. Sie konnte nicht klar denken. Gelänge es ihr, ihren Vater loszuschneiden, würde seine Puppe in die Grube fallen.

In diesem Augenblick schoß der Schrat an mir vorbei in die Kammer und landete auf Elegys Vater, ohne einen einzigen Faden der Hängematte zu berühren. Dann öffnete er die Flügel und sperrte warnend das schnabelförmige Maul auf. Die Drohgebärde erschreckte Elegy so sehr, daß sie zurückwich und außer Reichweite des kleinen Dämonen niederkauerte. Der Junggeselle trieb sich nervös beim Eingang zur Krypta herum.

»Ich möchte, daß du mir hilfst«, sagte Elegy, ohne den Blick vom Schrat zu wenden, als wäre er eine angriffslustige Kobra.

»Was soll ich tun?«

Sie winkte mit der Messerhand.

Da ich dachte, es könne am besten sein, den Schrat auf zwei Fronten zu beschäftigen, arbeitete ich mich auf der rechten Seite der Grube durch die Spannseile zur Hängematte, bis ich Elegy gegenüber kauerte. Der Schrat wandte sich zu mir, wieder zurück zu Elegy und brachte mit seinen Bewegungen die ganze Hängematte in zitternde Bewegung. Die schrill preifenden Geräusche, die er jetzt machte, waren nur zu deutlich hörbar, kurze, aber ohrenzerreißende Quietschtöne.

»Angenommen, er ruft Verstärkungen herbei?« fragte ich Elegy.

»Darauf müssen wir es eben ankommen lassen ... Ich muß meinen Vater von diesem Zeug befreien, Ben – ich werde Hebamme seiner Auferstehung sein.«

Wütend stieß sie mit dem Messer zu und hätte den Schrat um ein Haar aufgespießt. Er sprang Egan Chaneys Brust hinauf und hüpfte ihm auf den Kopf, und Elegy stieß wieder zu, mußte aber einhalten, um nicht in die Grube zu fallen. Der Schrat schlug einmal mit den Flügeln und schwebte in einem erstaunlichen Zickzackkurs zur Rückwand, wo er sich auf einem Vorsprung niederließ, das augenlose Gesicht zu uns gewandt. Sein schriller Protest flaute zu Piepstönen ab, aber nach wie vor zeichnete er jede unserer Bewegungen durch die Echos seiner Ultraschallsignale auf.

Ich stand auf, beugte mich vor und brachte Egan Chaneys schwankende Puppe zur Ruhe. Elegy packte ihr Messer fester und begann an dem Gespinst zu schneiden, das die Hüften und gebundenen Hände ihres Vaters umschloß. Die Seide – die vom Schrat gesponnenen Fäden –, aus denen die Umhüllung bestand, war außerordentlich zäh; Elegy fand es schwierig, einen sauberen Schnitt zu machen, ohne das Messer in den Körper zu stoßen. Endlich gelang es ihr, die Umhüllung aufzuschneiden und die Fasern über der rechten Hand ihres Vaters abzuziehen; seltsamerweise lösten sie sich nicht in langen Fäden, sondern in schuppigen Stükken, die sich leicht abheben ließen. Elegy warf sie in die Grube.

Unter diesen seidenen Schuppen der äußeren Umhüllung war eine dünnliche bläuliche Membrane, wie eine Fruchtblase. Elegy begann an der bloßgelegten Membrane über den Handrücken ihres Vaters zu schaben. Als sich ein Stück von ungefähr zwei Quadratzentimetern Größe vor ihrer Messerklinge zusammenschob, merkten wir, daß die Membrane entweder die menschliche Haut ihres Vaters ersetzte oder sie in eine solche Tiefe durchdrungen hatte, daß die beiden nicht mehr voneinander zu trennen waren. Schwärzliches Blut sickerte aus der aufgeschabten Fläche, in der jetzt Adern sichtbar waren.

»Es ist unmöglich«, sagte Elegy durch die Zähne und nahm das Messer weg. »Sie haben es so gemacht, daß wir ihn nicht auswickeln können; so haben sie es gemacht ...«

Ihre Stimme brach, und in einer jähen Aufwallung unvernünftiger Wut warf sie das Messer in die Grube. Ich umging die schräg aufgehängte Puppe am Fußende und gesellte mich zu Elegy, um mögliche weitere Unbesonnenheiten zu verhindern.

Ich war kaum bei ihr, da stieß sich der Schrat von seinem Sitzplatz ab und flatterte auf Chaneys Kopf, wo er mit ausgebreiteten Flügeln balancierte. Bald schälte er mit den Krallen Stücke des Seidenkokons ab und steckte sie in sein häßliches, schnappendes Maul.

Als Elegy dies sah, wollte sie den Schrat mit Geräuschen und Gefuchtel verscheuchen, aber ich hielt sie zurück, und innerhalb weniger Minuten hatte er das Gesicht ihres Vaters freigelegt. Alles, was noch an seinen Zügen haftete, war die bläuliche Membrane der Fruchtblase. Wir konnten seine Nase sehen, seinen steifen Bart, die Augenhöhlen. Der Schrat riß ein Loch in die Membrane, wo Chaneys Mund sein mußte, und steckte seine Schnauze hinein. Dabei flatterte er, um das Gleichgewicht zu halten.

»Verdammt, Ben, laß mich los!« Elegy versuchte sich loszureißen, aber ich hielt sie nur noch fester. Unser Ringen brachte die Spannseile um uns zum Schwanken. Als ich sie endlich losließ, war der Schrat zu seinem Platz in der Wand zurückgekehrt, und ihr Vater gurgelte eine dunkle, sirupartige Flüssigkeit hervor.

Getrieben von der Sorge, daß Chaney ersticken könnte, drängte ich an ihr vorbei, verfing mich im Netz der Hängematte, machte mich los, kauerte unter dem Gewebe nieder und zog die Hängematte weit genug seitwärts, daß die Flüssigkeit in Chaneys Mund in die Grube ablaufen konnte. Ich richtete mich auf, bohrte mit dem Zeigefinger in seinem Mund herum, um ihn ganz von der zähflüssigen Substanz zu befreien, und hielt gleichzeitig die Hängematte in ihrer Schräglage fest, bis meine Schultern schmerzten und Chaneys Mund und Rachen vollständig frei zu sein schienen. Dies nahm mehrere Minuten in Anspruch, aber Elegy kam zu mir, bevor ich fertig war und erleichterte die Last ein wenig. Bald atmete Chaney hörbar, sog die blaßblaue Membrane in die Nasenlöcher und blies sie wieder auf. Mit dem Fingernagel machte ich zwei Löcher in diese Membrane, und Chaneys Atmung wurde gleichmäßig, so ruhig und gesund, daß ich beinahe glaubte, er sei nur in einer besonderen Art von Schlafsack eingenickt. Ich ließ die Hängematte los und richtete mich unter Schmerzen auf.

Verblüfft vom Geräusch seines Atmens, warteten wir lange. Der Junggeselle verließ uns ganz, nur sein Schrat blieb als Wachtposten über uns zurück. Wir vermißten den Asadi nicht, denn uns beschäftigten andere Fragen.

»Vorwärts!« sagte ich zu Elegy. »Sprich zu ihm!«

Sie beugte sich über die Puppe und berührte sie mit der rechten Hand. »Vater«, sagte sie, »ich bin Elegy, deine Tochter ... Ich bin diesen weiten Weg gekommen, dich zu suchen.«

Ich glaubte ein kurzes Stocken in Chaneys Atmung wahrzunehmen, doch sofort setzte der gleiche, wunderbar ruhige Rhythmus wieder ein. Nach einem fragenden Blick zu mir unternahm Elegy einen weiteren Versuch, wiederholte ihren Namen mehrmals und versicherte dem verwandelten Mann, daß sie tatsächlich bei ihm sei. Nichts. Wenn Chaney lebte, so schien er außer Reichweite zu leben.

»Glaubst du, er kann uns hören?« fragte Elegy. »Vielleicht ist die Haut ein Hindernis, vielleicht verstopft ihm dieser Sirup die inneren Ohren.«

»Er hat dich schon gehört, Elegy.«

»Aber er reagiert nicht. Er könnte genauso gut tot sein.« Sie ließ den Arm sinken, richtete sich auf und wandte sich heftig zu mir um. Ihre Augen blitzten.

»Ich bin das Problem, Ben!« rief sie aus. »Ich bin in der Zeit und selbst in der gefühlsmäßigen Bindung zu weit von ihm entfernt, als daß es mir gelingen könnte, meine Realität herzustellen. Er liegt in einer unterirdischen Höhle hier auf BoskVeld, und die Tochter, die er zuletzt vor sieben Jahren in Südamerika sah, versucht verzweifelt, dieses Dornröschen wachzuküssen.« Sie schlug sich mit der flachen Hand vor die Stirn, um sich für ihre vermeintliche Dummheit zu tadeln. »Bestenfalls wird er mich für einen Traum halten, eine körperlose Stimme ohne einen Bezugspunkt im langen Traum seines erwachsenen Lebens – bevor die Asadi dies mit ihm machten.«

»Du meinst, ich könnte mehr Glück haben?«

»Versuch es, Ben! Du warst sein einziger Freund in Fraserville – im Basislager der dritten Expedition, meine ich. Seine letzten Erinnerungen an menschliche Begegnungen müssen dich betreffen. Deshalb mußt du einen Versuch machen.«

Elegy und ich tauschten die Plätze. Wie sie es vor mir getan hatte, streckte ich die Hand aus und berührte Egan Chaneys Schultern. Dann, weil ich nicht an meine Macht glaubte, Chaney zu erwecken, wo es Elegy nicht gelungen war, sagte ich: »Egan, hier spricht Thomas Benedict. Ich bin hier bei Ihnen unter dem Asaditempel.«

Wieder das verräterische Stocken der Atmung des verwandelten Mannes, eine Mundbewegung. Aber keine andere Reaktion.

Ich wiederholte meinen Namen. Ich erzählte Chaney, was ihm vor sechs Jahren in der Wildnis zugestoßen war. Ich erinnerte ihn an die Geschichte seines Verschwindens aus dem Basislager. Ich erzählte ein wenig von Frasiervilles jüngerer Geschichte. Ich informierte ihn, daß seine Tochter tatsächlich die weite Reise von Dar es Salaam gemacht habe, nur um ihn zu suchen. Ich sagte, daß sie in diesem Augenblick neben mir stehe. Dann wiederholte ich meine alberne Vorstellung und begann die ganze Geschichte von neuem …

Worauf der Mann im seidenen Kokon murmelte: »Ben.«

Ein Wort. Wie sein ganzer Körper, hatte dieses Wort etwas Fremdes an sich, einen heiseren, unvertrauten Klang, der in der Luft zitterte.

Ich beugte mich näher. »Ja, ich bin es, Ben. Sie haben uns vor langer Zeit verlassen. Erinnern Sie sich, wo Sie sind?«

Elegys Hände packten meine Schultern von rückwärts, und ich blickte auf und sah sie mit verzweifelter, forschender Intensität in das unmenschliche Gesicht der Puppe starren, begierig, ein Anzeichen des geliebten Gesichts wiederzufinden, das sie aus ihrer Kindheit in Erinnerung hatte. Aber Zeit, Entfernung und eine furchtbare Metamorphose hatten viele Schleier zwischen jenes Gesicht und dieses gebreitet, das jetzt vor ihr lag, und sie schien es schwierig zu finden, die Verbindung herzustellen.

»Erinnern Sie sich, wo sie sind?« wiederholte ich.

Wir warteten. Schließlich murmelte das Ding, das Egan Chaney gewesen war, ein weiteres Wort, ein rätselhaftes Wort: »Halbwegs.«

»Halbwegs?« fragte ich verständnislos. »Sagen Sie uns, was Sie meinen, Egan!«

»Und ich werde nie«, bekannte er, noch ehe ich zu sprechen aufgehört hatte, »den Rest gehen. Des Weges.«

»Er spricht von seinem physiologischen Zustand«, flüsterte Elegy an meinem Ohr. »Er versucht zu sagen, daß diese Metamorphose nicht gelungen sei. Er ist halbwegs zwischen seiner Menschlichkeit und einem anderen Zustand.«

Ich nahm Elegys Hinweis auf. »Egan, wer hat dies mit Ihnen gemacht? Was bezweckten sie damit? Was ist mißlungen?«

»Du gehst zu schnell voran«, sagte Elegy.

Aber Chaneys Verstand verarbeitete die Fragen in ihrer Reihenfolge, und seine Lippen formten die Antworten: »Die Schrate taten es. Durch den Junggesellen. Sie wollten einen ...« Chaneys Zunge, schwarz in seinem Mund, leckte an den Fetzen der umgebenden Membrane. »Einen Ursadi machen. Aus mir. Sie wollten die Asadi erlösen. Durch eine Rückkehr in ihre Vergangenheit.« Eine lange Pause erfolgte. »Meine Metamorphose. In einen ihrer Vorfahren. Sollte es bewirken. Alles. Ging schief.«

»Der Junggeselle war es, der Sie so aufhängte?«

Chaneys schwarze Zungenspitze kam einen Augenblick zum Vorschein, wie der Kopf einer Eidechse aus einem Loch zwischen zwei Steinen. »Lähmung kam zuerst. Das machten die Schrate. Sie ...«

»Sie wirkten auf das psychomotorische Zentrum Ihres Gehirns«, sagte ich, bemüht, ihm zu helfen. »Sie lähmten dieses Zentrum mit Ultraschallsignalen.«

»Aber sie stahlen mein Bewußtsein nicht.« Seine Zunge machte einen langsamen Kreis um den Mund, und verschwand wieder. »Wie lang. Ist es gewesen.« Die Worte hatten keinen fragenden Klang.

»Sechs Jahre«, sagte ich ihm wieder.

»Für immer«, berichtigte seine Stimme mich. »Immerwährende Schwangerschaft. Sie wollen mich. Nicht abtreiben.«

Auf einmal weinte ich. Die Tränen flossen reichlich, und ich ließ sie. »Nach der Lähmung«, sagte ich, »wurden Sie gebunden und eingesponnen?«

»Es dauerte. Ewig. Ich wurde in Etappen. Vorbereitet. Mein Gesicht. Kam zuletzt. Aber immer.« Die unvermeidliche Pause zog sich schmerzlich in die Länge, bis er in einem Ausbruch hervorstieß: »Aber immer *wußte* ich.«

Mit diesen Worten gelang es Chaney ein erstes Mal, das Gewicht von Betonung und Gefühl mitzuteilen, und seine

Wirkung auf Elegy war unmittelbar. »Wir müssen ihn aus diesen Scheißloch herausholen!« rief sie und bohrte die Finger in meine Schlüsselbeine. »Wir müssen ihn losschneiden und hinaustragen!«

Der Mann in der Puppe murmelte: »Wer.«

»Ihre Tochter, Egan. Ich habe Ihnen schon von ihr erzählt. Sie hat eine sehr weite Reise gemacht, um zu Ihnen zu kommen.«

»Hier.«

Ich wischte mir die Augen, dann wandte ich den Kopf zu Elegy. Wir brauchten beide einen Augenblick, um zu begreifen, daß dieses eine Wort eine Frage war.

»Ja, ich bin hier«, sagte Elegy ruhig.

»Falscher Klang«, widersprach ihr die Stimme aus Chaneys Mund. »Es ist ein Fieber. Das gibt einem. Die Lüge.« Und kurz darauf: »Mein Leib. Brennt. Von innen heraus.«

»Du bist nicht im Delirium«, beharrte Elegy, und ich wußte nicht, was ihr näher war. Zorn oder lähmendes Mitleid. »Ich bin eine erwachsene Frau. Ich habe einen langen Weg hinter mir, und ich stehe hier neben dir, Vater.«

Die schwarze Zungenspitze machte ihre nun schon gewohnte Reise um Chaneys Mundöffnung. »Ich bin steckengeblieben. Auf halbem Weg. Sie haben Intelligenz. In mir entdeckt. Wie jene ihrer Ursadi-Symbionten. Die sie hierherbrachten.« Der Mann schien sich zu erwärmen und den Gebrauch der Zunge wiederzugewinnen. »Sie mochten auch mein Blut. Fanden es ihren Bedürfnissen angemessen. Aber später war es irgendwie falsch. Ich weiß nicht, wie. Zu sehr wie das von den Protohominiden. Aus denen wir uns entwickelten.«

Elegy schien darauf zu warten, daß er zum Thema ihrer Anwesenheit zurückkehre, aber Chaney hatte die Sache entweder vergessen oder absichtlich beiseite geschoben.

»Wer hat Ihnen dies gesagt?« fragte ich. »Woher wissen Sie es?«

»Die Schrate. Ich höre sie. In den Ultraschallbereichen. Das geschah frühzeitig. Später lehrten sie mich. Die semantischen Unterscheidungen. Zwischen den verschiedenen Signalimpulsen. Ich kann hören und interpretieren. Auf allen bedeutsamen Frequenzen. Jenseits von einem Megahertz. Es ist eine Sprache. Vorher konnte ich nicht hören.«

»Kommunizieren die Schrate durch Ultraschall mit den Asadi?«

Chaneys Stimme verlor mehr und mehr ihre Heiserheit, als lockere die Tätigkeit des Sprechens seine Stimmbänder. »Nicht so gut, wie sie es früher taten. Mit ihren Ursadi-Vorfahren. Jeder der Ultraschallimpulse korrespondiert mit einer Farbe. Wenn man die Ultraschallsprache interpretieren kann. Kann man auch die Spektralsprache der Ursadi interpretieren.«

Mit einem vagen Verdruß darüber, daß ich ihn ausfragte, während der Schrecken seiner Verwandlung mich gleichzeitig zu Tränen rührte, fragte ich: »Was hat es mit den Augenbüchern auf sich, Egan?«

»Augenbücher«, sagte Chaney. »Wenn ich eins sehen könnte, könnte ich es lesen. Die Farben sind alle. In meinem Kopf. Der Schrat hat sie hineingetan. Aber ich bin nur halbwegs. Geworden, was ich sollte, Ben. Ich bin gestrandet.«

»Was ist mißlungen?« fragte Elegy plötzlich. »Was genau?«

»Es ist das Fieber, das einem die Lüge gibt«, antwortete ihr Vater rätselvoll. »Ich bin nicht Fisch noch Fleisch. Kein Erlöser. Die Schrate haben Intelligenz. Nur im Aggregat. Es hat sie eine Ewigkeit gekostet. Zu begreifen, daß ich nicht ihr Erlöser bin. Noch sonst einer von uns.« Chaney befeuchtete sich die Lippen. »Da wir sind, was wir sind.« Dann fiel er mit einem Stöhnen in sich zurück.

»Vater!« rief Elegy, nicht in Verzweiflung oder Angst, sondern in einem Versuch, ihn in die Gegenwart zurückzurufen.

Noch mehrere Male versuchte ich ihn durch das Aussprechen seines Vornamens zu ermuntern, kam aber zu dem Schluß, daß er emotional und physisch eine Erholungspause brauchte. In der gleichen Weise, wie ich das zähflüssige metabolische Frostschutzmittel der Schrate aus seinem Mund geschüttet hatte, hatte unser kurzer Gedankenaustausch ihn entleert. Und so ließen wir eine Weile von Elegys Vater ab …

19. Kapitel

Geburt

Das war für mich keine Zeit klaren Denkens. Wir hatten Egan Chaney lebend angetroffen, aber verändert und anscheinend unrettbar. Die Schrate hatten versucht, ihn zu verwandeln, angetrieben von der vergeblichen, vielleicht sogar unsinnigen Hoffnung, ein Exemplar der Asadivorfahren wiederzuerschaffen, mit denen sie als symbiotische Partner vor Urzeiten nach BoskVeld gekommen waren. Tatsächlich mochte der Überorganismus, den die Schrate darstellten, die Motivationskraft hinter jener interstellaren Völkerwanderung gewesen sein. Sie waren Manipulatoren und Parasiten, kleine Sklavenhalter, die sich von Körper und Geist ihrer Partner nährten. Die Ursadi waren eine intelligente Lebensform gewesen, aber der Überorganismus der Schrate hatte die Individuen jener verschwundenen menschenähnlichen Rasse gebraucht, wie ein Arzt die Instrumente seines Berufes gebraucht – als physische Erweiterungen des Willens. Gerade solche Erweiterungen eines äußeren Willens waren die Ursadi im motivierenden Griff ihrer Symbionten gewesen, mit dem Unterschied, daß die Ursadi Lebewesen mit eigenem, wenn auch untergrabenem Willen gewesen waren.

Da sie kleine Körper und nur unentwickelte Hände besaßen, hatten die Schrate ein gemeinsames Bewußtsein entwickelt, abhängig nicht von irgendeiner Art unerklärlicher psychischer oder telepathischer Verständigung, sondern von einer »Sprache« von Hochfrequenzsignalen, die präzise den thermischen Variationen angepaßt waren, die Begleiterscheinungen der spektralen Ursadisprache waren. Vielleicht waren die Schrate früher einmal die Schoßtiere oder die blinden Gerfalken oder gar die totemistischen Hoftiere von Ursadi-Herren gewesen. Wenn es sich so verhielt, hatten sie sich allmählich die Sprache ihrer Herren zu eigen gemacht, wenngleich in einem anderen Medium, so daß sie schließlich imstande gewesen waren, sich zu einem einzigen Bewußtsein zu vereinen und dieselbe Spezies zu versklaven, die vordem sie selbst entweder versklavt oder domestiziert hatte. Ein Umschwung von gewaltigen Proportionen, aber alles, was Elegy und ich während der vergangenen Stunden erfahren hatten, schien darauf hinzudeuten.

Die Vorherrschaft der Schrate war erst lange nach der Übersiedlung von ihrer unbekannten Heimat nach Bosk-Veld zerbrochen. Eine erste Machteinbuße erlitten sie, als sie den Ursadi genetische Veränderungen in Augen und Blutzusammensetzung zur Abwehr der gefährlichen Sonnenfleckenaktivität Denebs gestatteten. Sie taten dies, um das Überleben ihrer Wirte, ihrer Instrumente zu sichern, aber sobald die Ursadi ihre Blutzusammensetzung verändert hatten, vorgeblich zur Regulierung der Lymphzellenproduktion als Abwehrmittel gegen strahlungsbedingte Krankheiten, fanden die Schrate, daß sie selbst krank wurden und bisweilen sogar starben. Sie ernährten sich nicht nur von den aus ihrer Heimat importierten Thallophyten, sondern periodisch auch vom Blut der Ursadi; die Veränderung in seiner Zusammensetzung, obschon nicht im eigentlichen Sinn chemischer Natur, machte es unbekömmlich und schädigte viele Schrate, die sich davon ernährten.

Als die Ursadi, deren Augen neuerdings der Photosynthese fähig waren, sich in die Urwälder ihrer neuen Welt verstreuten, um einerseits den verwirrten Schraten zu entgehen und sich andererseits von ihren Erzeugern zu trennen, brach die Herrschaft der Schrate gänzlich zusammen: Die Beziehung zwischen Sklaven und Sklavenhaltern, die seit Urzeiten zwischen beiden Arten gestanden hatte, ging der völligen Auflösung entgegen.

Die Schrate waren zur Aufrechterhaltung ihrer Herrschaft weitgehend abhängig von der Zentralisation der Wirtsbevölkerung; und die Vereinzelung der Ursadi, welche die Schrate in ihrer Schwäche nicht verhindern konnten, drohte das hauptsächliche einigende Element ihres transzendenten

Überbewußtseins zu sabotieren. Die Schrate selbst mußten ihr Heil in der Vereinzelung suchen. Die meisten folgten den fliehenden Abtrünnigen in die Urwälder, wo es ihnen schließlich gelang, ihre Herrschaft zurückzugewinnen und die Konstruktion großer Tempel-Ehrenmale zu beeinflussen. Diese waren als eine Vorkehrung gegen den unausweichlichen Tag gedacht, da die Ursadi Mittel und Wege finden würden, sie zu verlassen. Sie sahen ihre Verlassenheit schon voraus, als sie sich noch um ihre Abwendung bemühten. Die großartige Pracht der Pagoden in der Wildnis war tatsächlich eine Konzession an den Geist der Ursadi, den sie solange mit den Zügeln des Ultraschalls im Zaum gehalten hatte. Die Schrate konnten die Herrschaft lange genug aufrecht halten, bis drei oder vier dieser Gebäude errichtet waren, worauf die der Photosynthese fähigen Ursadi das Feuer ihres ausgelöschten Willens wieder entfachten, sich befreiten und einen Kurs rückläufiger Entwicklung einschlugen, den keiner von ihnen hätte voraussagen können.

Unterdessen trafen die in ihren ursprünglichen Veldtsiedlungen gebliebenen Ursadi Anstalten, die Welt zu verlassen. Sie hatten das Joch der Schrate durch die Veränderung ihrer Blutzusammensetzung und die Schaffung einer der Photosynthese fähigen Unterart abgeschüttelt. Der Überorganismus der Schrate, der seine Zukunft bei jenen Ursadi am besten aufgehoben wähnte, die verändert waren, um aus Sonnenlicht Nahrung zu beziehen, entschied sich, den Deserteuren in die Wälder zu folgen. Diese Entscheidung befreite die originalen Ursadi, peinigte sie aber auch, da sie die Wiederauferlegung des Jochs fürchteten und die fortdauernde Sklaverei ihrer veränderten Kinder beklagten. Sie konnten BoskVeld nicht verlassen, ohne sich zuvor dieser Fragen anzunehmen. So verließen sie sich auf sporadische Meldungen ausgesandter Spione über die monumentalen Bauvorhaben in der Wildnis, übten sich in übermenschlicher Geduld und stellten in mehreren Fällen sogar ihre körperliche und technologische Hilfe zur Verfügung, um die Fertigstellung der Tempel zu fördern. Nachdem die Schrate in den vollendeten Pagoden Quartier genommen hatten, zerstreuten sich die der Photosynthese fähigen Abkömmlinge der Ursadi wieder in die Wälder.

Jetzt erst handelten die Ursadi. Sie machten ihre eigene Siedlung auf dem Veldt – eine einzige Siedlung, nicht mehrere, wie Elegy gemutmaßt hatte – dem Erdboden gleich und führten getrennte Angriffe gegen die Pagoden in der Wildnis. Diese Überfälle waren überraschend und ziemlich wirksam. Ihr Ziel war die Vernichtung der Schrate für alle Zeit, die Auslöschung aller Erinnerung an sie und die endgültige Übergabe der Welt an die Neo-Ursadistämme, die auf der Suche nach eigener Erfüllung in der Wildnis lebten.

Aber die Schrate hatten den größten und wichtigsten dieser Tempel durch ihre Neo-Ursadisklaven mit Mineralien ausrüsten lassen, die Licht und optische Wahrnehmung polarisierten und die aus Gebieten an den Ufern des Ozeans gewonnen und von dort zwecks Geheimhaltung mit kleinen, durch Ultraschall programmierten Trägergruppen landeinwärts geschafft worden waren. Diese Materialien kamen nur zu einem Bauplatz in der Wildnis (demjenigen, unter welchem Elegy und ich neben der verwandelten Gestalt ihres Vaters kauerten), aber Gewinnung, Antransport und Verarbeitung erwiesen sich als so langwierig, daß mehrere Dekaden vergingen, ehe die amethystgleichen Fenster hergestellt, eingesetzt und aktiviert werden konnten. Nun erst war es möglich geworden, auch die natürlichen Höhlensysteme unter der Pagode unbemerkt auszubauen, zu erweitern und einzurichten. Auf diese Weise verschwand der größte der Urwaldtempel eines schönen Tages mitten im hundertjährigen Bauprogramm der Schrate. Obgleich der Tempel daraufhin – sobald die Ursadi seine Abwesenheit wahrgenommen hatten – durch sein Fehlen besonders verdächtig gewesen sein mußte, kamen sie schließlich zu der Auffassung, daß die Schrate ihn aus eigenen Gründen abgerissen hätten, vielleicht weil er zu groß ausgefallen war, um nach dem Plan verwirklicht zu werden. In Wahrheit lief die Zerstörung der anderen Urwaldpagoden durch die Angriffe der Ursadi auf nichts anderes hinaus als auf die Zerstörung großer architektonischer Köder, errichtet, ausgeschmückt und eingerichtet zu dem einzigen Zweck, den Zorn der Ursadi auf sich zu ziehen und damit vom wichtigsten Bauwerk abzulenken.

Worauf die Ursadi, zufrieden mit sich selbst und ihrer Arbeit, die Welt verließen. Die Schrate blieben in ihrer unterirdischen Welt, und die Neo-Ursadi, endlich völlig frei von ihrer Wirtsrolle, begannen ihren melancholischen Niedergang zu dem ritualisierten Kannibalismus und der von erstarrten Verhaltensmustern diktierten Lebensweise der mähnentragenden Asaditiere, zu denen sie werden sollten ...

Während wir in phosphoreszierender Dunkelheit saßen und darauf warteten, daß Chaney wieder zu sich käme, trug ich Elegy meine Spekulationen vor und die komplizierte Kette von Überlegungen und ableitender Geschichtsschreibung, die Sie gerade gelesen haben. Damit wollte ich Elegys Gedanken von der unvorstellbaren Agonie ihres Vaters ablenken und zugleich die Geheimnisse einer unvorstellbaren Vergangenheit in einen erhellenden Zusammenhang bringen.

»Das gibt eine gute Geschichte ab«, sagte Elegy, als ich geendet hatte. Im Gefängnis der seidenen Spannseile, die von Chaneys Kokon ausstrahlten, lächelte sie mir zu. »Glaubst du daran, Ben?«

Im Erzählen war ich nahe daran gewesen. »Die Fakten ...«

»Die Fakten sind spärlich und lassen eine Vielzahl von Interpretationen zu«, unterbrach sie mich. »Nicht nur das, Ben, in vielen Fällen sind es gar keine Fakten, sondern Annahmen, die aus unserer Verwirrung und Unkenntnis erwachsen. Sie sind verführerisch, weil wir lieber eine Erklärung zusammenstoppeln als mit unserer Unwissenheit leben oder sie zugeben möchten.«

»Zum Teufel, Elegy, wer wird jetzt analytisch und überrational? Ich wollte lediglich zeigen, daß ...«

»Mir reicht es, daß ich meinen Vater gefunden habe.«

Da ich dies verstand, brachte ich den nörgelnden kleinen Homunkulus in mir, der Elegys Dankbarkeit wollte, zum Schweigen. Nichtsdestoweniger beschäftigte mich die Frage, was genau wir gefunden hatten. Hatte Chaney zu Ende gesprochen? Würde er wieder zu uns sprechen? Ich war zum Aufbruch bereit.

Dann wiederholte Chaney wie aus den Tiefen seiner Seele: »Noch sonst einer von uns. Da wir sind, was wir sind.« Er kam an der Stelle seines frei assoziierenden Monologs wieder an die Oberfläche, wo er zuvor untergegangen war.

Elegy und ich standen auf, lehnten uns in die seidenen Spannseile. Die Haut oder Fruchtblase, die Chaneys Kopf überzog, schimmerte naß: ein faszinierender und zugleich schmerzlicher Anblick.

Ein seltsames Geräusch entschlüpfte Chaney. Dann kam es wieder. Wir tauschten verwirrte Blicke.

»Er lacht«, sagte ich.

»Lachen«, bestätigte Chaney. »Ich lache.« Sein Lachen war ein metallisch klingendes Kratzen, das mich an eine Kette erinnerte, die über eine Oberfläche von Eisenblechen gezogen wird.

»Warum lachst du?« fragte Elegy.

»Augenbücher«, sagte Chaney.

»Ich habe mehrere Augenbücher bei mir«, antwortete Elegy. »Wir haben sie von der großen Wand in der Pagode genommen.«

Die aufgerissenen Fetzen der Membrane um Chaneys Mund flatterten. »Der Schrat hat es mir gesagt. Daß die meisten von ihnen Unsinn sind. Programmiert von den Ursadi. Mit Hokuspokus und Einschüchterung. Sie wußten, wozu diese Augenbücher dienen sollten. Und sie setzten nur den Haß frei, den sie hegten. Auf ihre ...« – das letzte Wort ließ eine Weile auf sich warten – »... Versklaver.«

»Wenn die Ursadi ihren Versklavern Wissen vorenthielten«, sagte ich zu Chaney, »brachten sie auch ihre Asadi-Nachkommen um Wissen, welches diese eines Tages hätten wiedergewinnen können.«

»Nicht so lange die Schrate existieren«, erwiderte Chaney. »Und sie existieren noch. Nicht wahr, Ben.«

Ich blickte zur Wand und sah dort den Schrat des Junggesellen sitzen. Er wohnte unserem Gespräch bei, ohne ein erkennbares Interesse daran zu zeigen, was wir taten oder sagten. »Sie üben weiterhin eine vampirische Macht aus«, fuhr Chaney fort. »Über stumme und schwache Asadi. Wie den Junggesellen. Wie Eisen Zwei. Wie viele frühere Häuptlinge. Seit die Asadi bestehen.«

Chaney machte eine Pause, schien fast außer Atem, und die Pause zog sich in die Länge, bis es schien, daß ich wieder eine Gelegenheit haben würde, mehrere Kapitel Asadigeschichte zu konstruieren und vorzutragen.

Schließlich aber nahm Chaney den Faden von selbst wieder auf: »Der Schrat des Häuptlings erfüllt sein Volk mit Schrecken. Er erinnert sie an ihren Kannibalismus. Weckt Erinnerungen an eine edlere, aber unruhigere Vergangenheit. Der Schrat führt den Asadi in unregelmäßigen Abständen die stehengebliebenen Reste dieser Vergangenheit vor Augen.« Chaneys Zunge befühlte die Membrane über seiner Oberlippe. »Die endgültig ist. Unausweichlich.«

Ich berührte seine Schulter. »Wollen Sie damit sagen, die Sache der Asadi sei hoffnungslos, solange es auf BoskVeld lebende Schrate gibt?«

»Die Ursadi machten eine Rückentwicklung durch. Wenigstens zum Teil. Um als unabhängige Art zu überleben. Die Drohung künftiger Versklavung hängt über ihnen. Wie ein Schwert. Und versklavt sie teilweise schon jetzt.«

»Und sie haben dies mit dir gemacht«, fragte Elegy, »in der Hoffnung, dich zu versklaven, wie sie einst die alten Ursadi versklavt hatten?«

Chaney ließ die Frage unbeachtet. »Ben«, sagte er, »ich möchte, daß du meine Augen aufdeckst.«

Ich zögerte, und Chaney, eingehüllt und gebunden wie er war, merkte mein Zögern. Sein Atemrhythmus veränderte sich ein wenig.

»Ich werde es tun«, sagte Elegy. Sie schlüpfte unter den seidenen Spannseilen durch, die zwischen ihr und Chaney verliefen, und kam neben seinem Kopf zum Vorschein. Sie hatte kein Messer mehr, nur ihre Hände und Fingernägel, aber sie faßte die aufgerissene Membrane über der Oberlippe ihres Vaters und begann sie vorsichtig abzuziehen. Diesmal erwies sich das Bemühen im Gegensatz zu ihrer Erfahrung mit der Membrane über Chaneys Hand als überraschend erfolgreich.

Die Gesichtshaut unter der Membrane war so glatt wie vulkanisches Glas, blaugrau im ungewissen Licht. Chaneys Bart zeigte dieselbe blaugraue Glasigkeit, als wäre er mit Farbe eingesprüht und lackiert worden.

»Schmerzt es?« fragte Elegy leise.

»Ich fühle nichts.«

Das Abziehen der Membrane nahm seinen Fortgang, behutsam wie das Entschärfen einer Bombe, und als Elegy sie endlich wie eine Folie über Chaneys Stirn zurückzog und hinter seinem bandagierten Schädel hinabsinken ließ, sahen wir, eingelassen in sein Gesicht, wo die Augen sein sollten, ein Paar opalisierende und beinahe undurchsichtige Linsen. Soweit sie sichtbar waren, ähnelten die menschlichen Augen unter diesen Schalen winzigen Mündern, deren Lippen zusammengenäht waren. Chaney hatte recht: Seine Verwandlung war auf halbem Weg stecken geblieben. Der anschauliche Mißerfolg in der Behandlung seiner Augen machte die Torheit der gesamten Prozedur deutlich. Ich schaute weg.

»Vater ...«

»Sie können sehen«, brachte er hervor, »daß es nicht gelungen ist.«

Elegy war in einer verzweifelten Erregung. Ihre Wangen waren naß. Sie zitterte am ganzen Körper. Sie schien in sich selbst unerkannte Schrecken zu entdecken, die jenen kaum nachstanden, welche dem manipulativen Genius der Schrate entsprungen waren.

»Vater«, schluchzte sie.

Und Chaney fragte herzlos: »Wer.«

»Ihre Tochter«, sagte ich ärgerlich. »Eine Frau, die seit elf Jahren gearbeitet hat, das zu erreichen, was wir heute erreicht haben.«

Und Chaney sagte mit einer abgehackten und brutalen Klarheit: »Ich – habe – keine – Tochter.«

Elegy prallte angesichts dieser entschiedenen Verleugnung nicht zurück, sondern küßte ihren Vater auf die veränderten Lippen. »Ich liebe dich«, murmelte sie trotzig. »Ich habe dich geliebt, so lange es mir möglich gewesen ist. Von Anfang an. Ich habe nie aufgehört, nicht einmal dann, als du es nicht verdientest und anscheinend nicht mehr wolltest. Deshalb habe ich ein solch unbeschränktes Vertrauen in dich gesetzt und bin nicht einmal davor zurückgeschreckt, andere – wie Ben hier – zu manipulieren, um dich wiederzufinden. Dies alles, Vater, habe ich aus Liebe getan und aus dem Wunsch, mich in deinen Augen zu entsühnen.«

»In meinen Augen«, sagte Chaney.

»Du weißt genau, was ich meine, selbst in diesem bedauernswerten und entrückten Zustand! Nicht wahr? Nicht wahr, Vater?« Sie richtete sich auf und ergriff eine Handvoll von den Spannseilen, die an uns vorbei zu der Kalksteinwand in unserem Rücken ausfächerten. Diese zog sie in den Fäusten zusammen und riß daran wie ein trotziges Kind, als sie weitersprach: »Du hast mich einmal geliebt. Du hast meine Mutter einmal geliebt. Du liebtest die Ituri-Pygmäen, die zu retten keiner von uns die Macht hatte. Also verstehst du, was ich sage, nicht wahr? Sag es mir!«

»Elegy!« Ich ergriff ihre Hände. »Hör auf! Sei nicht kindisch! Willst du ihn zu etwas zwingen? Hier und jetzt? Es ist, als verhöhntest du ihn.«

»Er weiß, daß ich hier bin«, erklärte Elegy, ließ aber die Seile los und wischte sich das Gesicht mit dem Handrükken.

»Ich weiß. Daß du hier bist.« Das Vibrieren der Puppe teilte Chaneys Worte ein unheimliches Tremolo mit.

Elegy kniete am Rand der Grube neben ihm nieder.

»Ich habe keine Tochter«, sagte Chaney. »Es sei denn ...«

Die Bedingung hing in der Luft wie ein Schwert an einem Faden.

»Es sei denn was?« fragte sie.

»Es sei denn, sie entsühnt sich.« Die Töpferglasur über Chaneys Zügen schien zu zerspringen, das seltsam veränderte menschliche Antlitz darunter verformte sich in einem Ausdruck unaussprechlichen Verlustes. »Meine Augen, blind oder sehend, sind nicht mehr von Bedeutung.« Er sprach jetzt beinahe im Gesprächston. »Die Sache am Japurá hat mir das Rückgrat gebrochen. Und die Asadi. Die Asadi haben mir den Rest gegeben.«

»Was soll ich tun?«

»Du sollst mich töten, Elegy.« Ein so tiefer Atemzug, daß es wie ein Ächzen klang. »Darum haben sie dich hierhergeführt.«

»Damit wir dich töten?« rief Elegy ungläubig.

»Der dort will es nicht«, sagte Chaney, und wir wußten, daß er den Schrat in der Wand meinte. »Will meinen Tod nicht auf dem Gewissen haben. Oder auf der Sollseite seines Hauptbuches. Und er spricht für alle.« Chaneys Gesicht begann trotz der Augen menschlich auszusehen. »Vielleicht ist es ein schicksalhafter Widerwille von ihrer Seite. Aber ich sterbe allmählich. Und sie wollen meinen Tod nicht beschleunigen. Fürchten die Schande.« Ein tiefer Atemzug.

»Wir werden dich hier herausholen«, sagte Elegy.

»Sinnlos. Du siehst, daß ich unrettbar bin. Es gibt nur eine Erlösung. Durch deine Liebe.«

Elegy wandte sich um und legte mir die Hände auf die Brust. »Geh hinaus!« Sie war bleich. Bleich in der Weise, wie die Fingerknöchel weiß werden, wenn man etwas fest umklammert: so erwuchs ihre Blässe aus Entschlossenheit.

»Er versucht dich zu erpressen«, sagte ich. »Durch etwas, was er dir jetzt sagt, darfst du dich nicht wankend machen lassen. Sie ihn an!«

»Er vergibt mir. Und sich selbst. Dafür, wie er unser Leben nach der Episode am Japurá durcheinandergebracht hat.«

»Indem er sich von dir töten läßt?«

Elegy legte ihre kalten Hände an mein Gesicht und schob meinen Kopf zurück, bis sie mich mit ihrem entschlossenen Blick durchbohren konnte. »Bist du fähig zu verstehen, was hier geschieht, Ben? Vielleicht. Wenn es so ist, wirst du mich tun lassen, was zu tun ich von so weit gekommen bin. Wenn nicht ... nun, dann wirst du mich umbringen müssen, um mich davon abzuhalten.«

»Vielleicht könnten wir ihn hinausbringen«, sagte ich. »Das wolltest du selbst, bevor er mit diesem ›Liebst du mich, tötest du mich‹ anfing.«

»Ich hatte nicht daran gedacht, wie oder wozu wir ihn herausholen sollten, und du auch nicht. Sieh dich um, Ben!« Elegy wies zur Öffnung der Kammer hinauf. Hinaus in das unheimlich phosphoreszierende Halbdunkel der Kaverne, an derem anderen Ende irgendwo die lange Treppe zur Pagode hinaufführte. »Meinst du wirklich, wir können meinen Vater dort hinauftragen, Ben? Wir zwei allein?«

Die Treppe wand sich wohl mehrere hundert Meter an der Felswand der Höhle empor, im oberen Teil in fast völliger Dunkelheit. Wir würden Chaney niemals über die schmalen steilen Stufen und die unvermuteten Kehren zum Tageslicht hinaufschaffen können. Selbst wenn es gelänge, und wenn die Ärzte in Frasierville es irgendwie fertigbrächten, sein Leben zu verlängern, würde er ein hilfloses Bündel bleiben.

Dennoch, mit Glück und der Hilfe eines Dritten könnte es gelingen.

Und der bläulichweiße Lichtkegel einer Lampe, der aus der Höhe durch den weiten Innenraum der Kaverne zuckte und tastete, ließ den Schluß zu, daß Hilfe nahte. Jaafar hatte die Pagode betreten und stieg in die Höhle herab, Zufluchtsort und Heiligtum der Schrate.

»Jaafar kommt«, sagte ich, »und das gibt uns eine Chance.«

Sie schüttelte den Kopf. »Das ist nicht die Kernfrage, Ben. Vielleicht könnten wir zu dritt die Frage beantworten, wie wir meinen Vater hinausbekommen, aber das Wozu – das hast du nicht bedacht!« Sie stieß mich vor die Brust, daß es schmerzte. »Es ist mein Forschungsprojekt. Es ist mein Vater. Und es ist meine Entscheidung. Laß mich fünf Minuten mit ihm allein! Geh! Jetzt gleich! Oder erwarte nie wieder ein Jota Beachtung von mir!«

»Das ist auch Erpressung, Elegy – das gleiche, was dein Vater mit dir macht.«

»Interpretiere es, wie du willst. Wenn du wirklich glaubst, im Recht zu sein, wirst du in der Lage sein, mit meiner Verachtung zu leben. Aber wenn du dich jetzt einmischst, um einem Gefühl von deiner eigenen Autorität Geltung zu verschaffen oder um dich laut wegen einer abstrakten Idee höherer Moral zu sorgen, nun, dann verdienst du, was du kriegst. Und du wirst wissen, warum.«

Ich knurrte eine Verwünschung.

»Geh jetzt!« sagte Elegy ruhig. »Erwarte Jaafar am Fuß der Treppe!« Ich werde dort zu euch kommen, sobald ich fertig bin.«

Unter weiteren rituellen Verwünschungen trat ich den Rückzug an, duckte mich unter den Spannleinen der Puppe hindurch und ging zur Öffnung der Krypta. Als ich zurückblickte, kauerte Elegy wie in Anbetung neben dem Kopf ihres Vaters, nicht anders als eine Beterin am Grab eines ägyptischen oder mesoamerikanischen Gottkönigs, dessen Antlitz eine Maske aus angelaufener Bronze und Lapislazuli trug, die Mumie selbst in Seide eingehüllt wie ein geflügelter Engel.

Seltsam lebendig und anrührend, blieb die Szene in meinem Gedächtnis haften, als ich den Pfad am Ufer der unterirdischen Lagune zurückging, darauf vorbei an den Taubenschlagwänden, den wuchernden Pilzen und Schwämmen, den Guanogärten und den sich verformenden Trennwänden des Labyrinths. Die Erinnerung blieb in mir haften wie eine Zecke. Ich konnte sie nicht abschütteln. Als ich den Fuß der

Treppe erreichte, zitterten mir die Hände. Halb verwundert über die Tränen, die mir übers Gesicht liefen und in meinen Wimpern hingen, ließ ich mich mit untergeschlagenen Beinen am Boden nieder und wartete.

Es tat mir erstaunlich gut, zu weinen – obwohl es mehr als alles schmerzte, was ich je gekannt hatte.

20. Kapitel
Verwandelte Leben

»Dr. Benedict«, dröhnte eine Stimme in mein Ohr. »Dr. Benedict!«

Es war Jaafar, der hoch über mir auf halber Höhe der Treppe sein Funkgerät eingeschaltet hatte. Nun, da wir nicht durch dicke Erd- und Gesteinsschichten getrennt waren, war unsere Verbindung wieder hergestellt. Ich hatte nicht daran gedacht, ihn zu rufen, noch hatte offenbar er sich der Funkverbindung erinnert, bevor er die Treppe zur Hälfte hinuntergestiegen war. Es gab nur eine anständige Art und Weise, auf seinen Ruf zu antworten: ihm zu sagen, er solle bleiben, wo er sei, bis wir hinaufkämen. Andernfalls würde er den restlichen Abstieg vergebens machen. Es dauerte ein paar Augenblicke, bis ich mich gefaßt hatte, aber dann schaltete ich das Kehlkopfmikrofon ein und tat, was anständig war.

»Bitte, Dr. Benedict, können Sie mir sagen, was Fräulein Cather aufhält?«

»Ich bin nicht sicher, Jaafar. Wir werden warten müssen, bis sie zurückkommt und es uns sagt. Bleiben Sie einfach so lange sitzen, wo Sie sind.«

»Vor mir ist ein Asadi, Dr. Benedict. Er hat mich hier hinuntergeführt.«

»Sie meinen Kretzoi? Sicherlich werden Sie inzwischen den Unterschied zwischen Kretzoi und einem echten Asadi erkennen.«

Jaafar wartete drei oder vier Herzschläge, ehe er antwortete. »Ja, Dr. Benedict. Inzwischen kann ich es unterscheiden. Es ist nicht Kretzoi, der mich führt. Es ist ein Asadi mit leeren Augen und einer schäbigen Mähne.«

»Der Junggeselle!« sagte ich überrascht. »Wo ist Kretzoi dann? Haben Sie ihn gesehen?«

»Gewiß, Dr. Benedict. Er ist draußen bei der Maschine. Er wies mich bei der Landung vor der Pagode ein.«

»Dann konnten Sie sie aus der Luft sehen? Die Pagode, meine ich?«

»Groß wie einen Leuchtturm, Dr. Benedict. Größer, als ich erwartet hatte. Sie ist wirklich sehr groß.«

»Was macht der Junggeselle jetzt, Jaafar?«

»Wer?«

»Der Asadi. Was tut er? Wie kam es dazu, daß Sie ihn zum Führer nehmen konnten? Und was in Allahs Namen brachte Sie dazu, ihm zu folgen?«

»Er wollte es. Er kam vor kurzer Zeit aus der Pagode und bedeutete mir durch Bewegungen, daß ich folgen solle. Und Kretzoi sagte mir – mit den Händen, wissen Sie –, daß Elegy und Sie hinuntergestiegen seien. Fräulein Cather, meine ich.«

»Sagen Sie ruhig ›Elegy‹, Jaafar. Sie können ihr jeden Namen geben, der Ihnen und ihr gefällt.«

»Wie Sie meinen.« Seine Stimme klang zweifelnd.

»Was tut der Asadi?«

»Er hört zu, wie ich ins Kehlkopfmikrofon spreche. Er ist zwei Plattformen tiefer, unmittelbar unter mir. Die Weite dieses Höhlenraumes macht mich schwindeln.«

»Hatten Sie keine Angst, ihm in eine Höhle dieser Größe zu folgen?«

»Und ob.«

»Warum taten Sie es dann?«

Jaafar schwieg.

»War es Elegys wegen?« fragte ich ihn.

»Es war mehr Elegys wegen als Ihretwegen, Dr. Benedict«, sagte Jaafar geradeheraus.

»Sehr gut. Sie haben eine entschieden mittelalterliche Vorstellung von Kavalierseigenschaften, Jaafar. Ist Ihnen das klar?«

»Ich würde sie eher persisch statt mittelalterlich nennen. Auch wenn die Namengebung in der Beschreibung keinen objektiven Unterschied macht.«

»Das können Sie halten, wie Sie wollen, Jaafar.«

Damit ließen wir es gut sein und harrten aus, jeder an seinem Platz. Aber Elegy ließ nicht lange auf sich warten. Sie begrüßte mich mit einer Berührung ihrer kalten Hand. Keiner von uns sagte etwas. Sie ging vor mir her zur ersten Plattform und begann den Aufstieg, der sehr viel anstrengender war als der Abstieg: Die Stufen waren hoch, und einige der Plattformen, von denen wir den Abstieg zur nächsten hinabgesprungen waren, mußten wir jetzt erklimmen, indem wir uns bäuchlings hinaufzogen. Es war ermüdend und zeitraubend, und die Vorstellung, daß der Junggeselle diese Treppe so schnell und leicht hinaufgesprungen war, hatte etwas Demütigendes an sich. Aber Jaafar unterhielt sich und uns – in einem reinen, klaren Tenor – mit alten persischen Balladen, während wir uns hinaufmühten.

Es war bereits Spätnachmittag, als wir wieder ins Freie kamen. Der Junggeselle hatte uns einen guten Teil des Weges das Geleit gegeben, immer mehrere Plattformen über uns, bis der Schrat – sein Schrat, vermuteten wir – ihn unweit des Höhlendaches einholte und anscheinend durch uns unbekannte Gänge im felsigen Untergrund der Pagode lenkte und aus unserem Leben entfernte. Als Elegy, Jaafar und ich an die Oberfläche kamen, waren wir allein.

Draußen begrüßte uns Kretzoi. Als ich meine Kamera an mich nahm und die Stufen der Pagode hinabstieg, war seine Freude so groß, daß er wie ein Kreisel auf der Lichtung herumwirbelte. Dann rannte er die Stufen herauf und warf mich mit seiner Umarmung beinahe um. Elegy hielt er lange und still an sich gedrückt. Zuletzt zogen wir uns in den Schatten des Waldrandes zurück, um uns von den Anstrengungen zu erholen. Niemand schlief. Das Erlebte wirkte zu stark in uns nach, als daß wir die Augen hätten schließen können.

Es wurde bereits dunkel, als wir uns zum Abflug entschlossen. Trotz meiner Müdigkeit bestand ich darauf, den Hubschrauber zu fliegen. Unter dem unsichtbaren Glorienschein unserer Rotoren stiegen wir rasch aufwärts. Ich zog mehrere Kreise über der Pagode und bewunderte die Großartigkeit des Bauwerks. ich erwartete, daß sie ihre Amethystfenster verstellen und sich tarnen würde, aber sie blieb massiv und weithin sichbar unter uns.

»Glauben Sie, Sie könnten diese Stelle wiederfinden?« fragte Jaafar.

»Wie sie jetzt ist, könnte das jeder.«

»Ich meine, wenn der Tempel wieder seine Tarnung aktiviert.«

»Selbst dann, glaube ich. Wir haben die Koordinaten, und der Regenwald hier herum hat einen ganz bestimmten Charakter.«

»Das mag stimmen, Jaafar, aber ich möchte schwören, daß ich in den letzten sechs Jahren zwei Dutzend Male über dieses Gebiet geflogen bin, ohne von der Existenz der Pagode zu ahnen. Es ist unglaublich, wenn wir jetzt hinuntersehen, aber ich fürchte, wir werden sie wieder verlieren.«

»Ich glaube, Gouverneur Eisen wäre beglückt, wenn er das Rezept wüßte, wie er unseren Hangar in solch müheloser Art und Weise zum Verschwinden bringen könnte.«

Wir überflogen den Urwald, ich überprüfte hundemüde meine Instrumente und brachte uns auf den Kurs nach Frasierville.

»Ich werde den Ort nie vergessen, Dr. Benedict«, sagte Jaafar.

»Niemand braucht sich zu sorgen, daß ich es vergessen werde.«

Nach einer Weile warf ich einen Blick ins Passagierabteil und sah Elegy mit Kretzoi beisammensitzen und ihm mit langsamen, beinahe träumerischen Bewegungen Fell und Mähne streicheln. Kretzoi hielt den Kopf gesenkt und genoß die Fellpflege. Ich hatte den Eindruck, daß er im Halbschlaf war. Der Ausdruck in Elegys Augen war undurchdringlich. Ich hätte sie gern mit Fragen überschüttet, wußte aber, daß es vergeblich wäre, auch nur ihre Aufmerksamkeit zu gewinnen.

Vierzig Minuten später schaute ich wieder ins Passagierabteil.

Sie schlief, den Kopf an die Wand gelehnt, die Hände im Schoß gefaltet. Kretzoi lag vor ihr ausgestreckt wie ein Teppich.

Jaafar wandte sich mitfühlend zu mir um. »Möchten Sie das Steuer nicht mir übergeben, Dr. Benedict? Sie könnten auch ...« Er machte eine Handbewegung.

»Nein«, sagte ich, »danke. Dieser Flug gehört mir.«

»Aber ...«

»Es ist der letzte hier draußen, den ich je zu machen beabsichtige.«

Wieder in Frasierville, bezogen Elegy und Kretzoi ihre Gästezimmer im Krankenhaus, Jaafar verschwand Gott weiß wo in seinem Quartier, und ich schlief zweiundzwanzig Stunden durch. Wenn ich träumte, so blieb nichts davon in meiner Erinerung. Obwohl diese zweiundzwanzig Stunden die Gifte des Schlafentzugs aus meinem Organismus vertrieben haben mochten, waren sie eine Periode, in welcher keine Spur meines Bewußtseins irgendwo im Universum eine Existenz hatte. Für diese zweiundzwanzig Stunden war ich völlig ausgelöscht.

Die Nichtexistenz, so lernte ich, hat wenige Schrecken.

Als ich erwachte, war mir, als seien erst zwei oder drei Minuten vergangen, seit der Hubschrauber aufgesetzt hatte. Es war wieder dunkel, und ich war allein. Alpträume stellten sich nicht ein, bis meine Augen weit offen waren und ein melancholischer animalischer Hunger in meinen Eingeweiden knurrte. Ich sah davon ab, ihn zu befriedigen. Es war unmöglich zu essen, wenn Vorstellungsbilder von Egan Chaney und den unterirdischen Kavernen sich in meinem Kopf jagten. Eine Zeit lang tappte ich ziellos im vertrauten Durcheinander meines Wohnquartiers umher.

Dann rief ich Moses Eisen an und fragte ihn, ob es für einen Besuch zu spät sei. Er sagte, es sei nicht zu spät.

Der Fußweg zu seinem Haus – vorbei an den Lampen, die von der dunklen Wand des Regenwaldes überragt wurden, und den schlafenden Baracken und Schuppen vor den diesig blinzelnden Lichtern der Stadt – nahm die Alpträume von mir, ohne mich die Wirklichkeit vergessen zu lassen, die sie erzeugt hatte. Ich versuchte mir Elegy vorzustellen: Elegy, wie sie in der Kaverne gewesen war, als sie mich hinausgeschickt hatte und dann in heftiger Hingabe neben dem anstößigen Ding niedergekniet war, das ihr Vater geworden war. Ich wünschte mir eine solche Kraft, eine Kraft, wie Elegy sie hatte.

Als ich die triste Fläche erreichte, die als ein ungewolltes Symbol menschlicher Tätigkeit in den majestätischen Urwald hineinschnitt und ihn vom Haus des Gouverneurs fernhielt, war das ganze Anwesen eine Feuersbrunst aus Lampen, Kerzen, Fackeln, Scheinwerfern und bunten Lichtern. Moses hatte sein Haus wie ein Freudenfeuer hergerichtet. Die Veranda war mit Girlanden bunter Lampen behängt, und alles schimmerte. Für Moses war dies eine phantastische Schaustellung von Luxus und Gastfreundschaft. Gewöhnlich überließ er es späten Besuchern, sich im Dunkeln an die Haustür heranzutasten.

Moses erwartete mich, adrett in weißer Kleidung und einem blaßblauen Halstuch. Auf der Mitte der Veranda standen zwei Liegestühle mit Ausblick auf Frasierville, als ob zwischen ihren Inhabern bald eine Besprechung von großer Bedeutung stattfinden sollte. Mein Schritt stockte. Moses winkte mich näher, und dann betrat ich die Veranda und schüttelte ihm mißtrauisch die Hand.

»Wie geht es Ihnen, Ben?«

»Gut«, murmelte ich. »Ziemlich gut.«

Erst als er mich zum Sitzen einlud und wartete, daß ich es mir bequem mache, wurde mir klar, daß er diese ganze Szene – die Lichter, die Liegestühle, sogar die makellose Eleganz seiner Kleidung – aus echtem Respekt vor mir arrangiert hatte. Respekt und Freundschaft. Mein Unbehagen nahm zu. Dies versprach schwieriger zu werden, als ich erwartet hatte.

»Fräulein Cather war heute nachmittag hier«, sagte er, nachdem auch er Platz genommen hatte.

»Wie geht es ihr?«

»Recht gut, denke ich. Ziemlich still und im ganzen sehr ernst. Sie erzählte mir von Ihrem ... Abenteuer.« Die Art, wie er das Wort aussprach, ließ darauf schließen, daß Elegy ihm die ganze Geschichte erzählt hatte.

»Und Kretzoi?« fragte ich.

»Den hat sie nicht mitgebracht. Ich denke, sie befürchtete, er würde hier nicht willkommen sein. Das ist nicht der Fall, aber das war ihr Gedanke.«

»Quarantäne«, sagte ich, mich erinnernd. Dann lachte ich ein wenig.

Moses rückte in seinem Stuhl. »Ich beglückwünschte sie, verstehen Sie. Ich muß auch Sie beglückwünschen. Das heißt, es ist mir ein Bedürfnis. Ihnen ist etwas sehr Wichtiges gelungen, und ich bin froh, daß Sie wohlbehalten zurückgekehrt sind. Sehr froh.«

»Ich auch, Moses. Glücklich, genauer gesagt.«

Darauf lachte er zu meiner Überraschung. »Es hört sich kaum so an. Ich habe noch nie jemanden gesehen, der in solch kleinlauter Weise glücklich war.«

»Nennen Sie es das Glück eines Realisten.«

Moses nickte. Dann umschloß er die Knie mit den Händen und blickte über Frasierville hin. »Sie sind das einzige verbliebene Mitglied der dritten Deneb-Expedition, Ben, mit dem ich je eine Art von Übereinstimmung erzielen konnte.« Er schwieg verlegen.

»Ich weiß. Es war uns dienlich, nicht wahr?«

»Ja, es war und ist. Deshalb wollte ich Ihnen die Entscheidung der vorgesetzten Behörde erklären ...«

Ich schnitt ihm das Wort ab. »Bevor Sie etwas erklären, Moses – und Sie schulden mir keine Erklärungen, verstehen Sie – habe ich ein Gesuch zu machen. Ein sehr einfaches. Ein sehr wichtiges.«

Er wartete.

»Ich möchte nach Haus«, sagte ich.

»Erde?«

»Ostafrika. Kenia. Nairobi. Die Nationaluniversität.« Die

Namen drückten mir das Herz ab, und die Beengung erfaßte meinen ganzen Brustkorb. »Ich kenne dort einige Leute, Moses, und wenn Gott und die Behörden meine Wünsche erhören, dann werden sie noch am Leben sein, wenn ich heimkomme.«

»Leute?« Seine Züge verrieten eine rührende Verwunderung, als hätte er niemals ernstlich die Möglichkeit erwogen, daß es ein solches Tier dort noch geben könnte.

»Menschen«, sagte ich und lachte wieder. »Späte Vertreter des Homo sapiens sapiens.« Ich hatte eine jähe Vision von Elegy in der unterirdischen Kaverne. »Ich beziehe mich auf die Gattung, verstehen Sie.«

Moses lächelte. »Ach, die. Ja, Leute.«

»Ich bin lange genug hier gewesen. Ich habe vielleicht ein wenig besondere Rücksicht verdient und würde Sie bitten, die amtliche Genehmigung meiner frühzeitigen Entlassung und meines Rückflugs in die Wege zu leiten. Ich bitte Sie, dies aus Freundschaft zu mir zu tun, Moses, und in Anbetracht meiner eigenen Erkenntnis, daß ich dieser Welt sonst nichts mehr zu bieten habe.«

Moses' Stillschweigen war ein Hinweis auf seine innere Bewegung. Zuletzt stand er auf und schlenderte die Veranda entlang zur überdachten Tür, die zu den Wohnräumen seines Hauses hinabführte. Er öffnete die massive Tür, und ich sah elegante Tapeten, ein Stück Hartholztäfelung und ein schimmerndes Messinggeländer, das in Licht und Gemütlichkeit hinabführte.

»Kommen Sie herein, Ben! David und die kleine Reba sind im Bett. Trinken Sie ein Gläschen mit Rebekka und mir!«

Die Geste war etwas noch nie Dagewesenes. Ich blickte mit offenem Mund zu Moses und der offenen Tür. Was würde es bedeuten, wenn ich seine Gastfreundschaft ablehnte? Sicherlich keine Verneinung unserer Freundschaft. Wir hatten seit vielen Jahren als Freunde überlebt, ohne auch nur einen Versuch zu machen, einander zu nahe zu kommen. Moses hatte in seiner stillen, zurückhaltenden Art viel tiefere Bindungen geschaffen, als es mir jemals möglich gewesen war. Ich zählte nicht zu diesen Bindungen, und tatsächlich schuldete er mir nichts.

»Moses, ich habe noch nichts gegessen. Alkohol würde mir nicht bekommen. Lassen Sie uns auf der Veranda bleiben. Man sitzt hier sehr bequem.«

Die Worte hörten sich unzulänglich, sogar falsch an, aber es war absolut notwendig, daß ich sie sagte, und danach hoffte ich inständig, daß Moses sie nicht übelnehmen werde. Schließlich bedeuteten sie keine Zurückweisung seiner selbst, sondern eine Bekräftigung der meinem Leben verbleibenden Möglichkeit.

»Wir könnten Ihnen was zu essen machen, Ben.«

»Bitte, nein. Ich werde die nächsten paar Tage fasten, meinen Organismus läutern. Heißes Wasser und Zitronensäure.« Plötzlich begriff ich, daß es die Wahrheit war, keine momentane Erfindung, um meine Ablehnung zu erklären. »Danach, nun – danach werde ich wahrscheinlich wieder in schamlose Fleischfresserei zurücksinken.«

Moses, Gott mit ihm, lachte. Er schloß die Tür und kam wieder zu mir in die Mitte der Veranda. Dort stand er mit den Händen in den Taschen, wippte ein wenig auf den Ballen und blickte zu den diesigen, melonengrünen Lichtern von Frasierville hinüber.

»Betrachten Sie Ihr Gesuch als genehmigt«, sagte er. »Im Laufe der Woche erwarten wir eine Raumsonde. Fräulein Cather und ihr Primatenfreund werden an Bord sein. Es spricht nichts dagegen, daß Sie auch unter den Passagieren sein werden.«

Ich stand auf und murmelte Dankesworte. Meine Hände verschwanden in unwillkürlicher Nachahmung meines Freundes und Vorgesetzten in den Hosentaschen.

Dann begann ich planlos über die Notwendigkeit einer archäologischen Expedition zu der Asadipagode zu sprechen. Ich erwähnte, daß Chiyoko Yoshiba vom Museum wahrscheinlich die geeignetste Leiterin einer solchen Expedition wäre. Chiyoko stand in mittleren Jahren und war ziemlich stämmig, aber sie hatte die nötige Qualifikation, ein erstaunliches Durchhaltevermögen und Fähigkeiten auf den Gebieten Rekonstruktion und Klassifizierung, die an Zauberei grenzten. In mittleren Jahren, hatte ich gesagt? Von wegen, sie war nur ein oder zwei Jahre älter als ich. Im Museum ließe sich leicht ein Ersatz für sie finden, und Chiyoko selbst könnte sofort mit den Vorbereitungen ...

»Augenblick«, unterbrach mich Moses. »Diese Fledermäuse in der Pagode, oder vielmehr darunter, stellen ein mögliches Hindernis dar. Nachdem Fräulein Cather heute nachmittag gegangen war, ließ ich Farber einen Funkspruch aufsetzen. Er enthielt eine Darstellung dessen, was Sie in der Wildnis angetroffen haben und gab in groben Umrissen Ihre Spekulation über die Beziehung und Geschichte der beiden Arten wieder.«

»Haben Sie eine Antwort erhalten?« fragte ich mit klopfendem Herzen.

»Farber schickte sie mir eine Stunde, bevor Sie anriefen.«

»Was?« fragte ich. »Was stand darin?«

Moses hörte auf zu wippen und zog die rechte Hand aus der Tasche; er sah mich noch immer nicht an. »Daß, wenn diese Schrate in früherer Zeit wirklich die intelligenten Vorfahren der Asadi versklavten und beherrschten ...« Er legte die Hände auf das Geländer vor sich und schnitt eine Grimasse, als hätte er ein nervöses Zucken in der linken Wange.

»Sprechen Sie weiter!« drängte ich ihn.

»Es ist offensichtlich, nicht wahr? Die Regierungsstellen befürchten, daß diese Schrate für die Menschheit eine ähnliche Bedrohung darstellen könnten. Sie wollen, daß der Tempel in der Wildnis abgesperrt und die Zugänge zum unterirdischen Höhlensystem verschlossen werden. Es wird keine archäologischen Expeditionen in die Wildnis geben. Damit nicht genug, erwägt man die Vor- und Nachteile der Zündung eines nuklearen Sprengsatzes in der Kaverne.«

Ich starrte ihn ungläubig an. »Sie machen Witze.«

»Nein, ganz und gar nicht.«

»Hat Elegy Cather von dieser – dieser grandiosen Verrücktheit der Regierungsstellen gehört?«

»Nein, noch nicht. Und bedenken Sie, Ben, es ist nicht verrückter als die Quarantäne von Astronauten nach ihrer Rückkehr von fremden Welten. Das war und ist eine absolut vernünftige Sicherheitsmaßnahme. Genauso ist das Verbot archäologischer oder anderer Expeditionen zu verstehen.«

Ich trappste drei oder vier Meter davon, trappste wieder zurück. »Das ist möglich, das ist durchaus möglich – aber wenn die Regierung beschließen sollte, die Kaverne mit einem nuklearen Sprengsatz zu zerstören, wäre das eine Sicherheitsmaßnahme von höchster Arroganz. Die Menschheit zuerst! Keine Vorsichtsmaßnahme, sondern ein Präventivschlag! Meine Güte, Moses, das ist die Diktion und das Vokabular der Großen Lüge. Elegy und ich wissen nicht einmal, ob unsere Rekonstruktionen der Evolution von Asadi und ihren Symbionten in irgendeiner Weise zutreffen. Können wir es überhaupt wissen? Wir sprechen über zwölf Millionen Jahre Evolution – zwölf Millionen! –, und wir tun das als sterbliche Lebewesen mit einer begrenzten geistigen Kapazität und Hellsichtigkeit. Ich würde mich umbringen, Moses, wenn ich eines Tages hören müßte, daß die Regierung eine gesamte fremde Spezies allein aufgrund Elegys und meiner unbestätigten Spekulationen vernichtet hätte. Ich würde mich buchstäblich umbringen.«

»Ich hoffe«, sagte Moses mit schiefem Lächeln, »Sie sprechen nicht auch für Fräulein Cather.«

»Sie tut das recht gut für sich selbst, wie Sie bereits wissen. Und sie würde sich nicht umbringen – sie würde einen Vergeltungsschlag gegen den Regierungssitz führen, und wenn sie zu diesem Zweck Himmel und Erde in Bewegung setzen müßte.« Moses wandte den Kopf, schaute mich an und breitete die Hände in einer Geste aus, die nur besagen konnte: Da haben Sie es.

»Hat sie Ihnen von ihrem Vater erzählt?« fragte ich ihn, um das Thema zu wechseln.

»Ja, sie hat mir das mit Chaney erzählt.«

»Alles?«

»Ich glaube. Es fiel ihr nicht leicht, aber sie hat mir alles gesagt.«

»Chaneys mißlungene Metamorphose ist ein Beweis, daß wir für die Motivationskontrolle der Schrate nicht empfänglich sind, Moses. Wir sind einfach keine geeigneten Opfer für ihre Art von Parasitismus. Chaney sagte selbst wiederholt, wir seien nicht die ›Erlöser‹ der Schrate.«

»Ich verstehe das, Ben. Ich denke, sogar die Regierung versteht es. Aber es mag nicht immer so sein. Außerdem erzählte Fräulein Cather mir, daß es einer Handvoll Schrate gelungen sei, Sie eine Zeit lang zu lähmen, das heißt, auf Ihr Gehirn einzuwirken und Ihr psychomotorisches Zentrum zu blockieren. Das ist Kontrolle, Ben, und es ist beängstigend, wenn man sich so etwas in einem weltweitem Maßstab vorstellt!«

»Sie wollten herausbringen, wer oder was ich bin. Sie machten meine Statue, um sich über meine Identität klar zu werden.«

»Um zu sehen, ob Sie ihren Zwecken nicht besser dienlich sein könnten als Chaney es war – vielleicht. Aber Sie waren offensichtlich die gleiche Art von Kreatur wie Chaney und darum ohne unmittelbaren Nutzen als Wirt.«

Ich hob die Hände. »Das ist genau meine Argumentation, Moses. Die Schrate stellen keine Gefahr für uns dar, weil wir derselben Art angehören wie Chaney. Ihr Experiment mit ihm war ein jämmerlicher Fehlschlag.«

»Das Schlüsselwort ist ›gegenwärtig‹. Jetzt mögen sie keine Gefahr für uns darstellen, aber später – morgen oder in ein paar tausend Jahren – können sie es sein. Warum sollten sie nicht imstande sein, ihren psychischen Parasitismus, oder was immer es ist, uns anzupassen, der Menschheit, wenn es ihnen auch noch nicht gelungen ist, die Asadi von neuem zu unterjochen.«

»Denken Sie wirklich so, Moses?«

»Ich sehe nicht, wie Sie die Möglichkeit ausschließen können. Aber es geht mir lediglich darum, Ihnen die Überlegungen der Regierung verständlich zu machen. Was ich denke, ist belanglos.« Er betrachtete mich mit einer seltsamen Mischung von Sympathie und Mißbilligung. »Möchten Sie noch immer fort, Ben?«

»Ja – aber vielleicht bleibe ich doch noch länger als eine Woche.«

Moses lächelte. »Tun Sie das! Es würde mich freuen – es würde mich wirklich freuen –, wenn Sie das täten.« Er hörte sich entwaffnend aufrichtig an.

»Wo ist Kretzoi?« fragte ich. Nur wenige Minuten Fußweg hatten mich von Moses Eisens bunt illuminierter Villa zum Krankenhaus gebracht. An der Tür zu ihrem Zimmer hatte Elegy mich mit einer zärtlichen Umarmung, aber ohne Leidenschaft begrüßt.

»In der Chirurgie«, sagte sie. Sie trug einen leichten grauen Pullover und weite Khakihosen. Bis auf die Notizen, Mikrofilme und anderes Forschungsmaterial, das verstreut auf der Kommode lag, war das Zimmer so makellos aufgeräumt, daß ich es als einen Vorwurf empfinden mußte. Ein Ausdruck gelehrter Konzentration schwand aus ihren Zügen wie ein Daumenabdruck auf sonnenverbrannter Haut.

»In der Chirurgie?« fragte ich.

»Nicht genau. Sie haben ihn zum anderen Flügel hinübergebracht, um ihn vorzubereiten. Er wird morgen früh operiert.«

»Wozu? Ich habe nicht gemerkt, daß ihm etwas fehlte. Leidet er wieder an irgendeiner unheimlichen Art von Hypoglykämie?«

»An etwas Schlimmerem.«

»Was? Was ist passiert?«

Sie bot mir einen Stuhl an. »Ach, Ben, wir können nicht alles rückgängig machen, was wir Kretzoi angetan haben, nicht ohne ihn umzubringen, aber am Morgen werden sie die Augenschalen herausnehmen und seine Gedärme von den fremden Protozoen befreien. Dieses letztere ist kein chirurgischer Eingriff; sie werden ihm eine Emulsion geben, die das bewerkstelligen wird, aber es ist ein notwendiger Teil der Rehabilitation, denke ich. Kretzois und meiner.«

»Ein Arzt wird Kretzoi operieren?«

»Ja, um ihn sich selbst zurückzugeben.«

»Wie ist das zustande gekommen?«

»Ich stellte den Antrag bei Gouverneur Eisen. Er unterzeichnete die Genehmigung und wies eine Ärztin an, den Eingriff vorzunehmen. Alle versichern mir, sie sei sehr gut. Ich habe mit ihr gesprochen. Sie ist nicht gekränkt oder in ihrer Berufsehre verletzt, daß sie sich mit einem ›Affen‹ abgeben muß. Ich vertraue ihr.«

»Und Kretzoi?«

»Ich fragte ihn, ob er den Eingriff wolle, und er signalisierte: Ja, selbstverständlich – als hätte er diese Knechtschaft geduldig bis zu dem Tag ertragen, da ich zur Vernunft kommen und sie als das erkennen würde, was sie ist. Wir weinten, Ben. Wir beide zusammen, obwohl er keine Tränen hat, um seine Gefühle zu unterstreichen.«

Ich nickte, überzeugt von der Richtigkeit der Sache. »Was ist mit Jaafar? Weißt du, was er macht?«

»Gouverneur Eisen hat seine Versetzung zu einer anderen Koloniewelt genehmigt, um ihn möglichen Anfeindungen aus den Militärbaracken zu entziehen.«

»Und Jaafar ist einverstanden?«

»Ich denke schon. Was sollte ihn hier halten?«

»Du«, sagte ich.

Elegy lachte. »Ich reise bei nächster Gelegenheit ab. Mit Kretzoi. Nach Dar es Salaam, und dann zurück zum Reservat am Gombe-Fluß.«

Ich berichtete ihr die Einzelheiten des Gesprächs, das ich gerade mit Moses geführt hatte. Dann sprachen wir noch lange miteinander. Unterhielten uns einfach. Wir waren keine Liebenden mehr. So wollten wir es beide, und so war es.

Elegy, Kretzoi und ich blieben einen weiteren Monat in Frasierville. Wir verbrachten unsere Zeit – zumindest Elegy und ich – mit dem Entwurf und der Ausarbeitung ausführlicher Memoranden und Widerlegungen der Gründe, die in Regierungskreisen angeführt worden waren, um die Zündung eines nuklearen Sprengsatzes in dem Höhlensystem unter der Asadipagode zu rechtfertigen. Wir drängten auf den weiteren Schutz der Asadi und forderten die Einbeziehung der Pagode in das Programm staatlicher Schutzmaßnahmen zur Erhaltung geschichtlich bedeutsamer Bauten und Kunstwerke. Unsere Bemühungen vermochten nichts gegen die militärische Absperrung, die um das Gebäude errichtet worden war, aber sie trugen wesentlich dazu bei, daß die Pläne zur atomaren Vernichtung des Höhlenkomplexes nicht weiter verfolgt wurden. Sie beruhigten auch unser Gewissen.

Mögen Ihre Nachkommen Ihren Namen verfluchen, haben Leute gesagt.

Das ist eine Möglichkeit, mit der ich leben kann. Die Regierungsstellen haben die gleichen Möglichkeiten gehabt, ihre Argumente zusammenzustellen, niederzulegen und zu veröffentlichen, und verfügten über ungleich bessere Kontakte zu den öffentlichen Medien als Elegy und ich. Die Option zur Auslöschung der *Chiroptera extera,* wie Egan Chaneys Schrate heute genannt werden, bleibt in der Macht der Menschheit, bis wir ihre wesentliche Harmlosigkeit erkennen oder finden, daß wir ihre Ultraschallbefehle widerstandslos ausführen. In meinen Augen steht hier Vernunft gegen den allzu menschlichen Hang zum Melodram, aber der Umstand, daß ich mich irren könnte, ist es, was die Musik so munter und den Tanz so gefährlich reizvoll macht.

Hier in Nairobi, wo ich seit meiner Rückkehr lebe, habe ich gerade eine Frau geheiratet, auf deren Namen, Alter und Beschreibung ich hier nicht eingehen möchte. Elegy hat sie kennengelernt und billigt unseren Schritt. Nächste Woche werden wir drei gemeinsam mit einer gemischten Gruppe von der Nationaluniversität und dem Goodall-Fossey-Institut für Primatenethologie eine Expedition zu den Ufern des Turkana-Sees veranstalten, um Fossilien zu suchen. Das

Seeufer, insbesondere die schmale Landzunge namens Koobi Fora, ist im Laufe des letzten Jahrhunderts von Forschern aus aller Herren Länder weidlich abgegrast worden, aber der Sonnenuntergang über dem See hat noch immer die Macht, einen menschlichen Zeugen mehr als vier Millionen Jahre in die Vergangenheit der Art zu versetzen, und diese Sonnenuntergänge sind einer von den Gründen, daß wir die Reise unternehmen. Ich genieße die Aussicht, diese Abende Hand in Hand mit meiner neuen Frau zu erleben.

Und in der eigentümlich unschlüssigen Stunde vor Tagesanbruch werden wir beisammenliegen und den Sonnenaufgang erwarten. Er ist vielleicht kein so überwältigendes Ereignis wie der Sonnenuntergang, aber er ist genauso verläßlich, und ich habe gelernt, diese Eigenschaft in der Natur wie in meinen Mitmenschen zu schätzen.